1981~1984
그때 그 소설

엄마의 말뚝 2

박완서 외 지음

1981~1984
그때 그 소설

엄마의
말뚝2

초판 1쇄 펴낸 날 | 1998년 7월 15일
2판 2쇄 펴낸 날 | 2021년 1월 29일

지은이 | 박완서 외
펴낸이 | 홍정우
펴낸곳 | 도서출판 가람기획

책임편집 | 박진홍
편집진행 | 양은지, 박혜림
디자인 | 이유정
마케팅 | 김에너벨리

주소 | (04035) 서울시 마포구 양화로7안길 31(서교동, 1층)
전화 | (02)3275-2915~7
팩스 | (02)3275-2918
이메일 | garam815@chol.com

등록 | 2007년 3월 17일(제17-241호)

ⓒ 도서출판 가람기획, 박완서 외, 2012
ISBN 978-89-8435-316-9 (13810)

* 이 책은 저작권법에 따라 보호받는 저작물이므로 무단전재와 무단복제를 금하며, 이 책 내용의 전부 또는 일부를 이용하려면 반드시 저작권자와 도서출판 가람기획의 서면 동의를 받아야 합니다.

1981~1984 그때 그 소설

소설이 시대를 읽는다

엄마의 말뚝 2

박완서 외 지음

가람기획

머리말

시대를 읽은 문학, 문학을 읽는 시대
– '그때 그 소설' 시리즈를 펴내며

  어느 시인의 말대로 '슬픔만한 거름이 어디 있으랴'. 우리 근현대사가 해방과 전쟁, 분단과 독재라는 엄혹한 시간을 넘어 민주화와 경제발전을 향해 질주하는 동안 문학 역시 불온한 시대, 암울한 슬픔의 시대를 거름 삼아 시대의 공기를 예민하게 포착하고 치열한 문제의식을 제기한 작품으로 화답해왔다.
  그러나 오늘, 우리 문학의 장밋빛 미래를 그리기에는 상황이 너무 고달프다. 전 세계를 강타한 경제위기 속에서 우리 역시 경제 살리기에만 매달리다보니 문화, 그중에서도 특히 문학은 빈사상태에 이르렀다 해도 과언이 아닐 것이다. 그런 한편으로 '선진국 수준의 책읽기가 뒷받침되지 않고서는 선진국이 될 수 없다'는 뼈아픈 자성과 더불어 책을 통해 미래를 열자는 움직임도 활발해지고 있다. 21세기에는 지식 콘텐츠, 문화 콘텐츠가 국력을 좌우하는 가장 위력적인 키워드가 될 것이라는 전망 또한 확고하다. 이런 상황에서 책의 중요성을 다시 일깨우고 출판문화를 부흥시키는 것은 단순히 작가와 출판인들만의 문제가 아닌, 우리 사회가 함께 고민하고 해결해야 할 과제다. 특히 가벼운 책 읽기가 아닌, 삶의 지혜와 시대상을 반영한 정통 문학작품들의 고찰은 반드시 동반되어야 할 작업이다.
  이에 가람기획 편집부는 1950년대 손창섭의 「잉여인간」부터 1990년대

박완서의 「꿈꾸는 인큐베이터」까지 한국 현대문학의 흐름을 한눈에 파악할 수 있는 작품들을 한자리에 모음으로써 '진지한 문학읽기를 통한 새로운 출발'이란 의미를 세우기 위해 '그때 그 소설' 시리즈(전7권)를 세상에 내놓는다. 여기 실린 작품들은 한국을 대표하는 3대 문학상(동인문학상, 현대문학상, 이상문학상) 수상작으로, 뛰어난 문학작품을 읽는 즐거움은 물론 인간과 삶에 대한 작가의 원숙한 통찰과 예리한 역사인식 등을 생생하게 되새겨볼 수 있는 기회를 제공할 것이다. 또한 우리 현대문학사에 한 획을 그어온 작가의 작품을 연대순으로 모아 그 문학사적 의미를 다시 정리하고 자리매김함으로써 문학사 탐구에도 좋은 자료집으로 역할을 하리라 믿는다.

가볍고 자극적인 콘텐츠에 길들여져 가는 요즘 독자들에게 '문학이란 무엇인가'라는 묵직한 질문과 더불어 문학작품이 주는 감동과 의미를 되짚어 보는 계기를 마련하고, 문학을 통해서 우리의 어제와 오늘을 돌아보고 내일을 살아갈 희망을 탐색하는 데에 작은 보탬이 되었으면 한다.

도서출판 가람기획 편집부

차례

머리글 — 시대를 읽은 문학, 문학을 읽는 시대   4

유형(流刑)의 땅 1981년 현대문학상   9

조정래 ·· 1943년 전남 승주군 선암사에서 태어나 동국대 국문과를 졸업했다. 1969년 『현대문학』에 소설 「누명」과 「선생님 기행」이 추천되어 문단에 등단했다. 소설집으로는 『황토(黃土)』『20년을 비가 내리는 땅』『한, 그 그늘의 자리』『허망한 세상이야기』『대장경(大藏經)』『태백산맥』『아리랑』등이 있다.

엄마의 말뚝2 1981년 이상문학상   59

박완서 ·· 1931년 경기 개풍군에서 태어나 숙명여고를 졸업했으며, 서울대학교 국문과를 중퇴했다. 1970년 『여성동아』에 장편 「나목(裸木)」이 당선되어 등단했다. 소설집으로는 『배반의 여름』『엄마의 말뚝』『그해 겨울은 따뜻했네』『그대 아직도 꿈꾸고 있는가』 등이 있다.

동경(銅鏡) 1982년 동인문학상   107

오정희 ·· 1946년 서울에서 태어나 서라벌예대 문예창작학과를 졸업했다. 1968년 『중앙일보』 신춘문예에 「완구점 주인」이 당선되어 문단에 등단했다. 소설집으로는 『불의 강』『동경(銅鏡)』『유년(幼年)의 뜰』등이 있다.

금시조(金翅鳥) 1982년 동인문학상   131

이문열 ·· 1984년 서울에서 태어나 서울사대에서 수학했다. 1977년 『매일신문』 신춘문예에 단편 「나자레를 아십니까」가 입선, 1979년 『동아일보』 신춘문예에 「새하곡(塞下曲)」이 당선되어 문단에 등단했다. 소설집으로 『사람의 아들』『그해 겨울』『금시조』『그대 다시는 고향에 가지 못하리』『젊은 날의 초상』『황제를 위하여』『영웅시대』『레테의 연가』『삼국지』등이 있다.

깊고 푸른 밤 1982년 이상문학상 177

최인호 ·· 1945년 서울에서 태어나 연세대 영문과를 졸업했다. 1962년 『조선일보』 신춘문예에 소설 「견습환자」가 당선되었다. 1971년에 현대문학상을, 1982년엔 이상문학상을 수상했다. 소설집으로는 『별들의 고향』 『우리들의 시대』 『타인의 방』 『구르는 돌』 『가족』 『지구인』 『겨울 나그네』 『위대한 유산』 『길 없는 길』 등이 있으며, 수필집으로 『누가 천재를 죽였나』 『모르는 사람에게 보내는 편지』 등이 있다.

먼 그대 1983년 이상문학상 225

서영은 ·· 1943년 강원도 강릉에서 태어나 건국대 영문과를 중퇴했다. 1968년 『사상계』 신인상 공모에 소설 「교(橋)」가 입선, 이듬해 『월간문학』 신인상에 「너와 나」가 당선되어 문단에 등단했다. 소설집으로 『사막을 건너는 법』 『살과 뼈의 축제』 『술래야 술래야』 등이 있다.

환멸(幻滅)을 찾아서 1984년 동인문학상 249

김원일 ·· 1942년 경남 김해에서 태어나 서라벌예대 문예창작과 및 영남대 국문과를 졸업했다. 1966년 대구 『매일신문』 신춘문예에 「알제리아의 추억」이 당선되었고, 1967년 『현대문학』 제1회 장편소설 공모에 「어둠의 축제」가 당선되어 등단했다. 1974년에 현대문학상을, 1984년에 동인문학상을, 1990년엔 이상문학상을 각각 수상했다. 소설집으로는 『어둠의 혼』 『어둠의 축제』 『어둠의 사슬』 『도요새에 관한 명상』 등이 있으며, 1997년 도서출판 문이당에서 발행한 『김원일 중단편 전집』이 있다.

어두운 기억의 저편 1984년 이상문학상 355

이균영 ·· 1951년 전남 광양에서 태어나 한양대 사학과를 졸업했다. 1977년 『동아일보』 신춘문예에 소설 「바람과 도시」가 당선되어 문단에 등단했다. 소설집으로는 『바람과 도시』 『멀리 있는 빛』 등과 동화집 『무서운 춤』을 남기고 1996년 요절했다.

해설 ― 중편소설의 시대 전영태 415

유형(流形)의 땅

1981년 현대문학상

조정래(趙廷來)

1943년 전남 승주군 선암사에서 태어나 동국대 국문과를 졸업했다. 1969년 『현대문학』에 소설 「누명」과 「선생님 기행」이 추천되어 문단에 등단했다. 소설집으로는 『황토(黃土)』 『20년을 비가 내리는 땅』 『한, 그 그늘의 자리』 『허망한 세상이야기』 『대장경(大藏經)』 『태백산맥』 『아리랑』 등이 있다.

유형(流形)의 땅

"이 늙고 천헌 목심 편허게 눈감을 수 있도록 선상님, 지발 굽어살펴주씨요. 요러크름 빌팅께요."

영감은 부처님 앞에 합장을 할 때보다 더 간절하고 애타는 심정으로 손을 모았고, 그것도 부족한 것 같아 그만 바닥에 무릎까지 꿇었다.

"영감님, 왜 이러십니까. 딱한 사정 충분히 알았으니 어서 의자로 올라앉으십시오."

원장은 당황한 몸짓으로 영감을 일으켜 세우려 했다.

"선상님, 지발 딱 부러지게 맡아 주시겠다고 말씀해 주시씨요."

영감은 몸을 더욱 오그리며 애원하고 있었다.

"……알겠어요. 맡도록 하지요."

원장은 착잡한 표정으로 어렵게 대답했다.

"고맙구만이라. 선상님. 이 하늘 같은 은혜 저 시상에 가서라도 잊어뿔지 않컸구만이라."

가슴께에 두 손을 모으고 무릎을 꿇고 앉은 자세로 영감은 두 번 세 번 고개를 주억거렸다. 그런 영감의 눈에는 안갯빛의 눈물이 번지고 있었다.

"영감님, 어서 의자로 올라 앉으세요."

이렇게 사정을 하지 않고 문 앞에 버리고 가버렸으면 어차피 맡아야 될 아이가 아닌가 하고 원장은 생각했다.

어려운 몸짓으로 의자에 다시 앉은 영감은 연상 콧물을 들여마시며 속주머니를 더듬어댔다.

"선상님, 요거 지가 가진 전재산인디 받아 주시씨요. 뼝아리 오줌 같은 것인디…… 지 맴 표시니께…….''

영감의 투박한 손에는 접었던 자리가 선명한 1만 원권 지폐 두 장이 들려 있었다.

"아닙니다. 영감님 약값에나 보태십시오. 애는 우리가 다 알아서 할 겁니다."

"지발 받아 주시씨요. 못난 애비의 마지막 맴이니께요. 요걸 안 받으시면 지가 워찌 발길을 돌릴 수 있겄는가요. 선상님, 받아 주시씨요."

눈물이 그렁거리는 영감의 눈은 입보다 몇곱절 더 애타게 말하고 있었다.

"정 그러시다면……."

원장은 떨리는 영감의 손에서 돈을 옮겨 받았다.

"요건 내복 한 벌썩 장만헌 것이구만이라."

영감은 손등으로 눈을 씩 문지르고는 조그만 보통이 하나를 내밀었다.

"예에……."

원장은 보통이를 받아들며 부정父情의 신음을 듣고 있었다.

"겉옷도 한 벌썩 장만혔어야 허는디, 속옷을 새로 사입히고 봉께로 돈이 모지래서……."

영감은 입언저리에 울음을 가득 물고는 변명처럼 말했다.

"너무 걱정 안 하셔도 됩니다."

"그라고 요것 잘 간수혀 주시씨요."

영감은 낡아빠진 종이쪽을 조심스럽게 내밀었다. 원장은 종이쪽지에 그리다시피 쓴 '아부지 천만석'이란 여섯 글자를 한눈에 읽었다.

"고것이 지 이름 석 자구만이라. 지 할아부지가 상것으로 가난허게 산 것이 원이 되고 한이 되야, 니만은 꼭 만석군 부자가 되야 쓴다 허고 붙여

준 이름인 모양인디 요 꼬라지가 되야뿌렀소.”

영감은 절망의 덩어리 같은 한숨을 내쉬었다.

“새끼 하나 수발 못허는 빙신 같은 애비지만 이름 석 자만은 알게 혀야 되잖을까 혀서…….”

“그러믄요. 아버지 없는 자식이 어디서 생겨날 수 있겠습니까. 당연히 알아야 될 일이지요.”

원장은 이렇게 말하며 다시 영감을 뜯어보았다. 삶에 지칠 대로 지친, 가랑잎처럼 그 목숨이 사그라들고 있는 한 사내의 운명이 비참하게 놓여 있었다.

영감은 복도에 나가 있는 아들을 불러들였다. 여섯 살이라고는 했지만 제대로 먹이지를 못해서 그런지 가뭄철의 개똥참외처럼 말라비틀어져 있었다. 그런 아이놈의 몰골을 보자 새로운 서러움이 영감의 가슴을 찢었다.

죽으나 사나 끝까지 옆에 끼고 있을 걸 잘못한 짓이 아닐까 하는 생각이 불현듯 들었다. 이곳을 찾아오기 전까지 무수히 되풀이했던 애비로서의 죄책감이었다.

“아무리 살기가 어려웠다 해도 몸이 이렇게 되도록 내버려두면 어떡합니까. 앞으로 아주 조심하셔야 해요. 자칫 잘못하다간 큰일납니다.”

의사의 이 말이 아들을 끝까지 데리고 있어야 되겠다는 물기 젖은 생각을 동강내고는 했다. 뼈만 얼기설기 드러나는 그 엑스레이라는 흉칙한 사진은 자신의 목숨이 기름 바닥난 등잔불 같다고 의사에게 가르쳐 준 모양이었다.

굳이 병원을 찾아가기 전에도 영감은 자신의 병이 얼마나 깊어지고 있나를 대체로 알고 있었다. 입에서 피가 넘어오기 전에 벌써 그 징조는 나타났던 것이다. 이상하다 싶게 몸이 술에 휘둘렸고, 하루가 다르게 기운 쓰기가 어려워졌던 것이다. 기운을 써서 세끼 밥을 먹고 살아가는 축들은 건강의 변화를 의사보다 더 빨리 눈치채는 재주들을 가지고 있었다.

어느 노동판, 어느 길목에서 숨길이 끊길지 모를 일이었다. 그때 가서 고아로 버려지기는 마찬가지였다. 앞으로 1년을 더 살게 될지, 2년을 더 살게 될지 알 수가 없는 일이다. 자신의 손으로 미리 고아원에 맡기는 것이 그나마 한 가닥 핏줄을 지킬 수 있는 유일한 방법이라고 생각했던 것이다.
"철수야, 오늘부텀은 이 원장 선상님허고 여그서 사는 것잉께, 원장 선상님 말씸 잘 들어야 써, 알겄어?"
영감은 아들의 조그만 얼굴을 허리 굽혀 깊이 들여다보며 말했다.
"아부지는?……."
아이는 늙은 아버지의 눈을 쳐다보며 짧게 물었다.
"어허, 또 그 소리. 느그 엄니 찾아 갖고 온다고 쌔빠지게 헌 말 잊어뿌렀냐?"
영감은 일부러 사나운 목소리로 말했다.
"언제 와?"
아이는 시무룩해져서, 그러나 아버지의 눈을 똑바로 쳐다본 채로 물었다.
"엄니 찾으면 금시 올 것잉께……."
"못 찾으면?"
아이는 아버지의 말을 자르며 다부지게 물었다.
영감은 잠시 말문이 막혔다. 가슴 저 깊이로 서러움 한줄기가 써늘하게 뻗쳐나갔다.
"올 것이여. 엄니, 찾아 갖고 꼭 와."
영감은 자신 있게 말했다.
"아부지, 약속 걸어."
아이는 새끼손가락을 내밀었다. 영감은 손가락을 내밀 생각도 않고 아들을 물끄러미 바라보고 있었다.
불쌍한 내 새끼. 어쩌다 나 같은 인종한테 태어나 요런 꼴이 된단 말이냐. 건강하게 커야 써. 아푸지 말고, 밥 잘 묵고…… 불쌍한 내 새끼…….
"빨리 약속 걸어."
"그려, 그려."
"엄니 빨랑 찾아달라고 밤마다 기도할 거야."
"그려, 그려."
영감은 주체할 수 없이 솟구치는 울음의 덩이를 목이 찢어지도록 아프게 삼키며 손가락을 내밀었다.

작고 가느다란 손가락과 굵고 투박한 손가락이 허공에서 얽혀졌다.
"아부지, 엄니 찾아서 꼭 와야 해."
아이가 손가락에 힘을 주고 손을 흔들며 말했다.
"그려, 그려."
영감은 이제 울음을 질겅질겅 씹고 있었다.
똑똑헌 내 새끼야. 니 혼자 앞으로 어쩌크롬 살 것이냐. 요런 생이별을 알았으면 낳지를 말았어야 혔는디. 이 못난 애비가…… 불쌍한 내 새끼야…….
"철수야, 원장 선상님 말씸 잘 들어야 혀. 여그서는 밥 굶는 일도 읎고, 가마니 깔고 자는 일도 읎어. 아부지허고 살 때보담 훨썩 좋으니께 원장 선상님 말씸 잘 들어야 혀. 알겄어?"
아이는 이별이 가까워진 것을 느끼는지 시무룩한 표정으로 고개만 끄덕였다.
"자아, 철수야, 이리 오너라."
원장이 이별을 알렸다.
영감은 아이와 얽었던 손가락을 풀고 일어섰다. 그리고 아이의 등을 밀어 원장에게로 보냈다. 아이의 여윈 등은 밀리지 않으려고 저항하고 있었고, 그 기운은 영감의 손바닥을 타고들어 뜨겁게 전신으로 퍼져나가고 있었다.
"너무 걱정 마십시오."
원장이 이별을 재촉하고 있었다.
"그저 잘, 잘……."
영감은 두 번 세 번 머리를 조아렸고, 끝내 말끝을 맺지 못했다. 영감은 다 헐어빠진 가방을 드는가 싶더니 급하게 돌아서서 사무실을 나섰다.
"아부지!"
영감은 뒤돌아보지 않았다.
복도를 지나 운동장으로 나섰다. 영감은 후적후적 걸으며 비로소 눈물을 쏟고 있었다.
"아부지이이, 엄니 찾아서 꼭 와야 해에!"

운동장을 다 지나 정문께에 이르렀을 때 아들놈의 외침이 뒤에서 쟁쟁하게 들려왔다. 영감은 뒤돌아보지 않으려 했지만 도저히 되지 않는 일이었다.

돌아섰다. 아들은 원장에게 어깨를 잡힌 채 현관에 서서 손을 흔들고 있었다.

"꼭 와야 해에, 아부지이이!"

영감은 다시 솟구치는 울음을 울며 돌아섰다.

"오살을 헐 년. 저 불쌍한 새끼를 내뿔고 도망질을 치다니……."

영감은 부르르 몸서리를 치며 이빨을 앙다물었다.

여편네의 헤실헤실 웃는 얼굴이 눈물로 흐려진 눈앞에 떠올랐다.

"나쁜년 같으니라고!"

바로 눈앞에 상대가 있기라도 한 듯 욕을 쏴대며 손등으로 눈을 씩 문질렀다. 여편네의 모습은 간 곳이 없었다.

영감의 가슴에서는 다시 불길 같은 증오가 타올랐다. 잡기만 하면 정말 두 연놈을 그대로 살려두지 않을 결심으로 네 살짜리 어린것을 들쳐업고 방방곡곡을 헤매며 2년을 보낸 것이다.

"내가 넋 빠진 잡놈이었어."

영감은 절망적인 한숨을 내쉬었다. 여편네에 대한 식을 줄 모르는 증오심과 똑같은 비중으로 후회의 자책감도 함께 마음을 괴롭히는 것이었다.

집도 절도 없는 막노동꾼 신세에 무슨 영화를 보자고 꽃을 볼 작정을 했었는지 몰랐다. 자신의 일이었으면서도 도무지 이해가 되지 않았다. 그만큼 그 일은 후회스러운 것이었고, 그때 일만 저지르지 않았더라면 이제 와서 핏줄을 남의 손에 맡기는 일은 하지 않아도 되었을 것이라는 안타까움이 영감을 못 견디게 하고 있었다.

"천씨는 이 나이가 되도록 왜 혼자 살아요? 외롭지 않아요?"

여자가 이런 식으로 꼬리를 치기 시작했을 때 모질게 잘랐어야 했다. 그런데 비린내 맡은 고양이처럼 회가 동해가고 있었다.

"그렇게 말허는 임자는 왜 혼자 산당가? 그라고, 외롭지 않다는 거싱가?"

이렇게 대꾸하며 색다르게 느껴지는 여자냄새에 코를 벌름거리지 않았던가.

"데려갈 사람이 없으니 이런 모진 고생해 가며 혼자 사는 거지요. 나 같은 박복한 신세, 외로워도 어쩔 수 있나요."

여자는 갑자기 기가 팍 꺾이며 말했고, 그는 불현듯 여자가 불쌍하다는 생각을 하면서 가슴이 울렁거리는 것을 느꼈다.

이 무신 느자구없는 짓거리여. 반평생을 하루같이 쫓기고 숨어 살아온 체신에 무신놈에 암내는 맡고 지랄이여.

그는 자신의 꿈틀거리고 흔들리려는 마음을 황급하게 다잡고는 했다. 끝까지 그렇게 했어야 했다. 그렇지 못할 것 같았으면 그 공사판을 일찍이 등졌어야 했다.

공사판은 기름기가 자르르 돌고 있었다. 겨울철 같지 않게 일거리는 지천으로 널려 있었다. 공단工團은 내년 봄에 가동하도록 되어 있었고 직원들이 입주할 아파트도 그때까지 짓지 않으면 안 될 형편이었다. 그래서 일거리는 남아도는 판이었고, 일당도 후한 데다가 지불도 시간을 어기는 일조차 없을 지경이었다.

30년이 다 차가도록 오만가지 공사판을 찾아 떠돌아다녔지만 이처럼 걸직한 판은 만난 적이 없었다. 그것도 겨울철에 말이다. 공사판이 이렇듯 기름진 것이 또 하나 탈이라면 탈이었다.

"사람 한평생 잠깐인데 천씨는 무슨 재미로 살아요?"

"거 무신 씨나락 까묵는 소리랑가?"

"이렇게 밤마다 쏘주 마시는 재미?"

여자는 술을 따라 주며 빠꼼하게 쳐다보았다.

"재미로 술 마시는 사람도 있능가? 재미가 읎으니께 술이나 푸제."

"그럼 기막힌 재미를 만들면 되잖아요."

"무신 기맥힌 재미는…… 하루 벌어 하루 묵는 신세에."

가당찮다는 듯 그는 술을 입에 털어넣고는 깍두기를 으석으석 씹었다.

"하루 벌어 하루 먹는 신세라고 누가 색시 재미, 자식 재미 못 보게 막던가요? 사람 사는 게 뭔데 천씨는 이 나이가 되도록 마누라 하나, 자식 하나 없어요? 천년 살 줄 알지만 이러다 더 나이 먹고, 덜컥 병이나 나봐요. 아니, 죽으면 송장은 누가 거둬 주고, 찬물 한 사발이라도 제사는 누가 지내 준답디까. 이 세상에서 공사판 찾아 떠돌이 인생 살았으니 저 세상에 가서도 떠돌이 귀신 돼야겠단 말인가요?"

"머시여? 무신 놈에 주둥아리를 그러크롬 싸가지없시 나불대?"

그는 섬찍함을 느끼며 소리를 버럭 질렀다.

"어머, 무서워라. 화내지 말고 생각해 봐요. 지금 천씨 나이에 홀몸인데 내 말이 틀렸나요."

"듣기 싫여. 문딩이보고 문딩이라고 놀리니께 화가 나는 거시여."

"그럼 지금이라도 늦지 않았으니 문딩이 신세를 면하면 될 거 아녜요."

"머시라고?……"

그는 바로 코앞에서 헤시시 웃고 있는 여자의 발그레한 눈자위를 보면서 불두덩에 찌르르 전기가 통하는 것을 느꼈다.

순임이는 국밥집에서 일을 하고 있었다. 그래서 하루에 한 번씩은 꼭 대하곤 했다. 그저 흩어져 있는 소문으로는 시집을 갔다가 내쫓겼고, 국밥집은 먼 친척이 된다는 정도였다. 한 가지 분명한 것은, 어느 공사판에 든 걸레처럼 널려 있는 작부는 아니었다.

만석은 순임의 말을 듣고 새삼스럽게 자신의 신세를 돌이켜보지 않을 수 없었다. 순임이는 자신의 아픈 데를 족집게처럼 찍어낸 것이었다. 순임이가 아니더라도 전에 언뜻언뜻 생각하지 않은 건 아니었다. 그러나 애써 잊어버리려고, 생각하지 않으려고 해왔었다. 그런 생각이 스친 날이면 다른 날과는 달리 곤죽이 되도록 술을 마셨다.

30년으로 기울기 시작한 세월에 이르는 동안 공사판을 찾아 정처 없이 떠돌면서 겪은 여자는 무수하게 많았다. 정이 있어 엮어진 사이가 아니라 돈을 주고받고 얽힌 사이였다. 막노동꾼이 인간쓰레기라면 그 쓰레기들의 돈을 뜯어 목구멍을 채우겠다고 아랫도리를 내놓는 여자들은 더 말할 것이 없었다. 그런 여자들과 아무리 많이 몸을 섞는다 해도 그 누구 하나 순임이 같은 말을 할 리가 없었다.

실로 너무나 오랜만에 만석은 자신의 장래를 생각해 주는 정이 담긴 말을 들은 것이었다. 그것도 술집 작부나 창녀가 아닌 여자한테서 말이다. 만석은 무일푼이라는 것도 잊어버렸다. 마흔아홉이라는 나이도 잊어버렸다. 그저 벅차고 두근거리는 마음의 갈피를 잡을 수가 없는 채로 전과는 달리 일이 힘드는 줄을 몰랐다.

"나도 잘 모르겠어요. 그냥 마음이……."

국밥집에 드나드는 공사판 사람들 중에 다른 젊은것들도 많은데 왜 하필이면 나이 많은 자기냐고 묻는 말에 순임은 얼굴을 붉히며 이렇게 말꼬리를 흐리고 말았다.

"내 나이 마흔아홉, 임자 나이 서른셋이면 몇 살 간격인지나 아는가?"

"진시황은 하룻밤을 자려고 만리성을 쌓았대요."

순임은 아주 유식하게 대답했다.

"허, 참……."

만석은 더 할 말이 없었다.

만석은 순임의 말을 듣고 욕심껏 계산을 해나가기 시작했다. 자기를 닮은 자식을 키워 보고 싶었다. 술을 바짝 줄이고 사먹는 밥값만 모으면 너끈히 살림을 꾸려갈 수 있을 것이었다. 허리끈 조이고 알뜰살뜰 살면 한곳에 뿌리내리고 떠돌이 신세도 면하게 될 것이다. 사람답게 한번 살아 보라고 하늘이 점지해 준 짝이라 싶었다.

막노동으로 시달린 마흔아홉 살의 육신이 갑자기 새순 돋는 봄나무처럼 싱싱해지는 것을 느꼈다. 항시 희뿌연 구름으로 덮여 있던 마음도 가을하늘처럼 활짝 개어 있었다. 매일이다시피 마시던 술을 거의 입에 대지 않았다. 굳이 마다했던 야간작업에도 나섰다. 그래도 노곤한 줄을 몰랐다. 점례를 색시로 맞아들이기 위해 뼈 휘는 줄 모르고 일을 했던 스무 살 적 근력이 되살아난 것 같았다.

석 달을 그렇기 악다구니로 보내고 나니 수중에는 제법 목돈이 잡혔다.

"인자 사글세방 하나 장만헐 액수는 모아졌는갑구만."

만석은 순임이 앞에서 고개도 제대로 못 들고 이렇게 말했다.

"어머, 벌써요? 내가 사람 한번 틀림없이 봤군요. 젊은것들로는 어림도 없는 일예요. 이런 날을 얼마나 기다렸다구요."

순임은 생각했던 것보다 훨씬 더 반가워하고 기뻐했다.
혼례식이고 뭐고 필요한 게 아니었다. 방 하나를 얻어 살림을 차렸다.
"서른 계집 암내에 쉰 사내 기둥뿌리 빠질 테니 조심해."
"암, 암, 스물 계집 고게 비지살 조개라면 서른 계집 고건 찰고무 조개야. 섣불리 꺼떡대다간 허리까지 내려앉는다구."
노동판 험한 입들은 만석의 느닷없는 색시맞이를 그대로 보고 넘기지 않았다.
"요런 버르장머리 읎는 삭신들아, 염려들 말어. 안즉 아들로만 열은 뽑을 기운이 남았응께."
만석은 주착없다 싶게 벙글거리며 맞받아 넘겼다.
사실 만석은 더없는 행복감에 취해 있었다. 길고 긴 떠돌이 생활이 일단은 끝을 맺은 것이다. 그리고 암울하고 한심스럽던 앞날에 어렴풋이 희망이 보이기 시작한 것이다. 맨주먹으로 왔다가 맨주먹으로 가는 것이 사람의 한평생이라고 체념하고 살았었다. 그러나 그건 어디까지나 답답했던 때의 생각이었다. 한번쯤은 사람답게 살아 보고 싶은 욕심은 언제나 마음 깊은 곳에 도사리고 있었던 것이다.
신방 아닌 신방을 차렸던 날 밤, 만석의 가슴에는 지나간 세월의 기억들이 슬픔과 아픔으로 되살아나고 있었다.
"말씨로 고향이 전라도라는 건 아는데 장가는 첨 드는 건가요?"
신방치레를 한 차례 지르고 나서 순임이가 물은 말이었다.
"첨이면 어떠코 열 번, 스무 번째면 워쩔 것잉가?"
만석은 퉁명스럽게 되물었다. 그러면서 딴생각에 깊이 빠져들고 있었다.
"어쩌긴요? 이제 부부가 됐으니 이런저런 것들이 궁금해서 그러지요."
"굼벵이를 삶아 묵었능가, 궁금허게. 따로 챙겨논 처자석 읎응께 임자는 쓰잘데읎는 생각 말고 앞으로 살 일이나 궁리허드라고."
"그래도 고향이 어딘지, 왜 떠돌며 살게 됐는지, 부모님 형제간은 어디 사는지, 알아야 될 게 있잖아요."
"아, 시끄러!"
만석은 눈을 부릅뜨며 벌떡 일어나 앉았다. 그런 그의 눈은 섬뜩한 살기를 품고 있었다.

"니가 면서기여, 지서 순사여. 워디다 써묵자고 쓰잘데읎는 과거지사를 꼬치꼬치 캐고 야단이여. 니나 나나 오다가다 눈맞고 배맞어 어디 한번 살아 보자는 것뿐인디 뭣헌다고 과거지사는 캐고 지랄이여. 오지기 내놀 것 읎고, 보잘것읎으면 뜬구름맹키로 떠돌이 신세가 됐을 것잉가. 나는 족보도 읎고 고향도 읎는 진짜배기 상것이닝께 고런 것 따지고 살라면 당장 짐 싸갖고 나가뿌러. 아, 싸게 나가랑께!"

만석은 곧 후려칠 것처럼 벌겋게 흥분되어 있었다.

"아녜요, 그게 아녜요. 난 관심을 써준다고 생각하고 한 말인데…… 잘못했어요. 다시는 안 물을 게요."

한바탕 날벼락을 맞고 난 마누라 순임이는 돌아누워 깊은 잠에 빠져 있었다. 만석은 그녀의 가난한 어깨를 물끄러미 바라보며 미안하다고 생각했다. 그녀의 말마따나 새로 맞은 남편에 대한 예의로 물었을 뿐인 말을 가지고 자신이 너무 지나치게 흥분한 것이었다. 그러나 그건 어쩔 수 없는 일이었다. 그 과거라는 것 때문에 30년 가까이나 죄인으로 숨어 다니고 쫓기며 살아온 것이었다. 그 동안 살아 있었다고는 하지만 지금까지도 고향엘 갈 수가 없는 것은 자신의 죄가 그대로 남아 있는 증거였다. 최씨 문중이 그대로 자리잡고 있는 고향에 내려가면 그들은 당장 자신을 생매장하고 말 것이었다. 어제까지 한편이었던 인민군의 총질에 쫓겨 초저녁 어스름을 타고 고향을 도망쳐나온 후로 그 누구에게도 입을 열지 않았던 과거였다.

"개잡년!"

만석은 부르르 치를 떨었다. 그 생각만 하면 전신이 싸늘하게 굳어지며 피가 머리로 뻗쳤다. 그리고 그때의 장면들이 세월의 흐름과는 상관없이 한 치도 틀리지 않고 되살아나는 것이었다. 원래 기억력이 좋은 편이 못되었고, 마흔 고개를 넘기면서부터는 며칠 전 일도 까맣게 잊어먹고 하는데, 그때의 기억만큼은 어쩌면 그리도 생생하게 박혀 있는지 모를 일이었다. 사진도 30년 세월이면 누렇게 변색하게 마련인데 그 기억만은 전혀 변색할 줄을 몰랐다. 모습이 변색을 하지 않은 것만 아니라 장면 장면에 따라 그때의 냄새까지 역력하게 맡아지는 것은 또 어찌된 일인가.

"육시헐 년!"

만석은 눈을 질끈 감으며 뜨거운 숨을 토해냈다.

점례 그년이 옷만 홀랑 벗고 있지 않았더라도 그년까지 죽이지는 않았을 것이다. 아랫도리만 벗겨져 있었더라면 그놈한테 당한 일이라고 덮어버릴 수도 있었다. 그런데 새끼까지 배고 있던 년이 옷을 홀랑 벗어던지고 그놈과 엉클어져 있었던 것이다.

인민위원회 부위원장 만석은 시市 인민위원회에 보고사항을 가지고 이틀간 집을 비워야 했다. 부하 두 명을 대동한 행차는 만석의 기분을 더없이 들뜨게 만들었다.

"천 동무. 동무의 혁명투쟁은 혁혁한 것이요. 동무의 위원장 임명은 시간문제요. 잘 다녀오도록 하오."

길을 떠나기 직전에 했던 분주소장의 목소리가 귓가에 쟁쟁했다. 위원장이 되면…… 만석은 옆에서 걷고 있는 두 부하가 모르게 주먹을 말아쥐었다. 부위원장이라는 자리만으로도 그 동안 휘둘러온 권한은 스스로 믿어지지 않을 정도였다. 25년 세월 동안 겪어왔던 배고픔과 서러움을 한풀이하기에 부족함이 없었다. 그런데 위원장이 되면…… 두말할 것도 없이 감골·학내·죽촌 마을이 다 자신의 것이 되는 것이다.

사실 위원장을 맡고 있는 수길이는 못마땅한 데가 한두 가지가 아니었다. 곧잘 나가다가도 엉거주춤 겁을 먹거나 망설일 때가 있었다. 수길이가 위원장 자리에 앉혀진 것은 순전히 나이를 세 살 더 먹었다는 것뿐이었다.

최 참봉네 큰손자를 처형할 때도 수길이는 등신처럼 머뭇거렸다. 서울에서 법을 공부하던 그가 마을에 잠입했다는 소문이 돌았다. 바로 최 참봉네 식구들을 끌어다가 요절을 내버릴 수도 있었지만 일단 비밀수색을 하기로 했다. 얼마 전에 읍장을 지내던 최 참봉 아들이 처형되어 집안이 쑥밭이 되었기 때문이었다. 나흘을 잠복한 끝에 최 참봉네 손자는 당숙집의 대밭 토굴에서 체포됐던 것이다.

그는 뒷등 소나무 아래로 끌려나갔고, 갈 길은 빤히 정해져 있었다. 그는 파리한 얼굴에 입을 꼭 다문 채로 이쪽을 뚫어지게 쏘아보고 있었다.

"엄니 초장에 쌀 한 말을 내준 거시 바로 저 형규였어."

수길이 떨리는 목소리로 나직하게 한 말이었다.
"그려서, 살려 주자 고런 말이당가요?"
만석은 잠시의 틈도 주지 않고 대질렀다.
"머시냐, 꼭 그러잔 것이 아니라⋯⋯."
"위원장 동무, 혁명완수를 위해서는 과감허게⋯⋯."
일부러 목청을 돋우어 분주소장의 말을 흉내내는데, 이상한 낌새를 챘는지 뒤에 서 있던 분주소장이 다가서며 물었다.
"뭣들 하는 게요?"
순간 수길의 얼굴이 굳어지며 만석을 애원하듯 바라보았다.
"저 반동을 얼렁 처단해 뿔자고 헌 말이구만이라."
만석은 재빨리 대꾸했다. 그러면서, 살았다 싶게 어깨를 늘어뜨리는 수길의 모습을 지켜보았다.
"좋소, 빨리 처단하시오!"
분주소장의 명령이 떨어지자 만석은 대창을 들고 서 있는 부하들에게 눈짓했다. 세 명은 대창을 꼬나잡고 소나무에 묶여 있는 최 참봉네 손자를 향하여 돌진했다. 그리고 온 산을 찢고, 하늘을 찢고, 땅까지 찢어발기는 것 같은 비명소리가 길게길게 퍼져나가고 있었다. 그때 수길은 눈을 꼭 감은 채 나무토막처럼 뻣뻣이 굳어져 서 있었다. 그런 수길을 비웃음으로 바라보고 서 있는 만석은, 네놈은 위원장 자격이 없어, 생각하고 있었다.

만석은 수길이와는 반대로 그 길게 퍼져나가는 비명소리를 들으며 전신 마디마디가 짜릿짜릿해지는 쾌감을 느끼고 있었다. 그 쾌감은 곧 복수심이었다. 대대로 종놈으로 살아왔고, 태어나서 지금까지 스물다섯 해 동안 겪어온 모든 서러움과 고통과 억울함이 그 짜릿짜릿한 쾌감 속에서 천천히 천천히 씻겨나가고 있었다. 만석은 그 쾌감이 마누라 점례 위에서 느끼는 쾌감보다 더 뜨겁고 진하고 아찔아찔하게 느끼고 있었다. 마누라 배 위에서 느끼는 쾌감도 환장할 만한 것이긴 했지만 그건 너무나 짧았고, 그리고 금방 낭떠러지로 떨어지는 것 같은 허망함이 찬 기운으로 몰려드는 것이었다. 그러나 자신을 사람 취급하지 않았던 자들의 마지막 비명소리에서 느끼는 쾌감은 잊을 수 없는 기억들이 줄지어 떠오르다 사라지는 시간

만큼 길었고, 아쉬움은 있을망정 낭떠러지로 떨어지는 것 같은 허망함은 없었다.

머잖아 위원장이 되리라는 기대에 부풀어 시위원회에 도착했고, 거기서 내리는 급한 지시사항을 가지고 당일로 오십 리 길을 되돌아와야 했다.

위원회 사무실에 당도했을 때는 해가 뉘엿뉘엿했다. 긴 여름 하루 종일 백 리 길을 걷느라고 만석은 지칠 대로 지쳐 있었다. 사무실에는 아무도 없었다. 우선 두 부하를 돌려보냈다. 지시사항을 전달하기 위해서 자신은 분주소장을 만나야 했다. 다리를 책상 위에 올려놓고 한동안 앉아 있던 만석은 언뜻 이상하다는 생각을 했다. 사무실이 이렇게 텅 비어 있을 리가 없었다. 무슨 큰일이 일어나지 않고서는 있을 수 없는 일이었다. 이대로 앉아만 있을 게 아니라 찾아봐야겠다는 생각을 했다.

사무실을 나온 만석은 뒤로 붙어 있는 숙소로 돌아갔다. 숙소에 누가 있나 싶어서였다.

숙소로 가까이 다가가던 만석은 무의식적으로 걸음을 멈추었다. 이상한 느낌의 인기척이 새어나왔던 것이다. 다시 귀를 기울였다. 그건 분명 밤일을 할 때나 내는 남녀의 소리였다. 순간 만석은 속이 꿈틀 꼬이는 것 같은 야릇한 기분으로 긴장했다. 그리고 자신도 모르게 좌우를 빠르게 살폈다. 어떤 황소 뱃가죽 가진 놈이 벌건 대낮에 위원회 숙소에서…… 이런 생각과 함께 몸은 벌써 창가로 찰싹 달라붙어 있었다.

"어, 어……."

만석은 그만 소리를 지를 뻔했다. 엎어져 있는 사내놈의 얼굴은 저쪽으로 돌려져 파묻혀 있었기 때문에 알 수가 없었지만, 눈을 꼬옥 감은 채 입을 반쯤 벌리고 끙끙대고 누워 있는 건 바로 자신의 마누라 점례였던 것이다.

만석은 머리가 핑그르 돌며 앞이 캄캄해지는 걸 느꼈다. 그리고 다음 순간 전신에 불이 붙는 것 같은 뜨거움이 뱃속에서 터져올랐다.

눈에 보이는 대로 커다란 돌을 집어들었다. 그리고 문을 박차고 들었다.

"요런 개잡녀러 것들아!"

엎어져 있던 사내가 딱 굳어지는 것 같더니 벌떡 일어섰다. 그 순간 커다란 돌덩이가 사내의 뒤통수에 퍽 소리를 내며 떨어졌다. 벌거벗은 사내의 몸뚱어리는 괴상하게 짧은 비명을 토하며 그대로 방바닥에 뒹굴어졌다. 거의 동시에 알몸의 여자는 발딱 일어나 두 팔로 가슴을 가린 채 파랗게 질려 앉은걸음으로 방구석을 향해 쫓기고 있었다. 눈에 불을 켜고 이빨을 앙다물은 만석이가 다가서고 있었던 것이다. 여자는 마침내 방구석에 막혀 더는 뒤로 물러날 수가 없게 되었고, 발가벗은 몸은 방구석에서 와들와들 떨며 점점 조그맣게 오그라들고 있었다. 만석은 짐승처럼 다가서고 있었다. 한 발짝 앞까지 만석이 다가섰을 때였다.

"살려 주씨요오."

소리를 지르며 여자가 몸을 튕겨 앞으로 내달았다. 그때 만석의 발길이 여자의 배를 걷어찼다. 여자는 돌로 뒤통수를 맞은 사내처럼 짧은 비명을 토하며 방바닥에 나뒹굴었다.

만석은 이빨을 뿌드득 갈아붙이며 사내 쪽으로 돌아섰다. 사내는 머리에서 피를 철철 쏟으며 꿈지럭거리고 있었다. 허공에 뻗쳐진 사내의 팔은 푸들푸들 경련을 일으키고 있었다. 한사코 무언가를 잡으려는 몸짓이었다. 만석은 엎어진 사내의 얼굴을 발로 차서 돌렸다.

"아니! 니놈이……."

만석은 섬찍 물러섰다. 그 사내는 분주소장이었다. 그렇게 하늘처럼 믿었던 분주소장…… 속았다는 분노가 창밖에서 마누라의 얼굴을 확인했을 때보다 더 뜨겁게 전신을 터져나왔다.

거의 흰창뿐인 눈을 흡뜬 분주소장은 여전히 허공으로 팔을 뻗힌 채 몸을 꿈틀대고 있었다. 그 팔을 뻗힌 방향에 따발총이 놓여 있었다. 만석은 따발총을 집어들었다. 그리고 사내의 하복부를 향해 방아쇠를 당겼다.

따따따따…….

만석은 마누라 쪽으로 돌아섰다. 마누라는 그 사이 몸을 가누어 일어나선 문 쪽으로 엉금엉금 기어가고 있었다. 만석의 눈앞에 커다란 마누라의 둔부가 확대되어 왔다. 두 엉덩이 사이에 그대로 노출된 그것은 돼지의 그것처럼 더럽고 추악했다. 만석은 그곳을 향해 다시 방아쇠를 당겼다.

따따따따…….

탄환이 더 나가지 않게 되었을 때 만석은 총을 내던졌다. 방 안은 피바다가 되었고, 그 속에 내장이 터져나온 두 시체는 나자빠져 있었다.
 만석은 도망가야 된다고 생각하며 황급히 숙소를 뛰쳐나왔다. 그리고 산길 쪽을 향해 내닫기 시작했다.
 "시상은 참아 감서 살아야 허는 거시여. 한을 험허게 풀면 또 다른 한이 태이는 것이여. 안돼야. 안돼야. 지발 사람 상허게 말어."
 아버지의 음성이 줄곧 따라오고 있었다. 어머니의 찌들은 얼굴이 어른거렸다. 세 살 먹은 아들이 방싯거리며 "아부지, 아부지" 부르고 있었다.

 새 마누라 순임이는 다시는 지난 이야기를 묻는 일 없이 그런대로 살림을 꾸려나갔다. 만석은 사는 재미가 이런 것인가, 새삼스럽게 느끼며 아직도 젊은 마누라를 품고 전과는 다른 온기서린 잠을 깊이 잘 수 있었다.
 공사판 저쪽 멀리로 아지랑이가 간지럼을 타듯 아롱거리고, 아파트도 예정대로 다 되어가고 있을 무렵이었다.
 "몸이 영 이상해요."
 마누라가 눈을 내리깔고 한 말이었다.
 "멋을 잘못 묵었간디?"
 만석은, 물약이나 한 병 사다 묵어, 하는 식으로 말하고 말았다.
 "그게 아니구요, 꽃이 두 달째나 안 비쳐요."
 "꽃?……."
 되물어놓고는 만석은 머릿속에 전등불이 환하게 켜지는 걸 느꼈다.
 "워메, 소식이 있단 말이당가?"
 만석은 들뜬 목소리로 물었고,
 "그렇당께요."
 마누라는 만석의 말을 흉내내며 부끄러운 듯 눈을 흘겼다.
 "아들 하나만 쑥 빼내뿔소. 내가 갑절로 일을 혀서 호강시킬팅께."
 만석은 마누라의 손을 덥석 잡으며 말했고,
 "징그러워요. 낳지 어떻게 빼내요."
 마누라는 수줍게 웃었다.
 "평생을 있는 놈덜 발 밑에 밟히고 사는 쌍놈 신센 줄 알았으면 자식새끼는 애시당초 낳지를 말았어야제라. 요런 세상 불거지지 않았으면 머땀새 요런 드러운 꼴 당했을랍디여."

"지멋대로 뚫어진 구멍이라고 저놈 말허는 것 잠 보소. 니놈이 그 나이에 멀 알 것이냐. 이담에 나이들먼 다 지절로 알게 될팅께."

아버지는 열여덟 살의 만석이를 더는 탓하지 않았었다.

스물한 살에 장가를 든 것도 꼭 마음이 내켰던 것은 아니었다. 부모들의 성화에는 아예 관심도 없었고, 장난삼아 색시감을 얼핏 보았는데 그 인물이 아주 잘생겼던 것이다. 상것 취급을 받기엔 너무 아깝게 잘생긴 얼굴이었다. 그래서 마지못한 것처럼 장가를 들었고, 잠자리를 함께하다 보니 애 아버지가 된 것이었다. 그때도 아버지의 말뜻이 무엇이었는지 깨닫지를 못했다. 아니, 아버지의 말은 아예 생각지도 않았다.

그런데 쉰의 나이에 마누라의 임신 소식을 들으며 32년 전의 아버지 말이 떠오르는 것은 무슨 까닭인가. 아버지의 말대로 나이가 들어서 저절로 알게 된 것인가. 이 세상에서 한평생을 살다 가며 제 핏줄을 남긴다는 것은 말로 다 헤아릴 수 없는 어떤 깊은 뜻이 있다는 것을 만석은 어렴풋이 느끼고 있었다.

마누라의 배가 차츰 불러오기 시작하면서 공사판의 일도 다 끝나가고 있었다. 마누라는 공사판을 찾아 떠돌아야 한다는 사실을 무서워했다. 그래서 취직자리를 알아보겠다고 나섰다.

"아, 시장시런 소리 하덜 말어. 배워묵은 것이라곤 농새짓는 것허고 노동판 품팔이뿐인디 취직은 무신 놈에 취직이여."

만석은 처음부터 만류했지만 마누라는 듣지 않았다. 마누라가 며칠 만에 알아온 것이 공단의 경비직이었다. 밤에만 일을 해야 하는 그 자리마저도 만석의 처음 예상대로 자격미달이었다. 중졸 이상으로 제한한 학벌이 그랬고, 서른다섯 이하로 못 박은 나이가 그랬고, 재정 보증인, 신원 조회, 자격미달은 한두 가지가 아니었다. 마누라는 두어 군데 더 알아보고 나서는 포기했다.

"내가 다시 국밥집에 나가 일을 했으면 했지 떠돌이 신세로는 못 살아요."

"머시 워쩌고 워째? 나허고 배맞춤시롱 여기서 죽을 때꺼정 살라고 작정혔더란 거시여?"

다시 국밥집에 나간다는 말에 만석은 그만 화가 머리꼭대기로 치솟았다.

"귀때기 활짝 열고 내 말 똑똑허니 들어. 다리몽댕이 분질러 뿔기 전에 방구석에 달싹 말고 처백혀 있어. 멕이든 굶기든 내 알아서 헐팅께."

만석은 문을 박차고 나왔다.

생각해 보면 마누라의 심정도 충분히 이해가 갔다. 뱃속에 애까지 넣고 일거리를 찾아 어딘지도 모를 곳으로 정처없이 떠돌아야 한다는 것이 무서운 일일 것이었다. 그러나 어쩌랴. 자신은 한글도 완전히 깨치지 못한 무학無學에, 나이는 쉰이나 먹은 영감인 것이다. 나이를 생각하면 앞날이 캄캄해지기도 했다. 노동도 하루이틀이지 언제까지 계속할 수 있을지 의문이었다. 벌써 공사판의 일당도 젊은 축들과는 차이가 나게 매겨졌다.

찾아가 볼 사람이 한 사람 있긴 했다. 아파트공사 현장 책임자인 박 기사였다. 젊은 사람이 많이 배우고 높은 자리에 있으면서도 전혀 뻐기거나 도도하지 않았다. 기술자도 아닌 막일꾼에게까지 인정스럽게 대했다. 만석은 그 박 기사와 유독 가깝게 지낸 사이였다.

만석은 몇 번을 망설인 끝에 박 기사를 찾아가기로 했다. 그에게 숨김없이 사정을 다 털어놓았다.

"딱한 사정이군요. 제가 알아볼 테니 내일 다시 만나십시다."

박 기사는 언제나처럼 정겨웁게 말했다.

다음 날, 박 기사는 취직자리를 만들어 놓고 기다리고 있었다.

"뭐 취직이랄 게 없군요. 아파트 관리실 소속으로 허드렛일을 해야 하거든요. 월급도 너무 적고, 마음에 드실지 모르겠군요."

"고맙구만이라, 박 기사님. 지까짓 거시 맘에 들고 안 들고가 워디 있간디요. 고맙구만이라."

만석은 먹구름이 가득 끼었던 가슴에 햇볕이 환히 비치는 기분으로 수없이 머리를 조아렸다.

만석은 잡역부였다. 월급은 겨우 먹고 살 정도였다. 그것만으로도 만석은 하늘의 별을 딴 기분이었다. 마누라의 소원을 풀었고, 생전 처음 월급이라는 것도 타보게 된 것이었다. 공사판 일에 비하면 아무것도 아닌 일이라서 만석은 그저 부지런히 몸을 놀렸다.

마누라는 아들을 낳았다. 왜 그렇게 기분이 좋은지 모를 일이었다. 그러나 저놈이 장가를 들려면, 생각하다가 만석은 얼굴이 굳어졌다. 스무 살에 장가를 들인다 해도 자기의 나이가 칠십이었던 것이다. 그때까지 살 수 있을까 하는 생각이 마을을 싸늘하게 식혔다.

아이 하나가 더 생기자 돈이 어른 한몫이 넘게 들어갔다. 마누라는 월급이 적다고 불평을 하기 시작했다. 애가 자라나는 것에 정을 쏟으며 마누라의 투정에는 귀도 기울이지 않았다. 해가 바뀌어도 월급은 오르지 않았다. 마누라의 불평은 더 심해갔다. 그렇다고 월급이 오를 리는 없었다. 잡역부는 임시직이었다.

산다는 것은 무엇일까. 그건 어쩌면 시나브로 세월이라는 것을 한술씩 떠 마시며 죽어가는 것인지도 모를 일이었다. 세월을 마디마디 묶어 표시해 놓은 나이라는 것은 참 무서운 것이었다. 마흔여덟이 다르고, 마흔아홉이 다르고, 더군다나 쉰은 더 다른 얼굴이었다. 서리 내린 다음의 나뭇잎이 하루 사이로 달라지듯 늙음으로 치닫는 나이도 다급히 변색해갔다. 한 해가 다르게 몸에서 진기가 말라가는 것이었다.

아이놈 철수는 가난한 집 자식으로 태어날 것을 알고 미리 제 복을 타고 났는지 무병하게 자랐다. 커서 부디 훌륭하게 되라고 이름도 국민학교 책에 나오는 것으로 철수라고 지었다. 날이 갈수록 생활은 쪼들려가고 그럴수록 마누라의 찡찡거리는 소리는 심해갔다. 그러나 만석은 아이놈에게 쏟는 정으로 이런저런 괴로움을 잊으려 했다.

아이놈이 네 살을 서너 달 앞두고였다. 관리비 절감 계획에 따라 만석은 잡역부 임시직마저 그만두지 않을 수 없게 되었다. 그건 밤길에서 만난 절벽이었다. 그렇게 앞길이 캄캄한 절망을 느낀 것은 처음이었다. 혼자 몸으로 떠돌며 끼니를 거르던 때와는 전혀 다른 절박함이고 쓰라림이었다. 당장 다음 달부터의 생계가 문제였다. 만석은 마음을 가다듬고 공사판 소식을 수소문하러 나섰다. 그래도 믿을 건 막일밖에 없었다. 며칠을 헤맨 끝에 2백 리 밖에서 벌이가 될 만한 공사가 벌어지고 있다는 걸 알아냈다.

"산 입에 거무줄 치란 법 읎다. 집 비우는 동안 철수 수발이나 잘 허고 있드라고. 돈은 메칠씩 묶어 보낼팅께."

만석은 지체하지 않고 공사판으로 떠났다.

열흘 치씩 일당을 모아 집으로 부쳤다. 쉰세 살의 몸에 남은 기운은 스스로 생각해도 믿어지지 않을 만큼 바닥이 나 있었지만 만석은 이를 갈아붙였다. 그 초롱초롱한 눈을 가진 자식을 굶길 수 없다는 마음에서였다. 막일꾼에게 밥만큼 요긴한 게 술이었다. 그러나 만석은 한 홉 이상은 절대 입에 대지 않았다. 안주는 김치 깍두기로 족했다. 일당을 모아 부치는 것을 유일한 보람이요 즐거움으로 삼고 하루하루의 고달픔을 견뎌내다 보니 두 달이 넘어가고 있었다.

그런 어느 날 만석은 편지를 받았다. 편지를 읽다 말고 만석은 벌떡 일어나며 뭐라고 소리쳤고, 비척비척하며 다시 주저앉았다.

그 길로 집에 돌아와 보니 편지에 적힌 대로 방은 썰렁하게 비어 있었고, 아무것도 모르는 아이놈은 국밥집에 맡겨져 있었다. 마누라가 젊은 놈과 도망을 가버린 것이었다.

"개잡년, 어디 두고 보자. 내 눈에 흙 들어가기 전까지는 니년을 찾아 땅끝까정 갈 것잉게. 잽히기만 혀봐, 연놈 가쟁이럴 열두 갈래로 찢어놓고 말 것잉께."

만석은 아이놈을 안아올리며 뿌드득 이빨을 갈아붙였다. 그런 그의 눈 앞에는 피바다가 된 방바닥에 내장을 다 드러내고 나자빠진 두 남녀의 시체가 역력하게 떠오르고 있었다.

"애시당초 글러묵은 기집 복이 두 번째라고 있을 턱이 읎제. 잡아 쥑이는 일만 남았응께, 워디 을매나 멀리 내빼는가 보자, 개잡년 같으니라고."

이렇게 중얼거리고 있는 만석의 입가에는 서늘한 웃음이 번지고 있었고, 눈에는 파란 살기가 서려 있었다.

사글세방의 얼마 안되는 보증금까지 알뜰하게 챙겨 달아난 사실을 뒤늦게 알고 만석은 분에 떠밀려 주저앉고 말았다. 세간살이를 정리해서 몇 푼의 돈을 마련한 만석은 아이놈을 들쳐업고 정처 없는 길을 밟았다.

누구는 서울로 갔을 거라고 했고, 어느 사람은 부산일 거라고도 했다.

다 추측에 지나지 않았다. 우선 가까운 부산부터 뒤지자고 작정하고 길을 잡았다.

때로는 굶기도 하고, 다급해지면 거렁뱅이짓도 해가며 도시에서 도시로 발길을 옮겼다. 젊은 나이에 일판을 따라 떠돌 때와는 달리 세상은 너무나 넓었고 또 적막했다. 비라도 추적추적 내리는 날이거나, 눈이라도 한정 없이 쏟아지는 날 같은 때는 아이놈을 품에 싸안고 만석은 소리 없는 울음을 끝없이 울었다.

한평생 산다는 것이 무언가. 나는 지금 어디로 가고 있는가. 나는 왜 이 낯선 땅에서 이러고 있는가. 사람이라는 것이 한번 잘못 태어나면 이렇게 되고 마는 것인가. 누구는 양반으로 태어나고 누구는 상것으로 태어나는가. 왜 이 세상에는 양반이고 상놈이고 하는 법이 생겨난 것일까. 다 똑같은 사람인데, 생김도 같고, 생각도 같고…… 그런데 어디서부터 그런 차등이 생긴 것일까. 내가 잘못한 것이었을까. 상놈의 피를 타고 났으면 상놈답게 살아야 하는 게 순리였을까. 내 핏속에는 정말 남다른 열이 섞여 있어서 그랬을까. 서너 달 사이에 사람들을 상하게 한 죄로 이꼴이 된 것인가…… 아니, 이렇게 목숨이 붙어 있다는 것이 오히려 잘못된 것인지도 모른다. 아버지처럼 그렇게, 상것으로 취급받으며 살고 싶지는 않았다. 그것이 욕심이었을까. 상것의 턱없는 욕심이었을까. 이렇게 떠돌다가 오래지 않아 죽게 될지도 모른다. 그럼 내 새끼는 어찌 되는 것인가. 이 어린것의 일생은 어찌 되는 것인가. 이 세상 한평생을 살고 남은 건 이 새끼 하나뿐이다. 이거나마 끼고 있으니 그래도 살아갈 맘이 생기는 것인가. 내일은 또 어디로 가야 할 것인가.

만석은 괴로움을 주체할 수가 없었다.

떠돌다 보니 고향 가까이까지 이르렀다. 만석은 예나 마찬가지로 가슴이 방망이질하고 자꾸만 오금이 조여왔다. 야음을 타고라도 한번 들러갈까 하는 생각을 했지만 그건 순간이었다. 도저히 그럴 만한 용기가 나지 않았다.

늙은 탓일까. 전에 없이 마음이 끌리고 안타까웠다. 그 동안 굳이 피했으면서도 두 번을 고향 언저리까지 접근했었다. 그때마다 밤을 이용해서였다. 그러나 서둘러 몸을 피하곤 했다. 자신의 죄는 퍼렇게 살아 있었던 것이다.

 떠돌기를 1년 반을 했을 즈음 만석은 피를 토했다. 몸이 파삭파삭 마른 것처럼 느껴졌다. 이제 머지않았다는 걸 느끼면서도 어린 자식이 마음에 걸려 행여 하는 생각과 함께 병원을 찾아갔다. 엑스레이라는 사진은 그만 살라고 말하는 모양이었다. 마누라를 찾아내는 마지막 길이라 작정하고 발길을 들여놓은 서울이었다. 그래서 이 세상을 사는 마지막 일로 생각하고 마누라와 고아원을 함께 찾으며 6개월 동안 서울을 헤맸다. 그리고 더는 몸을 지탱할 수가 없어 아들을 고아원에 맡기기로 한 것이었다. 차츰 자주 피를 토하게 된 것이다. 아이를 더 끼고 있다가는 같은 병으로 죽이게 될지도 모른다는 두려움도 컸었다.

 "내 새끼덜언 요러타께 한번 키워 볼라 혔는디…… 깽가리 소리맨치로 씨원허게 한바탕 삼시로 내 새끼덜언 쌍놈 안 맨들라고 혔는디……."

 고아원을 등지고 비척비척 걸으며 영감은 중얼거리고 있었다. 꼭 실성한 것 같은 영감의 움푹 패인 볼에는 눈물이 흐르고 있었다.

 영감의 흐린 시야에는 두 아들의 얼굴이 겹쳐서 어른거리고 있었다. 하나는 세 살 때 굶어 죽은 첫아들 칠봉이었고, 다른 하나는 지금 고아원에 떼놓고 가는 두 번째 아들 철수였다.

 영감은 예정했던 대로 고향으로 갈 작정이었다. 이번으로 세 번째 발길이 되는 것이다. 맞아 죽는 한이 있더라도 이번에는 고향땅을 밟을 결심이었다.

 자신이 저지른 죄로 아버지 어머니가 분주소원에게 총살당하고 혼자 남겨진 아들 칠봉이가 굶어 죽었다는 사실을 안 것은 전쟁이 끝나서였다.

 "요게 누구당가. 자네 만석이 아니라고?"

 난리가 끝나고 3년 만에 야음을 틈타 나루터 주막에 얼굴을 내밀었을 때 황 서방은 귀신이라도 본 것처럼 놀랐다.

 "자네, 워쩔라고 요러크름 왔능가? 지끔이 워쩐 세상인디?"

 황 서방은 어둠으로 앞을 분간할 수 없는데도 사방을 두리번거리며 다급했다.

 만석은 등을 떠밀려 방으로 들어갔다. 그러면서 역시 못 올 곳을 왔다는 생각에 전신이 싸늘하게 굳어졌다.
 "말도 마소. 자네가 내뺀뿐 바로 그날 밤으로 자네 엄니 아부지는 총살당해 부렀단 마시."
 "……."
 만석은 굳은 돌이 되어 있었다.
 "기왕 온 걸음잉께 여그서 하룻밤 보내고 낼 아침 밝기 전에 뜨소."
 만약 잡히는 날에는 생매장당할 것이라고 황 서방은 괴로운 얼굴로 말했다.
 "나도 내가 진 죄가 을매나 큰 것인지 알았기 땀새 그 죄 씻을라고 여그서 내뺀 그 질로 군대에 자원허지 않았습디여. 3년 꼬빡 전쟁터를 갈고 댕김서 죽을 고비도 수십 번씩 냉김스로 보돗이 살아난 거신디……."
 만석은 변명이라도 하듯 안타까운 표정으로 말하고 있었다.
 "고거 참말이여?"
 황 서방이 너무 의외라는 듯 만석의 눈을 쏘아보았다.
 "황샌 앞에서 무신 상 받자고 고런 거짓말을 허겄소?"
 "그랬음사 참말로 큰일헸구만 그랴. 허나…… 고것으로 최씨 문중 사람덜 원한을 풀 수 있는 거슨 아니란 말이시. 그 사람덜 원한은 시퍼렇게 남았응께. 영영 풀리기는 틀린 것일 꺼구만. 가소. 먼 디로 가서 살도록 허소."
 "그래야제라. 내가 진 죄가 있는디……."
 이렇게 말을 하면서도 만석은 새롭게 솟는 후회와 서러움으로 마음을 추스를 수가 없었다. 어둠에 몸을 숨겨 고향에 발을 들여놓으면서도 여기서 살게 되리라고 기대하지는 않았었다. 식구들의 안부를 알아보는 것이 목적이었다. 그런데 막상 멀리 떠나라는 말을 듣고 보니 묘한 서러움이 응어리졌다.
 "지끔 시상이 꼭 자네들이 깃발 들었던 그때허고 진배읎네. 달라졌다면 쥔이 바뀐 것이제. 참말로 험헌 시상이 엎치락뒤치락이네."
 "다 지가 미친 지랄 헌 것이제라. 죄읎는 엄니 아부지꺼정 잡아묵고……."

"따지고 보면 다 자네 죄만은 아니네. 나맹키로 무식헌 것이 멀 알까마는, 시국이 죄여, 시국이. 자네헌티 죄가 있다면 성깔이 꼬치맹키로 맵고, 거그다가 젊었다는 거시제."

"우리 시상이 온다는 바람에…… 개돼지맹키로 산 거시 분허고 원통혀서……, 다 뜬구름 잡기였제라."

만석은 산골짜기를 휘몰아 빠지는 거센 바람처럼 느껴지는 한숨을 길게 내쉬었다.

"난 지끔꺼정 잊어뿔지도 않네. 자네 열두 살 적이었등가? 최 참봉네 재종손을 강물에 처박아뿐 것 말이네. 그때부텀 자네 성깔은 탱자나무까시였응께. 그 일로 자네 아부지가 을매나 고초를 당혔등가마시."

황 서방은 안타까운 표정으로 연신 혀를 찼다.

"아부지가 나 대신 끌려가 쌔가 빠지게 당허고, 동네서 내쫓기꺼정 혔지라우. 그때부텀 내 가슴에는 독사 대가리맹키로 원한이 맺히기 시작헌 것이제라."

만석의 한숨 섞인 목소리가 잠겨들었다. 자신의 생일날을 잊어버리는 일은 있어도 그때의 그 일만큼은 잊을 수가 없었다. 그러면서도 되짚어 생각하고 싶지 않은 기억이기도 했다.

강변의 갈대숲에서 서늘한 바람기가 스치는 9월이었다. 이때쯤이면 으레 짙푸르던 갈잎들이 옷갈이를 시작하는 낌새를 보이고, 털북숭이 참게는 탄탄하게 속살이 찌기 시작했다.

만석은 최 참봉네 재종손 둘과 참게를 잡고 있었다. 참게는 갈밭 바위틈 같은 데 굴을 파고 살았다. 그놈들은 미련하게도 갈대꽃 줄기를 살금살금 굴 속에 디밀며 놀려대면 서너 번 멈칫거리다가 그 무작스럽게 큰 집게발로 덥석 무는 것이다. 그러면 참게는 잡은 것이나 마찬가지였다. 그놈은 어찌나 미련한지 한번 집게발로 문 것은 절대로 놓는 일이 없었다. 그 집게발은 몸에서 떨어져서도 한번 문 것은 그대로 물고 있을 지경이었다. 그래서 아이들 사이에서는, 손가락을 물리면 그대로 댕겅 잘린다는 소문이나 있었다. 참게를 불에 구워 간장에 찍어 먹으면 그렇게 고소한데도 아이들이 선뜻 참게를 잡으려 들지 않는 것은 손가락을 잘리게 될 무서움 때문이었다.
　만석은 아이들 사이에서 참게를 잘 잡기로 이름나 있었다. 참게굴을 눈 빠르게 잘 찾아냈고, 참게를 신기하게도 잘 얼렀으며, 갈대꽃줄기를 물고 늘어진 털투성이 참게를 용케도 잘 다루는 것이었다. 만석의 이런 솜씨를 보며 아이들은 그저 감탄하고 부러워했다.
　만석이 이렇게 되기까지에는 아이들이 모르는 고통을 혼자 겪어냈던 것이다. 만석이 강변을 따라 질펀하게 펼쳐진 갈대숲을 뒤지기 시작한 것은 여섯 살 때부터였다. 갈숲에는 남모르게 배를 채울 것이 심심찮게 있었던 것이다. 봄에는 물새알, 여름에는 물새새끼, 가을에는 참게, 만석은 그런 것들로 허기진 배를 채웠다. 꽁보리밥도 제대로 먹지 못하는 속은 언제나 헛헛하고 쓰렸다. 배를 채우기 위해서는 참게의 집게발 따위는 그렇게 무서울 게 없었다. 처음 얼마 동안은 안 물린 손가락이 없었다. 일단 손가락을 물리면 재빨리 참게를 땅바닥에 패대기를 쳐야 한다. 그러면 집게발이 몸에서 떨어지고, 그 다음 아픔을 참아내며 살을 파고드는 집게발을 떼어내야 하는 것이다. 그런데 참게 몸뚱어리를 집게발에서 떼어내지 않은 채 손가락을 빼내려고 덤비면 또 하나 남아 있던 집게발에 다른 손을 물리기 십상이었다. 두 집게발에 양쪽 손의 손가락을 하나씩 물리는 신세가 되면 어찌될 것인가.
　거의 안 물린 손가락이 없을 정도로 혼자 고통을 당하는 사이에 만석은 능숙한 솜씨로 참게를 다룰 수 있게 된 것이었다. 참게한테 물릴 때의 아픔은 대단한 것이었다. 눈에 불꽃이 번쩍하는 것 같기도 하고, 자지 끝이 맵게 쏘이는 것 같기도 했다. 그리고는 손가락이 빠져나가는 것처럼 아파지는 것이다. 그러나 손가락이 잘려나가지는 않았다. 눈앞이 노래지며 무릎이 자꾸 꺾이는 배고픔을 없앨 수 있다면 그까짓 아픔쯤 아무것도 아니었던 것이다.
　그런데 다른 애들은 그 아픔이 무서워 참게를 잡을 염두를 못 냈고, 특히 최씨네 문중 아이들은 참게가 털투성이의 다리 열 개를 마구 내두르는 모습만 보고도 뒷걸음질을 쳤다. 만석은 그런 그들을 마음속으로 비웃고 무시했다. '느그덜이 양반 부잣집 자석들이라 내가 지는 거시여. 고런 것

싹 읎애 뿔고 혀본다면 다 한주먹밥잉께.' 이런 속말을 하고 있었다.

그날 최 참봉네 재종손이 고구마 세 개를 내밀며 참게 다섯 마리를 잡아 달라고 했던 것이다. 별로 밑지는 장사는 아니어서 만석은 그러기로 했다. 잘 삶아진 밤고구마를 우물거리며 만석은 참게잡기에 열중했다. 네 마리째를 잡느라고 갈대꽃 줄기를 까딱까딱 놀리고 있는데 느닷없는 비명소리가 울렸다. 만석은 벌떡 몸을 일으켰다.

참게를 담은 조그만 항아리 옆에 쪼그리고 앉았던 최 참봉네 재종손 둘 중에 동생이 숨이 넘어가고 있었다. 아홉 살 먹은 그놈은 자지러지게 비명을 지르며 팔딱팔딱 뛰고 있었는데, 허공을 내젓고 있는 팔, 그 손가락에는 참게가 매달려 있었다. 그리고 만석이와 동갑인 그의 형은 "엄니, 엄니" 외치며 어쩔 줄을 모르고 있었다. 보나마나 항아리를 기어오르려고 버둥대는 참게를 보며 장난질을 치다가 손가락을 덥석 물린 것이었다.

만석은 재빨리 달려가서 날뛰고 있는 녀석의 팔을 붙들고는 아래로 힘껏 뿌렸다. 그래도 참게는 손가락에 매달려 있었다. 손바닥을 땅에 대개 했다. 그리고 뒤꿈치로 참게를 짓밟았다. 몸통이 으깨지며 집게발이 떨어졌다. 언제나 마찬가지로 집게발은 그대로 손가락을 물고 있었다. 녀석은 계속 숨넘어가는 비명을 지르고 있었고, 만석은 빠른 솜씨로 집게발을 벌려 손가락에서 떼어냈다. 그때였다.

"요런 개자식!"

이런 욕과 함께 만석의 눈에서 불이 번쩍 했다. 참게에 물린 녀석의 형이 주먹으로 만석의 볼을 갈긴 것이었다.

"워째 이려?"

너무 느닷없는 일이라서 만석은 어리둥절해서 물었다.

"몰라서 물어?"

다시 주먹이 날아왔다. 피할 겨를도 없이 맞으며 만석은 자기가 잘못을 뒤집어쓰고 있다는 것을 직감했다. 만석은 기막힌 기분이 되면서 서너 발짝 뒤로 물러섰다.

"니 심뽀 내가 다 앙께로 더 지랄허지 말어."

만석은 맞서 싸울 태세를 갖추며 소리쳤다. 그런 만석의 입은 앙다물어졌고, 눈빛은 험악하게 변해 있었다. 그런 기세에 놀랐는지 큰녀석이 주춤했다.

"우리 동상이 물린 거슨 니 땀새 그런 거싱께, 존 말로 헐찌게니 두 손 다 저그다 쑤셔박어!"

큰녀석이 참게가 든 항아리를 가리켰고, 작은녀석은 손가락을 들여다보며 서럽게 울고 있었다.

"머시여?"

만석은 속이 뒤집히는 걸 느꼈다. 또 상것이기 때문에 당해야 하는 억울함에 부딪치고 있는 것이었다. 그 억울함은 말로 되는 것이 아니었다. 억지였기 때문에 언제나 말이 필요 없었다. 말은 아무 소용이 없었다. 시키는 대로 하는 것만 남아 있었다.

그러나 지금 참게가 든 항아리 속에 손을 넣을 수는 없었다. 잘못이 있고 없고가 문제가 아니었다. 저 놈은 어른도 아니고 자기와 동갑인 것이다. 그런 놈이 시키는 대로 할 수는 없었다. 그러느니 차라리 칵 죽어 버리는 것이 나을 것이었다.

"아, 얼렁 못 넣겄어!"

큰녀석이 소리쳤고,

"죽었으면 죽었제 고로케는 못허겄구만!"

만석은 입가에 비웃음을 물며 맞섰다.

"워쩌? 니까징 거시 대들어? 참마로 죽어야 니가 맛을 알것다 그거시제. 야, 동진아, 저놈새끼럴 오늘 반쯤 쥑여뿔자!"

큰녀석이 동생에게 말했고, 둘이는 주먹을 말아쥐고 다가들었다.

"이눔아, 존일 헌다고 말썽 피우지 마라. 사람은 지 태생을 알아야 쓰는 법이여. 그저 죽어지내는기 상수여."

크고 작은 말썽이 일어날 때마다 순하디 순한 아버지는 이렇게 되풀이 하곤 했다. 두 녀석이 합세해서 달려들고 있는 다급함 속에서도 아버지의 그 말이 번뜩 떠올랐다. 그러나 이대로 몰매를 맞을 수는 없었다.

만석은 휙 날아드는 주먹을 피했다. 아무리 못 먹고 살긴 했지만 열 살이 못 되어 나뭇짐을 지기 시작했고, 열 살이 넘으면서부터는 지게질을 한 몸이었다. 싸움하는 기술만큼은 기름지게 먹고 큰 최씨네 문중의 아이들 둘쯤은 식은죽 먹기였다.

만석은 한방으로 싸움에 이기는 법을 알고 있었다. 헛손질을 한 큰녀석이 숨을 씩씩대며 다시 달겨들고 있었다. 만석은 녀석의 사타구니를 겨냥해서 그대로 발을 날렸다. 달겨들던 녀석은 소리도 제대로 못 지르며 나가떨어져 버르적거렸다. 불알을 채인 것이었다.

"성, 성, 일어나. 일어나랑께!"

작은녀석이 파랗게 질려 뒹굴고 있는 제 형을 흔들어대고 있었다.

"니놈도 내 주먹맛 잠 봐야 써!"

만석은 작은녀석의 멱살을 잡아 일으켜 사정없이 후려갈겼다. 만석은 이미 제정신이 아니었다. 성질이 칼칼하고 불같은 그는 한번 흥분하면 걷잡지를 못했다. 그래서 그의 어머니는 "지리산 호랭이가 칵 씹어갈 성깔머리"라고 욕하곤 했다.

만석은, 이놈들을 아무도 모르게 죽여 버려야 되겠다는 무서운 생각을 하고 있었다. 더 두들겨패서 강물에 처박아 버리자는 생각이 머리를 스쳤다. 그래서 두 녀석을 정신을 잃을 때까지 팼고, 하나씩 질질 끌어 강가로 옮기다가 동네 어른들에게 들킨 것이었다.

아버지는 최씨 문중에 끌려가 반죽음이 되도록 얻어맞고 업혀 왔고, 겨우 기동을 하게 되었을 때 내쫓기는 신세가 되었다. 아버지는 한 번만 살려달라고 땅에 엎드려 울며 빌었고, 최씨 문중 사람들은 달구지에 세간살이를 실어내서 강가에다 부려 버렸다. 아버지는 강 건너 산비탈에다 움막을 지어야 했고, 최씨 문중의 소작을 잃어버린 생활은 굶는 것이 곧 먹는 것이 되고 말았다. 그러나 아버지는 만석을 때리거나 나무라지 않았다.

"니는 천상 느그 할아부지럴 빼박은 거시여. 쌍놈으로 살기는 피가 너무 뜨건 거시제."

몸을 가누지 못하고 앓아누운 아버지는 혼잣말처럼 중얼거리며 주르륵 눈물을 흘렸던 것이다.

아버지가 최씨 문중의 용서를 받고 다시 옛 집으로 이사를 한 것은 4년이 지나서였다.

"행여 아부지 엄니 산소는 워쳐케……."

만석은 망설이고 망설였던 말을 힘겨웁게 하고는 고개를 떨구었다.

"자네 볼 면목이 읎네. 살기등등헌 그 등살에 누가 묘 쓰겄다고 나섰겄는가. 무담시 화당헐가벼 나부텀 꽁지를 사린 인심 아니었등가."

황 서방이 솔직하게 말했고 만석은 고개를 떨군 채 아무 반응도 없었다.

만석이 이 말을 입에 올렸던 것은 혹시라도 부모님 묘가 있으리라는 기대감을 가져서가 아니었다. 마지막으로 마음을 거두는 땅인데, 그 사실을 확인하고 싶었던 것이다.

반동치고 그보다 더한 반동이 있었을까. 그 누가 감히 시체를 거둬 주려 나섰을 것인가. 어느 구덩이에 한꺼번에 묻히고 말았을 것이다.

"황샌, 고맙구만이라. 인자 가봐야 쓰겄소."

만석은 일어섰다.

"아니, 무신 소리여. 눈 한숨 붙이고 닭 울기 전에 떠나랑께."

"아니어라우. 고연시리 새복에 움직거리다가 넘덜 눈에 띄면 황샌 입장만 바늘방석잉께요. 지끔이 숨어가기는 질 좋겄구만이라."

"요러케 가뿔 줄 알았으먼 주먹밥이라도 얼렁 한 댕이 만들었을 것인디."

"황샌, 그때 나 살려 준 은혜 평생 잊지 않을 것이구만이라."

"아니여, 아니여. 자네나 나나 다 피 잘못 받고 태어난 죄밖에 읎는 목심들이여. 자네 속 내 다 알어. 실로 따지고 보면 나 같은 남자가 보잘것읎는 쫌팽이여. 한 목심 편차고 이래도 웃고, 저래도 웃고 사는 나 같은 거슨 속 창아리도 읎는 빙신잉께. 나같은 것에 비길라치면 자네는 을매나 남자다운가. 정작 남자는 자넨 거시여. 그렇게 나헌테 은혜 입었다는 소리는 날 욕허는 소리여. 자네 숨은 디를 안 갤차준 거슨 자네맹키로 힘지게 못 산 나 같은 짜잔헌 사내가 마땅히 혀야 헐 일이었응께."

황 서방의 눈에는 물기가 어리고 있었다.

"황샌, 오래오래 사시씨요."

만석은 목이 메어 깊이 고개를 숙였다.

"다 잊어뿔고, 다 잊어뿔고, 크게 한바탕 살아 보소. 그거시 이기는 질잉께."

 만석은 어둠 속에서 황 서방과 헤어졌다.
 어둠 속에서 눈이 차츰 익자 강줄기가 희뿌옇게 드러났다. 그 강줄기를 바라보며 만석은 움직일 줄을 몰랐다. 나룻배로 강을 건너면 고향 마을이었다.

 등 뒤에서 총소리가 콩 볶듯 하기 시작한 것은 만석이가 서낭당을 지났을 무렵이었다. 총소리 사이사이로 왁자한 사람들의 외침이 들리기도 했다. 불이 붙도록 다급한 마음과는 달리 만석은 빨리 뛸 수가 없었다. 하루 종일 왕복 백 리 길을 걸은 다음이라 지칠 만큼 지쳐 있었던 것이다. 총소리는 차츰 가깝게 들리고 있었다. 만석이 강변 나루터에 도착했을 때 황 서방은 배를 대놓고 있던 참이었다.
 "화, 황샌, 나 잠 살려 주씨요."
 "자네, 워쩐 일여?"
 "분주소장을 쥑여 뿌렸소. 얼렁 배를 잠 띄우씨요."
 "자네 미쳤능가? 배 띄웠다가는 둘 다 강복판에서 죽게 돼야. 싸게 갈밭으로 내빼, 갈밭으로. 지끔 안개가 피기 시작했고, 금방 어두워질 거싱께. 아, 싸게 내빼란마시."
 황 서방은 발을 굴렀다. 만석은 갈대밭으로 뛰어들었다.
 소쩍새 울음빛 같은 노을이 강물을 태우고 있었고 강변으로는 서서히 저녁 물안개가 피어오르고 있었다. 갈대밭에는 애기울음 같은 소리를 내며 바람이 지나가고 있었고, 갈숲은 바람타는 물결처럼 솨아솨아 흔들리고 있었다. 만석은 안심하고 있는 힘을 다해 갈밭을 기고 있었다. 이 정도로 갈숲이 바람을 타면 사람 하나쯤이 흔들어내는 것은 표도 안 나는 것이었다. 어렸을 때부터 갈대밭에 드나들어 체득했던 것이다.
 강변에서 서너 발의 총성이 울린 것은 만석이 질펀한 갈대밭 중간쯤에 이르렀을 때였다. 만석은 어둠이 짙어지기를 기다렸다가 강물로 뛰어들었다. 큰길을 피해서 산을 탔다.
 그때 자신의 목숨은 황 서방의 손가락 끝에 매달려 있었던 것이다.

7월 초순에서부터 9월 초순까지, 만석이 자신이 누린 그 꿈만 같던 세월은 고작해야 두 달이었다. 그동안 만석은 정말이지 세상이 다 자기 것인 줄 알았다.

노동자 농민을 해방시킨다고 했다. 부자나 지주들을 쳐없애고 상것들이 모든 행세를 하는 것이라 했다. 만석은 생각하고 자시고 할 필요가 없었다. 만석은 물 만난 고기였다.

만석이 제일 먼저 해치운 일이 최씨 문중의 사당을 불 지른 것이었다. 불길에 휩싸이는 사당을 바라보며 만석은 소리치고 있었다.

"지끔부텀 최씨놈들 씨를 말려뿔 거시여. 좆 달린 거시라면 한 마리도 안 냉기고 싹 쓸어뿔 것이라고."

시퍼런 낫을 휘두르며 소리치는 만석의 앞에 그 누구도 얼씬거리지 못했다. 만약 누가 대들었다면 휘둘러대는 낫에 댕경 목이 달아나고 말았을 것이다.

발이 빠른 사람들은 더러 피신을 하기도 했지만 그렇지 못한 최씨 문중 남자들은 다 잡혀서 끌려갔다. 그리고 반죽음이 되도록 두들겨 맞고는 날마다 한 사람씩 뒷등 소나무에 묶여서 죽어갔다.

최씨네 사람들은 어느 집이나 밥을 굶었다. 곡식이란 곡식을 모조리 빼앗겼기 때문에 죽도 끓일 것이 없었다.

"안돼야, 안돼야. 짐생도 고러크롬 야박허게 다루는 거시 아닌디, 워째 사람을 그럴 수가 있드라냐. 어린 새끼덜이 있는디 죽이라도 쑤게는 혀야 혀. 만석아, 이눔아, 맴 돌려서낭은 죽이라도 끓이게 맹길어. 애비 쥑인 웬수라도 고러케 허는 벱이 아닌 거시여."

아버지는 만석에게 매달리며 애원했다.

"고런 반동적 발언 치우씨요. 아부지는 평생 당허고만 산 일이 치가 떨리지도 안 혀서 그런다요?"

만석은 아버지를 뿌리치며 눈을 치떴다.

"고런 못된 소갈머리 버려야 써. 미우나 고우나 그 사람덜이 우리럴 먹여살린 거시여."

"아부지, 참말로 고런 말만 골라서 하실라요? 아부지, 고런 맘 얼렁 안

고쳐묵으먼 워치께 되는지 아시겠소? 최가놈덜허고 똑같은 꼴 당헌단 말이요."

만석은 싸늘한 표정으로 말했고,

"하먼이라. 아부님 말씸은 쪼깨 과헌 성싶구만이라. 원제 그 사람덜이 우리 믹여살렸습디여. 우리가 쌔빠지게 일혀서 고것들 팅팅 살찌게 혔고, 우리사 죽징이만 묵고 포돗이포돗이 살았제라."

며느리가 눈을 희게 뜨며 남편을 거들고 나섰다.

천씨는 그만 입을 다물고 말았다. 며느리까지 생판 딴사람으로 변한 지가 오래였다. 사람이 맘이 변하면 죽는 일을 당한다고 했다. 아들도 며느리도 제정신이 아닌 것이다. 아들놈은 사람백정 노릇을 눈 하나 깜짝 안 하고 해내고 있고, 며느리는 그 얌전하던 옛 모습을 하루아침에 벗어 버리고 꼭 화냥년처럼 변했다. 아들놈하고 똑같이 며느리도 여맹부위원장이 되어 날쳐대고 있는 것이다. 그 예쁜 얼굴에 눈 한번 제대로 뜨지 않던 며느리가 그렇게 변한 것이 못내 서운했다. 아니, 사람을 그렇게 돌변시켜 버리는 그 공산당이란 것이 생각할수록 겁나고 무서워졌다.

만석은 날개를 있는 대로 편 독수리가 되어 제멋대로 날아다니느라고 제 발 밑에서 불이 붙고 있는 것은 까맣게 모르고 있었다. 마누라가 말 한마디로 모든 것을 척척 해내는 분주소장에게 정신이 팔려 있다는 사실을 낌새도 채지 못했다. 피곤하다는 이유로 잠자리의 요구를 물리치곤 했을 때도 의심은커녕 혁명 과업을 완수하느라고 낮에 고생한 아내를 괴롭히는 것 같아 오히려 미안하게 생각했던 것이다.

만석은 인민의용군에 붙들려가지 않으려고 벽촌으로만 피해 다녔다. 그러면서 밤마다 그 험악한 꿈에 시달렸다. 두 연놈이 알몸뚱이로 뒹굴고 있었고, 피바다가 된 방바닥에 배창자가 터져나온 두 연놈이 나자빠져 있는 광경이었다.

밥을 먹다가 언뜻 그 생각이 떠오르면 구역질이 치밀어 더는 먹을 수가 없었다. 한 달 가까이 피해 다니다가 인민군이 싸움에 져서 거의가 산 속으로 도망을 치고 있다는 소식을 들었다. 그런 사고가 없이 그대로 고향에 있었더라면 자신은 어떻게 됐을까를 만석은 곰곰이 생각해 보았다. 세상은 다시 뒤바뀐 것이다. 틀림없이 몸을 피한 최씨 문중 사람들이 들이닥칠 것이었다. 인민군을 따라 도망칠 수밖에 다른 도리가 없었을 것 같았다.
 이제 전쟁은 다 끝났다. 그러나 뒷정리까지 다 끝난 것은 아니었다. 타작을 끝내고 나면 청소를 할 뒷일이 남는 거나 마찬가지였다. 산으로 도망갔던 공비가 밤이면 여기저기 출몰했고, 전에 부역했던 사람들이 색출되고 있는 참이었다.
 "보나마나 뻔헌 일 아니겠능가. 더러 산사람이 되기도 혔고, 눈치 못 채고 뒤처진 축들은 잽혀서 또 그 징헌 꼴 안 당했드랑가."
 황 서방은 더 길게 얘기하고 싶지 않다는 듯 고개를 설레설레 저었다.
 만석은 강줄기처럼 긴 한숨을 내쉬었다. 그리고 천천히 어둠속을 걸었다. 황 서방의 말대로 멀리 떠나서 사는 길밖에 없었다. 이제 얻은 것도, 남은 것도 아무것도 없는 것이다. 허망하기도 했고 어이가 없기도 했다.
 그렇게 학교라는 것이 다녀 보고 싶었다. 그러나 아무나 배우는 것이 아니라고 했다. 상것은 상것대로 할일이 따로 있다고 했다. 그것이 나무하는 일이었고, 지게질이었고, 소 꼴 뜯기는 일이었다. 최씨네 아이들이 나무 그늘에서 수박이나 참외를 배터지게 먹으며 히히덕거리고 있을 때 자기는 땡볕 속의 논길을 이리 뛰고 저리 뛰며 새를 쫓느라 목이 터지게 소리를 질러야 했다. 겨울이면 으레 아이들의 책보를 모아들고 학교까지 가야 했다. 그 아이들은 자기보다 몇 배 두꺼운 솜옷에 장갑까지 끼고는 손이 시려서 책보를 못 들고 간다는 것이었다.
 인절미 두 개를 얻어먹기 위해 아픈 것을 참고 자지를 까보였다. 감 한 개를 얻어먹으려고 말타기놀이의 말노릇을 한나절 했다. 끝없는 배고픔 속에서 배를 채울 수 있다면 무슨 일이든 하려 들었다. 그러나 그것도 열서너 살까지였다. 열다섯이 넘으면서부터는 이뿌리가 아플 지경으로 이빨을 앙다물기 시작한 것이다.
 "만석이, 만석이. 나 잠 살려 주소. 내 논밭 다 줄팅께 나 잠 살려 주소."
 누군가는 손바닥에 불이 나도록 비비대며 숨이 넘어갔다.
 "만석이, 아녀, 아녀, 부위원장님, 나허고 춘부장 어르신네허고는 삼십 년 친구였지라우. 나 잠 살려 주씨요, 나 잠……."

누군가는 펑펑 눈물을 쏟으며 마룻바닥을 뺑뺑이를 돌았다.
"부위원장 동무, 부위원장 동무, 부위원장 동무……."
누군가는 입술을 푸들푸들 떨며 더는 말을 못했다.
누군가는 생똥을 쌌고, 누군가는 질퍽하게 오줌을 쌌고, 누군가는 팔다리가 떨리다 못해 뻣뻣이 굳어져 버렸다.
그 누구 하나 며칠 전까지 가졌던 그 당당함, 그 거만함, 그 거드름, 그 위세를 그대로 지니고 있는 사람이 없었다. "요 개만도 못헌 쌍놈아, 니놈이 감히 누구헌테 요런 못된 짓을 혀." 이렇게 호령을 하는 사람이 하나라도 있었더라면, 그 사람은 차라리 살려 줬을지도 모른다.
그들의 망령이 막아서라도 다시는 올 수 없는 땅이 된 것이라고 생각하며 만석은 강을 등지고 어둠 속을 빨리 걷기 시작했다.

만석 영감은 연상 눈물을 훔치며 변두리 고아원에서부터 변화가까지 걸어나오느라고 서너 시간이 걸렸다. 수중에 동전 한 닢 남아 있지 않아 걸을 수밖에 없었다.
눈여겨보아 두었던 육교를 찾아냈다. 난간을 붙들고 힘겨웁게 육교를 오른 영감은 검정 고무신 한 짝을 벗었다. 그리고 양쪽 계단이 갈라지는 육교바닥에 쪼그리고 앉았다. 검정 고무신 한 짝은 그 앞에 놓여졌다.
당장 하루 한 끼는 입에 풀칠을 해야 했고, 고향으로 갈 차비는 마련해야 했다.
이제 노동은 할 수가 없었다. 어느 노동판에서고 일거리를 주지 않았다. 주름투성이가 된 파삭 쭈그러진 얼굴도 얼굴이었지만, 이미 어깨가 축 늘어져 한눈에 노동판꾼의 몸이 아닌 게 표가 났다. 혹시 인정이 많거나 아니면 풋내기 현장감독이 일거리를 떼준다 해도 감당할 능력이 없었다. 전신이 풀려 버린 데다가 억지로 힘을 쓰고 나면 으레 피가 넘어오는 것이었다.
영감은 고개를 푹 수그린 채 눈을 감고 있었다. 그런 영감의 몰골은 영락없이 거지였다.
고무신에 동전이 얼마나 모아지는가에 대해서는 영감은 아예 관심이 없었다. 영감의 마음은 어느덧 고향으로 가 있었다. 영감은, 죽을 날이 가까워져서 그러는 것이려니 했다. 언제부턴가 부쩍 그곳으로 마음이 쏠리는 것이었다.

 아무것도 남은 것이 없는 땅이었다. 반겨 줄 얼굴 하나 없는 땅이었다. 있다면 험악한 과거만이 있을 뿐이었다. 그런데도 한사코 마음이 쏠리는 것은 무슨 까닭일까. 아무리 생각해도 그런 자기의 속을 알 수가 없는 일이었다.

 공사판을 따라 2년인가 떠돌았다. 새로 벌어진 간척지 공사장을 찾아가다 보니 고향땅이 백 리 조금 넘은 거리에 있었다. 처음엔 혹시 아는 얼굴이라도 만나게 될까 봐 다른 일터를 찾아나설까도 했다. 그러나 공사장 여건이 선뜻 딴 데로 발길을 돌리지 못하게 했다. 간척지 공사는 우선 그 기간이 길어서 좋고, 대개 관에서 일이라 일당이 제때제때 나오는 이점이 있었다. 몇 번을 망설이다가 될 대로 되라는 심정으로 주저앉고 말았다.

 2개월이 지나고 3개월이 지나도 아는 얼굴은 하나도 만나지지 않았다. 그렇게 되니 마음이 슬그머니 동하는 것이었다. 황 서방이라도 한번 만나 보고 싶은 생각이 일어난 것이다. 그 생각이 한번 머리를 들게 되자 마음은 자꾸만 설레발을 치기 시작했다.

 노동판에도 사람은 얼마든지 있었다. 몸뚱이를 부려 하루 세 끼 목구멍을 채우는 같은 처지의 사람들이 많았다. 그러나 그들에겐 잘 구워진 고구마맛 같거나, 눈 오는 날 구들장의 온기 같은 정이 없었다. 한 노동판, 같은 조組로 일을 할 동안은 그런대로 허물이 없는 듯하다가도 공사가 끝나고 뿔뿔이 흩어지게 되면 그 길로 까맣게 잊어버리게 되는 타인들일 뿐이었다. 떠돌이 인생들이란 으레 그런 모양이었다.

 여자가 없는 것도 아니었다. 그러나 그 여자들은 오히려 남자들보다 더 허망한 그림자였다. 몇 푼의 돈으로 몸을 파는 그 여자들은 그 일이 끝나 버림과 동시에 아무 쓸모도 없는 살덩이로 변하고 말았다. 그 여자들과의 일은 아무리 되풀이해 보아도 발목밖에 안 차는 미지근한 목욕물에 들어선 기분이었다. 목까지 푹 잠기는 뜨끈뜨끈한 목욕물이 몹시 그리웠다. 언뜻 마누라의 몸이 생각났다. 전신이 흠뻑 땀으로 젖으며 온몸의 진기가 다 빠져나간 것 같은 아련하고도 아슴하던 그 기분이 그리웠다. 그러나 그 그리움을 지체없이 박살내고 달겨드는 기억이 있었다. 벌건 대낮에 숙소에서 뒹굴던…….

황 서방을 만나 보고 싶은 것은 그런 마음의 정처없음 때문인지도 몰랐다.

공사판은 일주일에 하루씩을 쉬었다. 그날은 너무 지루하고 답답했다. 술타령도, 투전판도 별로 마음이 끌리지 않았다. 정종이라도 한 병 사들고 황 서방을 찾아가고 싶은 생각만이 마음에 가득했다.

만석은 꾹꾹 참다가 결국 점심때가 지나서 버스를 타고 말았다.

고향 마을을 삼십 리 앞둔 ㅂ읍에서 버스를 내렸다. 해가 지려면 얼마 남지 않은 시간이었다. 만석은 가게에서 정종 두 병을 샀다. 그리고 밥집을 찾아들었다. 국밥 곱빼기에다 소주를 시켰다. 밤길 삼십 리를 걷자면 든든하게 먹어둬야 했다.

"묘 쓰는 일이 아직도 안 끝났단 말이당가?"

"아, 그렇다니께."

"참말로 요상허네이. 난리 끝나뿐 것이 원젠디, 이 년씩이나 묘를 쓴단 말이당가?"

"요사람, 영 태평헌 소리만 혀쌓는구만이. 아, 죽은 사람 숫자가 을맨지 자네 몰라서 허는 소리여?"

"허긴 그때 인공 치하에서 반년만 더 끌었다면 최씨 문중 씨는 싹 말라 없어질 뿐헸응께."

입으로 술잔을 가져가던 만석은 그대로 동작을 뚝 멈추었다. 몸이 뻣뻣이 굳어지는 것 같은 충격이 뒷머리를 때렸다. 만석은 눈만을 빠르게 굴려 두 남자의 얼굴을 살폈다. 전혀 안면이 없는 얼굴이었다. 만석은 자신도 모르게 파장이 심한 한숨을 내뿜었다.

"그러게 말이시. 국군이 그맘때만 혀서 싸움에 이긴 거슨 최씨네헌테 큰 부조헌 거여."

"하면, 하면. 그란디 묘는 지대로 써지고 있는 거싱가?"

"워디가. 그 많은 사람덜이 굴비 엮듯 혀서 이 구뎅이 저 구뎅이 묻혀뿐 것잉게 누구 뼈다구가 누구 뼈다군지 워찌 알 것잉가."

"참말로 환장헐 일이구만 그랴. 누구 뼈다군지도 모름시로 즈그덜 부모

것이라고 생각허고 이장을 허는 자손들 속이 워쩔 것잉가."
 "금매 말이시. 그 효심들이 상 받을 만허다니께."
 "근디, 최씨 문중은 그렇게라도 혼을 건진다 허고, 부역혔던 사람덜이나 그 일가 뿌시레기덜 망령은 워쩐디야?"
 "아 걱정도 팔짜여. 지금 최씨네 서슬이 시퍼런 이 마당에 부역허다 죽어뿐 망령 걱정허게 되았능가?"
 연거푸 술잔을 비우고 있는 만석의 마음은 싸늘하게 긴장하고 있었다. 그만 자리를 뜨고 싶은 마음과는 달리 몸은 점점 더 무거운 무게로 아래로 내려앉고 있었다.
 "내 말은 고런 말이 아니란 마시. 워쩌케 되았거나 간에 한 품은 망령이 떠돌아댕겨서는 그 동네가 안되어 묵는다 고런 말이네."
 "그렇다고 최씨 문중에서 그 웬수녀러 상것들의 묘를 써줄 것잉가?"
 "가당찮은 일이제. 무신 감투를 쓴 것도 아닌 그 멍청한 점바구를 생매장헌 걸 보면 최씨네도 보통은 넘는 사람들이여."
 "하면, 말허면 뭘혀. 내놓고 말은 못혀도, 워디 부역헌 사람들만 다 나쁜간디. 인자 최씨네도 맘덜 고쳐 묵어야 헐 것이여."
 "암만. 북은 쳐야 소리가 나고, 바람이 불어야 나무가 흔들리는 것 아니드라고."
 ……점바구, 왼쪽 이마에 동전만한 점이 박혀 있던, 약간쯤 모자라는 것 같은 사내. 그는 제 세상이 왔다고 덩실거리며 대창을 꼬나잡고 시키는 일이면 무엇이나 해치웠다. 대창으로 가슴팍을 푹 찔러놓고는 누런 이빨을 드러내고 헤벌쭉 웃는 것이었는데, 그런 그의 얼굴은 웃는 것이 아니라 성난 개가 으르렁거리는 얼굴 모양과 너무나 흡사했다. 그 섬뜩한 느낌의 표정을 사람들은 '개웃음'이라고 불렀다. 그 점바구가 생매장을 당했다는 것이다. 약간쯤 모자라는 탓으로 사태가 불리해진 낌새를 눈치채지 못했을 게 뻔했다. 점바구는 생매장을 당하면서도 개웃음을 웃었을까…… 술잔을 들어올리고 있는 만석의 팔이 부들부들 떨렸다.
 "워쨌거나 인자 공비가 안 내려옹께 살겄구만. 작년꺼정만 혀도 어디 발 뻗고 편헌 잠 잘 수 있었더라고."

"인자 에지간히 잽힌 모냥이여. 위원장 지냈던 수길이가 죽어뿐 작년 시월 후로는 그 동네에도 이적지 한 번도 안 내려왔드랑만."
"그라면 그때 수길이허고 함께 죽은 그 얼굴이 몰라보게 잉끄레져뿐거시 소문대로 부위원장 지낸 만석이가 영락읎는 것 아니었쓰까?"
"모르면 몰라도 그럴껴. 그때 싹 죽어뿌러서 발이 끊긴 것 아니겄어. 그때 수길이만 죽고 만석이가 살아 달아났드라면 최씨 문중이 무신 험헌 꼴 또 당했을지 아능가? 고 만석이란 물건이 예사 물건은 아니었등갑는디. 독허기가 독사대가리 열 합친 것만 하다드만 그랴."
"글씨 말이시, 열 살 안짝에 비얌을 꾸어묵은 징헌 자석이람시로?"
"그러타느만."
"근디 마시, 만석이 그 사람이 분주소장허고 즈그 마누래 쥑여뿔고 내빼뿐 것허고 인민군이 봇짐을 싼 것허곤 보름이나 더 차이가 지는디⋯⋯, 그라고 인민군헌티는 만석이가 총살감 죄인이 아니겄드라고? 그란디 워치케 또 한패가 되얐으까?"
"요사람 참말로 답답허네잉. 속사정이 워째튼, 넘 마누라 붙어묵은 놈이 잘못인가, 그런 놈 쥑인 남편이 잘못인가. 즈그덜도 속이 있응께 옛일 덮어뿔고 다시 합친 것 아니었어? 그라고 심이 달려 쫓기는 판에 한 사람 더 보태는 거시 워딘디. 만석이 같은 독헌 인종 하나 보태는 거슨 예삿사람 열 보태는 폭이었을 것 아니라고?"
"그러컸구만, 그러컸어."
만석은 창백한 얼굴로 식당을 다급하게 나왔다. 그리고 황 서방 집과는 반대쪽으로 걷기 시작했다. 공사판 쪽으로 가는 차가 있어야 할 텐데 생각하면서.
공사판으로 돌아온 만석은 황 서방에게 주려고 샀던 정종 두 병을 다 마셔 버렸다. 그리고 나흘 동안 꼼짝을 못하고 앓아누웠다.
열 살 안쪽 나이에 뱀을 잡아 구워 먹은 일은 없었다. 구워 먹으면 어떨까 하는 생각은 많이 했었다. 소·돼지·개·닭은 다 먹는다. 메뚜기나 개구리도 먹는다. 그러면 뱀이라고 못 먹을 게 뭐 있을까 싶었다. 여름이 되면 뱀은 강변 갈밭이라고 논이고 야산 풀섶에 흔했다. 아이들은 뱀을 보면 질겁을 하고 뺑소니를 쳤다. 그러다가도 누군가가 한 마리 잡기만 하면 너도나도 돌멩이를 들고 대드는 것이었다. 으레 뱀은 온몸에 상처투성이가 되어 죽어야 했다. 그러나 아이들은 물러나지 않았다. 뱀을 토막 쳐 죽이지 않으면 밤이슬을 먹고 되살아나 새벽에 꼭 복수를 하러 온다는 것이었다. 되살아난 뱀은 자기를 죽이려 했던 아이들 집을 하나하나 찾아다니며 꼭 자지를 물어 죽인다는 것이었다. 그래서 아이들은 사생결단 돌을 던져 다 죽어 버린 뱀을 토막토막 끊어야 직성이 풀렸다. 어떤 아이는 한 손으로 사타구니를 거머잡고 기를 쓰며 돌을 던지기도 했다. 그러나 만석은 돌을 던지지 않았다. 배가 고파 기운이 없는데 뱀을 죽이는 일에 기운을 쓸 필요가 없었고, 저것을 어떻게 하면 구워 먹을 수 있을까를 열심히 궁리하고 있었던 것이다. 강에서 잡히는 뱀장어라는 것의 맛은 기막혔다. 기름이 지글지글 끓는 뱀장어 한쪽을 입에 넣었을 때의 그 고소하고 달큰한 맛, 이름이 비슷하니까 하는 생각에 몰두해 있곤 했었다.

수길이는 빨치산이 되어 동네를 습격했다가 죽은 모양이었다. 그놈도 억세게 불쌍한 놈이었다. 홀어머니 밑에서 어쩌면 만석이 자신보다 더 배를 곯으며 살았을지 모른다.

"니기미, 요런 팔짜로 한평생 살아보면 멀 헐껴, 엄니 땀새 사는 거시지, 엄니만 죽어 뿔면 나도 요런 염병헐 시상 고만 살란다."

기운 쓰기에는 안 어울리는 뼈대를 갖춘 수길은 곧잘 이런 말을 하곤 했었다.

그는 인민위원장이 되면서 그래도 생기가 나는 것 같았다. 그러나 마구잡이로 사람을 죽이는 것을 꽤는 괴로워했었다. 그런 그가 결국 고향 땅에서 죽어간 것이다.

고향사람들, 특히 최씨 문중 사람들에게는 자신은 이미 죽은 것으로 되어 있는 모양이었다. 그러면 자신의 생존을 알고 있는 것은 황 서방 내외뿐이다. 입 무거운 황 서방이 자신의 생존을 입 밖에 낼 리가 없었다. 자신은 이미 죽은 목숨인 것이다. 이제 고향에 남은 자신의 흔적은 아무것도 없다.

만석은 나흘 동안 앓아누워서 자신의 신세를 골똘히 생각해 보았다. 참

허망하고 어처구니가 없었다. 달라진 것이라곤 소작농사꾼에서 떠돌이 막노동꾼으로 바뀐 것이었다.
 만석은 다시는 고향땅 가까이 가지 않기로 마음먹었다. 그 결심을 30년이 가깝도록 지켜왔던 것이다. 아무리 좋은 일판이 벌어져도 고향 쪽이면 아예 외면을 해버렸다.

 강변에서 저녁안개가 어떤 슬픔의 흔적처럼 자욱하게 번져나가고 있었다. 무거운 듯 어깨를 늘어뜨리고 선 영감은 오래 전부터 갈대숲으로 번지는 안개의 꿈틀거림을 하염없이 바라보고 있었다.
 지금도 저 갈숲에는 참게가 그리도 많을까. 어렸을 적에는 구워 먹었고 나이가 들어서는 술안주로 그만이었지. 소주 한 잔을 꺾고 진간장에 담근 그 털북숭이 참게 다리를 씹는 맛이란…….
 영감은 군침을 삼키며 손바닥으로 입을 훔쳤다. 손바닥의 꺼칠한 느낌만 입언저리에 무슨 흉터처럼 선명하게 새겨지는 기분이었다. 영감은 허전한 기분으로 손바닥을 내려다보았다. 못이 박히다 못해 자디잔 금을 그으며 터진 손바닥. 굳어진 군살이라서 그런지 어지간한 것에 찔려서는 아픔을 느낄 수가 없었다.
 영감은 가늘고 길게 한숨을 쉬었다. 손바닥을 내려다보고 있는 눈에 안개빛을 닮은 우수가 서렸다.
 긴 세월이야. 빠르게 달아난 세월이야. 허망한 세월이고…….
 영감은 입꼬리가 처지도록 입을 꾹 다물며 눈길을 다시 강변으로 옮겼다. 안개는 흡사 살아 있는 것처럼 질펀한 갈대밭과 넓은 강폭을 먹어가고 있었다.
 저 갈대밭이 없었더라면…….
 영감은 몸을 으스스 떨었다. 막상 강을 앞에 하고 서니 그 일은 꼭 어제 일어난 것처럼 그 동안의 세월의 간격을 허물어뜨리고 다가섰다.
 안개는 그냥 퍼지고 있는 게 아니었다. 엷은 어둠을 한 자락 한 자락 깔아나가고 있었다. 영감은 등줄기가 서늘한 한기를 느끼며 주위를 둘러보았다. 산등성이의 윤곽이 흐려 보일 만큼 어두워져 있었다. 영감은 눕고 싶은 무거운 피곤과 함께 시장기를 느꼈다. 이제 그만 주막으로 들어가고 싶었다.

옛 자리에 그대로 있는, 지붕만 슬레이트로 변한 왼쪽편의 주막을 향해 영감은 더디게 걸음을 옮겼다. 이 꼴이 되어 버렸는데 어쩌랴 싶으면서도 어느 만큼 어두워지기를 기다렸다. 어찌할 수 없이 뼛속 깊이까지 스며 있는 죄의식이었다.

황 서방은 살아 있을까. 살아 있다면 칠십이 넘었을 것이다. 마누라한테 주막일을 맡기고 자기는 나룻배를 저었었다. 추우나 더우나, 한밤이나 새벽이나를 가리지 않고 한 사람을 위해서도 나룻배를 띄우던 황 서방이었다. 항시 웃는 얼굴인 그는 이 세상에 싫은 사람도, 미운 사람도 없는 것 같았고, 그래서 감골 학내 죽촌 마을의 그 어떤 사람이든 황 서방 내외를 아끼고 감쌌다. 그런 황 서방이 처음으로 자신에게 눈을 치뜨며 소리를 높였었다.

"자네 워쩨 이러능가. 자네 미쳤능가? 시상이 워찌 변혔거나, 시국이 워치케 달라졌거나 간에 사람이 변허먼 못 쓰는 법이여!"

"황샌, 말조심허씨요! 황샌도 앞장서야 헐 사람임스롱 무신 말을 고렇게 허씨요!"

"어이, 내 말 잠 들어 보소. 일정日政 때 앞잽이놀이허던 사람덜 꼴 못 봐서 그러능가?"

"머시 워쩌고 워째라? 아, 지끔이 일정 때허고 똑같은 줄 아시요? 나 마지막으로 한마디만 허니께 귀때기 활짝 열고 똑똑하게 들어두씨요잉. 지끔 헌 말 황샌이니께 안 들은 거스로 허겄소. 한 번만 더 고런 소리 허먼 싹 보고허고 말팅께 그리 아씨요."

황 서방은 입을 헤벌린 채 아무 대꾸도 하지 못했었다.

황 서방이나 아버지는 그때 이미 세상살이가 어떤 것인지를, 한 목숨 살아가는 뜻이 어디 있는지를 환히 알고 있었는지도 몰랐다. 둘이 다 순리로 살아야 한다고 했다. 그 순리라는 것이 무엇인지 알다가도 모를 일이었다.

이제는 황 서방도 어느 길목에서 마주친다 해도 서로 알아볼 수 없을 정도로 늙었을 것이다. 긴 물굽이를 이루며 흘러간 세월이었다.

영감은 징검다리라도 건너는 것처럼 약간 더듬거리는 듯한 걸음을 땅거미 속으로 내딛기 시작했다. 구부정한 어깨에 다 헐어빠진 가방이 매달려 있었다. 주막을 몇 발짝 남겨 놓고 영감은 걸음을 멈추었다. 그리고 기침을 하기 시작했다. 한 손은 입을 가렸고, 다른 한 손은 가슴께의 옷을 움켜잡고 있었다. 기침소리는 전혀 생기가 없어 목구멍에서 맴도는 밭은 것이었다. 기침은 끊길 줄을 몰랐고, 영감의 몸은 점점 작게 오그라들고 있었다.

영감의 몸이 거의 주저앉다시피 하였을 때 기침이 멎었다. 영감은 숨을 헉헉대고 있었다. 이렇게 한바탕 기침이 휘몰아치고 지나가면 가슴은 다 찢어진 창호지 문처럼 더덜거리는 느낌으로 견디기 어려운 열에 들끓었다. 전신에 땀이 죽 흐르고, 오한이 일어나는 것은 그 다음 증상이었다.

틀린 거야. 다 끝났어.

영감은 고개를 저으며 또 같은 생각을 했다. 기침이 한바탕 가슴을 들쑤시고 지나가면 영감은 또 한 걸음 다가선 죽음을 느끼는 것이다.

영감은 다리가 후들거려 무릎을 손바닥으로 짚고 더디게 일어섰다. 비릿한 냄새가 나는 것 같은 현기증이 강변에 퍼지는 안개처럼 아득하게 일어났다.

영감은 주막 문 앞에서 일단 멈춰섰다. 뭐라고 인기척을 할까 생각했다. 그러나 할 말은 떠오르지 않고, 젊은 황 서방의 순하디 순한 얼굴만 어른거렸다.

"기시요? 누구 있소?"

영감은 있는 힘껏 소리쳤다. 그러나 그 소리는 자신이 들어도 너무 힘이 없이 떨리고 있었다.

"누가 왔능가?"

한 남자가 헛간에서 나오며 두리번거렸다.

"……."

영감은 눈에 힘을 모았다. 저녁 어스름이 끼고 있긴 했지만 저쪽의 남자가 늙은이가 아니라는 건 직감할 수 있었다.

황 서방 아들일까?

영감은 불현듯 생각했다. 그 뚝심이 세던 녀석, 제 애비 대신해서 서툴게나마 노질을 하기도 했었다.

"큰 부조헌기여. 저눔이 삼 년만 일찍 시상에 나왔어 보드라고. 이쪽으로든 저쪽으로든 끌려가고 말았을 것잉께. 그랬으면 내 애간장이 워찌 됐을 것잉가 말이시."

황 서방의 말이 생생하게 들리고 있었다.

"뉘시요?"

사십대의 건장한 남자가 나지막한 목소리로 묻고 있었다.

"저어…… 요새도 주막을 허능가요?"

영감은 뒤엉킨 여러 가지 물음을 밀쳐놓고 이 말부터 물었다.

"워디요. 다리가 생기고 나니께 나룻배가 소양없어지고 자연 주막도 시들해졌구만이라."

남자는 심드렁하게 대꾸하며 영감의 몰골을 달갑잖은 눈길로 훑어보았다.

"요 강 우로 다리가 놓였어라우?"

영감은 놀라움을 감추지 못하며 물었다.

"그거시 원제 일인디요. 이 고장을 떠난 지 영 오래되야뿐 모양이지라우?"

남자는 새삼스러운 눈길로 영감을 찬찬히 훑어보았다. 영감은 반사적으로 방어태세가 되었다. 그날 이후 30여 년 동안 겪어온 감정의 어두운 굴절이었다. 그러나 영감은 그런 감정의 응고를 습관대로 겉으로는 전혀 드러내지 않고 입을 열었다.

"농샛일이 싫어 젊은 나이에 봇짐을 싸분 거시오."

"그려요? 헌디, 돈은 잠 벌었능가요?"

남자는 비웃는 투로 물었다. 영감의 몰골은 돈과는 너무나 거리가 멀었던 것이다.

"혹시 지끔도 황 서방이 이 집에 사십디여?"

영감은 마음의 동요를 누르며 넌지시 물었다.

"황 서방이 누군디라?"

남자는 고개까지 흔들며 전혀 모르는 표정을 지었다. 순간 영감은 암담한 기분이 되었다. 이 남자는 집주인이 분명한데 황 서방을 모른다. 황 서방은 세상을 떠난 것일까. 아니면 어디로 이사를 간 것일까.
"머시냐, 황순돌이라고…… 나룻배를 젓던……."
"아아, 전 주인 말이구만이라. 십 년도 전에 시상을 버렸구만요. 아들은 이 집을 우리헌테 넹기고 도회지로 떠나가 뿔고요."
영감의 귀에는 아무 소리도 들리지 않았다. 고향땅을 찾아온 것이 아니었다. 황 서방을 만나러 온 것이었다. 정처없이 떠돌면서도 마음이 고향땅으로 쏠렸던 것은, 부모님 원혼이 떠돌고 있다는 가슴 아픈 말고도 황 서방이 있었기 때문이었다. 그런데 황 서방은 이미 십 년도 전에 세상을 떠났다는 것이다. 거렁뱅이짓을 해서 근근이 모은 돈이긴 했지만, 정종 한 병을 가방 속에 사넣었던 것은 황 서방을 위해서였다.
"영감님은 워디로 가시는디요?"
집주인의 말에 영감은 정신을 차렸다.
"행여, 죽어뿐 황샌 묏등이 워딘지 모르시겠소?"
영감은 물기가 번진 눈을 아슴하게 뜨며 물었다.
"글씨요, 잘 모르겄는디요."
남자는 무뚝뚝하게 대답했고, 영감은 연상 고개만 잘게 끄덕이고 있었다.
"그라면 살펴가시씨요."
집주인이 돌아섰다.
"나 시장혀서 그란디, 밥 잠 묵을 수 있겄소?"
영감은 집주인의 등 뒤에다 대고 힘없이 물었다.
"글씨요……."
"공짜밥 묵자는 건 아니니께 염려는 놓으씨요."
"머 그거시 아니라, 찬이 벨로 읎어서…… 우선 듭시다."
집주인이 되돌아섰다.
사방은 어둠이 완연해져 있었다. 영감은 강변을 내려다보았다. 흡사 살아 있는 것처럼 뭉클뭉클 피던 안개의 자취는 암회색 어둠 속에서 찾을 수가 없었다. 황 서방만 있었더라면…… 영감의 가슴에는 허전한 슬픔이 강변을 덮던 안개처럼 퍼져나가고 있었다.
"머 허시요, 영감니임. 얼렁 들오씨요."

집주인이 불렀고,

"소피가 급혀서······."

영감은 얼버무리며 사립을 들어섰다.

마침 밥 때여서 그런지 밥상은 금방 들어왔다.

"쇠주 한 잔 헐 수 있겠소?"

영감은 숟가락을 들 생각도 안 하고 술부터 찾았다. 그러면서 가방에 고이 간직해 온 정종을 생각했다. 황 서방과 마주앉아 마시려고 했었다. 지칠 만큼 지치고 시들 만큼 시들어 버린 감정과 육신을 달래며 한 잔씩 하려고 산 술이었다. 자신의 평생을 통해서 정종이란 값비싼 술을 산 것은 이번으로 세 병째였다. 처음 두 병도 황 서방에게 권하지 못했고, 이번에도 마찬가지가 된 것이었다.

영감은 소주를 잔에 넘치도록 부어 단숨에 마셨다. 싸아 하고 짜릿한 소주기운이 목줄기를 타고 내리는 느낌에 영감은 눈을 지그시 감았다. 바람에 떠밀려 정처없이 떠돌고, 구름을 이고 덧없이 보낸 세월 속에서 그래도 변함없이 곁을 지켜준 건 이 소주 맛뿐이었다.

"자아, 한 잔 받으씨요."

주인에게 잔을 내밀었다.

"워디요, 묵고 싶음사 내가 따로 묵게 워째 손님 술을 받아묵겄소."

주인은 팔을 내저으며 사양했다.

"보씨요, 술 한 잔 주고받는 인정꺼정 고러크름 야박허게 토막치지 마씨요. 내 꼴 보면 다 알겠지만 술 두 잔 낼 돈도 읎는 신세요. 얼렁 받으씨요."

영감은 쓸쓸한 표정으로, 그러나 힘찬 어조로 말했다.

"그라면······."

주인은 잔을 받았다.

술을 따르는 영감의 손이 잘게 떨렸다. 그러나 술이 잔에 다 찼을 때 손은 정확하게 술병을 거둬 올렸다.

"영감님, 나룻배럴 찾는 걸 보니께 죽골께로 가는 참이었능가요?"

주인이 잔을 내밀며 물었다.

"……."

영감은 많은 생각을 모으는 듯 눈을 가늘게 뜨며 고개만 끄덕였다.

"여그 와 알았는디, 죽골서부텀은 왼통 최씨 문중 판입디다요."

"……."

영감은 여전히 고개만 끄덕였다.

"다리도 최씨 문중서 나서서 맨들었고, 얼매 안 있으면 중핵교 고등핵교도 맨든다고 허드만이라."

"……."

영감은 고개를 끄덕이며 담배를 빼들었다.

"허기사 국회의원이 나오는 판이니께 무신 일인들 못헐랍디요. 다른 성씨도 있긴 헌디 다 최씨네 그늘 덕에 사는 쪽박신세들이지라우."

"헌디……."

영감은 무슨 말인가를 하려다 말고 술잔을 입에 털어넣듯이 했다.

"무신 말씀인디요?"

주인이 영감을 물끄러미 바라보았다.

"헌디…… 최씨 문중 중심를 잡아가는 사람덜은 누굽디여?"

"그야 배웠다는 내 나이또래 사람덜이지라우. 노인네덜이 읎는 건 아니지만 다 뒷전에 나앉은 모양입디다. 그란디, 소문으로 들응께 그 노인네덜이 벨로 대접을 못 받는다는 말이 있드만이라."

"워째서?"

"덜 똑똑혀서 그런다는디, 진짜배기 똑똑한 사람덜언 난리통에 다 죽어 뿌렀답디다."

"……."

영감은 굳어진 표정으로 벽을 응시하고 있었다.

"최씨네가 난리통에 죽긴 억수로 죽은 모양이드만요. 추석, 설 빼놓고 최씨 문중에서 젤 큰 행사가 7월 하순에 드는 합동제산디, 그 구경거리가 참말로 볼 만허드랑께요."

"……."

영감은 눈을 꼭 감은 채 담배만 깊이깊이 빨아들이고 있었다.

"세도깨나 부리던 최씨네가 난리가 나는 바람에 하루아침에 상것들 손에 잽혀 파리목숨이 되야쓰니, 그 한이 풀릴 리가 읎잖겄소? 그 난리통에 상것들 안 날친 디가 읎었는 모양이제만, 여그 최씨 문중 동네서는 유별났드람서요? 영감님은 그때 그 징헌 굿을 보셨습디여?"

"아니, 아니여……."

영감은 담배를 부벼끄며 고개를 세차게 내저었다.

"그때 워디서 살았읍디여?"

주인이 영감의 얼굴을 지그시 들여다보듯 하며 물었다.

"난리 전에 일찌감치 여그럴 떠나 부렀소. 그렁께 난리통에 일어난 일은 암것도 모르겄소."

영감은 잘라 말했다.

"참 볼만 헌 굿이었능갑든디. 영감님은 존 귀경거리 놓쳤구만이라."

주인은 그때의 이야기를 듣게 될지도 모른다고 은근히 기대를 했던 모양이고, 그 기대가 깨져서 그러는지 실망하는 눈치였다.

"존 귀경거리는 무신 존 귀경거리였겄소. 사람 쥑이고 죽는 꼴 잘못 봤다 허면 평생 병 되는 법인디."

"그래도 그거시 워디 예사 귀경거리간디요? 상것덜 날치는 꼬라지가 을매나 가관이었겄소. 참 볼 만혔을 것이요."

영감은 더 이상 대꾸를 하고 싶지 않았다. 말끝마다 상것들, 상것들 하는 말이 몹시 비위를 거슬렸지만 탓하지 말자고 했다. 이 사람이 무엇으로 알랴 싶었던 것이다. 마흔으로 잡아도 열 살 적 일이고, 서른다섯으로 잡으면 다섯 살 적 일인 것이다. 이 사람은 그때의 죽이고 죽던 참혹한 일을 멀고 먼 옛날이야기로 재미있어 하고 있을 뿐이었다. 30년의 세월은 그런 것이었다.

"잘 묵었소. 나 이만 가봐야 쓰겄소."

영감은 힘겨웁게 일어섰다.

"날이 까빡 어두어져 뿌렀는디 괜찮을께라?"

"다 아는 길잉께로……."

영감은 술기운 탓인지, 기운이 없어서 그런지 휘청거리며 마당을 가로

질러 갔다.

"어둔디 조심허씨요이."

다 헐어빠진 가방을 옆구리에 꼭 낀 채 휘청휘청 어둠 속으로 사라지고 있는 영감을 향해 주인은 소리쳤다.

영감의 시체가 다리 아래쯤에서 발견된 것은 다음 날 오전이었다. 다 헐어빠진 가방을 앞가슴에 꼭 껴안은 채로 굳어진 영감의 얼굴을 알아보는 사람은 아무도 없었다. 경찰이 신원을 파악하기 위해 소지품을 다 뒤졌다. 그러나 가방에서 나온 것은 몇 푼의 돈과 정종병 하나였다. 그 정종병에는 술이 반쯤 남아 있었다.

그대로 시체를 처리할 수 없게 된 경찰에서는 꼬박 하루 동안 시체를 길가에 놓아두었다. 그리고 오가는 사람들에게 보게 했다. 그러나 영감을 아는 사람은 하나도 나타나지 않았다.

강에 사람이 빠져 죽었다는 소문을 듣고 많은 사람들이 모여들었다. 그 속에 주막집 주인도 끼어 있었다. 그는 소스라치게 놀랐지만, 다음 순간 침착해졌다. 괜히 아는 체했다가 경찰서로 불려다니는 귀찮은 일 할 필요가 없다고 판단한 것이었다.

"어젯밤에 투신했다고 가정한다면 아마 저 위쪽의 옛날 나루터쯤이 투신장소가 될 거야. 그래서 밤 사이에 여기까지 떠내려온 거고. 그렇게 사건 조서를 꾸며서 처리하도록."

사복한 남자가 지시했고,

"알겠습니다. 반장님."

정복을 입은 경찰이 거수경례를 붙였다. 그리고 둘둘 말려 있던 거적을 쫙 펴더니 시체 머리에서부터 아래로 덮어 버렸다.

엄마의 말뚝 2

1981년 이상문학상

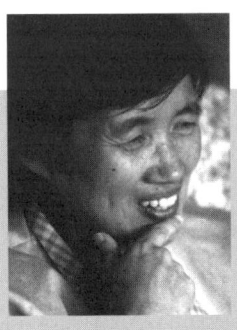

박완서(朴婉緖)

1931년 경기 개풍군에서 태어나 숙명여고를 졸업했으며, 서울대학교 국문과를 중퇴했다. 1970년 『여성동아』에 장편 「나목(裸木)」이 당선되어 등단했다. 소설집으로는 『배반의 여름』『엄마의 말뚝』『그해 겨울은 따뜻했네』『그대 아직도 꿈꾸고 있는가』등이 있다.

엄마의 말뚝2

여태껏 우리 집에서 일어난 크고 작은 불상사는 하나같이 내가 집을 비운 사이에 일어났다고 나는 믿고 있다.

내 경험에 의하면 집을 비우되 몸과 마음이 함께 떠났을 때, 그러니까 집 걱정은 조금도 안 하고 바깥 재미에 흠뻑 빠졌다가 돌아왔을 때 영락없이 집에선 어떤 사고가 기다리고 있었다.

첫애 젖을 떼고 났을 무렵이었다. 애 기르는 일의 가장 어렵고 손 많이 가는 고비에서 놓여났다는 해방감에서였는지 동창계 모임에서 느긋하게 화투판에 끼어들게 되었다. 층층시하 핑계, 젖먹이 핑계로 어깨 너머로 잠깐잠깐씩 구경이나 하다가 남 먼저 자리를 뜨던 화투판에 처음으로 끼어들고 보니, 선무당이 사람 잡는다고 재미도 재미려니와 속속까지 나는 바람에 그만 날 저무는 것도 몰랐다.

"쟤 좀 봐. 시어머니 모시고 사는 애가 이렇게 늦게 들어가도 무사하려나 몰라."

누군가의 귀띔으로 나는 퍼뜩 정신이 났다. 그때도 나는 어쩌다 하루쯤 밖에서 친구들하고 어울리는 재미에 시간 가는 줄 몰랐다고 해서 그걸로 시

어머니한테 주눅이 들 만큼 순진하진 않았다. 그것보다는 온종일 한 번도 집 걱정을 안 했었다는 데 생각이 미치면서 매우 기묘한 느낌을 맛보았다. 첫애라 더했겠지만 자나 깨나 한시 반시 마음을 놓지 못하고 골몰했던 엄마 노릇에서 그렇게 완벽하게 놓여나게 한 게 다름 아닌 화투놀이의 매혹이었다는 게 문득 나를 어리둥절하게 했다. 뒤미처 매우 기분 나쁘게 섬뜩한 느낌으로 내가 경험한 매혹 속에 악의惡意에 찬 속임수가 숨겨져 있었을지도 모른다는 생각이 들었다. 놀음의 트릭 따위가 아닌 운명의 마수 같은.

나는 곧 그런 생각의 터무니없음을 스스로 알아차렸지만 섬뜩한 느낌만은 구체적인 물건의 촉감처럼 생생했다. 나는 그 기분 나쁜 것을 떨어 버리기 위해 애써 그 날의 수입을 계산하려 들었다. 반찬값은 번 것 같았다. 시간 가는 줄 모르게 즐거웠는 데다가 덤으로 수입까지 잡았으니 어디냐 싶은 치사한 계산으로 기분을 돌이키려 들었다.

나중에야 알았지만 그 섬뜩한 건 예감이었다. 내가 집을 비운 동안에 아장아장 걸음마를 하던 첫애가 끓는 물주전자를 들어 엎어 다리에 심한 화상을 입고 병원에서 응급조치를 받고 있었다. 차마 못 들어 줄 소리로 신음하고 있는 그애 옆에서 같이 울고 있던 시어머님은 나를 보자 온종일 어디 갔다 이제 오느냐고 나무라기보다는 우선 당신이 애 잘못 본 변명부터 하시려고 했다.

"글쎄 눈 깜빡할 사이에 이런 일이 일어났구나. 저녁나절 출출하길래 저 하나 나 하나 먹으려고 달걀을 두 개 삶아서 주전자째 들여놓고 소금을 가지려 돌아서려는데……."

시어머님은 말끝을 못 맺고 어린애처럼 입술을 비죽대더니 아이고, 아이고, 숫제 통곡을 하시는 것이었다.

"제 탓이에요."

나는 떨리는 소리로 겨우 그렇게 한마디 했다.

"애 본 공은 없다더니……."

"제 탓이라니까요."

"선생님이 그러는데 덧나지만 않으면 험은 안 난다더라. 야안 살성이 나 닮았으니까 덧나진 않을 게야. 나도 어려서 꼭 야아처럼 왼발로 끓는 국그릇을 들어 엎어서 어찌나 몹시 데였던지 버선을 벗기니까 살가죽이 홀라당 묻어나드란다. 그때야 덴 데 바르는 약이라면 간장밖에 더 있었냐. 참 옛날 고려 적 얘기지. 간장 몇 번 발라준 것밖엔 없다는데도 감쪽같이 아물었으니까 살성 하난 본받을 만하지. 요새야 약이 좀 좋으냐. 참 주사꺼정 맞았다."

시어머님은 그런 얘기를 내 눈치 봐가며 띄엄띄엄 했기 때문에 끝없는 수다처럼 견디기 어려웠다. 그런 소리가 내 아이가 지금 혼자서 겪고 있는 고통과 무슨 상관이 있단 말인가. 나는 나로 말미암아 이 세상에 있게 된 내 아이가 이 세상에서 처음으로 당면한 엄청난 고통 중 털끝만한 부피도 덜어 가질 수 없다는 게 부당해서 곧 환장을 할 지경이었다. 사람들은 서로 남남끼리요, 사람도 결국은 외톨이라는 걸 받아들이기엔 그 아이는 너무 작고 어렸다. 그래서 더욱 나는 그 아이에 대한 온종일의 방심 끝에 내가 체험한 그 기묘한 섬뜩함에 어떤 의미를 붙이려 했는지도 모른다. 나는 그 섬뜩함을 내 아이와 나 사이에만 있는, 눈에 보이지 않되 분명히 있긴 있는 신비한 끈을 통한 계고戒告였다고 생각했다. 그것이 계고라는 걸 진작만 깨달았어도 일을 안 당할 수도 있었으련만…… 나는 내 미련함을 깊이 뉘우치고 다시는 미련하지 않을 것을 별렀다.

그때 내 아이의 화상은 시어머님의 살성을 닮았던지 약이 좋았던지 간에 조금도 흠집을 안 남기고 곱게 아물었다. 그 후 두 살 터울로 아이를 넷이나 더 낳아서 도합 오남매를 기르려니 어찌 화상뿐이었으랴. 골절상·낙상·교통사고·약물중독 등 가슴이 내려앉고 하늘이 노래지는 사고를 수없이 겪게 됐고 처음 사고가 그랬던 것처럼 번번이 내가 집에 없는 사이에만 일어났다. 집안일에 대한 철저한 방심 끝에 오는 섬뜩한 느낌도 여전했으나 모든 일이 그렇듯이 그것도 타성이 붙으니까 조금씩 미심쩍어지기 시작했다. 그게 정녕 예감이나 계고라면 사고보다 미리 와야 마땅하련만 시간적으로 거슬러 올라가 보면 거의가 다 나중에 왔음을 알 수 있었고 사고마다 영락없이 내가 집을 비운 사이에 일어났다고 치더라도 내 핏줄과 관계없는 사고―시어머님의 낙상, 보일러 폭파 사고, 도난 사고 등도 역시나 없는 사이에만 일어날 건 또 뭔가. 신기할 건 아무것도 없었다. 집안의 안전을 다스리는 사람이 없는 사이를 틈타는 게 사고의 속성일 뿐이었다.
 그 섬뜩한 건 핏줄 사이에만 있는 신비한 끈과 관계가 있다기보다는 내 철저한 방심放心과 더 깊은 관계가 있음직했다. 집안일에 대한 일시적인 방심은 나 자신만의 일이나 재미에 대한 몰두를 뜻하기도 했고, 그런 모처럼의 이기利己에서 헤어났을 때, 한 집안의 안주인 노릇만을 숭상했던 평소의 의식이 느낄 수 있는 가책과 당황이 그런 섬뜩한 이물감으로 와 닿았다고 생각하는 게 훨씬 지당하고도 속 편했다. 내적인 심리상태와 외부의 현상 사이에 있다고 가정한 어떤 초월적인 힘의 작용에 대해 이런 온당하고 상식적인 해석을 붙이고 나니 섬뜩한 느낌의 영험도 차츰 무디어지기 시작했다.
 실상 이미 타상화된 섬뜩한 느낌은 허탕치는 일이 더 많았다. 그도 그럴 것이 애들은 이제 다 자랐고, 시어머님은 돌아가셨고 집도 마치 비우는 것을 목적으로 지은 것 같은 아파트로 옮겼으니 집을 비우는 일은 나에게 다반사가 되었고 그 사이에 무슨 일이 일어날 만한 건덕지가 집 안에 남아 있을 리도 없었다. 식구들이 사고를 저지를 수 있는 무대는 이제 집 안이 아니라 집 밖이었다.
 이상하게도 그 섬뜩한 느낌이 영험을 상실한 후에도 나는 계속해서 그것을 경험할 수 있기를 바랐다. 그것은 집을 비울 때마다 번번이 오는 헤픈 느낌이 결코 아니었다. 집을 비우되 반드시 몸과 마음을 함께 비울 것을 전제로 했다. 몸을 비우는 일은 임의로 할 수 있지만 마음을 비우는 일은 그렇지가 않았다. 집 밖에서도 늘 집안일과 집안 걱정에 쫓기는 게 여편네 팔자였다. 또 집안일에 대한 철저한 방심이 사고의 원인이라는 내 나름의 미신이 밖에서 일부러라도 자주 집안일을 생각하거나 걱정하게 했고 때로는 전화질 같은 행동으로 그걸 나타내기도 했다. 그렇건만도 어쩌다가 바깥재미에 빠져 집 생각을 한 번도 안 하는 수가 있고 그럴 때마다 섬뜩한 느낌과 함께 제정신이 들었다. 나는 그 섬뜩함 자체를 사랑했다. 그 섬뜩함은 일순 무의미한 진구덥의 퇴적에 불과한 나의 일상, 내가 주인인 나의 살림의 해묵은 먼지를 깜짝 놀라도록 아름답고 생기 있게 비춰주기 때문이다. 그 요술 같은 조명효과 때문에 나는 마치 첫무대에 서는 배우처럼 가슴 울렁거리며 새롭고도 서툴게 나의 일상으로 되돌아갈 수가 있었다. 비록 일순의 착각에 불과한 것이더라도 권태가 행복처럼, 먼지가 금가루처럼 빛나는 게 어찌 즐겁지 않으랴. 뜻밖의 삶의 축복이었다.

그뿐 아니라 불길한 것의 감지 능력이 거의 백발백중이었을 소싯적의 그 기분 나쁜 섬뜩한 느낌 또한 나는 얼마나 사랑하고 있는지. 지금의 나의 안주인으로서의 당당한 권세 - 일종의 터줏대감 의식도 실은 그 시절 그 느낌에 근거하고 있을 것이다.

나만 없어 봐라, 이 집안 꼴이 뭐가 되나? 기껏 삼박사일쯤의 여행에서 돌아와 신나게 총채를 휘두르며 이런 푸념을 하는 것도 실은 그 시절의 영광의 헛된 반추에 지나지 않을지도 모르겠다. 그럴 땐 나 없는 동안에 잘못된 건 장식장 선반의 부우연 먼지와 방구석에 쑤셔박아 놓은 양말짝이 고작이라는 게 오히려 섭섭할 지경이었다. 그래서 더더욱 나만 없어 봐라?는 상투적인 공갈을 되풀이했다. 이런 나를 아이들은 하여튼 우리 엄마는 못 말린다는 눈초리로 바라보며 저희끼리 킬킬거리곤 했다. 물론 언제나 이 구질구질한 살림 걱정 안 하고 살아 보냐는 푸념을 나라고 안 하는 바는 아니다. 나만 없어 봐라?보다 더 자주 써먹는 소리인지도 모른다. 그러나 그건 입술 끝에 달린 엄살일 뿐 내 속셈은 어디까지나 내 살림의 종신집권(?)이다.

그날은 오래간만에 즐거웠다. 친구의 농장에 닿기 전부터 내리기 시작한 눈은 오후부터 폭설로 변했다. 동구 밖 거목들이 동양화 속의 원경처럼 꼭 필요한 고결한 몇 가닥의 선으로 단순화되면서 아득하고도 부드럽게 흐려 보였다. 어린 과수果樹들은 눈의 무게를 이기지 못해 간간이 잔가지가 부러지는 소리가 뚝뚝 비명처럼 들렸다. 벽난로 속에서 청솔가지가 싱그러운 냄새를 풍기며 활활 타올라 방안을 훈훈하게도 정겹게도 했다. 바로 유리문 밖 뜨락 앵두나무엔 눈꽃이 탐스럽게 만개해서 황홀했다. 선경仙境이었다. 비록 제 차가 있다고는 하지만 친구 남편이 아침저녁 서울 한복판에 있는 그의 사무실까지 출퇴근하기에 불편이 없을 만큼 가까운 거리에 그런 선경이 있을 줄이야. 지난 봄 뜨락에 앵두꽃이 만개했을 때도 나는 친구의 농장에 초대된 적이 있었다. 그때는 딴 친구들도 여럿 함께여서 뜨락과 과수원 길엔 그들이 타고 온 승용차가 즐비했고, 만발한 복사꽃 사이론 따라온 아이들의 즐거운 웃음소리가 가득했었다. 그때 이 농장은 이 같은 도시의 여파餘波와 잘 어울려 마치 도시 근교의 관광농장처럼 들뜬 모습을 하고 있었다. 나는 그때의 농장과 지금의 농장을 마치 별개의 두 개의 농장처럼 각각 다른 느낌으로 좋아하고 있었다. 나에겐 그들이 별개의 것이기 때문에 거리감도 물론 달랐다. 나는 마치 난리를 피해 천신만고 계룡산을 찾아든 정감록의 신도처럼 평화롭고 달콤하게 피곤했다.

청솔가지가 활기 있게 타면서 내는 소리를 들으며 나는 나무도 환성歡聲을 지를 줄 안다고 생각했다. 창 밖에선 여전히 눈이 내리고 있어 레이스 커튼이 움직이고 있는 것처럼 보였다. 그런 느낌은 우리가 앉은 방안이 전체적으로 어디론지 한없이 떠오르는 것 같은 환각으로 이어졌다. 방이 움직여 어디로 가고 있다면 그건 공간적인 이동이 아니라 시간적인 이동일 거라는 생각이 나를 그 이동에 고분고분 순종케 했다. 푸짐한 눈은 인간의 발자국은 물론 인간의 업적까지를 말끔히 말살해서 온 세상을 태곳적으로 돌려놓고 있었다.

친구가 달덩이같이 생긴 유리병에 든 빨간 액체를 크리스털 잔에 따랐다.
"맛봐. 앵두주야."
앵두주는 루비처럼 고운 빛으로 투명했다.
"얘, 지어 보니 농사처럼 좋은 것은 없더라. 저 앵두나무도 뜰에 그냥 화초삼아 있는 줄 알았더니 그게 아니더라구. 어떻게 다부지게 열매가 여는지 글쎄 몇 그루 안되는 나무에서 앵두를 서 말이나 땄지 뭐니. 일 봐주는 집 아이들이 들며 나며 실컷 따먹고, 나도 친척들이랑 그이 친구들이랑 구경 오는 손님마다 자랑삼아 따보내고 했는데도 말야. 서울 집에서 포도주 담그던 병 갖고는 어림도 없어서 숫제 큰 독을 묻고 술을 담갔으니까 실컷 마셔."
"얘는 누굴 모주 취급하고 있어."
그러면서도 나는 그 달콤하고도 아름다운 술을 홀짝홀짝 겁 없이 들이켜고 있었다.

봄에서 겨울, 앵두꽃에서 눈꽃 사이 이 아름다운 술을 빚을 수 있는 새빨간 열매를 서 말, 아니지 다섯 말쯤을 그 작은 키에 다닥다닥 매달고 서 있었을 앵두나무의 고달픈 시기를 생각하며 나는 찬탄을 주체 못하고 있었다.

"글쎄 그 농사라는 게 말이지."

친구가 또 농사자랑을 할 기세였다. 나는 앵두꽃 필 무렵의 친구 초대가 이 집의 집들이 잔치를 겸한 거였다는 게 생각나서 슬며시 비꼬고 넘어가려 했다.

"너 농사 몇 해나 지어 봤다고 자랑부터 하니? 남 샘나게. 좀 더 두고 쓴맛 단맛 다 보고 나서 얘기하자. 한탄도 좀 들어야 생전 콘크리트 닭장 못 면하는 나 같은 사람도 좀 위안이 될 게 아니니?"

"아직 일 년도 안됐지만, 앞으로 몇 년을 여기서 산대도 내가 쓴맛 볼 게 뭐 있니?"

하긴 그랬다. 과수원도 농토도 친구와 남편의 소유일 뿐이지 농사는 남을 줘서 시키고 있었다. 그렇다고 소작을 준 것하고도 다른 게 거기서 조금도 수입을 기대하지 않았다. 다만 먹고 싶은 만큼은 따먹고, 바라보고, 저게 다 내거로구나, 만족하는 게 그들이 그들의 농장에서 거두길 바라는 소출의 전부였다. 생계는 도시의 업체에서 벌어들이는 걸로 충분했고 다만 친구의 건강이 구체적인 병명을 집어낼 수 없는 상태인 채 수년간 좋지 않아 전지요양삼아 마련한 농장이었다. 그러니까 친구가 농사 농사 하고 으스대는 건 순전히 뜨락의 몇 그루의 앵두나무가 올린 수확을 뜻하는 것이었다.

나는 맥도 빠지고 약간은 기가 죽기도 했다. 신경성인가 뭔가 하는 병답지도 않은 병을 위한 전지요양치곤 너무 호화판이다 싶어서였다. 그러나 나의 처진 기분은 앵두술 때문에 별로 오래 가지 않았다. 나는 술이 들어가기 시작하면 딴사람처럼 기분이 고조되고 말이 많아지고 웃음이 헤퍼지는 버릇이 있었다. 꼭꼭 싸둔 생각, 황당한 불안, 맺힌 마음이 거침없이 술술 말이 되어 넘쳤다. 퍼내어도 퍼내어도 넘치는 맑은 샘물처럼 말이 범람했다. 듣는 상대방에게도 그게 맑은 샘물이 될 것인지 구정물이 될 것인지는 내 아랑곳할 바도 아니었다. 오로지 나는 내 속에 갇힌 것들이 말을 통해 자유로워지는 쾌감에 급급했다. 그건 또한 내가 그것들로부터 자유로워진 느낌이기도 했다. 나는 그런 방법으로 자유를 맛보고 있는지도 몰랐다. 평소 나에게 있어서 자유란 나뭇가지 끝에 걸린 별이나 다름없었다. 당장 딸 수 있을 것 같아 나무를 기어올라가 봤댔자 허사였다. 올라갈수록 별은 멀고 돌아갈 수 있는 땅 역시 멀어져서 얻어 가질 수 있는 것은 위기의식밖에 없었다.

평소의 그런 감질이 술주정 비슷한 품위 없는 방법으로나마 자유를 향유코자 했음직하다. 친구가 몇 번을 자랑해도 과함이 없을 만큼 친구의 농사는 정말 대단한 것이었다. 앵두술은 달콤하고 영롱하고 아름다웠고 주정酒精은 향기롭고 순도 높아서 나를 온종일 유쾌하고 황홀하게 했다.

친구의 남편이 돌아왔다. 폭설은 멎었지만 논·밭·길·개울의 구별 없이 망막한 눈밭에 새로운 길을 내면서 돌아온 그의 귀가는 휘황한 헤드라이트를 앞세우고 엔진소리도 요란하게 돌아왔음에도 불구하고 위험을 무릅쓴 동물의 귀소歸巢처럼 야성적으로 보였다. 나는 크게 감동해서 예의 거나한 다변으로 찬사를 퍼부었다. 나의 주정의 또 하나의 미덕은 아무리 마셔도 거나한 것 이상은 취하지 않는 거였다.

나의 찬사에 마냥 수줍어하던 그는 서울 가는 길이 위험하니 자기 차로 데려다 주마고 했다. 친구는 남편의 목에 팔을 감고 펄쩍펄쩍 뛰면서 좋아했다.

"정말 그래 주시겠어요? 나도 아까부터 이 귀한 손님을 그 털털거리는 시외버스에 맡기고 어떻게 오늘 밤을 편하게 자나 걱정했었다우."

"털털거리는 시내버스나마 다니는 줄 알아. 지레 겁을 먹고 벌써부터 안 다닌다구. 주무시고 가신다면 모를까 가시려면 내 차가 유일한 교통수단이야. 그러니까……."

그러니까 나를 쫓아 보내려면 별수 있겠느냐는 그의 다음 말을 나는 취중에도 총기 있게 짐작하고 얼른 자리를 떴다.

"당신 졸면서 운전하면 난 싫어."

그러더니 친구도 따라 나섰다. 친구 부부가 나란히 앞자리에 앉았기 때문에 나는 뒷자리에서 안심하고 깊은 잠에 빠졌다. 얼마 동안 걸렸는지 친구 부부가 나를 엘리베이터에 쑤셔박고 가버린 후에야 겨우 잠에서 깼다.

콤팩트를 꺼내려고 핸드백을 여니까 맨 위에 웬 껌이 한 통 들어 있었다.
"이거 씹어. 냄새 안 나게."
 친구가 그러면서 내 핸드백에 쑤셔넣던 생각이 어렴풋이 났다. 어디쯤에서였더라까지는 생각이 안 났지만 남편과 아이들 앞에 술 냄새 풍기지 않고 귀가하길 바라는 친구의 자상한 마음은 알고도 남았다. 그리고 보니 친구가 내 집 생각을 해줄 때까지, 아니 그 후까지 어쩌면 나는 단 한 번도 집 생각을 안 한 것이다. 집으로부터의 완전한 방심…… 여기에 생각이 미치면서 그 섬뜩한 게 또 등덜미를 지나갔다. 그것은 내가 여태껏 경험한 섬뜩함 중에서도 최악의 것이었다. 마치 나의 맨살 위로 피血가 찬 기어다니는 짐승이 기는 것 같은 느낌을 맛보았다. 그 느낌의 생생한 현실감에 비기면 하루의 청유淸遊는 꿈처럼 자취없이 헛된 것이었다. 나는 휘청거렸다. 술 기운 때문이 아니었다. 술은 이미 말끔히 깨 있었다. 내 나이를 생각했다. 이제 재난이나 화禍를 견딜 수 있을 것 같지가 않았다. 앞으론 내가 식구들의 화가 되는 게 순서, 아니 권리일 것 같았다. 근래에 와선 섬뜩한 느낌이 허탕을 친 경우가 더 많았음에도 불구하고 나는 내 식구 중 하나가 당하고 있을 재난을 조금도 의심하지 않았다. 그만큼 그 날의 섬뜩함은 각별하고도 새로웠다. 엘리베이터가 멎고 문이 열렸다. 거기 나의 식구들이 고스란히, 그리고 무사하게 서 있었다. 마치 제막된 동상처럼.
 정말 동상으로 고정된 사람처럼 그들은 나를 보고도 꼼짝도 안 했고 꾸민 듯 데면데면한 표정도 고치지 않았다. 숫제 나를 몰라보는 것 같았다. 그런 일이 있을 수 있을까. 그야말로 재난이었다. 온전한 나만의 재난…… 그러나 역시 견딜 수 있을 것 같지가 않았다.
 진저리를 치고 빠져나갔던 생활이라도 돌아와 보니 나를 모른다고 할 때 돌연 그 생활은 얼마나 사랑스러운 게 되어 있는 것일까?
 나는 온몸으로 아부하며 만면에 웃음을 띠었다. 생전 처음 웃어 보는 것처럼 살갗이 당길 뿐 웃음은 마냥 서툴렀다.
"내가 너무 늦었나 보지. 말도 말아. 그게 웬 눈인지, 버스가 끊겨 혼났다. 자고 가라는 걸 사정사정해서 그 집 자가용을 얻어 타고 오는 길야. 운전수도 안 두고 사는 집 차를 얻어 타려니 어찌나 황공한지. 귀한 사람들이 목숨 걸고 여기까지 데려다 준 거란다. 정말 지독한 눈이었어."
 나는 그들의 어깨 너머로 눈과는 무관한 우리 집 골목, 아파트의 복도를 바라보며 말했다.
 "엄마, 놀라지 마세요."
 "여보 놀라지 말아요."
 "그 동안에 일이 좀 생겼어요."
 "놀라지 마, 엄마."
 놀라지 말라는 말처럼 사람을 놀라게 하는 데 효과적인 말이 또 있을까. 그러나 나 역시 후들대는 가슴을 진정하기 위해 생각나는 말도 그 말밖에 없었다. 놀라지 마. 네 식구는 내 눈앞에 저렇게 건재하지 않니? 사람이 성한 그 나머지 재난 같은 건 나는 하나도 안 무서워. 암 안 무섭고 말고. 설사 저들이 공모를 해서 나를 생전 모른다 하기로 작정을 했다고 하더라도 놀랄 건 없어.
 "외할머니가 다치셨대, 엄마."
 "눈에서 넘어지셨는데……."
 "중상인가 봐."
 "정신을 잃으셨는데 아직 못 깨어나셨대."
 "엄마 오시길 얼마나 기다렸다고요."
 "기다리다 못해 우리끼리 먼저 병원을 가는 길이오. 당신도 같이 가겠소?"
 식구들이 모두 한마디씩 했다. 나를 비난하는 투는 조금도 없었는데도 나는 부끄러워서 그들로부터 숨어 버리고 싶었다.
 "아, 아니에요. 얼른 먼저들 가세요. 곧 뒤미처 갈 게요. 가슴이 떨려서요. 다리도 떨리고요."
 나는 울먹이며 화끈대는 얼굴을 두 손으로 감쌌다.
 "거봐. 엄마 쇼크 받았잖아. 그렇게 한꺼번에 말해 버리는 게 어디 있니?"
 "어때? 아무 때 알려도 알려야 할 건데."
 "그래 그래. 자식이 나쁜 일 당한 걸 부모에게 속이는 건 봤어도 부모한테 일 생긴 거 자식한테 숨기는 건 못 봤다."
　아이들 사이에서 작은 말다툼이 생겼다. 남편은 말없이 아이들 중 하나를 쇼크 받은 아내를 위해 떼어놓고 먼저 병원으로 갔다.
　나는 그 아이마저 떼어놓고 내 방을 걸어 잠그고 방바닥에 쓰러졌다. 충격 때문이 아니라 부끄러움과 졸음 때문이었다. 나 없는 동안에 일어난 재난의 당사자가 내 식구가 아니라 친정어머니라는 걸 알아들으면서 속으로 나는 얼마나 안도하고 기뻐했던가? 그 사실이 나를 심히 민망하고 부끄럽게 했지만 그런 죄책감조차 별로 절실하지도 못해 들입다 잠이 쏟아져서 견딜 수가 없었다. 나는 나에게 힘이 돼주려고 집에 남아서 어쩔 줄 모르고 있는 아이에겐 끝내 슬픔을 가장한 채 허겁지겁 잠 속으로 빠져들었다. 마치 불륜의 쾌락처럼 단잠이었다.
　짧고 깊은 잠에서 깨어났을 때 찬물로 끼얹듯이 제일 먼저 떠오른 생각은 내 아이들이 나에게 가장 가까운 육친이듯이 어머니 역시 가장 가까운 육친이라는 거였다. 소위 말하는 일촌一村 사이가 서로 동등하거늘 나는 내 아이들 대신 어머니가 당한 재난을 마치 타인에게 그것을 떠맡긴 양 다행스러워했던 것이다.
　더군다나 어머니에게 나는 단지 하나 남은 일촌이었다. 나에겐 다섯씩이나 있어도 얼고 떠는 일촌이 어머니에겐 하나밖에 남아 있지 않았다. 자식사랑이 결코 그 수효에 따라 수박 쪽 나누듯이 분배되어 줄어드는 게 아니라는 뜻으로 '열 손가락 깨물어 안 아픈 손가락 있느냐'는 속담이 있다. 그렇더라도 하나밖에 안 남은 손가락에 대한 집착과 애정은 도대체 어떤 것일까? 그 생각이 나를 소스라치게 했다.
　6·25때 여읜 오빠 생각이 났다. 친척이나 이웃 간에 효자로 널리 알려졌던 오빠였다. 소년 시절의 그의 모습이 선연하게 떠올랐다. 엄마와 오빠와 나, 세 식구가 한창 곤궁했을 적 엄마가 바느질 품 판 돈을 졸라 군것질을 일삼다 마침내 구멍가게 유리창까지 깨뜨려 엄마에게 큰 손해를 입힌 나를 그는 인왕산 성터로 데리고 올라가 눈물로 매질을 했었다. 그때의 매질이 나를 두들겨 일으킨 것처럼 잠은 깨끗이 사라지고 그는 참으로 오래간만에 나에게서 가까이 있었다. 그때의 그의 눈물이 지금도 나를 울게 했

다. 그를 가까이 느낄수록 그를 잃었다는 상실감도 그만큼 컸다.

어머니에게 무슨 일이 나든 그것을 제일 먼저 책임져야 할 사람은 나밖에 없다는 걸 더는 회피할 수가 없었다. 나는 몸과 마음을 가다듬고 병원으로 향했다.

뜻밖에도 어머니는 의식을 회복해서 나를 보자 희미하게 웃기까지 하셨다. 오빠가 남긴 두 아들이 이젠 오빠보다 훨씬 더 나이를 먹어 의젓하게 처자식을 거느리고 있고, 거기다 우리집 대식구까지 합해 응급실의 어머니의 병상은 제법 근검했다. 나는 그때까지 줄창줄곧 오빠 생각을 하고 있었기 때문에 죽은 사람은 나이를 먹을 수 없다는 평범한 사실이 새삼스럽게 쓸쓸한 감회가 되었다.

나는 일촌답게 허둥지둥 그들을 헤치고 왈칵 어머니의 손을 잡았다. 시신도 감동시킨다는 일촌의 당도였다. 어머니의 눈에 눈물이 그렁이더니 하염없이 흘러내렸다. 어머니에게 내가 단 하나 남은 자식이란 사실이 서러운 눈물이 되어 모녀 사이를 흘렀다.

"어쩌다가 이 지경을 당하셨어요?"

"석이 애비가 밖에서 눈을 치는 걸 들창으로 내다보다가 마음은 젊어서 좀 거들어 줄까 싶어 마당으로 한 발짝을 내딛다가 그만……."

석이 애비란 현재 어머니를 모시고 있는 오빠의 큰아들, 어머니의 장손, 나의 장조카였다.

"거들긴 뭘 거드셔? 잔소리가 하고 싶으셨겠지."

석이 에미가 혼잣말처럼 종알거렸다.

"그럼 느이들이 다 옆에 있으면서 할머니를 이 지경으로 만들었단 말이냐?"

나는 나도 모르게 그만 조카 내외 탓을 하고 있었다.

"할머니가 총찰 안 하시는 게 있는 줄 아세요? 또 총찰하시고 싶어 나오시나 보다 할 수밖에요."

조카가 얼른 제 아내 역성을 들고 나섰다. 어머니는 팔십을 훨씬 넘어선 연세였고 조카 내외는 서른 안팎이었다. 시부모 모시기도 꺼리는 세상에 한 세대를 건너뛰어 조손祖孫이 한지붕 밑에 사는 게 쉬운 일은 아닐 터였다. 그러나 어머니의 달갑잖은 존재가 이렇게 드러나 보이긴 처음이었다.

응급실이라 여기저기 신음소리·울음소리, 가족들이 술렁이는 소리가 들렸다.

"다치신 덴 어디예요?"

조카며느리가 홑이불을 젖히고 다리를 가리켰다. 어머니의 왼쪽 다리가 엉치 밑에서 획 밖으로 돈 채 통통 부어 있는 게 남의 다리를 얻어다가 어설프게 이어 놓은 것처럼 이물스러워 보였다. 한눈에 사태가 심상치 않다는 걸 짐작할 수 있었다. 어머니는 여든여섯이었다.

"빨리 공구리를 해주지 않고……."

어머니가 우리 모두를 위로하듯이 중얼거렸다.

"안 아프세요?"

"안 아프긴, 다시 기절이나 했으면 싶구나."

"아, 어머니!"

이때 간호원이 우리 가족을 불렀다. 우리는 우르르 담당 의사한테로 몰려갔다. 응급실 담당 레지던트는 너무 젊고 피곤해 보였다. 벽에 붙은 전자시계의 빨간 초침은 소리 없이 자정을 넘고 있었고, X-레이 감광판에서 어머니의 앙상한 엉치와 대퇴골이 심판을 기다리고 있었다.

"우선 입원시키고 경과 봐서 수술을 해야겠는데요."

"그러니까 경과 봐서 수술을 안 할 수도 있다, 이런 말씀인가요?"

나는 마른침을 삼키며 이렇게 물었다.

"안 하는 게 아니라 못 할 수도 있을 수 있겠죠."

"무슨 말씀이신지?"

"경과를 본다는 건 수술을 견딜 수 있나를 체크해 본다는 뜻이지 자연치유의 가능성을 말하는 게 아니니까요."

"그분은 여든여섯이세요. 어떻게 수술을…… 참 그분은 깁스를 원하시던데, 오래 걸려도 상관없어요. 깁스를 해주세요."

"고령이기 때문에 수술을 하라는 겁니다. 깁스로 뼈가 붙기엔 너무 늙으셨어요. 그 나이에 깁스는 살아 있는 관棺이죠. 이런저런 합병증으로 깁스 한 채 돌아가실 게 틀림없으니까요."

젊은 의사가 냉담하게 말했다.

"그분은 깁스를 하는 걸로 알고 있는데…… 저어…… 어떻게 깁스로 안 될까요?"

나는 거의 애원조로 빌붙었다.

"진단이나 치료는 환자가 하는 게 아닙니다."

"그러니까 우린 선택의 여지도 없다는 말씀이군요?"

"그렇죠, 방법은 수술밖에 없으니까요."

"수술하면 다시 걸으실 수 있을까요?"

"경과가 좋으면……."

"그러니까 수술 결과도 장담 못하겠단 말씀 아녜요? 말도 안돼요."

나는 싸울 듯이 언성을 높였다. 그러나 젊은 의사는 좀처럼 덩달아 흥분할 것 같지 않았다. 그의 냉담은 명철한 지성에서 온다기보다는 직업적인 과로에 연유하고 있는 것 같았다.

"내일 주치의 선생님하고 자세한 걸 의논하시죠. 우선 입원 수속이나 밟으시고……."

"선생님이 주치의도 아니면서 어쩌면 그렇게 단정적으로 수술을 권하세요?"

"오늘의 의술이 할 수 있는 거의 유일한 방법이니까요."

"흥, 결과도 보장을 못하면서……."

"유일한 방법이라고 했을 뿐이지 안전한 방법이라곤 안 했습니다. 유일한 방법일수록 위험부담이 더 따른다고 볼 수 있어요."

마침내 의사가 발끈했다.

"고모, 왜 그러세요? 병원에 온 이상 의사선생님 말씀에 따라야죠."

뒤에서 구경만 하고 있던 두 조카가 나섰다.

"너희들은 모른다. 아무것도 몰라."

나는 무턱대고 치미는 격정에 못 이겨 악을 썼다.

"뭘 모른다고 그러세요?"

"할머니는 여든여섯이셔. 그런 큰 수술을 견디실 수 있을 것 같니?"

"도리가 없잖아요? 우선 입원 수속 밟고 자세한 건 내일 주치의 선생님과 의논합시다. 고모, 여긴 응급실이에요."
 조카들이 나를 난동분자 다루듯이 거칠게 복도로 끌어냈다. 그러나 그때 그런 방법으로 젊은 의사와 나눈 대화가 가장 자세한 의논이 될 줄은 미처 몰랐었다.
 큰 대학부속병원 회진시간이 다 그렇듯이 다음 날 아침 한때의 레지던트, 인턴, 간호원을 거느리고 나타난 주치의 선생님은 한눈에 믿음직스럽고 권위 있어 보였다. 권위란 상대방으로 하여금 하고 싶은 말을 참게 하는 어떤 힘이 아닐까? 나는 한편에 다소곳이 비켜서서 무슨 말이 떨어지기만을 기다렸다. 그는 거느린 수련의들한테만 내가 알아들을 수 없는 외국어로 짤막하게 몇 마디 하고 나가 버렸다. 나는 허둥지둥 뒤따라 나갔지만 수련의 중에 섞여 있던 어젯밤의 응급실 당직 의사를 붙드는 게 고작이었다. 그는 내가 묻기 전에 수술날짜는 사흘쯤 후가 될 거라고만 말하고 다른 병실로 사라졌다. 그 사흘 동안에 주치의를 이리저리 쫓아다녀서 알아낸 건 골절된 부위가 과히 예후豫後가 좋지 못한 부위라는 것, 저절로 진이 나와서 붙을 걸 기대할 수 없는 연세이기에 금속을 집어넣어서 뼈와 뼈를 잇게 하는 수술은 불가피하다는 것, 간단한 수술은 아니라는 것들이었다. 주치의가 그 많은 말을 한꺼번에 다한 게 아니라 어렵게 마지못해 한마디씩 한 걸 내 상상력으로 뜯어 맞추면 대강 그런 뜻이 되었다.
 그의 권위에 주눅이 들어선지 과묵寡默이란 전염성이 있는 건지 나는 아무리 벼르던 말도 그 앞에선 제대로 다 말하지 못했다. 주치의가 가족들을 답답하게 하는 것처럼 가족들 역시 어머니를 답답하게 했다.
 "얘, 숫제 접골원으로 갈 걸 그랬나 보다. 어긋난 뼈 맞추는 덴 아무래도 접골원이 신효하다는데, 괜히 병원으로 끌고 와가지고 너희들 큰돈 없애게 생겼다. 얼른 부러진 다릴 맞춰서 공구리할 생각은 안 하고 이 꺼풀만 남은 늙은이 피는 왜 맨날 빼 가고 검사는 무슨 놈의 검사가 그리 많은지 아픈 거 참는 것도 참는 거지만 그게 하나라도 공짜일 리가 있냐. 공구리만 해서 내보내자니 억울해서 잔뜩 돈을 뜯어낼 심산인가 본데 느이들이 가서 궁색한 소릴 좀 해야 한다. 아이구! 다리야. 이게 내 다린가? 내 웬순가? 공구리를 하고도 이렇게 아프려거든 제발 지금 죽여주소. 죽여줘. 자식 앞

세우고 남부끄러우리만큼 오래 살았으면 됐지 무슨 죄가 또 남아 이 몹쓸 고생을 할꼬."

어머니는 이렇게 괴로워하면서도 깁스에 한 가닥 기대를 걸고 있었다. 깁스보다 더 나쁜 일이 자기에서 일어나리라곤 아예 상상도 못했다. 식구들은 노인에게 그걸 알리는 일을 미적미적 미루면서 내 눈치만 봤다. 설득과 위로를 필요로 하는 일을 딸이 맡아서 하는 건 당연했다.

마침내 수술날짜가 내일로 박두해 침대에 금식禁食 팻말이 붙은 날 밤 나는 어머니가 받아야 할 수술에 대해 알릴 수밖에 없었다.

"수술? 누구 맘대로 수술을 해? 안된다. 안돼. 누구 맘대로 내 몸에 칼을 대? 내가 남 못 당할 몹쓸 꼴만 골라 당하고도 이날 이때 목숨을 못 끊고 살아남은 건 죽는 게 무서워서가 아냐. 주신 목숨을 내 맘대로 건드렸다가 받을 벌이 무서워서지. 수술 안 하면 죽는 대도 내버려 둬. 내 나이 구십이 내일 모레야. 나 내버려 뒀다고 자손들 흉볼 사람 아무도 없어."

어머니는 망설이지도 않고 단호하게 수술을 거절했다. 이미 장손이 수술동의서에 도장까지 찍은 후였고, 내일 아침 어머니를 수술실로 보내는 일은 어머니의 의사와는 상관없이 자동적으로 되게 되어 있었다. 그러나 나는 어머니의 육신에 그런 모욕을 가하고 싶지 않았다. 퉁퉁 부어 오른 한쪽 다리를 뺀 어머니의 나머지 육신은 뭉치면 한줌도 안 될 꺼풀처럼 가볍고 무력해 보였다. 그 작은 육신에나마 자존심이라는 게 남아 있는 이상 앞으로 당할 일을 알고 있을 권리가 있을 것 같았다. 그것은 어머니 속으로 난 단 하나밖에 없는 자식으로서의 애정이자 미움이기도 했다.

나는 망설이지도 감추지도 않고 내가 아는 한 소상하게 어머니가 받아야 할 수술에 대해 설명을 했다. 대퇴골 골절을 부러진 막대기에 비유할 여유마저 생겼다.

"생각해 보세요. 부러진 나무 막대기를 꼭 이어서 써야 할 일이 생겼을 때 아교풀로 잇는 게 더 튼튼하겠어요, 쇠붙이로 끼고 나사로 죄는 게 더 튼튼하겠어요? 더군다나 아교풀이 모자라거나 아주 없을 땐 어떡하겠어요? 두려워하실 거 조금도 없어요. 박사님이 어머니의 부러진 뼈에다 쇠붙이를 끼고 튼튼히 이어 놓을 테니까요. 단 며칠을 사셔도 수족을 쓰셔야 그게 사시는 거죠, 안 그래요? 어머니."
 뜻밖에 어머니의 얼굴에 밝은 미소가 떠올랐다. 그 동안 정기 없이 흐려졌던 눈도 난데없이 꿈꾸는 소녀의 눈빛처럼 은은하게 빛났다.
 "그러니까 지금도 뼈 부러진 덴 산골이 제일이란 말이지?"
 "네?"
 나는 어머니의 말뜻을 전혀 알아들을 수가 없을 뿐더러 돌변한 어머니의 태도는 막연히 기분 나쁘기까지 했기 때문에 생급스러운 소리로 악을 썼다.
 "의술이 제아무리 발달해도 뼈 부러진 덴 산골밖에 없다고? 암 산골이 제일이고 말고…… 산골은 영약인걸."
 어머니는 마치 잃었던 어린 날의 동요를 주워올리듯이 그립고 달콤한 목소리로 이렇게 읊조렸다.
 "어머니, 무슨 말씀이세요? 정신 차리세요."
 나는 어머니의 가냘픈 어깨를 마구 흔들었다.
 "잔뼈만 부러졌어도 산골을 먹으면 되는 건데 굵은 뼈가 부러졌으니 수술을 해서라도 끼울 수밖에. 얘들아. 나 수술 받는 거 조금도 안 무섭다. 느이들도 걱정할 거 하나도 없어. 산골로 붙여놓은 뼈는 부러지기 전보다 훨씬 더 튼튼해진다는 걸 난 잘 알지. 이 손목 좀 보렴."
 어머니는 오른손을 높이 쳐들어 보이면서 우리 모두를 감싸고도 남을 듯이 너그럽고 훈훈하게 미소 지었다. 그러나 누가 보기에도 어머니의 오른손 손목은 정상이 아니었다. 뼈가 불거져 나오고 한쪽으로 약간 삐뚤어져서 성한 손목보다 굵어 보이긴 했지만.
 나는 그게 그렇게 된 까닭을 알고 있었다. 뒤늦게 산골이 무엇을 뜻하는지도 알아차렸다.
 다음 날 아침 어머니는 수술실로 들어가기 위해 틀니를 빼고도 시종 그렇게 웃으셨기 때문에 마치 갓난아기 같았다. 여든보다 아흔에 더 가까운 연세에 크나큰 시련을 앞두고 갓난아기처럼 웃을 수 있는 어머니의 비밀이 나를 참을 수 없이 슬프게 했다.
 우리 세 식구가 처음으로 서울에 장만한 내 집인 현저동 꼭대기 괴불마당집에서의 첫겨울은 가혹했다. 추위도 예년에 없이 혹독했지만 여름철 장마처럼 눈이 한번 내리기 시작하면 몇날 며칠 계속됐다. 제아무리 충직한 함경도 물장수 김 서방도 그 겨울의 지독한 눈구덩이만은 헤칠 엄두가 안 났던지 자주 물장사를 걸렀다. 그러나 그건 그리 큰 문제가 아니었다. 우리는 안마당·바깥마당·장독대·지붕 위에 지천으로 쌓인 눈을 퍼다가 가마솥에 붓고 장작불만 지피면 됐다. 물보다는 불 걱정이 훨씬 더 심각했다.

우린 가늘게 패서 새끼로 한아름씩 묶은 단 장작을 매일 한두 단씩 사다 때며 살았었는데 어머니는 그걸 이웃 구멍가게에서 안 사고 꼭 전차종점께에 있는 나무장까지 가서 사왔다. 겉보기엔 부피가 비슷해 보이지만 들어보면 판이하게 나무장 것이 올차다는 거였다. 한꺼번에 열 단만 사도 거뜬히 지게로 져다 주건만 당시의 우리에겐 그만한 경제력도 없었던지 어머니가 손수 그 멀리서 단 장작을 한두 단씩 날라다 땠다. 퍼부어 쌓인 눈으로 산동네 비탈길이 위험해지자 오빠는 그 일을 자기가 맡겠다고 나섰다. 그러나 어머니가 오빠에게 그 일을 시킬 리가 없었다.

"에민 너한테 이까짓 장작단 심부름이나 하는 효도 안 바란다. 넌 더 큰 효도를 해야 할 외아들이야. 공부 잘해 출세해서 큰돈 벌거든 우선 청량리 나무장에서 통나무를 한 바리 들여다가 쓱쓱 톱질하고 짝짝 패서 한 광 가득 차곡차곡 쟁여놓고 겨울을 나보자꾸나."

"그때는 그때고 지금은 지금 아녜요. 다 큰 자식 놓아두고 어머니가 그 일 하시면 사람들이 흉봐요. 자식 된 도리도 아니구요."

"장차 큰일 할 자식을 몰라보고 탐탁찮은 일이나 시켜먹는 건 그럼 에미 도리라던?"

이렇게 한마디로 딱 잘라 거절을 하는 데야 제아무리 효성이 지극한 오빠도 어쩔 수가 없었다. 그러던 어느 추위가 그악스럽던 날 어머니는 장작단을 이고 눈에서 미끄러져 만신창이가 돼 돌아왔다. 여기저기 난 생채기는 보기만 하면 잠깐 흉할 뿐 아무것도 아니었다. 단박 퉁퉁 부어오르면서 심한 동통을 호소하는 손목이 문제였다.

오빠와 나는 엄마의 짓눌린 것처럼 나지막한 신음소리에 귀 기울이느라 밤새도록 제대로 잠을 잘 수 없었다. 기둥이 흔들리는 것처럼 불안했다.

그러나 다음 날 아침부터 어머니는 평상시와 다름없이 집안일을 해냈고 억지로 꾸민 티 없이 씩씩하고 명랑했다. 그래도 삯바느질만은 도저히 안되는 모양이었다. 어머니에게 기생집 삯바느질을 대던 노파를 불러다가 아직 끝맺지 못한 바느질거리를 돌려주면서 미안해했다. 노파는 어머니의 부어오른 손목을 보더니 대경실색을 하면서 당장 장안의 용한 침쟁이들을 줄줄이 엮어댔지만 어머니는 별로 귀담아듣는 것 같지 않았다.

"곧 나을 거예요. 오늘만 해도 벌써 어제보다 손놀리기가 훨씬 수월한걸요."

나중에 노파는 치자를 몇 개 가지고 와서 말했다.

"치자떡을 해붙여 보우. 부기 내리는 데는 그저 치자떡이 그만이니까."

그리고 혼잣말처럼 덧붙였다.

"부기만 내리면 뭐하누. 정작 부러진 뼈가 붙어야지. 부러진 뼈 붙는 데는 산골이 그만인데, 저 여편넨 돈 드는 거라면 귓등으로도 안 들으니. 제 몸 위하는 게 새끼들 위하는 거라는 걸 왜 모르누. 미련한 사람 같으니라구."

오빠도 그 소리를 들었다. 오빠는 어머니가 못 듣는 데서 노파의 집을 아느냐고 나한테 물었다. 우리는 엄마 몰래 노파의 집을 방문했다. 오빠는 노파에게 산골이란 뭐고 어디서 구할 수 있는 건가를 물었다.

"느이 엄마가 보내던? 아니야? 저런 그러면 그렇지. 아이고 신통한 새끼들. 그럼 그래야지. 이래서 사람은 자식을 낳아 기른다니까. 자식 없는 인생이란 천만금이 있으믄 뭘해. 말짱 헛거지."

이런 호들갑스러운 수다로 시작해서 노파의 산골 얘기는 황당하기 짝이 없는 거였지만 신화처럼 매혹적이었다. 우리는 이미 신화 속에 한 발을 들여놓고 있었다. 사람이 바늘구멍만한 구원의 여지도 없는 곤경에 빠졌을 때 신화는 갑자기 우리 앞에 그 신비의 문을 활짝 열고 그곳의 주인이 되라고 유혹한다.

산골이 나는 굴薑은 우리나라에 하나밖에 없는데 현저동에서 과히 멀지 않은 무악재 고개 마루턱에 있다고 했다. 생기기는 주사위 모양이지만 크기는 그저 좁쌀보다 클까말까 한 반짝거리는 쇠붙이인데, 네모반듯한 주사위 모양이 어느 한 군데라도 이지러진 건 약효가 없기 때문에 미리 골라서 팔지만 사는 사람도 잘 봐서 사야 한다고 했다. 그것이 부러진 뼈를 붙게 하는 효력은 실로 놀라워서, 노파가 들은 바론 생전에 산골을 사다먹고 뼈 부러진 걸 고친 사람의 시신屍身을 면례緬禮하면서 보니까 반짝거리는 잔다 란 쇠붙이가 다닥다닥 한 군데 붙어서 뼈를 이어주고 있는데 산 사람의 기 운으로도 떼어 놓을 수가 없을 만큼 단단하더라는 것이었다.

약으로 먹은 게 직접 부러진 부위로 가서 붙여 놓는 역할을 한다는 걸 우리가 곧이곧대로 믿을 수 있었던 건 우린 이미 신화 속의 주인공이 되어 있었기 때문이다.

"그게 비쌉니까?"

오빠가 얼굴을 붉히며 물었다.

"아냐, 비싸긴. 돈 들게 뭐 있담. 흙이나 모래처럼 저절로 나는걸. 그 굴 을 차지한 사람이 자릿세처럼 좀 받기야 받지만서두 얼마 안될 거야. 병원 이나 침쟁이한테서 못 고친 사람들도 오지만 침 한 대 맞을 헹편도 못 되는 사람꺼정두 오니까."

"가자."

우리 남매는 눈구덩이를 뚫고 무악재 고개를 더듬어 올라갔다. 적설 강 산에 혹한까지 겹쳐 길은 험했지만 집에서 비교적 가깝고 열두 고개 너머도 아니었기 때문에 신화적인 감동을 맛보기 위해선 길이라도 험해야 했다.

묻고 물어서 당도한 산골 굴은 암벽에 빈지문이 달린 굴속이었다. 대 낮인데도 촛불을 켜놓고 있었다. 한눈에 보통 토굴이나 암굴하곤 다르다 는 걸 알 수 있었다. 벽이고 천장이고 온통 반짝이는 쇠붙이로 뒤덮여 있 었다. 오톨도톨 모자이크된 잔다란 쇠붙이들이 촛불이 출렁이는 대로 물 결처럼 흔들려 신비한 몽환의 세계를 이루고 있었다. 산골 굴의 주인은 흰 무명 두루마기를 입은 젊은 남자였다. 만약 그가 나이 들고 흰 수염이라도 기르고 있었더라면 우리 남매는 다짜고짜 그의 발 밑에 몸을 던지고 어머 니를 위한 영약을 주십시사 간절히 빌었을지도 모른다.

그러나 그 젊은 남자도 우리 마음으로 신격화시키기에 충분했다. 세상 사람들하곤 다르게 빼빼 마르고 멍한 게 영적靈的으로 보였다. 그 남자와 비교해 보니 오빠가 다 자란 건강한 청년이라는 것도 새삼스럽게 나를 감격케 했다. 나는 그 남자를 우러러보면서 오빠에게 찰싹 매달렸다.

　오빠는 그 남자에게 공손히 인사를 하고 나서 용건을 말했다. 남자는 두 자루의 촛불이 켜진 소반으로 가서 산골을 고르기 시작했다. 노파의 말대로 그 굴에선 산골이 무진장 나지만 산골이라고 다 약이 되는 게 아니라 어느 한 군데도 이지러지거나 삐뚤어진 데 없이 정확한 여섯모꼴이어야만 비로소 신효한 효과가 나타난다는 거였다. 그래도 그 남자는 산골이 직접 부러진 뼈에 가서 다닥다닥 붙어서 뼈를 이어놓는다고까지 말하진 않았다.

　그 남자가 산골을 고르는 모습은 특이했다. 소반 앞에 단정히 꿇어앉아 조는 듯 미미하게 고개를 끄덕이며 한 되나 되게 쌓인 산골 중에서 몇 알씩을 집어내어 흰 종이에 쌌다. 깡마르고 창백한 얼굴이 더욱 영적으로 돋보이고 육안으로 고르는 게 아니라 심안으로 고른다 싶게 그 일에 힘 안 들이고 몰입해 있었다.

　오빠를 쳐다보니 숙연한 얼굴로 두 손을 마주잡고 허리를 굽히고 읍하고 있길래 나도 얼른 그대로 했다.

　"우선 열흘 치를 줄 테니까……."

　남자가 흰 종이에 나누어 놓은 걸 싸면서 말했다. 메마르고 허한 목소리였다.

　"신령님께 정성 들이면 약효가 더 있을 것이니까, 이리와 봐."

　소반 말고 굴 속의 가장 후미진 곳에도 두 자루에 촛불이 켜져 있었고 산골로 된 자연의 단위에 신령님의 영정이 모셔져 있었다. 단에는 정안수를 떠놓은 불기가 있고 십 전짜리, 오십 전짜리 동전도 흩어져 있었다.

　"자아, 신령님께 절하고, 약값 가져온 것 있으면 신령님께 바쳐. 그리고 이 정성 받으시고 영험을 내려주십사 빌어, 이렇게."

　오빠는 그대로 했다. 꾸벅꾸벅 절을 하고 또 했다. 내가 평소 오빠를 속으로 깊이 사랑하면서도 어려워해서 깍듯이 예절로 대했던 것은 십 년이나 되는 연령차도 있었지만 함부로 할 수 없는 오빠의 특이한 사람됨 때문이었다. 어떤 깜깜한 무지도 꾀 많은 미신도 현혹시킬 수 없을 것 같은 명석함과 떳떳함은 오빠의 사람됨의 가장 뚜렷한 특징이었다. 나는 가난한 동네의 미천한 사람들 속에서 오빠의 그런 인품이 저절로 돋보이는 걸 마치 자신의 때때옷처럼 자연스럽게 여겨왔다.

그런 오빠가 어린 눈에도 서투른 솜씨임이 빤히 드러나는 속악한 신령님의 영정에 수없이 머리를 조아리고 있었다. 이상하게도 오빠의 이런 미신적인 의식은 그의 떳떳함을 한층 돋보이게 할지언정 조금도 모순되어 보이질 않았다. 정성이 그 극치에 이르면 서로 반대되는 방법까지도 화합하게 하는 것인지. 나는 누가 시키지 않았지만 공손하게 읍하고 오빠가 올리는 의식을 지켜보았다.

오빠가 신령님 앞에 바친 돈이 산골값으로 넉넉한 것이었는지 모자라는 것이었는지 모르지만 오빠의 정성은 그 산골장수까지도 흡족하게 한 것 같았다.

"아까는 우선 열흘만 잡숴보라고 했는데 보아하니 더 잡술 것도 없이 열흘 안에 거뜬해지실 거구면. 내 말 틀림없으니 두고 보소. 이 산골이라는 게 약기운보다는 신神기운을 더 타는 영물인데 젊은이 효성이면 어떤 신령님들인들 안 동하고 배기겠수? 더구나 우리 신령님 영검이 어떻다고."

오빠의 산골이 어머니를 감동시킨 건 말할 것도 없다. 어머니는 안 다쳤을 때보다 훨씬 더 행복해졌고, 매일매일 모래시계처럼 정확하게 손목의 부기와 아픔을 덜어가다가 더도 아니고 덜도 아닌 열흘 만에 완쾌를 선언했다.

우리 보기엔 아직도 손목의 모양이 정상이 아니었지만 어머니의 설명에 의하면 그곳에 산골이 모여서 뼈를 붙여 주고 있기 때문이라는 거였다. 어머니는 완쾌가 틀림없는 사실이란 걸 증명하기 위해 열흘 되던 날부터 다시 삯바느질을 시작하셨고 그 솜씨는 전과 다름없이 빼어났다. 어머니는 또 산골 먹고 붙은 뼈가 얼마나 튼튼하다는 걸 과시하기 위해 우리 앞에서 무거운 걸 번쩍번쩍 들어 보이길 즐기셨다. 영천시장에서 장작을 날마다 한두 단씩 사다 때는 버릇도 여전했다. 해동할 때까진 오빠가 그 일을 하겠다고 해도 어머니는 막무가내였다.

"걱정 말아. 야아. 또 넘어지게 되면 이 오른손으로 꽉 짚으면 되니까. 내 오른 손목은 이제 예전과 달라 무쇠보다 더 튼튼한걸."

이렇게 뽐내면서 보기 싫게 삐뚤어진 손목을 휘둘러 보였다.
텔레비전 연속극이나 영화 같은 데서 보면 수술실로 들어가기 직전의 집도의와 환자 가족 사이가 자못 감동스럽다. 초조해하는 가족 앞에서 의사는 잠깐 권위의 갑주甲冑를 벗고 인간적인 온정과 성의를 내비친다. 실수할 확률을 전혀 배제할 수 없다 손치더라도 인간을 인간에게 맡겼다는 게 인간을 백발백중의 기계에게 맡긴 것보다 훨씬 마음 놓이게 한다. 그런 마음이 의사에게 당치 않은 응석도 부리게 하고 때로는 추태에 가까운 애걸이나 부탁, 다짐까지 하게 되고 의사는 가족들의 그런 인간적인 약점에 잠깐이나마 그 어느 때보다도 너그러워지는 아량을 보인다. 어쩌면 그건 아량이라기보다는 동정이나 감상인지도 모르지만.
나 역시 어머니의 주치의인 홍 박사와 수술실 밖에서 잠깐이나마 그런 따뜻한 인간적인 교감이 있길 바랐다. 진과 기름이 다 빠진 앙상한 노구, 그러나 아직도 여체인 어머니의 몸이 의식을 박탈당한 채 그에게 맡겨지는 광경은 상상만으로 충분히 참혹했다. 나는 내가 위로받고 싶어서도 그가 필요했다.
그러나 큰 병원 수술실은, 수술실이 아닌 수술장이었다. 그 수술장에서 수술을 받은 환자는 하루에 이삼십 명을 헤아렸다. 마치 컨베이어시스템에 의해 제품이 완성되며 운반되듯 종합병원이란 거대한 메커니즘이 환자에게 필요한 조치를 베풀어가며 제 시간에 수술실로 보내고 일정한 시간이 경과하면 저절로 수술실에서 내보냈다. 수술실로 들어가기까지 수많은 사람의 손길이 닿았지만 그 누구도 내가 진심으로 부탁하고 매달리고 싶은 책임자는 아니었다.
더군다나 수술장은 저만큼서부터 가족들에게 금단의 구역이었고 그 속에서 일어나는 일을 볼 수 없는 것과 마찬가지로 그 속에서의 일을 책임질 사람도 만날 길이 없었다. 집도의는 수술장에 상주하는 것인지 그들만의 전용 출입문이 따로 있는 것인지, 환자를 들여보내고 아무리 그 앞에서 서성대도 홍 박사뿐 아니라 어떤 의사도 만나볼 수 없었다.
딴 것도 아닌 사람들의 목숨을 맡고 맡기는 관계에 있어서 사전에 잠시라도 그런 인사치레 내지는 교감이 없다는 게 나는 몹시 허전했다. 수술

동의서에 도장 찍는 일보다는 그게 더 필요한 일일 것 같았다. 그런 중에도 수술장에 들어가기까지의 어머니의 밝고 천진한 태도는 많은 위안이 되었다. 팔십 노구에 가해질 대수술에 대해서 어쩌면 그렇게 불안 없이 마냥 편안할 수가 있는지. 어머니는 산골요법과 수술을 동일시함으로써 그런 편안함에 도달한 것이다. 어머니에게 아직도 오빠는 종교였다.

수술장은 커다란 ㄱ자꼴로 되어 있어서 그 양끝이 입구와 출구로 나누어져 있었다. 출구에서 그 안에서 일어나는 일을 엿볼 수 없기는 입구나 마찬가지였다. 수많은 수술환자 가족들이 출구 쪽 복도에서 초조하게 서성대고 있었다. 아이를 수술실에 홀로 들여보낸 젊은 엄마가 남편의 어깨에 얼굴을 묻고 흐느끼고 있는가 하면 장정 아들을 수술실로 들여보낸 노모가 염주를 세며 염불을 외고 있기도 했다. 가족들의 그런 초조한 심정을 위한 배려로 가끔 간호원이 나와서 벽에 붙은 환자명단에다 숫자를 기입하고 들어갔다. 숫자는 수술이 끝난 환자가 회복실로 옮겨진 시간을 의미했다. 회복실로 옮겨진 지 한 시간가량이면 대개 환자가 실려 나왔다. 환자가 실려 나올 때마다 가족들은 덮어놓고 몰려가서 확인하려 들었다.

수술실 문이 열리고, 아직 수술복인 채인 의사가 눈만 반짝거리는 커다란 마스크의 한쪽 끝을 천천히 귀에서 벗기면 입가엔 어려운 일을 성공적으로 끝낸 사람 특유의 만족스런 피곤이 감돌고, 마침내 입을 열어 "안심하십시오. 수술은 성공적이었습니다."하면 가족들이 혹은 우러러보기도 하고, 혹은 머리를 조아리기도 하면서 감격과 감사의 눈물을 흘리는 광경은 출구 쪽에서도 일어나지 않았다. 입구는 환자를 받아들이고 출구는 환자를 토해내고, 가족은 전송하고 마중할 뿐이었다.

나붙은 명단엔 성별과 연령도 기입돼 있었다. 86세, 어머니가 최고령이었다. 그 다음 고령이 57세란 걸로 86세의 수술이 심히 무모한 모험으로 여겨졌다. 아홉 시에 수술실로 들어간 어머니는 한 시가 지나서야 회복실로 옮겨졌다는 고지가 나붙고, 그 다음은 감감 무소식이었다. 출구가 열리고 환자가 실려 나올 때마다 나는 경박하게 놀라면서 달려가서 얼굴을 확인하곤 했다. 방정맞은 생각과 피곤과 공복으로 눈이 침침해져서 나는 아무 환자나 따라다니면서 오래 들여다보았다.

"고모도 참, 할머니가 뭐 주름살 성형수술이라도 하고 나올 줄 아슈?"

이렇게 이죽댈 수 있는 조카들의 여유가 밉살스러웠지만 그 어느 때보다도 조카들이 믿음직스러운 것도 어쩔 수 없었다.

마침내 어머니가 실려 나왔다. 어머니도 우리를 알아보고 뭐라고 중얼거렸다. 틀니를 빼버린 어머니의 발음은 가냘프고 불확실했다. 병원 마크가 붙은 홑이불이 어머니의 벌거벗은 어깨를 미처 다 못 가리고 반쯤 드러내 주고 있었다. 나는 그런 무례를 참을 수 없어 홑이불을 끌어올려 목만 내놓고 꼭꼭 여몄다. 링거 줄이랑 피 받아내는 줄 때문에 홑이불이 여기저기 떠들썩한 건 어쩔 수 없었다. 벌거벗은 어머니는 홑이불 속에서 덜덜 떨고 있었다.

"추우세요?"

"아냐 그냥 저절로 떨린다."

그 소리를 알아들을 수 있는 게 신기해서 식구들이 우르르 모여들어 차례차례 어머니를 시험하려 들었다.

"할머니 제가 누군지 아시겠어요?"

"석이 애비지 누군 누구야?"

"할머니, 할머니, 저는요?"

"석이 에미."

"저는 누구게요?"

"경이 애비."

시험을 무사히 통과한 어머니는 자랑스럽게 웃으면서 나를 쳐다보았다. 방금 수술실에서 나온 어머니의 이런 웃음은 나를 또다시 섬뜩하게 했다.

장정 둘이서 미는 바퀴 달린 침대는 긴 복도를 신속하게 통과해서 엘리베이터 앞에 멎었다. 그러니까 우린 경망스럽게도 이런 시험을 바퀴 달린 침대를 경정경정 따라가면서 치른 것이다. 더 경망스러운 것은 그런 간단한 시험으로 우린 어머니의 수술이 성공적이었다고 믿어 버린 것이다. 엘리베이터 속에서 우린 벌써 어머니에 대해 무관심했다.

"아아, 피곤하다. 오늘 저녁엔 다리 뻗고 자야지."

"점심을 얼렁뚱땅 걸렀더니 속이 쓰린데, 병원 식당 설렁탕 먹을 만합디까? 형."

"오늘 저녁은 누가 병원에서 잘 차례지?"

"야아, 차례 따질 거 없다. 아무리 저러셔도 마취 깨면 오늘 밤 지내시기 안 힘들겠니? 내가 모시고 샐 테니 느이들은 집에 가서 푹 쉬렴."

"그래요, 그러는 게 좋겠어요. 고모. 그럼 오늘 저녁은 고모가 수고 좀 해주세요. 내일 일찌거니 석이 엄마 보내서 교대해 드릴 게요."

"우리 할머니 강단 센 건 하여튼 알아줘야 돼. 구십 고령에 그런 대수술을 치르시고도 정신이 저렇게 말짱하실 수가 있으니……."

"못된 것들 그럼 할머니가 못 깨어나셨으면 느희들 속이 시원했겠구나. 회복실에서 얼마나 오래 걸렸게 그러니? 난 꼭 뭔 일 당하는 줄 알고 얼마나 마음을 조였게 그러니? 사람마다 나이는 못 속여. 남들은 회복실에서 한 시간도 안 걸리는데 할머니는 세 시간을 넘어 걸렸잖니?"

"아니다. 야아, 나도 금세 깨어났어. 깨어나서 아이들 있는 데로 데려다 달라고 아무리 악을 써도 누가 거들떠나 봐야지. 떨리긴 또 왜 그렇게 떨리는지 추워 죽겠다고 애걸을 해도 소용이 없고 정신은 났는데도 목소리는 속에서 끌어 잡아당기는 것처럼 잘 안 나오긴 하더라만 거기 사람들도 너무 무심한 것 같더라."

우리끼리 수근대는 소리에 어머니는 이렇게 긴 소리로 참견까지 하셨다. 우린 서로 눈짓만 했다. 우리의 눈짓에는 구십 노인의 수술의 성공을 재확인하고 경탄하는 뜻에다 노인의 지나친 강단을 비웃는 뜻까지 포함돼 있었다.

병실에 돌아오자 우린 더욱 말이 많아지고 어머니는 말끝마다 참견을 하려 드셨다. 나도 어머니의 강단이 지겨운 생각이 나서 간간이 핀잔까지 주기 시작했다. 틀니를 빼놓았기 때문에 발음이 헛소리처럼 불확실한 걸 알아듣기도 피곤했지만 무엇보다도 조카들이나 조카며느리들 보기가 면구스러웠다. 엄살로라도 대수술 후의 빈사상태를 가장했으면 좀 좋으랴 싶었다. 참다못해 나는 조카들을 일찌거니 집으로 쫓아보냈다.

"얘들아, 어서 가보렴. 할머니보다 느희들이 더 피곤해 뵌다. 뭣 좀 배불리 먹고 일찌거니 자거라. 할머니도 느희들이 가야 잠을 좀 주무시지 않겠니? 다 나으신 줄 알고 저러시지만 노인네 일인데 무슨 변사를 부릴지 아니? 조심조심 아무쪼록 어려운 고비를 잘 넘겨야지.”

조카들을 보낸 후에도 어머니는 쉬지 않고 무슨 소리든지 하려 들었다. 귀담아듣지 않으면 소의 되새김질 같은 입놀림으로만 보였다. 나는 점점 더 어머니의 지칠 줄 모르는 근력이 짜증스러워지기 시작했다.

밤에 홍 박사가 수련의들을 거느리고 병실에 들렀다. 회진시간이 아닌데 들른 걸 보면 그날 수술한 환자만을 특별히 한 번씩 돌아보는 모양이었다. 그러나 회진 때와 마찬가지로 일진의 질풍처럼 순식간에 몰려왔다가 순식간에 몰려갔다. 회진은 늘 질풍이었고 복도에서 마주치는 의사 개개인의 걸음걸이나 행동도 마찬가지였다. 그들은 어디에고 머물기를 꺼리는 바람처럼 신속하고, 정 없이 스쳐갔다.

나는 홍 박사에게 최고의 치사致謝의 말을 준비하고 있었지만 이루지 못했다. 그건 정중하고 은밀하고 약간 더듬거리는 것이어야 하거늘 그러기엔 너무 기회가 빨리 지나가고 말았다. 나는 허둥지둥 복도까지 쫓아가서 수고했다는 상투적이고도 경박한 인사말을 중얼거리고 수술경과에 대해 물었다.

“잘됐어요. 크게 염려 안 해도 될 겁니다. 워낙 고령이니까 간병에 신경은 좀 쓰셔야죠.”

그에게서 처음으로 긴 말을 들은 게 황송해서 더 묻진 못했지만 미진했다. 어머니는 여전히 중얼거렸다. 수련의들과 간호원이 자주 드나들며 환자의 상태를 체크하고 몸에 매달린 여러 개의 줄을 점검했다. 내가 밤 동안 보살피고 기록해 놓을 것에 대해서도 지시를 받았다. 내가 할 일은 자주 기침을 시켜 가래를 뱉게 할 것, 링거가 다 되기 전에 알릴 것, 소변량의 체크, 수술자리에서 흐르는 피를 흡입하는 비닐 팩이 다 차면 알릴 것 등이었다.

나는 홍 박사에게 속 시원히 못 물어본 걸 그들에게 꼬치꼬치 물으려 들었지만 그들은 한결같이 대체로 정상이라는 소견에다 워낙 고령이시니까라는 주를 달기를 잊지 않았다. 하긴 고령이라는 건 이상도 병도 아닌 주註일 뿐이었다.

어머니는 기운이 없다는 핑계로 기침을 하지 않으려 했다. 그러다가도 가래가 괴면 목에 경련을 일으키며 괴로워해서 나를 깜짝깜짝 놀라게 했다. 가래를 삼키면 폐렴을 일으킬 수도 있다고 아무리 일러도 소용이 없었다. 그러면서도 쉬지 않고 무슨 말인지 웅얼거렸다. 기력이 쇠진해서 사람의 육성 같지가 않고 미풍이 가랑잎 흔드는 소리가 났다.

"제발 좀 눈 감고 잠을 청하세요."

나는 짜증을 내면서 어머니를 구박했다. 어머니가 원망스러운 듯이 눈을 크게 뜨고 나를 쳐다보았다. 오싹하도록 푸른 기가 도는 눈이었다.

"불을 끌까요?"

나는 떨리는 소리로 말했다.

"싫어. 싫어."

어머니가 도리질을 했다.

"그럼 제가 눈을 감겨 드릴 게요. 마음을 편안히 가지시고 잠을 청해 보세요."

나는 한 손으로 어머니의 손을 잡고 한 손으로 어머니의 눈꺼풀을 지그시 눌러 감겼다. 어머니는 잠시를 못 견디고 나를 뿌리쳤다.

"수술자리가 아프셔서 그렇죠? 오늘 밤만 잘 넘기면 내일부턴 한결 수월해질 거예요. 정 몹시 아프시면 말씀하세요. 진통제를 놓아 달라고 그래 볼 테니까요."

"아니 하나도 안 아파. 잠이 안 와서 그래."

"그럼 수면제를 달래볼 게요."

간호원실에 가서 그런 얘기를 했더니 알았으니 가 있으라고 했다. 잠시 후에 인턴이 작은 알약을 한 알 갖다주면서 될 수 있으면 실내를 어둡게 해드리는 게 좋을 것 같다고 했다. 알약을 들게 한 후 보조침대 옆에 붙은 희미한 벽등 하나만 남기고 불을 껐다. 이번에는 어머니도 저항하지 않았다. 약효가 곧 나타나려니 안심하는 마음은 간사스럽게도 당장 참을 수 없는 잠을 몰고 왔다. 나는 잠깐만 눈을 붙일 양으로 반 넘어 남아 있는 링거병과 아직은 반도 차지 않은 소변통과 피 받는 통을 확인하고 나서 침대에 쓰러졌다.

얼마나 잤는지 몹시 술렁이는 기미에 퍼뜩 깨어났다. 병실은 소리 없이 술렁이고 있었다. 어머니가 두 손으로 허공을 휘젓고 있었던 것이다. 그러나 무작정 휘젓는 헛손질하곤 달라 보였다. 열심히 무슨 일인가를 하고 있는 것처럼 신중하고 규칙적이었다. 나는 찬물을 뒤집어쓴 것처럼 잠이 달아나 버린 것을 느끼며 화들짝 몸을 솟구쳐 우선 불 먼저 켰다. 어머니는 얼굴을 잠깐 찌푸렸지만 두 손으로 하던 일만은 멈추지 않았다.

"엄마, 뭐해?"

나는 나도 모르게 어릴 때의 말투로 물었다.

"보면 모르냐? 빨래를 했으면 웃도리는 웃도리, 빤스는 빤스, 양말은 양말끼리 개켜놔야지 한데 쑤셔박아 놓으면 쓰냐?"

어머니의 목소리는 힘차고 또렷했다.

"빨래라뇨? 좀 주무시지 않고……."

"이걸 이 모양으로 늘어놓고 잠이 와? 못된 것들."

어머니가 쨍하는 쇳소리를 내면서 나를 쳐다보았다. 눈의 푸른 기가 한층 깊어져서 귀기鬼氣가 감돌았다. 나는 불현듯 도망가 구원을 청하고 싶은 충동을 느꼈다. 어머니의 손놀림은 허공에서 분주하게 빨래를 분류하고 개키고 있었고, 전체적으로 기세가 등등했다. 하루 전부터의 금식, 관장, 마취, 대수술 끝에 느닷없이 그런 기운이 솟다니. 나는 놀랍다기보다는 다리가 후들댈 만큼 겁부터 났다. 이때 간호원이 들어왔다.

"어머니가 좀 이상하세요. 들입다 헛손질을 하시고 헛것도 보이시는 모양이에요."

"마취 끝에 더러 그런 환자들도 있어요. 차차 나아지겠죠."

간호원은 심드렁하게 말하고 체온과 맥박을 체크하고 나가 버렸다. 나는 따라 나가서 어머니가 주무시게 해달라고 졸랐다.

"아까도 그러셔서 약을 드렸잖아요?"

"그 약이 안 듣잖아요. 참 그 약 잡숫고 더하신 것 같아요. 맞았어요. 그 약을 드시기 전엔 잠은 못 주무셔도 헛것을 보시진 않았어요. 어떡허면 좋죠?"

"그럴 리는 없지만, 혹 그 약의 부작용이라고 해도 별일은 없을 테니까 안심하세요. 임상시험 결과 가장 부작용이 없는 걸로 알려진 신경안정제를 투약했을 뿐이니까요."

"이것보다 더 큰 별일이 어디 있어요. 우리 어머닌 지금 제정신이 아니라니까요."

"차차 나아지실 거예요."

"그까짓 신경안정제 말고 수면제를 주든지 주사를 놓아 주든지 하세요."

"그럴 순 없어요."

"아니, 이 큰 병원에서, 별의별 수술을 다 하는 대종합병원에서 그래 잠 못 자 고생하는 환자 잠도 못 재워 준대서야 말이 돼요?"

"환자를 위하는 일은 우리가 더 잘 알아서 하고 있으니 가족들은 협조를 해주셔야지 덮어놓고 이렇게 떼를 쓰시면 어떡해요?"

간호원이 휙 돌아서면서 쏘아붙였다. 나는 무안하고 노여워서 다시는 네 따위한테 애걸을 하나 봐라, 중얼중얼 뇌까리며 병실로 돌아왔다.

아직도 빨래를 덜 개켰는지 허공에서 규칙적인 손놀림을 계속하고 있던 어머니의 손이 별안간 나를 향해 두 손바닥을 보이며 방어의 자세를 취했다. 푸른 귀기가 돌던 두 눈이 극단적인 공포로 튀어나올 듯이 확대됐다.

"왜 그래 엄마!"

나는 덩달아 무서움에 떨며 어머니한테로 달려갔다. 어머니의 팔이 내 목을 감으며 용을 쓰는 바람에 나는 숨이 칵 막혔다. 굉장한 힘이었다. 숨이 막혀 허덕이는 나의 귓전에 어머니는 지옥의 목소리처럼 공포에 질린 소리로 속삭였다.

"그놈이 또 왔다. 하느님 맙소사, 그놈이 또 왔어."

어머니는 아직도 한 손으론 방어의 태세를 취한 채 문 쪽을 보고 있었다. 나는 혹시 내 뒤에 누가 따라 들어왔는가 해서 돌아다보았지만 아무도 없었다. 순간 머리끝이 쭈뼛했다.

"엄마!"

무서움증이 큰 힘이 되어 나는 어머니의 팔에서 벗어났다. 어머니는 악귀처럼 무서운 형상을 하고 와들와들 떨면서 문 쪽을 보고 있었다. 문 쪽엔 아무도 없었지만 어머니는 혼신의 힘으로 누군가와 대결을 하고 있었다. 순간 나는 저승의 사자가 어머니를 데리러 와 거기 버티고 서 있는 게 어머니에게만 보일지도 모른다는 생각이 들었다. 피가 얼어붙는 것처럼 무서워서 감히 그쪽으로 발을 옮길 수도 없었다. 그러니 누구한테 구원을 요청할 가망도 없었다. 여든여섯의 노인의 병실을 저승의 사자가 넘보는 건 당연했다. 오늘의 수술환자 중에서 뿐 아니라 이 거대한 종합병원에 입원한 모든 환자 중에서도 어머니는 최고령일지도 모른다. 그만큼 분별이 있는 저승의 사자라면 앙탈을 해봤댔자일 것 같았다. 나는 이미 저승의 사자한테 어머니를 내줄 각오를 하고 있었다. 여든여섯이면 누가 감히 천수를 못 누렸다 하랴. 다만 몸에 큰 칼자국을 내고 거기서 나는 선혈이 아직 마르기도 전에 끌어가려는 게 괘씸하지만 세상의 죽음치고 그 정도의 유한도 자식에게 안 남기는 죽음이 어디 있으랴. 각오는 하고 있으니 제발 네 모습을 어머니에게 보이지만 말게 해다오. 백 살을 살다 죽어도 죽기는 싫은 게 인간의 상정이라면 생의 마지막 순간까지도 네 모습만은 드러내지 않는 게 저승의 사자된 도리요, 유일한 자비가 아니더냐. 사라져라. 제발. 훠이 훠이.

나는 어머니의 참혹한 공포를 차마 눈뜨고 볼 수 없어 이렇게 속으로 부르짖었다. 그놈이 내 눈에까지 보이는 일이 일어날까 봐 더더욱 겁이 났다. 그러나 그는 사라지기는커녕 다가오고 있음이 분명했다. 어머니의 부릅뜬 눈동자의 초점거리가 그걸 말해주고 있었다. 맙소사 나 혼자 어머니의 임종을 지키게 되다니.

"그놈이 또 왔다. 뭘 하고 있냐? 느이 오래빌 숨겨야지, 어서."
"엄마, 제발 이러시지 좀 마세요. 오빠가 어디 있다고 숨겨요."
"그럼 느이 오래빌 벌써 잡아갔냐?"
"엄마, 제발."

어머니의 손이 사방을 더듬었다. 그러다가 붕대 감긴 자기의 다리에 손이 닿자 날카롭게 속삭였다.

"가엾은 내 새끼 여기 있었구나. 꼼짝 말아. 다 내가 당할 테니."

어머니의 떨리는 손이 다리를 감싸는 시늉을 했다. 그때부터 어머니의 다리는 어머니의 아들이었다. 어머니는 온몸으로 그 다리를 엄호하면서 어머니의 적을 노려보았다. 어머니의 적은 저승의 사자가 아니었다.

"군관 동무, 군관 선생님, 우리 집엔 여자들만 산다니까요."

어머니의 눈의 푸른 기가 애처롭게 흔들리면서 입가에 비굴한 웃음이 감돌았다. 나는 어머니가 환각으로 보고 있는 게 무엇이라는 걸 알아차렸다. 가엾은 어머니, 차라리 저승의 사자를 보시는 게 나았을 것을.

어머니는 그 다리를 어디다 숨기려는지 몸부림쳤다. 그러나 어머니의 다리는 요지부동이었다.

"군관 나으리, 우리 집엔 여자들만 산다니까요. 찾아보실 것도 없다니까요. 군관 나으리."

그러나 절체절명의 위기가 어머니에게 육박해오고 있음을 난들 어쩌랴. 공포와 아직도 한 가닥 기대를 건 비굴이 어머니의 얼굴을 뒤죽박죽으로 일그러뜨리고 이마에선 구슬 같은 땀이 송글송글 솟아오르고 다리를 감싼 손과 앙상한 어깨는 사시나무 떨듯 떨고 있었다.

가엾은 어머니, 하늘도 무심하시지, 차라리 죽게 하시지, 그 몹쓸 일을 두 번 겪게 하시다니.

"어머니, 어머니 이러시지 말고 제발 정신 차리세요."

나는 어머니의 어깨를 흔들면서 울부짖었다. 어머니는 어디서 그런 힘이 솟는지 나를 검부러기처럼 가볍게 털어내면서 격렬하게 몸부림쳤다.

"안된다. 안돼. 이 노옴. 안돼. 너도 사람이냐? 이 노옴, 이 노옴."

나는 벽까지 떠다밀린 채 와들와들 떨면서 점점 심해가는 어머니의 광란을 지켜볼 수밖에 없었다. 어머니의 몸에서 수술한 다리만 빼고는 온몸이 노한 파도처럼 출렁였다. 그래서 더욱 그 다리는 어머니의 몸이 아닌 이물질처럼 괴기스러워 보였다. 어머니의 그 다리와 아들과의 동일시가 나한테까지 옮아붙은 것처럼 나는 그 다리가 무서웠다.

안된다 이 노옴이라는 호통과 군관 나으리, 군관 선생님, 군관 동무라는 아부를 번갈아 하며 몸부림치는 서슬에 마침내 링거줄이 주사바늘에서 빠져 버렸다. 혈관에 꽂힌 채인 주사바늘을 통해 피가 역류逆流해 환자복과 시트를 점점 물들였다. 피를 보자 어머니의 광란은 극에 달했다.

"이 노옴, 게 섰거라. 이 노옴, 나도 죽이고 가거라. 이 노옴."

어머니는 눈물이 범벅된 얼굴로 이를 갈았다. 틀니를 빼놓아 잇몸만으로 이를 가는 시늉을 하는 게 얼마나 처참한 것인지 나 말고 누가 또 본 사람이 있을까. 이게 꿈이었으면, 꿈이었으면. 어머니는 이 세상 소리가 아닌 기성을 지르며 머리카락을 부득부득 쥐어뜯다가 오줌을 받아내는 호스, 피를 빼내는 호스도 다 뜯어버렸다. 피비린내가 내 정신을 혼미케 했다. 퍼뜩 정신이 나서 구원을 청하러 나가려는데 어머니의 기성이 바깥까지 들렸던지 간호원이 뛰어왔다. 뒤미처 나이 지긋한 수간호원도 달려왔다.

어머니의 몸에 부착시켰던 의료기구들을 원상복구시키기 위해선 여러 사람의 힘이 필요했다. 어머니는 힘이 장사였다. 내가 수간호원과 다른 간호원과 함께 어머니를 힘껏 찍어 누르는 동안 담당 간호원이 어머니가 뽑아낸 것들을 다시 삽입했다. 링거는 숫제 발등으로 옮겨 꽂았다.

"세상에 이런 일도 있습니까?"

나는 수간호원에게 원망스럽게 말했다.

"너무 심려 마세요. 흔하진 않지만 이런 특이체질이 아주 드문 것도 아니니까요. 곧 나아지실 겁니다."

수간호원이 이렇게 나를 위로했다. 어머니의 악몽이 특이체질 탓이라구? 하긴 타인의 꿈에 대해 누가 감히 안다고 할 수 있으랴?

이제 '너 죽고 나 죽자'는 발악으로 변한 어머니의 몸부림은 지칠 줄 몰랐다. 수간호원이 간호원에게 지시해서 침대 양쪽 난간을 올리고 끈을 가져다가 어머니의 사지를 꽁꽁 묶게 했다.

"따님 된 마음에 좀 안됐다 싶으셔도 참으세요. 이런 경우는 이 수밖에 없으니까요. 이제 안심하고 눈 좀 붙이세요. 지레 병 나시겠어요. 곧 정상으로 돌아오실 테니 염려 마시고⋯⋯."

그들은 어머니를 묶어놓고 나를 위로하고 병실을 나갔다. 나는 지칠 대로 지쳐서 신 신은 채 보조침대에 상반신을 꺾었다. 그러나 웬걸, 원한 맺힌 맹수처럼 으르렁대던 어머니가 에잇 하고 한번 기압을 넣자 사지를 묶은 끈은 우지직 끊어지기도 하고, 혹은 풀리기도 했다. 어머니는 다시 길길이 뛰기 시작했다. 참으로 불가사의한 괴력이었다. 목소리도 뜻이 통하는 말이 아니라 원한의 울부짖음과 독한 악담이 섞인 소름끼치는 기성이었다. 조금도 과장 없이 간장을 도려내는 아픔과 함께 내 속에서도 불가사의한 괴력이 솟았다. 나는 이를 악물고 어머니에게로 돌진했다. 다시는 아무의 도움도 청하지 않고 어머니와 맞서리라 마음먹었다. 이건 아무의 도움도 간섭도 필요 없는 우리 모녀만의 것이다.

나는 어머니를 힘껏 찍어 눌렀다. 온몸으로 타고 앉다시피 했다. 어머니의 경련처럼 괴로운 출렁임이 고스란히 전해왔다. 조금이라도 마음이 움직이거나 약해져선 안 된다고 생각했다. 그렇게 되면 어머니가 나를 타고 앉게 될지도 모른다. 내가 아무리 전심전력으로 대결해도 어머니의 힘과는 막상막하여서 내 힘이 위태로워질 때마다 나는 어머니의 뺨을 쳤다.

"엄마, 정신 차려요. 엄마, 정신 차려요."

처음으로 엄마의 뺨을 치고 나는 내 손이 저지른 패륜에 경악해서 두 번째는 더욱 세차게 때렸고, 어머니의 뺨에 솟아오른 내 손자국을 보고 이것은 악몽 속 아니면 지옥일 거라는 일종의 비현실감이 패륜에 패륜을 서슴없이 보태게 했다. 어머니의 힘도 무서웠지만 더 무서운 건 어머니의 얼굴이었다. 그건 내 어머니의 얼굴이 아니었다. 이제 나는 어머니와 싸우고 있는 게 아니라 내 나름의 공포와 싸우고 있었다.

나는 어머니를 사랑했고 내가 사랑한 것 중엔 물론 어머니의 얼굴도 포함돼 있었다. 어머니는 늙어갈수록 아름다운 분이었다. 그건 드물고도 귀한 일이 아닐 수 없었다. 그런 아름다움은 어머니가 말년에 믿게 된 부처님과도 깊은 관계가 있을 것 같았다. 어머니는 부처님을 믿는 걸로 어머니가 당한 남다른 참척의 원한을 거의 극복한 것처럼 보였다. 뿐만 아니라 부처님을 닮은 곱고 자비롭고 천진한 얼굴로 늙어가셨다. 비록 아들은 잃었으나 거기서 난 손자들을, 그의 짝들을, 거기서 난 증손자들을, 딸과 외손자들을 사랑하며, 그러나 결코 집착하진 않으시며 행복하게 늙어가셨다. 누구보다도 화평하게 누구보다도 아름답게 거의 황홀하리만큼 아름답게 늙으신 어머니를 볼 때마다 나는 저분이야말로 참으로 보살菩薩이라고 순연해지곤 했었다.

사람 속의 오지奧地는 아무리 끝도 없고 한도 없는 거라지만, 그런 어머니에게 그런 걱정이 숨겨져 있었을 줄이야. 내 어머니의 오지에 감춰진 게

선善과 평화와 사랑이 아니라 원한과 저주와 미움이었다는 건 정말 너무했다. 설사 인간이 속속들이 죄의 덩어리라고 하더라도 그건 너무했다.

악과 악의 대결처럼 살벌하고 무자비한 모녀의 힘의 대결에서 어머니가 먼저 패색을 보이기 시작했다. 나는 나의 손가락 자국대로 선명하게 부풀어오른 어머니의 뺨에 비로소 내 뺨을 비비며 소리내어 통곡했다.

어머니가 그때 왜 현저동 꼭대기를 우리의 은신처로 생각했는지 모를 일이다. 그때 우린 그 동네의 가난으로부터 벗어나서 남부럽지 않게 산 지 오래되었지만 그때 우리가 처한 곤경은 참으로 억울하고 난처한 것이었다. 죽을 수도 살 수도 없는 곤경이었다. 그런 막다른 곤경이 엄마가 서울 와서 처음 말뚝 박은 동네를 고향 다음가는 신뢰감으로 의지하게 했는지도 모른다. 또 우리의 곤경의 특수성과도 관계가 있음직하다. 그때의 우리 곤경은 6·25라는 커다란 민족적 비극 속의 한 작은 단위에 불과했지만 중산층이 모여 사는 점잖은 동네의 인심의 간사함·표리 부동성과도 불가분의 관계가 있었다. 오빠가 의용군에 지원한 일만 해도 그랬다. 오빠는 해방 후 한때 좌익운동에 가담했다가 전향한 적이 있는데 그것 때문에 남하를 못하고 적 치하에 서울에 남은 걸 극도로 불안해했다. 이런 불안과 공포를 혼자 견디기엔 벅찼던지 비슷한 처지의 전향자들의 동태에 대해 몹시 알고 싶어했다. 그가 어설프게 알아낸 바로는 어떡하든 남하를 하지 않았으면 다시 변신을 해 있는 것도 오빠를 새로운 불안에 빠뜨렸다.

그 요란한 포성보다 서울을 사수할 것이라는 방송만 믿고 피난의 기회를 놓친 자식의 고지식함과 국민을 그렇게 기만하고 저희끼리만 달아나버린 정부의 엄청난 무책임을 홀로 저주하고 분노했다. 그렇다고 새로운 변신을 꾀할 만큼 비루하지도 못했다. 그는 그가 기왕에 한 전향이 잘못을 뒤늦게 깨닫고 신념과 용기를 가지고 한 것이었음에도 불구하고 전향이란 말 자체엔 늘 도덕적인 불쾌감을 가지고 있었다. 만약 그의 최초의 선택이 웬만큼만 잘못된 것이었더라도 그는 전향을 해서 잘못을 시정하느니 차라리 최초의 신념에 일관함으로써 자신과의 신의를 지키고자 했을 것이다.

그만큼 그는 지조를 최고의 이상으로 삼는 선비기질을 간직하고 있었고, 그런 선비기질이 목적을 위해 수단을 안 가리는 좌익사상의 본심本心을 참을 수 없는 데서 그의 갈등은 불가피했다.
 동란 전의 한때 좌익사상이 청소년들을 선동하는 마력이 대단했을 적에도 내가 그 방면에 무관할 수 있었던 것은 오직 오빠 같은 사람이 여북해야 전향을 했을까 하는 오빠의 고통스러운 경험에 대한 믿음 때문이었다.
 살기 위한 방편으로서의 변신이란 생각조차 하기 싫은 그의 인품이기에 더욱더 국민을 듣기 좋은 말로 달래 적 치하에 팽개치고 저희끼리 뺑소니 친 꼴이 된 정부에 대한 원망도 컸다. 원망과 불신·불안, 그리고 고독으로 그는 날로 정신이 망가져갔다. 이런 그가 이웃의 고발로 기습을 당해서 끌려가는 걸 가족들은 발을 동동 구르며 지켜볼 수밖에 없었는데 그 후 들려온 소식은 전혀 예상을 빗나간 것이었다. 인민재판에 회부돼서 당장 목숨을 잃었거나 모진 벌을 받고 있을 줄 알았는데 인민총궐기대회에서 제일 먼저 의용군을 지원해서 많은 젊은이들로 하여금 감격해서 동조케 했다는 소식이었다. 남은 식구들은 그저 그렇다니 그렇게 알밖에 보이지 않는 곳에서 어떤 농간이 그의 운명을 희롱하고 있는지 알아볼 도리는 없었.
 실상 운명의 희롱은 가족도 당하고 있었다. 전향자라고 지목해서 따돌리고 고발까지 한 이웃은 적 치하에서 대단한 세력을 누리고 있었는데 돌변해서 우리 식구들의 보호자 노릇을 해주었다. 초기엔 그렇지도 않았지만 나중판으로 접어들수록 청장년이 있는 집치고 의용군으로 빼앗기지 않은 집 없다고 할 만큼 사람 수탈이 극심해져서 의용군 나갔다는 게 하등 특별 대우 받을 만한 일이 못 되었음에도 불구하고 식량배급이다 뭐다 해서 우리는 특별한 혜택을 받고 있었다. 받고 보니 그 세력 부리는 이웃의 귀띔이 동인민위원회까지 작용했기 때문이었다. 우리는 이런 혜택을 받을 것인가를 망설이거나 취사선택할 경황도 기력도 없었다. 망연자실 목숨을 부지하는 게 고작이었는데, 목숨을 부지하기 위해선 먹어야 한다는 건 선택의 여지가 없는 절대적인 조건이었다.
 남은 죽도 못 먹는데 보리밥이라도 아귀아귀 먹다가 깜짝 놀라곤 했지만 그건 한 식구를 판 대가라는 생각 때문이었지 그게 옳지 못한 밥이라고 생각해선 아니었다.
 "세상에 아무리 목구멍이 포도청이라지만, 그 아들이 어떤 아들이라고 그 아들 목숨하고 바꾼 밥댕이가 걸리지도 않고 이리 술술 넘어가노……."
 어머니도 느닷없이 수저를 놓으며 이런 탄식을 하면 했지 그 후유증을 우려하진 않았다.
 만 석 달 만에 세상이 바뀌자 우리는 이웃 인심의 극심한 박해를 받지 않으면 안되었다. 빨갱이 집이라고 고발을 해서 청년당원들이 몽둥이와 총을 들고 달려들어 온 집안을 들들 뒤지고 쓸 만한 기물을 파괴하고 만삭의 올케의 배를 몽둥이 끝으로 쿡쿡 찔러보는 행패를 동네사람들은 굿 구경하듯 신명까지 내면서 즐겼다. 우리는 그들이 겪은 석 달 동안의 고초를 위한 복수의 표적이 되어 어떤 재앙이 쏟아지든 다만 순종할밖에 없었다.
 "여보슈, 백성들을 불구덩이에 버리고 도망간 사람은 누구유? 거기서 살아남은 죄로 죽여줘도 난 원망 안 할 테니 그 사람 얼굴 좀 보고 그 죄나 한번 묻고 죽읍시다."
 가끔 어머니가 통곡하며 이렇게 푸념을 해봤댔자였다. 독종이니, 빨갱이 족속치고 말 못하는 빨갱이 없더라느니 하는 욕이나 먹는 게 고작이었다.
 그 정도는 그래도 약과였다. 우리를 이용하고 비호해주던 고위층 빨갱이를 우리가 감춰두고 있다는 고발까지 당해 어머니와 올케, 나 세 식구가 따로따로 붙들려가서 며칠씩 심문을 받고 나오기까지 했다. 그 동안 어린 조카가 친척집에서 받은 구박은 먼 훗날까지 우리 식구에게 깊은 상처로 남았다. 빨갱이라면 젖먹이 어린것까지도 덮어놓고 징그러워하고 꺼리던 때였다.
 그런 중에 다시 전세가 기울어 후퇴가 시작되자 어머니는 우선 만삭의 며느리와 손자를 친정으로 보냈다. 어머니가 끝까지 남아 있으려는 건 오빠가 혹시 돌아올까 해서였던 건 말할 것도 없다. 의용군 갔다가 도망쳐 오는 젊은이도 꽤 있어서 기대를 걸어볼 만했고 만약 도망을 못 치면 인민군이 돼서라도 돌아올 것을 어머니는 믿었다. 어머니에겐 아들이 살았느냐 죽었느냐가 문제지 빨갱이냐 흰둥이냐는 문제가 아니었다.
 어느 날, 기적처럼 아니 흉몽처럼 오빠가 돌아왔다. 그렇게 믿고 기다리던 어머니까지도 감히 오빠를 반기지 못했다. 헐벗고 굶주려 몰골이 흉한 것까지는 예상한 대로였지만 그때 오빠는 이미 속속들이 망가져 있었다.

눈은 잠시도 한 군데 머무르지 못하고 희번덕댔고, 심한 불면증으로 몸은 수척했고 피해망상으로 하루에도 몇 번씩 깜짝깜짝 놀라고 사람을 두려워했다. 가족들한테도 전혀 친밀감을 나타낼 줄 몰랐고 집에 없는 처자식을 궁금해하거나 보고 싶어할 줄도 몰랐다. 그 동안 무슨 일이 그를 그토록 망가뜨렸는지 알아낼 방법은 없었다. 그는 문을 꼭 잠그고 그 안에서 두려움에 떠는 심약한 집 보는 어린이처럼 자기를 단단히 폐쇄하고 외부의 모든 것을 배척하려 하고 있었다.

설상가상으로 전세는 더욱 불리해져서 서울을 비우고 모든 사람들이 남쪽으로 남쪽으로 내려가야만 했다. 여름의 실수를 되풀이하지 않기 위해 정부는 미리미리부터 서울의 위기를 예고하고 피난의 편의를 보아주었고 시민 역시 다시 적 치하를 겪느니 죽는 게 낫다 싶은 비장한 각오로 남부여대 엄동설한에 집을 나섰다.

오빠의 다 망가진 정신도 피난에만은 적극적이었다. 어서 가자고 조바심이 대단했다. 오빠의 정신력 중에서 마지막까지 남아 있는 건 오로지 빨갱이를 피해야겠다는 생각 하나뿐이었다. 그 몸과 그 몰골로 탈출을 하고 격전지를 돌파할 수 있었던 것도 그 힘에 의하지 않고는 불가능했을 것이다.

그러나 오빠에겐 시민증이 없었다. 젊은 남자가 시민증 없인 피난은커녕 잠깐의 외출도 어려울 만큼 그 단속은 날로 심해졌다. 피난민 중에 패잔병이나 간첩이 섞여 있을 가능성 때문이었다. 시민증을 내기 위해선 우선 신청서에 이웃 사람 두 사람의 보증을 받아야 하는데 아무도 오빠의 보증을 서주려 들지 않았다. 어머니가 아무리 애걸해도 이웃 인심은 냉담했다. 경찰서에 가서 직접 심사를 받고 시민증을 내는 절차를 밟으라는 거였다. 빨갱이가 아니면 그 절차를 겁낼 까닭이 없지 않겠느냐는 말은 지당했다. 오빠가 돌아오기 전 우리 세 식구가 시민증을 낼 때도 물론 이웃사람들은 도장을 안 찍어 줘서 경찰서에 몇 번씩 불려다니고 나서 맨 나중에 그걸 교부받을 수 있었으니까.

그러나 오빠의 경우는 그게 난처했다. 경찰서 소리만 해도 그는 안색이 단박 바래면서 덜덜 떨었다. 피난도 못 가고 생전 집 밖에 못 나가도 좋으니 경찰서에 제 발로 걸어 들어갈 순 없다는 거였다. 그러다가도 피난 갈시다. 앉아서 또 당할 순 없어요. 피난 갑시다, 이렇게 잠꼬대처럼 얼뜬 소리로 중얼대면서 안절부절을 못 했다. 그럼 이판사판이니 시민증 없이 그냥 피난길에 나서 보자고 하면 스파이로 몰려 누구 총살당하는 걸 보고 싶으냐고 그 초점 없는 눈을 희번득했다.

식구들을 이럴 수도 저럴 수도 없이 만들면서 오빠가 바라는 건 자기는 가만히 앉았고, 식구들이 무슨 수를 써서든지 그걸 입수해다 주는 거였다.

"어머니 다 팔아요. 집이고 세간이고 다 팔면 그까짓 시민증 하나 못 살라구요. 그까짓 거 애꼈다 뭐 하려고 안 팔아요."

이런 터무니없는 응석으로 어머니의 피눈물을 흘리게 하는가 하면 나한테까지 못 할 소리를 마구 해댔다.

"야아, 너 빽 있는 놈 하나 물어서 이 오빠 좀 살려주면 안되니? 누이 좋다는 게 뭐냐?"

이런 창피스러운 억지가 실은 오빠의 망가진 정신의 마지막 경련이었다. 서울을 포기하겠으니 남은 시민들은 질서 있게 피난을 하라는 마지막 후퇴령이 내린 날, 우리 세 식구도 피난짐을 이고지고 덮어놓고 집을 나섰다. 그래도 혹시나 하고 끝까지 남아 있다가 그제야 떠나는 이웃도 있어 그들에게나마 우리도 피난을 가는 것을 보여주지 않으면 훗날 또다시 빨갱이로 몰릴까 봐 겁도 났지만 그 집에서 또다시 빨갱이 세상을 맞기는 더 무서웠다. 의용군에서 도망친 건 보통 전향하곤 달라서 극형까지도 각오해야 될 것 같았다. 그때 우리 식구의 사고나 행동은 오로지 빨갱이냐 아니냐 하는 문제에 의해 지배당하고 있었다.

노도처럼 남으로 밀리는 피난 행렬에 끼었으면서도 검문을 피하느라 도심을 몇 바퀴 배회한 데 지나지 않았고, 오빠는 검문이 있을 만한 곳을 더듬이처럼 예민한 감촉으로 예감하고 재빠르게 피할 능력 빼고는 아무런 생각도 의지도 없는 폐인처럼 돼 있었다. 나는 이런 오빠가 짐스러운 나머지 혼자 도망칠 기회만 엿보고 있었다. 그때 어머니가 말했다.

"얘들아, 우리 현저동으로 가자꾸나."

어머니로부터 현저동 소리를 듣자, 나는 마치 오랜 방탕 끝에 고향으로 돌아가기로 결심한 탕아처럼 겸손하고 유순해졌다. 번들거리는 불안한 빛을 빼면 텅 빈 오빠의 눈에도 일순 기쁨 같은 게 어렸다.
"그 천엽 속처럼 구질구질한 동네는 우리가 숨어 지내기 알맞을 거다."
어머니는 이제 마음이 놓이는지 편안한 목소리로 이렇게 덧붙였다. 천엽 속처럼 구질구질하다는 어머니의 표현이 경멸보다는 그리움으로 다가오고 있었다.
"그 동네도 텅 비었겠지. 아무 집에서나 숨어 지내다가 우리 국군이 돌아오거든 우리집으로 가자꾸나. 내 생전에 이렇게 사람이 무서워 보기도 처음인가보다. 내 마음이 고약한지 세상 인심이 고약한지. 그렇지만 그 동네 사람은 한두 사람 만난대도 덜 무서울 것 같다. 워낙 진국들이니까."
내로라고 뽐내는 사람들의 인심에 초개처럼 농락당하고 상처받은 우리는 처음 서울에서 가장 고난의 시절을 보냈던 빈촌에 아직도 남아 있는 고전적인 가난과 진국스러운 인심을 생각하고 마치 구원의 실마리를 찾아낸 것처럼 마음이 밝아지고 있었다. 오빠의 망가진 정신이 어쩌면 치유되리라는 희망까지 생겼다.
우리는 마치 귀향처럼 아니, 크고 너그러운 품으로의 귀의歸依처럼 조용한 희열에 넘쳐 허위단심 현저동 꼭대기를 기어올랐다. 골목마다 낯익고 정다워서 우리를 감싸안는 듯했다. 작전상 후퇴의 마지막 날 저녁나절이라 동네는 움직이는 거라곤 개미새끼 한 마리 못 만나게 완전히 비어 있었다. 내려다본 시가지도 불빛 하나 없이 회색빛 황혼에 잠긴 게 갯벌처럼 공허해 보였다. 어머니가 나직하게 한숨을 쉬며 속삭였다.
"빨갱이란 사람들도 참 딱한 사람들이지. 여기 사는 가난뱅이들 인심도 못 얻고 무슨 명분으로 빨갱이 정치를 할 셈인고."
어머니가 그때까지 알고 지낸 집을 몇 집 찾아갔으나 물론 다 비어 있었다. 우린 그 중에 우물이 있는 집을 골라 문을 따고 들어갔다. 집이 허술하니깐 문도 수월하게 딸 수가 있었다. 모든 집이 비어 있어서 어차피 무단 침입할 바엔 좀 더 나은 집을 차지할 수도 있었지만 어머니는 어디까지나 나중에 사과하고 신세를 갚은 걸 전제로 하려 했기 때문에 아는 집 중에서 골라잡을 수밖에 없었다.
그 후 며칠 동안 우린 사람이라곤 못 만났고 세상이 바뀐 건지 안 바뀐 건지 알아낼 수도 없었다. 우린 한 달가량의 양식을 가지고 있었고 그 집엔 잡곡과 김장김치와 장작과 우물이 있었다. 우린 그 생활에 만족했다. 오빠가 먼 길을 도망쳐오며 꿈꾸던 것도 바로 그런 생활이 아니었을까? 나는 문득 생각하곤 했다. 무엇보다도 자기가 어떠어떠한 사람이라는 걸 나타내 보이려고 말씨나 행동을 꾸밀 필요가 없다는 게 오빠의 치유에 도움이 되리라는 희망이 생겼다. 벌써 조금씩이나마 그런 조짐이 보이고 있었다. 오빠는 남쪽 친정에 가서 몸을 푼 아내와 아들에 대해 비록 불확실하게나마 염려하고 궁금해하는 눈치를 보일 때가 가끔 있었다. 여태껏 없던 일이었다. 우선 가장 가까운 사람을 향한 마음으로부터 열릴 가능성이 뵈는 것 같아 반가웠다.

우린 우리의 완벽한 은신을 감지덕지 할 줄만 알았지 그 허점을 모르고 있었다. 어느 날 우리는 흰 홑이불을 망토처럼 뒤집어쓴 일단의 인민군에 의해 발각되었다. 그들은 서대문 형무소에 주둔하고 있는데 거기서 산동네를 쳐다보면 매일 아침저녁 굴뚝으로 연기가 오르는 집이 몇 집 있더라는 것이었다. 연기 나는 집을 하나하나 다 뒤져봐도 재수 없게 다 죽게 된 늙은이 아니면 병자가 고작이더니 이 집엔 웬 젊은 여자가 다 있냐고 마침 문을 열어준 나를 호시탐탐 노려보았다.

"네 그러문요, 이 집엔 여자들만 산다니까요. 찾아보실 것도 없다니까요."

어머니가 급히 뒤따라나오면서 안 해도 될 소리를 두서없이 지껄였다. 그들이 어머니를 밀치고 안으로 들어갔다.

"동무도 여자요?"

앞장선 군관이 싸늘하게 웃으면서 오빠에게 물었다. 인민군을 본 오빠가 갑자기 실어증에 걸렸는지 으, 으, 으, 하고 신음할 뿐 뜻이 통하는 소리는 한 마디도 못했다.

"갸안 여자는 아니지만서두 병신이에요. 사람 값에 못 가는 병신이니까 여자만도 못하죠. 웬수죠. 병신 자식은 평생 웬수죠."

어머니의 얼굴에 공포와 비굴이 처참하게 엇갈렸다. 어머니가 그렇게까지 강조할 것도 없이 오빠는 누가 보기에도 성한 사람은 아니었다. 우락부락 거친 그들과 비교되어 더욱 그랬다. 몸은 파리하고 여위고 눈은 공허하고 입에선 알아들을 수 없는 외마디 소리가 새어나올 뿐이었다. 어머니가 병신 자식이라는 걸 너무 강조하지 말았으면 좋았을 것을.

그 후 그들은 겪음 내기로 자주 우리 집에 드나들었다. 그 중엔 보위군관도 있었는데 오빠에 대해 뭔가를 눈치채고 있는 것 같았다. 우리들하고 천연덕스럽게 고향 얘기나 처자식 얘기를 하다가도 갑자기 오빠를 노려보면서 딴사람같이 카랑한 목소리로 동무 혹시 인민군대에서 도주하지 않았소? 한다든가 동무, 혹시 국방군에서 낙오한 게 아니오? 하면 간이 콩알만큼 오그라들었다. 그러나 오빠는 그들만 나타나면 사색이 되어 떠는 증이 그런 소리로 더해지거나 덜해지지 않았고, 인민군복을 보자마자 새로 생긴 실어증도 끝내 그대로여서 병신 노릇에 빈틈이 없었다. 문제는 우리였는데 우리도 오빠가 병신이 된 걸 연기로서가 아니라 실제로 받아들이고 있었다. 슬프고 원통할 일이었지만 오빠가 치유될 가망은 없어 보였다.

그러나 그 보위부 군관은 남달리 집요한 데가 있었다. 위협도 하고 회유도 하고 때론 애원까지 하면서 진상을 알고 싶어했다.

"어머니, 어머니를 보면 딱해 죽갔어. 아들 하나가 어찌다 저꼴이 됐을까? 그렇지만 배안의 병신은 아니지? 그치? 배안의 병신만 아니면 고칠 수 있어. 우리 북반부 의술은 세계적이거던. 그리고도 가난한 사람 우선이야. 내가 얼마든지 좋은 의사 보내줄 수 있으니까 바른 대로만 말해. 언제부터 왜 저렇게 됐나."

자주 드나들면서 언제부터인지 우리 어머니를 어머니라고 부르면서 이렇게 응석 섞인 반말지거리까지 했다. 차고 모질게 굴 때보다도 그럴 때의 보위군관이 우리 모녀는 가장 싫고 무서웠다. 그럴 때는 어머니도 벌벌 떨면서 횡설수설하기가 일쑤여서 곁에서 지켜보는 나를 불안하게 했다. 그러나 그가 돌아가면 어머니는 눈을 찡긋하면서 일부러 그랬다고 말해서 나를 어이없게 했다.

사람이 살기 위해선 못 익숙해질 게 없었다. 독사와 더불어 춤을 추는 것 같은 섬뜩하고 아슬아슬한 곡예로 하루하루를 넘겼다.

다시 포성이 가까워지고 그들의 눈에 핏발이 서기 시작했다. 어머니는 앉으나 서나 그들이 곱게 물러가기만을 축수했다.
"그저 내 자식 해코저만 마소서. 불쌍한 내 자식 해코저만 마소서."
마침내 보위군관이 작별을 왔다. 그의 작별방법은 특이했다.
"내가 동무들같이 간사한 무리들한테 끝까지 속을 것 같소. 지금이라도 바른 대로 대시오. 이래도 바른 소리를 못하겠소?"
그가 허리에 찬 권총을 빼 오빠에게 겨누며 말했다.
"안된다. 안돼. 이 노옴 너도 사람이냐? 이 노옴."
어머니가 외마디 소리를 지르며 그의 팔에 매달렸다. 오빠는 으, 으, 으, 으, 짐승 같은 소리로 신음하는 게 고작이었다. 그가 어머니를 획 뿌리쳤다.
"이래도 이래도 바른 말을 안 할 테냐? 이래도."
총성이 울렸다. 다리였다. 오빠는 으, 으, 으, 으, 같은 소리밖에 못 냈다.
"좋오타. 이래도 바른 말을 안 할 테냐? 이래도."
또 총성이 울렸다. 같은 말과 총성이 서너 번이나 되풀이됐다. 잔혹하게도 그 당장 목숨이 끊어지지 않게 하체만 겨냥하고 쏴댔다.
오빠는 유혈이 낭자한 가운데 기절해 꼬꾸라지고 어머니도 그가 뿌리쳐 나동그라진 자리에서 처절한 외마디 소리만 지르다가 까무러쳤다.
"죽기 전에 바른말 할 기회를 주기 위해 당장 죽이진 않겠다."
그 후 군관은 다시 나타나지 않았다. 며칠 만에 세상은 또 바뀌었다.
오빠의 총상은 다 치명상이 아니었는데도 며칠 만에 운명했다. 출혈이 심한 데다 적절한 치료를 받을 수가 없었기 때문이다. 그 며칠 동안에도 오빠의 실어증은 회복되지 않았다. 그 며칠 동안의 낭자한 유혈과 하늘에 맺힌 원한을 어찌 잊으랴. 그러나 덮어둘 순 있었다. 나는 남자를 만나 사랑을 하고 자식을 낳아 또 사랑하는 걸로, 어머니는 손자를 거두어 기르며 부처님께 귀의하는 걸로.
마취가 깨어날 때 부린 난동으로 어머니는 어찌나 많은 힘을 소모하였던지 그 후 오랫동안을 탈진상태가 계속됐다. 부피도 무게도 호흡도 없이 불면 날아갈 듯 한 장의 백지장이 되어 누워 있었다. 간혹 문병을 와주는 친척이나 친구 보기에도 도저히 회복될 가망이 없던지 모두 심각하게 고개를 저었다. 그들 중에는 어머니가 아예 의식이 없는 줄 알고 서슴지 않고 장례 절차 얘기를 하는 이가 있는가 하면 상갓집에 온 줄 착각을 하는지 천수를 누리셨으니 너무 서러워 말라고 우리를 위로하는 이도 있었다. 우리 역시 그런 그들을 말리거나 언짢게 생각하지 않았다. 한두 숟갈 유동식을 받아 넘긴다든가 주사바늘을 찌를 때 찡그리는 것 외엔 어머니에게 의식이 남아 있다는 표시는 참으로 미미했다.

어느 날, 문병을 와준 내 친구도 이런 어머니를 일별하더니 대뜸 이렇게 말했다.

"수의는 장만해 놨니?"

"아니, 뭐 그런 끔찍한 걸 미리 장만을 하니?"

"애 좀 봐, 그럼 묘지는."

"묘지? 그런 것도 미리 장만하는 거니?"

"애 좀 봐, 그것도 안 해놨구나. 넌 하여튼 알아줘야 해."

"뭘?"

"너 나이롱 딸인 거, 말야."

"나이롱 딸?"

"그래 나이롱 딸, 이런 엉터리. 아들도 없는데 딸까지 이런 순 엉터리니······."

나는 내가 나일론에다 순 엉터리인 건 상관없었지만 어머니를 위해선 좀 안된 것 같아 변명할 마음이 생겼다.

"우린 고향에 선영이 있지 않니?"

"느이 고향이 어딘데?"

"몰라서 묻니? 개성 쪽, 개풍군이야."

"거기 있는 선영이 무슨 소용이 있어?"

"그래도."

"그래도라니? 변명치곤 너무 구차스럽다 얘. 이북에 두고 온 논밭 저당 잡고 돈도 꿔 달래라."

입이 험한 친구는 사정없이 나를 몰아세웠다.

"그게 아니라 일종의 묵계 같은 거지. 어머니는 비록 살아생전엔 못 가셨더라도 돌아가신 후에만은 선영에 아버님 곁에 누우시길 바라실 거 아니니? 말씀은 안 하셔도 속으로 간절히 바라시는 걸 빤히 알면서 어떻게 딴 데다 묘지를 사놓니? 그야 막상 돌아가시면 문제가 달라지겠지. 그때 가서 묘지를 사도 늦을 거 없잖아. 묘지란 어차피 사후의 집이니까."

이때 어머니가 눈을 떴다. 백지장 같은 모습과는 딴판으로 또렷하고 생기있는 눈이어서 친구는 앉은 자리에서 에구머니나 비명을 지르며 내 옷소매에 매달렸다.

"호숙 에미, 나 좀 보자."

어머니가 정정한 목소리로 나를 곁으로 불렀다.

"네, 어머니."

나는 어머니에게로 조심스럽게 다가갔다. 어머니의 손이 내 손을 잡았다. 알맞은 온기와 악력握力이 나를 놀라게도 서럽게도 했다.

"나 죽거든 행여 묘지 쓰지 말거라."

어머니의 목소리는 평상시처럼 잔잔하고 만만치 않았다.

"네? 다 들으셨군요?"

"그래 마침 듣길 잘했다. 그러잖아도 언제고 꼭 일러두려 했는데. 유언 삼아 일러두는 게니 잘 들어뒀다 어김없이 시행토록 해라. 나 죽거든 내가 느이 오래비한테 해준 것처럼 해다오. 누가 뭐래도 그렇게 해다오. 누가 뭐라든 상관하지 않고 그럴 수 있는 건 너밖에 없기에 부탁하는 거다."

"오빠처럼요?"

"그래, 꼭 그대로, 그걸 설마 잊고 있진 않겠지?"

"잊다니요. 그걸 어떻게 잊을 수가······."

어머니의 손의 악력은 정정했을 때처럼 아니, 나를 끌고 농바위 고개를 넘을 때처럼 강한 줏대와 고집을 느끼게 했다.

오빠의 시신은 처음엔 무악재 고개 너머 벌판의 밭머리에 가매장했다. 행려병사자 취급하듯이 형식과 절차 없는 매장이었지만 무정부 상태의 텅 빈 도시에서 우리 모녀의 가냘픈 희망으로 그것 이상은 가능한 일이 아니었다.

서울이 수복되고 화장장이 정상화되자마자 어머니는 오빠를 화장할 것을 의논해 왔다. 그때 우리와 합하게 된 올케는 아비 없는 아들들에게 무덤이라도 남겨줘야 한다고 공동묘지로라도 이장할 것을 주장했다. 어머니는 오빠를 죽게 한 게 자기 죄처럼, 젊어 과부된 며느리한테 기가 죽어 지냈는데 그때만은 조금도 양보할 기세가 아니었다. 남편의 임종도 못 보고 과부가 된 것도 억울한데 그 무덤까지 말살하려는 시어머니의 모진 마음이 야속하고 정 떨어졌으련만 그런 기세 속에 거역할 수 없는 위엄과 비통한 의지가 담겨져 있어 종당엔 올케도 순종을 하고 말았다.

오빠의 살은 연기가 되고 뼈는 한 줌의 가루가 되었다. 어머니는 앞장서서 강화도 가는 시외버스 정류장으로 갔다. 우린 묵묵히 뒤따랐다. 강화도에서 내린 어머니는 사람들에게 묻고 물어서 멀리 개풍군 땅이 보이는 바닷가에 섰다. 그리고 지척으로 보이되 갈 수 없는 땅을 향해 그 한 줌의 먼지를 훨훨 날렸다. 개풍군 땅은 우리 가족의 선영이 있는 땅이었지만 선영에 못 묻히는 한恨을 그런 방법으로 풀고 있다곤 생각되지 않았다. 어머니의 모습엔 운명에 순종하고 한을 지그시 품고 삭이는 약하고 다소곳한 여자 티는 조금도 없었다. 방금 출전하려는 용사처럼 씩씩하고 도전적이었.

어머니는 한 줌의 먼지와 바람으로써 너무도 엄청난 것과의 싸움을 시도하고 있었다. 어머니에게 그 한 줌의 먼지와 바람은 결코 미약한 게 아니었다. 그야말로 어머니를 짓밟고 모든 것을 빼앗아간, 어머니가 도저히 이해할 수 없는 분단分斷이란 괴물을 홀로 거역할 수 있는 유일한 수단이었다.

어머니는 나더러 그때 그 자리에서 또 그 짓을 하란다. 이젠 자기가 몸소 그 먼지와 바람이 될 테니 나더러 그 짓을 하란다. 그 후 삼십 년이란 세월이 흘렀건만 그 괴물을 무화無化시키는 길은 정녕 그 짓밖에 없는가?

"너한테 미안하구나, 그렇지만 부탁한다."

어머니도 그 짓밖에 물려줄 수 없는 게 진정으로 미안한 양 표정이 애달프게 이지러졌다.

아아, 나는 그 짓을 또 한 번 할 수밖에 없을 것 같다.

어머니는 아직도 투병 중이시다.

동경(銅鏡)

1982년 동인문학상

오정희(吳貞嬉)

1946년 서울에서 태어나 서라벌예대 문예창작학과를 졸업했다. 1968년『중앙일보』신춘문예에「완구점 주인」이 당선되어 문단에 등단했다. 소설집으로는『불의 강』『동경(銅鏡)』『유년(幼年)의 뜰』등이 있다.

동경(銅鏡)

 아내가 커다란 함지에 밀가루를 쏟아붓는 것을 보고 그는 식사 전의 산책을 위해 집을 나섰다. 두어 발짝 옮겨 놓을 즈음 그는 언덕길로부터 자전거를 타고 달려오는 이웃집 계집아이를 보았다. 브레이크 장치를 움켜쥐고 가속도에 몸을 맡겨 비탈길을 내려오는 아이의 얼굴은 긴장으로 조그맣고 단단하게 오므라들어 있었다. 짧고 꼭 끼는 면바지 아래 종아리도 팽팽하게 알이 서 있었다.
 공기의 저항을 줄이기 위한 어떤 노력도 없이, 그 아이에게는 아마 지나치게 클 것인 자전거의 페달을 밟고 꼿꼿이 선 자세로 달려오던 아이가 마주 걸어오는 그에게 눈길을 주었던가, 그는 알 수가 없었다. 그의 늙은 얼굴에 떠오른 미소보다 재빨리, 맞바람에 불불이 일어선 머리칼과 아직 그을지 않은 흰 이마가 잠깐 기억되었다가 사라졌다.
 절기보다 이른 더위 탓인가, 골목에는 사람의 자취가 없어 그는 늘상 다니는 길이면서도 이상한 낯설음에 빠져 달려가는 아이의 뒷모습을 눈으로 쫓았다. 회색빛 담과 낮은 지붕들이 잇대어 있을 뿐인 길을 아이는 달리고, 바람이 길을 낸 자리에 풀포기가 다시금 어우러들 듯 풍경은 두 개의 바퀴가 만드는 흰 공간 속으로 빨려 들어갔다.
 이상하게 조용한 한낮이었다. 간혹 골목가 집의 열린 대문으로 빈 뜨락이 보이고 안이 들여다보이지 않도록 무겁게 드리워진 불투명한 발이 보일 뿐이었다. 아직 아이들이 학교에서 돌아올 시간이 아닌 것이다.
 아이는 문득 죽은 듯한 정적을 의식했던가, 아니면 아무도 없는 빈 길에서 쉼 없이 페달을 돌리는 권태로움 때문인가, 장애물도 없는 골목에서 두어 번 길고 날카로운 경적을 울렸다.
 아이는 아마 필시 시간을 다 채우지 못하고 슬그머니 유치원을 빠져나왔음이 틀림없었다. 아침마다 그는 담 너머로, 유치원에 가기 싫어하는 아이의 울음소리를 들었다. 그러나 아이는 결국 담장 사이에 난 샛문을 열고 그의 집 마당을 가로질러 유치원에 가곤 했다. 비 오는 날이면 발꿈치까지 닿는 노란 비옷을 입고 마당의 물이 괸 자리를 골라 철벅거리며 한껏 늑장을 부렸다. 유치원에서 돌아오면 자전거포에서 자전거를 빌려 타거나 그의 집 마당 귀퉁이에서 소꿉놀이를 하며 놀았다. 아내는 아이가 그의 집을 무시로 드나드는 것을 싫어했다. 함부로 잔디를 밟고 꽃들을 꺾기 때문이었다. 그리고 아이가 왔다 가면 무엇인가 조그만 물건들이 없어진다고 했다. 때문에 아내는 언제나 아이가 다녀간 자리를 의심스러운 눈길로 살피곤 했다.
 아이의 엄마는 찻길에 면해 있는, 약국과 정육점, 당구장이 들어 있는 삼층 건물의 이층 미장원에서 일하고 있었다. 아이를 낳은 후 바로 중동에 나간 아이의 아버지는 이제까지 계속 연장 취업을 하고 있다고 했다.
 아이의 엄마는 쪽문을 통해 그의 집을 드나드는 일이 거의 없었지만 그는 그 여자를 자주 보았다. 창문을 열어 놓을 철이면 차 소리가 잦아드는 사이사이 미장원에서 찰칵찰칵 머리칼 자르는 가위 소리가 길 아래까지 들렸다. 때로, 찻길의 소음을 막기 위해 창문을 닫는 찌푸린 얼굴을 보았다. 늦은 저녁이면 미장원에서 입을 성싶은 비닐 앞치마를 두른 채 찬거리를 사들고 종종걸음을 치는 그녀와 아주 가까이서 마주치기도 했다. 그럴 때의 그 여자에게서는 파마약과 머리칼 냄새가 강하게 맡아졌다. 한 달에 두 번 쉬는 휴일이면 그 여자는 수채에 쭈그리고 앉아 크악크악 가래를 돋우어 뱉었다. 글쎄, 목에서도 머리칼이 나와요. 그래서 난 되도록이면 머리를 자를 때 입 다물고 말을 안 해요. 손님한테서 무뚝뚝하다는 얘기를 듣긴 하지만요. 언젠가 그는 누군가와 얘기하는 그 여자의 말소리를 들었다.
　느린 걸음으로 주택가의 모퉁이, 어린이 놀이터에 이르렀을 때 그는 자전거에 내려 비스듬히 기대 서 있는 아이를 보았다. 아이는 그늘 한 점 없이 쨍쨍한 놀이터의 모래밭에서 게처럼 놀고 있는 아이들에게 물었다.
　"너희들, 내 만화경 못 보았니? 누가 훔쳐 갔니?"
　"몰라, 몰라."
　아이들이 코를 훌쩍이며 대답했다.
　아이는 모래 더미를 사납게 헤집어 아이들이 만들어 놓은 굴이나 두꺼비집 따위를 허물어 버리고는 자전거에 올라탔다.
　"누구든지 가져간 애는 내가 한 바퀴 돌아올 때까지 갖다 놔. 안 그러면 가만 안 둘 테야. 난 누가 내 만화경을 훔쳐 갔는지 다 안단 말야."
　그는 오한이 들 만큼 새하얀 햇빛, 질식할 듯한 정적 속을 마치 장님인 양 똑똑똑, 지팡이를 촉수처럼 더듬어 한 걸음씩 떼어놓으며 위장의 미미한 움직임을 느꼈다. 그리고 그 움직임의 반동으로 그의 몸 속에 주렁주렁 매달린 크고 작은 주머니와 창자들이 꿈틀거리기 시작하는 것을 느꼈다. 낡고 무력하게 늘어진 주머니는 이제야 비로소 게으르게 제 기능을 생각해 내고 다소의 활기를 되찾은 것이다.
　날이 더욱 뜨거워지면 그는 식욕을 돋우기 위해 필요하다고 스스로 처방한, 이십 분에서 삼십 분에 걸친 식사 전의 산책을 그만두어야 할 것이다.
　그는 조금씩 숨이 차하며 멈춰 서서 이마의 땀을 닦거나 길가 집 열린 창으로 꼼짝 않고 무겁게 드리워진 커튼을 유심히 바라보았다.
　산책길은 늘 일정했고 그는 똑같은 모양의 낮고 작은 집들이 들어찬 주택가의, 어쩌면 공포까지도 불러일으킬 정도로 단조로운 길과 풍경 따위 망막에 들어오는 모든 것을 오랫동안 바라보곤 했다. 관찰이나 기억을 위한 목적도 없이, 바라본다는 의식조차 없이.
　어쨌든 날이 더워지면 산책은 중단해야 될 것이다. 지나치게 좁아지거나 얇아지고 느슨해진 기관들은 더운 날씨를 견뎌내지 못할 것이기에 여름내 그는 그늘에 내놓은 등의자에 앉아 그가 바라보기만으로 그친 풍경들을 떠올리며 지내게 될 것이다.

 한껏 느릿느릿 걸었는데도 삼십 분에 걸친 산책을 마치고 집 가까이 올 무렵에는 웃옷 등에 축축이 땀이 배었다. 만족스러운 결과였다. 그는 자신의 나이에 이르면 땀이 흐를 정도의 운동은 무리라고 생각했기 때문에 몸의 움직임은 언제나 땀이 그저 조금 배일 정도의 가벼운 운동으로 그친다는 것을 수칙으로 삼고 있었다.

 그는 스스로 정한 몇 가지 규칙과 질서를 지키려는 노력으로 얻어지는 성과를 중요하고 가치 있게 여겼다. 하루하루가 마치 당기지 않는 입맛으로 억지로 숟갈질을 하는 듯하다고 생각하면서도 이 모든 것이 한순간에 정지할 날이 있으리라는 것을 결코 모르는 것처럼 육체와 생활을 지배하는 규칙과 리듬에 순종하는 기쁨을 느꼈다.

 아내는 열두 사람 분의 칼국수를 만들 밀가루 반죽을 준비했지만 심방尋訪은 취소되었다. 오랜 병을 앓던 교우敎友가 방금 운명을 했기 때문에 가정 예배를 위해 교회를 나서던 그들은 곧장 종합병원 영안실로 간다는 전갈이 왔노라고, 산책에서 돌아온 그에게 말하며 아내는 함지 가득한 흰 반죽 덩어리에 두 손을 찔러 넣은 채 잠깐 망연한 표정을 지었다.

 이미 두 사람 몫으로는 지나치게 많은 반죽은 입이 넓은 함지의 전으로 넘칠 듯 부풀어오르고 있었다.

 마루에는 국수를 썰기 쉽게 밀가루가 발린 도마며 밀대, 국수 위에 얹을 색색의 고명이 담긴 채반 따위가 널려 있었다.

 아내는 손님을 맞을 준비로 이른 아침부터 마당 청소를 하고 부엌과 마루에서 종종걸음을 쳤다. 아침상을 물린 뒤 부엌에서부터 들려오는 나지막한 도마 소리, 기름 타는 냄새, 바쁘게 오가는 아내의 발소리에 그는 불분명한 평안감에 잠겼던 것을 기억했다. 그것은 그 자신이 이미 그런 종류의 활기에 새삼스러운 느낌을 갖는다고 믿지 않으면서도 어울려 살아 있음의 열기에 대한 기대, 혹은 일상적 삶에 대한 향수가 아니었을까.

 그가 생각하듯 심방이 취소된 데 대한 아내의 실망은 그다지 큰 것이 아닐지도 몰랐다. 그는 아내에게 깊은 믿음이 돌연히 생겼다고 생각할 수는 없었다.

지난달의 일이던가, 집집마다 잠긴 문을 두드려 전도를 다니는 두 아낙네가 몹시도 힘들고 딱해 보였던지 아내는 다리나 쉬어 가라고 그네들을 불러들였고 그것이 서너 시간에 걸친 교리 강좌가 되었다.

죽음은 무의식입니다. 산 개만도 못하다고 했어요. 지옥이란 바로 죽음 자체이며 글자 그대로 땅에 갇힌다는 뜻이지요…….

방안에 드러누운 그에게까지 그네들의 교리 강좌는 크게 들렸다.

"그저 좀 다리나 쉬었다 가랬더니……."

그들이 돌아가고 난 뒤 아내는 변명하듯 그에게 말했으나 다음 일요일에는 그네들의 회관에 나갔다. 그리고 그들은 오늘 첫 심방을 오기로 한 것이다.

땅 속에 갇힌 생명, 땅 속에 갇혀 아우성치는 빛들.

그가 영로를 땅에 묻은 것은 이십 년 전인가, 스무 살의 영로는 그가 살았던 세월만큼 땅에 갇혀 있다.

아내가 그의 점심 준비를 하기 위해서인 듯 자리를 뜨고도 꽤 오랫동안 그는 그대로 마루에 앉아 아내가 바라보던 뜰을 바라보았다. 아내의 눈길이 지나고 머물던 곳을 역시 아내의 눈이 되어 열심히 바라보았다. 뜰은 장미, 수국, 달리아 따위 여름 꽃이 한창이었다. 정오의 햇살에 꽃잎은 한껏 벌어져 보다 짙은 빛의 속살을 엿보이고 벌과 나비는 미친 듯한 갈망으로 꽃술 속 깊이 대롱을 박아 꿀을 찾고 있다. 꽃들은 피고자, 더욱 피어나고자 하는 열망으로 빛은 짙고 어두워지며 천천히 눈에 보이지 않게 몸을 떨고 있다. 그러나 그것은 이미 아내의 눈에 비치던 풍경이 아님을 그는 알고 있다. 땅 속에 갇힌 아우성을 들으려는 시늉으로 수굿이 귀를 기울이며 나무를 바라보는 사이 무성한 나뭇잎은 편편이 떨어져 내리고 메마른 가지만 섬유질로 남아 파랗게 인燐처럼 타오르며 자랑스럽게 가지 뻗었던 자리는 이윽고 냉혹한 죽음만이 떠도는 공간이 된다. 그 공간을 찢을 듯 날카로운 경적을 울리며 자전거는 대문 앞을 지나갔다. 그는 그럴 수만 있다면 살같이 달려간 아이를 손짓해 불러 뒤돌아보게 하고 싶었다. 얘야, 들어와서 세수라도 하려무나. 뜨거운 햇볕 아래 그렇게 온종일 자전거만 타다가는 뇌의 혈관이 부풀어오른단다. 할 수만 있다면 늙은이의 하찮은 친절로 그 애가 살아갈 동안 내내 잊지 못할, 칼빛처럼 독한 기억을 박아 주고 싶었다.

아내가 상을 차려 내왔다. 그는 여느 때처럼 칼국수에 소주 한 잔을 반주로 점심식사를 했다. 국수는 색깔 맞춘 고명으로 잔뜩 치장을 했지만 아주 싱거웠다. 그는 전혀 간이 들지 않은 것을 모르는 듯 고개 숙이고 훌훌 국수올을 말아 올리는 아내를 말없이 건너다보았다.

틀니 탓인가. 그러나 틀니를 한 것은 어제 오늘의 일이 아니었다. 게다가 그는 틀니를 한 뒤 단단한 음식을 씹는 데 부담을 느끼게 되면서부터 점심에는 으레 칼국수를 먹었다. 아내의 칼국수 끓이는 솜씨는 나무랄 데 없었다. 그런데 늘상 해오던 일이면서도 간장 넣는 것을 잊다니. 그리고 그것을 아무렇지도 않은 낯으로 먹는 아내에 대해 그는 자신의 역할에 게을러진 그의 몸 각 기관들에 대한 것과 비슷한 분노와 미움을 동시에 느꼈다.

"간장 좀 가져와."

그는 노여움을 누르고 말했다. 아내가 굼뜨게 일어나 간장 종지를 가져왔다.

이를 뽑고 틀니를 하고부터, 그리하여 음식을 씹고 맛보는 즐거움을 태반 잃게 되면서부터 자신이 음식 맛에 대해 까다로워졌다는 사실을 그는 인정하려 들지 않았다.

틀니라니. 그는 평생을 시청의 하급관리로 살아왔다. 상사의 지시나 그의 부서에서 결정된 내용들을 기안하고 깨끗이 정서하는 것이 그에게 맡겨진 일의 거의 전부였다. 그는 글씨 쓰는 일을 좋아했고 결코 약자略字나 오자誤字를 쓰지 않았다. 자신이 올린 서류가 결재가 난 뒤면 타이핑이 되어져 곧 휴지통에 버려진다는 것을 알면서도 그는 정확하고 반듯한 글씨에 기쁨과 긍지를 느꼈다.

그의 부서 책임자들은 그가 정리한 서류를 볼 때면 한결같이 말했다. 자넨 글씨가 좋군.

어느 날 갑자기 이빨들이 들뜨기 시작하고 잇몸이 퍼렇게 부풀어 이빨 뿌리가 드러났을 때, 결국 모조리 빼고 틀니를 해야 된다는 것을 알았을 때 그는 낭패감보다 심한 배반감과 노여움을 느꼈다. 그리고 이어 위장을 비롯한 몸의 모든 기관들이 무력해지는 증상이 나타났다. 의사는 말했다. 정년퇴직 후에 흔히 오는 증상입니다. 갑자기 일손을 놓게 된 데서 오는 허탈감으로 육체도 긴장과 균형을 잃게 되는 겁니다. 말하자면 정년병停年病이라고나 할까요.

누구에게나 찾아오는 일반적 현상이라는 의사의 말은 그에게 조금도 위안을 주지 못했다. 하긴 시말서 한 번 쓰지 않은 그도 정년이 되자 시간과 자리를 적당히 메우고 빈둥빈둥 보낸 사람들과 똑같이 궁둥이를 차여 밀리지 않았던가. 오래된 청사의 어둡고 환기 안되는 방에서 몇 십 년을 불평 없이 순응하며 살아온 그도 틀니에만은 좀체 익숙해지기 어려웠다. 단단하고 차가운 이물질이 연한 잇몸을 악물고 조이는 느낌에 대한 저항감은 언제까지고 지울 수 없었다.

점심상을 물린 그는 부드러운 헝겊에 치약을 묻혀 지팡이 손잡이 부분의 은장식을 닦았다. 어루만지듯 부드럽고 단순한 손놀림을 계속하는 동안, 그리하여 은의 빛이 보얗게 살아나는 것을 보는 사이 맛 없는 국수와 아내와 틀니에 대한 노여움은 차츰 사라졌다.

다 닦은 지팡이를 신발장 옆에 세워 두고 마루로 올라앉아 무료히 뜰을 내다보던 그는 잠깐 졸았던 것일까.

문소리도 듣지 못했는데 뜰의 구석진 곳에서 검침원 청년이 쇠꼬챙이로 수도 계량기를 덮은 콘크리트 뚜껑을 열고 있는 중이었다. 아내는 이편에 등을 보이고 쭈그리고 앉아 청년의 손이 움직이는 대로 아래를 내려다보고 있었다. 아내의 흰 머리와 앙상하게 굽은 등허리 위로 좀체 기울지 않는 한낮의 정적이 수은처럼 무겁게 얹혀 흐르고 있었다.

"에이, 귀뚜라미 좀 보세요. 할머니. 겨울 지나면 이런 걸 죄다 걷어 태워 버려야 벌레가 안 생겨요."

청년이 느닷없는 빛과 외기外氣에 놀라 튀어오르는 귀뚜라미를 피해 고개를 젖히며 말했다. 지난 겨울, 동파凍破를 막기 위해 계량기 위에 쏟아부은 등겨와 짚을 거두라는 말일 게다. 겨와 지푸라기 속에 숨어 겨울을 난 알에서 부화하여 어둡고 축축한 콘크리트관 안쪽 벽에 붙어 자라는 벌레들을 그도 본 적이 있었다.

아내는 청년의 말에 말없이 머리를 끄덕였다. 아내의 머리는 호호한 백발이다. 그의 머리에 희끗희끗 새치가 비치기 시작했을 때 아내는 이미 반백이었다. 영로를 묻고 돌아섰을 때, 그는 문득, 그때까지도 붉은 흙더미 위에 얹힌 성근 뗏장을 다독거리고 있는 아내의 머리가 허옇게 세어 있음을 발견했다.

청대靑竹처럼 자라던 아들을 죽이고 머리가 온통 세어 버렸다오. 아내는 집에 들인 장사치 아낙네들에게 가끔 말하곤 했었다. 그러면서도 언제나 조발調髮과 염색에 신경을 쓰는 그에게는 변명하듯 말했다. 우리 친정이 원래 일찍 머리가 세는 내력이에요. 당신, 염색을 하시니까 보기 좋구려. 아주 젊은이 같아요.

흰 머리올이 드러나면서부터 그는 염색하는 일을 게을리하지 않았다. 틀니를 한 뒤 그는 희고 빛나는 이빨과 검고 단정한 머리칼로 더욱 젊어졌다. 가끔 그는 이제 마흔 살이 되었을 영로를 바라보듯 거울 속의 자신의 얼굴을 오래 물끄러미 바라보곤 했다.

청년이 나가려 하자 우두커니 계량기를 굽어보던 아내가 말했다.

"더운데 잠깐 땀이나 들이고 가우."

"그럼 냉수나 한 그릇 주세요."

청년은 손수건을 꺼내 이마와 목덜미의 땀을 닦았다. 청년이 마루턱에 엉덩이를 걸치고 앉자 아내는 부엌으로 들어가 미숫가루를 한 그릇 타 왔다. 그 동안 청년이 가 버릴 것을 겁내는 듯 연신 숟가락으로 사발을 휘저으며 종종걸음으로 나오는 아내가 못마땅해서 그는 속으로 혀를 차며 중얼거렸다.

그러지 마라. 단지 수도 검침을 하러 다니는, 어디서나 만날 수 있는 평범한 젊은이일 뿐이야.

청년은 쉴 짬 없이 단숨에 그릇을 비웠다. 아내의 눈길이 청년의 완강한 목의 뼈와, 함부로 단추를 연 셔츠 깃 사이로 엿보이는 붉게 익은 가슴팍을 탐욕스럽게 더듬으며 허둥거리는 것을 그는 놓치지 않았다.

"잘 먹었습니다, 할머니."

청년은 입가에 흐른 물기를 손등으로 문질러 닦고 입술을 빨았다.

먹는 버릇도 단정치 못해. 먹는 버릇을 보면 바탕을 알 수 있다니까.
그는 또 무력하게 속엣말을 중얼거렸다.
청년은 생각난 듯 마당을 질러 열려진 채로인 수도관의 콘크리트 뚜껑을 닫았다. 검침원들은 누구든 열어 젖힌 뚜껑을 닫아 주고 가는 법이 없었다. 그들은 한결같이 자신의 직업에 대한 경멸처럼 쇠꼬챙이로 마지못해 뚜껑을 열어 젖혀 계량기의 숫자를 확인하고는 그대로 가버렸다. 아내는 몹시 힘들게 끙끙대며 그것을 닫곤 했다.
"이봐요 젊은이, 내 부탁 하나 들어주려우?"
아내가 막 대문을 나가려는 청년을 불러 세웠다. 그리고 청년의 대답을 듣지 않고 벌써 광으로 들어가 무거운 연장 통을 두 팔로 안고 나왔다.
청년은 뻔히, 다소 무례한 눈길로 아내와, 아내가 무겁게 들어다 놓은 연장통을 번갈아 바라보았다.
음흉한 늙은이 같으니라구, 미숫가루 한 그릇 값을 톡톡히 받으려는 모양이군 하는 표정이었다. 아내는 그러한 청년의 기색을 짐짓 모른 체 느릿느릿 말했다.
"빨랫줄이 높아서 말야. 좀 나지막이 줄을 매줘요. 빨래 널기가 여간 힘들어야 말이지. 늙은이들만 사는 집이라 통 손이 없어서 그런 다오."
"하지만 더 낮게 매면 빨래가 땅에 끌릴 텐데요. 애들 줄넘기나 하려면 모를까."
청년이 여전히 내키지 않는 기색으로 팔짱을 낀 채 연장통을 들여다보았다.
"그리고 온통 녹슨 못들뿐이잖아요. 할머니가 원하시면 해드리는 건 어렵지 않지만 괜한 일 같은데요. 더 낮게 매면 어디 빨랫줄 구실을 하겠어요?"
청년은 연장통을 뒤져 녹이 덜 슨 못과 망치를 찾아 들었다. 못이 모두 녹슬어 있을 것은 당연했다. 망치, 장도리, 작은 톱, 대패까지 고루 갖추어진 연장들은 그 스스로 장만한 것이면서도 오랫동안 쓰지 않았던 탓에 낯설었다.
"그래, 요기는 하고 다니우?"

못을 박는 청년에게 아내가 물었다.
"그러믄요."
청년이 입에 문 못 때문에 우물우물 대답했다. 못 두 개 박는 일은 순식간에 끝나고 아내의 요구대로 먼젓번보다 두어 뼘 정도나 낮춰진 높이에 마당을 가로질러 팽팽히 줄이 매어졌.

줄은 그가 보기에도 너무 낮았다. 아마 오늘 오후나 내일쯤, 아내는 오며가며 줄이 목에 받힌다고 불평하면서 거두어 버리느라 애를 쓸 게 분명했다.

"이렇게 수고를 해줬는데 어쩌지? 그다지 바쁜 게 아니라면 요기나 하고 가우. 내 금시 국수를 끓여 줄께."

아내가 함지에 담겨 아직도 마루 한 귀퉁이에 놓인 채로인 밀가루 반죽을 흘깃거리며 말했다. 누룩을 넣은 것도 아니련만 더운 날씨 탓인가. 반죽은 미친 듯 부풀어오르는 것처럼 보였다.

"여러 집을 돌아다녀야 합니다."
"이렇게 종일 걸어 다니려면 힘들겠수. 다리는 좀 아플까."
"제발 개들이나 묶어 놓았으면 좋겠어요."

갑자기 청년은 못 견디게 화가 치밀어오르듯 볼멘소리로 대꾸하고는 침을 찍 뱉었다.

"바지 찢기는 건 예사고 자칫 발뒤꿈치 물리기 십상이라구요."

청년의 뒤를 문빗장을 걸기 위해서인 듯 아내가 멈칫멈칫 따라나갔다.

집안은 다시 고요해졌다. 뜰의 나무 그림자가 조금 길어진 것으로 보아 햇빛과 시간이 흐르고 있음을 알 수 있을 뿐이었다. 빗장 걸리는 소리도 아내의 신발 끄는 소리도 들려 오지 않았다. 대신 탈, 탈, 탈, 한결 속도를 늦춘 맥 빠진 자전거 바퀴 소리가 들려 왔다.

아내가 망연히 문설주를 짚고 서서 바라볼 길목을 더위에 지친 아이는 이미 만화경 따위는 까맣게 잊은, 다만 싫증을 참지 못해 하는 얼굴로 자전거를 끌고 느른히 걸어가고 있는 것일까.

그는 방으로 들어갔다. 그리고 의자를 끌어당겨 책상 앞에 앉았다. 책상은 창가에 놓여 있어 담 밖의 소리나 풍경이 훨씬 가까웠고 그는 오랜 버릇으로 의자에 앉는 것이 편했기 때문에 자주 희미한 잉크 자국이나 칼에 파인 홈, 긁힌 자국들을 손으로 쓸어 보며 우두커니 앉아 있곤 했다.
　영로가 중학교에 다니 때 마련한 책상이었다. 그리고 그는 무엇을 읽거나 쓰기 위해 책상 앞에 앉는 일은 거의 없었지만 층층이 달린 서랍이 요긴하게 쓰인다는 것이 이제껏 그것이 방의 윗목에 적지 않은 자리를 차지하고 있을 수 있는 이유였다.
　그는 빈 담뱃갑의 은박지를 벌려 꽃모양으로 말아 접어 가래를 뱉고 수도 요금과 전기요금 영수증, 돋보기 따위로 채워진 서랍들을 여닫고 손톱깎이를 꺼내 찬찬히 손톱을 깎았다.
　마루를 서성이는 아내의 조심스러운 발소리가 들렸다. 손톱을 깎고 서랍을 여닫는 일이 특별히 비밀해야 한다고 생각지 않으면서도 그는 아내의 발소리가 방문 앞을 지나칠라치면 흠칫 놀라 손을 멈추었다. 이젠 늙어 귀신이 다 되었다고, 집의 한구석에 가만히 앉아 있어도 집안 곳곳에서 일어나는 일을 모두 보고 들을 수 있다는 아내도, 그가 비듬을 털고 손톱을 깎고, 억지로 책상 앞에 앉은, 숙제하기 싫은 아이들처럼 서랍이나 여닫는 것을 결코 알지 못하리라는 생각 때문에 아내 모르게 행하는 하찮은 손짓 하나라도 대단한 음모인 양 바깥 기척에 귀를 기울이게 되는 것이었다.
　아내의 발소리가 마루에서 완전히 사라졌음을 확인하고 그는 책상 서랍 깊숙이 넣어 두었던 만화경을 꺼냈다. 그것은 두꺼운 마분지를 원통형으로 말아 붙인 것으로, 표면에는 울긋불긋 크레파스 칠이 되어 있었다.
　그는 만화경을 눈에 갖다 대고 빙글빙글 돌렸다. 잘게 자른 색종이 조각들이 거울면의 굴절에 따라 모였다 흩어지며 여러 가지 꽃모양을 만들었다.
　만화경 속의 조화는 현란하지도 신기하지도 않았다. 홀잎과 겹잎꽃의 단순한 집합과 확산일 뿐이었다. 옛사람들은 만화경을 돌리며 우주의 원리와 이치를 본다고 했다.
　엊그제였던가, 점심 산책에 나선 그가 주택가 골목을 벗어나 큰길에 이르렀을 때 그는 주위를 집요하게 맴돌며 따라오는 빛무늬를 보았다. 어깨와 다리, 가슴팍에 함부로 와닿는 빛을 털어내며 눈살을 찌푸렸으나 하얗게 번뜩이는 그것이 길과 사람들 사이로 정령처럼 춤추며 뛰어다니다가 다시금 그에게로 되돌아와 얼굴에 오래 머무르자 그는 문득 얼굴이 졸아드는 공포를 느꼈다. 센 빛살에 눈을 뜨지 못하며 그는 소리쳤다. 누구냐, 거울 장난을 하는 게. 그때 쨍쨍한 목소리가 날아왔다. 안녕하세요, 할아버지. 아이가 미장원 층계에 앉아 있었다. 아이의 손에는 날카롭게 모가 선 거울 조각이 들려 있었다. 다치면 어쩔려고 그러니. 그러나 아이는 말했다. 유리 가게에 가서 동그랗게 잘라 달라고 하면 된대요. 내일 유치원에서 만화경을 만들 거예요. 만화경은 뭐든지 다 보이는 요술상자래요. 그러면서 아이는 길을 건너 달려갔다. 뭐든지 다 보인다고? 그는 아이의 등 뒤에 대고 물었으나 물론 진정한 호기심은 아니었다. 단지 의미 없는 되물음이었을 뿐이었다. 그리고 어제 낮, 그는 놀이터의 벤치에서 그 애의 가방과 함께 놓인 만화경을 보았다. 집으로 오는 동안에 참지 못해 도중에 유치원 가방을 팽개쳐 두고 자전거 가게로 달려가는 그 애의 버릇을 그는 알고 있었다. 아이는 이 요술상자를 통해 무엇을 들여다보았을까. 그는 아이의 눈이 되어 아이의 눈에 비친 모든 것을 보고자 하는 욕망으로 만화경을 집어 들었다. 그것을 품에 감추고 어제 오후 내내 그는 잃어버린 만화경을 찾기 위해 헛되이 모랫더미를 헤치는 아이를 지켜보았다. 내 만화경을 누가 훔쳐 갔어요. 전시회에 낼 거라고 선생님이 그랬는데요. 아이는 울면서 벌써 수십 번이나 들여다보았을, 가방과 만화경이 놓였던 긴 의자 밑을 다시 들여다보았다.

뭐든지 볼 수 있대요. 그는 아이의 말을 흉내내어 중얼거리며 빠르게 만화경을 돌렸다. 돌리는 속도가 빨라짐에 따라 유리와 거울과 색종이가 어울려 모였다 흩어지는 모양이 다양해졌다. 그것은 어쩌면 빠른 속도로 분열하고 번식하는 병원균과도 같았다. 색종이의 선명한 색감 때문인지도 몰랐다.

눈꺼풀이 무겁게 내려앉고 몸이 나른히 풀려 왔다. 반주 탓이었다. 낮잠이 결국 그에게, 밤에 깨어 흉몽처럼 빈 뜨락을 서성이게 할 것을 알면서도 소화를 돕기 위해 마신 한 잔의 반주로 인한 잠의 유혹을 그는 이길 수 없었다.

그는 만화경을 다시 서랍 속에 넣고 목욕탕으로 가기 위해 방을 나왔다.

아내는 마루 끝에 걸터앉아 밀가루 반죽을 한 움큼씩 떼어 손바닥 안에 궁글려 무엇인가 형체를 빚고 있었다.
"뭘 만드오?"
"그저 장난이에요."
아내가 쑥스럽게 웃으며 빚고 있던 모양을 뭉개어 버렸다. 마루턱에는 벌써 사람, 개, 말 따위가 손가락만한 크기로 서툴게 빚어져 있었다.
목욕탕으로 들어간 그는 틀니를 빼기 위해 문을 잠갔다.
틀니에 익숙해지려면 되도록 틀니를 빼지 말고 자신이 틀니를 하고 있다는 사실을 의식하지 말라고 의사는 말했지만 그는 언제나 틀니를 빼어 깨끗한 물에 담가 손 닿는 위치에 두고서야 잠이 들곤 했다. 잠으로 들어가는 잠깐의 무중력 상태에서 틀니만이 무겁게 매달려 있는 듯한 느낌을 지울 수 없었을 뿐더러 틀니만이 홀로 깨어 제멋대로 지껄일, 이윽고 육신은 사라지고 차갑고 단단한 무생물만이 잔혹하게 번득이며 존재할 공간이 두려운 것이다. 이야기를 하고 있을 때조차 그는 자신이 말하고 있는 것이 아니라 틀니가 제멋대로 덜그럭대며 지껄이는 듯한 느낌에 사로잡혀 자주 말을 끊곤 했다.
틀니를 빼내자 거울 속에서 꺼멓게 문드러진 잇몸이 드러났다. 연한 잇몸은 틀니의 완강함을 감당하지 못해 이지러지고 뭉개지고 좁아들었다. 때문에 틀니를 빼어 내었을 때의 입은 공허하고 냄새 나는, 무의미하게 뚫린 구멍에 지나지 않았다. 잠긴 문을 확인하고 마치 헛된, 역시 덧없음을 알면서도 순간에 지나가 버릴 것에 틀림없는 작은 위안을 구해 자신의 시든 성기를 쥘 때와 같은 음습하고 씁쓸한 쾌락과 수치를 동시에 느끼며 틀니를 닦기 시작했다. 치약 묻힌 칫솔로 표면에 달라붙은, 칼국수를 먹고 난 뒤의 고춧가루 따위 찌꺼기를 꼼꼼히 닦아 내자 틀니는 싱싱하고 정결하게 빛났다. 틀니의 잇몸은 갓 떼어낸 살점처럼 연분홍빛으로 건강해 보였다. 그는 헐떡이며, 치약 거품을 가득 물고 허옇게 웃고 있는 이빨들을 바라보았다. 거울 속으로, 청년처럼 검은 머리는, 무너진 입과 좁아든 인중, 참혹하게 파인 볼 때문에 더 젊어 보였다.
방으로 돌아온 그는 틀니가 담긴 물컵을 머리맡에 놓고 퇴침을 베고 누웠다. 잠에 빠지는 과정은 언제나 어둑선하고 한없이 긴 회랑回廊을 걸어가는 것과도 같았다. 어쩌면 이미 혼백이 되어 연도羨道를 걸어가는 것이나 아닐까.

열린 방문으로 아내의 모습이 빤히 보였다. 그는 혼곤하게 빠져드는 가수 상태에서 아내의 손이 반죽을 공글려 몸체를 만들고 귀와 뿔을 세우고 꼬리와 다리를 만들어 붙이는 것을 보았다. 그가 한 번도 본 적이 없는 이상한 형체였다. 아내는 그것을 이미 만들어진 다른 것들과 나란히 볕이 드는 마루턱에 세우며 웅얼웅얼 낮게 중얼거렸다. 할아버지는 돌아가실 때까지 흉몽에 시달리셨다우. 머리가 깨질 듯 아프다고 했어요. 흉몽 때문에 머리가 아픈 건지 머리가 아파서 나쁜 꿈만 꾼 것인지는 그분 자신도 몰랐어요. 무당을 불러 푸닥거리를 하고 장님에게 경을 읽히기도 했지만 그 무서운 두통을 낫게 하지는 못했어요…… 이름난 대목이었다는 아내의 조부 이야기는 그도 몇 차례인가 들어 알고 있었다…… 새벽이고 밤중이고 흉한 꿈에 눌려 비명을 지르고 깨어나면 머리가 아파서 미친 사람처럼 온 집안을 뒹굴며 다녔지요. 할머니는 그 양반이 못자리에 집을 많이 지어 그런 거라고 말했어요. 그는 회랑의 어슴푸레한 모퉁이에서 흰 끈을 머리에 동이고 비명을 질러대는 등 굽은 노인의 뒷모습을 본다…… 그래서 할아버지는 이상한 짐승의 모양을 손칼로 깎았지요. 코끼리 같기도 하고 곰 같기도 하고 아무튼 참 이상한 모양이었지요. 맥貘이라던가, 나쁜 꿈을 먹는 짐승이래요. 중얼거리는 동안에도 아내의 손이 쉬임없이 반죽을 떼어 내어 형체를 만들고 있었다…… 할아버지는 그것을 타구와 함께 머리맡에 두었어요. 때문에 타구에 가득 고인 가래침은 마치 맥이 밤새 먹고 이른 새벽에 토해 놓은 흉몽과 같았지요. 할아버지는 관 속에 맥을 같이 넣어 달라고 유언을 하셨어요. 죽은 후에도 나쁜 꿈에 시달릴 것을 겁내셨던 모양이에요. 죽은 사람도 꿈을 꾸는 걸까. 어린 내게도 그것이 퍽 이상했는데 지금은 할아버지가 그러셨던 걸 이해할 수 있어요. 옛날 사람들은 자기가 쓰던 물건, 부리던 하인들의 모양까지 흙으로 빚어 무덤 속에 같이 넣었다잖아요? 아내의 조부는 이제 길고 희미한 시간의 회랑 끝에서 편안히 잠들어 있다. 머리맡에 맥을 세워 두고. 어쩌면 그에게 최면을 걸 듯 느릿느릿 낮게 읊조리는 아내의 말소리에 손을 잡혀 그는, 더러는 망각으로 깜깜하게 묻히고 더러는 어슴푸레 떠오르는 시간 속을 자꾸 걸어간다. 그것은 마치 감광제가 고루 발리지 않은 필름과도 같다. 어느 부분은 저 홀로 발광체인 듯 환히 빛나며 뚜렷이 떠오르고 어느 부분은 아주 깜깜해서 아무것도 보이지 않는다. 그러나 그는 굳이 잊혀진 것을 되살리고자 안타까워하지 않는다. 기억하고 싶은 것만 기억하는 것은 늙은이에게 주어진 보잘것없는 특권인 것이다. 그러나 그가 지금 주춤거리고 섰는 이곳은 어디인가. 언젠가 가보았던 박물관의 전시실 같기도 하다.

그것은 토우土偶나 동경銅鏡 따위 죽은 사람들의 부장품들만을 진열한 방이었다. 땅 속에 묻혀 천년 세월을 산, 이제는 말끔히 녹을 닦아 낸 구리거울을 보자 그는 자신이 아주 오래 전에 죽은 옛사람인 듯 느껴졌었다. 관람객이 한 명도 없는 텅 빈 전시실에는 두꺼운 양탄자가 깔려 있어 자신의 발소리조차 들리지 않았었기 때문이라고, 어둡고 눅눅한 회랑을 걸어나오며 그는 잠깐 스쳐간 괴이한 기분에 대해 변명하였다.

영로를 묻었을 때 그는 그가 묻고 돌아선 것이, 미쳐 가는 봄빛을 이기지 못해 성급히 부패하기 시작한 시체가 아니라 한 조각 거울이었다고 생각했었다.

"할머니, 뭘 만드세요?"

마루 앞마당에 짧게 그림자가 드리우며, 일부러 그러는 듯 혀 짧은 소리가 들렸다. 흰빛 레이스천의 원피스로 갈아입은 옆집 계집아이였다. 그는 가수 상태에서 빠져나오고자 힘겹게 허우적거리며 있는 힘을 다해 아이를 바라보았다.

자전거 타기에 싫증이 난 것일까, 아이는 인형을 꼭 안고 한 손에는 소꿉놀이가 든 플라스틱 바구니를 들고 있었다.

"유치원에 갔다 왔니?"

아내는 여전히 기괴한 동물의 형상을 빚으며 냉랭하게 물었다. 아내는 언제나 수상쩍어 하는 눈길로 아이를 바라보았다. 늙은 아내는 무엇이든 의심했다.

"오늘은 안 가는 날이에요. 토요일이거든요."

"예쁜 옷을 입었구나."
"우리 엄마가 사주셨어요."
아이는 또 꾸민 듯 혀 짧은 소리로 대답했다. 그는 아이를 바라보았다. 있는 힘을 다해 예쁘다고 생각하려 하며. 그러나 언제나처럼 실패하고 만다. 햇빛을 받아 금빛으로 더욱 빛깔이 엷어진 눈과 도끼날처럼 뾰족한 얼굴은 조금도 예쁘지 않았다. 제 살림인 소꿉놀이 바구니를 들고 마당을 걸어가는 뒷모습이나 인형을 안고 그 애의 집 마당에서 그네를 타는 모습은 언제나 좀 고독해 보일 뿐이었다. 아이가 타지 않을 때라도 그네는 삐걱삐걱 저 혼자 흔들리곤 했다.

그는 자주 담 너머로, 함지에 받아 놓은 물에 들어가 첨벙거리는 아이를 보았다. 그 애는 햇빛이 내리쬐는 마당에서 발가벗고 함지의 물을 튕기며 놀았다. 뒷덜미로 늘어진 옥수수염처럼 노랗고 숱 적은 머리털, 짧고 돌연한 웃음소리, 임부처럼 불룩 나온 배와 분홍빛의 작은 성기를, 그는 장미꽃 덩굴이 기어간 담장 곁에 숨어 서서 거의 고통에 가까운 감정으로 바라보곤 했다.

"할머니, 뭘 만드세요?"
아이는 옷의 레이스가 충분히 팔랑거릴 정도로 몸을 흔들며 거듭 물었다. 거부당하고 거절당하는, 사랑받지 못한 아이가 본능적으로 일찍 터득한 교태로.

아이는 빙그르르 몸을 돌려 원피스자락을 꽃잎처럼 활짝 펴며 선 자리에서 그대로 쪼그리고 앉았다.
"이상하게 생겼네요, 할머니."
아이가 앉은걸음으로 이마를 대일 듯 아내에게 다가앉았다.
"맥이란다. 나쁜 꿈을 먹는 짐승이야."
"할머니도 나쁜 꿈을 꾸어요? 나는 언제나 무서운 꿈을 꾸어요."
아이는 손 닿는 곳에 핀 채송화를 따서 손가락으로 비볐다.
"왜 꽃을 뜯니?"
아내가 나무랐으나 아이는 못 들은 체 계속 달라붙는 듯한 어조로 말했다.
"새처럼 막 날아가다가, 참 나는 새가 아닌데 떨어지면 어쩌나 하는 생각이 들면 곧장 거꾸로 떨어져 버려요. 얼마나 무서운지 몰라요."

"키가 크려고 그러는 거다. 자기 전에 오줌을 누지 않아도 나쁜 꿈을 꾸게 되지."

아이는 또 달리아 한 송이를 뚝 꺾어 발로 문질렀다.

"그러지 말라니깐."

아내가 버럭 소리를 질렀다. 아이는 심술궂은 눈빛으로 빤히 아내를 바라보았다.

"몇 번을 일러야 알아듣니? 착한 아이는 꽃을 꺾지 않는다."

아내가 화를 누르느라 한층 나직하고 단호하게 한 마디씩 내뱉는 사이에도 아이는 수국과 백일홍을 잡아 꺾었다.

"너는 정말 말을 안 듣는구나. 못된 아이야. 혼 좀 나야 알겠니?"

아내가 아이를 때릴 듯이 한 손을 치켜들고 눈을 부라렸다. 그러나 곧 아이가 겁에 질린 표정으로 안길 듯이 다가들었기 때문에 맥없이 손을 떨어뜨렸다.

"난 어떤 때는 이불이 한없이 두껍게 부풀어올라 덮씌워서 숨도 쉴 수 없어요. 아무리 울고 소리를 질러도 우리 엄마는 듣지 못해요."

아이는 호소하듯 떨리는 목소리로 말했다.

"그건 꿈을 꾸는 것이 아니라 가위눌리는 거란다. 이걸 가져가서 잘 때는 꼭 머리맡에다 놓고 자거라. 그럼 괜찮을 거다."

"고마워요. 할머니."

아이는 아내가 준 맥을 소중히 받아들었다. 신전의 기념품인 양, 혹은 뿌리를 보이면 죽는다는 모종苗種을 옮기듯 조심스럽게 손바닥으로 감싸쥐고,

"얘야, 옷이 더러워졌구나."

인형과 소꿉놀이 바구니, 그리고 맥을 들고 마치 징검다리를 건너가듯 조심스럽게 걸어가는 아이의 뒤에 대고 아내가 말했다. 뒤돌아 원피스 뒷자락에 넓게 쓸린 흙자국을 보자 아이는 울음을 터뜨렸다.

"새 옷을 더럽히면 엄마한테 매를 맞아요. 유치원에서 생일잔치를 할 때까지는 절대로 꺼내 입지 말라고 했단 말예요."

"이리 온, 내가 털어 줄게. 그러길래 아무 데나 함부로 주저앉는 게 아니

란다."

아이의 느닷없는 울음에 담긴 공포가 그리도 절박하고 생생한 것에 놀란 아내가 손짓해 불렀으나 아이는 가까이 오지 않았다. 손에 들고 있던 맥을 팽개치고 마음 가득한 원망과 두려움으로 닥치는 대로 꽃을 잡아뜯었다.

"이런 망할 계집애, 손모가지를 분질러 놓을라."

아내는 벌떡 일어나 아이를 쫓아갔다. 아이는 달아나면서도 여전히 높은 소리로 울어대었다. 울음소리가 담장의 샛문으로 쫓겨가자 아내는 씨근거리며 마루턱에 다시 걸터앉아 한결 거칠어진 손놀림으로 반죽을 떼어 내어 주물렀다.

대문 돌쩌귀가 삐걱거리고 움직이는 소리가 들리는 것 같았다. 누가 왔는가. 어쩌면 그네 소리일까. 아이가 저희 집 마당에서 그네를 타고 있는지도 모른다고 그는 생각했다. 그러나 아내는 전혀 아무 소리도 못 들은 기색이었다. 그의 귀에 들리는 것이 그녀의 귀에는 들리지 않는, 아내에게 보이는 것이 그에게는 전혀 보이지 않는 경우란 드문 것이 아니었다. 한밤중에도 가끔 그는 그네가 삐걱거리는 소리를 듣곤 했다. 아내는 퉁명스레 코대답을 하며 돌아누웠다. 어린애가 웬 청승으로 밤에 그네를 탄다우? 그러나 그는 종내 어지러운 꿈의 자락에 이끌리듯 밖으로 나와 담장 곁에 붙어 서서, 사랑에 빠진 자의 어리석음으로 바람만 실린 빈 그네의 흔들림을 오래 바라보곤 했다.

아내는 지칠 줄 모르고 반죽을 빚어 맥을 만들고 있었다. 늙은 여자의 잠을 어지럽히는 나쁜 꿈은 무엇일까. 늙으면 누구나 잠은 얕고 꿈은 많은 법이다.

해그늘이 많이 옮겨져 나무 그림자들이 제법 길어졌다.

아내의 흰머리와 머리 너머 붉은 꽃과, 눈 속에서 파랗게 타오르는 나무를 보며 취한 듯 또다시 얕은 수면에 빠져드는 그의 귀에 찢어지게 높고 새된 아이의 노랫소리가 담을 타고 들려왔다.

뻐꾹, 뻐꾹, 봄이 왔네. 뻐꾹, 뻐꾹, 복사꽃이 떨어지네.

"망할 계집애, 단단히 버릇을 고쳐 놓아야지."

아내는 아직도 아이에 대한 화를 풀지 못해 씨근거렸다. 설핏 빠져드는 잠에 무겁게 내려앉은 눈꺼풀 위로 아이의 노랫소리는 빛살처럼 집요하게 달라붙었다.

꽃모가지를 손 닿는 대로 몽땅몽땅 분질러 버리고 마니…… 중얼거리던 아내가 동의를 구하듯 그를 큰 소리로 불렀다.

"주무시우?"

그는 안간힘을 쓰듯 간신히 눈을 떠 아내를 쳐다보았다.

"밤에 잠들려면 낮에 운동을 해야 해요. 점심 때 반주를 드는 대신 식사를 하고 나서 또 산책을 해보세요."

아내의 말이 맞을지 몰랐다. 늘어진 위장은 이제는 점심에 곁들인 소주 한 잔으로는 꼼짝도 하지 않았다. 아내는 그의 대답을 기다리지 않고 큰 소리로 이어 말했다. 아내의 목소리는 엉뚱한 활기에 차 있었다. 딱히 무슨 말을 하고 싶어서라기보다 그치지 않고 들려오는 노랫소리를 지우기 위한 안간힘인 듯도 싶었다.

"참 이상하죠. 난 요즘 자주 죽은 사람들 생각을 한다우. 꼭 아직도 살아 있는 것처럼 그 사람들 생전의 일이 환히 떠오르는 거예요. 그러면서 정작 우리가 살아온 세월은 기억이 나지 않아요. 아무리 애를 써도 기억나지 않는 희미한 꿈 같아요. 당신은 쉰 살 때, 마흔 살 때를 기억하세요? 난 통 그때의 당신 모습이 떠오르지 않아요. 난 아무래도 너무 오래 살고 있다는 생각이 자꾸 들어요. 뜰 손질도 이제 힘이 들어요. 하지만 하루만 내버려 둬도 잡초가 아귀처럼 자라니…… 요즘 같은 계절엔 더 그래요."

더욱 높아지는 노랫소리에 잠깐 말을 끊었다가 아내는 한층 커다란 목소리로 말을 이었다.

"내버려두라고, 예전에 그 애는 그랬었죠. 굳이 꽃과 풀을 가려서 뭘 하느냐고, 어울려 자라는 것이 더 보기 좋다구요."

그의 얼굴에 미소가 떠올랐다.

"당신이 쉰 살 땐 어땠지요? 마흔 살 때는? 서른 살 때는? 통 기억이 안 나요. 말해 줘요."

아내는 마치 그에게 최면을 거는 듯 안타깝고 집요하게 캐묻고 미처 그에게서 대답이 나올 것을 두려워하여 재빨리 덧붙였다. 아내의 목소리와

담 너머 아이의 노랫소리는 다투어 연주하는 악기의 불협화음처럼 높고 시끄러웠다.

"스무 살 때는 아름답고 자랑스러웠어요. 대학에 들어가던 해였지요. 어제처럼 또렷이 떠오르는 걸요. 늘 발이 가렵다고 했지요."

그는 더 이상 아내의 말을 듣고 싶지 않았다. 영로는 늘 발이 가렵다고 했었다. 그의 륙색 위에 얹혀 떠났던 피난길에서 걸린 동상이 종내 낫지를 않아 겨울밤에라도 차가운 콩자루 속에 발을 넣고 자야 시원하다고 했었다.

"기억나세요? 시공관에 발레 구경을 갔던 게 다섯 살 때일 거예요. 그때 그 애는 내 숄을 잃어버렸어요. 그 시절 일본인들도 흔하게 갖지 못했던 진짜 비단으로 만든 거였지요. 구경을 하고 나와 화장실에 들르려고 그 애 어깨에 걸쳐 주었는데 흘러내리는 것도 몰랐었나 봐요. 그 앤 그렇게 멍청한 구석도 있었죠. 모두들 내게 가지색이 신통하게 어울린다고 했어요. 정말 내 평생에 두 번 갖기 어려운 물건이었죠."

아내는 언제까지 잃어버린 숄 얘기만 할 것인가. 아내의 말소리도 맥을 만드는 손놀림도 점차 빨라졌다. 반죽이 담긴 함지는 비어 가고 마루턱에는 아내가 빚어 놓은 맥이 더 늘어놓을 자리가 없을 만큼 즐비했다.

"겨우 스무 살이었어요. 스무 살에 뭘 안다고. 여드름이나 짤 나이에 세상을 뒤바꾸어 놓을 수 있다고 생각하다니요. 그 애가 죽었어도 우린 여전히 이렇게 살고 있잖아요."

영로는 어느 봄날 바람개비처럼 달려나갔다. 채 자라지 않은 머리칼을 성난 듯 불불이 세우고.

늙은이는 반성하지 않는다. 반성을 요구하는 어떤 새로운 삶을 기다리고 있지 않기 때문이다.

높고 찢어질 듯 날카로운 노랫소리가 점점 더 커졌다.

뻐꾹, 뻐꾹, 봄이 왔네. 뻐꾹, 뻐꾹, 복사꽃이 떨어지네.

"정말 못된 계집애예요."

아내가 입을 비죽이고 느닷없이 울기 시작했다.

"애들은 다 마찬가지요."

틀니를 뺀 텅 빈 입으로 말해야 한다는 것에 곤혹을 느꼈지만 그는 간신히 한 음절씩 내뱉었다.
"아니요. 죽은 애들은 특별해요."
아내는 두 손으로 얼굴을 가리고 소리 내어 흐느꼈다.
"할머니, 뭘 만드세요?"
울음기가 말짱히 없어진 얼굴로 아이가 앞에 서 있었다.
"저리 가라."
아내는 손을 사납게 내저어 아이를 쫓았다.
"할머니, 왜 그러세요? 왜 울어요."
"다시는 우리 집에 오지 말라니깐."
"할머니, 이건 만화경을 만들 거울이에요. 우리 엄마가 주셨어요. 유치원에서 만든 걸 누가 훔쳐 갔거든요."
아이는 까딱 않고 서서 콤팩트를 열어 동그란 거울을 아내에게 내보이며 자랑스럽게 말했다.
"거짓말 마라, 아직 새것인데 네 엄마가 주었을 리 없어. 네 엄마는 지금 미장원에 있잖니? 엄마 화장품에 함부로 손을 대었다가는 또 매를 맞을 거다."
사납게 눈을 치뜨고 아내를 노려보던 아이가 햇빛 환한 마당으로 뛰어갔다. 그리고는 이리저리 거울을 돌려 아내에게 비추었다. 아내가 눈이 부셔 얼굴을 가리며 손을 내저었다.
"저리 비켜."
그러나 아이는 생글생글 웃을 뿐 거울을 거두지 않았다.
"저리 치우라니까. 이 망할 계집애야, 네 엄마한테 이를 테다."
"일러라, 찔러라, 콕콕 찔러라."
아이는 마당에서 공처럼 뛰어다니며 거울을 비쳤다. 아내는 겁에 질려 마루로 올라왔다. 거울 빛은 마루턱에 늘어서 하얗고 단단하게 말라가는 짐승들을 지나 재빠르게 아내의 얼굴에 달라붙었다. 구겼다 편 은박지처럼 빈틈없이 주름살진 얼굴이 환히 드러났다.
"애, 애야, 제발 저리 가. 그러지 마라."
아내가 우는 소리를 내며 아이에게 애원했으나 아이는 아내의 돌연한 공포가 재미있는지 깔깔거리며 거울을 거두지 않았다. 아내는 빛을 피해 그가 누워 있는 방에 주춤주춤 들어왔다.

빛은 이제 눈물에 젖은 아내의 조그만 얼굴과 그의 눈시울, 무너진 입가로 쉴 새 없이 번득였다. 그것은 어쩌면 아득한 땅 속에 묻힌 거울 빛의 반사일 듯도 싶었다. 아이는 보다 재미있는 놀이를 찾아낼 때까지 손에서 거울을 놓지 않을 것이다. 아마 햇빛이 완전히 사윌 때까지, 피곤한 그 애의 엄마가 돌아오는 밤이 되기까지. 그러나 아이에게 늙은이를 무력한 공포에 몰아넣는 것보다 더 재미있는 놀이가 있을까.

이미 뜰의 한 귀퉁이는 그늘에 잠겨 있고 땅에서 피어오르는 엷은 어둠에 꽂은 짙은 빛으로 잎을 오므리기 시작했지만 피어 있던 꽃의 공간이 침묵과 심연으로 가라앉히기까지의 보이지 않는 흐름은 얼마나 길고 오랠 것인가.

이제는 울음을 감추려 하지 않는 아내에게 그는 무언가 위무의 말을 해주어야 한다고 생각했다. 아내에게는 다정한 말이 필요한 것이다. 그는 소년 같은 수줍음과 약간의 두려움으로 입을 열었으나 아내는 어눌하게 새어나오는 말을 알아듣지 못했다. 아내는 그의 입에 바짝 귀를 갖다대며 안타깝게 되물었다. 뭐라고요? 뭐라고 하셨어요? 누가 왔느냐구요?

그는 칠흑처럼 검은 머리를 하고 이제는 더 이상 말할 수 없는 무너진 입을 반쯤 벌린 채 누워 있었다.

거울 빛의 반사가 잠시, 천장으로 벽으로 재빠르게 움직이다가 마침내 유리컵에 머물고 밖의 빛으로 어둑하게 가라앉은 정적 속에서, 물 속에 담긴 틀니만이 홀로 무언가 말하려는 듯 밝고 명석하게 반짝거렸다.

금시조(金翅鳥)

1982년 동인문학상

이문열(李文烈)

1984년 서울에서 태어나 서울사대에서 수학했다. 1977년 『매일신문』 신춘문예에 단편 「나자레를 아십니까」가 입선, 1979년 『동아일보』 신춘문예에 「새하곡(塞下曲)」이 당선되어 문단에 등단했다. 소설집으로 『사람의 아들』 『그해 겨울』 『금시조』 『그대 다시는 고향에 가지 못하리』 『젊은 날의 초상』 『황제를 위하여』 『영웅시대』 『레테의 연가』 『삼국지』 등이 있다.

금시조(金翅鳥)

 무엇인가 빠르고 강한 빗줄기 같은 것이 스쳐간 느낌에 고죽古竹은 눈을 떴다. 얼마 전에 가까운 교회당의 새벽 종소리를 들은 것 같은데 어느새 아침이었다. 동쪽으로 난 장지 가득 햇살이 비쳐 드러난 문살이 그날따라 유난히 새카맸다. 고개를 돌려 주위를 살피려는데 그 작은 움직임이 방안의 공기를 휘저은 탓일까, 엷은 묵향墨香이 콧속으로 스며들었다. 고매원古梅園인가, 아니, 용상봉무龍翔鳳舞일 것이다. 연전年前에 몇 번 서실을 드나든 인연을 소중히 여겨 스스로 문외제자門外弟子를 자처하는 박 교수가 지난 봄 동남아를 들러 오는 길에 사왔다는 대만산臺灣産의 먹이다. 그때도 이미 운필運筆은커녕 자리보전을 하고 누웠을 때라 고죽은 왠지 그 선물이 고맙기보다는 서글펐었다. 그래서 고지식한 박 교수가,

 "머리맡에 갈아 두고 흠향歆香이라도 하시라고……."

 하며 속마음 그대로 털어놓는 것을, 예끼, 이사람, 내가 귀신인가, 흠향을 하게…… 하고 핀잔까지 주었지만, 실은 그대로 되고 말았다. 문안 오는 동호인同好人들이나 문하생들을 핑계로, 육십 년 가까운 세월을 함께 지내 온 분위기를 바꾸지 않으려고 매일 아침 머리맡에서 먹을 가는 추수秋水

의 갸륵한 마음씨에 못지않게 그 묵향 또한 좋았던 것이다.

묵향으로 보아 추수가 다녀간 것임에 틀림없었다. 조금 전에 그의 잠을 깨운 강한 빛줄기는 어쩌면 그 아이가 나가면서 연 장지문 사이로 새어든 햇살이었을 게다. 고죽은 그렇게 생각하며 살며시 몸을 일으켜 보았다. 마비되다시피 한 반신 때문에 쉽지가 않다. 사람을 부를까 하다가 다시 마음을 돌리고 누웠다. 아침의 고요함과 평안함과, 그리고 이제는 고통도 아무 것도 아닌 쓸쓸함을 의례적인 문안과 군더더기 같은 보살핌으로 깨뜨리고 싶지 않았다.

참으로 — 고죽은 천장의 합판무늬를 멍하니 바라보며 생각했다 — 이 한살 이生에서 나는 오늘과 같은 아침을 얼마나 자주 맞았던가. 아무도 없이, 그렇다, 아무도 없이…… 몽롱한 유년에도 그런 날들은 수없이 떠오른다. 다섯인가 여섯인가 되던 어느 아침에도 그는 장지문 가득한 햇살을 혼자 맞은 적이 있다. 밖에는 숨 죽인 곡성이 은은하고 — 그러다가 흰옷에 산발한 어머니가 그를 쓸어안고 혼절하듯 쓰러진 것은, 너무 오래 혼자 버려져 있다는 기분에 이제 한번 큰 소리로 울음이나 터뜨려 볼까 하던 때였다. 또 있다. 그때는 제법 일고여덟이 되었을 때인데 전날 어머님과 함께 잠이 들었던 그는 또 홀로 아침을 맞게 되었다. 역시 할머니가 와서 그를 쓸어안고 우시면서 이렇게 넋두리처럼 외인 것은 방 안의 고요가 갑자기 섬뜩해져 문을 열고 나서려던 참이었다.

"아이고, 내새끼, 이 불쌍한 새끼를 어쩔고? 그 몹쓸년이, 탈상도 못 참아서……."

그 뒤 숙부의 집으로 옮긴 후에도 대개가 홀로 깨는 아침이었다. 숙모는 언제나 병들어 다른 방에 누워 있었고, 숙부는 집보다 밖에서 더 많은 밤을 새웠다. 그런 숙부의 서책書冊 냄새 배인 방에 홀로 잠드는 그로서는 또한 아침마다 홀로 깨어나지 않을 수 없었다.

생각이 유년으로 돌아가자 고죽은 어쩔 수 없이 지금과 같은 그의 삶 속으로 어린 그가 내던져진 첫날을 떠올렸다. 50년이 되는가, 아니면 60년? 어쨌든 열 살의 나이로 숙부의 손에 끌려 석담石潭 선생의 고가古家를 찾던 날이었다.

이상도 하지, 까마득히 잊고 지냈던 지난날의 어떤 순간을 뜻밖에도 뚜렷하고 생생하게 되살리게 되는 것 또한 늙음의 징표일까. 근년에 들수록 고죽은 그날의 석담 선생을 뚜렷하고 생생하게 기억할 수 있었다. 이제 갓 마흔에 접어들었건만 선생의 모습은 이미 그때 초로初老의 궁한 선비였다.

"어찌겠나? 석담, 자네가 좀 맡아줘야겠네. 내가 이 땅에만 있어도 죽이든 밥이든 함께 끓여 먹고 거두겠네만."

숙부는 그렇게 말했다. 무슨 일인가로 쫓기고 있던 숙부는 기어이 국외國外로 망명할 결심을 굳힌 것이었다.

"병든 아내를 맡기는 터에 이 아이까지 처가에 짐이 되게 하고 싶지는 않네. 맡아 주게, 가형家兄의 한 점 혈육일세."

그러나 아무런 표정 없이 듣고 있던 석담 선생은 대답 대신 물었다.

"자네 상해上海, 상해하지만 실제로 거기 뭐가 있는지 아는가? 말이 임시정부라고는 해도 집세도 못 내 쩔쩔매는 판에 하찮은 싸움질로 지고 새고 한다더군, 거기다가 춘강春江 선생님께서 아직까지 거기 계신다는 보장도 없지 않은가?"

"여긴들 대단한 게 뭐 있겠나? 어찌됐건 맡아 주겠는가, 못하겠는가?"

그러자 석담 선생은 한동안 말없이 그를 바라보더니 가벼운 한숨과 함께 대답했다.

"먹고 입히는 것이야—어떻게 해보겠네, 하지만 아이를 기른다는 것이 어찌 그뿐이겠는가……."

"고마우이, 석담. 그것만이면 족하네. 가르치는 일은 근심 말게. 이놈의 세상이 어찌될지 모르니 가르친들 무얼 가르치겠나? 성명 삼자는 이미 깨우쳐 주었으니 일단은 그것으로 되었네."

그렇게 말한 숙부는 그에게 돌아섰다.

"너 이 어른께 인사 올려라. 석담선생이시다. 내가 다시 너를 찾으러 올 때까지 부모처럼 모셔야 한다."

그러나 숙부는 끝내 다시 그를 찾으러 오지 않았다. 나중에 그러니까 그로부터 이십 년이 훨씬 지난 후에야 환국하는 임시정부의 일행 사이에 늙은 숙부가 끼어 있더라는 소문을 들은 적이 있었지만, 그 무렵 무슨 일인가로 분주하던 그가 이듬해 상경했을 때는 이미 찾을 길이 없었다.

숙부와 동문同門이요, 오랜 지기知己였던 석담 선생은 퇴계退溪의 학통을 이었다는 영남 명유明儒의 후예였다. 웅혼한 필재와 유려한 문인화로 한말 3대가의 하나로 꼽히기도 하지만, 사실 그는 스승 춘강이 일생을 흠모했다는 추사秋史처럼 예술가라기보다는 학자에 가까웠다.

"너 글을 배웠느냐?"

숙부가 떠나고 석담 선생이 그에게 처음으로 물은 말은 그러했다.

"『동몽선습童蒙先習』을 떼었습니다."

"그렇다면 『소학小學』을 읽어라. 그걸 읽지 않으면 몸 둘 바를 모르게 된다."

그러나 그뿐이었다. 그 뒤 그는 몇 안되는 선생의 문하생들 사이에서 몇 년이고 거듭『소학』을 읽었지만 선생은 끝내 못 본 체했다. 그러다가 열셋 되던 해에 선생은 그를 난데없이 가까운 소학교로 데려갔다.

"세월이 바뀌었다. 너는 아직 늦지 않았으니 신학문新學問을 익히도록 해라."

결국 그의 유일한 학력이 된 소학교였다. 나중의 일이야 어찌 됐건, 그걸로 보아 선생에게는 처음부터 그들 문하門下로 거둘 뜻은 없었음에 틀림이 없었다.

돌아가신 스승을 떠올리게 되자 고죽의 눈길은 습관적으로 병실 모서리에 걸린 석담 선생의 진적眞蹟에 머물렀다. 모든 것이 넉넉지 못한 때에 쓴 것에다 오랫동안 표구表具를 하지 않은 채 보관해 온 터라, 종이는 바래고 낙관의 주사朱砂도 날아가 희미한 누른색을 띠고 있었지만 스승의 필력만은 여전히 살아 꿈틀거리고 있었다.

'金翅劈海 香象渡河금시벽해 향상도하'

불행히도 석담 선생은 외아들을 호열자로 잃고 또 특별히 제자를 택해 의발衣鉢을 전한 것도 아니어서, 임종 후로는 줄곧 석담의 고가古家를 지킨 고죽에게는 비교적 스승의 유품이 많았다. 그러나 장년壯年을 분망히 떠다니는 동안 돌보지 않은데다 동란까지 겹쳐 남아 있는 진적은 몇 점 되지 않앉다. 언젠가 고죽은 병석에서 이제 머지않아 스승을 뵈올 터인즉 후인後人의 용렬함을 어떻게 변명하겠는가, 하며 탄식한 적이 있는데 그 속에는 자신의 그와 같은 소홀함에 대한 뉘우침도 있었을 것이다. 그런데 그 중요한 예외가 지금의 액자였다. 그가 일평생 싫어하면서도 두려워하고, 이르고자 하면서도 넘어서고자 했던 스승의 가르침이 거기에 들어 있었기 때문이었다. 더 이상 붓을 놀릴 수 없는 요즈음에 와서도 그 액자의 자획 사이에서 석담 선생의 준엄한 눈길을 느낄 정도였다.

스물일곱 때의 일이었다. 조급한 성취감에 빠진 그는 스승에게 알리지도 않고 문하를 빠져나왔다. 좋게 말하면 자기 확인을 위해서였고 나쁘게 말해서는 자기과시의 기회를 찾아서였다. 그리고 그 뒤 석 달간 적어도 그 자신에게는 성공적인 유력遊歷이었다. 적파赤坡의 백일장에서는 장원을 했고, 내령內嶺, 청하淸夏, 두산荳山 등 몇 군데 남아 있던 영남의 서당書堂에서는 진객이 되었으며 더러는 산해진미에 묻혀 부호의 사랑에서 유숙하기도 했다. 석 달 뒤에 그 동안 글씨나 그림을 받아 가고 가져온 종이와 붓값 대신 받은 곡식을 한 짐 지어 돌아올 때만 해도 그의 호기는 만장이나 치솟았다. 그러나 석담 선생의 반응은 뜻밖이었다.

"그걸 내려놓아라."

문 앞을 가로막은 석담 선생은 먼저 짐꾼에게 메고 온 것을 내려놓게 했다. 그리고 이어 그에게도 말하였다.

"너도 필낭筆囊을 벗어 이 위에 얹어라."

도무지 거역할 엄두가 나지 않는 음성이었다. 그는 영문도 모르고 필낭을 벗어 종이와 곡식 꾸러미 위에 얹었다. 그러자 선생은 소매에서 그 무렵에는 당황唐黃으로 불리던 성냥을 꺼내더니 거기에다 불을 붙였다.

"선생님, 어쩔 작정이십니까?"

그제서야 황급하게 묻는 그에게 석담 선생은 냉엄하게 대답했다.

"네 숙부의 부탁도 있고 하니 한 식객으로는 내 집에 붙여두겠다. 그러나 그 선생님이란 말은 앞으로 결코 입에 담지 말아라. 아침에 붓을 쥐기 시작하여 저녁에 자기 솜씨를 자랑하는 그런 보잘것없는 환쟁이를 나는 제자로 기른 적이 없다."

그 뒤 고죽은 노한 스승의 용서를 받는 데 꼬박 2년이 걸렸다. 처음 문하의 끝자리를 얻을 때보다 훨씬 참기 어려운 혹독한 시련의 세월이었다. 그리고 지금 올려보고 있는 글귀는 바로 그 감격적인 사면(赦免)을 받던 날 석담 선생이 손수 써서 내린 것이었다.

글을 씀에, 그 기상은 금시조(金翅鳥)가 푸른 바다를 쪼개고 용(龍)을 잡아 올리 듯하고, 그 투철함은 향상(香象)이 바닥으로부터 냇물을 가르고 내를 건너 듯하라……

그리고 보면 어렵고 어려웠던 입문(入門)의 과정도 고죽의 기억 속에는 일생을 가도 씻기지 않는 한(恨)과도 흡사한 빛 속에 싸여 있다.

그 어떤 예감에서였는지 석담 선생은 처음 그를 숙부에게서 떠맡을 때부터 차가운 경계로 대했다. 명문이라고는 해도 대를 이은 유자(儒者)의 집이라 본시 물려받은 살림도 많지 않았지만, 그리고 그 무렵은 그나마도 줄어 몇 안되는 문인(門人)들이 봄가을로 올리는 쌀섬에 의지해 살아가고는 있었지만, 어린 그를 받아들인다는 것이 석담 선생의 심기를 건드릴 만큼의 경제적인 부담은 아니었다. 거기다가 나중 그가 자라 거의 지탱할 수 없는 스승의 살림을 도맡아 살 때조차도 석담 선생의 그런 태도는 조금도 변하지 않았던 것으로 보아 거기에는 무언가 본질적인 문제가 있었다.

남들이 한두 해면 읽고 지나갈 『소학』을 몇 년씩이나 거듭 읽도록 버려둔 것하며, 열셋이나 된 그를 소학교 사 학년에 집어넣어 굳이 자신의 학문과는 거리가 먼 곳으로 밀어낸 것도 석담 선생의 그런 태도와 연관을 가지는 것이었다.

그런데 거기 못지않게 이해할 수 없는 것은 그런 석담 선생에 대한 그 자신의 감정이었다. 스승의 생전 내내, 그는 스승에 대한 형언할 수 없는 사모와 그에 못지않은 격렬한 미움으로 뒤얽혀 보내었다. 가만히 돌이켜 보면, 그런 그의 감정 역시 어떤 필연적인 논리와는 멀었지만, 그것이 뚜렷이 자리잡기 시작한 시기만은 대강 짐작이 갔다. 열여섯에 소학교를 졸업하고 석담 선생의 집안에 남은 후부터 열여덟에 정식으로 입문할 때까지였다. 그 동안 그는 학비를 도와주겠다는 당숙 한 분의 호의도 거절하고, 또 나날이 달라지는 세상과 거기에 상응하는 신학문에 대한 동경도 외면한 채, 가망 없는 석담 선생의 살림을 맡아 꾸려나갔다. 이미 문인들이 가져오는 쌀섬으로는 부족하게 된 양식은 소작 내준 몇 뙈기 논밭을 스스로 부쳐 충당했고, 한 짐의 땔감을 위해서는 이십 리 삼십 리 길도 마다하지 않았다.

사람들은 그런 그를 갸륵하게 여겼지만 실은 그때부터 그의 가슴에는 석담 선생을 향한 치열한 애증의 불꽃이 타오르고 있었다. 봄날 산허리를 스쳐가는 구름 그늘처럼, 또는 여름날 소나기가 씻어간 들판처럼, 가을계곡의 물처럼, 눈 그친 후에 트인 겨울하늘처럼 유유하고 신선하고 맑고, 고요하면서도 또한 권태롭고 쓸쓸하고 적막한 석담 선생의 삶은 그에게는 언제나 까닭 모를 동경인 동시에 불길한 예감이었다. 선생이 알 듯 말 듯 한 미소에 젖어 조는 듯 서안書案 앞에 앉아 있을 때, 그리하여 당신의 영혼은 이제는 다만 지난 영광의 노을로서만 파악되는 어떤 유연한 세계를 넘나들 때나 신기神氣가 번득이는 눈길로 태풍처럼 대필大筆을 휘몰아갈 때, 혹은 뒤꼍 한 그루의 해당화 그늘 아래서 탈속한 기품으로 난蘭을 뜨고 거문고를 어룰 때는 그대로 경건한 삶의 한 사표師表로 보이다가도, 그 자신이 돌보아 주지 않으면 반 년도 안 돼 굶어 죽은 송장을 쳐야 할 것 같은 살림이나, 몇몇 늙은이와 이제는 열 손가락 안으로 줄어든 문인들을 빼면 일 년 가야 찾아 주는 이 없는 퇴락한 고가나, 고된 들일에서 돌아오는 그를 맞는 석담 선생의 무력한 눈길을 대할 때면 그것이야말로 반드시 벗어나야 할 무슨 저주로운 운명처럼 느껴졌다.

그러나 결국 고죽의 삶을 지배한 것은 사모와 동경 쪽이었다. 새로운 세계로의 강렬한 유혹을 억누르고 신학문을 포기했을 때 이미 예측됐던 것처럼 그는 어느새 자신도 모를 열정으로 석담 선생을 흉내내고 있었다. 문인들이 잊고 간 선생의 체본體本, 선생이 버린 서화의 파지破紙나 동도同道들과 주고받다 흘린 문인화 같은 것들이 그의 주된 체본이었지만 때로는 대담하게 문갑에서 빼낼 때도 있었다.

처음 한동안 그가 썼던 지필紙筆은 후년에 이르러 회상할 때조차도 가슴에 썰렁한 바람이 일게 하는 것들이었다. 작은 글씨는 스스로 만든 사판沙板이나 분판粉板에 선생의 문인들이 쓰다 버린 몽당붓을 주워서 익혔고 큰 글씨는 남의 상석床石에 개꼬리빗자루로 쓴 후 물로 씻어내리곤 했다. 그가 맨 처음 자신의 붓과 종이를 가져본 것은 선생 몰래 붓방과 지물포에 갈비솔잎 한 짐씩을 해다 준 후였다…….

 석담 선생은 나중에 그걸 고죽의 야망이라고 나무랐다지만, 그렇게 어려운 수련을 하면서도 그가 끝내 석담 선생에게 스스로 입문을 요청하기는 커녕 자신의 뜨거운 소망을 비치지조차 않은 것은 그 둘의 관계로 보아 잘 믿기워지지 않는다. 그러나 그것이야말로 그의 예술적인 자존심, 어떤 종류의 위대한 영혼에게서 발견되는 본능적인 오만이나 아니었던지.

 그러던 어느 날이었다. 아침 일찍부터 석담 선생 내외가 나란히 집을 비워 그 홀로 빈집을 지키게 된 그는 선생의 서실을 치우다가 문득 야릇한 충동을 느꼈다. 그때까지의 연마를 한눈으로 뚜렷이 보고 싶다는 충동이었다. 마침 석담 선생이 간 곳은 백리 길이 넘는 어떤 지방 유림儒林의 시회詩會여서 그 날 안으로는 돌아올 수 없었다.

 그는 곧 서탁을 펼치고 선생의 단계석端溪石 벼루에 먹을 갈기 시작했다. 선생의 법도에 따라 연진硯脣에 먹물 한 방울 튀기지 않고 묵지墨池가 차자 선생이 필낭에 수습하고 남긴 붓과 귀한 화선지를 꺼냈다.

 먼저 그는 해서楷書로 안체顔體 쌍학명雙鶴銘을 임사臨寫했다. 추사秋史가 예천명醴泉銘=구양순이 쓴 구성관예천명(九成官醴泉銘)을 정서正書를 익히는 데에 으뜸으로 치던 것처럼 석담 선생이 문인門人들에게 가장 힘써 익히기를 권하던 것인데, 종이와 붓이 익숙해짐과 동시에 체본과 흡사한 자획이 나왔다. 다음도 역시 안체 근례비勤禮碑……차츰 그는 고심참담하면서도 황홀한 경지로 빠져들었다.

 그러다가 그가 돌연한 호통소리에 정신을 차린 것은 그 무렵 들어 익히기 시작한 난정서蘭亭序 첫머리 '永和九年歲在癸丑영화구년세재계축……'을 막 끝낸 직후였다.

 "이놈, 그만두지 못하겠느냐?"

 놀란 눈을 들어보니 어느새 어둑해진 방 안에 석담 선생이 우뚝 서서 내려다보고 있었다. 호통소리는 높았지만 얼굴에는 노기보다 까닭 모를 수심과 체념이 서려 있었다. 그 곁에는 시詩, 서書, 화畵, 위기圍棋, 점복占卜, 의약

醫藥 등 일곱 가지에 두루 능하다 해서 칠능군자七能君子란 별호를 가진 운곡雲谷 최 선생이 약간 기괴하다는 표정으로 서 있었다.

당황한 그는 방 안 가득 널려 있는 글씨들을 허겁지겁 주워 모았다. 예상과는 달리 석담 선생은 그런 그를 망연히 바라보고만 있었다. 그때 운곡이 나섰다.

"글씨는 두고 가거라."

허둥거리며 방안을 치운 후에 자신이 쓴 글씨를 들고 문을 나서는 고죽에게 이르는 말이었다. 그는 거의 반사적으로 시키는 대로 따랐다. 그러나 야릇한 호기심과 흥분으로 이내 사랑채 부근으로 돌아와 방안의 소리에 귀를 기울였다.

그 사이 불이 밝혀진 방안에서는 한동안 종이 부스럭거리는 소리만 들리더니 이윽고 운곡이 물었다.

"그래, 진실로 석담께서 가르치시지 않았단 말씀요?"

"어깨너머 배웠다면 모르되 나는 결코 가르친 바 없소."

석담 선생의 왠지 우울하고 가라앉은 대답이었다.

"그렇다면 실로 놀라운 일이오. 천품天品을 타고났소."

"……."

"왜 제자로 거두시지 않으셨소?"

"비인부전非人不傳 — 운곡께서는 왕우군王右軍=왕희지의 말을 잊으셨소?"

"그럼 저 아이에게 가르침을 전하지 못할 만큼 사람답지 못한 데가 있단 말씀이오?"

"첫째로 저 아이에게는 재기才氣가 너무 승하오. 점획點劃을 모르고도 결구結構가 되고, 열두 필법筆法을 듣지 않고도 조정調停과 포백布白과 사전使轉을 아오. 재기로 도근道根이 막힌 생래의 자장字匠이오."

"온후하신 석담답지 않으신 말씀이오. 석담께서 그 도근을 열어 주시면 될 것 아니겠소?"

"그게 쉽겠소? 게다가 저 아이에게는 문자향文字香과 서권기書卷氣가 있을 리 없소. 그런데도 이 난蘭은 제법 간드러진 풍류로 어우러지고 있소."

"석담의 문하가 된 연후에도 문자향과 서권기에 빠질 리가 있겠소? 그만 거두시구려."

"본시 내가 맡은 것은 저 아이의 의식衣食뿐이었소. 나는 저 아이가 신학문이나 익혀 제 앞을 가리기를 바랐는데……."

"석담, 도대체 왜 그러시오? 인연이 없는 자도 배움을 구해 찾아들면 내쫓을 수 없는 법인데, 벌써 칠팔 년이나 한솥밥을 먹고 지낸 저 아이에게만 유독 냉정한 건 무슨 일이시오? 듣기에 저 아이는 벌써 몇 년째 석담의 어려운 살림을 도맡아 산다는데, 그 정성이 가긍하지도 않소?"

거기서 문득 운곡의 목소리에 결기가 서렸다. 운곡도 석담 선생과 그 사이의 기묘한 관계를 들은 게 있는 모양이었다.

"너무 허물하지 마시오. 실은 나 자신도 왜 저 어린아이가 마음에 걸리는지 알 수 없소. 왠지 저 아이를 볼 때마다 이건 악연惡緣이다, 이런 기분뿐이오."

석담 선생의 목소리가 가볍게 떨렸다.

"그럼 이렇게 하는 것이 어떻겠소? 석담, 정 거리끼신다면 사흘에 한 번이라도 좋으니 저 아이를 내게 보내시오. 이미 저 아이는 이 길을 벗어나기는 틀린 것 같소."

그러자 한동안 방안에 침묵이 흘렀다. 이윽고 석담 선생의 낮으나 결연한 목소리가 들렸다.

"그러실 필요는 없소이다. 내가 길러 보겠소."

그때 석담 선생께서 악연이라 한 것은 무엇을 가리키는 말이었을까? 그리고 그렇게 말하면서도 갑자기 그를 받아들인 것은 무엇 때문이었을까.

고죽이 석담 문하에 정식으로 이름을 얹은 것은 그 다음 날이었다. 하지만 그렇다고 무슨 엄숙한 입문의식이 있었던 것은 아니었다. 그날도 여느때처럼 지게를 지고 대문을 나서는 고죽을 석담 선생이 불렀다.

"이제부터는 들일을 나가지 말아라."

마치 지나가면서 하는 듯한 말투였다. 그리고 갑작스런 명命에 어리둥절해 있는 고죽을 흘깃 건네보고는 약간 소리 높여 재촉했다.

"지게를 벗고 사랑에 들란 말이다."

그것이 그들 사제 간의 숙명적인 입문의식이었다.

갑자기 방문을 여는 소리에 아련한 과거를 헤매이던 고죽의 의식이 현실로 돌아왔다. 잘 모아지지 않은 시선으로 문께를 보니 매향梅香이 들어서고 있었다. 그러자 이상하게 등줄기가 서늘해지며 눈앞이 밝아왔다. 얼마나 원망스러웠으면 이리로 찾아왔을꼬— 고죽은 회한과도 흡사한 기분에 젖어 다가오는 매향을 바라보았다. 그러나 아니었다.

"아버님, 일어나셨습니까?"

추수였다. 가만히 다가와 그의 안색을 살피는 그녀의 화장기 없는 얼굴에는 짙은 수심이 끼어 있었다. 그는 힘을 다해 몸을 일으켰다. 그런 기색을 알아차렸던지 추수가 가만히 거들어 등받이에 기대 주었다. 몸을 일으키기가 어제보다 한결 불편해진 것이 그 자신에게도 저절로 느껴졌다.

"과일즙이라도 좀 내올까요?"

추수가 다시 물었다. 그는 대답 대신 그런 그녀의 얼굴을 멀거니 살피다가 힘없고 갈라진 목소리로 불쑥 물었다.

"네 어미를 기억하느냐?"

그가 이렇게 묻자, 추수가 놀란 듯한 눈길로 그를 올려다보았다. 마지막으로 데리고 살던 할멈이 죽은 후 7년이나 줄곧 그 곁에서 시중을 들어 왔지만 한 번도 듣지 못한 물음이었기 때문인 것 같았다. 사실 그는 그보다 더 긴 세월을 매향의 이름조차 입에 담지 않았었다.

"사진밖에는……."

그럴 테지, 불쌍한 것. 핏덩이 같은 것을 친정에 떼어 두고 다시 기방妓房에 나간 지 이태도 안 돼 그 어리석은 짓을 저질렀으니…….

"그런데 아버님, 그건 왜?……."

"나는 조금 전에 네 어미가 들어오는 줄로 알았다."

"……."

"원래가 늙어 죽을 상相은 아니었지만, 그렇게 서두를 필요도 없었는데……."

그가 그렇게 말하며 새삼 비감에 젖는 것을 보자 일순 묘하게 굳어졌던 추수의 얼굴이 원래대로 풀어졌다.

"과일즙이라도 좀 내올까요?"

이윽고 분위기를 바꾸려고나 하는 듯이 추수가 다시 물었다. 그도 얼른 매향의 생각을 떨치며 대답했다.

"작설雀舌 달여 둔 것이 있으면 그거나 한 모금 내오너라."

그러자 추수는 잠깐 창을 열어 방 안 공기를 갈아넣은 후 조용히 방을 나갔다.

그 어떤 열정이 나를 그토록 세차게 휘몰았던 것일까―추수가 내온 식힌 작설을 마시면서 고죽은 처음 매향을 만나던 무렵을 회상했다. 서른다섯, 두 번째로 석담 선생의 문하를 떠난 그는 그로부터 십 년 가까운 세월을 이곳저곳 떠돌며 보내었다.

이미 중일中日 전쟁이 가까운 때였지만, 아직도 유림이며 서원 같은 것이 한 실체로 명맥을 잇고 있었고, 시회詩會며 백일장, 휘호회揮毫會 같은 것들이 이따금씩 열리고 있을 때였다. 시詩, 서書, 화畵에 두루 빼어났다 해서 삼절三絶 선생이라고까지 불리던 석담의 전인傳人이었기 때문인지, 아니면 그 스승에게 꾸중을 들어가며 참가한 몇 번의 선전鮮展 입선入選 덕분인지 그의 여행은 억눌리고 찌든 시대에 비하면 비교적 호사스러웠다. 한 달에 한 번 정도는 팔도八道 어디선가 그에게 상좌上座를 내어주는 모임이 있었고, 한 고을에 하나쯤은 서화書畵 한 장에 한 달의 노자路資를 내줄 줄 아는 토호土豪가 남아 있었다.

고죽이 진주에 들르게 된 것도 그런 세월 중의 일이었다. 무슨 휘호회인가로 그곳에서 잔치와 같은 열흘을 보내고 붓을 닦으며 행랑을 꾸리려는데 난데없는 인력거 한 채가 회장會場으로 쓰던 저택 앞에 머물러 그를 청했다. 전에도 없던 일은 아니었으나 재촉 속에 타고 나니 인력거는 당시 진주에서는 첫째가는 무슨 관館으로 들어갔다. 두 칸 장방에 상다리가 휘도록 요리상을 벌여놓고 그를 기다리는 것은 뜻밖에도 대여섯의 일본 사람과 조선인 두엇이었다. 서화를 아는 관공서의 장들과 개화된 지방 유지들이었다.

매향은 그 술자리에 불려나온 기생들 중의 하나였다. 한창 술자리가 무르익어 갈 무렵 그 자리를 마련한 듯 보이는 동척東拓의 조선인 간부가 기생들을 향해 빙글거리며 물었다.

"누가 오늘 저녁에 이 선생님을 모시겠느냐?"

그러자 기생들 사이에서 간드러진 웃음이 한동안 일더니 그 중의 하나가 쪼르르 다가와 그 앞에서 다홍치마를 걷었다. 드러난 것은 화선지 같은 흰 비단 속치마였다. 스물두어 살이나 될까, 화려한 얼굴도 아니었고 요염한 교태도 없었지만 이상하게도 사람을 끄는 데가 있는 여자였다. 보아온 대로 필낭을 끄르면서도 그는 한꺼번에 치솟는 술기운을 느꼈다.

"네 이름이 뭐냐?"

"매향입니다."

그녀는 전혀 주위를 의식하지 않는 듯 당돌하게 대답했다. 오히려 당황한 쪽은 그였다.

"그럼 매梅를 한 그루 쳐야겠구나."

그는 애써 태연한 척 말했지만 붓 든 손이 떨리는 것은 어쩔 수 없었다. 그런데 나중까지도 알 수 없던 것은 그가 친 매였다. 떠나온 스승에 대한 자괴감 때문인지 그녀의 속치마에 떠오른 것은 그 자신의 매가 아니라 석담 선생의 매였다. 등걸은 마르고 비틀어지고, 앙상한 가지에는 매화 두어 송이, 그것도 거의가 아직 피지 않은 봉오리였다. 곁들인 글귀도 석담 선생의 것이었다.

梅一生寒不賣香매일생한불매향

얼핏 보아서는 매향의 이름에서 딴 것 같지만, 일생을 얼어지내도 향기를 팔지는 않는다는 내용이 일제 말 권번기券番妓의 속치마에 어떻게 어울리겠는가. 그러나 지금까지도 남모르는 부끄러움으로 남아 있는 일은 정작 그 뒤에 있었다.

"이 매가 어찌 이렇게 춥고 외롭습니까?"

낙관이 끝나고 매향이 그렇게 물었을 때 그는 매향에게만 들릴 만큼 낮고 침중하게 대답했다.

"정사초鄭思肖의 난蘭에 뿌리가 드러나지 않은 걸 보았느냐?"

그리고 뒤이어 역시 궁금히 여기는 좌중에게는 정월의 매화이기 때문이라고 설명했지만, 매향은 분명 알아들은 눈치였다. 정사초의 난초를, 망국의 한과 슬픔을 표현하는 그 드러난 뿌리露根를.

그 밤 매향은 스스럼없이 그에게 몸을 맡겼다.

"이 추운 겨울밤에 제 속치마를 적시셨으니, 오늘 밤은 선생님께서 제 한몸을 거두어 주서야겠습니다."

그 뒤 그는 매향과 함께 넉 달을 보내었다. 언젠가 흥겨움에 취해 넘은 봄꽃 화려한 영마루의 기억처럼 이제는 다만 즐거움과 달콤함의 추상만이 남아 있는 세월이었다. 그러다가 이윽고 그들의 날은 끝났다. 그가 망국의 한을 서화로 달래며 떠도는 선비가 아니었던 것처럼 그녀 역시 적장敵將을 안고 강물로 뛰어드는 의기義妓는 아니었다. 그가 자신도 모르는 열정에 휘몰려 떠도는 한낱 예인藝人에 불과하다면, 그녀도 또한 돌보아야 할 부모형제가 여덟이나 되는 가무기歌舞妓일 뿐이었다.

둘은 처음부터 결정된 일을 실천하듯 미움도 원망도 없이 헤어졌다. 매향은 권번으로 돌아가고, 그는 그 무렵 전주에서 열리게 된 동문의 전람회를 바라고 떠났다. 그것이 이 세상에서는 마지막 이별이었다.

그런데 이듬해 가을에 그렇게 헤어진 매향이 자신의 씨로 지목되는 딸아이를 낳았다는 소문을 들었다. 그 때 마침 내설악內雪嶽의 산사山寺 사이를 헤매고 있던 그는 별 생각 없이 추수秋水란 이름을 지어 보냈다. 슬프도록 맑은 가을 계곡의 물이 그 아이의 앞날에 대한 어떤 예감으로 그의 의식 깊이 와 닿은 것일까.

그리고 다시 몇 년인가 후에 그는 매향이 죽었다는 소문을 들었다. 어떤 부호의 첩으로 들어앉은 그녀는 마나님의 등쌀에 견디다 못해 석 냥이나 되는 생아편을 물에 타 마시고 젊은 목숨을 스스로 끊었다는 것이었다. 비정이라 해야 할지, 매향의 그 같은 불행한 죽음을 전해 들어도 그는 별다른 슬픔을 느끼지 못했다. 다만 그녀의 몸을 빌어 태어난 자기의 딸이 있었다는 것과 그 아이가 어디서 어떻게 지내고 있는가 하는 것을, 그것도 얼핏 떠올렸을 뿐이었다.

그러나 그가 정작 추수의 얼굴을 처음 대하게 된 것은 그가 살고 있는 도시의 여학교로 그녀가 진학을 하게 된 뒤의 일이었다. 불행하게 죽은 누이 덕분으로 그런대로 한 살림 마련한 그녀의 외삼촌은 누이에 대한 감사를 하나뿐인 생질녀甥姪女를 돌보는 일로 대신한 탓에 그녀는 별로 어려움

없이 지내고 있었지만, 그는 가끔씩 딸을 만나러 그 여학교엘 들르곤 했다. 다가오는 노년과 더불어 새삼 그리워지는 혈육의 정을 달래기 위해서였다.

그러다가 그들 부녀가 한 집에 기거하게 된 것은 비교적 근년의 일이었다.

이 도시에 서실書室을 열고 집칸을 마련하여 정착하게 되면서부터 얻어 산 할멈이 죽자 다시 홀로가 된 그에게 월남전에서 남편을 잃고 역시 홀로가 된 추수가 찾아든 것이었다. 칠 년 전의 일로, 그때 추수의 나이는 가엾게도 스물여섯이었다.

탕제湯劑 마시듯 미음 한 공기를 마신 고죽은 억지로 몸을 일으켜 세웠다. 미음 그릇을 들고 나가던 추수가 비틀거리는 그를 부축하여 물었다.

"오늘도 나가시겠어요?"

"나가야지."

"어제도 허탕치시지 않았어요? 오늘은 김 군만 보내 둘러보게 하시지요."

"직접 나가봐야겠다."

지난 여름에 퇴원한 이래 거의 넉 달 동안 그는 하루도 거르지 않고 도심의 화랑가를 돌았다. 자신의 작품이 나오기만 하면 무조건 거두어들이는 것이었는데, 처음 거두어들일 때만 해도 특별히 이렇다 할 계획이 있었던 것은 아니었다. 그러나 지금은 차츰 어떤 결론으로 접근하고 있었다.

그것은 명확한 죽음의 예감과 결부된 것이었다. 담당의인 정 박사는 담담하게 자신의 완쾌를 통고하였으나, 여러 가지로 미루어 그의 퇴원은 일종의 최종적인 선고였다. 줄을 잇는 문병객도 그러했지만, 그림자처럼 붙어 시중하는 추수의 표정에도 어딘가 어두움이 깃들어 있었다. 제대로 음식을 받아들이지 못하는 그의 위도 정 박사가 말한 완쾌와는 멀었다. 입원 당시와 같은 격렬한 통증은 없었지만, 그는 그의 세포가 발끝에서부터 하나씩 하나씩 파괴되어 오고 있는 듯한 느낌을 떨쳐 버릴 수 없었다.

"초헌草軒은 아직 연락이 없느냐?"

초헌은 추수가 김 군이라고 부르는 제자의 아호였다. 그로부터 직접 호號를 받은 마지막 제자로 몇 년째 그의 서실에 기식하고 있는 젊은이였다.

"반 시간쯤 있다가 들른다고 했어요. 하지만 오늘은 집에서……."
"아니, 나가봐야겠다. 채비를 해다오."

그는 간곡히 말리는 추수를 약간 엄한 눈길로 건너본 후 천천히 방 안을 걸어 보았다. 몇 발짝도 옮기기 전에 눈앞이 가물거리며 몸이 자꾸만 기울어졌다. 추수가 근심스런 눈으로 그런 그를 바라보다가 그가 다시 이부자리에 기대앉아 조용히 밖으로 나갔다. 그의 눈에 다시 석담 선생의 휘호가 가득히 들어왔다.

석담 선생의 말처럼 정말로 그들의 만남은 악연이었을까. 그가 문하에 든 후에도 그들 사제 간의 묘한 관계는 변함이 없었다. 석담 선생은 그가 중년에 들 때까지도 가슴속에 원망으로 남아 있을 만큼 가르침에 인색했다. 해자楷字부터 다시 시작할 때였다. 선생은 붓을 쥐기 전에 먼저 추사의 서결書訣을 외우도록 했다.

글씨가 법도로 삼아야 할 것은 텅 비게 하여 움직여 가게 하는 것이다. 마치 하늘과 같으니, 하늘은 남북극이 있어서 그것으로 굴대를 삼아 그 움직이지 않는 곳에 잡아매고, 그런 후에 그 하늘을 항상 움직이게 한다. 글씨가 법도로 삼는 것도 역시 이와 같을 뿐이다. 이런 까닭으로 글씨는 붓에서 이루어지고, 붓은 손가락에서 움직여지며, 손가락은 손목에서 움직여지고, 손목은 팔뚝에서 움직여지며, 팔뚝은 어깨에서 움직여진다. 그리고 어깨니 팔뚝이니 팔목이니 하는 것은 모두 그 오른쪽 몸뚱어리라는 것에서 움직여진다…….

대개 그런 내용으로 시작되는 사백 자字 가까운 서결이었는데, 고죽은 그걸 한 자 빠뜨림 없이 외어야 했다. 그 다음에 내준 것이 이미 선생 몰래 써 본 안진경顔眞卿의 법첩 한 권이었다.

"네가 이걸 백 번을 쓰면 본本은 될 것이고, 천 번을 쓰면 잘 쓴다 소리를 들을 것이며, 만 번을 쓰면 명필名筆 소리를 들을 수 있을 것이다."

가르침은 오직 그뿐이었다. 그전과 달라진 것이 있다면 드러내놓고 연마할 수 있다는 것과 이틀에 한 번씩 운곡 선생에게 들러 한학漢學을 배우게 된 정도였을까. 그러다가 꼬박 삼 년이 지난 후에 딱 한마디를 덧붙였다.
"숨을 멈추어라."
이미 삼천 번을 쓴 연후에도 해자가 여전히 뜻대로 어울리지 않아 탄식할 때였다.

사군자四君子에 있어서도 별로 다르지 않았다. 이를테면 난을 칠 때에도 손수 임사臨寫한 석파난권石坡蘭卷 한 권을 내밀며 말했다.
"선자리에서 성불成佛할 수 없고, 또 맨손으로는 용을 잡을 수가 없다. 오직 많이 쳐본 연후에라야만 가능하다."

그리고는 그뿐이었다. 가끔씩 어깨 너머로 그의 난을 구경하는 일이 있어도 입을 열어 자상하게 그 법을 일러주는 일은 없었다. 그러다가 그의 난이 거의 이루어져 갈 무렵에야 한마디 덧붙였다.
"왼쪽부터 쳐라, 돌은 붓을 거슬러 써야지."

또 석담 선생은 제자의 성취를 별로 기뻐하는 법이 없었다. 입문한 지 십 년에 가까워지면서 그의 솜씨는 선생의 동도들에게까지 은근한 감탄으로 오르내리게 되었다. 그러나 선생은 그런 말만 들으면 언제나 냉엄하게 잘라 말했다.
"이제 겨우 흉내를 낼 수 있을 뿐이오."

스물일곱 적에 그가 선생의 집을 나서게 된 것도 아마는 그런 선생의 냉담함에 대한 반발이었을 것이다. 그러나 세상 사람들의 칭송을 들으면 들을수록 이상하게도 그는 반드시 스승의 칭찬을 받고 싶었다. 그것이 그를 석담 선생 곁으로 되돌아오게 만들고, 다시 용서를 받을 때까지의 2년에 가까운 모멸과 수모를 참아내게 한 원인이었을 것이다.

그 2년 동안 다시 옛날의 불목하니로 돌아가 농사를 돌보고 나뭇짐을 해 나르는 그를 선생은 대면조차 꺼렸다. 한번은 견딜 수 없는 충동 때문에 선생 몰래 붓을 잡아본 적이 있었다. 은밀히 한 일이었지만, 그걸 알아차린 선생은 비정하리만치 매몰차게 말했다.
"나가서 몸을 씻고 오너라. 네 몸의 먹 냄새는 창부娼婦의 지분 냄새보다 더 견딜 수 없구나……."

그 뒤 다시 용서를 받고, 선생의 사랑방에서 지필을 만지는 것이 허락된 후에도 석담 선생의 태도는 별로 달라지지 않았다. 아니, 오히려 그가 나이를 먹고 글씨가 무르익어 갈수록 선생의 차가운 눈초리에는 이해할 수 없는 불안까지 번쩍였다. 느긋해지는 것은 차라리 고죽 쪽이었다. 그런 스승의 냉담과 비정에 반평생 가까이 시달려오는 동안, 그는 단순히 그것에 둔감해지거나 익숙해지는 이상 스승이 괴로워하고 불안해하는 것을 찾아내어 행함으로써 그로 인한 스승의 분노와 탄식을 즐기게까지 되었다. 몇 번의 단체 전람회와 선전鮮展 참가 같은 것이 그 예였다.

하지만 그들 불행한 사제 간이 완연히 갈라서게 되는 날이 점점 가까워 오고 있었다. 석담 선생이 불안해한 것, 그리고 그가 늘 스승을 경원하도록 만든 것이 세월과 더불어 하나둘 모습을 드러내게 된 것이었다.

본질적으로 일치될 수 없는 것은 그들의 예술관이라 할까, 서화에 대한 그들의 견해였다. 석담 선생의 글씨는 힘을 중시하고 기氣와 품品을 숭상했다. 그러나 그는 아름다움을 중히 여기고 정情과 의意를 드러내고자 힘썼다. 그림에 있어서도 석담 선생은 서화를 심화心畵로 여겼고, 그는 물화物畵, 즉 자신의 내심보다는 대상에 충실하려고 했다. 그 대표적인 예가 그들 사제 사이에 있었던 유명한 매죽梅竹 논쟁이었다.

사군자 중에서 석담이 특히 득의해하던 것은 대나무와 매화였다. 그런데 그 대나무와 매화가 한일합방을 경계로 이상한 변화를 일으켰다. 대원군도 신동神童의 그림으로 감탄했다는 석담의 대나무와 매화는 원래 잎과 꽃이 무성하고 힘차게 뻗은 것이었으나 그때부터 점차 시들고 메마르고 뒤틀리기 시작한 것이었다. 그것은 후년으로 갈수록 심해 노년의 것은 대 한 줄기에 이파리 세 개, 매화 한 둥걸에 꽃 다섯 송이가 넘지 않았다. 고죽에게는 그것이 불만이었다.

"선생님께서는 어째서 대나무의 잎을 따고 매화의 꽃을 훑어 버리십니까?"

이제는 고죽도 장년이 되어 석담 선생이 전처럼 괴팍을 부리지 못하게 되었을 때, 고죽이 그렇게 물었다.

"망국亡國의 대나무가 무슨 흥으로 그 잎이 무성하며, 부끄럽게 살아남은 유신遺臣의 붓에서 무슨 힘이 남아 매화를 피우겠느냐?"

"정소남所南=정사초은 난의 노근露根을 드러내어 망송亡宋의 한을 그렸고, 조맹부는 훼절毁節하여 원元에 출사出仕했지만, 정소남의 난초만 홀로 향기롭고 조맹부의 송설체松雪體가 비천하다는 말은 듣지 못했습니다."

"서화는 심화心畫니라. 물物을 빌어 내 마음을 그리는 것인즉 반드시 물의 실상實相에 얽매일 필요는 없다."

"글씨 쓰는 일이며 그림 그리는 일이 한낱 선비의 강개慷慨를 의탁하는 수단이라면, 그 얼마나 덧없는 일이겠습니까? 또 그렇다면 장부로 태어나 일평생 먹이나 갈고 화선지나 더럽히는 것이 얼마나 부끄러운 일입니까? 모르긴 하되 나라가 그토록 소중한 것일진대는, 그 흔한 창의倡義에라도 끼어들어 한 명의 적이라도 치고 죽는 것이 더욱 떳떳할 것입니다. 그런데도 가만히 서실에 앉아 대나무잎이나 떼어내고 매화나 훑는 것은 나를 속이고 물을 속이는 일입니다."

"그렇지 않다. 물에 충실하기로는 거리에 나앉은 화공이 훨씬 앞선다. 그러나 그들의 그림이 서푼에 팔려 나중에는 방바닥 뚫어진 것을 메우게 되는 것은 뜻이 얕고 천했기 때문이다. 너는 그림이며 글씨 그 자체에 어떤 귀함을 주려고 하지만, 만일 드높은 정신의 경지가 곁들여 있지 않으면 다만 검은 것은 먹이요, 흰 것은 종이일 뿐이다."

이와 비슷한 것으로는 예도藝道 논쟁이 있다. 역시 고죽이 장년이 된 후에 있었던 것으로 시작은 고죽의 이러한 물음이었다.

"선생님 서화는 예藝입니까, 법法입니까, 도道입니까?"

"도다."

"그럼 서예書藝라든가 서법書法이란 말은 왜 있습니까?"

"예는 도의 향이며, 법은 도의 옷이다. 도가 없으면 예도 법도 없다."

"예가 지극하면 도에 이른다는 말이 있습니다. 예는 도의 향이 아니라 도에 이르는 문門이 아니겠습니까?"

"장인匠人들이 하는 소리다. 무엇이든 항상 도 안에 있어야 한다."

"그렇다면 글씨며 그림을 배우는 일도 먼저 몸과 마음을 닦는 일이겠군요?"

"그렇다. 그래서 왕우군王右軍은 비인부전非人不傳이란 말을 했다. 너도 이제 그 뜻을 알겠느냐?"

이미 육순에 접어들어 늙음의 기색이 완연한 석담 선생은 거기서 문득 밝은 얼굴이 되어 일생을 불안하게 여겨오던 제자의 얼굴을 살폈다. 그러나 고죽은 끝내 그의 기대를 채워 주지 않았다.

"먼저 사람이 되기 위해서라면 이제 예닐곱 살 난 학동들에게 붓을 쥐어 자획을 그리게 하는 것은 어찌된 일입니까? 만약 글씨에 도가 앞선다면 죽기 전에 붓을 잡을 수 있는 이가 몇이나 되겠습니까?"

"기예를 닦으면서 도가 아우르기를 기다리는 것이다. 평생 기예에 머물러 있으면 예능藝能이 되고, 도로 한 발짝 나가게 되면 예술이 되고, 혼연히 합일되면 예도가 된다."

"그것은 예가 먼저고 도가 뒤라는 뜻입니다. 그런데도 도를 앞세워 예기藝氣를 억압하는 것은 수레를 소 앞에다 묶는 격이 아니겠습니까?"

그것은 석담 문하에 든 직후부터 반생에 이르는 고죽의 항변이기도 했다. 그에 대한 석담 선생의 반응도 날카로웠다. 그를 받아들일 때부터의 불안이 결국 적중하고 만 것 같은 느낌 때문이었으리라.

"이놈, 네 부족한 서권기書卷氣와 문자향文字香을 애써 채우려 들지는 않고 도리어 요망스런 말로 얼버무리려 하느냐? 학문은 도에 이르는 길이다. 그런데 너는 경서經書에도 뜻이 없었고, 사장詞章도 즐거워하지 않았다. 오직 붓끝과 손목만 연마하여 선인先人들의 오묘한 경지를 자못 여실하게 시늉하고 있으니 어찌 천예賤藝와 다름이 있겠는가? 그래 놓고도 이제 와서 부끄러워하기는커녕 오히려 앞사람의 드높은 정신의 경지를 평하려 들다니, 뻔뻔스러운 놈."

그러다가 급기야 그들 두 불행한 사제가 돌아서는 날이 왔다. 고죽이 서른여섯 나던 해였다.

그 무렵 고죽은 여러 면에서 몹시 지쳐 있었다. 다시 석담의 문하로 돌아간 그 팔 년 동안 그의 고련苦練은 열성스럽다 못해 참담할 지경이었다. 하도 자리를 뜨지 않고 서화에 열중하는 바람에 여름이면 엉덩이께가 견디기 힘들 만큼 짓물렀고, 겨울에는 관절이 굳어 일어나 상받기가 어려울 지경이었다. 석담 선생의 말없는 꾸짖음을 외면한 채 서화와 관련이 없으면 어떤 것도 보지 않았고 어떤 말도 듣지 않았다. 이미 그 전에 십 년 가까이 석담 문하에서 갈고 닦았지만, 후년에 이르기까지도 고죽은 그 팔 년을 생애에서 가장 귀중한 부분으로 술회하곤 했다. 그 전의 십 년이 오직 석담의 경지에 오르고자 노력한 십 년이라면, 그 팔 년은 석담으로부터 벗어나려는 몸부림의 팔 년이었다.

그 사이 그의 기법은 난숙해졌고, 거기에 비례해서 그의 이름도 차츰 그 세계에 알려지게 되었다. 평자에 따라서 다르지만, 어떤 이는 지금도 재기와 영감이 번득이는 그 시절의 글씨와 그림을 일생의 성취 중에서 으뜸으로 치고 있었다. 그러나 고죽은 불타 버린 후의 적막과 공허라고 할까, 차츰 깊이 모를 허망감에 빠져들어갔다.

그것은 대략 두 가지 방향에서 온 허망감이었다. 그 하나는 묵향과 종이 먼지 속에 속절없이 흘러가 버린 그의 청춘이었다. 그에게는 운곡의 중매로 맞아들인 아내와 두 아이가 있었지만 그들은 처음부터 문갑文匣이나 서탁書卓처럼 필요의 대상이었지 열정의 대상은 아니었다. 그의 젊음, 그의 소망, 그의 사랑, 그의 동경은 오직 쓰고 또 쓰는 일에 바쳐졌을 뿐이었다. 그런데 이제 그의 젊음이 늦가을의 가지 끝에 하나 남은 잎새처럼 애처롭게 펄럭이는 순간도 모든 걸 바쳐 추구했던 것은 여전히 봉우리 너머의 무지개처럼 멀고 도달이 불확실했다…….

그 다음 그의 허망감에 자극한 것은 점차 한 서예가로 성장해 가면서 부딪히게 된 객관적인 자기 승인의 문제였다. 열병과도 같은 몰입沒入에서 서서히 깨어나면서부터 고죽은 스스로에게 자조적으로 묻곤 했다. 내가 무슨 짓을 해왔으며, 하고 있나고, 그리고 스승과 다툴 때의 의미와는 다르게 되물었다. 장부로서 이 땅에 태어나 한평생을 먹이나 갈고 붓이나 어루면서 보내도 괜찮은 것인가고. 어떤 이는 조국의 광복을 위해 해외로 떠나고, 혹은 싸우다가 죽거나 투옥되었으며, 어떤 이는 이재理財에 뜻을 두어 물산物産을 일으키고 헐벗은 이웃을 돌보았다. 어떤 이는 문화사업을 통해 몽매한 동족을 일깨웠고, 어떤 이는 새로운 학문에 전념하여 지식으로 사회에 봉사하였다. 그런데도 자신의 반생은 어떠하였던가. 시선은 언제나 그 자신에게만 쏠려 있었고, 진지하고 소중하게 여겼던 지난날의 그 힘든 수련도 실은 쓸쓸한 삶에서의 도피거나 주관적인 몰입에 불과하였다. 자신만을 향해 있는 삶, 오오, 자신만을 향해 있는 삶…….

그런데 그 가을의 어느 날이었다. 이미 가끔씩 노환으로 자리보전을 하던 석담 선생은 그날도 병석에서 일어나기 바쁘게 종이와 붓을 찾았다. 그것도 그 무렵에는 거의 쓰지 않던 대필大筆과 전지全紙였다. 벌써 몇 달째 종이와 붓을 가까이 않던 고죽은 그런 스승의 집착에 까닭모를 심화를 느끼며 먹을 갈기 바쁘게 스승 곁을 물러나고 말았다. 어딘가 모르게 스승의 과장된 집착에는 제자의 방황을 비웃는 듯한 느낌이 드는 데가 있었던 것이다. 그러나 한동안 뜰을 서성이는 사이에 그는 문득 늙은 스승의 하는 양이 궁금해졌다.

방에 돌아오니 석담 선생은 붓을 연진硯唇에 기대놓고 눈을 감은 채 숨을 헐떡이고 있었다. 바닥에는 방금 쓰다가 그만둔 것인 듯 '萬毫齊力만호제력' 넉 자 중에서 앞의 석 자만이 쓰여져 있었다.

"소재蘇齋=옹방강(翁方綱)는 일흔 여덟에 참깨 위에 〈天下太平천하태평〉 넉 자를 썼다고 한다. 나는 아직 일흔도 차지 않았는데 이 넉 자 〈萬毫齊力만호제력〉을 단숨에 쓸 힘도 남지 않았으니…….."

그렇게 탄식하는 석담 선생의 얼굴에는 자못 처연한 기색이 떠올랐다. 그러나 고죽은 그 말을 듣자 억눌렸던 심화가 다시 솟아올랐다. 스승의 그 같은 표정은 그에게는 처연함이 아니라 오히려 자신만만함으로 비쳤다.

"설령 이 글을 단숨에 쓰시고, 여기서 금시조金翅鳥가 솟아오르며 향상香象이 노닌들, 그게 선생님을 위해 무슨 소용이겠습니까?"

고죽은 자신도 모르게 심술궂은 미소를 띠며 물었다. 이마에 송글송글 땀이 맺힌 채 기진해 있던 석담 선생은 처음 그 말에 어리둥절한 표정이었다. 그러나 이내 그 말의 참뜻을 알아들은 듯 매서운 눈길로 그를 노려보았다.

"무슨 소리냐? 그와 같이 드높은 경지는 글씨를 쓰는 이면 누구든 일생에 단 한 번이라도 이르러 보고 싶은 경지다."

"거기에 이르러 본들 그것이 우리에게 무엇을 줄 수 있단 말입니까?"

고죽도 지지 않았다.

"태산에 올라 보지도 않고, 거기에 오르면 그보다 더 높은 산이 없을까를 근심하는구나, 그럼 너는 일찍이 그들이 성취한 드높은 경지로 후세에까지 큰 이름을 드리운 선인들이 모두 쓸모없는 일을 하였단 말이냐?"
"자기를 속이고 남을 속인 것입니다. 도대체 종이에 먹물을 적시는 일에 도가 있은들 무엇이며, 현묘玄妙함이 있은들 그게 얼마나 대단하겠습니까? 도로 이름하면 백정이나 도둑에게도 도가 있고, 뜻을 어렵게 꾸미면 장인이나 야공冶工의 일에도 현묘함이 있습니다. 천고에 드리우는 이름이 있다 하나 이 나我가 없는데 문자로 된 나의 껍데기가 낯모르는 후인들 사이를 떠돈들 무슨 소용이 있겠으며, 서화가 남겨진다 하나 단단한 비석도 비바람에 깎이는데 하물며 종이와 먹이겠습니까? 거기다가 그것은 살아 그들의 몸을 편안하게 해주지도 못했고 헐벗고 굶주리는 이웃을 도울 수도 없었습니다. 그들은 그 허망함과 쓰라림을 감추기 위해 이를 수도 없고 증명할 수도 없는 어떤 경지를 설정하여 자기를 위로하고 이웃과 뒷사람을 홀렸던 것입니다……."

그때였다. 고죽은 불의의 통증으로 이마를 감싸안으며 엎드렸다. 노한 석담 선생이 앞에 놓인 벼루 뚜껑을 집어던진 것이다. 샘솟듯 솟는 피를 훔치고 있는 고죽의 귀에 늙은 스승의 광기어린 고함소리가 들려왔다.

"내 일찍이 네놈의 천골賤骨을 알아보았더니라. 가거라. 너는 진작부터 저자거리에 나앉어야 할 놈이었다. 용케 천골을 숨기고 오늘날에 이르렀으니 이제 나가면 글씨 한 자에 쌀 됫박은 후히 받을 게다……."

결국 그 자리가 그들의 마지막 자리였다. 그 길로 석담 선생의 집을 나선 고죽이 다시 돌아온 것은 이미 스승의 시신이 입관入棺된 뒤였다.

벌써 삼십여 년 전의 일이건만 고죽은 아직도 희미한 아픔을 느끼며 이제는 주름살이 덮여 흉터가 별로 드러나지 않는 왼쪽 이마어름을 만져 보았다. 그러나 그와 함께 떠오르는 스승의 얼굴은 미움도 두려움도 아닌, 그리움 그것이었다.

"아버님, 김 군이 왔습니다."
다시 추수의 목소리가 그를 끝 모를 회상에서 깨나게 하였다. 이어 방문이 열리며 초헌草軒의 둥글넓적한 얼굴이 나타났다. 대할 때마다 만득자晚得子를 대하는 것과 같이 유별난 애정을 느끼게 하는 제자였다. 사람이 무던하다거나 이렇다 할 요구 없이 일 년 가까이나 그가 없는 서실을 꾸려 가고 있는 탓도 있겠지만 그보다는 글씨 때문이었다. 붓 쥐는 법도 익히기 전에 행서行書를 휘갈기고, 점획결구點劃結構도 모르면서 초서草書며 전서篆書까지 그려대는 요즈음 젊은이들답지 않게 초헌은 스스로 정서正書로만 3년을 채웠다. 또 서력書歷 7년이라고는 하지만 7년을 하루같이 서실에만 붙어산 그에게는 결코 짧은 것이 아닌데도 그 봄의 고죽 문하생 합동전에는 정서 두어 폭을 수줍게 내놓았을 뿐이었다. 그러나 그의 글은 서투른 것 같으면서도 이상한 힘으로 충만돼 있어, 고죽에게는 남모를 감동을 주곤 했다. 젊었을 때는 그토록 완강하게 거부했지만 나이가 들수록 그윽하게 느껴지는 스승 석담의 서법을 연상케 하는 데가 있었기 때문이었다.

"오늘도 나가 보시렵니까? 추수 누님 말을 들으니, 거동이 불편하신 것 같은데……."

병석의 스승에게 아침 문안도 잊은 채 초헌은 엉거주춤한 자세로 더듬거렸다. 그의 내숭스러워 뵈기까지 하는 어눌語訥도 젊었을 때의 고죽 같으면 분명 못 견뎌했을 것이리라. 하지만 고죽은 개의치 않고 부드럽게 말했다.

"그러니까 한 점이라도 더 거두어들여야지. 그래, 시립 도서관에 있는 것은 기어이 내놓지 않겠다더냐?"

"전임자前任者에게서 인수인계 받을 때 품목에 있던 것이라 어쩔 수 없다고 했습니다."

"매계梅溪의 횡액橫額을 준다고 해도?"

"누구의 것이라도 품목을 바꿀 수는 없다는 게 관장님의 말씀이었습니다."

"알 수 없는 것들이로구나. 오늘은 내가 직접 만나봐야겠다."

"정말 나가시겠습니까?"

"잔말 말고 가서 차나 불러오너라."

고죽이 다시 재촉하자 초헌은 묵묵히 나갔다. 궁금하다는 표정은 여전하였지만 스승이 왜 그렇게 집요하게 자신의 작품들을 거두어들이려 하는

금시조(金翅鳥) | 155

지는 그날도 역시 묻지 않았다.

날씨는 화창했다. 젊은 제자의 부축을 받고 화방골목 입구에서 내린 고죽은 차례로 화방을 돌기 시작했다. 몇 달째 반복되고 있는 순례였다.

"아이구, 고죽 선생님, 오늘 또 나오셨군요. 하지만 들어온 건 하나도 없습니다. 선생님의 건강이 나쁘시단 소문이 돌았는지 모두 붙들고 내놓질 않는 모양이에요."

고죽을 아는 화방 주인들이 그런 저런 인사로 반겨 맞았다. 계속 허탕이었다. 그러다가 다섯 번째인가 여섯 번째 화방에서 낯익은 글씨 한 폭을 찾아냈다. 행서 족자였다. 낙관의 고죽에 고자가 옛 고古가 아니라 외로울 고孤로 되어 있는 것으로 보아 두 번째로 석담 문하를 떠나 떠돌 때의 글씨 같았다.

"내 운곡 선생의 난초 한 폭을 줌세. 되겠는가?"

그런 제안에 주인은 은근히 좋아하는 눈치였다. 고죽의 낙관이 있기는 하나 일반으로 외로울 고를 쓴 것은 높게 쳐주지 않을 뿐 아니라 들어온 것도 한눈에 알아볼 정도의 소품이었다. 거기다가 운곡 선생의 난초가 어느 정도인지는 알 수 없으나, 고죽과의 그런 물물교환에 손해가 없다는 것은 이미 오래 전부터 동업자들 사이에 떠도는 소문이었다.

"선생님이 원하신다면 그렇게 해드리지요."

마침내 주인은 생색쓰듯 말했다.

"고맙네. 물건은 나중에 이 아이 편에 보내주지."

"저희가 사람을 보내겠습니다. 아니, 제가 찾아가 뵙죠. 저녁나절이면 되겠습니까?"

"그러게."

그러자 주인은 족자를 말아 포장할 채비를 했다.

"쌀 필요 없어. 그냥 주게."

고죽이 그런 주인을 말리며 앙상한 손을 내밀었다. 그리고 족자를 반자 응접용의 소파에 가 앉으며 족자를 폈다.

"잠깐 쉬었다 가지."

누구에게랄 것도 없는 고죽의 말이었다.

玉露磨來濃霧生옥로마래농무생
　　銀箋染處淡雲起은전염처담운기

　고죽이 펴든 족자에는 그런 대구가 쓰여 있었다. 그 무렵 한동안 취해 있던 황산곡체黃山谷體=황정견의 행서였는데, 술 한잔 값으로나 써준 것인지 자획이 몹시 들떠 있었다. 그러자 다시 그 시절이 그리움도 아니고 회한도 아닌, 담담하여 오히려 묘한 빛깔로 떠올랐다.
　……석담 선생의 문하를 떠나온 후 한동안 고죽은 스승이 자기를 내쳤다고 믿었다. 함부로 서화를 흩뿌린 대가로 술과 여자에 파묻혀 살면서도 자신은 비정한 스승에 대한 정당한 보복을 하고 있는 것이라고 생각했다. 그러나 아니었다. 차츰 거리의 갈채와 속인들이 던져 주는 푼돈에 익숙해지면서, 그리하여 그것들이 가져다주는 갖가지 쾌락에 탐닉하게 되면서, 진실로 스승을 버리고 떠나온 것은 그 자신이라는 생각이 들었다.
　그도 가끔씩은 지금 자기가 즐기고 있는 세상의 대가가 반생의 추구와는 아무런 관련이 없고 더구나 지난날의 뼈를 깎는 듯한 수련을 보상하기에는 너무 초라한 것이라는 것을 떠올렸다. 노자 또는 붓 값의 명목으로 그가 받는 그림 값은 비록 고상한 외형을 갖추고 있어도 본질적으로는 기생에게 내리는 행하行下와 다를 바 없으며, 그가 받는 떠들썩한 칭송 또한 장마당의 사당패에게 보내는 갈채에 지나지 않았다. 그것들은 결국 마시면 마실수록 더욱 목말라진다는 바닷물 같은 것으로서, 스승의 문하를 떠날 때의 공허감을 더욱 크게 할 뿐이었다.
　그런데도 그를 유탕遊蕩이며 낭비와도 같은 그 세월에 그토록 잡아둔 것은 그런 깨달음과 공허감 사이의 묘한 악순환이었다. 저열한 쾌락이 그의 공허감을 자극하고, 다시 그 공허감은 새로운 쾌락을 요구했다.
　거기다가 그때까지 억눌리고 절제당해 왔던 그의 피도 한몫을 단단히 했다. 역시 그 무렵에 고향엘 들러 알게 된 것이지만 그의 부친은 천 석 재산을 동서남북 유람과 주색잡기로 탕진하고 끝내는 건강까지 상해 서른 몇에 요절한 한량이었고, 그의 모친은 망부亡夫의 탈상을 기다리지 못해 이웃

집 홀아비와 야반도주를 해버린 분방한 여자였다. 소년시절에는 엄격한 스승의 가르침과 그 길밖에는 달리 구원이 없으리라는 절박감에, 그리고 청장년靑壯年시절에는 스스로 설정한 이상의 무게에 눌려 잠들어 있었지만, 한번 깨어난 그 피는 걷잡을 수 없게 그를 휘몰았던 것이다. 그는 미친 듯이 떠돌고, 마시고, 사랑하였다.

나중에 소위 대동아전쟁이 터지고, 일제의 가혹한 수탈이 시작되어 나라 전반이 더할 나위 없는 궁핍을 겪고 있을 때에도 그의 집요한 탐락은 멈출 줄 몰랐다. 아무리 모진 바람이 불어도 덕을 보는 사람들이 있듯이 그 총중에도 번성하는 부류가 있어 전만은 못해도 최소한의 필요는 그에게 제공해 주었던 것이다. 변절로 한몫 잡은 친일 인사들, 소위 그 문화적인 내지인內地人들, 수는 극히 적었지만 전쟁경기로 재미를 보던 상인들…….

그러다가 고죽에게 한 계기가 왔다. 흘러흘러 총독부의 고등문관高等文官을 아들로 둔 허 참봉許參奉이란 친일지주親日地主의 식객으로 있을 때였다. 어느 때 참봉인지는 알 수 없지만 그런대로 서화를 알아보는 눈이 있는 참봉 영감은 가끔씩 원근의 묵객들을 불러 술잔이나 대접하는 것을 낙으로 삼고 있었다. 잡곡밥이나 대두박도 없어 굶주리던 대동아전쟁 막바지이고 보면, 실은 술잔이나마 조촐하게 내오고 몇 푼 노자라도 쥐어주는 것이 여간한 생색이 아니 수 없었다. 게다가 친일지주라고는 해도 일찍 고등 문관 시험에 합격한 아들을 둔 덕에 일제의 남다른 비호를 받고 있다는 것뿐, 영감이 팔 걷고 나서 일본 사람들을 맞아들인 것은 아니어서, 청이 들어오면 대부분의 묵객들은 기꺼이 필낭을 싸들고 왔다. 그런데 고죽이 머물고 있는 동안에 공교롭게도 운곡 선생이 찾아들었다. 고죽은 반가웠다. 그는 스승 석담 선생의 몇 안되는 지음知音의 하나였을 뿐만 아니라 고죽 자신도 육칠 년 가까이나 그에게서 한학을 익힌 인연이 있었다. 결과야 어떠했건 결혼도 그의 중매에 의한 것이었고, 석담의 문하를 떠날 때 가장 고죽을 잘 이해한 것도 그였다. 그러나 고죽의 반가운 인사에 대한 운곡 선생의 반응은 뜻밖이었다.

"흥, 조상도 없고, 스승도 없고, 처자도 없는 천하의 고죽이 이 하찮은 늙은이는 어찌 알아보누?"

한때 고죽이 객기로 섰던 삼무자三無子란 호號를 찬바람 도는 얼굴로 그렇게 빈정거린 운곡 선생은 허 참봉의 간곡한 만류도 뿌리치고 선 채로 되돌아섰다.

"석담이 죽을 때가 되긴 된 모양이로구나. 너 같은 것도 제자라고 돌아올 줄 믿고 있으니…… 괘씸한 것."

그것이 대문간을 나서면서 운곡이 덧붙인 말이었다. 평소에 온후하고 원만한 인품을 지녔기에 운곡의 그러한 태도는 고죽에게 그야말로 절구공이로 정수리를 얻어맞은 듯한 충격을 주었다.

그러지 않아도 고죽은 이미 그런 떠돌이생활에 지칠 대로 지쳐 있었다. 애초에 그를 사로잡았던 적막과 허망감은 감상적인 여정旅情이나 속인들의 천박한 감탄 또는 얕은 심미안審美眼이 던져주는 몇 푼의 돈으로 달랠 수 있는 것이 아니었으며, 그런 것들에 뒤따르는 값싼 사랑이나 도취로 호도糊塗할 수 있는 것도 아니었다. 거기다가 나이도 어느새 마흔을 훌쩍 뛰어넘어, 지칠 줄 모르던 그의 피도 서서히 식어가기 시작했다.

아마도 그 뒤에 있었던 오대산 여행은 꺼지기 전에 한 번 빛나는 불꽃과 같은 그의 마지막 열정에 충동된 것이었으리라. 운곡 선생에 이어 허 참봉에게 작별을 고한 그는 그 길로 오대산을 향했다. 그 어느 산사에 주지로 있는 옛 벗의 하나를 바라고 떠난 것이었으나, 이미 그때껏 해온 과객寡客 생활의 연장은 아니었다. 막연히 생각해 오던 늙은 스승에게로의 회귀가 이제는 더 이상 미룰 수 없는 일이 되면서, 그에 앞서 일종의 자기정화自己淨化가 필요함을 느꼈기 때문이었다.

무사히 그 산사에 이른 뒤 그는 거의 반 년에 가까운 기간을 선승禪僧처럼 지냈다. 그러나 십 년에 걸쳐 더껴앉은 세속의 먼지는 스승에 대한 오래된 분노와 더불어 쉽게 씻어지지 않았다. 새봄이 와도 석담의 문하로 돌아간다는 일이 좀체 흔연해지지 않았던 것이다.

그러던 어느 날이었다. 오전에 상좌중을 도와 송기松肌를 벗겨 내려온 그는 잠깐 법당 뒤 축대에 앉아 땀을 식히고 있었다. 그런데 그런 그의 눈에 희미하게 바랜 벽화 하나가 우연히 들어왔다. 처음에는 십이지신十二支神상 중에 하나인가 하였으나 자세히 보니 아니었다. 머리는 매와 비슷하고 몸은 사람을 닮았으며 날개는 금빛인 거대한 새였다.

"저게 무슨 새요?"

그는 마침 그곳에 나타난 주지에게 물었다. 주지가 흘깃 그림을 돌아보더니 대답했다.

"가루라迦樓羅외다. 머리에는 여의주가 박혀 있고, 입으로 불을 내뿜으며 용을 잡아먹는다는 상상의 거조巨鳥요. 수미산 사해四海에 사는데 불법수호 팔부중佛法守護八部衆의 다섯째로, 금시조金翅鳥 또는 묘시조妙翅鳥라고 불리기도 하오."

그러자 문득 금시벽해金翅碧海라는 구절이 떠올랐다. 석담 선생이 그의 글씨가 너무 재예才藝로만 흐르는 것을 경계하여 써준 글귀 중의 하나였다. 그러나 그때껏 그의 머릿속에 살아 있는 금시조는 추상적인 비유에 지나지 않았었다. 선생의 투박하고 거친 필체와 연관된 어떤 힘의 상징이었을 뿐이었다. 그런데 이제 그 퇴색한 그림을 대하는 순간 그 새는 상상 속에서 살아 움직이기 시작했다. 잠깐이긴 하지만 그는 그 거대한 금시조가 금빛 날개를 퍼덕이며 구만 리 창천을 선회하다가 세찬 기세로 심해深海를 가르고 한 마리 용을 잡아올리는 광경을 본 듯한 착각마저 들었다. 그제서야 그는 객관적인 승인이나 가치부여의 필요 없이, 자기의 글에서 일생에 단 한 번이라도 그런 광경을 보면 그것으로 그의 삶은 충분히 성취된 것이라던 스승을 이해할 것 같았다…….

이튿날 고죽은 행장을 꾸려 산을 내려왔다. 해방 전 해의 일이었다.

이미 스승은 돌아가신 후였지, 고죽은 후회와도 비슷한 심경으로 석담 선생의 문하로 돌아오던 날을 회상했다. 평생을 쓸쓸하던 문전은 문하와 동도들로 붐볐다. 그러나 누구도 고죽을 반가워하기는커녕 말을 거는 이도 없었다. 다만 운곡 선생만이 냉랭한 얼굴로 말했다.

"관상명정棺上銘旌은 네가 써라. 석담의 유언이다. 진사니 뭐니 하는 관직은 쓰지 말고 다만 〈石潭金公及儒之柩석담김공급유지구〉라고만 쓰면 된다."

그러더니 이내 눈물을 쏟으며 말했다.

"그 뜻을 알겠는가? 관상명정을 쓰라는 건 네 글을 지하地下로 가져가겠다는 뜻이다. 석담은 그만큼 네 글을 사랑했단 말이다, 이 미련한 작자야…….."

석담과 고죽, 그들 사제 간의 일생에 걸친 애증愛憎이 흔적 없이 사라지는 순간이었다. 그제서야 고죽은 단 한 번이라도 스승의 모습을 뵙고 싶었으나 이미 입관이 끝난 후여서 끝내 다시 뵈올 수는 없었다…….

"선생님, 이젠 가보시지 않겠습니까?"

자신의 족자를 펴들고 하염없는 생각에 잠긴 고죽에게 초헌이 조심스레 말했다. 고죽은 순간 회상에서 깨어나며 천천히 몸을 일으켰다.

"가봐야지."

그러나 다시 네 번째 화방을 나설 때였다. 갑자기 눈앞이 가물거리며 두 다리에 힘이 쑥 빠졌다.

"선생님, 웬일이십니까?"

초헌이 매달리듯 그의 팔에 의지해 축 늘어지는 고죽을 황급히 싸안으며 물었다.

"괜찮다. 다른 곳엘 가보자."

고죽은 그렇게 말했으나 마음뿐이었다. 이상한 전류 같은 것이 등골을 찌르며 지나가더니 이마에 진땀이 스몄다. 그러다가 다섯 번째 화방에 들러서는 정신조차 몽롱해졌다.

"이제 그만 돌아보시지요. 가봐야 이제 선생님의 작품은 더 나올 게 없을 겝니다."

화방 주인도 그렇게 권했다. 그러나 고죽은 쓰러지듯 응접소파에 앉으면서도 초헌에게 이르기를 잊지 않았다.

"너라두 나머지를 돌아보아라. 만약 나온 게 있거든 이리로 연락해라."

초헌은 그런 고죽의 안색을 한동안 살피다가 말없이 화방을 나갔다.

"작품을 거두어 무엇에 쓰시렵니까?"

한동안을 쉬자 안색이 돌아오고 숨결이 골라진 고죽에게 화방 주인이 넌지시 물었다. 그것은 몇 달 전부터 화방골목을 떠도는 의문 중의 하나였다. 그러나 고죽은 그 누구에게도 내심을 말하지 않았다. 그날도 마찬가지였다.

"다 쓸 데가 있네."

"그럼 소문대로 고죽기념관을 만드실 작정이십니까?"

기념관이라, 고죽은 희미하게 웃었다. 그러면서도 가슴속에서는 형언할 수 없는 쓸쓸함이 일었다. 내가 말한들 자네들이 이해해 주겠는가.

"그것도 괜찮은 일이지."

고죽은 그렇게 말하고는 슬쩍 말머리를 돌렸다.

"저거 진품인가?"

분명 진품이 아닌 줄 알면서도 그가 가리킨 것은 추사를 임모臨摹한 예서 족자였다. 書法有長江萬里 書藝如孤松一枝 화법유장강만리 서예여고송일기 — 원래 병풍의 한 폭이니 족자가 되어 떠돌 리 없었다.

"운봉雲峰이란 젊은이가 임서한 것인데 제법 탈속한 격格이 있어 받아두었습니다."

화방 주인도 그렇게 대답하며 그 족자를 바라보았다.

"그렇구먼……."

고죽은 희미한 옛 사람의 자태를 떠올리듯 추사란 이름을 떠올리며 의미 없는 눈길로 그 족자를 한동안 살폈다. 한때 그 얼마나 맹렬하게 자기를 사로잡았던 거인이었던가.

석담 선생의 집으로 돌아온 고죽은 그 뒤 거의 십 년 가까이나 두문불출 스승의 고가를 지켰다. 한편으로는 외롭게 남은 사모師母와 늦게 들인 스승의 양자養子를 돌보면서 한편으로는 새로운 수업에 들어갔다. 이미 다 거쳐 나온 것들로 여겨 온 여러 서체를 다시 섭렵하기 시작한 것이었다.

그는 모공정毛公鼎, 석고문石鼓文으로부터 진秦, 한漢, 삼국三國, 서진西晉에 이르기까지의 여러 금석탁본들을 새로이 모으고, 종요種繇, 위관衛瓘, 왕희지 부자父子로부터 지영智永, 우세남虞世南에 이르는 남파南派와 삭정索靖, 최열崔悅, 요원표姚元標 등으로부터 구양순歐陽詢, 저수량褚遂良에 이르는 북파北派의 필첩을 처음부터 다시 살폈다. 고죽이 만년에 보인 서권기로 미루어 그 동안의 학문적인 깊이도 한층 더해졌음에 틀림이 없다. 문밖에서는 해방과 동족상잔의 전쟁이 휩쓸어 가고 있었으나 그 어떤 혼란도 고죽을 석담 선생의 고가에서 끌어내지는 못했다.

그 서결을 통해서 석담 문하에 들어선 고죽이 추사와 새롭게 만나게 된 것도 그 기간 동안이었다. 그 거인은 처음 한동안 그가 힘들여 가고 있는 길 도처에서 불쑥불쑥 나타나 감탄을 자아내다가 이윽고는 온전히 그를 사로잡고 말았다. 일찍이 경험해 보지 못한 일로, 그것은 특히 스승 석담에 대한 새삼스런 이해와 사모에서 비롯된 것이었다. 생전에 스스로 밝힌 적은 없었지만 분명 스승은 추사의 학통을 잇고 있었다. 아마도 스승은 그 마지막 전인傳人이었으리라. 그리고 스승이 가르침에 있어서 그토록 말을 아낀 것은 그와 같은 거인의 가르침에 더 보탤 것이 없어서였을 것이다.

그러나 추사도 끝까지 고죽을 사로잡고 있지는 못했다. 스승 석담이 일찍이 그를 받아들일 것을 주저했으며, 생전 내내 경계하고 억눌렀던 고죽의 예인적인 기질이 승화된 형태이긴 하지만 차츰 되살아나기 시작한 것이었다. 먼저 고죽이 끝내 받아들일 수 없었던 것은 추사의 예술관이었다. 예술은 예술로서만 파악되어야 한다고 보는 고죽의 입장에서 보면 추사의 예술관은 학문과 예술의 혼동으로만 보였다. 문자향文字香이나 서권기는 미를 구현하는 보조수단 또는 미의 한 갈래일 수는 있어도 그것이 바로 미의 본질적인 요소거나 그 바탕일 수는 없었다. 그럼에도 추사에게 그토록 큰 성취를 볼 수 있었던 것은 다만 그 개인의 천재에 힘입었을 뿐이었다. 거기다가 그의 서화론이 깔고 있는 청조淸朝의 고증학古證學은 겨우 움트기 시작한 우리 것國風의 추구에 그대로 된서리가 되고 말았으며, 그만한 학문적인 뒷받침이 없는 뒷사람에 이르러서는 이 땅의 서화가 내용 없는 중국의 아류로 전락돼 버리게 한 점도 고죽을 끝까지 사로잡을 수 없던 원인이었다. 결국 추사는 스승 석담처럼 찬탄하고 존경할 만한 거인이기는 하지만 예술에 있어서의 노선路線까지 따를 만한 사람은 아니었다.

화방 주인의 예상대로 초헌은 한 시간쯤 뒤에 빈손으로 돌아왔다. 나머지 여섯 곳을 다 돌았지만 밤 사이에 나온 고죽의 작품은 없었다는 게 그의 대답이었다.

고죽은 말리는 그를 억지로 앞세우고 시립도서관으로 향했다. 그 책임자를 달래 그곳에 있는 권학문勸學文 한 폭을 되거둬들이기 위해서였다. 그러나 결국 거기서 일은 벌어지고 말았다. 융통성 없는 관장과 언성을 높이다가 혼절해 버린 것이었다.

고죽이 눈을 뜬 것은 오후 늦게였다. 자기 방에 누워 있었는데 주위에는 몇몇 낯익은 얼굴들이 근심스런 표정으로 둘러앉아 있었다. 고죽은 천천히 눈을 돌려 그들을 살펴보았다. 무표정한 초헌 곁에 두 사람의 옛 제자가 앉아 있고 그 곁에 운 흔적이 있는 추수가 앉아 있다가 눈을 뜬 고죽에게 울먹이는 소리로 물었다.

"아버님, 이제 정신이 드십니까?"

고죽은 대답 대신 고개만 끄덕이고 계속하여 주위를 둘러보았다. 추수 곁에 다시 낯익은 얼굴이 하나 앉아 있었다. 고죽에게는 첫 번째 수호제자受號弟子가 되는 난정蘭丁이었다. 뻔뻔스러운 놈…… 그를 보는 고죽의 눈길이 험악해졌다. 난정은 고죽이 석담 선생의 고가에 칩거할 초기부터 나중에 서실을 연 직후까지 거의 십 년 세월을 고죽에게 배웠다. 나이 차가 불과 십여 년밖에 안되고, 입문할 때 벌써 사십에 가까웠으며, 또 나름대로 어느 정도 글씨를 익힌 상태였지만 그래도 어디까지나 호까지 지어준 어엿한 제자였다. 그런데 어느 날 갑자기 발길을 뚝 끊더니 몇 년 후에 스스로 서예원을 열었다. 고죽은 자기에게 한마디 말도 없이 떠난 제자가 서운했지만, 기가 막힌 것은 그 뒤였다. 난정이 스스로를 석담 선생의 제자라고 내세우면서 고죽은 단지 사형師兄으로 그와 함께 십여 년 서화를 연구했다고 떠벌리고 다닌다는 소문 때문이었다. 고죽이 불같이 노해 그의 서예원으로 달려갔다. 함부로 배분配分을 높인 제자를 꾸짖으러 간 것이었지만 결과는 난정을 여러 사람 앞에서 시인해 준 꼴이 되고 말았다.

"어이구, 형님 웬일이십니까?"

수많은 문하생들 앞에서 그렇게 빙글거리며 시작한 그는 끝까지 "아이구, 형님"이요, "우리가 함께 수련할 때……"였다. 그리고는 여러 사람 앞에서 자신을 욕한 고죽을 석담 선생이 살아 있을 때 몇 번 드나든 것을 앞세워 모욕죄로 법정에까지 불러들였다. 십여 년 전의 일이었다.

"아버님, 이분께서 아버님의 대나무 두 폭을 가져오셨어요."

난정을 보는 눈이 험악해지는 것을 보고 추수가 황급히 설명했다.
"선생님께서 거두어들인다시기에…… 제가 가진 것을 전부 가져왔습니다."
그렇게 더듬거리는 난정에게도 옛날의 교활함은 보이지 않았다. 그도 벌써 육십에 가까운가―못 보고 지난 십여 년 사이에 눈에 띄게 는 주름을 보며 고죽은 가만히 눈을 감았다. 그러나 가슴속의 응어리는 쉽게 풀어지지 않았다.
"알았네. 가보게."
잠시 후 간신히 끓는 속을 가라앉힌 고죽이 힘없이 말했다.
"그럼…… 여기 두고 가겠습니다."
난정도 어쩔 수 없다는 듯 그렇게 말하며 어두운 얼굴로 방을 나갔다. 잠시 방 안에 무거운 침묵이 흘렀다. 다시 추수가 그 침묵을 깨뜨렸다.
"재식在植이 오빠에게서 전화가 있었어요."
"언제 온다더냐?"
"밤에는 도착할 거예요. 윤식潤植이에게도 연락할까요?"
"그래라."

고죽이 한숨처럼 나직이 대답했다. 재식이는 죽은 본처에게서 난 맏아들이었다. 원래 남매를 보았으나 딸아이는 6·25때 죽고 그만 남은 것이었다. 윤식이는 마지막으로 데리고 살던 할멈에게서 난 아들로 고죽에게는 막내인 셈이었다. 재식이는 벌써 마흔셋, 부산에서 장사를 하고 있었고, 윤식이는 갓 스물로 서울에서 대학을 다니고 있었다. 별로 자상한 아버지는 못 되었지만, 통상으로 아들들을 생각하며 언제나 어린 윤식이가 마음에 걸렸다. 겨우 열세 살 때 어머니를 잃고 이복누이인 추수 손에 자라난 탓이리라. 그러나 그날만은 왠지 재식의 얼굴이 콧마루가 찡하도록 그립게 떠올랐다. 찌들어 가는 중년남자로서가 아니라 거지와 다름없이 떠도는 걸 찾아왔을 때의 열여섯 소년인 얼굴이었다. 그리고 그와 함께 몇 십 년을 거의 잊고 지낸 본처의 얼굴이 떠올랐다.

고죽이 운곡 선생의 중매로 아내를 맞은 것은 스물두 살 때의 일이었다.

운곡 선생의 먼 질녀뻘이 되는 경주 최문崔門의 여자였다. 얼굴은 곱지도 밉지도 않았지만 마음씨는 무던해서 고죽의 기억에는 한 번도 그녀가 악을 쓰며 대들던 모습이 없다. 그러나 그들의 결혼은 처음부터 그리 행복한 것은 못 되었다. 고죽의 젊은날을 철저하게 태워 버린 서화에의 열정 때문이었다. 신혼의 몇몇 날을 제외하면 고죽은 거의 하루의 전부를 석담 선생의 집에서 보내었고, 집에 돌아와서도 정신은 언제나 가사家事와는 먼 곳에 쏠려 있었다. 생계를 꾸려가는 것은 언제나 그녀의 몫이었다. 수입이라고는 이따금씩 들어오는 붓 값이나 석담 선생이 갈라 보내는 쌀말 정도여서 그녀가 삯바느질과 품앗이로 바쁘게 돌아도 항상 먹을 것 입을 것은 부족하였다.

그래도 고죽이 석담 문하에 있을 때는 나았다. 정이야 있건 없건 한 지붕 아래서 밤을 보냈고, 아이들도 남매나 낳았으며, 가끔씩은 가장家長으로서 할 일도 해나갔기 때문이었다. 그러나 고죽이 석담의 문하를 떠나면서부터 그나마도 끝나고 말았다. 온다 간다 말도 없이 훌쩍 집을 나선 그는 그 뒤 십 년 가까운 세월을 떠돌면서 처자를 까마득히 잊고 지냈다.

아직 살아 있는지 이미 죽었는지조차 모르는 사람에게는 미안한 일이지만, 고죽에게 있어서 아내와 아이들은 거북살스러워도 참고 입어야 하는 옷 같은 존재였다. 하나의 구색具色, 또는 필요만큼의 의무였으며—그것이 그토록 훌훌히 아내와 아이들을 떨치고 떠날 수 있었던 이유였고, 또한 한번 떠난 후에는 비정하리만치 깨끗하게 그들을 잊을 수 있었던 이유였다.

실제로 아내는 몇 번인가 여기저기 수소문 끝에 고죽을 찾아온 적이 있었다. 그러나 그때마다 고죽은 뒷날 스스로도 잘 이해 안 될 만큼의 냉정함으로 그녀를 따돌리곤 했다. 어린 남매를 데리고 어렵게 살아가는 그녀에 대한 연민보다는 자기 삶의 진상을 보는 듯한 치욕과 까닭 모를 분노 때문이었으리라. 단 한 번 딸을 업고 그가 묵고 있는 여관을 찾아온 그녀에게 돈 7원과 고무신 한 켤레를 사준 적이 있는데, 그것도 아내와 자식이었기 때문이기보다는 헐벗고 굶주린 자에 대한 보편적인 동정심에 가까웠다. 그때 아내의 등에 업힌 딸아이는 신열로 들떠 있었고, 먼지 앉은 아내의 맨발에 꿰어져 있던 고무신은 코가 찢어져 자꾸만 벗겨지려고 하고 있었다. 그러나 그나마도 그것이 마지막이었다.

 견디다 못한 아내는 결국 고죽이 집을 나선 지 오 년 만에 어린 남매와 함께 친정으로 의지해 갔다. 고죽이 매향과 살림을 차리던 그 해였다. 그리고 다시 이듬해는 친정 오라버니가 있는 대판大阪으로 이주해 버린 후 다시는 돌아오지 않았다. 듣기로는 그곳에서 오빠의 권유로 개가하였다고 한다. 나중에 데려가기로 하고 친정에 맡겨둔 남매를 끝내 데려가지 않은 것으로 보아 그 소문은 사실임에 틀림없었다. 고죽이 다시 재식 남매를 거두어들인 것은 오대산에서 내려와 석담 문하로 돌아온 몇 해 후였는데, 그때 재식은 벌써 열여섯, 그 밑의 딸아이는 열한 살이었다.

 고죽은 그가 아내를 돌보지 않은 것에 대해 한 번도 미안하게 생각해 본 적이 없듯이 자기와 아이들을 버리고 떠난 그녀를 결코 원망하지 않았다. 그것은 평생 동안 수없이 그를 스쳐간 모든 여자들에게도 마찬가지였다. 매향처럼 살림을 차렸던 몇몇 기생들이나 노년을 함께 보낸 두 할멈은 물론 서화로 맺어졌던 여류女流들도 지속적인 열정으로 그를 사로잡지는 못했던 것이다. 상대편 여자들이 어떠했건 고죽의 그런 태도만으로 그의 삶은 쓸쓸하게끔 운명지워져 있었던 셈이다.

 그렇다면 내가 진정으로 열렬하게 사랑했던 것은 무엇이었을까. 내가 일생을 골몰하여 얻고자 했던 것은 무엇이었을까…… 그 사이 하나둘 빠져나가고 초헌만 목상처럼 앉아 있는 병실을 힘없이 둘러본 고죽은 다시 짙은 비애와도 흡사한 회상 속으로 빠져들어갔다. 물론 그것은 서화였다. 이미 보아 온 것처럼 그에게는 애초부터 가족이나 생활의 개념이 없었다. 소유며 축적이란 말도 그에게는 익숙한 것이 아니었고, 권력욕이나 명예욕 같은 것에 몸 달아 본 적도 없었다. 언뜻 보기에는 분방스럽고 다양해도 사실 그가 취해온 삶의 방식은 지극히 단순했다. 자기를 사로잡는 여러 개의 충동 중에서 가장 강한 것에 사회적인 통념이나 도덕적 비난에 구애됨이 없이 충실하는 것, 말하자면 그것이 그를 이해하는 실마리이기도 한 그의 행동양식이었다. 그런데 가장 세차면서도 일생을 되풀이된 충동이 바로 미적美的 충동이었고, 거기에 충실하는 것이 그의 서화였던 것이다.

하지만 결국 그것이 내게 무엇을 줄 수 있었단 말인가. 고죽은 다시 자조적인 기분이 되면서 스스로에게 물었다. 아직도 그것이 내게 무엇을 줄 수 있다는 것인가…….

스승 석담과의 관계에서 알 수 있듯이, 고죽의 전반생前半生은 두 개의 상반된 예술관 사이에 끼어 피 흘리며 괴로워한 세월이었다.

동양에서의 미적 성취, 이른바 예술은 어떤 의미로 보면 통상 경향적傾向的이었다. 애초부터 통치 수단의 일부로 출발한 그것은 그 뒤로도 끝내 정치권력의 그늘을 벗어나지 못했으며, 때로는 학문적인 성취나 종교적 각성에 의해서까지도 침해를 입었다. 충성이나 지조 따위가 가장 흔한 주제가 되고, 문자향이니 서권기니 하는 말과 마찬가지로 도골선풍道骨仙風이니 선미禪味니 하는 말이 일쑤 그 높은 품격을 나타내는 말로 쓰이는 것이 그 예일 것이다.

물론 서양에 있어서도 근세까지는 사정이 이와 별반 다르지 않았다. 오랜 기간 예술은 제왕이나 영주領主들의 궁성을 꾸미거나 권력이며 부富에 기생하였고, 또는 신의 영광을 찬양하는 데 바쳐지기도 했다. 그러나 시민사회의 형성과 더불어 그들의 예술은 주체성을 획득하고 팔방미인격인 동양의 예술가와는 다른 그 특유의 인간성을 승인받았다. 다시 말해 그들은 예술을 강력한 인접 가치로부터 독립시키고, 예민한 감수성이나 풍부한 상상력 같은 이른바 예술적 재능도 하나의 사회적 가치로 평가하게 된 것이다.

그런데 고죽이 태어날 때만 해도 시대는 아직 동양의 전통적인 예술관에 얽매어 있었다. 예인藝人은 대부분 천민賤民계급에 속해 있었으며, 그들의 특질은 역마살이나 무슨 '-기'로 비웃음의 대상이었다. 예술의 정수는 여전히 학문적인 것에 있었고, 그 성취도 도道나 선정禪定에 비유되고 있었다. 그리고 석담 선생은 아마도 끝까지 그런 견해에 충실했던 마지막 사람이었다.

서구적인 견해로 보면 고죽은 타고난 예술가였다. 그러나 석담 선생의 눈에는 천박하고 잡상스런 예인 기질에 지나지 않았다. 만약 고죽의 개성이 보다 약했거나 그가 태어난 시대가 조금만 일렀다면, 그들 사제 간의 불화는 그토록 길고 심각하지 않았을 것이다. 하지만 고죽은 자기의 예술이 그 본질과는 다른 어떤 것에 얽매이는 것을 못 견뎌했고, 점차 시민사회로 이행해 가는 시대도 그런 그의 편에 서 있었다. 정말로 그들 사제 간을 위해 다행한 것은 스승의 깊은 학문에 대한 제자의 본능적인 외경畏敬 못지않게, 스승에게도 제자의 타고난 재능에 대한 애정이 남아 있어 늦게나마 화해가 이루어진 일이었다.

그러나 석담 선생의 문하로 돌아왔다고 해서 고죽의 정신적인 방황이 끝난 것은 아니었다. 다시 십 년간의 칩거를 통해 고죽은 스승의 전통적인 예술관과 화해를 시도했지만 끝내 뜻을 이루지 못했다. 추사에의 앞뒤 없는 몰입과 어쩔 수 없는 이탈이 바로 그 과정이었다.

그 뒤 다시 이십 년 – 나름대로 끊임없이 연마하고 모색해 온 세월이었지만 과연 나는 구하던 것을 얻었던가. 그러다가 고죽은 혼절하듯 잠이 들었다.

고죽이 이상한 수런거림에 다시 눈을 뜬 것은 이미 날이 저문 후였다.
"곧 통증이 시작될 것입니다. 그거나 막아드리지요."
누군가가 그렇게 말하며 이불을 젖혔다. 정 박사였다. 이어 살갗을 뚫고 드는 주사 바늘의 느낌이 무슨 찬바람처럼 몸을 오싹하게 했다. 방 안에 앉은 사람들의 수가 늘어 있었다. 고죽은 직감적으로 그것이 무엇을 뜻하는지 알 수 있었다.
"아버님, 절 알아보겠습니까? 재식입니다."
주사 바늘을 뽑기가 무섭게 언제 왔는지 맏아들 재식이 울먹이며 손을 잡았다. 열여섯에 거두어들인 후로도 언제나 차가운 눈빛으로 집안을 겉돌던 아이, 그 아이가 첫 번째로 집을 나간 날이 새삼 섬뜩하게 떠오른다. 제 이름이라도 쓰게 하려고 붓과 벼루를 사준 이튿날이었다. 망치로 부수었는지 밤톨만한 조각도 찾기 힘들 만큼 박살이 난 벼루와 부챗살처럼 쪼개놓은 붓대, 그리고 한 움큼의 양모羊毛만 방 안에 흩어놓고 녀석은 사라지고 없었지. 그 뒤 그가 군에 입대할 때까지 고죽은 속깨나 썩였었다. 낙관도 안 찍은 서화를 들고 나가기도 하고, 금고를 비틀어 안에 든 것을 몽땅 털어가기도 했다. 그러나 제대하고 돌아와서부터 기세가 좀 숙여지더니, 덤

프트럭 한 대 값을 얻어나간 후로는 씻은 듯이 발길을 끊었다. 그가 다시 고죽을 보러 오기 시작한 것은 마흔 줄에 접어든 재작년부터였다.
"윤식이도 왔어요."
추수가 흐느끼는 윤식의 손을 끌어 고죽의 남은 손에 쥐어 주었다. 그녀의 눈은 이미 보기 흉할 정도로 부어 있었다. 각각 어미가 다른 불쌍한 것들, 몹쓸 아비였다. 이제 너희에게 남기는 약간의 재물이 아비의 부족함을 조금이라도 메꾸어 줄는지…… 고죽은 이미 그들 삼 남매를 위해 유산을 몫 지어 놓았었다. 근교에 있는 과수원은 재식의 앞으로, 서실 건물은 윤식이 앞으로, 그리고 살고 있는 집은 추수에게, 그러고 보니 나머지 동산動産으로 문화상文化賞이라도 하나 제정할까 하던 계획을 취소한 것이 새삼 잘했다는 생각이 들었다. 평생을 무관하게 지내온 사회라는 것에 대해 삶의 막바지에 와서 그런 식으로 아첨하고 싶지는 않은 탓이었다.
"이 사람들, 진정하게. 사람을 이렇게 보내는 법이 아니야."
둘러앉은 사람들 중에서 어떤 여자 하나가 흐느끼는 삼 남매를 말렸다. 그리고 그들을 대신하여 고죽의 두 손을 감싸쥐면서 가만히 물었다.
"절 알아보시겠어요?"
벌써 약효가 퍼지는지 고죽은 풀리는 시선을 간신히 모아 그녀를 바라보았다. 옥교玉橋라는 여류 서예가였다. 고죽의 첩妾이라는 소문이 파다하게 돌 정도로 한때 몰두했던 여자였는데, 지금은 근교에서 자신의 서실을 가지고 조용히 살고 있었다. 알지, 알고말고…… 그러나 무슨 말을 하기도 전에 혼곤한 잠이 먼저 고죽을 사로잡았다.
금시조가 날고 있었다. 수십 리에 뻗치는 거대한 금빛 날개를 퍼덕이며 푸른 바다 위를 날고 있었다. 그러나 그 날갯짓에는 마군魔軍을 쫓고 사악한 용을 움키려는 사나움과 세참의 기세가 없었다. 보다 밝고 아름다운 세계를 향한 화려한 비상의 자세일 뿐이었다. 무어라 이름할 수 없는 거룩함의 얼굴에서는 여의주가 찬연히 빛나고 있었고, 입에서는 화염과도 같은 붉은 꽃잎들이 뿜어져 나와 아름다운 구름처럼 푸른 바다 위를 떠돌았다. 그런데 그 거대한 등 위에 그가 있었다. 목깃 한 가닥을 잡고 미끄러지지 않으려고 애쓰면서 매달려 있었다. 갑자기 금시조가 두둥실 솟아오른다.

세찬 바람이 일며 그의 몸이 한곳으로 쏠려 깃털 한 올에 대롱대롱 매달린다. 점점 손에서 힘이 빠진다. 아아…… 깨고 보니 꿈이었다. 꽤 오랜 시간을 잔 모양으로, 마루의 괘종시계가 새벽 네 시임을 알리는 소리가 들렸다. 진통제의 기운이 걷힌 탓인지 형용할 수도 없고 부위(部位)도 짐작이 안 가는 그야말로 음험한 동통이 온몸을 감돌고 있었지만, 정신만은 이상하게 맑았다.

문병객은 대부분 돌아가고 없었다. 남은 것은 벽에 기대 잠들어 있는 재식이 형제와 책궤에 엎드려 자고 있는 초헌뿐이었다. 고죽은 가만히 상체를 일으켜 보았다. 뜻밖에도 쉽게 일으켜졌다. 허리의 동통이 조금 가라앉는 것 같았다. 그러자 문득 자기가 할 일이 남았다는 것을 상기했다.

"상철아."

고죽은 조용한 목소리로 초헌의 이름을 불렀다. 미욱해 보이는 얼굴에 비해 잠귀는 밝은 듯 초헌은 몇 번 부르지 않아 머리를 들었다.

"서, 선생님, 무슨 일이십니까?"

잠이 덜 깬 눈에도 상체를 벽에 기대고 있는 고죽이 이상하게 보이는 모양이었다. 그는 황급히 일어나 고죽을 부축하려 무릎걸음으로 다가왔다. 그러나 고죽은 손짓으로 그를 저지한 후 말했다.

"벽장과 문갑에서 그간 거두어들인 서화를 꺼내라."

"네?"

"모아놓은 내 글씨와 그림들을 꺼내 놓으란 말이다."

그러자 초헌은 일어나서 시키는 대로 했다. 여기저기서 꺼내 놓고 보니 이백 점이 훨씬 넘었다. 액자는 모두 빼 없앴는데도 제법 방 한구석에 수북했다.

"아버님, 뭘 하십니까?"

그제서야 재식이와 윤식이도 깨어난 눈을 비비며 궁금한 듯 물었다. 고죽의 행동이 거의 아픈 사람 같지 않아서, 간밤에 정 박사가 한 말은 잊어버린 모양이었다. 그러나 고죽은 대답 대신 초헌에게 물었다.

"이 방의 불을 좀 더 밝게 할 수 없겠느냐?"

"스탠드가 어디 있는 것을 보았는데…… 한번 찾아보겠습니다."

여간해서는 고죽이 하는 일을 캐묻지 않는 초헌이 그렇게 말하며 밖으로 나가더니 잠시 후에 스탠드 하나를 찾아왔다. 방 안이 갑절이나 밝아지자 고죽은 다시 초헌에게 명했다.
"지금부터 그걸 하나씩 내게 펴보이도록 해라."
초헌은 여전히 말없이 고죽이 시키는 대로 했다. 첫 장은 고죽이 오십 대에 쓴 것으로 우세남虞世南의 체를 받은 것이었다.
"우백시虞伯施의 글인데, 오절五節=덕행, 충직, 박학, 문사 등을 제대로 본받지 못했다. 왼쪽으로 미뤄 놓아라."
그 다음은 난초를 그린 족자였다.
"이미 소남所南=정사초을 부인해 놓고 오히려 석파石坡=대원군의 그늘을 벗어나지 못했구나. 산란山蘭도 심란心蘭도 아니다. 왼쪽으로 미뤄 놓아라."
고죽은 한 폭 한 폭 자평自評을 해나갔다. 오랜 원수의 작품을 대하듯 준엄하고 냉정한 평이었다. 글씨에 있어서는 법체法體를 본받은 경우에는 그 임모臨摹나 집자集字의 부실함을 지적하고, 그리고 자기류自己流의 경우에는 그 교졸巧拙과 천격賤格을 탓하면서 모두 왼편으로 제쳐놓았다. 그림에 있어서도 마찬가지였다. 옛 법의 엄격함에다 자신의 냉정한 눈까지 곁들이니, 또한 오른편으로 넘어갈 게 없었다.
새벽부터 시작된 그 작업은 아침 해가 높이 솟을 때까지 계속되었다. 나중에 정 박사가 몇 번이고 감탄했던 것처럼 거의 초인적인 정신력이었다. 아침부터 몰려든 사람들로 고죽의 넓은 병실은 어느덧 발 디딜 틈 없이 빽빽해졌다. 그러나 엄숙한 기세에 눌려 누구도 그 과도한 기력의 소모를 말릴 엄두를 못 냈다. 고죽도 초헌 외에는 아무도 느끼지 못하는 것 같았다.
그러다가 열 시가 넘어서야 분류가 끝났다. 결국 초헌의 오른쪽으로 넘어간 서화는 단 한 폭도 없었다.
"더 없느냐?"
마지막까지 간절한 기대에 찬 눈으로 자신의 작품을 검토하고 있던 고죽이 더 이상 제자의 무릎 앞에 놓인 서화가 없는 것을 뻔히 보면서도 이상하게 불안에 떨리는 목소리로 물었다.
"네."

초헌이 무감동하게 대답했다. 그러자 고죽의 얼굴에 일순 처량한 빛이 떠돌더니 그때까지 꼿꼿하던 고개가 힘없이 떨구어지며 그의 몸이 스르르 무너져 내렸다. 무슨 끔찍한 일이라도 당한 줄 알고 몇 사람이 얕은 외마디소리와 함께 고죽 주위로 모였다. 그러나 고죽은 그 순간도 명료한 의식으로 내면의 자기에게 중얼거리고 있었다. 결국 보이지 않았다. 나 역시 일생에 단 한 번이라도 그걸 보고자 소망했지만, 어쩌면 그 소망은 처음부터 이룰 수 없는 것이라는 걸 실은 알고 있었는지도 모르지. 그래서 마지막 순간까지 이 일을 미루어 온 것인지도 모르지…….

그렇다면 고죽이 그의 일생에 걸친 작품에서 단 한 번이라도 보고자 했던 것은 무엇이었을까. 그것은 바로 그 새벽의 꿈에서와 같은 금시조였다. 원래 그 새가 스승 석담으로부터 날아올 때는 굳센 힘이나 투철한 기세 같은 동양적 이념미의 상징으로서였다. 그러나 고죽이, 끝내 추사에 의해 집성되고 그 학통을 이은 스승 석담에게서 마지막 불꽃을 태운 동양의 전통적 서화론에서 벗어나게 되면서 그 새 또한 변용되었다. 고죽의 독자적인 미적 성취 또는 예술적 완성을 상징하는 관념의 새가 되어 버린 것이었다.

이미 생애 곳곳에서 행동적으로 표현되긴 하였지만, 특히 후인을 지도하면서 보낸 마지막 이십 년 동안에 뚜렷이 드러나게 된 고죽의 서화론은 대개 두 가지 점으로 요약될 수 있었다. 그 하나는 전통적인 견해가 글씨로써 그림까지 파악한 데 비해 그는 그림으로써 글씨를 파악하려는 점이었다. 만약 글씨를 쓴다는 것이 문자로 뜻을 전하는 과정에 불과하다면 서예란 일생을 바칠 만한 의미가 없어지고 만다. 붓으로도 몇 달이면 뜻을 전할 만큼은 되고, 더구나 연필이나 볼펜 같은 간단한 필기구가 나온 지금에는 단 며칠로도 충분하다. 그러므로 서예는 의意에 있는 것이 아니라 정情에 있으며 글씨보다는 그림으로 파악되어야 한다. 특히 서예가 상형문자인 한문을 표현수단으로 사용하는 동양권에서만 발달하고 표음문자를 쓰는 서양에서는 발달하지 못한 것도 그 까닭이다. 그런데도 글씨로만 파악했기 때문에 처음부터 그림이었던 문인화文人畵까지도 문자의 해독을 입고 끝내 종속적인 가치에 머물러 있었다. 이것이 고죽의 주장이었다.

그 다음 고죽의 서화론에서 특징적인 것은 물화物畵와 심화心畵의 구분이었다. 물화란 사물을 있는 그대로 표현하면서 거기다가 사람의 정의情意를 의탁하는 것이고, 심화란 사람의 정의를 드러내기 위해 사물을 빌어오되 그것을 정의에 맞추어 가감하고 변형시키는 것인데, 아마 서양화의 구상具象 비구상에 대응되는 것 같다. 고죽은 전통적인 서화론에서 그 두 가지가 묘하게 혼동되어 있음을 지적하면서 그 구분을 주장하였다. 그리고 서화가에 있어서 그 둘의 관계는 우열의 관계가 아니라 선택적일 뿐이며, 문자향이니 서권기 같은 것은 심화에서의 한 요소이지 서화 일반의 본질적인 요소일 수는 없다고 생각했다.

따라서 고죽의 금시조는 그런 서화론의 바다에서 출발하여 미적美的 완성을 향해 솟아오르는 관념의 새였다. 죽음을 생각해야 할 나이에 이르면서부터 고죽의 마음속에 간직하고 있던 서원誓願의 하나는 자기의 붓 끝에서 날아가는 그 새를 보는 일이었다. 그는 그것으로 자신의 일생에 걸친 추구가 헛되지 않았으며 괴로웠던 삶도 보상될 것으로 믿었다. 그런데―그는 끝내 그 새를 보지 못했다. 그가 힘없이 자리로 무너져내린 것은 단순히 기력을 지나치게 소모한 탓만은 아니었다.

그 자리에 있던 제자들이나 친지들은 고죽이 다시는 깨어나지 못할 것으로 생각했으나, 그는 채 오 분도 되지 않아 다시 눈을 떴다. 그리고 주위의 만류에도 불구하고 전처럼 상체를 일으키더니 뚜렷한 목소리로 초헌을 불렀다.

"이걸 싸서 밖으로 가지고 나가거라. 장독대 옆 화단이다."

"?⋯⋯."

좀체 스승의 말을 되묻지 않는 초헌도 그때만은 좀 이상한 모양이었다.

"나는 저것들로 일평생 나를 속이고 세상 사람들을 속여왔다. 스스로 값진 일을 하고 있다고 착각하고, 당연한 듯 세상 사람들의 감탄과 존경을 받아들였다."

"무슨 말씀을⋯⋯."

"물론 그와 같은 삶이 있을지도 모른다. 그러나 나는 아니다."

"⋯⋯."

"조금 전까지만 해도 나는 그것들에서 솟아오르는 금시조를 보기를 간절히 원했다. 그것으로 내 삶이 온전한 것으로 채워질 줄 알았다. 그러나 지금은 설령 내가 그 새를 보았다 한들 과연 그러할지 의문이다."

"……."

"자, 그럼 이제 시키는 대로 해라. 이것들을 남겨두면 뒷사람까지도 속이게 된다."

그러자 초헌은 말없이 서화꾸러미를 안고 문을 나섰다. 스승의 참뜻을 알아들었기 때문인지, 아니면 더는 영을 거역할 수 없기 때문인지도 알 수 없지만, 자리에 있던 사람들은 아무도 그런 초헌을 말리러 나서지 않았다. 언제부터인가 고죽을 감돌고 있는 이상한 위엄과 기품에 압도된 탓이었다.

"문을 닫지 마라."

초헌이 나가고 누군가 문을 닫으려 하자 고죽이 말했다. 그리고 마당께로 걸어가고 있는 초헌을 향해 임종을 앞둔 병자답지 않게 높고 뚜렷한 목소리로 말했다.

"거기다. 모두 내려놓아라."

방 안에서 한눈에 들어오는 장독대 곁 화단이었다. 몇 포기 시들어가는 풀꽃 옆에 초헌이 서화꾸러미를 내려놓자, 고죽이 다시 소리 높여 명령했다.

"불을 질러라."

그제서야 방안이 술렁거렸다. 일부는 고죽을 달래고 일부는 달려나와 초헌을 붙들었다. 모두가 쓸데없는 소란이었다. 자기를 달래는 사람들을 거들떠보지도 않은 채 고죽이 돌연 벽력같은 호통을 쳤다.

"어서 불을 붙이지 못할까!"

그런데 알 수 없는 것은 초헌이었다. 그 역시 까닭 모르게 노한 얼굴이 되어 잠깐 고죽을 노려보더니, 말리려는 사람을 거칠게 제쳐 버리고 불을 질렀다. 뒷날 고죽을 사이비似而非였다고까지 극언한 것으로 보아, 그의 내면에 숨겨져 있던 석담 선생적的인 기질이 고죽의 그 철저한 자기부정自己否定 또는 지나친 자기비하自己卑下에 반발한 것이리라. 마를 대로 마른 종이와 헝겊인데다가 개중에는 기름까지 먹인 것도 있어 서화더미는 이내 맹렬한 불꽃으로 타올랐다. 신음 같은 탄식과 숨죽인 흐느낌과 나지막한 비명들이 여기저기서 터져나왔다.

어떤 사람에게는 고죽 일생의 예술이 타고 있었다. 어떤 사람에게는 그 처절한 진실이 타오르고 있었고, 또 어떤 사람들에게는 고죽의 삶 자체가 타는 듯도 보였다. 드물게는 불타는 서화더미가 그대로 그만한 고액권더미처럼 보이는 사람도 있었다. 반세기 가깝게 명성을 누려온 노대가, 두 대통령이 사람을 보내 그의 서화를 얻어가고, 국전심사위원도 한마디로 거부한 고죽의 전적眞蹟들이 한꺼번에 타 없어지고 있는 것이었다.

그러나 그때 고죽은 보았다. 그 불길 속에서 홀연히 솟아오르는 한 마리의 거대한 금시조를. 찬란한 금빛 날개와 그 험한 비상을.

—고죽이 숨진 것은 그날 밤 8시경이었다. 향년 72세.

깊고 푸른 밤

1982년 이상문학상

최인호(崔仁浩)

1945년 서울에서 태어나 연세대 영문과를 졸업했다. 1962년 『조선일보』 신춘문예에 소설 「견습환자」가 당선되었다. 1971년에 현대문학상을, 1982년엔 이상문학상을 수상했다. 소설집으로는 『별들의 고향』 『우리들의 시대』 『타인의 방』 『구르는 돌』 『가족』 『지구인』 『겨울 나그네』 『위대한 유산』 『길 없는 길』 등이 있으며, 수필집으로 『누가 천재를 죽였나』 『모르는 사람에게 보내는 편지』 등이 있다.

깊고 푸른 밤

1

 그는 약속대로 오전 여덟 시에 눈을 떴다. 눈을 뜨고 뻣뻣한 팔을 굽혀 팔목시계를 보았다. 정각 여덟 시였다. 누가 깨워준 것도 아닐 텐데 그처럼 곤한 잠 속에서도 시간의 흐름을 예민하게 감지하고 있는 동물적인 본능이 그를 정확한 시간에 자명종 소리를 내어 깨워준 셈이었다.
 낯선 방이었다.
 그는 자기가 지금 어디에서 잠들어 있는가를 아직 잠이 완전히 달아나지 않은 혼미한 의식 속에서 헤아려 보았다. 그는 눈이 몹시 나쁜 사람이 안경도 없이 사물을 바라보는 것 같은 느낌을 받았다. 보이는 것은 모두 흐릿했고, 머리는 죽음과 같은 잠에도 불구하고 먼지가 갈피마다 낀 듯 복잡하고 어지러웠다.
 집안은 조용하고 닫힌 커튼 사이로 눈부신 아침 햇살이 비비고 쏟아져 들어오고 있었다. 한 삼십 분 더 잠을 잘 수 있는 시간적 여유는 있었다.
 준호와 그는 여덟 시쯤 일어나 세수를 하고 늦어도 정각 아홉 시에는 출발하기로 약속을 해두었던 것이다.

샌프란시스코에서 로스앤젤레스까지 줄곧 5번 도로로 달리면 여섯 시간이면 닿을 수 있을 것이다. 101번 도로로 내려간다고 해도 일곱 시간에서 여덟 시간이면 충분할 것이다. 그러나 그들은 해안선을 따라 꼬불꼬불한 1번 도로로 내려가기로 합의를 봐두었으므로 1번 도로를 따라 로스앤젤레스까지 가는 길은 시간을 짐작할 수 없는 거리였다. 쉬지 않고 달린다고 해도 열 시간은 넘어 걸릴 것이다. 아니다. 열 시간이라는 것도 막연한 추측일 따름이다.

1번 도로의 대부분은 바닷가의 가파른 해안선을 따라 형성된 2차선의 관광도로에다 한여름의 우기雨期에는 길가 벼랑에서 굴러 떨어지는 낙석과 흙더미로 길이 종종 폐쇄되기도 한다. 그러므로 어쩌면 시간이 훨씬 더 걸릴지도 모른다. 최소한 아홉 시쯤에는 출발을 해야만 오늘 밤 안으로 로스앤젤레스에 도착할 수 있을 것이다.

그들은 일주일 전 로스앤젤레스를 떠났다. 그들은 15번 도로를 따라 베이커에서 127번 도로로 갈라져 데드 밸리죽음의 계곡를 거쳐 129번 도로를 따라 내려오다가 오랜차에서 395번 도로를 만났으며 그 길을 따라서 내려오다가 프리맨에서 178번 도로를 따라 베이커스필드에 도착했었다.

베이커스필드는 찰스 디킨즈의 소설에 나오는 남주인공 이름 같은 도시였다. 베이커스필드에서 그들은 99번 도로를 타고 북상했었다.

그들은 프레노스에서 66번 도로를 버리고 41번 도로로 접어들었다. 41번 도로는 요세미티의 국립공원으로 들어가는 간선도로였다. 요세미티를 거쳐 그들은 120번 도로로 빠져나와 맨데카에서 일차로 90번 도로를 다시 만났다가 5번 도로를 만났으며, 205번 도로를 거쳐 마침내 그들은 580번 도로로 해서 샌프란시스코에 들어선 길이었다.

그들은 지도 한 장만을 들고 로스앤젤레스를 떠났었다. 그들은 수없이 갈라지고 방사선으로 펼쳐진 거미줄과 같은 도로를 따라 숨가쁘게 캘리포니아의 구석구석을 헤매며 온 것이었다.

그들은 사막과 눈雪의 계곡을 거쳐 바다를 향해 한꺼번에 달려왔다. 이제는 바다를 볼 계획이었다. 바다를 보기 위해서는 아무래도 해안선을 끼

깊고 푸른 밤 | 179

고 달리는 1번 도로가 최고의 지름길이라는 사실은 지도만 보아도 알 수 있었다.

이제 일주일 동안 내내 쉬지 않고 강행군을 벌여온 그들로서는 어지간히 지치고 피로했으므로 빨리 로스앤젤레스로 돌아가고 싶은 욕망뿐이었다. 그리고 돈도 거의 바닥나 있었다. 가는 도중에 휘발유를 한 번쯤 가득 채워야 불안하지 않을 것이며, 식사는 간이매점에서 싸구려 햄버거로 때운다 해도 모텔비는 아슬아슬하게 남을까 말까 하는 금액이 주머니에 들어있을 뿐이었다. 그래서 내처 이날 안으로 로스앤젤레스로 돌아가야만 했다. 그러기 위해서는 최소한 아홉 시에는 출발을 강행해야 했다.

그는 무거운 몸을 일으켰다.

잠시 그가 지나온 여정을 머릿속으로 더듬는 동안 잠 기운은 서서히 가시고 있었으며, 그래서 그는 비로소 안경을 찾아 쓴 것 같은 명료한 의식을 되찾았다.

어젯밤 두 시까지 술을 마셨으므로 그는 겨우 여섯 시간 정도 눈을 붙인 셈이었다. 그러나 그는 비교적 일찍 잠이 든 셈이었고, 남은 사람들은 그가 잠이 든 뒤에도 더 많은 술을 마시고 더 많은 이야기를 나누고 더 많은 술에 취했을 것이 분명했으므로 아마도 날이 밝을 무렵에야 지쳐서 쓰러진 채 잠이 들었을 것이었다.

그는 깊은 잠 속에서도 간간이 귀를 찢는 듯한 음악 소리와 매캐한 담배 연기 냄새, 두런거리는 사람들의 목소리들을 듣고 있었다. 그는 간밤에 엉망으로 취해 잠이 들었다. 몸을 저미는 피곤에 한꺼번에 너무나 많은 위스키를 마신 모양이었다. 몹시 취해서 누군가와 심한 말다툼을 했던 것도 어렴풋이 떠올랐다.

그를 떠밀어 부축해서 잠을 재우고 난 뒤에도 모처럼의 파티는 새벽까지 계속되었을 것이 분명했다. 그는 머릿속이 쏟아져 내릴 듯한 통증을 느꼈다. 그는 더듬거리며 일어섰다.

방문을 열고 나서자 채광이 좋은 거실로 은가루 같은 오전의 햇살이 한가득 흘러내리고 있는 것이 보였다.

거실은 난장판이었다. 탁자 위에는 마시다 남은 위스키 병과 술잔, 옆질러진 술, 피우다 함부로 비벼끈 담배꽁초, 레코드판, 누군가 밟았는지 부서진 레코드판의 잔해들, 기타 먹다 남은 빵부스러기들, 씹다 버린 치즈 조각, 그리고 탁자 위에는 마리화나를 가득 담은 담배함이 놓여 있었고, 그것을 피우기 위한 파이프와 기구들이 내팽개쳐 놓여 있었다. 온 거실에 술 냄새와 담배 냄새 그리고 밤새워 피웠던 마리화나의 독한 풀냄새가 뒤범벅이 되어 구역질 나는 냄새로 가득 차 있었다.

대여섯 명의 사람들이 거실 바닥에 뒤엉켜져 잠들어 있었다. 유리창을 통해 들어온 햇살의 무차별한 공격에도 그들은 곯아떨어져 있었다. 그들은 서로서로의 다리와 팔을 베고 잠들어 있었다. 안색이 몹시 나쁜 그들의 얼굴은 마치 물 속에 가라앉은 익사해 죽은 시체를 끌어올린 형상을 하고 잠들어 있었다. 머리칼이 긴 여자는 커다란 곰 인형을 부둥켜안고 있었다. 그는 준호가 어디 있는가 둘러보았다.

준호는 소파 위에서 담요를 뒤집어쓰고 잠들어 있었다. 머리맡에 빵부스러기가 부서져 있는 것으로 보아 아마도 무엇인가 먹다가 잠이 들어버린 것이 분명했으며 그것으로 그는 준호가 간밤에 몹시 마리화나를 피웠다는 사실을 알 수 있었다. 그는 마리화나를 피우면 자꾸 무엇이든 먹으려 했으므로, 그는 준호가 마리화나를 피운 후 한 파운드의 빵과 햄·샌드위치를 세 개나 꾸역꾸역 먹는 것을 본 적이 있었다.

그는 준호의 머리를 흔들었다. 그는 쉽사리 눈을 뜨지 않았다. 그는 조금 심하게 준호를 흔들었다. 준호는 간신히 눈을 떴다.

"일어나."

그는 낮은 소리로 말했다.

"아홉 시가 되었어."

"제발."

그는 돌아누우며 말했다.

"조금만 더 잡시다. 형 어제 다섯 시에야 잠이 들었었어."

"일어나 이 쌔끼야."

그는 준호의 머리칼을 움켜쥐었다. 그의 머리칼엔 여자용 헤어핀이 꽂혀 있었다. 아마도 어떤 여자가 그의 머리칼을 정성들여 빗어준 후 자신의 헤어핀을 꽂아 준 모양이었다. 헤어핀은 나비 모양으로 제법 아름다웠다.
"아아, 제발, 제발."
준호는 두 손으로 빌면서 중얼거렸다.
"한 시간만, 한 시간 후에 떠나도 늦진 않아."
"일어나야 해, 당장 떠나야 해."
"우라질, 부지런을 떨고 있네. 여긴 한국이 아니야, 여긴 미국이야 형. 좋아 씨팔. 내 안경 어디 갔지. 내 안경 좀 찾아봐 형."
그는 준호의 안경을 찾기 위하여 난장판이 된 거실을 훑어보았다. 준호는 눈이 몹시 나빠 안경을 쓰지 않으면 한 치의 앞을 구별하지 못한다. 준호의 안경은 그의 눈이었다. 그는 운전을 전혀 하지 못했고 오직 준호만이 운전을 할 줄 알았으므로 어제까지의 여행도 준호 혼자서 계속해왔던 것이다. 안경이 없다면 그는 운전을 할 수 없게 된다.
그는 불타 버린 잿더미 속에서 살림 도구를 챙기는 사람처럼 엉겨붙어 잠들어 버린 사람들을 헤치고 다녔다. 누군가 그의 발에 밟혔다. 잠결에 둔한 비명소리를 지르며 한 사내가 그를 올려다보았다.
"미안합니다."
그는 웃으면서 말했다. 전혀 낯선 얼굴이었다. 그는 어젯밤 아홉 시쯤 이곳에 도착했었다. 샌프란시스코에 도착한 것은 오전이었지만 둘이서 시내를 돌아다니다 저녁 무렵에야 이곳으로 찾아 떠나온 것이었다. 준호가 알고 있는 유일한 사람의 집이었다. 하지만 주소만 알고 있을 뿐 전화번호도 알고 있지 않았다. 주머니에 돈이 없었으므로 노상에서 잠을 잘 수는 없는 노릇이었다. 그들이 무어라 하든, 싫어하든 좋아하든 준호가 알고 있는 주소에 적힌 집을 찾아 하룻밤 신세를 지지 않으면 안 될 만한 상황에 놓여 있었다. 대충 눈치로 보아 그들의 찾아가는 사람도 준호와 절친한 사람으로 보이지 않았고 그저 오다가다가 주소만 적어 준 겨우 안면만 있는 사람처럼 보여졌다. 그러나 어떤 사이라도 상관없었다. 하룻밤만 신세지면 그것으로 충분했다. 쫓아내지만 않는다면 차고 속에서라도 하룻밤 자고 떠나면 그만이었다.
주소 하나만을 갖고 집을 찾는 것은 구름 잡는 식이었다. 산호세에 있는 사내의 집을 찾은 것은 아홉 시가 지날 무렵이었다. 집을 찾는 데만 세 시간이 넘어 걸린 셈이었다. 마침 집 안에서 토요일을 맞아 파티가 벌어지고 있었는지 대여섯 명의 사람들이 모여 있다 그들을 맞아 주었다. 준호가 노래를 부르는 한때 제법 유명한 가수라는 사실을 그들은 모두 알고 있어 보였다. 그래서 그들은 기대했던 것보다는 훨씬 환대를 받을 수 있었다. 파티를 위해 아이들을 친척집에 미리 맡겨두었다는 집주인은 그들에게 웃으며 말했었다.

"잘됐습니다. 우리도 모처럼 파티를 벌일 참이었는데 실컷 노세요."

그들은 이미 전주가 있었는지 다들 눈이 풀어져 있었다. 그들은 악수를 나누었고, 서로 통성명을 하고 웃음을 나누었다. 그러나 그는 그들의 이름을 하나도 기억하지 못하고 있었다. 밤 두 시까지 그들은 떠들고 웃고 그리고 춤을 추었었다. 취한 여인 중의 하나가 풀장에 들어가 옷을 입은 채로 수영을 했다. 그는 취한 김에 그 여인을 따라 팬츠만 입고 물 속에 뛰어들었던 기억이 어렴풋이 떠올랐다. 그것은 이상한 일이었다.

아홉 시부터 밤 두 시까지 다섯 시간을 그들과 끊임없이 이야기를 나누고, 무엇을 마시고 먹고 춤을 추고 나중에는 몹시 다투기도 했지만 잠들어 있는 그들의 얼굴은 전혀 낯이 설었다. 그들은 누구인지, 이름이 무엇인지, 왜 그가 그들과 싸웠는지, 옷을 입은 채 풀장에 뛰어든 여인은 누구인지, 준호의 안경을 찾으며 거실을 샅샅이 돌아다니는 그의 마음은 전혀 두터운 암벽과도 같이 단절되어 있었다.

그는 간밤에 그토록 지리한 여행 끝에 마침내 이 집 앞에 다다랐을 때 초인종을 누르자 불빛 아래에서 나타나는 얼굴들을 보며 이상한 충격을 받았던 기억을 떠올렸다. 그들은 모두 가면을 쓴 사람처럼 보였었다. 몸은 지치고 피로해서 쓰러질 것만 같았다. 그들은 이제 막 임종을 한 뒤 영혼이 육신을 빠져나가 거칠고 황량한 어두운 벌판을 이리저리 배회하다 우연히 만난 아직 이승에서 방황하는 죽은 자들의 혼령들처럼 보였었다.

이제 다시는 잠든 그들과 이야기를 나눌 수 없는 것이며 또다시 그들을 만나지는 못할 것이다.

그는 여행을 떠나고 나서부터 아름다운 풍경이나 거대한 사막, 선인장,

눈 덮인 요세미티 공원의 절경을 볼 때면 언제나 그런 감상적인 비애를 느끼곤 했었다.

다시는 만나지 못할 것이다.

시속 70마일의 빠른 속도로 스쳐 지나가는 차창에 잠시 머물다 스러지는 저 풍경은 또다시 만나지 못할 것이다. 한 번의 만남이 영원한 과거로 소멸되고 말 것이다. 저 끝간 데를 모르는 벌판, 초록의 융단 위에 구름에 가리어진 빛의 그늘이 대지 위에 이따금 그림자놀이를 하고 있었다. 어린 날 우린 흐린 저녁 불 아래에서 두 손으로 벽에 그림자를 만들어 보이곤 했었지. 여우와, 토끼와, 개의 그림자를 손가락을 구부려 벽에 만들어 보곤 했었지.

짓궂은 구름은 이따금씩 하늘의 햇빛을 가리워 지상에 그림자를 드리우곤 했었다. 어떤 때는 여우비를 뿌리고 어떤 때는 얽힌 대지의 머리칼을 빗질하듯 슬며시 쓰다듬고는 사라지곤 했었다. 그러한 것 잠시 보이는 구름의 장난으로 여우비를 내리고 심심풀이 장난으로 서늘한 그림자를 드리우는 찰나적인 어둠도 그것으로 그만이었다. 다시는 만날 수 없을 것이다.

저 구름도, 햇빛도, 먼 벌판에 민대머리로 빛나는 구름도, 가끔 거웃처럼 웃자라 있는 몇 그루의 나무도 다시는 만나지 못할 것이다.

그가 지나온 5번 도로도, 101번 도로도, 죽음의 계곡도, 사막도, 베이커스필드도 다시는 만나지 못할 것이다. 잠들어 있는 사람들의 얼굴들. 이름을 기억할 수 없는 사람들. 그들의 목소리, 그들의 웃음소리는 영원히 기억되지 않을 것이며, 그들은 이제 이 한 번만의 해후로 영원히 잊혀질 것이다.

그는 준호의 안경을 스피커 옆에서 찾아냈다. 다행이다. 안경은 밝혀 테가 몹시 구부러져 있었지만 안경 알은 건재했다. 그는 안경을 들고 소파로 다가갔다. 안경을 찾느라고 시간을 지체하는 동안 준호는 다시 깊은 잠에 빠져 있었다. 그는 준호의 머리를 거칠게 흔들었다. 신음소리를 내며 준호는 눈을 떴다. 그는 안경을 얼굴 위에 씌워 주었다.

"일어나, 벌써 아홉 시 반이야."

"아아."

준호는 하품을 하며 몸을 일으켜 세웠다.

"유난히 부지런을 떠는군, 젠장. 형은 그래도 일찍 잠이 들었었잖아. 난 다섯 시가 넘어서 눈을 붙였단 말이야."

"떠나자, 떠나면 잠이 안 올 거야. 여기서 시간을 지체할 순 없어."

"씨팔."

그는 웃었다.

"외박을 하고 집으로 돌아가려는 사람 같애. 여긴 미국이야, 형. 로스앤젤레스로 돌아가 봤댔자 반겨 줄 사람은 없어. 로스앤젤레스가 서울인 줄 아슈, 젠장할. 아이구 머리가 아파, 머리가 아파 죽겠어. 커피나 한 잔 마시면 좋을 텐데."

순간 준호의 코에서 붉은 핏물이 맥없이 굴러 떨어졌다. 그것은 코피였다.

"얼씨구 코피까지 나는군."

준호는 휴지를 찢어 동그랗게 만든 후 코를 틀어막고서 일어섰다.

"내 양말이 어디 있을 텐데."

그는 더듬거리며 소파 밑을 뒤졌다. 그는 한 짝의 양말을 소파 밑에서 찾아내었고 다른 한 짝의 양말을 곤히 잠든 여인의 머리 쪽에서 찾아내었다. 준호는 낑낑거리며 양말을 신다 말고 물끄러미 여인의 얼굴을 들여다보았다.

"형, 이 애의 이름이 뭐였지?"

"몰라, 간밤에 난 엉망으로 취했었어."

"맞아."

준호는 낄낄거리며 웃었다.

"형은 미친 사람 같았어. 이 친구들이 깨어나면 형을 떼 지어 죽일지도 몰라. 형은 간밤에 너무 심했어. 풀장에도 뛰어들어 갔었다구. 저 레코드판을 깬 사람이 누군 줄 알우, 형이야."

그는 유쾌하게 웃었다.

"형은 어젯밤 저 유리창도 부쉈다구. 풀장 옆에 있는 돌맹이를 집어던져 유리창을 깼어어. 내버려 두면 온 집안을 부쉈을 꺼야. 웃겼어. 형은 미친 사람 같았어. 나중엔 온 집안에 불을 지른다고 설쳐댔었다구."

그는 부끄러웠다.
"그러니까 서두르자, 이친구들이 깨기 전에."
"이 친구들은 얼굴에 오줌을 싸두 깨어나진 않을 꺼야. 밤새 춤을 추구 마리화나를 빨구, 술까지 처먹었으니까. 지독한 친구들이야."
어느 정도 코피가 멎었는지 준호는 틀어막았던 휴지 조각을 빼서 재떨이에 버렸다.
"갑시다, 젠장."
그는 한데 뭉쳐 잠든 사람을 밟으며 거실을 가로질렀다. 준호는 냉장고를 열어 주스 통과 우유, 그리고 빵조각을 비닐봉지 속에 가득 넣었다.
"커피를 마시면 정신이 날 텐데. 아, 아, 커피 좀 먹었으면."
준호는 거실 한 가장자리에 코를 처박고 잠든 사내를 흔들어 깨웠다.
"이봐, 친구. 이봐, 친구."
사내는 짜증난 얼굴로 무어라고 중얼거리며 눈을 떴다.
"우린 떠나겠어, 친구 고마웠어. 친구, 가만 있자. 이 친구의 이름이 뭐였더라. 형, 이 집주인 이름이 뭐였지?"
"생각나지 않아."
"가만있어 봐. 어디 주소를 적어 둔 종이가 있을 텐데."
준호는 주머니를 뒤졌다. 그러나 메모지는 어디론가 달아나 버린 모양이었다.
"어이, 친구."
할 수 없다는 듯 간신히 눈을 떴다. 다시 눈을 감은 사내의 얼굴을 가볍게 두드리며 준호는 소리 질렀다.
"우린 가겠어. 고마웠어, 친구. 로스앤젤레스에 오면 연락하게."
"잘 가."
꿈에 잠긴 목소리로 그는 중얼거렸다.
"하룻밤 신세졌어요. 우린 갑니다."
그는 부드러운 목소리로 인사말을 했다.
"안녕히 가세요. 안녕……."
"갑시다, 형."

먹을 것이 든 비닐봉지를 들고 준호는 어느 정도 원기를 회복했는지 기분 좋게 소리 질렀다. 그들은 문을 열고 밖으로 나섰다. 무지막지한 햇빛의 광채가 수천 개의 플래시를 일제히 터뜨리듯 그들의 얼굴을 공격했다. 밤길을 달려왔으므로 집 앞의 돌연한 햇빛과 진초록의 나무와 장미와 숲들은 일제히 아우성을 치며 덤벼들었다. 새떼들이 잔디밭 위에 앉아서 귀가 따갑도록 지저귀고 있었다. 집 앞 정원에 세워둔 준호의 검은 차가 없었다면 그들은 돌연히 다가온 이 정원 풍경을 어떻게 받아들여야 할지 어리둥절한 기분이었을 것이다. 준호의 차는 해안에 정박한 낡은 폐선처럼 보였다. 수천 마일을 쉬지 않고 달려왔으므로, 비와 눈과 먼지와 흙탕물에 뒤범벅이 되어 더럽고 불결해 보였다. 차창은 먼지로 반투명의 잿빛 유리처럼 더러웠으나 브러시가 만든 부채꼴의 반원만큼은 깨끗했다. 그 낡은 중고차로 일주일 동안 수천 마일을 쉴 새 없이 달려 왔다는 사실이 믿어지지 않을 정도였다. 멕시코 녀석에게 이천 불을 주고 샀다는 볼품없는 구형의 차는 그러나 의외로 견고하고 조그만 고통쯤에는 신음소리 하나 내지 않는 충직한 노예와도 같았다. 그 먼 길을 달려오는 동안 딱 한 번 죽음의 계곡 그 가파른 언덕길에서 왈칵 오바이트한 것을 빼놓고는 내내 건강하고 명랑했다.

그들은 차의 문을 열고 좌석에 앉았다. 차 안은 난장판이었다. 여기저기 눌러 끈 담배와 먹다 흘린 빵조각들. 낡은 옷. 펜트하우스에서 잘라낸 여인들의 벌거벗은 사진들. 요세미티 공원에서 산 자동차 체인. 일주일 동안에 벌써 낡아 너덜거리는 캘리포니아의 도로망을 상세히 알려 주고 있는 지도책. 그러나 막상 앉자 이상한 행복감과 안도감이 충만하기 시작했다.

남은 것은 이 집을 떠나는 일뿐이었다.

"잠깐."

운전대를 잡았던 준호가 깜빡 잊었다는 듯 운전대에서 손을 떼며 그를 보았다.

"큰일 날 뻔했었군. 잠깐만 기다려요, 형."

그는 차의 문을 열고 정원을 되돌아 집안으로 사라졌다. 그는 시트바닥에 굴러 떨어져 있는 담뱃갑에서 담배를 한 대 꺼내 피워 물었다. 입 안이 깔깔해서 담배맛이 나질 않았다. 그는 시트 바닥에서 간밤에 그들이 유일하게 구원의 메시지처럼 들고 물어물어 찾아왔던 주소가 적힌 메모지를 발견했다. 그는 메모지를 꺼내 보았다.

'정준혁.'

그 곳엔 그들이 하룻밤 묵었던 집의 주인 이름이 적혀 있었다. 알 것 같기도 모를 것 같기도 한 이름이었다. 다시는 만날 수 없는 사람의 이름이었다. 이곳을 떠난다면 이 지상에 이러한 집이 있었다는 것은 영원히 망각 속에 묻혀 버리게 될 것이다. 이곳을 떠난다면 분명히 하룻밤 머물렀던 저 집안에서의 기억은 흔적도 남아 있지 않게 될 것이다. 요세미티의 방갈로에서 하룻밤 자고 일어났을 때 아침에 문을 열고 나서자 문득 막아섰던 엄청난 전나무의 꼿꼿한 나뭇등걸처럼 아아, 눈 덮인 나무숲 너머로 햇살을 받고 빛나던 산봉우리들. 얼어붙은 폭포가 산봉우리에 손바닥에 그어진 손금처럼 흘러내리고 있었다. 푸르다 못해 창백하게 질린 벽공의 겨울 하늘을 등 뒤로 하고 눈 덮인 산봉우리들은 상아象牙의 탑처럼 백골로 우뚝 서 있었다. 그곳을 떠나와 이곳에 있듯이 이곳을 떠난다면 그 기억들은 뒤범벅된 머리의 갈피 속에 끼어들어 더러는 금방 잊히고 더러는 생선의 가시처럼 틀어박혀 어쩌다 기억이 나곤 하겠지. 그들이 이 집을 떠난다 해도 이 집은 이 집대로 존재할 것이다. 그들이 눈 덮인 계곡을 떠나왔다 해도 그 전나무는 늘 그 자리에 존재하듯이 그들은 180번 도로를 떠나왔다 해도 늘 그 자리에 그 도로는 놓여 있을 것이다. 프레스노는 언제나 그 자리에 존재할 것이며 샌프란시스코는 그곳에 있을 것이다. 마치 우리가 두터운 책을 읽어 내릴 때 눈으로 훑어내리면 내용을 머릿속에 전이되어 기억되나 페이지는 가차 없이 흩어져 나가 버리듯. 책을 거꾸로 읽는 사람은 없듯이 우리는 일단 스쳐 지나온 길을 고스란히 거꾸로 되돌아갈 수는 없는 것이다.

준호가 집에서 나왔다.

그는 파이프와 마리화나를 가득 담은 담배 쌈지를 들고 있었다. 그럼 그렇지, 그가 그것을 그냥 놓고 나올 리는 없었다.

"하마터면 큰일 날 뻔했어, 형."

준호는 만족하게 웃으며 운전대에 앉았다.

"이건 아주 좋은 거야. 아주 비싼 거야. 이 정도면 60달러가 넘을 꺼야."

그는 그것을 소중하게 차 앞 캐비닛을 열고 그 속에 집어넣었다.

"이걸 전번처럼 버리면 그땐 형이고 뭐고 골통을 부숴 버리겠어, 알겠수."

"알겠다."

준호는 주머니 속에서 자동차 키를 꺼내들고 구멍 속에 집어넣고 비틀어 보았다. 차는 부드럽게 작동했다.

"멋있어. 형, 이 자식은 정말 멋진 놈이야."

준호는 기분이 좋은 듯 운전대를 쾅쾅 때렸다. 제풀에 클랙슨이 두어 번 크게 울렸다. 잔디밭에 떼 지어 앉았던 새들이 놀라서 일제히 박수를 치며 일어섰다.

"갑시다. 자, 출발이야. 잘 있거라, 이 우라질 놈의 집. 잘 있거라, 덜떨어진 암놈 수놈들아."

차는 일단 후진을 한 후 방향을 잡았다. 그리고 달려나가기 시작했다. 그는 고개를 젖혀서 그가 하루 묵었던 집을 돌아보았다. 회백색의 양옥집은 푸른 초록의 숲속에서 잠시 반짝이며 빛났다가 스러졌다. 뭔가 강렬한 인상을 머릿속에 접목接木시켜 두지 않으면 안 된다고 그는 생각했다. 그것은 여행을 떠나고 나서 줄곧 머릿속을 지배해 온 일관된 흐름이었다. 마치 책을 읽다 인상적인 구절이 나오면 귀찮더라도 붉은 색연필로 언더라인을 그어서 표시해 놓듯이. 그래야만 책을 다 읽은 후 책장을 펄럭펄럭이며 대충 훑어보아도 인상적인 장면을 떠올릴 수 있을 것이다. 이 여행이 끝난 후 집으로 돌아가 먼 후일에라도 머릿속에 각인刻印시켜 둔 풍경과 많은 기억을 떠올리려면 뭐든 집중력을 가지고 봐 두어야 할 것이다. 방향을 잃은 사람이 밤하늘에 빛나는 별과, 나뭇등걸의 나이테를 보고 방향을 잡듯이.

그러나 그가 하루 머물렀던 집은 기억 속에 새겨놓기 전에 벌써 맹렬한 속도로 달려나가는 차의 전진으로 아득히 멀어져 갔다. 이제는 잊어버릴 의무만이 남아 있는 셈이었다. 그래서 그는 잊기로 했다.

2

　날씨는 기가 막히게 좋았다. 미국에서도 가장 좋은 캘리포니아의 날씨였다. 비록 겨울이긴 했지만 햇볕은 귤과 오렌지와 그 풍성한 캘리포니아의 채소를 익히는 부드러운 입김을 갖고 있었다. 햇빛은 작은 미립자로 형성된 분말 같았다. 습기가 깃들어 있지 않은 햇볕이었으므로 쥐면 바삭 부서져 버릴 것처럼 햇볕은 건조해 있었다. 햇빛은 그늘 속에서도 빛나고 있었으며 야자수의 열매 위에서도 빛나고 있었다. 그늘은 햇빛이 눈부실 만큼 짙었지만 금박의 햇볕은 비늘처럼 모여 있었다.
　산호세를 지나 1번 국도를 접어들기 위해서는 우선 101번 도로를 거치지 않으면 안되었다. '살리나스'라는 도시에서 갈라져야만 해안으로 나갈 수 있었다.
　운전은 준호의 차지였고, 지도를 읽고 판독하는 것이 그의 몫이었다. 지난 일주일 내내 그들은 그렇게 여행을 해왔었다. 길이 갈라지는 두어 마일 전방이면 도로 표지판이 우뚝 서서 방향을 가리키고 있었다. 어쩌다 잠깐 한눈을 팔면 갈라지는 교차점을 놓치게 되는데 그렇게 되면 방향 감각을 잃어버리게 된다. 무시무시한 속도로 달려가는 고속도로에서 일단 잃어버린 방향을 되찾아가는 것은 최초의 단추를 잘못 채운 외투를 벗고 다시 입을 때처럼 짜증스러운 일이었다.
　고속도로에서는 모든 것이 맹렬한 속도로 굴러가고 있었다. 차가 굴러가고 있는 것이 아니라 도로 자체가 무서운 속도로 움직이고 있는 착각에 빠져들게 된다. 그들은 운전대를 잡고 가만히 앉아 있는 느낌을 받는다. 도로는 미친 듯이 질주하고 도로 양 옆에 키 큰 농구 선수들처럼 서 있는 야자수 나무들을 휙휙 스쳐 지나간다. 모든 차들은 일정한 골을 향해 볼을 쥐고 달리는 농구 선수처럼 대시하고 있으며 야자수 나무들은 그 공을 방해하는 농구 선수들처럼 막아서고 있는 것처럼 보인다. 거대한 에스컬레이터 속에 갇혀 있는 환상을 불러일으킨다. 그런 맹렬한 속도감에서 잠시 한눈을 팔면 간선도로를 알리는 도로 표지판을 잃어버리게 되는데 일단 방향을 잃어버리면 자동기계 속에서 스스로 조립되고, 절단되고, 포장되는 상품처럼 조잡한 불합격품이 되고 마는 것이다.

도로는 거대한 이동 벨트이며 그 위를 굴러가는 차들은 빠르게 조립되는 상품들처럼 보인다. 운전을 하는 준호나 쉴 새 없이 방향을 잡고 주위를 환기시키는 그나 무시무시한 메커니즘에 이기는 길은 살인과도 같은 전쟁에서 쓰러지지 않는 길이었다. 지도는 그들의 유일한 나침반이었다.

"어떻게 된 거야. 나올 때가 되었어, 형."

산호세를 출발해 101번 도로를 따라 미친 듯이 달려오던 준호는 삼십 분쯤 지나자 숨가쁜 소리를 질렀다.

"잘 봐. 씨팔, 한눈팔지 말어. 살리나스야."

"알구 있어. 줄곧 지켜보구 있다니까."

그는 충혈된 눈으로 소리 질러 말을 받았다.

모간 힐. 길로이. 프런데일에서 156번 간선도로가 갈려 나간다. 차는 방금 프런데일을 지났다. 프런데일을 지나면 산타리타다. 산타리타를 지나야만 살리나스다. 산타리타를 지나야만 1번 도로로 빠져 나가는 간선도로 표지판이 고속도로에 서 있을 것이다.

"살리나스, 살리나스."

그는 잊어버리지 않기 위해서 중얼거린다. 살리나스는 무엇을 뜻하는가. 그것은 샌프란시스코와 로스앤젤레스로 가는 도로 위에 위치한 작은 도시에 지나지 않는다. 미국의 도시는 어느 도시건 같다. 크고 작은 차이만 있을 뿐 같은 빌딩과 같은 고속도로와 같은 슈퍼마켓, 동일한 이름의 햄버거 집, 거대한 체인 스토어, 같은 얼굴, 같은 말, 같은 문화를 갖고 있다. 도시는 으레 검둥이들의 세계이며 도시의 타운은 무질서한 낙서와 더러운 휴지 조각들로 가득 차 있다. 그러나 그는 늘 배반당하면서도 다가올 '살리나스'란 도시는 뭔가 다를 것 같은 희망을 갖고 있다.

"살리나스, 살리나스."

그는 간이역을 알리는 역원의 목소리처럼 장난스레 중얼거렸다.

"다음 역은 살리나스역입니다. 살리나스에 내리실 분은 미리미리 준비해 주십시오."

살리나스. Salinas. 에스, 에이, 엘, 아이, 엔, 에이, 에스, 살리나스.

그곳엔 무엇이 있는가. 공룡이 있을까. 아직 발견되지 않은 유인원의 두개골이 햄버거 집 계단에 묻혀 있을지도 모른다. 금광을 캐기 위해 서부로 달려오던 백인을 죽이던 독 묻은 화살촉이 마당에 묻혀 있을지도 모른다. 살리나스, 살리나스. 어디서 많이 듣던 이름이다. 존 스타인벡의 소설, 『에덴의 동쪽』의 무대가 살리나스였었지, 아마. 그 자식은 살리나스를 에덴동산으로 비유했었어.

그는 수천 마일을 여행해 오면서 때가 되면 미국 어느 도시에서나 볼 수 있는 동일한 간이음식점에 들어가서 식사를 하곤 했었다. 똑같은 구조와 똑같은 가격, 똑같은 양, 똑같은 메뉴의 간이음식점 의자에 앉아 핫도그를 먹고, 아이스크림을 먹을 때면 음식점 한구석에 비치해둔 전자 오락기계 앞에서 그 도시 젊은이들이 열중해서 우주에서 쳐들어온 외계인을 죽이는 모습을 보곤 했었다.

그는 식사하는 동안만 그 도시에 머물러 있을 것이다. 그러나 그들은 이곳에서 태어났으며, 그곳에서 자라고 때가 되면 사타구니에 털이 돋아날 것이며, 연애를 할 것이며, 그리고 결혼을 하고 늙어갈 것이다. 태어난 곳에서 죽을 것이다. 때로는 태어난 고향을 떠나겠지. 운이 나쁜 녀석은 이미 한국 전쟁에서, 월남 정글 속에서 죽었을지도 모른다. 그들의 전인생이 그에게는 삼십 분에 불과했다. 그가 빵을 먹고 아이스크림을 먹는 동안 그들은 전인생을 그곳에서 살고 있는 것이다. 그가 이제 식사를 끝내고 그 낯선 음식점과 낯선 도시를 떠난다면 그들은 죽음을 맞이하게 될 것이다.

살리나스.

그곳엔 무엇이 있을까. 그 똑같은 음식점 구석에서 애꿎은 외계인을 죽이는 젊은이들이 태어나서, 자라고, 사랑하고, 애를 낳고, 죽어가는 우스꽝스런 곡예를 변함없이 펼치고 있겠지.

"뭐 하구 있어, 살리나스야. 뭘 하는 거야."

그는 옆 좌석에서 벼락같이 소리 지르는 준호의 외침 소리에 정신이 번쩍 들었다.

"형은 좀 이상해. 넋이 나간 사람 같아, 미친 거야. 씨팔, 어떻게 된 거야. 깜빡 졸았어?"

차선을 바꾸기 위해서 회전등을 켜고 쉴 새 없이 차의 뒤쪽을 바라보며 준호는 신경질적으로 소리 질렀다.

1번 도로를 알리는 마지막 표지판이 고가 다리 위에 붙여져 있었다. 도로 표지판은 으레 서너 개의 간선 진입로 전부터 씌어 있게 마련이었다. 도로 표지판은 앞으로 있을 세 개의 간선 도로망을 안내해 주고 있는데 차례가 되면 맨 밑 부분에 씌어진 도로 이름이 윗부분으로 올라가게 된다. 그것은 그 도로가 임박했다는 사실을 가르쳐 주는 신호이기도 했다.

차는 아슬아슬하게 1번 도로로 빠져들었다. 겨우 안심했다는 듯 준호가 그를 보며 말했다.

"배가 고프슈? 그럼 빵을 먹어. 어떻게 된 거야, 길 안내조차 제대로 할 줄 모르니."

그는 대답하지 않았다. 배도 고프지 않았다.

차는 '살리나스 도시' 옆을 스쳐 지나가고 있었다. 그곳엔 유인원의 두개 골도 인디언의 화살촉도 남아 있지 않았다. 고속도로 양 옆으로 똑같은 야자수와 집들과 거리가 스쳐 지나가고 있을 뿐이었다.

이젠 곧장 1번 도로를 따라 내려가면 되었으므로 어느 정도 심리적 안정감을 느꼈는지 준호가 라디오의 음악을 틀었다. 그는 음악을 몹시 크게 듣는 버릇을 갖고 있었다. 차 속에서 음악을 듣기 위해서 실내 앰프까지 설치해 둔 그는 있는 대로 볼륨을 높이는 나쁜 버릇을 갖고 있었다. 그것은 음악을 감상하기 위해서라기보다는 음악의 비雨 속에 갇혀 있는 기분이었다. 차 안은 굳게 닫혀 있으므로 작은 밀실과도 같다. 달리는 작은 밀실 속에서 스테레오의 음향이 귀를 찌를 듯이 들려온다는 것은 차라리 고통이었다. 그러나 그는 될 수 있는 대로 내색을 하지 않기로 마음을 굳게 먹었다.

준호는 그의 고등학교 이 년 후배였다. 그의 동생과 같은 나이 또래고 또한 절친한 친구였으므로 보통 이상의 친밀감을 갖고 있었다. 그가 로스앤젤레스에서 준호 그를 만난 것은 전혀 우연이었다.

그는 여행을 떠나온 길이었고, 준호 역시 여행을 떠나온 길이었지만 목적하는 바는 달랐다. 준호는 여행을 떠나온 김에 아예 미국에서 눌러 살려고 작정을 하고 있었다. 준호는 한때 제법 이름이 알려진 가수였고 그의 노래 가사말을 그가 몇 개 써준 것도 있었다. 그러나 그는 인기절정에서 소위 대마초를 피운 죄로 지난 4년간 무대를 빼앗긴 불운한 과거를 가지고 있었다. 노래를 부르지 못하는 동안 그는 이것저것 사업에 손을 대어 제법 돈도 모았지만 결국 끝내는 빈털터리가 되고 말았다.

 그는 CM도 작곡하고 양복점도 하고 나중에는 제주도에서 밀감 농장을 경영하기도 했지만 그의 방랑벽이 그를 빈털터리로 만들어 버렸다. 결국 대마초 가수들을 구제한다는 발표가 난 후에도 그는 노래를 부르지 않았다. 그는 자신이 노래를 부르기엔 너무 늦었으며 좋지 않은 목소리를 갖고 있다는 것을 알고 있었다. 그는 두 아이와 아내를 갖고 있는 가장이었는데 우연히 미국을 여행할 수 있는 기회를 갖게 되었으며 이 기회를 이용해서 일단 해외로 빠져 나왔지만 이미 돌아갈 시간은 초과되어 있었다. 그는 내친김에 미국에 눌러 앉겠다고 말했었다.

 그가 준호에게 왜 돌아가지 않느냐고 묻자 그는 대답했다.

 "무서운 나라야. 난 악몽에서 깨어난 것 같아. 씨팔, 난 미국에서 살 거야."

 그는 지난 4년간 어쩔 수 없이 낭인浪人 생활을 할 수 밖에 없었던 쓰라린 과거가 준호를 그렇게 만들었다고 애써 생각하려 했었다. 그는 알고 있었다. 준호를 위시해서 많은 젊은 가수들이 마약 중독자로 몰려 두들겨 맞았으며, 정신병원에 수용되기도 했었으며, 끝내는 사회의 도덕적 패륜아로 지탄받고 격리되어 있었던 쓰라린 과거를. 그들을 만약 범법자로 다루었다면 길어야 일 년 집행유예 정도로 끝냈을 것이다. 그러나 그들은 사회적 여론으로 두들겨 맞았으며, 그리고 언제까지라고 정해지지 않은 이상한 압력으로 재갈을 물리고 격리되었던 것이다. 그것이 그에게로 우연히 해외로 나온 여행을 밀입국자의 신세로 전락시키게 한 동기가 되었을 것이다.

 그는 빈털터리였다. 여행을 할 때 갖고 나온 돈은 바닥이 났으며 더구나 그 돈에서 나머지 부분을 모두 중고차 한 대 사는 데 써버린 것이었다. 차가 없으면 로스앤젤레스에서는 꼼짝도 할 수 없다는 사실을 불과 이 개월 동안 머물면서 뼈저리게 느낀 모양이었다. 그는 뉴욕과 시카고를 걸쳐 로스앤젤레스로 숨어 들어온 길이었다. 준호는 방 하나를 빌려주는 다운타운의 싸구려 하숙방에서 지내고 있었다. 한 달에 백 불만 내면 방을 빌려 주는 유령과 같은 집이었다. 빅토리아풍의 거대한 저택은 한때는 꽤 화려한 고급 저택이었지만 할렘가에 위치하고 있었으므로 더럽고 퇴락한 멋대가리 없이 크기만 한 집이었다.

준호는 그 방에서 아무런 대책 없이 지내고 있었다. 여행 기간은 이미 만료되었으며 일차로 연장한 여권 기간도 며칠 있으면 끝날 판이었다. 처음엔 그를 반겨주던 친구들도 하루 이틀이 지날수록 그를 경원하게 되었으며 그가 돌아가지 아니하고 어떻게 해서든 이곳에서 뿌리를 내리고 살려는 계획을 안 순간부터 그를 만류하고 그를 비웃고 마침내는 상대할 수 없는 인물로 백안시하고 있었다. 준호는 자기가 여권 기간을 더 이상 연장할 수 없다는 사실을 잘 알고 있었다. 한국영사관 측이 납득할 만한 다른 이유를 발견할 수 없었기 때문이었다.

그는 이미 한국을 떠난 지 반년이 넘어가고 있었으며, 그는 상대적으로 미국 생활에는 익숙해져 가고 있었지만 어디까지나 여행자도 아니고 그렇다고 정식으로 이민해 온 사람도 아닌 어정쩡한 이방인이 되어가고 있다. 그는 단돈 이십 달러면 놓을 수 있는 전화를 가설하고 밤이나 낮이나 받는 사람이 부담으로 하는 국제전화만 걸어대었다. 며칠 동안 준호의 싸구려 하숙방 침대에서 함께 자본 일이 있는 그로서는 밤이건 낮이건 때도 없이 국제전화를 거는 준호의 고함소리를 꿈결 속에서 듣곤 했었다.

"나야 나, 뭘 하니. 여긴 미국이야. 여긴 로스앤젤레스야. 거긴 어떠냐. 눈이 오니. 눈이 많이 온다구. 거리가 막혔겠구나. 여기야 눈이 올 리가 없지. 여긴 언제나 여름이니까 말야. 뭐 재미있는 일 없니. 너 목소리가 왜 그래 감기 걸렸구나. 여편네하구 잘 땐 이불 덮구 자라구 이 새끼야. 하루에 몇 탕 뛰니. 몸조심해. 우라질 새끼야, 가끔 내 마누라 좀 만나구. 가끔 불러내서 밥이라두 사줘라. 그렇다구 데리고 자란 소리는 아냐."

준호의 수첩에는 그가 알고 있는 모든 친구, 모든 사람, 방송국, 회사, 한때 알고 지내던 여자 친구들의 전화번호가 깨알같이 적혀 있었다. 그는 하룻밤에도 몇 차례씩 받는 사람 부담으로 하는 국제전화를 걸곤 했었다. 그는 그런 전화가 되풀이될수록 상대편이 싫어하리라는 것을 모르는 어리

깊고 푸른 밤 | 195

석은 녀석이었다. 처음에 한두 번은 의례적으로 전화를 받아주지만 그 통화료가 엄청나다는 것을 안 뒤부터는 그의 전화를 기피하게 될 것이라는 사실을 모르는 듯 무턱대고 전화를 걸곤 했다.

그는 잘 알고 있었다. 준호가 마침내는 아무에게도 전화를 걸 수 없게 될 것이며 그 누구와도 통화를 할 수 없게 될 것이라는 사실을. 준호는 나머지 돈 중에서 상당 부분을 마리화나를 사는 데 써버리고 있었다. 지난 사 년간 바로 그 마麻의 풀잎으로 쓰라린 경험을 맛보았는데도 불구하고 준호는 피와 같은 돈을 아낌없이 마리화나를 사는 데 써버렸으며 그는 밤이건 낮이건 그 독毒에 취해 있었다. 그는 한 개의 빵보다도 마리화나를 피웠으며 마리화나는 그의 모든 것이었다. 마리화나는 그의 빵이었으며, 술이었으며, 물이었으며, 그의 피였다. 그는 아침에 눈을 뜨자마자 그것을 피웠으며, 차를 타고 가면서도 그것을 피웠다.

그가 그것을 다시 피운다는 사실은 로스앤젤레스 한국 사람들에게 파다하게 소문이 번져 있었다. 그래서 사람들은 그를 구제할 수 없는 녀석, 도덕심이라고는 찾아볼 수 없는 놈, 염치없는 새끼로 취급하고 있었다. 마리화나를 사기 위해서 친구들에게 돈을 구걸하는 놈이라고 준호를 인간쓰레기 취급을 하고 있었다. 그런 의미에서 로스앤젤레스에서 생활한 지 석 달 만에 그는 철저한 거렁뱅이가 되어 가고 있었다. 아무도 그를 찾아오지 않았으며 그 역시 그 누구도 찾아가지 않았다. 그는 서서히 죽기를 작정하고 날마다 마시고 먹는 술과 밥 속에 일정한 미량의 독毒을 넣어두는 자살자와도 같았다.

그가 우연히 준호를 만났을 때 준호는 그에게 말했었다.

"잘됐어, 형. 나하고 함께 이곳에서 눌러 삽시다."

그에게는 아무런 대책도 없었다. 뭘 어쩌자는 것인지, 이렇게 살다 보면 남아있는 그의 가족들은 어떻게 할 것인지, 구체적인 대안이나 계획도 없이 그는 마리화나에 젖어 풀린 눈으로 킬킬 웃으며 이렇게 말했다.

"씨팔, 아이들은 고아원 보내고 아내는 돈 많은 홀애비한테 시집이나 가라지 뭐. 언젠가는 만나게 되겠지요. 씨팔."

준호와 여행을 떠난 후부터 그는 될 수 있는 대로 신경을 가라앉히려고 마음 굳히고 있었다. 아무리 절친한 사이라도 여행을 하다 보면 서로의 단점만 극명하게 드러나 보이기 마련이었다. 그래서 하찮은 일에도 언성을 높이고 으르렁거리고, 증오하고, 폭력을 휘두르게 되는 법이다.

이미 요세미티 공원 입구에서 그들은 대판 싸웠다. 요세미티가 고산지대이고 겨울철이기 때문에 눈이 덮여 있으리라는 것쯤은 상식적인 일이었다. 그런데도 두 사람은 자동차 체인을 준비하지 않았었다. 진입로 입구에선 교통안전 순시원이 체인을 감지 않은 그들을 통과시켜 주지 않는 것은 당연한 일이었다. 별수 없이 체인을 사기 위해서 오십 불이라는 거액을 예기치 않게 쓸 수밖에 없었다. 준호도 그도 자동차의 바퀴에 체인을 달아본 적은 없었다.

체인을 파는 주유소의 늙은 주인이 수수료를 주면 체인을 달아준다고 했는데 그 값은 삼십 불이었다. 삼십 불을 주고 체인을 다는 것은 미친 짓이었다. 그들은 눈이 쌓인 주유소 뒤뜰에서 체인을 감기 위해서 악전고투를 했었다. 눈발이 시야를 가릴 정도로 몰아치고 있었다.

그는 차바퀴에 체인의 끝부분을 가지런히 얽어매어 들고 있었고 차는 한 바퀴 구를 정도만 전진시키도록 약속했었다. 그러나 그것은 뜻대로 되지 않았다. 하마터면 거친 차의 반동으로 체인을 든 그의 손이 차바퀴 속으로 말려들어갈 뻔했다.

"주의해. 하마터면 손이 으스러질 뻔했어."

그는 구르는 차의 바퀴에서 손을 급히 빼려다가 차체의 날카로운 금속 부분에 긁혀서 피가 나오는 손을 들여다보며 으르렁거렸었다. 손은 얼어붙은 눈에 얼음처럼 굳어 있었다.

"그걸 놓으면 어떻게 해."

운전대에 앉은 준호도 지지 않고 맞받아 소리 질렀다.

"체인이 겨우 감아지는 판인데 그걸 놓치면 어떡하냐구, 씨팔."

"손이 부러질 뻔했어. 이 쌔끼야. 손이 바퀴에 들어가 으스러질 뻔했다구."

그는 피가 흐르는 손을 준호에게 내어 밀었다. 순간 준호는 그의 손을 뿌리치며 소리 질렀다.

"겁 좀 내지 말어, 무서워 좀 하지 마. 손이 부러지진 않으니까."

그는 그때 아직 남아있는 자동차의 체인을 보았다. 그는 거친 동작으로 자동차의 체인을 집어들었다. 그는 감당할 수 없는 살의를 느꼈다.

"차에서 내려, 이 쌔끼야."

준호가 무어라고 중얼거리며 달래듯 웃었다.

"체인이 필요한 건 자동차 바퀴지 내 얼굴이 아니야."

그는 준호의 머리칼을 움켜쥐고 자동차의 시트에 함부로 쥐어박았다. 준호는 의외로 얌전하게 그의 폭력을 감수하고 있었다. 갑자기 준호의 양순한 비폭력이 그를 부끄럽게 만들었다. 필요 이상으로 신경질을 부린 자신에 대해서 그는 침이라도 뱉고 싶은 모멸감을 느꼈다. 그러나 새삼스레 준호에게 사과를 하고 싶은 마음은 들지 않았다. 어쨌든 두 사람은 하나의 공동운명체라는 사실이 가라앉은 분노 뒤끝에 참담하게 스며들고 있었다.

준호의 골통을 자동차 체인으로 부서 버린다면 어떻게 할 것인가. 어떻게 해서 저 눈 덮인 산을 넘을 수 있을 것인가. 애초부터 끓어오르는 분노와 적의는 그 준호의 탓이 아니었다. 그것은 그의 마음에 가득히 있는 일관된 흐름이 있었다.

지난 가을 김포 비행장을 떠났을 때부터 그의 마음속에는 절박한 분노와 자포자기적 울분이 용암처럼 끓어오르고 있었다. 그는 그런 의미에서 여행을 떠난 것은 아니었다. 그는 도망쳐 온 셈이었다. 그는 디즈니랜드에서도, 유니버설 스튜디오에서도, 할리우드에서도, 한국인 식당에서도, 할리우드의 싸구려 창녀 아파트에서도, 그녀의 금발 음모 위에 입을 맞추면서도, 내내 가슴속에서 분노의 붉은 혀가 쉴 새 없이 낼름거리는 것을 느끼고 있었다.

자동차의 체인이 그를 화나게 한 것은 아니었다. 준호의 버릇없는 말대꾸가 그를 분노케 한 것은 아니었다. 그는 모든 것, 보고, 듣고, 말하고, 느끼는 그 모든 것에 분노하고 있었다. 그는 김포공항을 떠나면서 줄곧 분노하고 있었다. 그를 전송하기 위해 따라나온 아내의 눈과 두 아이의 고사리 같은 손에도 분노하고 있었으며, 짐을 체크하는 세관원의 손끝에도 분노하고 있었다. 그즈음 결혼한 뒤 처음으로 부부싸움 끝에 아내를 때렸다. 아내는 그에게 울면서 말했다. "당신은 변했어요. 당신은 이상해졌어요." 일회분씩 쓰는 신문 소설에도 분노하고 있었으며, 그가 쓰는 모든 소설에도 분노하고 있었다. 활자화된 문장을 보면서도 분노하고 있었으며 그는 신문을 보면서도 분노하고 있었다. 분노를 참을 만한 절제는 나사가 풀려 그의 용솟음치는 분노의 힘을 감당치 못하고 있었다. 그는 그의 작품이 영화화된 극장 앞에 쭈그리고 앉아서 늘 상한 짐승처럼 이를 악물고 있었다.

그는 자신의 분노에 겁을 집어먹기 시작했다. 그는 자신이 피로했던 탓이라고 생각했다. 신경쇠약이 재발된 모양이라고 그는 스스로 심리분석을 해보기도 했었다. 지난 십여 년 동안 한시도 제대로 쉬지 못하고 혹사한 탓으로 신경이 팽팽한 바이올린의 현처럼 끊어져 버린 모양이라고 자위해 보기도 했었다. 그런 참을 수 없는 분노는 더 이상 긴장과 자제로써도 눌러 진정시킬 수가 없었다. 분노는 그의 입을 튀쳐나오고, 그의 손끝은 불수의不隨意 근육처럼 움직였다. 술좌석에서 그는 술만 마시면 마주앉은 사람들과 싸웠고 어떤 때는 병을 깨고 술상을 뒤집어엎어 버리기도 했었다. 그가 여행을 떠나온 것은 그런 모든 분노의 일상생활에서 도망쳐 온 것이었다.

밤 늦게 로스앤젤레스의 공항에 내려서 긴 복도를 걸어가며 그는 자신이 도망쳐 왔다기보다는 망명亡命해 온 것이 아닌가 하는 느낌을 받았다. 그렇다. 그건 여행도 아니었고, 까닭 없이 치미는 분노의 일상에서부터 탈출해 온 것도 아니었고 망명의 길을 떠나온 것이었다. 그는 정치가가 아니었으므로 정치적인 망명을 해온 것은 아니었다. 그는 음악가가 아니었으므로 예술의 자유를 획득하기 위해서 망명해 온 것은 아니었다. 그는 그렇게 비유하는 것이 감히 허용된다면 그저 하나의 평범한 지식인에 불과할 따름이었다. 그는 언젠가 소련에서부터 음악의 자유를 얻기 위해 서방으로 망명했던 유명한 피아니스트 아쉬케나지와 인터뷰를 한 적이 있었다. 그에게 왜 조국 소련을 버렸느냐고 묻자 그는 이렇게 말했었다. 난 피아노 앞에 내가 원할 때 언제라도 앉을 수 있는 자유를 얻기 위해서 망명을 했습니다. 마찬가지로 내가 원하지 않을 때 언제라도 휴식을 취할 수 있는 자유를 얻기 위해서도 망명을 했습니다.

그러면 나는 무엇인가, 무엇을 위해서 망명을 한 것일까. 보다 큰 자유를 위해서 망명을 떠나온 것일까, 분노로부터의 망명인가, 숨 막히는 일상으로부터의 망명인가.

"어젯밤 일이 생각나우?"

여전히 귀를 찢을 듯한 요란한 음악의 홍수 속에 갇혀 반은 음악감상과 반은 운전에 몰입한 꿈꾸는 듯한 미소를 띠며 준호가 그를 돌아보았다.

길은 8차선의 고속도로부터 4차선의 간선도로로 한결 좁아져 있었다. 아주 본격적인 해안도로가 시작되지는 않고 있었다. 바다는 아직 어느 곳에서도 보이지 않았다. 차는 유명한 피서지인 몬튜레이 해안을 향해 치닫고 있었다.

"형은 어젯밤 미친 사람 같았어."

"그 음악 좀 낮춰라."

그는 될 수 있는 대로 감정을 나타내지 않는 낮은 목소리로 말을 뱉았다. 준호는 볼륨을 죽였다.

"지금쯤 그 새끼들은 모두 잠에서 깨어났을 거야. 어쩌면 형을 찾아 나섰지도 몰라. 왜냐하면 형은 어젯밤 완전히 미쳤으니까."

"난 기억나지 않아. 아무것도 기억할 수 없어."

"형은 어젯밤 위스키를 반병이나 나발 불었어. 첨엔 잘 나갔지. 인사도 하고, 악수도 하고, 춤을 추었어. 그때까진 좋았어. 그런데 갑자기 발광하기 시작했어. 그 쌔끼들이 형과 말다툼을 하기 시작했어. 그들이 형에게 말했어. 우리는 미국시민이다, 한국은 더 이상 우리들의 조국이 아니다. 그러자 형은 갑자기 날뛰기 시작했어. 어떻게 된 거야. 형은 애국잔가. 정말 웃겼어. 난 형이 그토록 애국자인지 몰랐어. 형은 소리를 버럭버럭 질렀어. 함부로 말하지 마, 이 쌔끼들아. 너희들은 그런 말을 할 자격이 없는 놈들이야, 하구 말야. 정말이지 큰 실수였어. 형은 뭐야. 민족주의잔가. 형은 레코드판을 부수고 유리창을 깨었어. 우리가 말리지 않았다면 모든 유리창을 다 깼을 거야. 생각나?"

"생각나지 않아."

그는 침통한 목소리로 대답했다. 그것은 거짓말이었다. 자욱한 아침 안개 속에 드문드문 드러난 나무의 등걸처럼 어렴풋이 간밤의 기억이 연결되지 않고 고립된 섬처럼 떠오르고 있었다.

"난 그렇게 화를 내는 모습은 본 적이 없었어. 형은 깡패 같았어. 미친 사람 같았어."

드디어 폭발했다.

그는 팔짱을 끼고 묵묵히 생각했다. 기어코 잠재되어 있던 분노가 방아쇠를 당긴 총알처럼 튀쳐나갔다. 극심한 피로 끝에 마신 술기운이 그의 억눌린 분노의 용수철을 잡아당긴 모양이었다.

"그들은 형과 골치 아픈 정치 얘기를 하자는 것은 아니었어. 그들은 그저 즐기기 위해서 정치 얘기를 꺼낸 것뿐이었어. 그건 즐거운 일이니까 말야. 그들은 모이기만 하면 궁정동 파티 때 여배우 누구누구가 앉아 있었다는 화제를 꺼내고 그걸 즐기기 위해서 되풀이하는 것뿐이야. 고의적인 것은 아니었어. 그런데 형이 지나치게 오버 액션한 거야. 그들은, 그들은 고마운 놈들이야. 그들은 우리를 재워 줬어. 술도 주고, 빵도 주었어. 그리고 우린 그 집에서 주스와 빵과, 우유와 마리화나를 훔쳐 나왔어. 나두 그놈들이 뭘 하는 놈들인지 몰라. LA 한국 음식점에서 만난 것뿐이야. 샌프란시스코에 오면 한번 들려 달라고 주소를 적어 주더군. 그뿐이야. 그런데 형이 그들의 파티를 망쳤어. 아. 바다야. 저것 봐, 바다야. 태평양이야."

준호는 갑자기 탄성을 울리며 클랙슨을 울렸다. 그는 차장 밖을 목을 빼어 바라보았다. 몬튜레이 관광지대로 넘어가는 언덕 위로 바다가 보였다.

해안선을 따라 수많은 요트와 배들이 부두에 매어져 있는 것이 보였다. 바람을 타고 바다 냄새가 비릿하게 풍겨왔다. 인근 도시에서 차를 타고 온 주민들이 바닷가 부두에 차를 세우고 해바라기를 하고 있는 것이 보였다. 아직 본격적인 바다는 시작되지 않고 있었다. 갈매기들이 종이연처럼 바람에 쓸려 날리며 부둣가에 세워진 요트의 돛과 보트의 마스트 위로 솟구치고 있었다. 제방에서 나이 든 할아버지 하나가 갈매기들에게 먹이를 주고 있었다. 수많은 갈매기들이 노인의 주위로 새카맣게 모여들고 있었다.

갈매기들은 인간에게 익숙해 있는 것처럼 보였다. 노인의 머리 위에도, 어깨 위에도, 손바닥 위에도 갈매기들은 서슴지 않고 앉아서 그가 나눠주는 먹이를 날카로운 부리로 쪼아대고 있었다. 도시로 흘러들어온 바닷물은 파도도 없이 잔잔해서 거대한 호수처럼 보였다. 정오의 햇살은 프라이팬 위에서 끓는 기름처럼 부서지고 있었다.

"몬튜레이야. 세계에서 돈 많은 놈들이 모여 산다는 유명한 별장지대야."

길 양 옆으로 울창한 수풀이 전개되었다. 숲 속에는 고급 주택이 고성古城처럼 솟아 있었다. 바다에서 불어오는 바람을 막기 위한 방풍림이 병풍처럼 둘러서 있는 숲 사이로 파란 잔디가 보였다. 잔디밭에는 수많은 사람들이 떼 지어 몰려 있었다. 그것은 골프장처럼 보였고 마치 대회라도 벌이고 있는 것일까, 많은 사람들이 한 사람의 뒤를 쫓아 느릿느릿 걷고 있었다.

"영화 속에 나오는 바닷가의 풍경은 모두 이곳에서 찍는다구. 저 집들 좀 봐. 도대체 저 집엔 어떤 놈들이 살고 있을까. 어떤 새끼들이 저런 엄청난 집에서 살고 있을까. 몬튜레이 일대를 좀 보겠어? 여긴 유명한 관광지대라구."

준호는 흥분한 사람처럼 쉴 새 없이 떠들고 있었다. 그러나 그는 아무런 흥미도 느끼질 않고 있었다.

로스앤젤레스에서 단지 고급 주택이 밀집해 있다는 이유 하나 때문에 비버리 힐을 샅샅이 누비며 소위 집 구경 한 적도 있었다. 비버리 힐은 소문대로 엄청나게 좋은 저택들이 열대지방의 울창한 숲 속에 펼쳐져 있었다. 그것은 집이라기보다는 하나의 성城들이었다.

"난 저런 집에서 살 거야. 형, 백인 관리인을 두고 바람과 함께 사라지다의 영화에 나오는 뚱뚱한 흑인 같은 하인을 두고 저런 집에서 살 거야. 형. 놀라지 말아. 저 집들 중에는 우리나라 사람도 살고 있어. 난 소문을 들었어. 우리나라에서 몇 백만 불 재산을 해외 도피시켜 가지고 나온 전직 고관들이 저 안에서 숨어 살고 있다고 그러는 거야. 그 사람들은 개인 경호원까지 두고 있다는 거야. 웃기는 놈들이야. 우리들 세금으로 재산 만들어 해외로 도망쳐 나온 놈들이야. 형. 내 재산을 팔아 모두 해외로 가져온다면 얼마나 될까. 아파트가 하나 있어. 그걸 팔면 십만 불은 되겠지. 제주도에 있는 감귤 농장을 팔면 글쎄 오만쯤 받을 수 있을까. 십만 불은 받을까.

가지고 있는 가구, 텔레비전, 냉장고, 전축, 모든 것을 팔면 오만불은 챙길 수 있을까. 그럼 이십오만 불은 되는 셈이군. 이만하면 어때. 형 나도 부자야. 미국에서 캐쉬로 이십오만 불을 가진 놈이 누가 있을라구."

그는 준호가 허세를 부리고 있다는 것을 잘 알고 있었다. 그는 준호가 겨우 작은 아파트 한 채만을 갖고 있다는 사실을 알고 있었다. 제주도의 감귤 농장은 이미 경영 실패로 남에게 넘어간 지 오래라고 자기 입으로 이야기하지 않았던가. 준호는 모래성을 쌓는 어린아이처럼 멋대로 상상하고 멋대로 꿈을 부풀리는 유치한 게임을 즐기고 있는 것뿐이었다.

그는 비버리 힐의 엄청난 저택에서도, 디즈니랜드의 정교한 인형에서도, 유령의 집에서도, 죽음의 계곡의 그 황량한 벌판 속에서도, 라스베이거스의 불야성 같은 밤의 야경 속에서도, 요세미티의 눈 덮인 설경 속에서도, 아무런 충격도 감동도 받지 않았었다.

그는 철저한 불감증 환자였었다. 그것은 '크다'는 느낌 이외에 아무것도 아니었다. 그는 호기심 때문에 여행을 떠나온 것은 아니었다.

비버리 힐을 보기 위해서, 헐리우드에서 〈목구멍 깊숙이〉라는 섹스 영화를 보기 위해서, 디즈니랜드의 병정 인형을 보기 위해서 여행을 떠나온 것은 아니었다. 그는 아무것도 보지 않기 위해서 여행을 떠나온 것뿐이었다. 그는 장님과 다름없었다.

미국으로의 여행은 그가 스스로 선택한 유배지流配地로의 여행이었다. 미국의 풍요한 문명과 엄청난 자연 풍경은 그에게 아무런 무서움도 열등의식도 불러일으키지 못하였다. 그는 아주 작은 하나의 섬에서부터 배를 타고 대륙의 뭍으로 귀양 온 죄인에 불과했다. 대륙에서 본다면 그가 태어나고, 자라고, 사랑하고, 교미를 하고, 결혼을 하고, 아이를 낳고, 늙어 죽어갈 그의 섬은 조그만 촌락에 지나지 않았다.

나뭇가지 위에 열린 나무 열매 하나 때문에 이웃과 싸우고, 동리를 가로지르는 냇물 하나 때문에 전쟁을 일으킨 가엾고도 어리석은 원주민들의 섬이었다. 그가 자신은 지성인이라고 말할 수 있었던 것은 기껏해야 닭은 다리가 두 개이며, 개는 다리가 네 개라는 사실을 구별할 줄 아는 이유 때문이었다. 그는 하나에서부터 열까지 셀 수 있는 사람이었으므로 지성인이었으며 그는 태양이 동쪽에서 떠서 서쪽으로 진다는 것쯤은 물론 알고 있었다. 그는 그가 아는 모든 것을 원주민들에게 가르쳐 주는 것만이 지성인의 역할이라고 믿고 있었다.

그래서 그는 아직 다섯까지의 숫자 밖에 모르는 원주민들에게 여섯과 일곱과 여덟을 알려주었으며, 그가 알고 있는 모든 지식은 어느 날 명령에 의해서 불법으로 인정되었다.

미국의 풍요가 내게 무엇이란 말인가. 미국의 자유가 내게 무엇이란 말인가. 미국의 병정 인형과 아름다운 정원이, 웅장한 저택과 핫도그와 아이스크림이, 사막과 설원이 내게 무엇이란 말인가. 그의 가슴속에는 터질 듯한 분노 이상의 아무런 감정도 존재하지 않고 있었다.

준호의 말대로 그 역시 가지고 있는 집과 그가 소유하고 있는 가구와 지금껏 고생해서 번 그 모든 것을 팔아 버린다면 그는 겨우 이 거대한 미국의 거리 한 모퉁이에 자그마한 빵가게 정도는 낼 수 있을 것이다.

"형."

갑자기 준호가 소리를 질렀다.

"바다야, 형. 바다야."

바다가 활짝 젖혀진 커튼 뒤에 나타나는 무대 위의 풍경처럼 돌연 그들의 앞을 가로막았다. 그것은 예기치 않았던 풍경의 전개였다.

바다는 푸르다 못해 검었으며 거친 파도가 벼랑을 할퀴고 있었다. 시야는 막힌 데 없이 투명했다. 이미 도로는 2차선으로 좁아졌으며 길 아래로 칼로 베인 것 같은 벼랑이 끊임없이 이어지고 있었다.

태양은 이글이글 불타고 있었으며 바다의 수평선은 좀 더 하늘로 밀착되려는 욕망으로 팽팽히 긴장되고 있었다. 벼랑 아래는 분노에 뒤틀린 바윗덩어리들과 붉은 황토가 입을 벌리고 아우성치고 있었고 거센 파도가 산기슭을 질타하고 있었다.

우와와-우와와-거센 바닷바람이 열린 차창 틈으로 쏟아져 들어오고 있었으며 하늘로는 바람에 쓸려 가는 갈매기들이 목쉰 소리로 울며 날고 있었다. 그들이 가야 할 도로는 바다로 흘러내린 벼랑과 깎아지른 듯 붉은 단애斷崖의 산기슭 사이로 도망치고 있었다. 바닷가로 흘러내린 벼랑에는 쓸모없는 풀 더미들이 웅크리고 웃자라고 있었다.
 준호는 바다가 잘 보이는 지점에 차를 세웠다. 그는 차의 캐비닛을 열어 파이프와 마리화나를 꺼내었다. 그는 부스러기 하나도 흘리지 않으려고 주의하며 마리화나를 손끝으로 딱딱하게 짓이겨서 파이프 속에 집어넣었다. 파이프 속엔 얇은 섬유망이 그물처럼 떠받치고 있었다.
 그는 준호의 버릇을 잘 알고 있었다. 무엇이건, 아름다운 풍경을 보면 준호는 버릇처럼 파이프를 꺼내들곤 했었다.
 그것을 피우면 아름다운 풍경이 더욱 광채를 띠고 강조되어 빛나 오는 것일까. 아니면 대자연의 경관 속에서 느껴오는 밑도 끝도 없는 고독감과 절망감을 달래기 위해서 환각이 필요하게 되는 것일까. 잠을 자기 위해 침대 위에 누우면 으레 준호는 마리화나를 볼이 메이도록 빨곤 했었다.
 그것을 피우면 모든 풍경이 그가 원하는 대로 변질되는 것일까. 무엇이 그를 쓰라린 지난 4년간의 고통 뒤끝에도 그것을 피우게 하는가. 그것은 아무도 간섭하지 않는 미국의 자유 때문인가. 그 자유를 만끽하고 싶은 쾌락 때문인가.
 준호는 불을 붙이고 서둘러 연기를 들이마셨다. 목젖이 아프도록 기침을 했다. 그러나 아까운 연기는 흘러나오지 않았다. 연기가 이미 그의 폐부 속에서 모조리 연소되었기 때문이었다.
 쓴 풀잎 냄새가 차 안을 가득히 메웠다. 한꺼번에 많은 양을 들이마시는 심호흡으로 짓이겨진 풀잎은 벌겋게 달아오르고 그 연기를 들이마시는 바람 소리가 풀무 소리처럼 건조하게 들려왔다. 그는 한가득 연기를 들이마시고 될 수 있는 대로 오래 참기 위해서 숨을 끊었다.
 그의 눈이 튀어나올 듯이 충혈되고 그의 목이 뱀의 그것처럼 부풀어 올랐다. 더 이상 견딜 수 없을 만큼 참았다가 그는 발작적으로 기침을 하기 시작했다.
 "저것 봐."
 그의 눈이 서서히 풀려가고 있었다. 그의 눈은 이 지상의 아무것도 보지 않고 있었다. 준호는 가까운 곳과 먼 곳을 동시에 응시하는 듯한 초점 없는 눈으로 그를 돌아보았다.

그의 눈은 꿈에 잠겨 있는 것 같았다. 황홀한 미소가 그의 얼굴에 번져 나갔다.

"저것 봐, 형. 하늘 좀 봐. 얼마나 아름다워. 무지개 같아. 저 파도 좀 봐. 저 파도 좀 봐."

그는 넋 나간 목소리로 킬킬거리며 웃었다. 그가 이유 없이 웃는다는 것은 그가 서서히 황홀경에 빠져 들어가고 있다는 사실을 말하는 신호였다.

"한 모금 빨아 봐, 형."

준호는 그에게 파이프를 내어 밀었다. 그는 머리를 흔들었다.

"괜찮아. 무서워하지 말어. 한 번만 빨아봐. 형. 얼굴이 예뻐졌어."

킬킬 그는 계속 웃었다.

"아아, 저 갈매기 좀 봐. 저 갈매기 좀 봐, 종이학 같아."

남아 있는 풀잎의 연기를 그대로 낭비하는 것이 안타까운 듯 그는 볼이 메이도록 연기를 들이마셨다. 풀은 완전히 타버려 검은 재밖에 남지 않았다. 그는 파이프를 털어 재를 버렸다.

"형, 왜 우리가 이곳에 있을까. 우린 왜 이곳에 있지. 그건 참 이상한 일이야."

준호는 비닐봉지를 뒤져 식빵을 게걸스럽게 먹기 시작했다. 준호가 너무 행복하게 보였으므로 그는 말없이 준호의 옆 얼굴을 들여다보고 있었다. 그는 꿈을 꾸고 있는 몽유병 환자처럼 보였다. 그래서 그의 꿈을 소리를 내거나 흔들어 깨우는 것으로 방해해서는 안 될 것 같은 느낌을 받았다.

내버려 둬.

그는 자신에게 준엄하게 명령했다.

그의 꿈을 깨워서는 안돼. 그를 방해하지 마.

준호는 식빵을 먹다 말고 기운이 빠진 듯 눈을 감았다. 입가에 씹다 흘린 빵부스러기가 묻어 있었다. 목이 마른 듯 그는 벌컥벌컥 주스를 들이마셨다.

"여기가 어디지. 여기가 어딜까, 형. 우리는 지금 어디에 앉아 있지."

그는 꿈을 꾸듯 몽롱한 목소리로 중얼거렸다. 갈매기 서너 마리가 지친 날개를 쉬기 위해서 차창 밖 차체 위에 맥없이 주저앉았다. 준호의 얼굴은 창백하게 질려 있었다. 한꺼번에 너무 많은 연기를 들이마신 모양이었다. 얼굴은 밀랍처럼 희었지만 눈가만은 붉게 상기되어 있었다.

그는 준호가 어느 정도 정신을 차릴 때까지는 길을 떠날 수 없다는 느낌을 받았다. 그는 준호 이상으로 깊은 꿈속에 잠겨 있었다. 요세미티의 눈길을 달리면서 준호는 온통 흰 설경의 눈부신 아름다운 풍경을 보자 버릇처럼 파이프를 꺼내 들었다. 그것은 남아 있는 단 한줌의 마리화나였다. 그가 운전 중에도 한 모금씩 마리화나를 빨고 있다는 것은 잘 알고 있었지만 얼어붙은 눈길을 운전하면서 마리화나를 빤다는 것은 미친 짓이었다.

"불안해하지 마, 형."

운전 중에 그것을 피울 때면 그는 준호에게 노골적으로 못마땅한 표정을 짓곤 했었다. 그런 낌새를 눈치채고 그를 안심시키기 위해서 준호는 짐짓 밝게 웃어 보이곤 했었다.

"한 모금만 빨면 오히려 운전이 잘돼. 걱정하지 않아두 돼."

그의 말대로 지난 일주일 동안 내내 준호는 조금씩 꿈에 젖어 있었다.

그러나 그의 운전 솜씨는 나무랄 데가 없었다. 그의 말대로 미량의 마리화나는 오히려 긴장을 풀어 주고 피로를 없애 주는 윤활유 역할을 하는 모양이었다. 그러나 얼어붙은 급커브의 요세미티 절벽길 위에서 그것을 피운다는 것은 아무래도 무리였다. 그것은 자살행위였다. 그가 겨우 세 모금 정도 남아 있는 파이프 속의 마리화나를 강제로 빼앗아 차창 밖으로 털어 버렸을 때 준호는 그에게 핏대를 올리며 덤벼들었다.

"아끼던 마지막 한 모금의 마리화나였어. 왜 그걸 버린 거야. 멕시칸놈들에게 육십 달러 주고 산 마지막 물건이야. 미친 것은 내가 아니야. 미친 것은 형이야."

"난 죽고 싶지 않아. 이 쌔끼야, 난 죽기 위해서 여행을 떠나온 건 아니야."

그는 냉정하게 대답했다.

"난 그걸 피우지 않으면 아무것도 보이지 않아. 씨팔, 더 이상 아름다운 경치는 눈에 들어오지 않을 거야."

"그렇다면 넌 이걸 네 마음대로 피우기 위해서 미국에 불법 체류자로 남겠다는 것이냐?"

"이건 마약이 아니야. 이건 술보다도 해독이 적어."

할 수 없이 체념한 준호는 그러나 요세미티를 거쳐서 샌프란시스코로 오는 동안 내내 우울하고 말이 없었다. 그는 지독한 우울증에 빠진 환자처럼 보였다. 그때 그는 준호에게 소리내어 말은 하지는 않았지만 그에게 내내 미안한 마음을 느끼고 있었다. 준호의 말대로 그것은 술보다 더 해독이 적은 단순한 풀잎 같은 것인지도 모른다. 한 번도 그것을 피워 본 적이 없는 그로서는 그것은 단지 조그만 환상을 불러일으키는 풀잎 같은 것으로 우울하거나 절실하게 고독할 때, 심리적인 위안을 만족시켜 주는 약의 효능을 지닌 순한 약초와 같은 것일지도 모른다. 그것은 그의 공포를 달래주는 유일한 풀잎이었다. 왜 그것을 빼앗았을까. 무엇인가 조금이라도 마취되어 있지 않으면 견디어 낼 수 없는 저 엄청난 고독 속에서 그가 가질 수 있는 심리적 위안을 내가 무슨 자격으로 빼앗을 수 있을 것인가.

눈을 감고 있던 준호가 비틀거리며 일어섰다. 그는 벼랑 끝에 서서 구역질을 하기 시작했다.

"이런 일이 없었어. 너무 심하게 빨았나봐."

그는 창백하게 질린 얼굴을 들고 준호를 돌아보았다.

그의 눈가엔 눈물이 맺혀 있었다.

"갑시다. 형, 미안해."

3

그들은 카멜 해안과 울창한 해안가의 산림지대인 빅서를 지나 루치아와 고르다를 지났다. 도로는 줄곧 바다가의 해안을 끼고 뻗어나가 있었다. 2차선이었지만 오가는 차는 거의 없었으므로 일방통행이나 다름없었다. 가도 가도 끝없는 바다뿐이었다. 간혹 길 왼편으로 구릉지대가 지나고 목초지대가 펼쳐지기도 했었다. 바닷가 벼랑 위에 아슬아슬하게 세워진 별장들이 새 둥우리처럼 숨어 있는 것을 볼 수 있었다.

차는 수천 마일을 쉴 새 없이 달려왔으므로 장거리 경주를 달려온 운동선수처럼 지치고 헐떡이고 있었지만 아직 원기는 왕성했다. 오랫동안 빠른 속도로 달려나가다 보면 차체와 인간이 한 덩어리가 된 것 같은 느낌을 받을 때가 있었다. 비록 경사진 벼랑을 따라 구불구불 펼쳐진 1번 도로를 달려간다고는 해도 어느 순간부터 두 사람의 의식은 아무것도 생각나지 않는 가수假睡 상태로 들어가게 된다. 운전대를 잡은 손은 무의식적으로 커브를 따라 때로는 완만하게 때로는 급하게 회전을 하고 있었지만 눈은 차창 너머로의 먼 불확실한 길목에 머물러 있으며 머리는 백지처럼 단순해지게 마련이다. 그것은 일종의 무아지경 속의 반사 동작일 뿐이었다.

자연 두 사람의 입에서는 말이 없어진다. 스위치를 눌러 음악을 듣는 일도 귀찮아진다.

납과 같은 무거운 침묵이 두 사람을 짓누르기 시작했다. 차츰 주위의 풍경도, 바다도, 기울어져 가는 태양도, 핏빛 황혼도, 눈에 들어오지 않는다. 시간 개념과 공간 개념이 마비가 되기 시작한다.

차는 오직 한 곳의 목표만을 향해 달려가도록 양 눈 옆을 안대로 가린 경주용 말처럼 오직 끊임없이 펼쳐진 하나의 선, 도로망을 따라서 질주하고 있다.

캠브리아와 모로베이를 지나기 시작한다. 때로는 우연히 추월해서 달려가는 스포츠카 한 대를 따라 속도 경쟁을 벌여 보기도 한다. 그러나 중고차가 성능이 좋다고는 하지만 오직 속도를 내기 위해 만들어진 스포츠카를 따라잡을 수는 없는 것이다. 어느 정도 따라붙던 차는 다시 적막한 도로 위에 홀로 달리는 장거리 주차처럼 낙오되게 마련이다. 마주 달려오는 차도 오후가 되자 거의 보이지 않는다. 뒤따라오는 차도 보이지 않는다. 이따금씩 벼랑 위에 서 있는 별장집들을 발견하기는 하지만 인기척이 느껴지지는 않는다.

바닷가도 쓰레기 하치장처럼 버려져 있을 뿐이다. 도시에 인접한 바닷가에서 만날 수 있는 파도를 타는 젊은이들도 보이지 않고 바다는 변방지대의 기슭을 핥고만 있을 뿐이다.

움직이는 것은 갈매기와 정직한 태양뿐이다. 태양빛은 시간에 따라 때로는 눈부시게 때로는 황홀하게 때로는 지치고 병든 얼굴로 시시각각 변하고 있다. 어떤 때는 긴 띠와 같은 구름이 태양을 가리기도 한다. 그럴 때면 태양은 어디론가 유괴당해 가는 사람처럼 보인다. 구름의 검은 띠가 태양을 납치해 가며 어디로 끌려가는가 상상할 수 없게 태양의 눈을 가리고 입에 재갈을 물리고 있다. 바람은 불기도 하고 거짓말처럼 잔잔하게 가라앉기도 한다.

삐죽삐죽 돋아난 곶(岬)들이 함부로 찢은 은박지처럼 구겨져서 바다 속에 침몰하고 있다. 원래는 바다와 육지가 한 덩어리였던 것을 분노한 신이 두 조각으로 찢어낸 것 같은 거친 경계선은 벼랑과 절벽으로 나누어져 있었다.

어디에 있는가 구태여 지도를 볼 필요는 없다. 로스앤젤레스까지 아직 멀었다. 쉴 새 없이 달리고 있지만 워낙 경사가 심한 도로이므로 한껏 속력을 낼 수는 없다. 이 밤 안으로 로스앤젤레스에 도착할 수 있을 것 같지는 않다. 그러나 밤을 새워서라도 달려야 할 것이다. 도로변의 모텔에서 하룻밤을 자고 달릴 만큼 여유가 있지 않다. 오늘 밤에 도착하지 못한다면 내일 아침에라도 도착할 수 있을 것이다.

가야 할 목적이 있다는 것은 어쨌든 고마운 일이다. 로스앤젤레스에 돌아간다 해도 그들을 반겨줄 사람은 없다. 그들이 떠날 때 아무도 전송해 주지 않았듯 그들이 도착한다 해도 아무도 그들을 반겨 주지 않을 것이다.

요세미티 절벽 위에서 굴러 떨어져 죽는다 해도 그들의 시체는 봄이 되어서야 발견될 것이다. 아무도 그들의 신원을 확인하지 못할 것이다. 어쩌면 그들이 가졌던 여권 조각을 발견하게 될지도 모른다. 그들은 죽음의 계곡에서도 요세미티에서도 99번 도로 위에서도 죽을 수가 있었다. 그러나 그들은 죽지 않았다. 99번 도로 위에서 달려가는 차와 부딪쳐 산산조각으로 죽어간다 해도 아무도 그들이 누구인지 어딜 가는 길이었는지, 왜 그 도로 위를 달려가고 있었는지 모를 것이다. 그것은 그들이 돌아가고 있는 로스앤젤레스에서도 마찬가지다. 그들이 침대 위에서 죽는다 해도 그들의 시체는 한 달 뒤에나 발견될 것이다. 더 이상 견딜 수 없는 악취의 냄새에 옆방에서 얼굴을 알 수 없는 멕시코인이 부수고 들어오기 전에는. 그러나 죽음을 생각할 이유는 없다. 분노를 끓어오르는 용암처럼 가슴 깊이 간직하고 있다고 하지만 아직 죽음을 생각할 나이는 아니다. 그는 죽기 위해서 여행을 떠나온 것은 아니었다. 그는 다만 분노했으므로 여행을 떠나왔다. 무엇 때문일까. 무엇이 그를 분노케 했는가. 무엇이 준호를 두렵게 하며 무엇이 준호에게 끊었던 마리화나를 피우게 했는가. 무엇이 그에게 가족을 버리고 불법 체류자로 남게 한 것일까.

차는 점점 속력이 빨라진다. 모로베이에서 잠시 바다를 버리고 1번 도로는 101번 도로와 만났다. 101번 도로는 성난 짐승과 같은 차량들로 만원을 이루고 있다. 차들은 탈곡기에서 떨어져 내리는 낟알처럼 구르고 있다. 휘이잉 소리가 난다. 차는 그 흐름에 섞여 든다. 그들이 탄 차를 앞질러서 옆을 따라붙으며 달려가는 각양각색의 차 속에 앉은 사람들은 묵묵히 입을 다물고 있다. 속력을 빨리할 때마다 고속도로의 표면과 바퀴 부분이 맞닿아 입을 맞추는 소리가 난다. 차체의 미세한 진동이 피부에 느껴진다. 아직 날이 저물지 않았지만 어떤 차들은 불을 밝히고 있다. 차들은 아프리카의 초원지대를 달리는 동물들처럼 아스팔트의 정글 속을 돌진하고 있다. 누군가가 추적해 오는 것 같은 놀라움 속에 한 마리가 내닫기 시작하자 온 야생 동물이 내쳐 뛰어 달리듯 기린과 무소와, 하마와 타조와 온갖 동물들이 도망치듯, 차들은 미친 듯이 달려나간다. 달려나가는 속도감 이외에는 아무것도 존재하지 않는다.

차가 101번 도로를 버리고 다시 1번 도로로 접어들자 이상한 고독감이 스며든다. 마침 해가 지기 시작한다. 한낮을 지배했던 태양의 제왕帝王은 왕좌에서 물러나기 시작한다. 빛을 모반하는 저녁 노을이 혁명을 일으켜 피와 같은 노을을 깃발처럼 드리운다. 파도가 한결 높아진다. 헤드라이트 불빛이 점점 뚜렷해진다. 태양은 마침내 임종을 맞았지만 그의 후광은 온누리에 떨치고 있다. 하늘은 저문 태양의 마지막 각혈로 붉게 물들어 있다. 어둠이 생쥐처럼 빛의 문턱을 갉아내리고 있는 것이 보인다. 초조初潮와 같은 피의 여광을 갉아내리는 어둠의 구멍으로 수술대 위에 올라선 마취 환자의 잃어가는 의식처럼 점점 사라져 간다. 그것은 처절한 아름다움으로 승화된다. 태양은 완전히 사라졌지만 황금의 빛과 노을은 한데 섞여서 거대한 불꽃놀이를 하고 있는 것처럼 보인다. 바다의 군대들이 몰락해

가는 하늘의 왕국을 향해 집중적으로 포화를 쏘아올리고 있다. 터진 포탄의 불꽃이 하늘의 어둠 속에 점화되어 폭발하고 있다. 빛의 파편이 깨어져 흩어진다.

차는 필사적으로 달려나간다. 헤드라이트가 빛의 기둥이 되어 심해어深海漁의 눈처럼 밝아온다. 차선에 박힌 붉은 형광 표지등이 반딧불처럼 떠오른다. 빛은 완전히 사라지고 사방이 칠흑 같은 어둠뿐이다. 달은 보이지 않는다. 그런데도 밤하늘엔 무수한 별들이 붙박혀 있는 것이 보인다. 시야는 온통 차단되었다. 바다는 더 이상 보이지 않는다. 바다는 보다 검은빛으로 음흉한 짐승처럼 웅크리고 있다. 벼랑도 보이지 않는다. 이따금씩 벼랑에 선 집들에서 내비친 불빛들만이 깜박일 뿐이다. 머리가 맑아진다. 의식이 물처럼 투명해진다. 차는 어둠의 두터운 벽을 뚫는 나사못처럼 달려나간다. 나가도 나가도 어둠의 벽은 끝을 보이지 않는다. 헤드라이트가 눈먼 곤충의 더듬이처럼 재빨리 달려가는 차의 한치 앞을 더듬어 감지한다.

준호는 말없이 운전대를 잡고 있다. 그는 벌써 오후 내내 말 한 마디를 않고 있다. 그 역시 한 마디의 말도 하지 않았다. 그들은 함께 앉아 있을 뿐 절대의 고독 속에 앉아 있다. 차는 제 스스로 자전自轉하는 지구처럼 굴러간다. 어둠 속에 헤드라이트 불빛을 받은 도로 표지판이 이따금씩 척후병처럼 떠오른다. 그것은 무한대의 우주 속을 스쳐가다 마주치는 이름 모를 운석隕石처럼 보인다.

도로 표지판이 '그로버 시티'를 가리키고 재빨리 물러간다. 차의 계기가 70마일을 가리키고 있다. 바늘은 70마일을 오버하기도 하고 못 미치는 분기점에서 경련을 하기도 한다. 오일 게이지는 거의 바닥나 있다. 로스앤젤레스까지 가려면 한 번쯤 기름을 풀로 채워야 할 것이다. 한밤중에 이 적막한 도로에서 기름이 떨어진다면 속수무책이 될 것이다. 그런데도 입을 열어 말하기조차 귀찮아진다. 기름이 떨어지기 전에 조그마한 동네가 나타나겠지. 저 정도의 기름이라면 앞으로 40마일은 더 달릴 수 있을 것이다. 기름이 떨어지면 탱크에 오줌을 쌀 것이다. 그러면 오줌에 떠오르는 기름으로 10마일은 더 견딜 수 있을 것이다.

차는 한 곳에 정지되어 있는 것처럼 보인다. 흘러가는 것은 도로다. 그들은 탄광의 마지막에 들어선 탄광부 같은 느낌을 받는다. 어쩌다 저 먼 도로 끝에서부터 떨리며 달려오는 차의 헤드라이트가 보인다. 이쪽을 향해 달려오는 불빛은 조금씩 더 분명해진다. 그러다가 어느 틈에 얼굴을 맞대고 스쳐 지나간다. 스쳐 사라지는 차는 그들이 달려온 길을 되돌아가고 있을 것이다. 건전지 불빛을 밝혀 들고 들판을 헤매는 어린 아이처럼 핸들을 잡은 손이 저리고 아픈지 이따금 준호는 운전대에서 손을 떼고 손을 흔든다. 바다는 보이지 않았지만 바위에 부딪치고 으깨지는 파도의 포말은 환각 조명을 받은 무희의 스타킹처럼 번득인다. 파도는 입맛을 쩝쩝 다시고 있다. 길 가운데 그어진 도로의 경계선이 미친 듯이 차 앞으로 달려붙고 있다. 그것은 날이 선 작두의 칼날처럼 보인다. 차는 맨발로 서서 그 시퍼런 칼날 위를 춤추며 달려가고 있다. 맹렬한 속도감으로 차는 사정 직전의 동물처럼 몸을 떨고 있다. 이따금 급커브의 도로를 따라 차가 회전할 때마다 바퀴가 무디어진 칼날을 숫돌에 갈 때처럼 불꽃을 튕기며 비명을 지른다. 어둠은 달려가는 속도만큼 뒷걸음질치고 있다. 차의 속도 계기가 80마일을 가리키고 있다. 이건 위험한 속도다. 그는 그러나 입을 열어 주의하라고 말하고 싶지는 않다. 내버려 두기로 한다.

　벼랑길을 따라 커브를 도는 순간 차의 속력은 줄어든다. 격렬한 고통으로 차는 울부짖는다. 오후 내내 굶었지만 아무것도 먹고 싶지 않다. 배가 고픈 듯도 싶지만 참을 만하다. 말라빠진 식빵을 씹는 것은 모래를 씹는 느낌일 것이다. 지도를 펼쳐보아 지금 그들이 어디에 위치하고 있는가 알아보고 싶은 생각조차 일지 않는다. 지도를 보기 위해서는 실내등을 켜야 한다. 실내등을 켠다면 그들은 서로의 얼굴을 마주보게 될 것이다. 흐린 불빛 아래에서 서로의 어두운 모습을 마주본다는 것은 우울한 일이다. 내버려 두기로 한다. 이대로 1번 도로를 따라가면 도착할 것이다. 그것뿐이다. 긴 여정의 반은 분명히 넘어 왔을 것이다. 어쩌면 더 많이 왔을지도 모른다. 아주 짧은 시간 안에 로스앤젤레스에 도착할지도 모른다. 아니다. 그것은 어디까지나 그렇게 되기를 바라는 희망일 뿐이다. 그들은 영원히 그곳에 도착하지 못할지도 모른다. 그들은 이 세상에 존재하지 않는 어떤 환상의 도시를 찾아 맹목적으로 질주하고 있는지도 모른다. 로스앤젤레스는 이 세상에 존재하지도 않는 가공의 지명이다. 가공의 도시를 향해서 수천 마일을 달려오고 있는 것이다. 그러나 어쨌든 상관없는 일이다. 1번 도로 끝에 무엇이 있는가 미리 점쳐 볼 필요는 없다. 분명한 것은 달려가는 속도감만 느껴진다면 살아 있다는 느낌을 확인할 수 있으므로. 달려가는 차창 앞 불빛 속에 황급히 뛰어 어둠 속으로 숨는 동물의 모습이 흘긋 보인다. 집을 잃은 개일까 아니면 무리에서 떨어져 나와 길을 잃어버린 늑대일까.

이따금 벼랑에서 굴러 떨어진 흙더미들이 도로 가장자리에 산재되어 있는 것이 보인다. 그러나 사람의 모습은 어느 곳에서도 보이지 않는다. 울창한 숲에서 부러져 내린 나뭇가지들이 도로 위에, 살은 뜯기고 남은 몇 점의 뼈처럼 떨어져 있는 것도 보인다. 이상하게도 하늘은 투명하게 맑았지만 달빛은 찾아볼 수가 없다. 하늘엔 무수한 별들이 크리스마스 트리의 색전구처럼 일제히 빛나고 있다. 그 중에는 이제야 막 수억 광년의 우주 공간을 거쳐 갓 도착한 새로 형성된 별들도 있었으며 숨이 끊어져 막 죽어가는 별들도 있었다. 제 무게를 못 이겨 하늘에 굵은 획을 그리며 추락하는 별똥별도 보인다.

그때였다.

잠자코 침묵을 지키던 준호가 캐비닛을 열어 녹음테이프를 꺼낸다. 그는 그것을 카트리지 속에 집어넣고 스위치를 누른다. 그는 그것이 무엇인지 잘 알고 있다. 그것은 준호의 아내가 보내 준 녹음테이프였다. 여행 중에 그들은 그 녹음테이프를 수십 번도 넘게 들었었다. 그래서 삼십 분짜리 카세트의 녹음 내용을 처음부터 끝까지 외울 수 있을 정도였다.

테이프가 천천히 돌아가고 스피커에서 준호의 아내 목소리가 흘러나오기 시작했다.

"오랜만이야. 전번에 당신의 편지를 받았어요. 당신이 이 편지에 부탁했던 대로 아이들 목소리를 녹음해서 보내드릴려고 준비를 하고 있어…… 잠시 침묵 요즈음 어떻게 지내시는지요……. 나는 아이들 돌보는 것으로 하루해를 보내요. 편지에 씌어져 있는 대로 몸은 건강하다니 안심은 되지만 어떻게 먹고, 어떻게 자고, 옷은 어떻게 갈아입는지 그게 제일 염려스러워……. 당신의 게으른 성격을 잘 알고 있는 나로서는 옷도 되는 대로 입고 다녀 냄새를 풀풀 풍기고 세수도 일주일 이상 하지 않고 이빨도 닦지 않고 다녀서 거지 꼬락서니가 될 것 같아서 늘 마음에 걸려. 발은 적어도 이틀에 한 번은 닦아요. 머리도 이틀에 한 번은 감구요. 그리고 제발 콧수염은 기르지 말어……잠시 침묵 무슨 말을 해야 할지 모르겠어. 평소에 우리가 얼굴을 맞대고는 정다운 이야기를 나눠본 적이 없는데 녹음기로 당신 본 듯하고 이야기하려니 쑥스럽구 어색하기만 해요……잠시 침묵 당신에 관한 신문 기사가 주간지 같은 데 나오고 있어. 당신이 미국에서 주저앉았다고 그러는 거야. 좀 빈정대고 있는 투의 기사가 나오더니 지금은 오히려 잠잠해요……잠시 침묵 준겸이가 요즈음 아빠를 찾고 있어요. 하루에도 수십 번씩 아빠가 어디 갔느냐고 찾고 있어……잠시 침묵 그럴 때면 나는 아빠가 미국에 갔다고 이야기해 줘. 준겸이는 로봇 타고 우주인 만나러 간 걸로 알고 있어. 그 애는 미국이 만화 영화에 나오는 안드로메타라는 별인 줄로만 알고 있어. 지구를 공격하는 외계인을 물리치기 위해서 마징가 제트라는 로봇을 타고 우주로 떠났다고 믿고 있어……. 은경이는 새학기에 이 학년이 되니까 그 애는 준겸이보다 아빠를 덜 찾고 있지. 허지만 철이 들어서 입 밖으로 말하지 않을 뿐이지. 며칠 전에 학교에 제출하는 일기장을 본 적이 있었어. 그 일기장엔 아빠 이야기뿐이었지……잠시 침묵 아빠가 왜 돌아오지 않는지 그게 이상하다고 썼었어요. 하나님 아빠를 돌아오게 해주세요 라고 썼었어요……전화벨 소리 잠깐 기다려, 전화 왔나봐. 조금 있다 다시 녹음할게……잠시 침묵 다시 이야기를 계속하겠어. 아까 내가 어디까지 이야기했었지……잠시 침묵……준겸아 준겸아 이리 와 봐, 이리 와서 아빠에게 말해봐……잠시 침묵……아빠가 어디 있는데, 아빠가 없잖아. 아빠는 녹음기 속에 들어 있어 바보야. 거짓말 말아, 누나. 아빠가 어떻게 저렇게 조그마한 녹음기 속에 들어갈 수 있단 말야. 누나는 거짓말쟁이야……먼 곳에서……아빠한테 이야기해 봐라……가까운 곳에서……아빠야, 나 준겸이야. 아빠 어디 있어. 마징가 제트를 타고 나쁜 외계인을 쳐부수고 있는 거야. 언제 올 거야. 나두 아빠하고 같이 로봇을 타고 싶어. 나도 이담에 크면 우주 비행사가 될 거야. 그래서 초록별 지구를 공격하는 나쁜 우주인을 쳐부술 거야……

아빠 심심해……엄마는 가끔 울어……녹음 스위치 꺼지는 소리……잠시 침묵……먼 곳에서……준겸아 노래 한 곡 불러 봐라. 싫어. 아이 착하지. 노래 한번 불러 봐, 아빠 앞에서. 아빠가 어디 있는데. 아빠가 있어야 노래를 부르지…… 우리 준겸이 착하지……자 일어서……노래를 불러 봐요……잠시 침묵……느닷없이 힘차게……우우우 따다다 우우우 따다다 번개보다 날쌔게 날아가는 우리의 용감한 정의의 용사 우리가 아니면 누가 지키랴 우우우 따다다 우우우 따다다 올 테면 와라 겁내지 말고 쳐부셔야지 정의의 용사 마징가 제트 우우우 따다다 우우우 따다다……박수 소리……먼 곳에서……잘 불렀어요. 그럼 은경이가 한 곡 불러야지. 은경이는 요즘 앞니가 모두 빠졌대요. 앞니 빠진 새앙쥐 우물 곁에 가지 마라……잠시 침묵……아빠……잠시 침묵……아빠……잠시 침묵……노랫소리……아빠하고 나하고 만든 꽃밭에 채송화도 봉선화도 한창입니다. 아빠가 매어놓은 새끼줄 따라 나팔꽃도 어울리게 피었습니다…… 박수 소리……자 이번에는 둘이서 합창을 해 봐라. 똑바로 서야지. 아빠한테 인사를 하고……잠시 침묵……나의 살던 고향은 꽃피는 산골 복숭아꽃 살구꽃 아기 진달래 울긋불긋 꽃대궐 차리인 동네 그 속에서 놀던 때가 그립습니다……박수 소리……잠시 침묵……따로 할 말은 없는 것 같아요. 여긴 무지무지하게 추워요. 몇 십 년 만의 추위라고 야단들이야. 아파트 내에서는 난방이 되어 있지만 따로 석유난로를 피워야만 견딜 만해요……어쩌자는 것인지……긴 침묵……당신이 어쩌자는 것인지 모르겠어……아무런 대책도 없이 무엇을 어떻게 하라는 것인지 이해가…….”

순간 준호는 스위치를 눌러 카세트를 꺼버렸다. 차 안은 침묵으로 무겁게 가라앉았다. 그는 그러나 그 녹음테이프를 수십 번 들어왔으므로 더 이어지는 준호 아내의 녹음 내용을 거의 외우고 있었다.

생명력이 결여된 단조로운 목소리가 끊겨 버린 후부터 어둠을 뚫고 달려가는 차의 엔진 소리가 해소병에 걸린 환자의 헐떡이는 가래 소리처럼 상대적으로 크게 높아졌다. 단 한 번도 쉬지 않고 달려온 차는 이제 더 이상 버틸 힘도 없이 비명을 지르고 있었다. 차체는 관절이 부서지는 소리를 내며 몹시 심하게 요동을 치고 있었다. 쇳덩어리들이 끊임없이 가열되는 열로 불덩어리처럼 뜨거워지고 좀체로 불평하지 않던 과묵한 차는 부서질 듯 흔들리고 있었다.

과열된 온도를 알리는 계기에 붉은 불이 켜져 있었다. 위험을 알리는 비상 신호였다. 더 이상 견디어 나갈 수 없는 극한점에 이른 차는 비등하는 물처럼 끓어오르고 있었다.

그런데도 준호는 차의 속력을 줄이지 않았다. 차의 엔진을 끄고 오랜 휴식 시간을 줘서 과열된 열기를 식히지 않으면 안 될 만큼 절박한 상황에 맞닿고 있음에도 불구하고 준호는 속력을 줄이지 않았다. 오히려 차의 속력은 더 빨라지기 시작했다.

속력을 알리는 계기의 바늘이 75마일을 초과하고 있었다. 바늘은 80마일을 향해 육박해 들어가고 있었다.

차가 고통을 호소하며 몸을 떨었다. 바늘은 80마일에서 85마일로 치닫고 있었다. 차체는 수전증에 걸린 알코올중독자의 손처럼 와들와들 떨고 있었고, 좁은 도로를 비상하기 시작했다. 도로 경계선의 일정한 선을 따라 달려가는 차는 맹렬한 속도감으로 추락해 버릴 것처럼 휘청거렸다. 차는 날기 위해 활주로를 굴러가는 비행기처럼 달려나갔다.

위험하다는 본능적인 직감이 그의 머릿속을 파고들었다. 그러나 그는 입을 열지 않았다.

내버려 둬. 내버려 둬.

그는 자신에게 준엄하게 명령했다.

그가 하고 싶은 대로 내버려 둬.

갑자기 차 안에서 뭔가 타고 있는 듯한 기분 나쁜 냄새가 난 듯싶더니 차창 앞 차체에서 연기가 뭉게뭉게 솟아오르기 시작했다. 연막탄을 뿌린 듯 시야가 흐려졌다.

차가 돌연 도로를 벗어나 경치를 구경하기 위해서 벼랑 위에 둔 공터의 난간을 향해 미끄러져 들어갔다. 견고한 쇠 난간과 차의 앞부분이 날카로운 파열음을 내며 부딪쳤다. 차는 가까스로 멈춰 섰다. 조금만 더 가속도의 충격으로 전진했다면 차는 쇠 난간을 부수고 벼랑 아래로 굴러 떨어졌을 것이다. 헤드라이트 한 쪽이 쇠 난간과의 충돌로 산산조각으로 깨어지며 꺼졌다.

그들은 넋 나간 사람들처럼 좌석에 앉아 꼼짝도 하지 않았다. 굳게 닫혀진 차체에서는 끊임없이 연기가 솟아오르고 있었다. 과열된 엔진이 타오르고 있는 모양이었다. 빨리 보닛을 열어 엔진을 식히고 순환 펌프 속에 찬물을 부어 주지 않으면 엔진은 완전히 연소되어 타버릴 것이다.

그런데도 준호는 운전대를 잡고 꼼짝도 하지 않았다. 그는 준호의 옆얼굴을 쳐다보았다. 그는 거짓말처럼 울고 있었다. 쇠 난간과의 충돌로 한쪽 눈을 실명당한 헤드라이트의 흐린 불빛은 간신히 차의 내부를 밝히고 있었는데, 그의 얼굴에서는 눈물이 굴러 떨어지고 있었다.

"난 가겠어."

젖은 목소리로 준호는 중얼거렸다.

"난 돌아가겠어, 로스앤젤레스에 도착하는 즉시 비행기 좌석을 예약하겠어. 다행이 떠나올 때 왕복 티켓을 사 두었기 때문에 문제는 없어. 형, 난 돌아가겠어, 난 결심했어."

준호는 볼을 타고 흘러내리는 눈물을 손등으로 연신 씻어 내리고 있었다.

"우리가 왜 이곳에 앉아 있지. 이곳은 남의 땅이야. 왜 우리가 이곳에 있지. 왜 우리가 이곳에 있는지 난 그 이유를 모르겠어. 난 아무것도 얻을 수 없고 구할 수도 없어."

그는 묵묵히 흐느끼는 준호의 말을 듣고 있었다. 준호는 자기 얼굴에서 흘러내리는 눈물을 몹시 창피하게 여기는 사람처럼 난폭하게 닦아 내리며 짐짓 목멘 소리로 물었다.

"로스앤젤레스는 아직도 멀었어. 씨팔 도대체 얼마나 남은 거야."

"아직도 멀었어. 내일 새벽에야 도착할 수 있을 거야."

"우린 지금까지 4천 마일을 줄곧 달려왔어. 그런데도 아직 멀었다구 . 어떻게 된 거야. 우린 달릴 만큼 달려왔어. 우린 1번 도로를 달렸어야 했어. 그런데 우린 엉뚱한 길을 달려온 것 같아. 형은 미쳤어. 형은 지도 하나 제대로 볼 줄 모르는 미친놈이야. 형은 정신이 나갔어. 저걸 봐."

준호는 헤드라이트를 껐다 다시 켰다. 난간 옆에는 도로 표지판이 서 있었다. 일단 껐다가 켜진 불빛 속에 그들이 지금껏 달려온 도로의 명칭을 가리키는 고유 번호가 씌어져 있었다.

'246 West'

"저걸 봐. 어떻게 된 거야. 우린 지금까지 246번 도로를 달려온 거야. 1번 도로는 어떻게 된 거야. 1번 도로는 어디로 사라진 거야. 우리는 1번 사우드 쪽으로 가야만 한다구. 그래야만 로스앤젤레스에 갈 수가 있는 거야. 제발 지도 좀 봐. 가만히 있지만 말고."

준호는 실내등을 켰다. 그는 미친 듯이 지도를 펼쳐 들었다.

"우리가 있는 곳이 어디쯤이야 말해 봐. 1번 도로는 보이지도 않아. 어떻게 된 거야. 우린 알래스카 쪽으로 가고 있었을까. 아아 우라질."

준호는 난감한 듯 운전대를 후려쳤다. 짧은 클랙슨 소리가 났다. 지금껏 조용히 앉아 있던 그가 갑자기 킬킬거리며 웃기 시작했다. 그의 입에서 거품과 같은 웃음이 흘러나왔다.

"그 지도는 엉터리야. 우린 속았어. 우린 엉뚱한 길을 지금까지 달려온 거야."

"그럴 리가 없어. 지금 농담하는 거야. 우린 분명히 로스앤젤레스 쪽으로 달려가고 있었다구. 왔던 길을 되돌아 나가면 1번 도로와 다시 만날 수 있을 거야. 우린 간선도로로 잘못 빠져 들어온 것뿐이야."

"로스앤젤레스에는 영원히 도착할 수 없을걸."

그는 여전히 킬킬거리며 말을 이었다.

"난 알구 있어. 처음부터 1번 도로는 로스앤젤레스로 가는 도로는 아니었어. 로스앤젤레스는 2번 도로나 3번 도로로 달려간다 해도 영원히 도착할 수 없을 거야. 왜냐하면 로스앤젤레스란 도시는 이 세상에 존재하지도 않으니까. 그건 지도 위에만 씌어 있는 가공의 도시 이름일 뿐이야. 되돌아가 봐, 넌 1번 도로를 영원히 만날 수 없을 테니까."

"난 가겠어. 돌아가겠어."

준호는 시동을 걸기 시작했다. 그러나 차는 꼼짝도 하지 않았다. 차는 이미 싸늘하게 식어 있었지만 기능이 마비되어 있었다. 열심히 스위치를 내려도 차는 미세한 반응조차 보이지 않았다. 준호는 쉽사리 액셀러레이터를 밟고, 점화 스위치를 넣었다. 그는 이미 숨을 거둔 익사체의 입에 인공호흡을 계속하는 어리석은 인명 구조원에 지나지 않았다.

"엔진이 타버렸어. 아니면 기름이 떨어졌든지. 우린 꼼짝도 할 수 없어. 차는 망가졌어. 날이 샐 때까지 기다리지 않으면 안돼."

"마치 이렇게 되기를 바란 사람처럼 말을 하는군. 난 갈 수 있어. 이 차를 움직일 수 있어. 난 이 차를 누구보다 잘 알고 있어. 헤드라이트가 켜지는 것은 엔진이 완전히 타버리지 않았다는 증거야. 차는 멀쩡해. 차는 다만 지쳐 버린 것뿐이야."

준호는 결사적으로 운전대를 부여잡았다. 그의 얼굴은 눈물과 땀으로 뒤범벅이 되어 있었다.

"이곳에서 꼼짝하지 못하면 우린 죽을 거야. 새벽이 오면 기온이 내려갈 거야. 시동이 걸리지 않으면 히터도 나오지 않아. 우린 얼어 죽을 거야. 여긴 벌판이야. 수십 킬로미터 이내에 인가가 없을지도 몰라. 온갖 야생 동물들이 우릴 보고 덤벼들지도 몰라. 대답해 봐. 내 말을 듣고 있는 거야? 뭐라고 말 좀 해봐."

그는 대답 대신 캐비닛을 열어 한 줌의 마리화나와 파이프를 꺼내어 밀었다. 준호는 불가사의한 표정으로 그를 보았다.

"무서워하지 마. 이걸 피워. 그러면 행복해질 거야. 잠이 올 거야. 꿈도 꿀 수 있겠지. 우린 절대로 죽지 않아. 봐라 저 꿈틀거리는 검은 것이 무엇인지 아니. 그건 바다야. 태평양이야. 저 바다는 네가 돌아가려는 나라의 기슭과 맞닿아 있지. 우린 틀림없이 돌아가게 돼. 길을 찾을 수 있을 거야. 날이 밝으면 우린 돌아갈 수 있게 돼. 로스앤젤레스는 멀지 않아. 그곳에서 비행기를 타고 당장에라도 저 바다를 건너갈 수 있을 거야."

"형."

준호는 긴장된 목소리로 그를 불렀다.

"도대체 뭘 하는 거야."

"네가 원치 않으면 내가 피우겠어."

그는 준호가 늘 하던 짓을 봐 둔 대로 마리화나의 풀잎을 손끝으로 이겨서 조그만 덩어리를 만들어 파이프의 얇은 섬유망 위에 띄워 올렸다.

"양이 너무 많아. 제발 유치한 짓 좀 하지 말어. 이건 독한 거야. 형 같이 처음 피우는 사람에겐 이건 너무 독해."

그는 성냥을 꺼내 풀잎에 불을 붙이고 깊게 빨아들였다. 마른 풀잎이 빨아들이는 호흡으로 한순간 빨갛게 달아올랐다. 그는 입 안에 가득한 연기를 가슴 깊이 들이마셨다. 가슴이 터질 것처럼 방망이질해 댔다. 발작적인 기침이 나올 것 같았지만 그는 물 속에서 코를 막고 숨을 오래 참기 내기 하듯 숨을 끊고 가슴속에 들이마신 연기가 폐부 깊숙이 스며들기를 기다렸다. 눈알이 튀어나올 듯이 팽창되었다. 더 이상 참는 것은 무리였다. 그는 밭은기침을 했다.

다시 연기를 빨아들이며 그는 머리를 부여잡았다. 머리 부분까지 연기가 스며든 것 같은 느낌이었다. 오래 저장하기 위해서 연기로 소독하는 훈제燻製의 고깃덩어리처럼 그의 머리는 독한 풀잎의 연기로 그을려지고 있었다.

순간 몸을 가눌 수 없을 만큼 극심한 현기증이 일어났다. 그는 헐떡이며 차창에 머리를 대고 몸을 바로잡았다. 눈이 극도로 예민해져서 야생동물의 그것처럼 밝아졌다. 가슴이 쪼개질 것 같은 압박감이 다가왔다. 누군가 목을 조르고 있는 듯한 질식감이 그를 몸부림치게 했다. 숨을 들이마셨지만 호흡기도가 파열된 듯 들이마시는 공기의 저항이 느껴지질 않았다. 그의 몸속에서 뭔가 가볍게 나와 떠오르는 것 같은 느낌이 들었다. 그의 온몸에서 완전히 힘이 빠져 나갔다.

"형, 괜찮아. 정말 괜찮겠어."

아득히 먼 곳에서 아련한 목소리가 들려왔다. 그는 그 목소리가 날아온 방향을 보았다. 그곳에는 어리둥절한 표정 하나가 돌연변이를 일으킨 채소처럼 기괴한 모습으로 뒤틀리고 있었다.

"괜찮아."

그는 자신 있게 대답했다. 그는 자신이 말을 하지 않고 그의 입을 빌어 누군가 대신 말해 주는 것 같은 착각을 느꼈다. 그는 천천히 일어섰다. 그는 비틀거리며 차의 문을 열고 밖으로 나갔다.

"어딜 가는 거야, 형."

"바람 좀 쐬겠어."

"안돼. 위험해. 나가지 말어. 돌아와. 안돼. 제발. 도대체 뭘 하는 거야."

그는 난간을 붙들고 벼랑 아래를 노려보았다. 그곳에는 미친 말갈기와 같은 바람이 몰아치고 있었다. 지축을 흔드는 파도 소리가 후퇴를 모르는 군대의 발자국처럼 진군해 들어오고 있었다. 어디선가 큰북을 두드리는 듯한 타격음이 둥둥 울리고 있었다.

벼랑은 가파르지 않았다. 그것은 제법 급하게 바다 쪽으로 뿌리내린 작은 곶에 불과했다. 벼랑을 따라 샛길이 뻗어 내리고 있었다. 그는 그 샛길로 굴러내렸다.

그는 헛발을 디뎌 넘어졌으나 곧 일어났다. 그는 구르고 뛰며 달리며 넘어지면서 샛길을 뛰었다. 균형을 잃은 그의 발길은 바닷가의 돌더미 위에 와서 멎었다. 무수한 돌들이 해변을 가득 메우고 있었다.

달빛은 없었지만 다행히도 하늘의 무성한 별들이 합심해서 걷어 준 빛의 동냥으로 그의 눈은 밝고 원하는 것은 무엇이든 볼 수 있었다.

성난 파도의 포말이 비가 되어 그의 몸을 적시고 있었다. 그는 무릎을 꿇고 돌 위에 주저앉았다. 그는 즐겁고 유쾌하고 그리고 슬펐다. 그는 거센 파도에 의해서 바다를 건너 밀려온 죽은 시체처럼 바위 위에 쓰러져 누웠다. 그를 낯선 땅으로 유배해 온 파도들은 서둘러 물러가고 갓 도착한 빈손의 파도들만 그를 사로잡기 위해서 그물을 던지고 있었다. 그제야 줄곧 그의 마음속에 끓어오르던 분노의 불길이 서서히 꺼져가는 것을 보았다. 파도에 의해서 밀려온 낯선 뭍으로의 망명이 그의 분노를 잠재운 것은 아니었다. 그는 그가 살아온 모든 인생, 그가 보고 듣고 느꼈던 모든 삶들, 그가 소유하고 잃어버리고 허비했던 명예와 허영, 그가 옳다고 믿었던 정의와 법法, 때로는 성공하고 때로는 배반당했던 그의 욕망, 끊임없이 추구하던 쾌락과 성욕, 그가 한때 가졌다 버렸던 숱한 여인들, 그 모든 것들로부터 무참히 얻어맞고 마침내 처절하게 패배당한 것 같은 느낌을 받았다. 처절하게 패배 당했다는 사실을 깨달았을 때 그의 분노는 참따랗게 재를 보이며 소멸되었다.

이제는 원한도, 증오도, 적의도, 미움도, 아무것도 가질 이유가 없었다. 그는 딱딱한 바위의 표면 위에 입을 맞추며 그를 굴복시킨 모든 승리자들에게 용서를 빌었다. 그리고 이젠 정말 돌아가야 한다고 다짐했다. 그는 너무 지쳐 있었으므로 그 누구에게든 위로받고 싶었다.

먼 그대

1983년 이상문학상

서영은(徐永恩)

1943년 강원도 강릉에서 태어나 건국대 영문과를 중퇴했다. 1968년 『사상계』 신인상 공모에 소설 「교(橋)」가 입선, 이듬해 『월간문학』 신인상에 「너와 '나'」가 당선되어 문단에 등단했다. 소설집으로 『사막을 건너는 법』 『살과 뼈의 축제』 『술래야 술래야』 등이 있다.

먼 그대

먼지 낀 유리창 너머로 바람이 세차게 몰아치고 있는 거리를 차분히 내다보며, 문자는 장갑을 한쪽 또 한쪽 끼었다.

빨 때마다 오그라들고 털이 뭉쳐 작아질 대로 작아졌기 때문에 그녀는 장갑 낀 손가락 새새를 꼭꼭 눌러 주어야 했다. 몇 년 전 이미 한 차례 유행이 지나간 알록달록한 털장갑을 여태 끼고 다니는 사람은 그녀 주위에 아무도 없었다. 장갑만 구식인 건 아니었다. 소매 끝이 날깃날깃 닳아빠진 외투며, 여름도 겨울도 없이 신어온 쫄쫄이식 단화, 통은 넓고 기장은 짧아 발목이 껑뚱해 보이는 쥐똥색 바지, 보푸라기가 한 켜나 앉은 투박한 양말, 서랍에서 꺼내어 얼찐거릴 때마다 반찬내를 물씬 풍기는 가방 등, 몸에 걸치고 지닌 것마다 구멍만 뚫리지 않았다 뿐이었다.

문자의 이런 차림새는 사십 고개를 바라보도록 노처녀로 알려진 그녀의 입장을 더 한층 측은해 보이게 했다. 아동도서를 간행하는 H출판사에서는 문자는 영업부 편집부 통틀어 최고참이었다. 입사 이래 현재까지 그녀는 줄곧 교정일만 보아왔다.

편집부 정원은 부장을 포함해서 일곱이었다. 그 사이 문자만 제외하고 자리마다 얼굴이 수없이 바뀌었다. 대학을 갓 졸업한 축일수록 반년도 못 채우고 떠나갔다. 출근 첫날부터 의자가 기우뚱거린다, 화장실이 더럽다, 층계가 가파르다, 등등의 불만이 하나씩 쌓여가다가 나중엔 말끝마다 "이놈의 데 얼른 떠나야지, 더러워서 못해 먹겠어"하고 구시렁거렸다 하면 견뎌야 한두 달이 고작이었다.

문자는 그런 나이 어린 동료들로부터 노골적으로 따돌림을 받았다. 그네들로서는, 가리마에 새치가 희끗희끗 하도록 무엇 하나 이룩해 놓은 것 없이, 한평생 있어봐야 별 볼 일 없는 출판사에, 그것도 말석에서만 십 년을 보낸 노처녀 동료가 있다는 그 자체가 자존심 상하는 일이었다.

그네들의 눈엔, 문자가 교정지를 앞에 하고 등을 쭈그리고 있을 때는, 그녀의 등 뒤에만 보이지 않는, 유난히 시린 바람이 회오리치고 있는 듯이 여겨질 때가 많았다. 그리고 그녀의 턱 언저리는 늘상 소름이 돋아 까실까실한 것같이 보였다.

점심시간에 다들 우르르 몰려나가 곰탕 한 그릇씩 먹고, 다방에 들러 커피까지 마신 뒤 사무실로 돌아와 보면, 두 손으로 뜨거운 보리차 컵을 감싸쥔 문자가 그네들을 맞았다. 그네들은 문자가 측은하다 못해 마음이 언짢아져, 어쩌다 그녀 쪽에서 말을 건네오면 심히 퉁명스럽게 내쏘았다.

그렇더라도 문자는 한 번도 기분 나쁜 표정을 드러내는 일이 없었다. 나이 어린 부장으로부터 이따금 민망할 정도로 면박을 받아도 늘 다소곳이 받아들였다. 동료 간에 그런 것처럼 사내 규칙에 대해서도 그녀는 한마디 불평 없이 성실하게 지켰다. 다른 동료들이 입 모아 사장을 험구하고, 시설이나 월급에 대해서 불평을 늘어놓아도 그녀만은 잠자코 듣고만 있었다. 그런 그녀를 두고, 나이 어린 동료들은 문자가 밥줄이 떨어질까 봐 두려워해서 몸을 사리는 줄로 알았다. 그네들은 문자가 주눅 들고 처량해 보일 때마다 남몰래 자기 자신에게 다짐하곤 했다.

"나도 저렇게 될까 무섭다. 얼른 여기를 떠야지."

문자는 이제 창문으로부터 돌아섰다. 퇴근시간이 이십여 분이나 지났음에도 다른 동료들은 자리에 앉은 채 노닥거리고만 있었다. 퇴근 시간이 임박해지자 한참 전화가 오고 가고 하더니 저마다 약속이 된 모양이었다. 문자는 가방을 집어 들고 부장 쪽으로 다가갔다. 그가 다른 동료랑 하던 얘기를 끝낼 때까지 기다린 끝에 먼저 가겠다는 인사말을 남기고 사무실에서 나왔다.

계단을 서너 개 내려오노라니, 안에서 미스 최의 조심성 없는 목소리가 그녀에게까지 들려왔다.

"참 안됐어요. 토요일인데도 전화 한 통 걸려오지 않구."

"집으로 가봤자 반겨 주는 사람도 없을 테구."

"어머, 왜요? 결혼은 안 했더라도 가족은 있을 거 아녜요?"

"이런, 한 사무실에서 너무들 하시는군. 같은 여자끼린데 신상파악은 하고 있어야지."

"본인이 가르쳐 주지도 않는데 어떻게 알아요?"

"하긴 나도 몇 다리 건너 들은 소리지만, 부모는 일찍 돌아가시고 오빠가 한 분 있었는데 수년 전에 이민 가고 그때부터 내내 혼자 처지인가 봐. 고생도 무지무지하게 하고. 지금까지도 용두동인지 어디에 세 들어 있는 방 전세금이 전부라나 봐."

"이상하다. 옷도 안 해 입고, 도시락도 꼭꼭 싸오겠다, 그만큼 알뜰하게 십 년이나 직장 생활을 한 사람이 어째서 그 정도밖에 못 모았을까."

"이상하구 자시구, 남에게 신경 쓸 거 없이 미스 최나 뜸들이지 말고 대꺽 면사포 쓰라구."

문자는 그네들이 혹시나 이쪽에서 들었다는 것을 알고 무안해할까 봐 나머지 계단을 소리를 죽여 살금살금 내려왔다.

길에 나서니 바람이 생각보다 매웠다. 언제나 좁은 골목에 한두 대쯤은 정차하고 있어 행인을 불편하게 하던 승용차들도 보이지 않았다. 길 양쪽으로 즐비한 밥집의 문전도 평일 같으면 드나드는 사람들로 한창 북적댈 시간이었으나 한산하기만 했다. 어느 집 추녀의 못이 삭았는지 함석 귀가 들려 널뛰 듯 덜컹거리는 소리만 자못 바람의 기세를 짐작케 했다.

그녀는 목덜미가 선득거리자 외투 깃을 올렸다. 회사 앞 골목을 빠져 나오며 그녀는 생각했다.

내 인생이 남 보기에 그렇게 안되어 보일 만큼 실패한 걸까?

그러자 괜히 웃음이 터져나올 것 같아 입술을 지그시 깨물었다. 자기가 동료들과 세상 사람들을 멋지게 속여 넘기고 있는 듯한 기분이 들었기 때문이다. 물론 그녀가 세상 사람들 앞에 은닉하고 있는 것은 남루한 옷차림의 이 도령이 도포 속에 감춰 가지고 있던 마패 같은 것은 아니었다. 또는 텔레비전이나 영화에서 가난한 여주인공이었던 여자가 알고 보니 무슨 재벌 총수의 딸이더란 식의 돈 많고 지위 높은 아버지를 감춰두어서도 아니었다. 글쎄, 그녀들로선 남들이 눈치채지 못하는 자기 맘속의 어떤 그윽하고 힘찬 상태, 그걸 무어라 해야 할지 알 수 없었다.

문자로선 유행의 흐름이란 데 따라 바지통이 넓어지든 좁아지든, 외투 길이가 짧아지든 길어지든, 또 동료들이 자기를 미스라고 부르든 선생이라 부르든, 의자가 기우뚱거리든, 사장이 잔소리가 많든 적든, 그런 것은 정말 아무래도 좋은 일로 여겨졌다.

언젠가 자칭 '교정 박사'라는 비교적 나이든 한 여자가 새로 입사했다. 그녀는 출근한 지 열흘도 못 되어 옆자리의 남자직원이 자기를 선생이라 부르지 않고 미스라 부른다고 대판 싸운 끝에 이튿날 사표를 집어던졌다. 문자는 삿대질을 하며 악악거리는 그녀를 멀거니 신기한 듯이 쳐다보며 이렇게 생각했다.

'남들이 자기를 뭐라 부르든 그게 무슨 큰 대수로운 일이라고.'

도로 자기의 교정지 위로 고개를 떨군 문자는 턱을 깊숙이 감춘 채 혼자 빙그레 미소 지었다. 타인의 눈에 자기가 형편없이 초라하게 비치어 있는 것을 의식할 때도 그녀는 잠자코 맘속으로만 이렇게 생각했다. '그래, 불쌍해 보여도 좋고, 초라해 보여도 좋다. 너희 맘대로 생각해라.'

또 어떤 날은 출근해서 서랍을 열어 보면 쓸 만한 사무용품들이 다 없어지고 몽당연필 하나와 볼펜 껍질만 소롯이 남아 있는 경우도 있었다. 그때도 그녀는 몽당연필 하나만으로 견디든가 자기 돈으로 다른 볼펜을 사오면 사왔지 절대로 내색하지 않았다. 그녀는 속으로만 이렇게 생각했다. '그래 좋다. 내게서 필요한 것이 있으면 다 가져가라.'

다른 회사로 옮겨가 부장이 된 옛 동료가 봉급을 더 많이 주겠다는 조건으로 몇 차례나 그녀를 끌어가려 했을 때도 문자는 한사코 거절했다.

'몇 푼 더 받겠다고 이리저리 철새처럼 옮겨 다닐 사람은 다니라지. 하지만 난 그깟 몇 푼 없어도 살 수 있어.'

일요일이나 공휴일에 일직을 하는 거며, 그 밖의 사내社內 궂은일들을 모두 슬그머니 그녀 앞으로 미뤄놓고 달아날 때도 마찬가지였다. '좋다. 그까짓 얼음물에 청소 좀 한다고 손이 떨어져 나가는 건 아니니까, 뺄 사람은 빼라지.'

물론 이보다 몇 배나 불리하고 괴로운 일을 당한 경우도 마찬가지였다. 그녀는 자기에게 지워진 어떤 가혹한 짐에 대해서도 결코 화를 내거나 탄식하지 않았고, 피하지도 않았다. 그녀의 억센 정신은 아직도 얼마든지 무거운 짐을 짊어질 수 있다는 듯이, 항시 무릎을 꿇고 있었다.

하지만 H출판사 직원들이나 주위 사람들이 보기에 문자는 그저 '죽은 듯이 가만히 있는 사람'으로만 보였다. 그네들은 아무도 문자의 그런 침묵이 '어떤 상황, 어떤 조건 아래서도 나는 살아갈 수 있다'는 절대 긍정적 자신감에서 기인된다는 것을 몰랐다. 더욱이 그 자신감이, 자신들의 키를 훨씬 넘어 아주 높은 곳에 있는 어떤 존재와 겨루면서 몇 만 리나 되는 고독의 길을 홀로 걸어오는 동안 생겨난 것이라고는 꿈에도 몰랐다.

아무리 그렇더라도 남에게 아쉬운 소리를 하는 일만큼은 문자로서도 너무나 곤욕스러웠다. 정말 저녁 때까지는 무슨 일이 있어도 이십만 원을 구해야 했다.

짓눌린 듯 무거운 맘으로 문자는 공중전화를 바라보며 걸었다. 한 청년이 전화에 매달려 통화를 하고 있었다. 그의 높은 웃음소리가 그곳서 꽤 떨어진 문자에게까지 들려왔다. 며칠 전 통화했을 때 이모는 분명히 확실한 어조로 잘라 말했다. 그러나 이제 다급해진 문자는 다시 한 번 더 이모에게밖에 매달릴 데가 없었다. 그녀의 사정을 가장 잘 알고, 이따금 급할 때마다 돈을 변통해 왔던 친구에겐 아직 갚지 못한 빚이 있어 더 이상 매달려 볼 염치가 없었다.

청년의 통화는 한정 없이 늘어질 듯했다. 상대 쪽에서는 빨리 오라고 조르는 모양이었고, 이쪽에서는 WBC 타이틀매치 위성중계를 놓칠까봐 지금은 안되겠다는 내용이었다. 청년의 등 뒤에 서서 시린 발을 동동거리며 문자는 건너 빌딩의 높은 꼭대기 위로 빠른 물살처럼 흘러가는 음산한 구름을 초조하게 바라보았다. 바람은 쉬이 잘 것 같지 않았다. 청년은 자기 주장대로 관철된 것이 흡족한 듯 담배를 한 대 피워 물고서야 공중전화 앞을 떠났다. 문자는 아직도 청년의 미적지근한 체온이 배어 있는 수화기를 집어 들었다.

"이모, 전화 또 했어요."

그 이상 할 말은 없었다. 찍찍거리는 잡음만 한동안 계속되었다. 이윽고 이모 쪽에서 '쯧쯧' 하고 약간 짜증스럽게 혀를 찼다.

"하여간 얼굴이나 좀 보자."

눈물이 핑 돌아 앞이 흐릿한데도 문자는 기를 쓰고 그래야 하는 듯이 누군가 전화받침대에다 그려놓은 낙서를 손톱으로 지우고 또 지웠다.

매달 얼마씩 가져가는 것 이외에 이따금 한수가 적지 않은 목돈을 요구해 오는 데 대해서 문자는 한 번도 그 이유를 묻지 않았다. 오히려 돈을 받아 넣으면서 불안해진 한수가 제풀에 화를 내곤 했다. "젠장, 내가 뭐 이러고 싶어서 그러는 줄 알아. 두고 보라구."

그는 항시 이번만은 틀림없다고 전제하면서, 광산에 자금을 투자해 줄지도 모르는 유력한 자본주를 만나는 데 급히 필요하다고 했다. 문자에겐 그의 말의 진부는 아무래도 상관없었다. 옥조를 그가 데리고 있는 이상, 그를 도움줌으로써 옥조에게도 간접적으로 도움이 될 거라 여겨지기 때문이었다.

설사 그가 집에는 한 푼도 들여놓지 않고 예전의 씀씀이대로 그것을 하룻밤 술값으로 날려 버린다 하더라도, 역시 상관없었다. 문자는 이제 그런 일 때문에 더 이상 마음 상하지 않았다. 한수는 그녀에게 천 개의 흉터를 내었을 뿐, 그녀가 그 흉터를 스스로 딛고 일어선 지금에 이르러서 그는 이미 그녀의 맘속으로부터 지나가 버린 그 무엇이었다. 그가 무자비한 칼처럼 그녀에게 낸 상처 하나하나를 딛고 일어설 때마다, 문자의 정신은 마치 짐을 얹고 또 얹고 그러는 동안 자기 속에서 그 짐을 이기는 영원한 힘을 이끌어낸 불사不死의 낙타 같았다.

그러나 한수는 문자의 주위 사람들이나 마찬가지로 그런 사실을 조금도 눈치채지 못했다. 그는 바보스러울 만큼 착하다고 여겨지던 그녀가 딱 한 번 "무서운 여자다"하고 생각된 때가 있었다. 왜 그렇게 생각되었는지 그 이유는 그 자신도 확실히 알지 못했다.

문자가 옥조를 낳은 지 한 달도 못 되어서였다. 그는 아내의 등을 떠밀어서 문자로부터 옥조를 빼앗아 오게 했다. 아내와의 사이에 일 남 일 녀를 둔 그가 새삼스레 그 자식이 탐났을 리는 없었다. 그는 옥조를 데려옴으로 해서, 문자를 영원히 자기 곁에 붙잡아 둘 수 있으리라고 계산했다. 데려온 핏덩이를 내려놓으면서 그의 아내가 상기된 얼굴로 말했다.

"세상에, 얼마나 변변치 않은 년이었으면 집안을 그 꼴로 해놓고 산단 말이우. 미리 겁부터 줄려고 뭘 좀 때려 부술까 해도 눈에 띄는 게 있어야지. 없다 없다 해도 손바닥만한 경대조차 없는 여편네는 내 생전 처음이라니까."

한수의 아내는 말은 그렇게 했지만, 기실은 문자의 살림이란 게 캐비닛 하나뿐임을 보고 속으로 적이 안심했었다. 아무것도 없이 산다고 늘상 남편으로부터 들어온 터이긴 해도 그녀는 설마 했었다. 왜냐하면 남편이 광업소 소장으로 있었을 무렵, 봉투나 값진 선물을 가지고 찾아오는 업자들이 문턱에 줄을 이었던 만큼, 그가 마음만 먹는다면 그쪽으로 얼마든지 빼돌릴 수도 있었기 때문이다.

그래서 한수의 아내는 남편 덕으로 뜻하지 않은 밍크나 악어백이나 보석 같은 것을 몸에 휘감게 될 때마다, 혹시 그년이 나보다 더 좋은 걸 갖고 있는 게 아닐까, 하는 의구심이 치밀어올라 남편 속을 슬그머니 떠보곤 했다. 그러다 한수는 광업소를 그만둔 뒤 자영自營해 보겠다고 중석광산을 하나 사들였다. 그리곤 지녔던 동·부동산은 물론 집이며 선산까지 팔아 광산에 집어넣었다. 끼니거리가 없어 자신에게 남은 마지막 보석반지까지 팔아야 했을 때 한수의 아내는, 나만 이렇게 빈털터리가 되는 게 아닐까, 그년은 여전히 몸에다 보석을 휘감고 있는데 나만 거지꼴이 되는 게 아닐까 싶어 새삼스레 속이 지글지글 끓었다.

올케에게서 빈 밍크와 악어백으로 치장하고, 용두동 개천가의 개구멍만

한 쪽문을 밀고 들어서, 한달음에 문자의 살림 속을 읽고 난 그녀는 공연히 가슴을 태웠다 생각하니 우습고 허전했다. 남편이 가져다주었음직한 것은 정말 아무것도 눈에 띄지 않았다. 한때 방방마다 놓아두었던 그 흔한 텔레비전 한 대도 없고 보면, 남편의 그녀에 대한 사랑이란 건 대수롭지 않은 게 분명했다.

그러자, 한수의 아내는 애엄마가 순순히 아기를 내놓더냐고 남편이 물어보자 매처럼 사납게 눈을 부릅떴다.

"순순히 안 내놓음 지년이 별 수 있어요? 호적에도 못 오른 년이 새끼를 낳아 놓고 할 말 하겠다고 들면 그게 되려 뻔뻔스럽지. 어쨌든 눈물 한 방울 안 흘리고 새끼만 잠자코 들여다보더니 딱 한마디 합디다. 아기가 한밤중에 깨어서 우는 습관이 있으니 그럴 때는 숟갈로 보리차를 몇 모금 떠먹이라나 어쩌라나."

한수는 그 얘기를 듣는 순간 아내에겐 들리지 않게 "하여간 맹추라니까. 제 속으로 난 자식인데 그렇게 맥없이 뺏겨?"하고 중얼거리다가 단단한 쇠꼬챙이에 명치를 치받힌 듯 입을 다물었다. 갑자기 그 소리 없는 조용함이 간담을 서늘하게 하는 그 무엇으로 그의 가슴에 와 닿았던 것이다.

한수가 십 년 전 처음 문자의 자취방으로 드나들기 시작했을 때는 한겨울이었다. 유난히도 눈이 잦았던 그해 겨울을 문자는 거의 지붕 위에서 살다시피 보냈다. 눈이 쌓인 채로 놔두면 그 물이 언제까지나 콘크리트 천장으로 스며들어 곳곳에서 낙수가 지곤 했다. 오르내릴 사닥다리도 변변치 않았고, 고압선이 길게 늘어져 있어 위험하기 짝이 없는데도, 문자는 부삽을 들고 날개가 달린 듯 지붕으로 오르내렸다. 식당을 한다는 주인집 내외가 비죽이 웃으며 대청마루에 선 채 구경삼아 쳐다보고 있거나 말거나, 그녀는 빨갛게 상기된 얼굴로 마치 춤추듯 가볍게 눈을 퍼서 지붕 아래로 집어던졌다. 어쩌다 지나가던 행인이 흙탕물이 튀었다고 화를 내면, 날듯 뛰어내려 그의 바짓가랑이를 털어 주며 만족할 때까지 몇 번이나 사과하고 나서 또다시 지붕으로 올라가곤 했다.

또한, 헛간이나 다름없는 문자의 부엌에는 수도가 없었기 때문에 안집 마당에 있는 수도에서 일일이 물을 길어다 먹었다. 안집 마당으로 가자면 부엌 뒷문으로 나가서 높고 가파른 계단을 내려가야 했다. 이전에 세 든 사람들에겐, 그 계단이 죽지 못해 오르내리는 굴욕의 사다리로 여겨졌었다. 그 가난한 여인들은 자신이 양손에 물바께쓰를 들고 낑낑거리며 계단을 오르는데, 주인집 여자가 비죽이 웃으며 자기의 뒷모습을 주시하는 것이 무엇보다 싫었다.

그러나 똑같은 방을 빌려 사는 처지이면서도 문자는 그녀들과 전혀 달랐다. 그녀가 뒷문 앞에 나타날 때 보면, 무슨 좋은 일을 하다가 중단하고 나온 것처럼 항시 두 뺨이 발그레했다. 때로 그녀는 양손에 바께스를 든 것도 잊고 층계참에 서서 한참 동안씩 하늘을 쳐다보곤 했다. 그러고 난 뒤엔 두 뺨에 발그레한 빛이 안에서 불을 켠 것처럼 더욱 짙어졌다. 그녀가 계단을 내려오는 모습은 마치 몸 속에 깃들어 있는 싱싱한 생명의 탄력이 음계를 밟고 있는 듯이 보였다.

그래서 그 계단은, 그 위에 있는 아주 신비롭고 아름다운 세계를 그녀 혼자만 누리기 위해 외부로 나타난 부분을 일부로 조악組惡하게 꾸며 논 것 같이 보였다.

주인집과 그 집에 세 들어 사는 여느 식구들은 문자가 새벽같이 층계참에 나와 매운 연기를 마셔가면서도 연탄화덕에다 신나게 부채질을 활락활락 해대며 때로는 콧노래까지 흥얼거리는 광경을 종종 볼 수 있었다. 그도 그럴 것이 그 부엌의 아궁이에선 물이 솟았기 때문이다.

아궁이뿐만 아니라, 지붕이며 방고래를 고쳐 달랠 만한데도 문자가 혼자 힘으로 잘 참아나가자, 주인집은 고마워하기는커녕 오히려 그녀에게 물세 불세까지도 터무니없이 물리었다. 그래도 문자는 한마디도 따지지 않고 달라는 대로 선선히 내주었다. 마치 큰 여유가 있어 그만한 일은 불문에 붙이는 것처럼.

때문에 한집에 세 들어 사는 여인들은 문자의 살림형편이 겉보기보다 훨씬 알심 있을 거라고 추측했다. 어느 날 그녀들은 자기들끼리 짜고 불시에 문자를 찾아갔다. 방 안을 찬찬히 둘러본즉, 물이 스며든 천장은 페인트칠이 일어나 너덜거렸고, 녹슨 손잡이가 달린 캐비닛 이외에 이렇다 할 세간이라곤 아무것도 없었다. 그녀들로서는 문자의 두 뺨에 서린 발그레한 홍조와 노래를 몸에 휘감고 있는 듯한 그 발랄한 생기가 어디에서 연유하는지 더욱 몰라졌다. 그녀들은 문자가 수돗가에 나왔다가 떠나고 난 뒤에, 향기 좋은 꽃으로 가슴을 꾹 눌렀다가 덴 것 같은 그 느낌을 어떻게 설명해야 할지 알 수 없었기 때문에, 그중 누가 엄지손가락으로 돌았다는 시늉을 해보이면 거기에 전적으로 동의하는 폭소를 터트렸다.

그녀들은 이미 확인한 바와 같이 문자는 남다른 무엇을 소유했던 게 아니었다. 그녀로선 무엇을 하든 그 일을 하면서 사랑하는 사람을 생각한 것뿐이었다. 콩나물을 다듬든, 연탄불을 피우든, 지붕 위의 눈을 치우든 그를 생각하노라면 어딘가 높은 곳에 등불을 걸어둔 것처럼 몸 구석이 따스해지고, 밝아오는 것을 느꼈다. 그 따스함과 밝은 빛이 몸 밖으로 스며나가 뺨을 물들이고, 살에 생기가 넘치게 하는 것을 그녀 자신은 오히려 깨닫지 못했다.

한수가 그녀에게 오는 것은 단지 일요일 밤뿐이었지만, 그는 항시 그녀의 시렁 위에 걸려 있는 등불이나 다름없었다. 시장에선 물건을 깎다가도 그녀는 '그가 만약 이 사실을 안다면' 하고 깎는 일을 그만두었고, 남과 다툴 뻔하다가도 그를 떠올리면 분노가 촉촉하게 가라앉았다.

이렇게 해서 월요일, 화요일…… 토요일을 보내는 사이에 그는 그녀의 존재 자체를 조금씩 연금練金시켜, 이윽고 일요일이 되었을 땐 그녀의 손길이 닿기만 해도 닿는 것은 무엇이든지 금빛물이 들었다.

문자는 그가 미처 문을 두드리기도 전에 이미 그의 발걸음 소리를 알아듣고 미리 나가서 그를 맞아들였다. 그녀가 그의 옷을 벗기면 그 옷이 금빛으로 물들었고, 양말을 벗기면 양말이 그러했다. 뜨거운 물이 담긴 대야를 가져와 그의 발을 씻기면 그 발 역시 금빛이 났다.

그녀가 그를 위해 마련한 저녁상은, 가난한 자가 일주일 내내 거친 솔과 젖은 걸레로 마룻바닥을 힘들여 닦아서 번 돈으로 성전聖殿 앞에 켤 양초를 사는 것같이 마련된 것이었다.

한수는 그녀가 살코기를 집어줄 때마다 입을 딱 벌려 받아먹기만 할 뿐, 자기도 그녀의 입에 그 고기를 먹여 주려는 생각은 한 번도 해보지 않았다. 한수의 마음은 무디고 이기적이어서 온 방 안에 가득 찬 금빛을 보지 못했고, 가만히 있어도 그 침묵이 노래임을 알지 못했다. 심지어는 그녀의 몸을 만지면서도 잘 익은 과육에서 나는 것과 같은 향기가 자기 손가락에 묻어나는 것도 몰랐다.

그는 마치 돈 없는 주정뱅이가 어쩌다가 값싼 술집을 발견하고도 긴가민가하여 자꾸 주머니 속의 가진 돈을 헤아려 보듯이 문자가 과연 자기가 줄 수 있는 것만으로도 만족하고 자기와 살아줄 것인지를 알고자 끊임없이 탐색의 눈초리를 번득였다. 그는 이미 아내와 자식들이 있었으므로, 그가 문자와 더불어 지낼 수 있는 시간은 한정되어 있었다. 그는 또한 여당 소속 국회의원의 비서라는 그럴싸한 직업을 가지고 있었지만 수입은 보잘것없었다. 그래서 그는 문자에게 생활비 같은 것을 보태줄 처지가 못 되었다.

그는 문자로부터 어떤 요구도 받은 적이 없으면서, 항시 이 여자가 내가 줄 수 있는 한도 밖의 것을 요구해 오면 어쩌나 하고 불안해했다. 그는 문자가 화장도 하지 않고, 모양도 내지 않고, 집안에 값나가는 물건을 사놓으려 하지도 않는 걸로 봐서, 욕심 없는 성격이라는 것을 간파했으면서도 여전히 경계를 게을리하지 않았다.

그러던 차에 그가 모시고 있던 K의원이 장관으로 발탁되었고, 그의 도움으로 광산과 출신의 한수는 반관반민의 동동 광업소 소장으로 임명되었다. 그의 수입은 이제 문자에게 정식으로 딴살림을 시킬 수 있을 만큼 풍족해졌다. 그는 멋진 새 집을 사서 이사를 했고, 그의 아내와 자식들은 좋은 옷을 입었고, 가만히 앉아 심부름하는 사람들의 시중을 받았고, 과일과 케이크는 미처 먹지 못해 곰팡이가 필 정도로 지천이었다.

그럼에도 그는 문자에겐 아무것도 나누어 주지 않았다. 사과 하나, 귤 하나도. 이따금 그는 문자에게 가져가라고 무심히 과일바구니 하나를 집어 들었다가도 도로 내려놓았다. 일단 그녀에게 무엇을 주기 시작하면, 혹시나 끝없이 요구의 손길을 뻗쳐오지 않을까 겁이 났다.

문자는 여전히 그에게 아무것도 요구하지 않았다. 주인집에서 방값을 올리자 그녀는 자기 힘으로 구해 보다가 끝내 방을 옮겼다. 그 사이 물가가 많이 올라서 문자가 그에게 예전과 같은 저녁상을 차려내기 위해서는 자기가 일주일 살 몫에서 더 많이 쪼개내야 했다. 그녀는 버스를 두 번 타는 대신 한 번만 타고 나머지는 걸었다. 그리고 점심도 라면으로 때웠다.

반대로 한수의 몸에서는 날이 갈수록 기름이 번지르하게 흘렀다. 그는 매번 올 때마다 구두를 갈아 신었고, 와이셔츠나 넥타이와 커프스 버튼과 내의까지도 달라졌다. 양복도 가지각색으로 늘어났다.

어느 날 문자는 시계를 보고 자리에서 일어나는 그의 내의자락을 뒤에서 꽉 움켜쥐며 "가지 말아요. 오늘 밤만은 함께 있어줘요"하고 등에 얼굴을 묻었다. 그러나 이내 잡은 옷자락을 맥없이 놓아주는 순간, 울컥 울음이 넘어오는 것을 간신히 참았다. 예전에는 문자의 손길이 닿은 것마다 금빛으로 물들었던 것이 이제는 그녀의 가슴을 미어지게 할 때가 많았다. 그녀는 그에게 옷을 입혀 주려고 옷걸이에서 양복을 걷어내다 그 속주머니에 찔려진 두툼한 돈뭉치를 보고도 목이 메었고, 보자기에 싸서 아랫목에 묻어 두었던 그의 구두를 꺼내다가 밑창에 새겨진 고급상표를 보고도 가슴이 미어졌다.

그녀의 맘속에서는 끝없이 해일海溢이 일고, 번개가 치고, 폭풍이 몰아치는 종말 같은 나날이 계속되었다. 아무도 없는 강가나 깊은 산속에 가서 목 놓아 울고만 싶은 슬픔이 그녀의 두 뺨에서 발그레한 홍조를 차츰차츰 스러지게 했다.

또다시 집값이 올라 하루 종일 방을 구하러 다니다 돌아오던 길에, 문자는 소주 두 병을 샀다. 안주도 없이 단숨에 소주 두 병을 비우고 나서 그녀는 의식을 잃었다. 눈을 떴을 때 그녀는 자기가 눈부신 아침 햇살과 끈적거리는 오물 속에 누워 있음을 발견했다.

새로이 눈물이 괴어 올라 눈앞이 어룽졌다. 그녀는 이를 악물었다. 그때 그녀 속에서 낙타 한 마리가 벌떡 몸을 일으켜 세우며 외쳤다.

"고통이여, 어서 나를 찔러라. 너의 무자비한 칼날이 나를 갈가리 찢어도 나는 산다. 다리로 설 수 없으면 몸통으로라도, 몸통이 없으면 모가지만으로라도. 지금보다 더한 고통 속에 나를 세워 놓더라도 나는 결코 항복하지 않을 거야. 그가 나에게 준 고통을 나는 철저히 그를 사랑함으로써 복수할 테다. 나는 어디도 가지 않고 이 한자리에서 주어진 그대로를 가지고도 살 수 있다는 것을 보여줄 테야. 그래, 그에게뿐만 아니라, 내게 이런 운명을 마련해 놓고 내가 못 견디어 신음하면 자비를 베풀려고 기다리고 있는 신(神)에게도 나는 멋지게 복수할거야!"

회사에도 못 나가고 그녀는 이틀을 꼬박 누워 앓았다. 그 이튿날은 일요일이었다. 문자는 일어나서 아무 일도 없었던 것같이 그를 맞기 위해 목욕을 하고, 시장에 다녀와서 은행알을 깠다.

그날 저녁 그의 넥타이를 받아 옷걸이에 걸다가 문자는 그것에 꽂혀 있는 진주 넥타이핀을 발견했다. 그러나 그녀의 가슴은 이전처럼 미어지지 않았다. 마침내 그녀의 맘속으로부터 그가 가진 모든 것이 무관해졌던 것이다. 그가 누리는 모든 것이 그녀와 무관해졌다.

문자는 오로지 곁에서 담담한 맘으로 지켜볼 뿐이었다. 그의 끝없는 욕망이 그의 집 문전에 줄을 잇는 업자들의 선물상자와 돈봉투를 딛고 자꾸 자꾸 높아지는 것을.

어느 날 새벽에 라디오와 TV에서는 베토벤의 영웅교향곡 2악장을 끝없이 되풀이하여 들려주었다. 계엄령이 선포되었고 국회와 내각이 해체되었다. 그런 뒤 두 달도 못 되어서였다. 한수는 수염이 텁수룩하고 초췌해진 얼굴로 비틀거리며 문자에게 나타났다. 몸을 가누지 못할 만큼 취해 방바닥에 퍼지르고 누운 그에게서 문자는 하나씩 옷을 벗겨냈다. 갑자기 그가 문자의 옷자락을 움켜쥐며 목쉰 소리로 울먹였다.

"난 이제 아무것도 아냐, 우리 집 문전엔 인적이 끊겼어. 그렇지만 너까지 날 괄시하면 죽여 버릴 테다."

이모가 목욕 중이었으므로 문자는 거실에 앉아 기다려야 했다. 그녀가 앉아 있는 소파는 보드라운 깃방석 같았고, 아라비아풍의 두툼한 양탄자가 깔려 있어 발 밑도 포근했다. 모든 것이 포근하고 쾌적했다.

천장에서부터 내려뜨려진 하얀 망사 커튼 너머로 뜰의 나무들이 세찬 바람에 휘청거리는 것이 보였다. 이곳에서는 추운 바깥 날씨조차도 아프고 시린 것이 아니라 쾌적하고 달콤하게 느껴졌다. 음산한 하늘에서 차츰 먹빛이 배어났다.

욕실에서 타일바닥을 때리는 상쾌한 물줄기 소리가 들려왔다. 문자는 갑자기 등이 시리고 몸이 저렸다. 그러한 자기 자신에게 그녀는 이렇게 타일렀다.

 '약한 사람들은 자신의 삶을 보드라운 소파와 양탄자와 금칠을 한 벽난로와 비싼 그림과 쾌적한 침대 위에 세운다. 그런 뒤엔 그 물질로 해서 알게 된 쾌적한 맛에 길들여져 그들은 이내 물질의 노예가 된다. 그들의 갈망은 끝없이 쓰다듬는 손길에 의해서 잠을 잘 잔 말의 갈기와 같다. 하지만 내 정신의 갈기는 만족을 모르는 채 항시 세찬 바람에 펄럭이기를 갈망한다.'

 주방 쪽에서 슬리퍼 끄는 소리가 났다. 아줌마가 주스 쟁반을 들고 왔다.
 "오랜만이에요, 아줌마."
 "좀 자주 놀러오시잖구. 애기는 잘 커요?"
 "네?"
 "어쩌면 엄마를 고렇게 쏙 빼다박은 것 같죠?"
 "어떻게 아세요?"
 "사진을 봤어요. 저기 사진이 있잖아요."
 아줌마는 거실의 한쪽 벽을 가리켰다. 문자는 아줌마가 주방으로 되돌아갈 때까지 기다렸다가 장식장 앞으로 갔다. 다섯 살이 된 옥조가 생일을 맞았으므로, 문자는 한수에게 부탁하여 아이를 데려와서 하루 동안 함께 지냈었다. 사진은 그날 이모집에서 찍은 것이다.

 옥조는 이종들의 팔에 안겨 밝게 웃고 있었다. 옥수수처럼 고른 치열이 하얗다 못해 푸르렀다. 문자는 사진틀을 꺼내어 손에 들고, 먼지가 낀 양 손바닥으로 닦고 또 닦았다.

 한수의 아내가 아이를 데리러 나타나기 며칠 전부터 문자는 밤마다 아기를 빼앗기는 꿈을 꾸었다. 때로는 아기를 안고 검은 옷의 괴한을 피해 산으로 들로 쫓겨다니기도 했고, 때로는 아기를 이미 빼앗겨 실성한 듯이 찾아다니다 잠이 깨기도 했다. 잠이 깨어 보면 꿈속에서 질렀던, 자기 목소리 같지 않은 비명의 여운이 그저도 귓가에 맴돌고 있었다.

 불을 켜고, 그 바람에 불빛에 눈이 시려 아기가 눈두덩을 옴찔옴찔 움직이는 것을 확인하고도 그녀는 여전히 그것이 꿈일까봐 겁이 났다.
 아기를 보고, 또 보는 동안 악몽의 환영은 멀어지는 것이 아니라 더욱 더 그녀를 옭죄었다. 당장 아기를 데리고 먼 곳으로 도망치고만 싶었다. 어느 순간 갑자기 문자는 누구에겐지 모르게 무릎을 꿇고 울음 섞인 목소리로 탄원했다.
 '그러면 왜 안 된다는 거지? 나는 그 동안 너무 힘들었어. 연명할 것만 남기고 나는 늘 빈손으로 지냈어. 내 손은 무엇을 움켜쥐는 버릇을 잊어버린 지 오래야. 하지만 이제 내 속으로 난 혈육만큼은 놓치고 싶지 않아. 위안 받기를 거부하는 일이 이제는 너무 힘들어! 고통스러워!'
 그러자 그녀 속에서 또다시 낙타가 우뚝 몸을 일으켰다.
 '너는 할 수 있어. 도달하기 위한 높은 것을 맘속에 지님으로써 너는 고통스러울지 모르지만, 그 고통이 너를 높은 곳에 이르게 하는 사닥다리가 되는 거야.'
 그래도 문자는 고개를 가로저으며 계속 신음했다.
 그러나 이제 딸의 사진을 보고도 문자는 담담하게 미소 지을 수 있었다.
 타일바닥을 때리던 줄기찬 물소리가 그치고 나서 욕실문의 열렸다. 뜨거운 물의 쾌적함에 한껏 도취된 듯 이모의 눈빛은 약간 몽롱했고 우유빛 살갗에는 분홍색이 감돌았다. 그녀는 브러시로 잘 염색된 갈색 머리카락을 빗어내리며 소파가 있는 데로 걸어왔다. 깃이 깊이 팬 비단 겉옷 사이로 나이를 멈춘 듯 피둥피둥하고 탄력 있어 보이는 앞가슴이 물결쳤다.
 문자는 옥조의 사진을 가만히 제자리에 세워놓고 돌아섰다.
 "옥조는 끝내 그 집에다 놔둘 거니?"
 거침없는 이모의 말투는 반드시 문자를 믿거라 해서만은 아닌 듯했다.
 문자는 무릎 위에 두 손을 가지런히 모아쥐고, 다지고 또 다져서 표면이 탄탄하게 굳어진 땅과 같은 표정이 되며 짧게 대답했다.
 "네."
 "왜? 그 집에서 안 내놓겠대?"
 "아뇨, 그쪽에서는 데려가래요."
 "그럼 잘됐다. 옥조만 데려오고 나서 그 사람과는 연을 끊어라. 그 사람은 이제 운이 다했어. 끌면 끌수록 너만 손해라는 걸 알아야 해."

"……옥조는 안 데려올 거예요, 이모."

"너 참 이상한 애다. 네 새낀데 가엾지도 않니?"

"가엾어요. 그리고 너무너무 데려오고 싶어요. 하지만, 나는 그 아이를 데려옴으로써 나 자신을 만족시키고 싶지 않아요. 옥조를 내놓을 때 이미 그 아이는 제 맘에서 떠나갔어요. 그렇다고 그 아이를 사랑하지 않는다는 얘기가 아녜요. 제가 옥조를 사랑하는 맘은 여느 엄마들이랑 달라요. 얼마 전 칭기즈 칸에 관한 전기를 보았어요. 그는 금나라를 치고 나서, 그 낯선 나라의 낯선 사람에게 자기 아들을 버리고 떠나더군요. 칭기즈 칸으로 하여금 영원한 영웅이 되게 한 것은 아들을 버림으로써 사랑까지도 밟고 지나갈 수 있었던 바로 그 힘이었던 같아요. 소유에 대한 집념과 마찬가지로 혈육 역시도 초극超克되어야 할 그 무엇이라 여겨져요. 나는 꼭 누구랑 끊임없이 대결하는 긴장상태 속에서 살고 있는 것 같아요."

"무슨 소린지 한 마디도 모르겠구나. 주스나 마셔라. 아줌마, 나는 당근 주스로 갖다 줘."

문자는 이모의 살지고 나태해 보이는 손을 가만히 바라보았다. 뜨거운 물 속에서 나른해졌던 손은 건조해지자 끝이 쪼글쪼글해졌고, 청회색 매니큐어칠도 벗겨져 얼룩덜룩했다. 재미삼아 손톱으로 매니큐어칠을 긁어내던 이모가 불현듯 생각난 듯이 목소리를 높였다.

"내, 참 그렇잖아도 내가 전화할까 했는데 네 발로 왔으니 잘됐다. 너 이제 그쯤에서 결혼하면 어떻겠니? 마땅한 사람이 있단다. 시집가서 지금 옥조 아빠한테 쏟는 정성의 반만큼만 남편한테 쏟아도 너는 귀염받고 잘 살 거야."

설마 이 얘기를 하자고 오라 했던 건 아니겠지. 문자는 초조해져 창밖을 살폈다. 이제는 뜰의 나무들까지도 먹빛으로 변해 있었다. 한수는 집을 나서고 있을 지도 몰랐다.

"어떠니? 그렇게 해볼래? 나이는 쉰 살이고 애가 둘 있지만 할머니가 데리고 있댄다. 압구정동에 아파트가 한 채, 또 과천 가는 어디에도 목장을 할 만한 산도 있다더라. 직업은 변호사야. 한쪽 눈이 짜부러진 게 큰 흠이지만, 흠으로 치면 너한테도 그만한 게 있으니 쌤쌤이지 뭐."
 이모는 문자에게서 좋은 반응을 기대했으나, 그녀는 수심 찬 얼굴로 창밖만 바라보고 있었다. 돈 때문에 저러지 싶었지만 이모는 자기 쪽에서 먼저 돈 얘기를 꺼내고 싶지는 않았다. 이모는 나오지도 않는 하품을 짝 찢어지게 했다. 겸연쩍은 한순간을 그렇게 해서 넘겼다.
 하품 소리에 문자는 창밖에서 이모에게로 눈길을 돌렸다. 하품 때문에 질척해진 눈가를 본 순간 그녀는 이유 모를 분노를 느꼈다. 그러다 다음 순간 그녀는 자기 속의 낙타가 그 분노를 지그시 밟고 지나가는 것을 느꼈다.
 "이모, 내가 부탁드린 거 어떻게 됐어요?"
 "돈 말이니?"
 "네."
 "나한테 없다고 했잖아. 하지만 아줌마가 나한테 맡겨둔 거라도 가져갈 테면 가져가. 이자를 줘야 하는데 괜찮겠니? 오부다."
 "네, 좋아요."
 그러고도 이모는 선뜻 일어나려 하지 않았다. 손톱으로 매니큐어 칠을 긁어내는 데 자지러져 있으면서 그녀는 여전히 흥얼흥얼 잔소리를 늘어놓는다.
 "너 내 말 허술하게 듣지 마라. 이모라고 두 눈이 시퍼렇게 살아 있으면서도 조카가 결혼한 것도 아니고, 그렇다고 안 한 것도 아닌 그런 상태로 일생을 지내게 할 수야 없지 않니? 지하에 계신 느이 엄마가 알아봐라, 날 얼마나 원망하겠니? 그리고 너 매일 돈에 찌드는 거 지겹지도 않니? 그 변호사한테 시집만 가 봐라. 팔자가 확 바뀔 텐데."
 "네, 알아요."
 이모가 이미 대답에는 신경을 쓰고 있지 않다는 것을 알고 문자는 맞장구만 쳤다.
 "하여간 어렸을 때부터 네 속엔 괴물이 들어앉아 있었어. 가다가 진창이 있으면 돌아가야 할 텐데, 너는 발이 빠지면서도 돌아갈 줄 모르는 고집쟁이야."
 "네, 알아요."

문자는 문자대로 다른 데 정신이 팔려 있었다. 리비아를 여행하고 온 사람이 쓴 글 중에 이런 구절이 있었다.

리비아는 국민소득이 일인당 만 달러였고, 인구는 삼백만밖에 되지 않았다. 그 나라 정부의 절대과제 중 하나는 인구를 늘리는 일이었다. 그래서 정부에서는 다산多產을 권장하는 한편, 사막의 오지에 사는 사람들을 도시로 끌어내기 위해 돈다발로 유혹한다. 푹신한 양탄자에 에어컨 장치에 안락한 침대에 꼭지만 틀면 수돗물이 콸콸 쏟아져나오는 집에서 편안히 살게 해줄 테니 제발 도시로 나오라고 간청한다.

그러나 사막에서 살아온 유목민의 상당수가 그 유혹을 뿌리치고 더 깊이 사막 속으로 들어간다. 대부분의 인간은 시달리는 것, 즉 갈증을 몹시 두려워한다. 그런데 그들만이 갈증뿐인 사막 속으로 더 깊이 파고든다. 사막의 갈증. 흙조차도 타고 바래져서 먼지 같은 모래 땅. 해가 뜨면 땅과 하늘 사이는 분홍색 열안개의 도가니가 된다. 해가 지면 그 추위 또한 살인적이다. 사막 속의 인간이 열사熱死와 동사凍死로부터 자기를 보호할 것은 그의 살갗뿐이다. 그들은 무엇 때문에 이 갈증의 길을 스스로 택해서 가는가.

리비아에는 조상 적부터 전해져 내려오는 전설 같은 지도가 있다. 그 지도에는 사막의 땅 속 깊은 곳으로 흐르는 푸른 물길이 그려져 있다. 그들은 이 길을 신神의 길이라고 부른다.

사막의 오지에서 나오지 않는 사람들만은 이 푸른 물길이 어디에 있는지 안다고 한다.

문자는 이모에게 다시 한 번 더 돈 얘기를 상기시켜야 했다. 이모가 돈을 가지러 방으로 들어간 사이에 문자는 옥조의 사진을 한 번 더 봐두려고 장식장 앞으로 갔다.

가엾은 자식. 엄마가 네게 지운 짐이 너무 가혹하지? 하지만 너도 네 힘으로 네 속에서 낙타를 끌어내야 한다. 엄마가 너의 삶을 안락한 강변도 있는데 굳이 고통의 늪가에다 던져놓은 이유를 그 낙타가 알게 해줄 거야. 그것이 사랑이란 것을 알게 해줄 거야.

문자는 이모가 건네준 돈을 받아 가방에 넣고 나서 아줌마에게 고맙다는 인사말이라도 하려고 주방 쪽으로 돌아섰다.
 "얘, 얘, 넌 그냥 가라. 아줌마한텐 나중에 내가 얘기해 줄게."
 문자는 어리둥절한 채 이모가 허둥거리며 쇼핑백에다 주워 담아 주는 과일을 받아들었다.

 "저어······."
 셈을 치르려던 문자는 상점 주인의 망설이는 얼굴을 쳐다보았다.
 "저어, 아까 아저씨가 들어가시면서 오징어 한 마리하고 고량주 두 병을 가지고 가셨어요."
 "네, 알겠어요. 그건 얼마죠?"
 "가만 있거라 보자, 천팔백 원이군요."
 찬거리를 들고 문자는 상점에서 나왔다. 다닥다닥 붙어 있는 집들의 노란 창문들이 그녀로 하여금 한층 더 지치고 피곤하여 쉬고 싶은 생각을 간절하게 했다. 그러나 한수가 와 있으니 쉴 수도 없으리라. 그는 요즘 들어 부쩍 허물어진 모습에 주사酒邪까지 늘고 있었다.
 문자는 높고 가파른 언덕을 올라갔다. 가는 도중에 그녀는 고목나무 아래서 다리를 쉬었다. 언제나 다름없이 신선한 영감이 가슴에 뿌듯하게 차올랐다.
 그 고목은 몸뚱어리가 온전치 못한 불구의 몸임에도 늠름한 키에 풍성한 가지를 지니고 있었다. 그의 가지 하나하나가 모두 하늘을 어루만지려는 갈망의 손으로 보였다. 저토록 높은 데까지 갈망의 손을 뻗치기 위해서는 아마도 그의 뿌리는 자기키의 몇 배나 깊이 땅 속으로 더듬어 들어갔을 것이다. 생명수를 찾아 부단히, 차고 견고한 흙 속으로 하얀 의지를 뻗쳤다. 나무의 뿌리가, 자신의 발밑에 맞닿아 있다는 것을 생각하면 문자는 시린 삶의 아픔이 가시는 듯한 위안을 느꼈다.
 문자는 미처 집에 닿기도 전에 대문 안에서 얼굴만 내밀고 자기를 기다리고 있던 주인집 여자를 만났다. 가슴이 철렁했다. 역시 그랬다.
 "아유, 속상해 죽겠어. 색시 저기 좀 봐요. 저기다 또 오줌을 누었어요. 개도 그렇진 못할진대, 남의 집 얼굴이나 다름없는 문간에다 찌린내를 진동치게 해놓는다니. 우리는 둘째치고 담벼락 주인이 알고 쫓아올까봐 무섭군요."

"정말 죄송해요, 아주머니. 지금 당장 씻어내겠어요."

문자는 부엌 겸 자기 방 출입문으로 들어가서 찬거리랑 가방을 내려놓고 대야에 물을 퍼담았다. 주인집 여자는 여전히 눈꼬리에 독을 묻혀 가지고 서서 문자를 흘겨보았다.

지칠 대로 지친 육체에 굴욕의 비수가 꽂히자 감미로운 동요가 일어났다.

'고통의 사닥다리를 오르는 일이 다 쓸데없는 짓이라면? 이 길의 끝에 아무것도 없다면? 모든 것이 다 조작된 의미라면? 아픔과 고통의 끝이 또 다른 아픔과 고통의 연속으로 이어진다면……'

그럼에도 그녀의 팔은 오랫동안 낙타의 지칠 줄 모르는 다리가 되어왔던 까닭에 걸레질을 멈추지 않았다.

문자가 담장을 말끔히 씻어놓고 안으로 들어가려니, 주인집 여자가 그제서야 다소 누그러진 음성으로 그녀를 붙잡아 세웠다.

"색시, 잠깐만 기다려요. 편지 온 게 있어요."

잠시 후에 주인집 여자는 푸른 항공엽서 하나를 들고 나왔다. 그것을 건네주며 그 여자는 밑도 끝도 없이 쌕 웃었다. 그 웃음은 또다시 문자의 가슴을 철렁하게 했다. 틀림없었다.

"이사 온 지 육 개월도 안 됐는데 이런 말 하기가 뭣하지만, 이해해 줘요. 우리 아들이 방을 따로 쓰겠다고 자꾸 보채는구료. 복덕방 비는 이쪽에서 물어줄 테니 다른 방을 좀 봐보려우?"

"네, 알겠어요."

문자는 선선히 대답하고 안으로 들어갔다. 발등이 터진 한수의 헌 구두를 집어 한쪽으로 가지런히 세워놓고 방문을 열었다. 한수는 곯아떨어져 자는 중이었다. 빈 고량주 병이 머리맡에 나뒹굴었다. 그의 머리는 덥수룩하게 자라 귀를 덮었고, 와이셔츠 깃은 때가 절어 있었다. 새우처럼 등을 구부리고 자는 모습을 바라보고 있는 동안, 문자에겐 이제야말로 내가 이 사람을 진정으로 사랑하는 게 아닐까 하는 생각이 스쳐갔다.

손에 들려진 편지 생각이 난 것은 그 다음 일이었다. 편지는 뜻밖에도 미국에 간 오빠로부터 온 것이었다. 문자는 저녁을 지으려는 생각이 앞서 편지를 대강대강 읽었다.
"이건 무슨 편지야?"
밥상을 차리는데 방 안에서 그의 목소리가 들려왔다.
"오빠에게서 온 거예요."
"내용이 뭔데?"
"날 보고 들어오래요. 자기가 하는 슈퍼마켓이 너무 잘돼서 손이 모자란대요."
"쳇, 지금까지 소식 한 장 없다가 겨우 손이 모자라니 와서 도와달라구? 당장 회답을 써보내, 웃기지 말라구. 물주만 만나봐, 그까짓 슈퍼마켓 같은 건 열 개라도 차릴 수 있어."
탁, 하고 성냥불 긋는 소리가 들려왔다. 그가 짜증이 난 것은 편지의 내용 때문이라기보다, 돈을 구했는지 못 구했는지 빨리 말해 주지 않기 때문이라고 헤아려졌다.
밥상을 차리다 말고 문자는 방 안으로 들어갔다. 한수는 핏발이 선 눈길로 얼른 모로 빗겼다. 문자는 가방에서 돈을 꺼내 그에게 내밀었다. 그는 돈을 받는 즉시 담배를 신문지 귀퉁이에 눌러 끄고 벌떡 일어났다.
"저녁 다 됐어요."
"지금 몇 신데 저녁타령이야. 다 늦게 들어와가지구."
문자는 잠자코 그에게 윗도리와 외투를 입혀 주었다. 순간순간 그의 모질고 이기적인 성격을 엿볼 때마다 문자는 맘속으론 울고 입술로는 웃었다.
그가 단추를 채우는 동안 문자는 먼저 부엌으로 나와서 그가 신기 좋게 구두를 가지런히, 그리고 약간 벌려 놓아 주었다. 밥을 푸다 만 밥솥에서 서려오르는 김을 보고 문득 쓰라린 비애를 느꼈으나 그녀는 조용히 웃었다.
한수는 문자가 문 밖에서 배웅하고 있다는 것을 알면서도 곧장 뚜걱뚜걱 계단 아래로 내려갔다. 그는 언덕을 내려가 잠시 후엔 시야에서 사라졌다.
그러나 문자에겐 그가 자기 시야에서 끝도 없이 멀어지고 있을 뿐인것으로 느껴졌다. 그는 이미 한 남자라기보다, 그녀에게 더 한층 큰 시련을 주기 위해 더 높은 곳으로 멀어지는 신의 등불처럼 여겨졌다. 그리하여 그녀는 그것에 도달하고픈 열렬한 갈망으로 온몸이 또다시 갈기처럼 펄럭였다.

환멸(幻滅)을 찾아서

1984년 동인문학상

김원일(金源一)

1942년 경남 김해에서 태어나 서라벌예대 문예창작과 및 영남대 국문과를 졸업했다. 1966년 대구 『매일신문』 신춘문예에 「알제리아의 추억」이 당선되었고, 1967년 『현대문학』 제1회 장편소설 공모에 「어둠의 축제」가 당선되어 등단했다. 1974년에 현대문학상을, 1984년에 동인문학상을, 1990년엔 이상문학상을 각각 수상했다. 소설집으로는 『어둠의 혼』 『어둠의 축제』 『어둠의 사슬』 『도요새에 관한 명상』 등이 있으며, 1997년 도서출판 문이당에서 발행한 『김원일 중단편 전집』이 있다.

환멸(幻滅)을 찾아서

1

 방학을 한 주일 앞둔 토요일이었다. 어젯밤 과음 탓으로 오윤기는 오전 수업을 망칠 수밖에 없었다. 메스꺼운 증세와 조갈증을 애써 참으며 그는 세 시간째 수업을 가까스로 끝냈다. 그는 기진맥진한 상태로 교무실로 돌아왔다. 세 시간을 내리 가르쳤기에 한 시간 쉬다 종례를 마치면 오늘은 수업이 끝났다. 그는 보리차를 거푸 두 잔 비우고 자리로 돌아왔다.
 "오 선생, 아버님이 오셨군요." 역사를 가르치는 옆자리 박 선생이 창밖을 보며 말했다. "한참 밖에서 떨고 계신데요."
 윤기가 운동장 쪽 창에 눈을 주었다. 앙상한 가지가 바람에 떠는 플라타너스 아래 귀가리개 달린 개털보자를 눌러 쓴 작달만한 당신이 교무실 안을 기웃거리고 있었다. 어깨를 옴츠린 오 영감은 예의 낡은 군용파카에 누비 방한복을 입고 있었다. 신발은 배를 탈 때 신는 방한용 장화였다. 바깥은 눈이 내릴 듯 낮게 내려앉은 잿빛 하늘이라 오 영감 외양이 오늘따라 더 초라했다.

"노인이 밖에서 얼쩡거리기에 누군가 했지요. 자세히 보니 오 선생 아버님입디다. 제가 나가, 아드님이 수업 중이니 교무실로 들어오셔서 기다리라고 말했죠. 한사코 사양하셔 포기했습니다."

"늘 그러신 분이니깐……." 윤기가 멋쩍게 대답했다.

"오 선생님, 어젯밤도 엔간히 마신 모양이죠? 아직 얼굴에 취기가 남은 걸 보니." 가사 선생이 건넌 자리에서 말했다.

"속이 끓어 죽겠어요."

어제 오후, 속초 친구 둘이 느닷없이 집으로 들이닥쳐 그는 그들과 두 차례 술자리를 옮기며 자정 가까이 소주를 마셨다. 둘은 시인 지망생으로 윤기가 회원인 문학 서클 '맥脈' 동인이었다.

"그렇게 마시고 어떻게 수업하세요. 건강도 생각하셔야지요." 가사 선생이 손가락 사이에 볼펜을 굴리며 말했다. 그녀는 오윤기와 함께 지난 삼월 신학기에 부임해 왔는데, 참견 잘하는 노처녀였다.

"한동안 뜸하시더니, 오늘은 집에 급한 일이 있는 모양이지요?" 박 선생은 동료 교사 중 윤기와 가깝게 지내 그의 아버지를 잘 알았다.

"글쎄요."

윤기에게 아버지의 학교 방문은 놀라움보다 곤혹감부터 일으켰다. 해풍에 닳은 구리색 얼굴에 계면쩍은 얼굴로 교무실 안을 살피던 오 영감이 아들과 눈이 마주치자, 나오라는 손짓을 했다. 오랫동안 언 땅에 붙박고 있어 발이 시린지 양 발을 도두 떼며 흔드는 손짓이, 다른 사람이 본다면 집안에 큰 변고라도 생긴 듯한 태도였다. 세 식구 살림에 병자가 있지도 않고 평소에도 엄살이 심한 편인 아버지 성격으로 미룰 때, 윤기는 집안에 별다른 일이 있으리라 생각되지 않았다. 그는 교무실을 나섰다.

윤기가 그의 고향인 강원도 북단에 소재한 이 면청 소재지 유일한 중고등 병합 학교로 첫 발령을 받고 부임한 지난 신학기 이후, 한동안 오 영감에게 그런 버릇이 있었다. 그러나 오 영감이 아들을 만나겠다고 교무실 안을 기웃거리지는 않았다. 아니, 아들을 만나러 오 영감이 학교로 찾아오지 않았다. 기껏해야 창을 통해 이 교실 저 교실을 넘보다 마침 아들이 수업을 맡는 교실을 발견하면, 학생들이 낌새라도 챌까봐 뒤꼍에 숨어 한동안

아들의 수업 광경을 살피다 돌아가곤 했다. 그 작태가 꼭 수업을 감시하는 교장 짓거리 같았다. 입까지 벌린 채 넋 놓고 바라보는 더없이 행복한, 어쩌면 좀 모자라는 표정이 교장의 근엄한 얼굴과 다를 뿐이었다. 숨어 엿보는 당신 모습을 발견하면 윤기는 수업을 망칠 수밖에 없었다. 신경이 자꾸 당신 쪽으로 쓰이는데다 교단에 선 교사 생활 또한 일천하다 보니 입에서 나오는 말이 더듬게 마련이었다. 그렇다고 자꾸 당신과 눈을 맞추거나 잠시 수업을 중단하고 교실 밖으로 나가 당신을 힐책하여 돌려보낼 수도 없었다. 학생들이 눈치를 챌까봐 전전긍긍하며, 기를 쓰고 그 쪽을 무시하는 방법밖에 다른 묘책이 없었다. 그러다 후딱 그쪽에 눈을 주면 어느새 당신 모습이 보이지 않았다. 그쯤에서 오 영감은 학교를 떠난 것이다. 윤기가 퇴근하여 집으로 돌아와 아버지에게, "별 용무 없이 왜 학교로 나오셔서 교실 안을 기웃 거리세요"하고 언짢은 말을 하곤 했다. 그러면 오 영감은, 그게 뭐 어떠냐는 당당한 얼굴로 아들 말을 받았다. "내 말은, 내 아들이 얼메나 장하냐, 이거이다. 너가 이 고장 중학교에 터억하니 부임하야 선생님이 됐다는 게 말이다. 난 배우지를 못한 한에 너가 아아쩍부터 제발 교육자 같은 그런 인품이 돼 줬으므 하구 늘 바래 왔거던. 그런데 효자 노릇 하느라 너가 아버지 꿈으 이루어 준 거야. 더욱 아바이 사는 여게서 말이다. 난 우리 장한 아들이 어떻게 생도르 가르치나, 그게 궁금해 죽겠단 말이메"하며, 함남 지방 말투로 넉살을 떨었다. "그렇다고 불시에 자꾸 학교로 오시면 어떡해요. 아버진 괜찮으실는지 모르지만 저로선 학생들 보기가 뭣하잖아요"하는 정도로 윤기는 말끝을 접었다. "무시 어떠르다구 그래? 너가 가르치느 영어라느 꼬부랑 글자르 까막눈이라 잘은 모르지만서두, 내가 머 너 가르치느거 훼방 놓은 적 없잖인가. 이 아바이으 그런 맘 이해 못하구 답답하구만, 쯔쯔"하며, 아버지는 머리를 흔드셨다. 언젠가 윤화가 부자의 그런 대화에 참견한 적 있었다. "아버진 할 일 없으시면 새마을회관에라도 나가시지, 오빠 학교엔 뭣 하러 가세요. 오빠가 애들 가르치는 게 보고 싶다면 그것도 한 번에 족할 일이지, 두 번 세 번 가셔서 오빠 입장만 난처하게 만들다니……." 그 말에 오 영감은 삿대질까지 하며 딸애를 나무랐다. "어물전으 꼴뚜기라더니, 생각하는 게 며르치 대가리만두 못한 계집아아가 무슨 참견인가. 너가 이 담에 시집가서 자식으 낳아두 아바이 으 맘은 이해 못해. 남자란 여자 종자하구 근본부터 달라. 남자면 다 남자든가. 기구한 팔자으 이 아바이으 맘은 여자로서느 모르다 말다……." 오 영감이 목청을 돋우던 기세와 달리 말을 맺곤 한 숨을 내쉬었다. 잠시 집안 공기를 흩뜨렸던 그런 대화가 두 차례 있고도 여름방학을 맞기까지 오 영감은 짬짬이 학교로 나왔다. 아들 의견을 참작하여 다시는 학교로 찾아가지 않으려 맘을 접어도 발길이 자꾸 그쪽으로 돌아서는 데는 자신도 어쩔 수 없다 했다. 그쯤 되니 윤기도 당신의 그 도타운 부정을 더 만류할 수 없었다. 날수가 지나면 시들해지겠거니, 하고 마음 느긋하게 먹으면서도 차마, 오시는 거야 상관없지만 옷차림이 그게 뭐예요 하는 타박만은 입에 담지 않았다. 배를 탈 적이나 집에 있을 때, 아버지 옷차림은 늘 그랬다. 지난 봄, 첫 봉급을 탄 기념으로 아버지께 양복 한 벌을 맞춰 드렸으나 이웃집 혼사와 아야진에서 있은 홍원군민회 행사에 한 차례씩 입고 나들이했을 뿐 늘 벽에 걸어두었다. 이웃 사람이 놀러오면 벽에 걸린 그 양복을 가리키며, 아들이 첫 봉급을 타서 맞춰줬다고 자랑했다. "통일이 되서 고향에라두 가게 되며느 버젯이 차래입구 가겠음메. 그러나 이젠 내 생전에 힘들어. 암, 바라지르 말아야제." 이런 말을 한숨과 곁들여 하는 게 고작이었다. 어쨌든, 오 영감이 아들 학교로 더러 걸음하는 그 짓거리는 어느새 선생들과 학생 사이에 소문이 돌았고, 죄 얼굴을 아는 손바닥만한 면내다 보니 그 말이 학부형 입을 통해 오 영감 귀에까지 들어가게 되었다. 그러자 가을들고부터 오 영감도 학교 쪽과는 발길을 끊었다.

플라타너스 아래 웅크린 채 서 있던 오 영감은 아들을 보자, "어, 날씨 한 번 지독두 하메" 하며 허연 입김을 뿜었다. 십이월 중순을 넘기고부터 갑자기 기온이 떨어지더니 향로봉에는 이미 눈이 내리기도 여러 차례였고, 진부령 넘는 체인 감은 차들이 빙판에 곡예를 한다는 소문이 자주 들렸다.

"집에 무슨 일이 있나요?" 윤기가 물었다.

"조반두 아니 먹구 출근하더이, 어째 견딜 만한가?" 오 영감이 딴전을 피웠다. "무슨 원수졌다구 술으 그렇게 퍼마셔. 뼈가 녹잖는 게 다행이라. 아무리 젊기루서니 건강두 생각해야제. 간 때문에 그 고생 치르구서느 아직두 정신 못 채려. 니 꼴 보니 꼭 복어 뱃가죽 같으다. 혈색두 없구 팅팅 부은 게…….”
 "그 말씀 하시려 추운 날 학교까지 오시진 않았을 테구, 무슨 일이 있나요?”
 "집에야 무신 다른 일 있으라구" 하더니, 오 영감이 조심스레 말했다.
 "오늘은 참말루 무신 일이 있어서 급한 김에 너르 찾아왔어. 반공일이라 일찌기 들어오려 했지만서두. 그 퇴근 시간까지 기다리래니 어디 마음이 잽혀야제. 혹 또 술 퍼먹구 늦게 돌아올란지 모르구.”
 오 영감은 주머니에서 뽑은 손을 입김으로 녹였다. 마디 굵은 거친 손이 고목 뿌리 같아 추위를 느낄 것 같지 않은데 일 킬로 길을 걸어오느라 한기가 심한 모양이었다. 윤기는 잠시 문미의 주근깨 많은 얼굴이 떠올랐다. 표정이 없는 그녀라 떠오르는 갸름한 얼굴은 늘 눈길을 내리깐 모습이었다. 그는 오후 한 시 반에 속초에서 그녀와 만나기로 약속되어 있었다. 학교에서 퇴근하면 집에 들르지 않고 곧장 속초행 버스를 타기로 작정했다. 닷새 전 그녀가 이곳을 다녀갈 때 정했던 약속이었다.
 "학교 앞 식당에라도 가십시다. 몸두 녹이실 겸, 점심 때가 다 됐으니 식사라도 하고 들어가세요.”
 바깥 음식은 돈이 아까워 거절하실 테지만 소주 한 잔쯤은 생각이 있을 듯하여 윤기가 권했다. 자신도 해장국으로 곯은 속을 달래고 싶었다.
 "아이다. 머 그럴 거까지 있까디. 너는 또 생도들 가르쳐야지 않느냐.”
 "다음 시간엔 수업이 없어요. 나가십시다.”
 "괜찮대두 그러네. 그냥 한 마디 하구 갈 테이까. 너 이리 좀 따라와 봐.”
 오 영감이 뒷짐 지고 화장실 쪽으로 쪼작걸음을 걸었다. 오척 단구의 마른 체격이지만 올해 들고 오 영감은 등이 굽어 더욱 노인티가 났다.
 "대관절 무슨 일인데 그러세요?”
 오 영감은 대답이 없었다. 윤기도 마지못해 아버지 뒤를 따랐다. 바람이 드세어지는 꼴이 오후부터 폭풍경보가 내리고 배가 뜨지 못할 것 같았다. 바람막이된 변소 옆까지 오자 오 영감이 걸음을 멈추었다. 그는 주위를 둘러보았다. 아무도 둘에게 관심을 두는 사람이 없었다. 그 동안 멋쩍어하던 오 영감 얼굴이 사뭇 심각해졌다.

"윤기야, 내 오늘 아침에 말이다. 이상스런 물건 하나르 건졌지 안까디. 뱃놈 생활루 칠순으 바라보는 이 마당에 물괴기 아닌 그런 거느 난생 처음 입메."

"이상한 거라니요?"

"글쎄 말임메. 그래서 부랴부랴 너르 찾아온 게 아니겠음."

오 영감은 파카 주머니에서 담배 한 개비를 꺼내어 입에 물었다. 윤기가 얼른 라이터로 담뱃불을 당겨 주었다.

"아침 아홉 시쯤일까, 명태 두어 고지쯤 올렸을 때, 저 바다 안쪽에 먼가 허연 게 번득이더마느. 이상한 거다 싶어 가까이 가보이 도시락 같은 게 뜨내려가는 게 아니겠음. 건져보이 비니루루 꽁꽁 싼 책 같은 거더만. 그래 배에 싣구 나왔지르."

오 영감은 말을 끊고 아들 표정을 살폈다. 그러나 아들 얼굴은 그 소식을 전하겠다고 한데 바람 무릅쓰고 온 자기 말에 별 관심이 없어 보였다. 아들은 변소에 나오던 학생 쪽에 군눈을 주었다.

"지난 가을에, 저기 도목리 커브길 있잖아요. 거기서 속력 내던 화물차를 피하려다 저도 끼고 있던 책을 떨어뜨렸는데, 그 책이 벼랑 아래로 굴러 잃어버린 적이 있어요."

학교에서 마을로 포장된 해안 국도로 가다 보면 교통사고가 빈번한 에스형 경사 지점이 있었다. 한쪽은 이십 미터 넘는 암벽으로 그 아래에는 바닷물이 철썩댔다. 열흘 전에도 어물상자 예닐곱 개를 포개어 싣고 가던 오토바이 탄 청년이 맞은쪽에서 과속으로 달려오던 버스를 피하려다 낭떠러지로 떨어져 중상을 입은 사고가 있었다. 다행히 목숨은 건졌지만 어물상자에 실었던 명태는 바다에 돌려주고 만 셈이었다.

"조심으 해야지. 도목리 카부길으 사고가 얼매나 많다디. 언제나 안쪽으로 바짝 붙어 걸어. 특히 술 먹구느 정말 조심해야 되" 하더니, 오 영감이 곁길로 나간 말을 바로잡았다. "허허, 내가 바다에서 건진 건 그런 게 아이래두. 그게 무시긴구해서 무심쿠 끌러봤지 않겠음. 그런데 글자르 빼곡하게 쓴 공책이더만, 물에 뜨도록 스티로폴으 붙여 누가 바다에 던진 게야."
"무슨 문서나 일기장이로군요." 윤기가 비로소 관심을 보였다. "아버지가 공책을 읽어 보셨나요?"
"내가 그거르 읽어 무시기 알겠나 싶어 너르 찾아온 게 아님메. 너는 적어두 신문에 글이며 사진이 대문짝만하게 실린 문사 아인가." 오 영감이 대문니를 보이며 웃었다. "내가 보며느 알겠지마느, 필경 무신 곡절이 담긴 게야. 문서 같은 게 아인거르 보면 말임메."
"그렇다면 일기나 수기겠군요. 누가 그걸 왜 바다에 버렸을까요? 스티로폴까지 붙여 뜨도록 했다면 필경 제삼자가 그걸 잃어달라는 뜻일 텐데요."
윤기로서는 여러 추리가 가능했다. 사춘기 소녀의 실연담, 그런 류의 일기나 편지묶음, 정신병자 낙서집, 정치범이나 사회참여에 앞장선 대학생의 선전테제일 수도 있었다. 무명 문학도가 미지의 독자에게 띄운 창작노트일는지 모른다는 엉뚱한 생각까지 들었다.
"그런데 말임메, 우째 그 공책이란 게 낯이 선 게야. 저 이북 쪽에서 떠내려 온 게 아인지……. 그렇담 낭패났지르?"
"정말 저쪽 것 같더란 말입니까?"
"글세, 무시긴구 하이 공책 뒷장에 김일성 어쩌구 저쩌구 하는 찬양 문구가 쓰인 게……. 꼭 전쟁 나기 전 홍원에 살 적으 그 으스스하던 생각이 들지 않겠음. 그들은 어디메나 그렇게 선전 선동으 잘 하이까."
"그렇다면……."
"지서에나, 보안부대 파견대라느 데 신고해야겠제? 진짜루 이북 땅에서 보내온 게 틀림없으이까느 말임메. 그런데 신고르 하자면 피봉을 죄뜯으놔 우짜제? 무신 말이라두 안 들을란지 모르겠습메."
"공책을 건질 때 어디 처음부터 그쪽 것인 줄 알았나요. 뜯어보니 알게 된 거니깐 어떨려구요."
"지금이 음력 십일월 보름께가 아인메. 물때르 따져보이 그게 또 용케 들어맞어. 내레오느 한류를 이용해 장전이나 고성에서 띄워 보낸다며느 여게까지사 긴 시간 걸리지 않제. 한나절 남짓이며느 충분할 테이까."

넷째 시간을 알리는 시작 벨이 울렸다. 운동장에서 공을 차며 놀던 학생들이 교사 쪽으로 몰려갔다. 운동장에는 뿌연 먼지가 회오리로 일었다.
"아버지, 집으로 들어가 계세요. 종례 마치면 곧 들어갈 게요."
다음 시간에 수업이 없었으나 윤기는 벨소리에 습관적으로 개인적인 용무를 서둘러 끝냈다. 윤기는 집에 들렀다 속초로 나가기로 했다. 이삼십 분 정도 다방에 늦게 도착되더라도 문미는 기다릴 터였다. 언젠가, 약속시간 한 시간이나 늦게 대지다방에 나간 적이 있었다. 버스가 봉포리를 지나다 고장이 난 데다 속초 버스정류장에서 공교롭게 고등학교 동기생을 만나 길거리에서 또 시간을 버렸던 것이다. 다방에 들어서니 문미는 계단 밑 구석 자리에서 책을 읽고 있었다. "심심해서 두 번 읽었어요. 이쪽 소재라 그런지 '영동행각' 시편들이 마음에 들어요." 늦은 이유를 묻지 않고 문미가 말했다. 윤기가 먼저 읽고 빌려준 동해안 갯가 출신 젊은 시인의 첫 시집이었다. 한참 늦은 지각이라 무안해 할 윤기를 안심시킬 의도인지 문미는 시집을 탁자에 놓고 미소 띠었다.
"수업 마치며느 다른 데 걸음하지 말구 곧장 집으루 들어와."
오 영감이 뒷짐 지고 그제야 걸음을 돌렸다.
"아버지, 그것 말입니다. 제가 집에 갈 때까지 아무에게두 말씀 마세요. 제가 보고난 후 지서든 어디든 신고할 테니깐요."
"누가 아이라나. 그게 어떠르 건데 감히 누구한테 함부루 보여. 선반에 얹어 뒀으이 얼른 집으루 들어오기나 해." 운동장 가장자리 측백나무 울타리를 따라 걸으며 오 영감이 말했다.
수업이 없는 넷째 시간을 윤기는 겨울 들고 초고로 마련한 시 두 편을 손질하려 했다. 한 편은 해마(海馬)로 상징되는 어부의 삶을 겨울 바다를 배경으로, 한 편은 해금강을 소재로 한 시였다. 두 편 모두 바다를 선택했으나 해마가 나오는 시는 겨울 바다를 생업의 터로 삶을 꾸려가는 늙은 어부의 생명력을, 해금강은 물길 건너 눈에 잡히는 해안이지만 갈 수 없는 고향의 한을 통해 분단 현실을 주제로 삼고 있었다.
윤기는 시 습작 공책을 펼쳤으나 속이 불편한데다 아버지가 바다에서 건졌다는 공책이 눈앞에 어른거려 도무지 그럴 마음이 내키지 않았다. 초고 시의 낱말마다 독립된 암호로 그의 눈에 박혔을 뿐, 그 낱말이 연결하여 만든 어휘가 사물의 변용이나 연상, 상징 매체로 살아 숨 쉬지 않았다. 그럴 땐 초고 보기가 소용없는 짓이었다. 초고를 잡을 때의 창조적 희열감을 퇴색시키고 한갓 시류에 편승한 상투적 표현이 아니냐란 자괴감만 심어 줄 뿐임을 알고 있었다. 윤기는 공책을 덮어 버렸다.

2

윤기가 집으로 돌아오니 아버지는 목침을 베고 안방의 컴컴한 아랫목에 누워 계셨다. 윤기가 군에 입대할 때만도 아버지는 잠자리에 들기 전 좀체 자리에 눕지 않았다. 그만큼 당신은 천성이 부지런하여 손 재어놓고 앉았거나 낮잠 따위를 청하는 법이 없었다. 그러나 근래에는 낮잠을 짬짬이 잤고 자주 자리에 누워 눈 번히 뜨고 삼십 분이나 한 시간쯤 멍해져 있곤 했다. 늙으니 아무래도 눕는 게 편하구 눕기 즐기면 죽을 때가 다 됐다는데, 하는 말씀도 자주 하셨다. 지는 해의 엷어지는 햇살과 같이 칠순을 바라보는 나이는 역시 어쩔 수 없었다.
 "많케 기다렸어." 오 영감은 눈꼬리를 훔치며 일어나 앉았다.
 또 우셨군요, 하려다 윤기는 참았다. 눕는 버릇이 생기기 훨씬 전부터 그랬지만, 요즘 들어 오 영감은 자주 눈물을 비쳤다. 북에 두고 온 처자식도 그렇지만, 남한에 내려와 삼십 년이 되도록 소식 모르는 큰아들 때문이었다. 오 영감이 이북에 두고 온 전처 소생 장자 윤구가 남한 어디에 살아 있다면 올해 나이 마흔아홉이었다. 오 영감은 중공군 참전으로 국군과 유엔군이 후퇴하던 51년 일 월에 홀몸으로 피난을 나왔으나 막상 휴전이 되자, 북에 두고 온 처자식은 통일이 되기 전까지 만날 수 없다고 체념하고 말았다. 휴전이 되고 여섯 해가 지난 뒤였다. 그는 남한에서 재혼하여, 윤기 나이 네 살 때였다. 오 영감은 해산물을 내륙지방 춘천·홍천 등지로 실어 나르는 트럭 운전수를 속초 뱃전에서 만나, 선착장 대폿집에서 소주 잔을 나눈 적이 있었다. 트럭 운전수는 고향이 황해도 은율로, 거제도 포로수용소에서 석방된 박만도란 젊은이였다. 술만 들면 오 영감 버릇이 늘 그렇듯, 북에 두고 온 처자식을 두고 신세타령을 늘어놓던 끝에, 고향이 한남 홍원으로 장자가 전쟁 나던 그해 가을에 인민군으로 나갔는데 혹시 포로수용소에서 본 적 없느냐고 물었다. 박만도가 고개 갸우뚱하며 옛 기억을 더듬더니, 중하인지 중호인지 거기 출신 소년병과 거제도 수용소 의무대에서 나흘 동안 같이 지내며, 같은 뱃놈 출신이라 고기잡이 얘기를 나눈 적 있다고 말했다. 오 영감 귀가 번쩍 뜨여 그 사연을 다그쳐 묻자, 아니나 다를까 박만도 입에서 소년병의 오른쪽 귀 아래 흉터가 있더란 말이 나왔다. 오 영감은 그 소년병이 자식임을 알았다. 전쟁이 났던 해 가을, 윤구는 열일곱 살로 징집되어 함흥에 있던 보충대로 떠났는데, 열두 살 땐가 아버지 따라 배를 탔다 당신이 잘못 휘두른 낚시 바늘에 오른쪽 귀 아래가 찢겨 흉터가 졌던 것이다. 수용소 안에서 좌익행동대의 난동으로 자기가 당한 부상은 경상이라 사나흘 만에 퇴원했지만, 오 뭐라는 그 소년병은 전쟁터에서 당한 어깨 관통상이라 오른쪽 팔을 절단했을 거라고 박만도가 말했다. 그 말을 듣고부터 오 영감은 남한 땅에 혈육이 있음을 굳게 믿어 윤구를 찾기 시작했다. 한동안은 고기잡이 일터조차 팽개치고 백방으로 수소문했으나, 삼십 년을 넘긴 지금까지 윤구 소식을 모르고 있었다. 윤구가 출정할 때만도 오 영감을 비롯하여 가족이 고향에 눌러 있었으니 포로 교환 때 윤구는 부모 형제가 있는 북을 선택하여 다시 돌아갔겠거니 하고 체념하면서도 오 영감은 기회가 있을 때마다 신문사와 방송국, 함남 도청에 자식을 찾아 달라는 편지를 내곤 했다. 오 영감은 한글을 제대로 쓸 줄 몰랐으므로 윤기가 중학교 때부터 그 사연을 대필해 주기도 수십 차례였다.

"아버진 요즘 자주 눈물을 보입니다." 충혈된 아버지 눈을 보며 윤기가 기어코 한마디했다. "윤구 형님 생각나서 그래요?"

"음, 아이, 아이다." 오 영감은 말머리를 돌렸다. "너 오머느 먹으레구 우리 안죽 점심 안 했음메." 오 영감은 건넌방 딸애가 들으라고 외쳤다.

"윤화 있지비? 오래비 왔다. 얼른 밥상 채레라."

건넌방에서, 예 하는 윤화 목소리가 들렸다.

"난 관둬, 학교에서 밥 먹었어." 윤기가 아버지 말을 보태었다.

윤기는 지금쯤 유아가 모두 빠져 나간 유치원 마당을 나설 문미를 떠올렸다. 그는 문미와 점심을 먹기로 약속했던 것이다. 시간 늦게 나감도 미안한데 밥까지 먹고 나갈 수는 없었다. 윤기는 손목시계를 보았다. 시간이 오후 한 시를 넘어서고 있었다. 지금 출발해도 이십 분은 지각이었다.
"전 속초에 약속이 있어요."
"그 여선생 만나메?"
"늘 만나는 글 친구들 모임도 있구……"
윤기가 선반에 눈을 주었다.
"그렇게 만나기마 할 게 아이라, 남자 쪽이 먼첨 칼을 뽑아야디. 백 번 찍어 안 넘어가는 낭구가 없다잖쿠."
윤구는 살아생전 어머니 말씀이 생각났다. 내가 오갈 데 없는 사고무친 저 홀애비한테 어떻게 시집왔는지 아냐. 기를 쓰구 쫓아다니며 엄마한테까지 졸라대는 통에 내가 그만 넘어가 하는 수 없어 그 청혼을 받아들였지. 아버지가 배를 타다 물귀신이 되셔서 나는 정말 뱃군한텐 시집 안 가려 했는데 말이다.
"결혼은 아무래두 좀 기다려야 할 것 같아요."
"기다리기느 멀 기다려. 내년 봄에 식으 올려야 않까디. 색시가 얌전한 거이 내 눈에느 아주 참하더마. 들구 보니까느 서루 집안 처지두 비슷하구……. 몸이 좀 약해 보이는 거이 탈일까, 그만한 색씨 구하기두 힘들제. 암, 힘들구 말구. 그러이 물 좋은 괴기는 눈요기만 하미 오래 두며느 못써. 내 나이 칠순이 낼모레 아닙메. 예전 같으며느 증손두 봤으 게다."
오 영감 눈꼬리가 물기에 젖었다. 그는 또 이북에 두고 온 가족과 큰아들 윤구를 생각했다. 자그마한 키의 홍안이 눈앞에 어른거렸다. 그는 도무지 윤구 모습이 나이 오십을 바라보는 중늙은이로 떠오르지 않았다. 포로 교환 때 고향 찾아 북한으로 갔다면 외팔이지만 결혼을 해서 훤칠한 아들도 뒀으리라. 둘째, 셋째 역시 모두 성례 치른 지 오래 전일 터였다.
"직장 잡자 말자 결혼부터 앞세우긴 뭣하잖아요. 저쪽두……"
"왜, 어드래서? 나이돼 내 장가가는데 나므 눈치느 와 봐. 내 나이두 그렇지마 윤화 나이 벌써 스물넷 아닙메. 면청 서기 있잖는가. 니두 알지르,

동명이라구. 그 사나아가 목을 매는 눈치던데, 그렇다구 우째 윤화부터 먼첨 시집보내. 식구래야 셋인데, 남정네 둘마 남가두구 시집 가버리머느 갸 맘이 어데 펜켔어? 우리 밥은 누가 해주구 옷가지느 또 누가 빨아줘. 그러이 너 먼첨 식으 올려야제. 너느 장가르 들어야 술두 덜 먹구 집발두 붙어 일찍이 들어올 게야. 윤화두 그렇지르. 날마다 덕장에 나가 오징어 배 따 주구 그물이나 붙들구 앉아 깁구 있으 수느 없잖인가. 갸가 어데 많이 배아 학력이 튼튼하냐, 그렇다구 집안이 덩실한가. 꽃두 한철이라구. 목 매다는 사나아 있을 때 얼른 가야디."

"모든 일이 어디 뜻대로만 되나요. 저쪽도 홀어머니를 모시고 있는 데다 오라버니되는 분 나이가 서른둘인데 아직 결혼 안 했잖아요." 윤기가 시퉁하게 대답했다. 그는 문미 오빠가 조금 실성기가 있으며 직업 없이 논다는 말은 할 수 없었다.

"허기사 그쪽두 사정이사 없으라구. 그래두 무작정 기다릴 수야 없잖는가?"

"글쎄요." 윤기는 멸치 포대와 와이셔츠 상자가 얹힌 선반에서 공책을 내렸다. "이게 바로 그겁니까?"

"그래, 그거이다."

공책은 스무 장 정도로 얄팍했고, 겉면이 눅눅했다. 공책을 보는 윤기의 눈이 호기심을 띠었다면, 오 영감 눈은 마치 시한폭탄이라도 보듯 겁을 먹고 있었다.

"다른 건 없고 이것 한 권만 들어 있었나요?"

"다른 건 없더만. 그 공책으 쌌던 비니루 피봉하고 스티로폴두 거게 얹혀 있제?" 오 영감은 뒤미처 생각난 듯 말했다. "참, 공책 들추다 보이 낡은 사진이 붙었음메."

선반에는 공책 쌌던 물기 듣는 비닐 포장물과 스티로폴이 얹혀 있었다. 윤기는 그것까지 내릴 필요가 없어 공책만 들고 햇살이 거쳐 간 창 앞에 앉았다. 습기에 차 물렁해진 공책 표지는 귀가 닳아 오그라져 있었다.

가까운 문방구에 내놓는다면 하급품 취급을 받아 마땅했다. 공책 질이야 어쨌든, 북한제라는 사실 하나만으로도 윤기 마음이 설레었다. 그 설레임은 내용의 궁금증보다 금기의 어떤 부적을 만지는 긴장감과 불안감이었다.
　공책 표지 위에는 내용을 쓰기 전 제목부터 먼저 정해 썼다. 내용을 완성한 뒤 제목이 마땅찮아 고친 듯, 여러 글자가 지워져 있었다. 처음은 볼펜으로 큼지막하게 '回顧錄회고록'이라 썼다. 錄녹자를 긋고 談담자로 고쳤다, 다시 넉 자 모두 긋고 '備忘錄비망록'이라 옆에 써두었다. 아래에는 작은 글씨로 慶尙北道 盈德郡 柄谷人 朴仲烈경상북도 영덕군 병곡인 박중열이라 적혀 있었다. 북한은 한문 이름을 쓰지 않는다는 글을 어느 잡지에선가 읽은 터라, 비망록은 남한 출신 박중열이란 자가 남한에 사는 누구인가를 겨냥해 기록했음이 틀림없다고 윤기는 생각했다. 박중열이란 자가 경북 영덕 병곡 출신이라면, 병곡이란 곳이 동해안 따라 내려가면 경북 울진·평해를 지나 영덕군에 속해 있는 면소재지임도 짐작이 갔다. 대학 이 학년 여름방학 때, 그는 급우 셋과 동해안 일주 여행을 하며 그곳 대진해수욕장에서 일박한 적이 있었다. 또 한 가지 유추 해석할 수 있는 점은, 제목을 비망록이라 이름했기에 북한의 정치·경제·군사면의 극비 사항을 남한 당국에 은밀하게 제공하려는 목적으로 바다에 띄워 보낸 공책은 아닐 터였다. 그런 극비 문서를 수신처나 수신자 이름을 표지에 써두지 않고 아무나 주워 볼 수 있는 현명치 못한 방법으로 남한에 우송했을 리 없었다. 막연하게 바다에 띄워 보낼 때 분실 우려도 있고, 아무리 물때를 잘 이용한다지만 북한 어부 손에 건져질 수도 있었다. 그러므로 공책 내용은 다분히 박중열이란 한 개인의, 문자 그대로 비망록에 지나지 않음을 미루어 유추할 수 있었다. 설령 개인 비망록일지라도 남한에 밀송한다는 자체는 이적 행위로 간주되어 중벌을 받게 될 텐데 그는 왜 그런 모험을 자청했을까란 의문이 들었다.
　윤기는 공책 겉장을 넘겼다. 첫 쪽은 자잘한 글자로 채웠는데, 수신자 이름을 줄줄이 적어두고 있었다. 볼펜 글씨의, 흘림체 달필이라 박중열이란 자의 교육 수준을 대충 가늠할 수 있었다.
　―이 공책은 경상북도 영덕군 병곡면 거무역동 영해 박씨 문중, 내 세 자식이나, 그 손자들, 아직 살아있을지 모를 아내에게 전달되기를 바란다. 세월의 부침 속에 고향에 있는지 흩어졌는지 모르지만, 자식은 위로 올해 마흔넷이 되는 려식 종희種熙, 아래 두 아들은 마흔 둘 종우種祐, 서른일곱

종근種根이다. 아내 본은 경주이고 원적은 영덕군 강구면 소원동으로, 올해 예순여덟 살이다. 마을에서는 '종택 새댁'으로 불렸다.

  이렇게 써놓고 보니 이 하찮은 기록이 그들 손에 닿지 않고 류실된다 해도 나로서는 달리 불만이 없다. 나는 살아생전 그들에겐 죄인이기 때문이다. 일찍이 자식 노릇, 지아비 노릇 부실했던, 명색 볼셰비키 청년 혁명가로 자처한 내가 이제 와서 무슨 면목으로 그들을 대하리오. 혈연을 끊었다 함이 오히려 마땅한 것이다. 그러나 그 점이 내 불찰일 수 있겠으나, 사상이 대립하여 여지껏 나누어진 상태로 각각의 땅에서 다른 사회를 이루어 살고 있는 조국의 분단에도 그 책임이 있다. 만약 어떤 방법으로든, 어느 쪽 이념을 선택하든, 50년 그해 남조선 해방전쟁이 휴전으로 끝나지 않고 통일이 되었다면, 혈륙이 떨어져 사는 불행은 없었으리라. 그러나 가설이 무슨 소용 있으며, 책임을 역사에 전가한들 어찌 정당한 변호가 되리오. 그들과 헤어진 지 어언 서른한 해 세월이 흘렀다. 그들이 새삼 내 소식을 접한다면 한동안 자실할 것이요, 리성을 되찾으면 맺힌 한으로 이 공책을 찢어 팽개칠는지 모른다. 그 또한 어쩔 수 없으니, 그 모든 사무친 원한은 내 책임으로 돌릴 수밖에 없다. 그러나 이 기록은 그들에게 속죄하는 마음으로 쓰는 참회록이 아니요, 꼭 무엇을 람겨 보이겠다는 사명감으로 쓰지도 않겠다. 이쯤에서 끝막지 않을 수 없는 인생의 벼랑 앞에, 살아온 예순닐곱 해를 회고해 보건데, 그 떠오르는 옛 얼굴이 생시와 꿈을 넘나들며 자주 내 심사를 헤집어, 가까이 두고 지나온 이야기라도 들려주는 마음으로 늘어놓는 넋두리에 지나지 않음을 미안하게 생각한다. 아울러 나는 이 기록에서 계급투쟁의 리념관을 펼칠 뜻이 없고, 정치적 목적에 의미가 있지도 않다. 다분히 개인사로 한 생애를 정리하자는 데 뜻이 있지만, 그렇다고 편지 형식으로 쓰지 않겠다. 새삼스레 남조선 옛 가족 이름을 들먹이며 기록함은 우선 그들이 거부감을 느낄지 모르고, 나 역시 이 기록을 감정적으로 이끌 것 같아 피하고 싶은 심정이다. 한편, 남겨줄 류품이나 당부할 말도 없는데 무슨 유언장 같은 비장한 느낌을 그쪽에서 가진다는 게 역시 부담스러우므로, 그런 여러 점을 두루 이해하기 바란다.

  남조선에서 살았던 내 전반기 생애를 되짚어 볼 때, 지금에 와서 떠오르는 얼굴이 어디 그 넷뿐이리오. 가족만 하더라도 이제 타계하셨을 부모님께도 불효한 장자의 뉘우침이 따르고, 한솥밥 먹으며 자란 형제 셋에게도 장자로서 못다 한 책임이 가슴을 저민다.
　이제 이 땅에 살아 숨 쉬며 내 눈으로 직접 보기에는 절망적이지만, 휴전선이 허물어지고 헤어져 사는 남북조선 이산가족이 다시 만날 통일의 그날은 언제쯤이리오!

　첫 쪽은 서문 형식으로 여기서 끝나 있었다. 윤기가 첫 쪽을 읽은 소감은, 박씨의 비망록을 지서에 신고할 필요가 있을까란 자문이었다. 박씨가 분명히 밝혔듯 개인사적 기록이라면 정보 가치로서는 전혀 도움을 줄 것 같지 않았다. 그러나 그 점은 개인적 판단이므로 반공법, 국가보안법이 엄연히 존재하는 현실에 어차피 신고 절차를 거쳐야 후환이 없을 터였다.
　윤기는 시계를 보았다. 벌써 1시 15분이었다. 속초까지 나가자면 버스 안에서 사오십 분은 걸릴 텐데, 너무 심한 지각이라 문미에게 미안한 생각이 들었다. 그러나 여기에서 읽기를 멈추고 곧장 지서로 가기에는 박씨의 비망록에 호기심이 더 켕겼다.
　윤기는 공책 다음 쪽을 넘기려다 문득, 사진이 붙어 있더라는 아버지 말을 떠올렸다. 공책을 대충 훑어보니 작은 글씨로 빽빽이 채워 나가다 뒤에 대여섯 장을 백지로 비워 두었는데, 마지막 '끝'자로 비망록을 끝낸 다음 쪽에 낡은 사진 한 장이 붙어 있었다. 누렇게 퇴색되고 쭈그러진, 보푸라기 핀 명함 크기의 박씨 가족사진이었다. 짧게 깎은 머리칼, 해방 전후에 흔히 입던 국민복 윗도리, 깡마른 얼굴에 눈매 날카로운 중년사내가 박중렬 장본인임을 윤기는 쉽게 짐작했다. 뒤에 서 있는 박씨 앞에 쪽찐 아낙네가 갓난아기를 안고 의자에 앉아 있었다. 흰 저고리에 검정 치마 차림이었다. 반듯한 이목구비가 사대부 집안의 정숙한 여인티가 났다. 그 옆에는 빡빡 머리의 대여섯 살쯤 된 사내아이와 열 살 정도의 단발머리 여자아이가 나란히 서 있었다. 사내아이는 갸름한 얼굴에 큰 눈이 제 아버지를 닮았고, 여자아이는 명찰을 달고 있어 초등학교에 다니는 듯했는데 똘똘해 보였다. 사진 아랫단에는 '4280. 3. 10. 종근 백일을 기념하여'라 새겨 넣었다. 단기 4280년을 서기로 환산하면 1947년으로, 해방 이태 뒤였다. 박씨는 사진을 공책에 붙여 놓고 그 아래에 자필로 설명을 달아 놓았다. '하루도 잊어 본 적이 없는 나의 혈육들. 51년 이후 유일하게 간직해 온 이 사진을 이제 그들에게 돌려보낸다.'

방문이 열렸다. 윤화가 밥상을 들고 들어왔다.

"아버지 식사하세요."

"그래, 윤기는 밥 먹었다니 우리마 먹두룩 해." 윤기 어깨 너머로 눈주름을 잡고 공책을 들여다보던 오 영감이 아랫목에 옮겨 앉았다.

"오빠, 그럼 우리만 먹어요."

윤기는 공책에 홀려 대답이 없었다.

"눈두 어두븐데 깨알 같은 글씨라 무시기르 썼는지 도무지 모르겠습메" 하던 오 영감이 혼잣소리를 했다. "그래두 사진은 박아둬 늘 간직했구먼. 사진 한 장 같이 박은 적 없느 우리 같은 무지랭이 뱃놈이사……, 사람은 모름지기 배아야 돼."

오 영감은 공책 사진을 보고 비망록 내용을 대충 짐작하는 눈치였다. 윤기는 다시 시계를 보았다. 잠시 사이 오 분이 지났다. 마음이 더 바빴으나 그는 그쯤에서 공책을 덮을 수 없었다. 문미를 좀 더 기다리게 하더라도 그는 몇 쪽쯤 더 읽고 일어서기로 작정했다. 그를 붙들어 매는 요인은 저들의 상투적인 투쟁론을 개설한 내용이 아니라, 한 자연인의 고백이란 점이 문학을 공부하는 그의 마음을 끌었다.

"아버지, 저게 뭔데 남이 볼세라 돌아앉아 읽어요?"

윤화가 숟가락을 들다 윤기를 보았다.

"내가 알 일이 아이다. 어서 밥 먹어."

오 영감이 아들을 보았다. "아니 그거 읽어 무시기를 어떡하겠다구 늑장부려. 어서 나가 지서에 후딱 넘기지 않구."

윤기는 대답 없이 공책 다음 쪽을 넘겼다. 다른 날 쓴 듯 이번은 만년필로 쓴 글씨였다.

—내가 전선을 뚫고 남조선으로 내려가 고향 거무역에 마지막 들러 가

족 얼굴을 보기가 51년, 전쟁이 소강상태로 접어들어 일진일퇴를 거듭하던 9월 하순이니, 햇수로 벌써 서른한 해가 지났다. 그 동안 내가 북조선에서 살아 온 반평생을 낱낱이 기록하자면 기억의 한계가 있겠으나, 설령 그건 과거지사를 애써 회상하여 기록한들 그것이 누구를 위해, 무슨 소용에 닿겠는가, 대충 기억에 남는 대로 적을 따름이다. 그러나 여기서 한 마디로 말한다면, 남조선에서 보낸 전반기 반생이 청년기 특유의 열정과 실천의 가시밭길이었다면, 북조선에서 보낸 후반기는 두 차례 숙청에 따른 재교육을 거치며 사상의 회의와 실의, 복권, 은둔으로 점철된 내 인생의 몰락기로 보아야 할 것이다. 그러나 일생 동안 자기 뜻대로 살다 죽는 경우가 도대체 얼마나 되리오. 뜻대로 산다 함은 또 무엇인가. 자족과 안락, 속세적 행복에 있는가. 신념에 불타는 실천에 있는가. 각자 생각이 다를 것이다. 그러한데, 지금에 와서 살아 온 지난날을 후회한들 무슨 소용이 있겠는가. 지나간 시간은 흘러가 버린 강물과 같다.

 나는 일찍이 청년기에, 조선이 주권 국가로서 진정한 독립과, 그 독립을 실현하려면 인민이 배워 깨치고 단결해야 한다는 데 소기의 목적을 두었다. 그러나 해방 후, 나는 계급 없는 평등사회의 실현도 중요하지만 먼저 삼팔선을 허물고 북남의 통일 달성이란 선결 문제의 해결에 앞장서 인민유격대 전사로 투신했다. 남조선 해방전쟁은 결과적으로 수포로 돌아갔다. 휴전이 되고 북조선에 정착한 후, 햇수가 흐를수록 내 신념의 실현은 현실 앞에 한갓 신기루가 되고 말았다. 내 자신과 가족의 안존을 저버리고 험난한 가시밭길을 걸어왔던 과거가 뼈아픈 회한을 불러왔다. 그러나 내 뜻이 소기의 목적을 성취하지 못했고 국제정치 여건과 내국사정이 그 뜻을 실현시키는 데 배반했다 해서 나를 실패한 일생이라 단정 짓고 싶지는 않다. 돌이켜 보건대, 조선 현대사의 격동기를 거치며 이상의 실천에 투쟁하다 뜻을 이루지 못한 자가 어디 내 한 사람뿐이리오. 서구 렬강 제국주의와 군국주의 일본 세력이 조선 땅을 넘보며 침탈을 시작한 후, 풍전등화의 조국을 구하겠다고 의연하게 일어섰다 순국한 의병과 우국 렬사가 그 얼마며, 일본이 조선땅을 강제 점탈한 삼십륙 년 동안 국내외에서 항일 투쟁에 신명을 바친 전사 또한 그 수를 헤아릴 수 없으리라. 45년 해방 전후, 나와 같이 민족주의 운동에 나서서 형극의 길을 걷다 들짐승같이 이름 모를 산야나 감옥소에서 통분하며 죽어간 애국 동지들 얼굴도 먼 들녘 끝 불빛같이 아른하게 떠오른다. 사실 나 역시 그 동지들과 한 배를 탔으니 일찍 죽어야 했었음이 옳았다. 이제 땅속 촉루만 남았을 옛 동지들에 비해 내 후반기 인생은 한갓 초목같이 명만 이어 온 꼴이니, 천명을 누림이 무슨 자랑이리오. 더욱 이런 쓸잘것 없는 기록까지 남기려 주착을 떨고 있어 가소로운 느낌까지 든다.

이제 끝났다. 늙마에 병이 깊어 통증이 살과 **뼈**를 마모시키고 정신 또한 어지럽다. 한 시절 젊은 피는 썩고 열정과 냉철함, 결단력도 없어진 지 오래이다. 복받치는 감정을 억제하여 자제력을 가지려 하나 죽음을 눈앞에 둔 탓인지 이 기록의 서에서 밝힌 대로, 한 늙은이의 넋두리임을 리해하기 바란다.

"무시기 곡절 깊은 글이냐. 내 속이 타서 밥두 펜케 안 넘어가누만." 오 영감이 밥을 숭늉에 말며 말했다. 아들의 대답이 없자 오 영감이 역정을 냈다. "허허, 이거 정말루 집안에 난리날 꼴으 보겠구만. 그게 어떠런 건데 손때 묻게스리 그렇게 붙잡구만 있습메. 내 그냥 불싸질러 버리든지 지서에 후딱 신고해 버릴 거르 괜히 학교까지 쫓아가 분답떨었어."

"내용을 보니 신고할 필요가 없겠네요. 그저 신상 넋두리야요."

"넋두리든 잔소리든, 국민으 도리로 지서나 군부대에 갖다 바쳐야 않까디. 발 뻗구 잠 잘라믄 나라법대루 살며느 돼."

"오빠 학교에 무슨 일 있었나요?" 윤화가 아버지에게 물었다.

"하여간 요상스런 공책으 내가 바다서 줏었지 않까디. 그걸 보며 저르는 거 아인메."

"바다에서 공책을 줍다니요? 어떤 공책인데요?"

"누가 아이라나. 가재미 낚다 신발짝 건졌다느 이바구 들었어두 망망대해에서 공책건진 거느 처음임메."

"그만 일어서겠어요."

윤기는 공책을 덮었다. 그는 마음 같아선 그리 길지 않은 비망록을 독파

하고 싶었다. 아버지 성화도 대단했지만 아무래도 문미와 약속을 포기할 수 없어, 그쯤에서 읽기를 그치기로 했다. 지서에 신고 접수부터 하고 어떻게 뒤를 읽어볼 방법을 강구함이 좋을 것 같았다. 그는 공책을 들고 일어섰다.

"아니, 그거르 그냥 들구 바깥으루 나돌아댕길라 그래?" 방을 나서려는 아들을 보고 오 영감이 질겁을 했다.

"아뇨, 봉투에 넣어야죠."

"저것도 가져가야지 않겠음?" 오 영감이 비닐포장지와 스티로폼을 가리켰다.

"그래야 되겠군요."

오 영감이 선반에 얹힌 물건을 내렸다. 윤기는 그것을 들고 부엌 옆방으로 들어갔다. 그가 서재로 쓰는 방이었다. 봉창이 해안 쪽으로 나 있고 앉은뱅이책상과 책으로 가득 차 두 사람이 눕기가 빠듯했다. 그가 군에 있을 동안에는 허드레 물건과 어망 따위를 넣어둔 헛간방이었는데, 제대한 뒤 쓴 이십여 편 시가 그 골방에서 마무리되었으니 시인의 산실 구실을 톡톡히 한 셈이었다.

봉투에 넣기가 무엇하여 윤기는 공책 쌌던 부속물을 가방에 담아들고 마당으로 나섰다. 오 영감과 윤화가 대문 앞에 서 있었다. 밥상을 치운 윤화는 덕장으로 나가려 방울 달린 빵모자를 썼고, 고무장갑을 들고 있었다.

윤기가 서둘러 대문을 나서자, 나 좀 보자며 오 영감이 아들을 불러 세웠다.

"윤기야, 그 공책 쓴 사람이 이남 출신으로 이남 사는 가족 찾는 게 맞지러?"

"돋보기 안 쓰시면 신문드 못 보시는데 어떻게 아셨어요?"

"거게 붙은 사진 보이까느 그런 생각이 들드만." 오 영감은 히뿌염한 흐린 하늘에 묽은 눈을 주었다. "너들이 커니까느 저 쪽 생각 안 하구 살래두 나이 탓인지 더 간절해지누만……."

"아버지가 이북에서 보낸 불온 삐라 같은 걸 바다에서 건졌나 봐. 그렇지, 오빠?"

"지서에 신고하려구."

윤기는 북쪽 하늘을 망연히 바라보는 아버지를 보았다. 아버지도 더러 북한 가족에게 편지를 띄웠으면 싶을 때가 있지요, 하고 묻고 싶은데 입술이 떼어지지 않았다. 이번 경우가 아니더라도 이복형제 얘기가 궁금했지만 아버지의 심중에 칼질하듯 느껴져 그는 조심이 앞섰다. 어머니가 살아 계실 적엔 아버지는 이북 가족 얘기를 좀체 입에 담지 않았다. 그 말을 입에 담으면 금방 어머니 태방이 떨어졌다. 그렇게 오매불망 그쪽 식구를 못 잊는담 이남에서 새 장가 들지 말구 홀애비로 살며 고향갈 날이나 손꼽아 기다리지. 나는 어디 허깨비한테 홀려 시집왔나. 어머니 힐책을 들으면 아버지는 묵묵 부답이었다. 윤기가 철이 들고 그런 문제로 두 분이 말다툼을 하면, 그는 늘 아버지 편이었다.

"그럼 지서에 접수를 지키고 저는 바로 속초로 나갈래요."

"오늘 데이트 한번 늘어지게 하겠구먼. 좋은 세월이셔." 윤화가 윤기를 보고 눈을 흘겼다.

스웨터에 함지박 엎은 듯 솟은 누이 젖가슴에 윤기 눈이 머물렀다. 자궁암으로 삼 년 신고하다 돌아가신 어머니를 닮아 윤화는 젖이 컸다. 젖만 아니라 넓고 둥근 어깨에 엉덩이가 툭실했다. 동네 사람은 윤화를 보면, 심상 넉넉함이나 부지런한 천성이 복을 타고나 시집가면 잘 살 거라고 말했다. 윤화는 어머니가 앓아눕게 되자 중학교를 졸업한 뒤 진학을 포기하고 집안 살림을 도맡았다. 나이 들자 어머니 간병에 벌이 길에 나서 어판장에서 오징어·명태 배따는 일을 쉬지 않았다. 해가 향로봉 넘어 기울 때까지 부지런을 떨면 하루벌이가 사천 원은 되었다.

"아무래도 늦겠어요." 윤기가 아버지에게 말했다.

윤기는 속초로 나가면 늘 술에 만취되어 자정 무렵에 돌아왔다. 문미를 만나기도 했지만, '맥' 동인들과 어울리는 탓이었다. 속초를 중심으로 인근 읍면 소재지 문학 지망생들로 구성된 문학 서클 맥은 계간으로 육십 쪽 안팎의 동인지를 발간하는 외 한 해에 두 차례 봄 가을로 '동인 작품 낭독회'도 열었다. 창립 당시는 주로 대학생 중심이었으니 칠 년째를 맞는 동안 나이가 들어 이제 대부분이 직장인들이었다. 그 동안 중도 탈락자가 있었고 군에 입대하면 새 동인을 맞기도 했는데, 인원수는 열 명에서 열댓 명 안팎을 유지했다. 수확이라면 칠 년 동안 두 명의 동인이 중앙 문단에 데 뷔하는 기쁨을 누린 정도였다. 그중 윤기도 끼어 있었다.

"오빠, 정 선생 집에 한 번 더 데려와. 찌개를 아주 잘 만들던데. 며느리 후보께서 찌개 만드셨다니깐 아버진 눈치두 없이, 그 참 시원타며 다른 반찬 젖혀두구 찌개만 자셨잖아."

오 영감은 며느리감 얘기만 나오면 합죽한 입꼬리를 치켜 흐뭇하게 웃었다. 보름 전, 윤기는 문미를 집으로 데려와 아버지와 누이에게 처음 인사를 시켰다. 별러 이루어진 일이 아니어서 그날도 문미는 유치원에서 퇴근한 복장 그대로 낡은 검정 오버에 후줄근한 바지 차림이었다. 사귄 지 삼 년 반, 단순한 친구 사이가 아님을 집에서도 눈치채고 있으니 아버님께 인사나 드리자며 함께 왔던 것이다. 마침 윤화가 부엌에서 저녁 밥상을 준비하던 참이라 방 안에 우두커니 앉았기가 무엇했던지 문미는 부엌일을 돕겠다며 밖으로 나갔다. 남자 쪽 집에 처음 걸음이었지만 문미는 처녀 특유의 새침데기와 다른 수더분한 애였다. 그 점은 아버지를 어려서 잃고 어머니가 식당 일에 매달리다 보니 외롭게 자란 환경 탓이었다.

윤기는 더 지체해선 안되겠다며 대문을 나섰다. 윤기가 빠른 걸음으로 골목길을 빠져나가자 윤화가 뒤질세라 쫓아왔다.

"오빠, 서울로 전근 간다는 게 사실이야?"

"누가 그러던?"

신춘문예 본심 심사를 맡았던 윤 선생을 시상식 때 뵈온 뒤, 그는 새로 쓴 시를 선보이며 안부 편지를 세 차례 띄웠는데 마침 서울 어느 사립중학교에 영어 선생 자리가 났다는 편지가 왔던 게 지난달이었다.

"명희한테 들었어."

명희는 윤기 옆자리 박 선생 누이로, 윤화와 중학 동기였다.

"전근할 수도 있었으나 관두기로 했어. 아무래도……."

"아버지 때문에?"

윤기는 대답하지 않았다. 부임한 지 일 년을 못 채워 학교를 떠난다는 게 마음에 걸렸지만, 사실 아버지를 두고 떠날 수 없었다. 만약 윤화가 시집가면 아버지는 외톨이가 되는 셈이었다. 그렇다고 바다를 버리고 자식 따라 서울로 나설 아버지가 아니었다. 고향으로 못 갈 바에야 죽어도 여기서 뼈를 묻겠다는 말은 아버지의 평소 입버릇이었다.

"글 쓰는 사람은 서울서 자리 잡아야 활동하기 쉽다던데? 촌구석에 처박혀 있음 시 발표가 힘들다며?" 윤화가 누구한테 들었는지 아는 체 물었다.

"그 말은 누가 하던?"

"정 선생이. 그때 우린 부엌에서 많은 얘기를 했거든."

"정 양두 내가 서울 가는 건 말리는 쪽이야. 여기서두 좋은 시 쓰지 못하란 법 없으니깐." 다음 말에서 윤기 목소리가 그늘졌다. "말은 그렇지만 현실은 어쩔 수 없지. 아무래두 여기 눌러 앉았다간 자극이 없으니 그 세계에선 낙오되기가 쉽지. 중앙지에 발표 지면 얻기도 힘들구."

골목 맞은쪽에서 동네 반장 문 영감이 뒷짐 지고 걸어왔다. 남매는 문 영감에게 인사를 했다. 문 영감 역시 오 영감과 처지가 비슷한 삼팔따라지로, 함남 단천 출신이었다. 그는 1·4후퇴 때 홀몸으로 피난을 나왔다. 그의 가족은 피난길 북새통에 신창에서 헤어졌다 했다. 문 영감은 여덟 해 전 한국일보사에서 베푼 이산가족 찾기에 이름을 낸 게 인연이 되어 서울 동대문 시장에서 포목상을 하는 아우를 만나 실향민 설움을 실컷 푼 장본인이었다. 그러나 형님네 가족은 식구 중에 병자가 생겨 뒤처지는 통에 월남을 못했을 거라는 아우의 뒤늦은 소식으로 남한에서는 더 가족을 찾아볼 희망을 잃어 또 한 번 실향민의 설움을 톡톡히 맛본 희비를 겪기도 했다. 문 영감 부친은 일제 초엽 단천군 황곡면 만탑산에 아연 광산을 개발하여 집안 살림이 넉넉했다. 해방 후 북한 전역이 공산화 되자 광산은 당에 몰수되고 문 영감 부친은 화병으로 48년에 죽고 말았는데, 부친 제삿날인 팔월 초하루는 여름 피서를 겸해 해마다 아우네 가족이 형이 있는 이곳까지 달려오는 형제 우애를 보였다.

"아바이 집에 계시지?" 문 영감이 윤화에게 물었다.

"예." 좁은 골목길이라 윤화가 길을 내주며 대답했다. 문 영감이 골목 안쪽으로 걸어가자, 윤화가 종알거렸다. "여기 내려와 산 지 삼십 년이 넘는데 아버지나 문씨는 툭하면, 아바이가 뭐야. 함경도 사람 표내나. 아버지란 말을 모르지도 않으면서."

"고향을 잊지 않으려고 새겨서 쓰는 말일 테지."

윤기는 잠시 잊고 있었던 박씨를 생각했다. 의식적으로 이쪽을 염두에 두고 썼는지 모르지만 그의 기록에는 생경한 북한 특유의 낱말이나 어투를 쓰지 않았다."

"잊지 않아 봐야 뭘 하겠어. 전쟁이 터졌다면 이쪽저쪽 다 죽을 텐데, 고향이 무슨 소용이야. 그렇다구 평화 통일두 힘들잖아. 그냥 따로따로 사는 게 편하지. 연세 봐서라두 아버지 생전엔 고향 땅을 못 밟아. 아버지두 이젠 포기하신 것 같구."

"한구 아저씨 봐. 그분은 어릴 때 이남으로 넘어왔으니 쉽게 이쪽에 동화되어 어디 우리들 말과 구별할 수 있냐. 북에 처자식 두고 온 나이든 층일수록 고향 애착은 더 강한 법이야."

"그래도 그렇지, 억양은 못 고친다지마 있습메니, 있까니, 아바이니 하는 말은 듣기 오죽 거북해?"

"그것두 듣는 쪽 사람 나름이야. 자기네끼리 이야기할 때 들어봐. 얼마나 사투리를 즐겁게 쓰는지. 우리가 알아들을 수 없는 말두 많잖아. 그들에겐 고향말이 그렇게 정다울 수 없으니. 혹 고향말을 잊을까 하구, 볼일 없어두 저렇게 왔다갔다 찾아다니며 기를 쓰구 고향말을 더 쓰려는 게야."

"좁은 땅덩어리에서 네 말, 내 말이 어딨어. 그냥 자기 사는 데 따라 거기 말을 쓰면 그만이지." 윤화가 입을 비쭉거렸다.

오 영감이 사는 이 일대 칠십여 가구는 휴전이 된 뒤 주로 함경남도에서 피난 나온 난민들이 정착한 판자촌 마을이었다. 좁은 골목은 반듯하게 뚫린 길이 없어 미로 같았고, 가옥 구조도 대개 서른 평이 채 못 되는 대지에 방만 서너 개씩 얽어, 훤한 마당 가진 집이 없었다. 당시 모두는 고향 땅이 곧 수복되면 쉬 돌아갈 수 있으리라 믿고, 고향 바다가 저 멀리로 보이는 휴전선 턱 밑에 임시 거처 삼아 적당히 판자를 치고 루핑지붕을 얹었던 것이다. 그러나 한 해 두 해가 덧없이 흘러가면서 휴전선 장벽은 더욱 튼튼해져만 갔다. 60년대 중반에 들자 전국적으로 일기 시작한 새마을사업 열기를 타고 이곳도 소방도로를 낸다 어쩐다 했으나 그것도 흐지부지 매듭을 못 지은 채, 지붕과 담장만 시멘트로 개조하는 데 그치고 말았다. 삼십 년이 흐르는 사이 주민 성분도 많이 바뀌어 함경도 출신이 칠 할, 나머지는 외지에서 들어온 사람이 삼 할 정도였다.

강원도 북단 해안 지방 거진·간성은 함경도 출신 피난민이 집단 부락을 이룬 동네가 있었는데, 특히 아야진과 속초 청호동 일대는 팔 할 이상이 그쪽 출신으로, 그들은 삼십 년이 지난 지금까지 그쪽 사투리를 잊지 않은 채 고향이 수복될 날을 기다리며 살고 있었다.

큰길까지 나오자 윤기와 윤화는 헤어졌다. 윤화는 한길을 건너 어판장으로, 윤기는 한길을 따라 지서 쪽으로 걸었다.

오후로 들며 하늘은 구름이 더 낮게 내려앉았고 바람이 세찼다. 윤기는 코트 깃을 세우고 가방을 팔에 걸어 두 손을 주머니에 쑤셔 넣었다. 이제 속이 울렁거린다거나 구토 증세는 가셨으나 허기가 빈 뱃속을 긁었다. 윤기는 시계를 보았다. 한 시 이십팔 분이었다. 시간 약속이 틀림없는 문미는 벌써 다방에 도착했을 것이다. 그런데 자기는 아직 이십삼 킬로 북쪽에서 속초행 버스를 타기는커녕 엉뚱한 일로 지서를 찾아간다는 게 무슨 쓰잘 데 없는 짓거리냐 싶어 은근히 부아가 끓었다. 박씨 비망록에 간첩 접선 장소와 시간을 명시해 놓았거나, 그쪽 군사 기밀을 밝혀 놓았다면 신고부터 해야겠지만, 내용이 그렇지 않았다. 윤기가 미처 다 읽지 못했으나 서두로 미루어 볼 때, 북한 사람이 쓴 공책이란 점 이외 특기할 만한 게 없는 평범한 개인 기록이었다.

윤기는 부지런히 걸으며 속초 대지다방에 도착할 때까지의 시간을 점검해 보았다. 버스정류장을 한 마장 더 지나가야 하니 지서까지 칠 분, 신고 접수를 하자면 아무래도 습득자와 신고자의 주소·성명·직업·주민등록번호를 대고, 습득 경위와 시간 따위를 꼬치꼬치 묻고 기록할 터였다. 그러자면 지서에서 이십 분이나 어쩜 삼십 분 넘어 걸릴는지 몰랐다. 자기를 만나 특별히 치를 급한 일도 없는데 문미가 점심까지 굶어가며 두 시간이나 기다려 줄 것 같지가 않았다. 그러자면 어차피 그녀 집까지 찾아가 문미 어머니를 뵈야 하고, 넋 나간 문미 이부異父 오빠를 만나야 할 것이다. 그때, 그가 걷는 한길 저쪽에서 강릉행 속초여객 소속 버스가 오고 있었다. 저걸 타버리자고 그는 순간적으로 결정했다. 그래야만 시간을 단축하여 버스나 다방에서 박씨 비망록을 완독할 수 있었다. 윤기는 차도를 내려서서 버스를 향해 손을 들었다. 정류장이 아니었으나 장거리 완행이라 버스가 멈춰 주었다. 그는 버스에 오르자, 여기 면소재지 지서에는 정보과가 없으니 속초시 경찰서 정보과에 직접 신고하자는 타협안이 떠올랐다.

토요일 오후라 버스 안이 붐볐다. 연말연시를 고향에서 보내려 특별 휴가를 받았는지, 휴가병들이 많았다. 그들의 강건한 구릿빛 얼굴을 보자, 그는 자신의 군대 시절이 떠올랐다. 불과 일 년 전이었다. 양구 팔랑리, 그 첩첩산골에서 보낸 이태 반은 한마디로 지겹던 세월이었다. 훈련과정을 끝내고 백삼 보충대를 거쳐 이등병으로 그곳에 떨어진 뒤, 병장으로 제대할 때까지 그는 날마다 기상과 더불어 군복 벗을 날짜만 헤아렸다. 젊음을 제복의 획일성과 타율의 명령에만 좇아 시간을 낭비한다는 초조감이 끊임없이 그를 조바시게 했다. 초년병 생활은 거의 말을 잃은 고문관으로 보냈고, 상등병 때는 연대 인사과를 떠나 수색중대로 자원한 뒤, 잠복 보초 근무가 없을 때는 시간이 남아 책을 읽었으나 머리에 잘 들어오지 않았다. 끊임없이 틀어대는 저쪽의 대남 방송에도 만성이 되고, 디엠젯 초소에서 한가롭게 시집 책장이나 넘기던 병장시절에는 잠복근무만 끝내면 주보나 민통선 안 농가에서 술로 시간을 죽였다. 제대가 가까워져, 제대일자 카운트다운에 실감을 느낄 즈음, 수십 번 뜯어고친 시 두 편을 겨우 완성할 수 있었다. 휴전 무렵, 아군과 인민군이 한 달 남짓 사이 실함과 탈환을 열다섯 차례나 되풀이하여 속칭 '펀치볼'로 불리우는 해안분지는 그의 수색중대가 주둔한 요충지이기도 했지만, 그 동족상잔의 상처가 시의 좋은 주제가 되었다. 그는 「亥安盆地해안분지」를 신춘문예 모집에 투고했으나 '압축미가 없고 직정적이다'란 이유로 최종심에서 낙방되었고, 별 자신 없이 다른 신문사에 보낸 평범한 서정시 「花津浦화진포의 日出일출」은, '무리 없는 발상에 비유와 상징이 적절한 수준작'이란 찬사와 함께 당선의 영예를 안았다. 그 신문의 1월 1일자에는 화진포 일출을 찍은 컬러사진이 크게 실렸고, 그 아래 시와 자신의 얼굴 사진이 곁들어졌다. 제대를 한 달 앞둔 때였다. 일주일간 특별 휴가를 얻어 그는 문미를 구슬려 시상식에 참석하려 상경했다. 종로 이가 뒷골목, 별로 깨끗하지 않았던 경동여관에서의 첫날 밤을 그는 잊을 수 없었다. 문미의 고통스런 비명과 하혈을 떠올리면 그는 지금도 얼굴이 화끈 달아올랐다. 그날 밤, 문미는 벽 쪽으로 돌아누워 뜬눈으로 밤을 새우며 소리 죽여 울었다. 동해 파도와 엄마의 수초 같은 삶이 자꾸 떠올라 눈물을 참을 수 없다고 했다. 잠시도 떨어지지 않았던 서울에서의 이틀 동안, 첫날밤의 결합 탓인지 둘은 오히려 서먹서먹하게 보냈다. 경복궁 박물관, 창경원의 동물 구경도 했지만 죽은 도시의 겨울만 보았을 뿐, 둘은 대화를 잃었다. 돌아오던 길에 대관령 휴게소에서 보았던, 회오리치며 하강하던 안개를 뚫고 날아오르던 이름 모를 한 마리 새를 보며 그는 비로소 삼 년 동안의 조바심과 막막한 분노를 씻어낼 수 있었다. 시의 명예와 한 여자를 동시에 소유했던 이틀간의 서울, 그는 안개를 뚫고 솟구치던 작은 새를 보며 그 두 가지를 영원히 놓치지 않겠다고 다짐했다.

윤기는 승객들을 비집고 버스 뒤로 들어갔다. 창가에는 사십대의 중년 사내가 앉았고 통로 쪽은 예의 휴가병이었다. 윤기는 창 밖에 눈을 주었다. 버스가 해안 도로를 내달아, 밖은 트인 바다였다. 구름 낀 하늘 아래 바다는 수평선 윤곽마저 지워져 잿빛으로 출렁거렸다. 해안의 바위에 부딪쳐 파열하는 포말 물보라가 도로 가장자리까지 튀어 올랐다. 그는 난바다를 보며, 바다를 위험한 짐승이라고 표현했던 어느 시구가 적절한 비유라고 수긍했다.

윤기는 문미를 만나기 전까지 비망록을 읽는다는 게 무리라고 생각했다.

"이리 주시지요." 휴가병이 윤기 가방을 당기며 말했다.

"괜찮아요."

가방은 속이 비었으므로 무겁지 않았다. 그 점보다 비망록이 든 가방을 군인에게 잠시나마 보관시킨다는 게 그는 왠지 찜찜했다.

"젊은 놈이 편안히 앉아 가기가 미안해서 그래요."

휴가병이 빼앗다시피 윤기가 든 가방을 낚아챘다. 선의의 청을 더 거절하기 무엇해 윤기는 휴가병에게 가방을 넘겨주었다. 그 가방은 그가 발령받고 학교에 첫 출근하기 전 일요일, 속초에서 문미를 만났던 날 그녀가 선물한 가죽가방이었다. 학생들이 오래 소중히 기억할 좋은 선생이 되세요, 하고 문미가 말했다. 그는 한동안 도시락과 부교재를 가방에 넣어 다녔다. 요즘은 시 습작 노트와 쉬는 시간 읽을거리를 넣어 다녔다. 요즘 읽는 책은 벤야민의 『현대 사회와 예술』 번역판이었다.

버스가 십오 분쯤 달려 가진리를 지났을 때였다. 휴가병 옆 창가에 앉았던 중년 사내가 발밑에 놓아둔 연장 가방을 들고 내릴 채비를 했다.

"내리십니까?" 휴가병이 그에게 물었다.

"공현진에서 내려요."

"비가 올 것 같은데요?"

"화진포에서 일감이 끝난 참에. 전에 같이 일한 도목수가 공현진 수협 창고 일을 맡았다기에 거기로 가는 참이오."

중년 사내가 의자에서 일어났다.

"안녕히 가세요." 휴가병이 중년 사내에게 인사를 하고 윤기를 보았다.

"앉으시지요."

윤기는 휴가병에게 맡긴 가방을 넘겨받았다.

"학교 선생이시죠?" 휴가병이 물었다.

"어떻게 아셨어요?"

"입대 전 밑바닥 일거리를 좇아 떠돌다보니 사람 보는 눈은 밝죠. 서울 쌍문동 학교 앞 공사판에 일할 때, 밥집에 들어오던 손님 중 선생은 표가 납디다. 들어와 설렁탕을 시킬 때 어쩐지 백묵 냄새가 나요."

"부대가 화진포 부근인 모양이지요?"

"몽구밉니다. 동방사 소속으로 해안 초소 경비만 이 년째요."

"흔적선 만들어 지키는?"

"그래요. 제대가 삼 개월쯤 남았습니다. 밤 보초가 지겨워요."

"어때요, 요즘 조용합니까?"

"심심하지요. 이 년 동안 우리 관할 초소에 적이 넘어오는 사건은 없었어요." 휴가병이 무엇을 생각했던지 말을 이었다. "사고가 한 건 있긴 있었어요. 작년 겨울, 나도 분초 보초를 섰는데, 내가 겪은 일은 아니고 다른 초소에서 수상한 자 한 명을 사살했지요."

"수상한 자라니요?"

"새벽 한 시쯤 됐을까요. 무슨 물체가 제 삼 초소 쪽에서 꾸물거려 곽 병장이 수하하며 암호를 외쳤던 모양입니다. 그런데도 저쪽에서 아무 대답이 없자 곽 병장이 엠식스틴에 격발 장치를 하고 포복으로 접근했던 모양입니다. 그러자 저쪽에서 갑자기 해안 숲으로 냅다 도망치는 거예요. 곽 병장이 뒤쫓으며 그냥 갈겼지요. 총소리에 분초 경비하던 모두가 뛰어갔지요. 플래시를 비춰보니 남루한 차림의 젊은 사내였어요. 그땐 우린 정말 간첩한 놈을 잡은 줄만 알았습니다."

"죽었나요?"

"복부 관통상으로 즉사했지요. 날이 새고 신원을 수소문해 보니 저 산복리 산골에 사는 정신병자였어요."

"그런 자가 어떻게 밤중에 통행금지 구역까지……."

윤기는 문미 오빠 병섭 형을 떠올렸다.

"그런 자다 보니 겁 없이 한밤중에 해안을 배회한 거지요."

대화가 끊겼다. 휴가병은 등받이에 머리를 기대어 눈을 감았다. 윤기는 무릎에 놓인 가방 지퍼를 열었다. 주위를 둘러보았으나 이쪽으로 눈을 주는 사람은 없었다. 그는 박씨 비망록을 가방에서 꺼냈다.

─내가 있는 장소는 원산서 동남방 십이 킬로, 소동정 호수가 내려다보이는 흥남비료련합기업소 휴양지 부근이다. 호수 건너 동해 쪽빛 바다의 파도 소리가 밤낮으로 귓전을 때린다. 이곳 이름은 '서광사 료양소'로 난치병 환자가 대부분이다. 병동 여섯에 삼백 명 내외를 수용하는 이 료양소에서 내가 주거하는 제2병동은 대부분 예순 살이 넘은 암환자들로, 하루 몇 구의 시체가 병동 뒤 화장터로 실려 나가고, 또 그만한 수의 환자가 새로 입소하여 죽음을 대기한다. 그들은 모두 자신이 싸우는 병이 곧 사망에 이르게 됨을 알고 있다. 그렇게 시한부 인생을 살므로, 환자들은 대충 세 가지 유형으로 분류된다. 통증에 따른 끊임없는 발악과 헐떡거림, 그래도 그들은 그 통증만 가시면 생명을 한동안 유지할 거라 믿고 있다. 두 번째, 아무나 붙잡고 자신이 지금 죽기는 너무 억울하다고 호소하던 환자가 끝내 삶을 체념하면 내세의 존재를 믿고 하느님이나 부처님께 매달린다. 그들은 삼십여 년 잊고 지낸 종교심을 죽음을 앞두고 회복한 것이다. 마지막으로,

통증을 견디다 못해 바보가 되어 버린 몽유병자 부류이다.
 지난 겨울을 넘기며부터 나는 한동안 소화불량이 계속되더니 입맛을 잃었다. 체중이 감소될 때, 나는 그저 위염이나 장염 정도로 여겨 보건소에서 약을 타다 먹었다. 경과의 진행은 나쁜 쪽으로 발전되었다. 구역질이 자주 치받히고 먹은 소량의 음식마저 토하게 되면서 내 건강이 심상치 않음을 깨달았다. 하루 려덟 시간 행정직 근무에도 기진맥진이 되어 합숙소로 돌아오면 밥상을 대하기보다 자리에 눕고 싶은 피곤으로 까무러졌다. 그때까지도 나는 이제 육신을 쉬어야 할 때에 당도했구나 하며 나이 탓으로 돌렸다. 내 나이 예순일곱이니 모든 일에서 은퇴할 시기였다. 머리칼이 일찍 세어 마흔을 넘기고부터 노인동무 소리를 들어왔으므로 지금은 성성하던 백발도 다 빠져, 같이 있는 동무들은 나를 칠순으로 보기도 한다. 그러나 나는 오늘에 이르기까지 내 육신의 안락을 도모하려 애쓴 적이나 건강에 신경 쓸 겨를이 없었다.
 내 병이 의학의 심판을 받기는 4월, 영흥 협동농장 정기 검진결과이다. 나는 위가 계속 불편하다고 보건소원에게 말해 다시 정밀 검진을 받았다. 보건소에서 회신해 온 검진보고서를 놓고 관리위원회 회의 결과, 나를 행정직 로동마저 불가능한 일급 환자로 판정했다. 담당 의사는 그 사실을 숨겼으나, 나는 내 위장의 제반 조짐에서 이미 수술 시기를 놓친 암환자임을 어렴풋이 깨달았다. 세상을 하직할 때 특별히 준비할 건 없었지만, 그때부터 나는 죽음을 예비하지 않으면 안 됨을 알았다. 내가 과거를 돌이켜보게 되기도 바로 그 즈음부터이다.
 남조선 해방전쟁 과정에 나는 누구보다 앞장섰고, 전쟁 실패의 료인을 물어 남로당 종파사건의 대숙청이 남로당 출신 월북자에까지 파급된 53년 8월에 나는 로동당 연락부 교양원에서 당직을 박탈당했다. 나는 남로당 출신 동지들과 함께 속전론續戰論에 찬동했으므로 반동으로 락인찍혔다. 소련과 미국의 사주에 의한 휴전조약 체결이란 조국 통일을 막는 사대주의적 발상이고, 남조선 출신인 나로서는 남조선에서의 정치적 기반을 상실하는 결과이므로 어떤 희생을 치르더라도 완전한 종전終戰으로 매듭지어져야 함이 내 소신이었다. 국가에 대한 반역죄로 남로당 창당 핵심료원들이 처형

당할 때, 나는 지도원급이 아니었으므로 극형을 면해 중앙당분교에 수용되어 륙 개월 동안 사상 검토를 받고, 평남신창 탄광 로동자로 숙청되었다. 1936년과 38년에 스탈린이 행한 숙청극의 망령을 보며 나는 비로소 리상과 현실의 괴리를 체득했다. 그러나 그때까지도 내 젊음은 그렇게 매장될 수 없다고 확신했다. 렬 시간 갱내 생활을 하며 나는 당에 충성을 맹세했고 자아비판에 누구보다 렬성을 다했다. 결가, 삼 년 만에 나는 복권되었다. 평남 용강에서 인민학교 부서기로 복무한 사 년 동안, 나는 결혼했다. 평탄한 시기였고, 렬성원으로 두 번이나 공훈 표장에 추천되기도 했다. 그 결과에선지 60년, 로동자 상대 공장대학이 전국 규모 공장마다 개설되자 나는 진남포 제련공장 공장대학 교양강사로 추천되었다. 그로부터 2년 후, 남조선 출신자들의 재교육 실시가 있었는데, 어느 사석에서 내가 유일사상 혁명 노선을 비판했다는 밀고가 들어가 나는 교조주의敎條主義로 문책받아 평관리원으로 격하되었다. 그러나 삼 년 만에 당이 나의 남조선 해방전쟁 전후 전력을 평가했던지 돌연 소환되어 제2태백 정치학원 제4구 요원에 복무하게 되었다. 삼 년간을 나는 소백산맥 지구에 남파될 대남적화 대원에게 도보정찰학을 가르쳤다. 물론 3년 동안 가족과 떨어져 불철주야 대원들과 함께 지냈다. 그 동안 남조선 신문 열람이 허락되기도 했다. 그 3년간 나의 갈등이 심화되었다. 내 전력이 민족보다 사상에 맹신하지 않았냐란 자아비판 탓이었다. 45년 해방은 민족 자령으로 성취하지 못했고 53년 휴전으로 통일은 좌절되었다. 내가 투쟁해 온 길은 그 어느 쪽에도 도움을 주지 못했다. 휴전 이후 동족은 서로의 심장에 총부리를 겨누며 계속적인 군사력 증강으로 인민의 희생만 강요했다. 평등사회의 복지 낙원은 리상이었다. 당은 실권자의 권력 강화를 위해 분단을 고착화시키고, 분단의 위기감을 권력 류지에 리용했다. 따라서 과거 남조선에서의 내 유격활동도 스스로 비판해보지 않을 수 없었다. 67년 김칠득 동무사건에 책임을 물어 나는 다시 소환되었고, 이듬해 남조선 울진·삼척 지구 무장 특공대 남파에 따른 실패 책임을 물어 다수 공작 지도부 요원을 파면할 때, 나는 함남 선천 용양광산 노동자로 숙청되었다. 내 나이 쉰을 넘어선 뒤였다. 그 숙청 때는 처음 숙청 때와 달리 나는 마음의 평안을 느꼈다. 내 령륙靈肉이야말로 나이로 보아 이제 대남사업 요원일을 감당하기에 무리였다.

　그 후부터 오늘에 이르기까지 내가 당의 부름에 련락하지 않았던 만큼, 당 또한 내게 관심이 없었다. 70년대로 들어서서 대남 공작 로선은 새로운 전환점을 맞았던 것이다. 휴전 이후, 스무 해 가까운 세월이 경과되다 보니 남조선 출신을 대남 공작요원으로 차출하기에는 적령기를 넘긴 련령도 문제지만, 남반부 활동에 여러 장애 요인이 문제시되었다. 남조선 출신 대남 공작료원 강사로 내 가치도 끝났다.

　나는 한 일꾼으로 여러 직종을 전전하며 내 직분에만 수행했다. 그즈음에서야 나는 인생적 체험에서 달관되었다고 할까, 무념의 일상에 자족하는 지혜를 터득했다. 나는 내 청년기의 소망이었던 로동의 땀을 인민과 함께 나누며, 로동하는 데 소박한 위안을 찾았다.

　회상해 보면 약관부터 오늘에 이르기까지 나는 참으로 다난한 인생을 살아왔다. 그 동안 무쇠 같은 체력을 유지할 수 있었던 게 고맙게 생각된다. 예순을 넘겨서도 땀 흘려 일할 수 있기는 유아적 조모님과 어머님의 극진한 보살핌 덕분이라 회상하니, 늙마의 마음이 동심과 같다는 이치를 깨닫는다. 집안 장손이라 어릴 적부터 먹기 싫은 한약 사발을 들고 고샅까지 뒤쫓아와 "중렬아, 약사발 쏟겠다. 그만 섯거라 보자. 아부지한테 시껍 묵을라꼬 그카나" 하고 외치던 그 목소리가 지금은 지하에 묻혔을 테고, 내 그분들 뒤따라 갈 임종을 맞고 있으니…….

　서둘러 쓴 기록을 여기까지 읽다, 윤기는 공책을 덮었다. 눈물 흔적인지 공책에는 여러 군데 잉크 자국이 번져 있었다. 그는 공책을 가방에 넣고 창밖으로 눈을 주었다. 구름이 켜켜로 낀 어두운 하늘에 박씨 젊은 시절 사진이 떠올랐다. 자기 시대의 고난을 온몸으로 감당하려 했던 사진 속 젊은이는 이제 죽음을 앞두고 핏줄을 목메어 찾고 있었다. 그는 창으로부터 눈길을 거두고, 박씨 비망록을 다시 읽었다.

　—내 과거가 다사다란했던 만큼 나는 여태껏 많은 죽음을 보아왔다. 49년 전후, 험산 준령을 타던 유격대 시절에 나는 다섯 명의 동지를 내손으로

묻었고 전쟁 와중에는 리동하는 전선과 함께 살며 총탄과 포탄의 생지옥을 뚫고 남북으로 오르내리기도 여러 차례였다. 나는 두 번이나 남반부군과 경찰에 체포되기도 했다. 한번은 수색조 불심검문에 걸려 즉결처형 명령에 따라 뒷산 골짜기 형장으로 끌려갔으나 필사의 탈출로 목숨을 건졌다. 고향에 마지막 들렀던 밤은, 집을 나서다 누군가의 밀고로 경찰에 체포되었으나, 한 경찰관이 내 탈출을 묵인해 주었다. 그는 우리 집안 소작인 자제로 야학당에서 내게 공부를 배웠던 적이 있었는데, 평소 인간적인 면에서 나를 동정했던 모양이었다. 그 시절, 사실 나는 죽음의 두려움을 몰랐다. '목숨 걸고 뛰어들면 죽음이 오히려 나를 피해 가고, 목숨 안존을 도모하려는 자는 죽음이 물어뜯는다'는 어느 혁명 전사의 고백과 같이, 그 험한 세월을 넘기며 나는 용케 손가락 하나 불구가 되지 않았다. 그 후로 내가 대남 적화사업에 종사하며, 남파될 동무 얼굴에서 죽음의 그늘을 보았지만, 내 자신의 죽음에는 늘 담백한 논리를 적응시켰다. 비겁하지 않게 살다 나이에 구애됨 없이, 죽을 때가 되면 죽을 것이다. 그러면서도 나는 쉽게 죽지 않으리란 자만심을 가졌고, 그 자만심이 신념으로 나를 부추겼다.

인간은 누구나 죽는다란 평범한 진리를 나 자신을 포함하여 깨우치기는 75년 용량 광산 도괴 사고 때였다. 그때 나는 열다섯 광부와 함께 무너진 갱 지하 사백 미터에서 일주일을 갇혀 있었다. 닷새째, 고열과 설사로 탈진하여 광부 넷이 숨을 거뒀을 때, 나 역시 그 운명을 맞을 립장에서 시체를 어둠 속에서 만져 보았다. 그러나 나는 반드시 살아 태양이 쬐는 지상으로 나가리라 확신했으나, 설령 살아 나가도 언젠가는 필경 죽을 것임을 비로소 체험적으로 깨달았다. 그때 나는 가물가물 잦아드는 의식으로, 지금이 아닌 언젠가 죽게 될 내 죽음의 여러 경우를 련상했다. 그러나 내가 암으로 죽으리라 예측하지는 못했다.

정밀 검사를 받고 나서 나는 행정일을 보지 않아도 되었다. 오랜만에 자유를 얻었으나, 침소를 청소하고 마당의 풀을 뽑는 가벼운 일을 자청했다. 쉬게 되며 내 건강은 빠르게 악화되었다. 토사물에 혈액이 섞여 나오고 때로는 칡 색깔이 보일 때, 나는 그 증상이 위암의 진행 과정에 나타나는 현상임을 알았다. 그때부터 음식을 섭취하면 구토가 심하고 위가 비어 있을 때도 통증이 왔다. 불면증까지 겹쳐 잠을 이루지 못하여 매일 보건소로 나가 약을 타다 먹었다. 함흥 의대를 갓 나온 젊은 의사 동무가 그때서야 내 병명을 귀띔해 주었다. 길어야 3개월을 넘길 수 없다고 그는 단언했다. 이어, 나는 제반 증명서를 발급받아 여기로 후송되었다. 젊은 의사동무의 단정에 따르자면, 이제 내 생명은 한 달을 못 남긴 셈이다.

지난 주 일요일, 뜻밖에도 혁구가 면회를 왔다. 이태 반 만에 보는 자식 얼굴이었다. 김책공업대학을 나온 후 평양에 있다는 소식을 들었는데, 최근 과학원 함흥분원에 연구원으로 복무한다며, 곧 결혼을 하게 된다고 혁구가 말했다. 나로서는 그에게 마지막이 될 작별의 말을 했다. 달리 할 말이 없는 만큼 내 자세는 젊은 혁구보다 담담했다. 혁구는 지난 여름 어머니와 상의하여 내 복권탄원서를 당에 다시 제출했다고 말했다. 나는 대답하지 않았다. 이제 사후의 영예조차 사양하고 싶은 마음이었다. 혁구는 어머니께 연락하여 다시 면회를 오겠다고 말했으나, 그 점 역시 거절했다. 나보다 열두 살 연하라 아직 진남포 방직공장에서 작업 분장으로 일하는 아내에게는 내가 여기로 후송되어 왔다는 편지를 했고, 한 번 답신이 왔다. 나는 특수 료양소 성격이나 내 병명을 편지에 밝히지 않았다. 나는 이 세상을 떠나며 아내에게 남길 말이 없었다. 남조선에서나 북조선에서나 나는 두 가족에게 가장으로서 내 역할을 못했다. 남조선에서는 자의로 가족을 버린 셈이고, 북조선에서는 초기의 몇 년을 제외하고 내게 정상적인 가정생활이 허락되지 않았다.

혁구가 돌아간 후, 나는 가정이란 소집단에 대해 생각했다. 개인이 모여 조를 결성하고, 조끼리 뭉쳐 부를 만들고, 부와 부가 결속하여 조합을 만들어 공동체 삶으로 결속시킨다면, 가정이란 또 다른 소집단은 무엇인가. 가정과 가정이 모여 이웃을 이루고, 이웃끼리 합쳐 지역사회를 만들고, 지역사회끼리 공동의 문제로 뭉쳐…… 이렇게 변증법적 규명을 한다면 결과적으로 국가란 전체에 두 줄기가 합일되지만, 인간 생활양식 면에서는 양면성을 지닌 셈이다. 개인은 그 양면성에 평등한 질서를 부여하여 생활을 영위하며, 어느 한쪽이 다른 한쪽에 기울어질 때 닥치는 불행을 감수하지 않으면 안 된다. 아니, 세속적 삶에는 파탄이 오기도 하지만 초월적 삶에는 어느 한쪽을 포기함으로써 희생 위에 더 큰 뜻을 이루기도 한다. 나는 가정적 삶을 버리고 사회적 삶을 선택했다. 그렇다면 내 생애는 박달과 권 오직 동무 같은 경우일까. 아니면, 구추백이나 트로츠키에 해당될까. 아니다. 나는 그들보다 훨씬 오래 살았으나 내 이름은 당 사료 어디에도 그 족적을 남기지 못하리라. 이름을 남김이 또한 무엇이냐. 영예란 갑옷과 같아 벗고 나면 홀가분할 때가 있음이다. 그러나 한 인간이 죽음 앞에 섰을 때, 누구나 회한과 번뇌를 완전히 끊지는 못한다. 나 역시 마지막 내 생을 총체적으로 정리해보고 싶다고 느끼게 됨도 하찮은 범인이기 때문이다. 다행히 이 기록이 남조선에 전해졌을 때, 나는 이미 이 땅에 있지 않을 것이다.

윤기는 공책을 덮어 가방에 넣었다. 지퍼를 채우고 창밖에 눈을 주었다. 청둥오리 예닐곱 마리가 내륙 쪽으로 바쁜 날갯짓을 하고 있었.

윤기가 비망록을 읽은 데까지는, 박씨 자신이 월북한 뒤 결코 행복하지 못했던 삼십일 년간의 북한 생활을 요약하여 기술한 셈이었다. 젊은 볼셰비키로 자처한 박씨의 조락 과정을 읽는 동안 윤기는 기대 탓인지 별다른 충격을 받지 못했다. 전체주의 사회에서 이용 가치가 소멸될 때 어차피 제거될 수밖에 없는 한 좌경 민족주의자의 좌절을 담담하게 읽었다는 느낌뿐이었다. 러시아 혁명사, 가까이 중국 현대사를 읽어도 혁명의 진행과정에서 박씨 정도의 인물은 도처에 산재해 있었다.

"비가 올 것 같지요?" 옆자리 휴가병이 불쑥 물었다.

"예." 윤기는 비망록 환상에서 깨어나 엉겁결에 대답했다.

버스 안은 윤기가 탈 때보다 붐볐다. 토요일 오후 강릉행 버스는 늘 그랬다. 버스는 어느새 교암리를 지나, 마치 파도에 꼬리라도 잡힐세라 쏜살같이 내달았다.

3

윤기가 가방을 들고 허겁지겁 다방 안으로 들어선 시간은 오후 두 시 삼십오 분이었다. 문미와 약속시간을 한 시간 오 분 지각한 셈이었다. 다방 안은 젊은이로 붐볐고, 팔십 석 되는 넓은 실내 객석은 자리가 거의 찼다. 성탄절을 며칠 앞두어 스피커에서는 크리스마스캐럴이 흥겹게 쏟아졌다. 캐럴이 아니더라도 다방 분위기는 연말의 젊은이들 감정을 잘 표현하듯 활기에 넘쳤다. 캐럴을 낮게 따라 부르는 장발이 있는가 하면, 여자 귀에 입을 붙여 노닥거리거나 킬킬대는 치도 있었다. 파란 많은 생을 산 한 늙은이가 지금쯤 요양소 병동에서 죽었거나 죽어가고 있을 때, 거기에서부터 일백 킬로 아래쪽 어느 다방은 청춘의 열기로 넘친다는 상반된 현상에 그는 양쪽 사회체제의 한 단면을 보는 듯했다. 윤기는 다방 안을 돌며 문미를 찾지 않아도 되었다. 문미와 대지다방에 들를 때나 약속을 정하면 먼저 온 쪽이 늘 계단 밑 구석 자리를 택함이 은연중 약속처럼 되어 있었다. 윤기는 천장이 비탈진 구석 자리에 앉아 있는 문미를 쉽게 발견했다. 까만 오버를 입은 그녀는 고개를 숙인 채 수첩을 들여다보고 있었다. 검은 색깔 옷을 즐겨 입는 그녀라 다방 안의 떠들썩한 분위기와 어울리지 않아 자태가 외롭게 보였다. 그녀가 보는 수첩은 유치원 원아들의 시시콜콜한 신상명세가 기록된 증명사진이 붙은 교원용 수첩이었다. 책도 머리에 들어오지 않고 무료할 때면 원아들 사진을 들여다보지요. 하나하나 얼굴을 오래 보고 있으면 그 아이 버릇과 재롱이 소로시 살아나요. 오월 꽃밭을 날으는 나비 같은 평화가 아이들 눈망울 속에 있어요. 이 수첩은 요술책이라고나 할까요. 재잘거림도 들리고, 노랫소리도 들리고, 고사리손을 흔드는 무용도 보여준답니다. 언젠가 이 다방에서 했던 문미 말이 생각났다. 그때도 윤기는 지각을 했다. 문미 옆자리는 비어 있었으나 맞은편 자리에는 설악산 신혼여행을 온 듯 차림이 말쑥한 젊은 남녀가 귓속말을 나누고 있었다. 맵시가 화려했다. 좌석이 없다 보니 문미에게 양해를 구해 합석한 모양이었다.

"너무 기다리게 했어."

"정말이에요. 이렇게 늦게 나오시긴 첨이에요."

수첩을 접는 문미 표정이 시들했다. 그녀의 주근깨 많은 얼굴에 그 주근깨만큼 지겨움과 속상한 마음이 깔려 있었다. 그녀는 몇 가닥 이마로 흘러내린 생머리칼을 걷어올리며 윤기를 보았다. 윤기는 문미를 보자 비로소 허리가 접혔다. 빈 위장이라 허기가 식욕과는 무관한 채 위를 쓰리게 했다.

"이유는 조금 있다 말할게. 우선 나가지."

윤기는 다방에서 비망록을 읽어낼 수 없을 것 같았다.

"오늘따라 웬 학생들이 이렇게도 많은지. 너무 시끄러워 머리가 다 아파요." 문미는 손가방에 수첩을 넣고 일어섰다. 대지다방은 속초에서 젊은이를 위한 음악다방으로 알려진 만남의 장소였다. "이젠 이곳에 약속 정하지 말아요. 윤기 씨 지각도 잦구, 우리는 여기 출입하는 애들보다 늙어 버렸다는 느낌이 들어요."

윤기가 카운터에 차 값을 치르고 다방문을 나서니, 문미는 계단 아래 쪽 건물 입구 앞에 까만 스카프로 머리를 둘러 턱 밑에 매듭을 만들고 있었다.

둘은 바람 센 거리로 나섰다. 동서가구 속초대리점 앞을 지나 시내 중심부 쪽으로 걸었다. 문미는 서너 걸음을 처져 자기 운동화코를 내려다보며 윤기를 따라왔다. 학부모들한테 너무 많이 들켜 나란히 걷기가 부끄러워요. 이 말은 지난 정월, 문미가 윤기와 함께 서울 나들이를 가기 전에 했다. 그 뒤부터 속초에서는 둘이 나란히 걷지 않고 문미가 늘 걸음을 늦추었으므로 네거리를 건널 때는 윤기가 따라오는 문미를 놓칠까 돌아보곤 했다.

"우선 뭐든 먹기로 하지. 정 양도 꽤나 시장할 텐데."

윤기가 걸음을 멈추었다. 금강산도 식후경이라고, 어차피 속초 경찰서에 비망록을 신고할 바에야 문미에게도 늦은 이유의 물적 증거를 보이며 허기부터 때울 심산이었다.

문미는 대답이 없었다. 속마음을 잘 내보이지 않는 성격인데 오늘은 아직 화가 덜 풀렸구나 하고 짐작하며, 윤기는 문미와 나란히 걸었다. 문미가 걸음을 늦추면 윤기도 따라 보폭을 좁혔다. 한참을 걸을 동안 윤기는 가방 속 비망록이 예상 외의 부담감으로 한쪽 팔을 묵직하게 함을 알았다. 가방은 가벼웠으나 자질구레한 일감으로 동사무소를 찾을 때처럼 경찰서 신고 절차가 귀찮게 여겨졌다. 언뜻 정호가 생각났다. 속초에서 발이 넓은 그는 경찰서에 알 만한 사람이 있을는지 몰랐다. 윤기는 정호를 불러내어 그와 함께 가기로 마음먹었다. 문미가 걸음을 멈추었다.

"전 그만 들어가 볼래요. 바쁜 일이 있어서……."

"왜, 늦었다구 화났어?"

"아니에요."

"그럼 왜 그래? 늦기야 했지만 허겁지겁 달려온 난 뭐야?"

"두 시 삼십 분 정각까지 기다리곤 다방에서 나가려 했어요."

"어쨌든 내가 왔잖아." 윤기가 문미 한 팔을 낚아챘다. "내게두 사정이 있었으니 늦은 게 아냐. 이유두 알기 전에 왜 이래?"

"윤기 씨가 늦게 나왔기 때문이 아니라 제게 사정이 있어 그렇다니깐요."

목소리가 높아진 윤기와 달리 문미의 말은 낮게 가라앉아, 어떻게 들으면 울먹이는 콧소리 같았다.

"유치원이나 집에 무슨 일 있어?"

문미는 오른손 엄지손톱을 깨물며 잠자코 있었다.

"할 말이 있으니 돌아갈 테면 점심이나 먹구 가."

윤기는 문미 팔을 놓고 천천히 걸었다. 마지못한 듯 문미가 따라왔다.

"정호한테 전화 안 왔던?"

"어제 왔어요. 오늘 나오시냐고."

"만나서 상의할 일이 있는데."

"다섯 시에 상구 씨와 바다식당에서 만나기로 했다더군요."

"너무 늦은걸. 빨리 만났으면 좋겠는데."

윤기는 문미에게 지각 이유를 꺼내려 했으나 무슨 말로 서두를 떼야 할지 몰라 뜸을 들였다. 아무래도 어디든 자리를 정해야지 길거리에서 말을 꺼내기엔 무엇했다.

"약방으로 연락해 보시지요." 문미는 정호를 빨리 만날 일에 관해 윤기에게 묻지 않았다. 그런 점에서 문미는 늘 냉정했고, 사실 윤기는 그녀의 그런 무관심을 으깨려 매달리다 보니, 둘 사이가 가까워진 동기가 되었다. 제까짓 게 뭔데 하고 윤기가 다음 만날 약속 시간과 장소를 정하지 않고 헤어진 적도 있었지만, 윤기가 전화를 하거나 편지를 띄우기 전에 문미는 결코 먼저 연락을 취하지 않았다. 그녀는 윤기의 속셈을 읽듯 끈기 있게 기다렸던 것이다.

"아무래두 전화를 해야겠어." 윤기가 혼잣말을 했다.

안정호는 은행 대리로 '맥' 동인이다. 문미를 윤기에게 소개시켜 준 장본인도 정호 처가 된 채희였다. 정호는 상업고등학교 재학시절부터 시인을 지망했으나 아직도 공식적인 인정은 받지 못하고 있었다. 그러나 그는 시인으로 자처했고 관문의 통과 여부를 떠나 열심히 시를 썼다. 그는 지방지지만 일곱 해 전 군 입대를 앞두고 신춘문예에 입선하기도 했다. '어부의 노래'란 제목과는 달리 어업 현장을 담은 생활시랄까 노동시로, 주요한의 '불놀이'나 박두진의 '해'처럼 호흡이 길고 구두점이 많은 산문시였다. 제대를 하자 그는 은행원이 되었다. 대학을 중도에 스스로 포기했으므로 부모 입장에서는 자식이 엇길로 나간다 싶어 한동안 걱정깨나 했으나, 그는 의외로 모범사원으로 착실히 근무하더니 입사 동기 중 먼저 대리로 승진되었다. 서글서글한 성품과 훤한 외모로 그는 총각 시절에 동료 여은행원의 구애를 꽤 받았으나, 약학대학을 졸업한 채희와 다섯 해 연애 끝에 작년 가을에 결혼했다.

윤기가 군대 생활 십 개월 만에 첫 휴가를 나왔을 때였다. 청초호에 갯배놀이가 한창이었던 사월 하순이었다. 일요일 오후 두 시에 정호와 약속 장소인 대지다방으로 나가니, 그가 채희와 함께 있었다. 조금 있으면 너와 좋은 짝이 될 처녀가 나오기로 돼 있어. 나두 한 번 봤는데 분위기 있는 애야. 졸병 생활 따분할 때 편지질이나 하며 연애 한번 해보시지. 심심풀이 대용품으론 오해 말아. 정호가 말했다. 윤기는 그때까지 여자를 제대로 사귀어 본 적 없었다. 정문미라고, 전문대학 보육과 이 학년이에요. 우리는 고등학교 때부터 청호동 감리교회에서 같이 주일학교 반사를 맡았지요. 성격이 차분하구 착한 애랍니다. 채희 말이었다. 십오 분쯤 기다렸을까, 문미가 다방으로 들어왔다. 사전에 남자를 소개시켜 주겠다는 귀띔이 없었던지 군복 차림의 윤기를 보자 문미가 당황해 했다. 내가 언젠가 말하지 않든, 시 쓰는 오윤기 씨야. 채희가 윤기를 문미에게 소개했다. 윤기는 흰 블라우스에 까만 스커트를 입은 문미의 첫 인상을 지금도 선명하게 기억하고 있었다. 몸이 가늘고 얼굴이 가무잡잡하여 남의 눈에 쉬 띄지 않았으나 윤기는 내내 눈을 내리깔고 있던 문미의 속눈썹 짙은 눈과 여윈 뺨에서,

지용이나 소월 시를 읽었을 때의 맑은 슬픔을 느꼈다. 군대 사병 생활이란 누구나 따분하게 마련이지만, 특히 윤기의 시적 안목으로 문미의 얼굴에 가라앉은 그 그늘이 매력으로 비쳤다. 그날 오후 두 쌍은 청초호로, 바닷가 횟골목으로 밤늦게까지 싸돌았다. 윤기가 밤 예배에 빠져서 안된다는 문미를 억지로 붙잡았을 때, 그는 술에 엔간히 취해 있었다. 취기가 그의 용기를 부추겼고 말문을 자유롭게 티웠다. 윤기가 외롭다는 넋두리를 늘어놓으며, 편지에 꼭 답장을 달라고 떼를 쓰기도 했다. 정 양, 이 군발이 친구 신원은 내가 보장할 테니 잘 사귀어 봐요. 서로 닮은 면이 많을 겁니다. 정호 말대로 문미가 시를 좋아하는 점을 빼고라도, 나중에 안 일이지만 둘은 가정적으로 비슷한 점이 많았다. 윤기가 홀아버지와 누이와 세 식구인 데 비해, 문미 쪽은 홀어머니와 오빠와 남동생과 함께 살고 있었다. 둘은 각각 한쪽 부모가 없었다. 그 외에도 속초에는 사람 모이는 곳 어디에 가나 강원도 토박이만큼 이북 출신을 만날 수 있는데, 둘 역시 아버지가 함경도 출신이었다. 다른 점이 있다면 윤기 아버지는 몸 성한 어부였고, 문미의 별세한 아버지는 장교 출신의 한쪽 다리를 잃은 상이용사였다. 그런데 묘한 인연은 윤기 아버지와 문미 어머니는 그들을 낳기 전 결혼했던 전력이 있다는 점이었다. 전쟁 와중에 흔히 있을 수 있는 일로, 윤기 아버지가 이북에 처자식을 두고 홀로 남하했다면, 문미 어머니는 전쟁 미망인이었다. 문미는 오라버니 병섭과 이부형제였다. 육이오전쟁 직전 진부리에서 월정사 절 밑 마을 구곡리로 시집을 갔던 문미 어머니는 전쟁이 나자 첫 남편을 군에 빼앗겼다. 구이팔 수복 뒤 북진 길에 들렀다는 전투복 차림으로 남편이 몇 시간 머물고 간 뒤, 곧 전사통지서가 날아왔다. 스물한 살로 청상이 된 문미 어머니는 폭격으로 자취도 없어진 시가를 떠나 생후 두 달된 아들을 업고 친정 진부로 돌아왔다. 그 뒤 평산군 일대가 국군과 인민군의 뺏고 빼앗기는 접전을 겪을 동안 친정 부모가 죽고, 그네는 어린 자식과 함께 뒷산 토굴에서 일 년을 넘게 숨어 견디다 휴전 직전에 무작정 강릉으로 나왔다. 용케 일자리를 얻은 곳이 야전병원 청소부였다. 문미 어머니가 문미 아버지를 만난 곳도 그 병원에서였다. 두 사람은 각각 불구의 인생길을 걷던 시절이라 쉽게 가까워져 군 병원 식당에서 조촐한 예식을 올렸다. 문미 아버지가 오랜 투병 끝에 대위로 의병 제대하자, 그 퇴직금으로 문미 어머니는 속초 청호동에 조그만 식당을 열었다. 그곳에 문미 아버지 먼 친척붙이가 피난을 나와 있었으므로 혈연을 그리워하던 그의 뜻에 따라 그곳으로 옮겼던 것이다. 전쟁 뒤끝이라 먹는 장사는 그런대로 잘 되었고, 문미에 이어 문호가 태어났다. 문미 아버지는 비록 불구의 몸이었으나 구제 중학까지 나온 배운 사람으로, 육이오전쟁 때 인민군 소대장으로 참전했다 곧 국군에 귀순하여 계급장을 바꾸어 붙이고 전선을 누벼 세 차례나 병원 신세를 진, 성격이 온순하고 다감한 사람이었다. 식당 현금 출납은 아버지가, 부엌일은 어머니가 맡아 했다. 병섭도 의붓아버지 성을 좇아 김씨에서 정씨로 바뀌었으나 문미 아버지가 친자식에게는 '문'자 항렬을 고집했으므로, 병섭은 북진길에 잠시 구곡리에 들렀을 때 친아버지가 지어준 이름을 그대로 쓰게 되었다. 그런데 병섭은 갓난아기 때 포탄소리에 몇 차례 까무러친데다 오랜 영양실조로 자랄수록 몸이 성치 못하고 하는 짓이 아둔했다. 문미가 초등학교 삼 학년 되던 해, 의족에 의지하던 아버지는 그 다리 때문이 아니라 갑작스런 심부전 증세로 병원에 입원했다. 평소에도 가슴이 답답하다 했고 혈색이 좋지 않던 아버지였던지라 그 증세가 심상치 않았다. 엑스레이 결과 심장 부위에서 이물질이 발견되었다. 속초 도립병원에서는 심장수술의 제반 여건이 불비하여 급거 서울대학병원으로 옮겼으나, 문미 아버지는 수술 도중 끝내 숨을 거두었다. 문미 형제 셋은 속초에서 초등학교를 다녔기에 그 임종을 지킬 수 없었다. 문미 어머니는 원호처 주선으로 서울에서 남편 시신을 화장시키고 뼈가 담긴 상자와 이상한 쇳조각 하나를 손수건에 싸서 속초로 돌아왔다. 쇳조각이란 부러진 성냥개비보다 작고 핀보다 굵은 작은 파편 한 조각이었다. 문미 아버지 뼈는 공동묘지에 묻혔고, 평소 그의 소원대로 통일이 되는 날 함흥 가족이 찾을 수 있도록 비석 뒷면에 고향과 부모 형제들 이름이 새겨졌다. 남편을 묻고 내려온 날, 문미 어머니가 설운 울음 끝에 어린 세 자식에게 말했다. 글쎄, 의사 선생도 이 쇳조각을 십삼 년 동안이나 심장에 박고 살았다니, 이건 의학적으로 풀 수 없는 기적이라잖아…….

윤기와 문미는 말없이 걸었다. 윤기는 박씨 비망록 건을 털어놓기 전까지 문미에게 달리 할 말이 없었다. 쓰고 있는 시 두 편의 마무리도 안된 상태였고, 지금은 시 이야기를 꺼낼 분위기도 아니었다. 다만, 돌아가려던 문미가 고분고분 따라와 줌만도 대견할 따름이었다. 오늘만이 아니라 요즘 둘의 만남이란 마음과 몸을 알 만큼 알아 버려 대화가 궁한 편이었다. 속초에서 만나면 둘만의 오붓한 시간을 갖기보다 술집에서 동인들과 어울리는 시간이 더 많다보니 문미는 그 자리에 끼여 남자들 대화를 듣는 정도 입장밖에 되지 못했다. 그렇다고 윤기가 문미에게 싫증을 내거나 다른 여자에게 한눈을 팔지도 않았다. 사랑을 더 다습게 회복하자면 날마나 만나거나 여행이라도 함께 다니며 얘깃거리를 끊임없이 만들어내든지, 아니면 군복무 시절처럼 오래 만나지 못할 처지로 떨어져 있는 편이 좋을 듯하나, 그 일이 쉽지 않았다. 이럴 때 바로 결혼해서 가정을 가지는 길이 비방일 텐데, 그 점 역시 현실적으로 아직 여건이 성숙되지 않았다는 판단을 양쪽 갖고 있었다.

"뭘 먹고 싶어?"

마땅히 물어야 될 말이 아니었으나 분위기라도 바꾸어 볼 심사로 윤기가 돌아보았다. 한 발 뒤쳐져 걷는 문미는 대답이 없었다. 늦게 나온 이유부터 말하기 전까지 침묵하겠다는 속셈인지, 그녀는 손가방을 어깨에 메고 손을 외투 주머니에 꽂곤 또박또박 걸었다. 윤기는 문미 옆모습을 힐끗거렸다. 문미의 다문 입술이 오늘따라 더 보라색을 띠어 파리했다. 언제나 그런 느낌이지만, 문미의 모습은 바람에 쫓겨 날갯짓 바쁜 한 마리 새 같았다. 허기가 욕정을 불러 오는지 그는 갑자기 문미를 껴안아주고 싶었다.

"어젯밤 늦게 광훈이하고 태호가 한잔씩 걸치고 집에 왔더군. 갑자기 내가 보고 싶어졌다나. 시장에서 자정 넘게 마셨어. 둘 다 직장이 있으니 새벽에 내려갔지."

문미는 역시 대답이 없었다. 서울약방 앞 네거리까지 오자 윤기는 걸음을 멈추었다. 그는 음식점 간판을 두리번거리다 중국 음식점을 택했다. 이층으로 오르는 나무 계단을 밟자 뒤따라 올라와야 할 문미 발소리가 들리지 않았다. 윤기가 돌아보니 문미는 입구에서 계단 위를 치켜다보고 있었다. 상의 없이 음식점을 독단으로 선택한 데 따른 무언의 항의는 아니었다. 다방이든, 음식점이든, 심지어 차나 식사 주문까지 윤기는 문미 의견을 타진하지 않고 커피 두 잔, 또는 비빔밥 둘 하고 불쑥 말해 버리곤 했다. 이 점은 상대방을 무시해서가 아닌, 그의 좋지 못한 습관이었다. 문미가 걸음을 멈춘 이유는 삼 년 넘게 그와 만나오며 중국 음식점에서 식사를 했던 경우가 거의 없었기 때문이었다. 데이트 비용은 평균 잡아 윤기 3, 문미 1 꼴로 썼는데, 식사값, 술값, 영화구경값, 여관비를 주로 윤기가 썼다면 제과점이나 빵값, 찻값은 문미 쪽이 부담했다. 식사래야 한식집, 양식집에도 더러 들렀으나 분식집 이용 횟수가 더 잦았다.

"왜 그렇게 섰냐, 올라오잖구."

제풀에 윤기가 짜증을 냈다. 그는 싫다면 가버리라는 투로 계단을 올라가 음식점 문을 밀고 안으로 들어갔다. 그는 카운터 옆 벽걸이 공중전화 앞에 섰다. 동전을 넣고 정호 살림집 겸 약국에 전화를 걸었다. 정호 처 채희가 전화를 받았다. 연말 정산 때라 토요일도 늦게까지 근무하니 은행으로 연락해 보라고 채희가 말했다. 윤기는 전화를 끊고, 은행에 다시 전화를 걸었다. 정호가 자리에 있었다. 일이 밀려 바쁘다는 친구에게 그는 이유를 설명하지 않고 무조건 빨리 나오라고 명령조로 말했다. 은행과 중국 음식점과는 오 분만 걸으면 족한 거리였다. 다섯 시에 바다식당으로 나오면 될 걸 성질도 급하다며, 정호가 전화를 끊었다. 윤기가 공중전화 상자에서 돌아서자, 문미가 출입구 앞에 서 있었다. 그녀는 윤기 가방을 보고 있었다. 그가 가방을 들고 속초로 나오는 경우가 거의 없었기 때문이었다. 윤기는 어느 국산 영화 제목처럼 종업원에게, 조용한 방을 부탁했다. 둘은 구석방으로 안내되어 빈 음식상을 가운데 두고 마주앉았다. 문미 앞에서 늦게 나온 시위라도 하듯 수선을 부리는 꼴이 윤기 자신이 생각해도 웃음이 나왔다. 그러나 웃을 수 없었고, 웃을 일이 아니었다. 문미는 윤기 가방을 보고 급한 여행이라도 가게 됐나보다고 짐작하는 눈치였다.

"오늘 아침에 아버지가 말야, 고기잡이 나갔다 공책 한 권을 건져 왔거든." 윤기가 가방 지퍼를 열고 공책을 꺼냈다. "그런데 이게 이북에서 떠내려온 거야. 솔제니친이 자기 작품을 서구로 밀반출하듯, 남한으로 밀송한 셈이지."

윤기는 공책을 문미에게 넘겨주었다. 문미는 스카프를 풀고 공책을 집어 겉장을 보았다.

"극비 문서는 아닌 것 같구. 개인 사생활을 기록한, 말 그대로 비망록이야." 문미가 겉장을 넘기자, 윤기가 말했다. "뒤쪽을 봐, 박중렬이란 사람 가족 사진이 있어."

방문에 손기척이 났다. 문미가 공책을 덮었다. 종업원이 엽차 두 잔을 날라왔다.

"간짜장 두 그릇에……, 정호가 올 테니 소주 한 병 할까. 잡채두 줘."

"간도 좋지 않으면서 웬 술은 그렇게 드세요. 어제도 많이 드셨다면서." 종업원이 방문을 닫으려 하자 그녀는, 저는 우동으로 주세요 했다.

윤기는 군에 입대하기 전 대학 이 학년 때 비형 간염을 앓은 적이 있었다. 일 개월 통원 치료를 했고 한창 마시던 술을 육 개월이나 끊었다.

"아무래도 경찰서나 군기관에 신고해야겠기에, 마을 지서보다 여기 경찰서에 신고하는 게 나을 것 같애. 정호하고 같이 가려 불러냈어."

"내용은 읽어 보셨나요?"

"처음 서너 쪽만 읽었지. 장본인이 육이오 때 월북한 좌익이야."

공책 뒤 사진을 보는 문미를 보며 윤기는 담배를 꺼내 입에 물었다. 방은 연탄 온돌이었으나 코트를 벗을 만큼 따뜻하지 않았다. "어쨌든 내용이나 다 읽어보고 넘겨줬으면 싶은데 시간이 없을 것 같군. 오늘 안으로 접수시켜야 하니깐."

"현실적으로 실감이 안 닿네요." 문미가 신기하다는 듯 공책을 만졌다. "비망록 읽을 때 느낌이 어땠어요?"

"가슴이 두근거렸구, 그만큼 호기심두 동했지."

"정치얘기나 기밀될 만한 내용은 없구요?"

"모르겠어. 다 읽지 않았으니깐. 서두는 개인신상 기록이야. 뭐랄까, 솔직한 자기 고백이라 절실한 데가 있더군. 완독해 버리고 싶었지만 약속시간에 너무 늦을 것 같애서……."

"어쩜 요즘 쓰는 시에 도움이 되겠네요."

"글쎄. 그 점보다 우리는 이산가족 제2 세대가 아닌가. 그런 뜻에서 착잡한 느낌이 들더군. 아버지는 월북한 사람이 남한 처자식에게 보내는 편지로 알곤 북한 가족 생각에 눈물을 비추셨지만 말야."

"저도 지금 그 생각했어요. 돌아가신 아버지 말이에요. 어릴 때 저를 앞에 앉히구 고향 함흥 얘기를 자주 들려줬어요. 고향 가족에게, 너들 낳구 내가 이렇게 살고 있다는 안부를 전할 길 없을까 하는 말씀두 하시면서."

"가족이 서로 떨어져 살며 삼십 년이 넘도록 소식조차 알 수 없다니……, 세계사에 유래가 없는 비극이지."

음식을 나르는 종업원과 정호가 거의 동시에 나타났다. 그 동안 문미는 박씨 비망록 첫 쪽을 읽고 다음 쪽 몇 줄을 읽다, 발자국 소리에 공책을 음식상 아래에 놓았다. 그녀는 낮게 한숨을 쉬었다.

"안녕하세요."

문미가 방으로 들어서는 정호에게 목례를 했다.

"엇쭈. 중국집 골방에 청춘 남녀가 마주 앉았다? 울리 샬람 장샤 모해, 짜장민 뚜 끄륵 시끼 놓고 한 시깐도 쪼아, 두 시깐도 쪼아. 이거 애들 말로 사건인데, 사건."

정호가 방으로 들어오며 싱겁을 떨었다. 그는 내피든 버버리코트를 벗어 말코지에 걸곤 방문 앞에 앉았다. 밤색 양복에 흰 와이셔츠와 자주색 넥타이가 잘 어울렸다. 외모만으로 그는 정치성 강한 서클에 곁다리꼈던 과거 전력이 거짓말 같았고, 아직 시인의 꿈을 키우며 열심히 시를 쓴다는 사실이 어울리지 않았다.

"점심 먹었니?" 윤기가 물었다.

"지금이 몇 신데 아직 점심타령인가. 벌써 세 시가 지났어. 그 동안 끼니도 제때 못 찾아 먹고 뭘 했어. 극장에 앉아 더듬다 오는 길인가?"

"그럴 일이 있어서 그래."

"미스 정, 둘이 마주 보고 앉은 폼이 맞선 보는 것 같은데요. 몸 꼬고 앉아 있기 거북하니 양념이나 쳐달라구 저를 불러냈군요."

"맞선 장소치곤 초라하다는 말씀이군요."

문미가 미소 띠었다. 윤기가 박씨 비망록을 넘겨준 뒤가 아니라 정호가 나타나고부터 문미 얼굴에 우울이 그쳤다. 그녀는 제삼자 앞에서는 짐짓 밝은 표정을 짓곤 했다.

"장소두 장소 나름이지. 이거 안 할 소린지 모르지만, 저 음흉한 친구가 맞선 장소에서 바로 패널티킥을 차겠다는 속셈이 엿보여서."

"신소리 치우구 넌 술이나 들어. 우린 허기부터 꺼야 하니깐. 난 사실 아침두 못 먹구 말만 서너 되쯤 퍼마셨을 거야."

윤기가 정호 앞에 놓인 잔에 술을 따랐다.

"아직 근무 중인데 대낮부터 독주를 퍼먹이려 그래. 비몽사몽 간에 도장 함부로 찍게 하고선 누굴 배임 혐의로 몰 셈인가."

"두어 잔만 마셔. 나머지는 내가 해장할 테니."

"참, 어젯밤에 광훈이하고 태호가 너네 집까지 쳐들어갔더라며? 왜들 그렇게 철이 안 드는지 몰라. 시절이 어느 땐데 아직 소싯적 낭만에 젖어 사는지. 서른 살이면 어디 나이나 적나."

"마누라 없으니 눈치 볼 게 뭐 있겠냐. 그들에 비하면 너두 나름대로 속물이 돼 버렸어."

"요즘 세상에 속물 아닌 국산 어딨냐. 두 놈이 새벽같이 약국문을 두드리더니, 드링크에 알약을 제멋대로 한 주먹씩 털어넣곤 삼새기탕으로 해장한다며 또 어디로 꺼지더구먼."

"그럼 실례하겠어요." 문미가 나무젓가락을 들며 정호에게 말했다.

"민방위날도 아닌데 호들갑스레 불러낸 이유가 뭐야? 예식장 잡아 달라는 거냐. 아님 그 신물 나게 치르는 결혼식 사회를 너까지 부탁하려는 거냐?"

"시경에 같이 가줬으면 싶어서 그래."

"왜, 무슨 일로?"

"그럴 일이 생겼어."

"이거 몇 년 만에 그 으시시한 데로 하필 나하구 동행하자는 거냐?"

"전과가 있다 보니 너를 선택한 것 아닌가."

"대관절 무슨 일인데?"

"아는 사람 있어?"

"대출관계로 더러."

"정보과에는?"

"전혀."

정호가 소주잔을 단숨에 비워내고 잡채 한 젓가락을 퍼먹었다.

"정 양, 그 공책 이리 줘." 윤기가 문미에게 말했다.

"그게 뭔데?"

"아버지가 바다에서 건졌어."

윤기는 문미가 건네주는 박씨 비망록을 정호에게 넘겨주었다.

"우리가 먹을 동안 내용이나 대충 훑어봐. 너한테두 제법 관심거리가 될 걸."

윤기는 간짜장에 고춧가루를 듬뿍 쳤다. 장난기 서렸던 정호의 얼굴이 비망록 첫 쪽을 읽어갈 동안 차츰 심각해졌다.

"어때, 서울에서 서클 활동하던 시절이 생각나지?" 윤기가 물었으나 정호는 대답이 없었다.

건어물 도매상으로 살기가 엔간했던 정호 부친은 그를 서울에 있는 대학에 유학을 보냈다. 상과대학에 입학했던 팔 년 전, 정호는 '향토 방언 연구회'란 서클에 가입했다. 동해안 어민의 어부요漁夫謠를 들으면 그 구성진 가락에 녹아 있는 토속어가 그의 시어가 되던 때라, 그는 문학서클보다 방언 연구회에 마음이 끌렸던 것이다. 그러나 그 서클은 학교 당국의 까다로운 서클 등록 요건을 피하려는 눈가림으로 붙여진 이름이지 내용은 한국 통일 문제 전반을, 특히 민족주의적 관점에서 분단 상황을 점검하는 정치성 강한 서클이었다. 당시는 유신 체제 아래 서슬 푸른 긴급조치법이 발동되던 때라 가입 회원들에게는 가명이 붙여져 모임에선 가명을 썼다. 지방 방언조사차 오지를 찾아 현장으로 나가면 방언 조사도 했지만, 저녁 시간에는 텐트에서 정해진 주제 발표자 보고를 듣고 토론 시간을 가졌다. 대여섯 차례 그런 모임 동안, '광복 직후 여운형과 건국 동맹' '한국 분단의 고착화와 일본에 대한 정책' '김구 사상과 남북 협상' 등을 주제로 토론회를 가지기도 했다. 정호는 전공 공부는 뒷전이고 사회과학 서적을 열심히 탐독했고, 그의 시에도 현실과 역사의식이 문맥 속에 노정되기 시작했다. 정호가 이 학년에 올라갔을 때, 평소 노동운동에 관심을 갖던 선배가 구로공

단 어느 섬유 회사 노동쟁의에 배후인물로 지목되어 긴급조치법에 저촉되었고, 그 결과 서클 성격이 외부에 드러났다. 서클 회원은 관할 경찰서로 연행되어 조사를 받았으나 외부 세력과 접선한 물증이 없어 순수 연구 서클로 판명이 났으므로 모두 쉽게 풀려날 수 있었다. 학교 당국은 불법 단체 조직 및 회합이 교칙에 위반되었다 하여 회원 열둘 전원에게 정학 처분을 내렸다. 정호도 사십 일 정학을 당해 유급이 불가피한 형편이었지만 숫제 등록을 포기하고 낙향하더니, 군에 입대할 동안 직설적인 현실 고발을 시 습작에 담았다. 술만 퍼마시며 자학으로 칠 개월을 보낼 때 결성된 동인이 '맥'이었다. 당시 윤기는 정호보다 한 학년 아래라 강릉 관동대학 영문학과 일 학년이었다. 정호는 군에 입대하고부터 윤기한테 보낸 편지에 새로 쓴 시를 소개하곤 했는데, 그의 시가 예전의 서정성을 차츰 회복하고 있었다. 그는 정치·경제·사회의 전 분야를 불평등 개념으로 파악하는 참여론적 관심으로부터 멀어지기 시작했다. 정호는 제대를 하자, 상업고등학교를 나온 자격만으로 은행 입사 시험에 합격되었다. 역시 그는 성격적으로 투사형이 아니었고 낙천적 기질을 사회생활에 잘 조화시켰다. 정호는 삼 년째 무슨 고집처럼 '관동 사설關東辭說'의 연작시만 삼십여 편 써오는 참인데, 그의 시 속에는 관동 지방 방언과 습속이 잘 살아 있었다.

정호가 박씨 비망록 서두를 읽곤, 뒷장을 대충 훑어보았다.
"이걸 경찰서에 습득 신고하겠다는 거지?"
"비망록이 안보상 특별한 내용을 담지 않았으나, 신고하는 게 의무 아니겠어. 어차피 포장을 뜯어놨으니 내용이 공개된 이상 나두 일차 완독하구 넘겨줬으면 싶은데……." 식사를 마친 윤기가 정호의 의견을 물었다.
"비망록을 아버지가 언제 건졌어? 네 손에는 언제 넘어오고?"
"아침에. 퇴근해서 집에 가서야 처음 봤어."
비망록 뒤쪽 박씨 가족사진에 눈을 주며 생각에 잠겼던 정호가, 제록스해서 사본 한 벌을 만들어두고 경찰서에 넘기면 어떨까고 제안했다.
"복사해서 어디다 쓰게. 친구끼리 돌려가며 읽다 경칠 일 만나게?"
"우리 동인지에, 남북 분단 삼십 몇 년 만에 최초로 입수된 어느 월북자의 참회록이라 공개해 버리지 뭘."

"너 바른 정신으로 하는 소린가?"

 "그건 농담이구……." 정호가 굳은 표정을 풀며 웃었다. "대충 보니 박중렬이란 사람의 기구한 반생기 같은데, 반공 교재가 따로 있나, 이런 게 진짜 반공 교재감이잖아. 이거 한 벌 복사한다 해서 누가 뭐라겠어."

 정호가 다니는 은행에는 재작년에 구입한 신도리코 복사기가 있었다. 근간에 발행한 '맥' 동인지는 청타淸打로 한 벌만 깨끗이 만들고 나머지는 정호 은행 복사기를 이용하여 백오십 부 정도 복사를 해냈다. 백 부는 속초 인근 지방 서점과 동인들이 소화하고, 나머지는 중앙 문단의 알 만한 시인과 비평가에게 증정본으로 우송했다.

 "그렇게 간단히 생각할 일이 아닌 것 같은데……."

 윤기가 의견을 묻듯 문미를 건너다보았다. 식사를 마치고 손수건으로 입술을 닦던 문미는 이렇다 할 반응이 없었다.

 "넌 뒤가 꺼림칙한 모양인데, 복사한다구 표가 나는 건 아니니깐. 복사 건은 우리 세 사람만 비밀에 붙이면 되잖아."

 "틀린 말은 아닌데……."

 윤기는 복사를 할까 어쩔까에 신중하지 않을 수 없었다. 정호가 제록스 이야기를 꺼냈을 때, 그는 집에서 비망록 첫 쪽을 펼쳤던 느낌처럼 가슴이 다시 뛰기 시작했다. 국가보안법·반공법 따위의, 듣기에 따라 강력한 법률 용어가 그의 심장으로 돌진해 오는 느낌이었다.

 "만약 이 비망록이 미국에서 네 손에 있다구 가정해 봐. 넌 벼락부자가 될 거야. 뉴욕타임스 지나 워싱턴포스트 지에 귀띔이라두 한다면 이걸 먼저 입수해 전재하려 고가로 협상을 제의해올걸."

 "여긴 미국이 아니잖아. 현실을 똑바로 인식해야지. 그래, 좋다. 복사를 한다구 치자. 그 사본으로 뭘 어쩌겠다는 거냐. 내용을 통째 외워두기라두 하겠다는 투로군."

 "넌 어찌 그래 소심하냐. 시인이라면 호왈 시대의 예언자란 말두 있잖나. 도대체 생의 모험 없이 어떻게 좋은 시를 쓰겠다는 거냐. 스스로 미지의 불가사의한 세계를 찾아나서기두 하는 판에, 굴러들어온 어떤 모험주의자의 고백록을 자취두 남기지 않구 관에 이관해 버리겠다니."

"지식인이란 대체로 변설은 그럴듯하지만 언행일치가 돼야지."

"이 비망록으로 말하자면 신안 해저 유물같이 환금성은 없을지 모르지만, 한 시대가 지나면 골동적 가치는 있을 거야. 너나 내한테는 시가 시시하다구 생각될 때, 이거라두 되풀이 읽으면 분단시대를 산다는 의미와 시를 써야 한다는 자각쯤 심을 수 있겠구. 너 우리 집에 있는 백오십오 밀리 고사포 탄피 봤지? 거기에 들국화 몇 송이를 꽂아 놓자, 네가 뭐랬니. 청춘을 속절없이 앗아간 어느 산자락의 육이오가 정서로 피어났다구 읊조리지 않았나. 이 비망록은 그 탄피보다 호소력이 직접적이야. 인간의 숨결이 흐르고 있으니깐."

정호는 금화에서 군대생활을 할 때, 육이오 유물인 녹슨 고사포 탄피를 복무 기념으로 집에 가져왔다. 탄피 녹을 제거했더니 누른 구리색으로 윤기가 났다. 그는 그 탄피를 책상에 놓고 꽃병으로 사용하고 있었다.

윤기와 정호가 박씨 비망록 복사 문제를 두고 설왕설래하자, 그때까지 잠자코 있던 문미가 화제에 끼어들었다.

"그 비망록을 경찰서에 신고한다면, 거기서 그이 가족을 찾아 그 비망록 내용을 알려 줄까요?"

"그거야 모를 일이지."

윤기가 술잔을 비워내며 머리를 갸우뚱했다. 목구멍을 쏘고 내려가는 화끈한 내음이 역하여 구역질이 받쳐 올랐다. 그는 엽차로 입안을 헹궜다.

"남한에 있는 가족이 박씨 소식을 듣는다면, 설령 그분이 요양소에서 돌아가셨더래두 이제 안심하구 제사는 모실 수 있을 텐데요." 문미가 말했다.

"모르긴 해두 자기 죽은 날까지 기록하지는 못했을걸"하며, 윤기는 아버지를 생각했다. 구순을 훨씬 넘겼으니 이북에서도 돌아가셨을 할아버지지만, 아버지는 당신 부친 별세 소식을 모르다 보니, 제사상 한 번 떳떳이 못 차려 드리고 내가 죽게 되었다고 자주 한숨을 내쉬었다. 기제사는 못 지낼 망정 다른 명절 때보다 추석날 아침이면 젯상 앞에 앉은 제주로서의 태도가 성심에 넘쳐, 윤기는 어릴 적부터 추석 아침 아버지 모습에서 학교 선생보다 더 근엄한 또 다른 당신의 면모를 보곤 했다. 밤을 쳐놓은 솜씨나 마른 오징어로 봉황 꼬리를 오려놓은 솜씨 또한 어느 젯상에서도 쉬 볼 수 없는 정성이었다.

"어떡할래? 어차피 오늘 신고하자면 돌려 읽을 시간두 없어. 다섯 시에 상기와 광훈이 만나기로 했으니깐. 내 후딱 들어가 한 벌만 제록스를 해서 나오지. 그러구 경찰서로 같이 가."

정호가 공책을 들고 일어섰다.

윤기가 제지할 틈 없이 정호는 공책을 코트 주머니에 꽂곤 서둘러 방을 나섰다. 께름칙한 느낌도 들었으나 윤기는 반대 의견을 찾아내지 못했다. 문미 역시 정호를 지켜볼 뿐 말이 없었다. 기밀 내용이 아닌 이상 별 문제는 없을 듯했고, 분단 문제를 시로 소화하자면 정호 말같이 자료로써 박씨 비망록 사본쯤은 갖고 있음도 괜찮을 듯싶었다.

둘만 남게 되자 윤기와 문미는 말을 잃었다. 윤기는 묵묵히 술잔만 기울였다. 첫 잔은 구역질이 치받쳤으나 두 잔째부터 별 탈 없이 술이 잘 넘어갔고, 쓰리던 위장이 얼얼하게 풀렸다. 박씨 비망록만 아니라면 강릉은 못 되더라도 주문진까지 버스로 내려가기로, 그는 며칠 동안 그 상상을 즐겼다. 속초만 떠나면 바닷가 방갈로나 여관방에 들 수 있었다.

속초만은 어떤 일이 있어도 여관 따위에 들 수 없다는 문미 고집이 엔간하여 그는 번번이 실패했다. 남녀의 만남이란 사랑 행위 이외에는 할 짓이 없는지, 그는 문미와 둘만 있을 때면 늘 그 생각으로 머릿속이 가득 찼다. 정호가 올 때까지 무료한 시간을 술로 죽여낼 수밖에 없다고 윤기가 건짜증을 내고 있을 때, 문미가 뜻밖의 말을 꺼냈다.

"오빠가 또 집을 나갔어요."

"언제?"

윤기는 술잔을 들다 말고 문미를 보았다. 버스에서 만난 휴가병 이야기가 생각났다.

"그저께요."

"세 번짼가?"

문미를 사귄 이후만도 병섭 형 가출 말을 듣기가 그쯤 된다 싶었다.

"셀 수 없어요. 열다섯 살부터였으니. 집에 있기보다 나가 있을 때가 더 많았으니깐요."

문미가 얼굴을 들었다. 그녀의 눈동자가 물기로 가득했다. 문미의 갑작스런 변화에 윤기는 무슨 말을 해야 할지 몰랐다. 지각은 했지만 다방에 들어갔을 때 문미의 시들해 있던 표정과 서둘러 돌아가려던 이유에 수긍이 갔다.
"알 만한 데 수소문해 봤어?"
"가출했을 적마다 우리 식구가 오빠를 찾아낸 적은 한 번두 없었어요. 날짜가 지나면 스스로 들어왔지요. 어머닌 어제 가게 문 닫구 장사까지 쉬셨어요."
문미네 집은 청호동 해수욕장 입구에 있었다. 식당과 주거를 겸한 집이었다. 윤기는 병섭 형을 여러 차례 만났고, 지난달에는 해수욕장 포장집에서 술을 함께 마시기도 했다. 병섭 형은 왜 결혼 안 하십니까 하고 윤기가 물었다. 병기가 있어 보이는 핼쑥한 얼굴의 병섭 형은 예의 묘한, 어찌 보면 비웃음만 흘릴 뿐 대답이 없었다. 병섭은 말이 없었다. 문미 아버지가 살았을 적 문미와 문호가 학교에서 시험 답안지나 성적표를 받아 오면 만점을 받았더라도 문미 아버지는 집안에서 그 자랑을 금했다. 병섭은 늘 백지 답안지를 들고 왔던 것이다. 문미 아버지가 죽었을 때 유일하게 울지 않은 자는 식구 중 병섭이었다. 문미 아버지가 의붓아버지로서 병섭을 냉대하지 않았으나 그는 늘 의붓아버지를 못마땅해 하여 동네 아이들에게, 문호 아버지는 다리병신이라고 철없이 지껄이곤 했다. 병섭은 또래 집단 학습을 따라가지 못해 두 차례나 유급하다 결국 지진아로 판명되어 중학교에 들어가지 못했다. 국민학교를 졸업할 때까지 구구셈을 외지 못했고 한글 읽기도 서툴렀다. 쓰기에는 자기 이름과 간단한 단어 정도가 고작이었다. 느낀 바 표현 또한 어눌하여 짧은 의사소통밖에 하지 못했다. 병섭은 중학교에 들어가지 못하자, 어머니를 도와 식당 청소나 손님 심부름일을 더 즐거워했다. 그의 첫 가출은 열다섯 살 때로 그 행선지가 전사한 친아버지 고향인 월정사 아랫마을 구곡리였다. 어떻게 거기로 찾아갈 궁리를 냈고, 찾아갔는지 모르지만 그는 그곳에서 그때까지 생존해 있던 친할머니를 만났고 나흘 뒤 삼촌을 따라 속초 집으로 돌아왔다. 그 뒤부터 그는 서른 살이 넘을 동안 식당 주변을 싸돌다 홀연히 집을 떠나곤 했다. 생겨나

자마자 몇 차례 죽을 고비를 넘겨 머리통이 제대로 여물지 못한데다, 식당 일에 바빠 자상한 에미 노릇을 못해 줘 애가 저 꼴이 되었다며 문미 어머니는 자주 한탄하곤 했다. 식당 금고나 장롱을 뒤져 돈을 챙겨 집을 떠나는 병섭은 성품이 온순했다. 빠르면 한두 달, 늦으면 서너 달 뒤 버쩍 마른 몸에 어깨를 늘어뜨려 집으로 돌아올 때 그의 꼴은 거지였다. 그 동안 어디로 돌아다녔는지 그가 함구했기에 식구도 알 수 없는 일이었다.

"전 그만 가볼래요."

문미가 스카프를 머리에 둘렀다.

"어디로, 집?"

"유치원으로 가야 해요. 크리스마스이브에 원아들 재롱잔치가 있어 바빠요. 유치원으로서는 크리스마스이브가 제일 큰 행사거든요. 무대 장치와 소품도 만들어야 하구, 저녁엔 연극 지도를 해야 해요."

"그럼 나중에 바다식당으로 못 나온다는 건가?"

"어렵겠어요. 오늘두 겨우 짬을 낸걸요." 문미가 손가방을 들고 있어섰다. "그렇잖아두 만나 뵙구 곧 들어가려던 참이었어요."

"그럼 저녁 때 내가 유치원이나 집으로 전화를 걸지."

윤기도 자리에서 일어섰다. 문미가 가버리고, 한참 뒤에야 정호가 돌아왔다.

"미스 정은 보냈군?"

"유치원 크리스마스 행사로 바쁘대."

"복사본은 내 책상서랍에 넣구 열쇠로 단단히 채워뒀어."

정호가 비망록을 윤기에게 돌려주었다.

"너 정말 한 벌만 복사했니?"

"그건 왜 물어?"

"남발하면 큰일이야."

"한 벌했든 두 벌했든 지금 그걸 따질 땐가. 설령 한 벌했더래두 내일 아침 그 사본으로 내가 복사를 또 할 수 있는데."

둘은 소주 한 잔씩을 마시곤 음식점을 나섰다. 경찰서까지 오백 미터 남짓한 거리라 둘은 걷기로 했다. 몇 발을 못 가 빈 택시가 오자, 정호가 차

환멸(幻滅)을 찾아서 | 301

를 세웠다.

"시경으로 갑시다." 먼저 탄 정호가 기사에게 말했다. 차가 움직이자, 그가 윤기에게 농을 했다. "너 그것 신고하면 반공정신 투철하다구 표창 받겠어."

윤기는 웃고 말았다. 차창 밖은 세찬 바람이 흙먼지를 몰아갔다. 가로 간판이 바람에 덜렁댔고, 어깨 움츠린 행인들 걸음이 바빴다. 겨울해가 짧았으나 어두워지기에는 아직 이른 시간인데 바깥 풍경이 침침해지고 있었다. 그는 아무래도 정호를 불러내길 잘했다고 생각했다. 아무런 잘못이 없었으나 경찰서 출입에는 친구라도 옆에 있는 게 한결 마음 든든하게 여겨졌다.

시경 정문 입초 선 전경대원에게 정호가 경무과 계장 이름을 대며 급한 용무로 왔다고 말했다. 전경대원은 둘을 경비실로 보냈고, 거기에서 정호가 구내전화로 계장과 통화를 했다. 계장이 마침 자리에 있어 둘은 서 본관 건물로 들어갔다. 정호가 계장에게, 박씨 비망록을 바다에서 건진 경위를 대충 설명했다.

"정 대리 친구가 신기한 걸 줏었구먼." 계장이 공책을 받으며 말했다.

"내용은 별 것 없었지만, 그래도 신고를 해야겠기에 친구가 가져 왔죠."

계장은 둘을 정보과 3계로 인계했다. 담당 계장은 퇴근해 버렸고, 젊은 형사가 둘을 맞았다. 그는 한가하게 신문을 읽고 있었다.

"한 형사, 두 분이 북괴에서 바다에 띄워 보낸 공책을 건졌다누만. 얘기나 한번 들어봐." 계장이 형사에게 말했다.

"북괴에서 보낸 공책이라니요? 그럼 선전 삐랍니까?"

형사가 느슨한 자세를 바로하여 정호와 윤기를 보았다.

"그게 아니고, 육이오 때 월북했던 자가 죽음을 앞두고 남한 옛 가족에게 보낸 편지 같은 겁니다." 윤기가 말했다.

"앉읍시다."

형사가 옆자리 빈 의자를 권했다. 윤기와 정호가 형사 앞자리에 빈 의자를 당겨 앉았다. 윤기는 비망록을 형사에게 넘겨준 뒤, 어부인 아버지가 공책을 바다에서 건진 경위를 말했다.

"가만있어요. 경위서를 만들어야겠소."

윤기는 아버지 본적·현주소·생년월일까지 말했으나, 주민등록번호는 알 수 없었다.

"아무래도 부친께서 한 번 출두해야겠군요."

형사가 볼펜을 놓고, 박씨 비망록을 펼쳤다.

"지서에 신고하려다 여기 정보과에 직접 신고하는 게 나을 것 같아, 제가 속초에 볼 일이 있고 해서 나왔습니다."

"형씨 직업이 뭡니까?"

"중학교 선생입니다."

"내용을 읽어봤나요?"

"아니요. 그럴 시간도 없었고……. 서너 쪽만 읽어봤지요."

"중요한 기밀은 없었고요?"

"제가 보기엔."

"토요일이라 한 잔들 했군요. 술내가 나는 걸 보니." 신고가 늦었다는 뜻인지 형사가 말했다.

"친구와 같이 오려, 만난 김에……."

한 형사가 윤기와 정호를 앞혀두고 비망록 첫 장을 읽기 시작했다. 윤기는 무료했으나 참고 기다릴 수밖에 없었다.

"이것도 두고 가야 되겠지요?" 윤기가 가방에서 스티로폼과 물기 듣는 포장지를 꺼냈다.

"그건 뭐요?"

"공책을 쌌던 겁니다."

"두고 가십시오."

"그럼 가도 될까요?"

"잠시 기다려요."

형사는 박씨 비망록 시월 이십오 일자 기록을 다 읽자, 공책을 들고 자리를 떴다. 윤기와 정호가 십 분을 넘게 기다려서야 형사가 비망록을 어디에 맡겼는지 빈손으로 돌아왔다. 그는 의자에 앉더니 윤기에게 질문을 해가며 보고서 뒷부분을 작성했다. 경위서는 그럭저럭 앞 뒤로 석 장을 채워서야 끝났다.
 '이 진술은 사실과 상위 없음'으로 형사는 쓰기를 마치자, 인주를 내밀었다. 윤기가 서명을 하고 손도장을 찍었다. 각 장이 다음 장과 연결되는 부분에도 손도장을 눌렀다.
 "월요일 아침 열 시까지 부친과 함께 한 번 더 서로 나와 주십시오."
 한 형사가 의자에서 일어섰다.
 "전 수업이 있어 안되겠습니다. 달리 제가 더 드릴 말두 없구요." 윤기도 의자에서 일어났다. 더 물을 게 있다면 자기네가 방문하면 될 일을 생업에 바쁜 사람을 두 차례나 불러낸다는 게 그는 쉬 납득되지 않았다. 물론 인력이 모자라는 탓도 있겠지만 관이 민 위에 군림하는 태도에는 조건반사로 불쾌감부터 앞섰다.
 "그래요?" 희떱다는 투로 형사가 윤기를 보았다. "그럼 부친이라도 보내 주십시오."
 "아버님 연세가 내일모레면 칠순입니다. 차를 타시면 멀미를 하시구 해서 여기까지 나오시기 힘들어요."
 "그럼 협조 못하시겠다는 겁니까? 바다 낚시를 할 수 있다면 아직 건강엔 이상이 없을 텐데요."
 그 말에 윤기는 달리 대꾸할 말이 없었다.
 "물론 귀찮기야 하겠지만 오늘의 우리 최대 과제가 안보에 있잖습니까. 그러니 국민이 협조하셔야지요. 공책을 건진 해상 위치도 정확하게 알아야 하고, 또 부친 진술두 필요하니깐, 내일 보내 주십시오."
 윤기와 정호가 경찰서를 나선 시간은 다섯 시가 가까웠다. 정호가 상구와 만나기로 약속한 바다식당은 횟골목에 있었다. 바다식당은 '맥' 동인이 만나는 장소로, 따로 약속이 없어도 그곳에 가면 동인 중에 한둘쯤, 아니면 얼굴 익은 문학 지망생이나 시내 미술 선생 한둘은 만날 수 있었다. 사십 대의 수더분한 여주인은 장사꾼 티를 내지 않았고 소주 서너 잔쯤 마셨다 하면 오십 년대 대중가요를 구성지게 잘 뽑는 아낙네였다. 횟골목은 경찰서에서 그리 멀지 않은 거리여서 둘은 가로를 걸었다.
 "날씨 한번 대단한걸." 어깨를 움츠린 윤기가 말했다.

"도둑이 제 발 저린다더니, 복사는 내가 했는데 떨긴 네가 떨구나."
"떨 것까진 없지만 기분이 찜찜하군."
"경찰서나 법원은 좋은 일로도 출입을 삼간다잖아."
"허긴 그래."
"야 이거, 불알까지 얼겠군. 빨리 가자."

코트 주머니에 손을 찌른 정호가 걸음을 재촉했다. 둘이 바다식당에 도착하니 상구와 광훈이 창가 쪽에 자리잡고 벌써부터 소주잔을 기울이고 있었다. 홀은 형광등이 밝았다.

"출근들 하셨구먼요."

카운터에 앉아 주방 선반에 얹힌 텔레비전을 보던 주인아주머니가 알은체했다.

"쟤들 앞에 비망록 애긴 꺼내지마. 애기가 길어질 테니깐." 윤기가 후끈한 연탄난로 옆에 붙어서며 정호에게 말했다.

"아무렴. 잡음이 없을 때까지." 정호가 난롯불에 손을 쬐며 술판 벌이는 친구 쪽에 눈을 주었다. "해도 빠지지 않았는데 엔간히들 퍼마셔. 광훈이 넌 어제 술이 아직 깨지두 않았을 텐데?"

"시간 약속은 제법 지키누만. 윤기 넌 왜 문미 안 달구 왔냐?" 한참 토론을 벌이던 상구가 말했다.

"오늘은 딱지 맞았어."

"그런 젓가락 몸두 멘스하냐?"

"새끼, 입에 부스름 나겠다. 불편하면 마누랄 얻어. 아래 위루 헛거품 게우지 말구." 정호가 말을 받았다.

엔간히 몸을 녹이자 윤기와 정호는 먼저 온 친구들과 합석했다. 창 밖 바다는 어둠이 자욱하게 깔려오고 있었다. 파도가 집채만큼 물결을 뒤집으며 밀려와 방파제를 치는 소리가 홀 안까지 들려왔다. 윤기는 문미에게 전화를 걸까 하다 그만두기로 했다. 불러내도 나올 것 같지 않았고, 병섭 형의 혼 나간 멍한 얼굴이 눈앞을 가렸다. 갑자기 일상日常이 기다림 없는 희망과 피곤의 되풀이란 생각이 들었다. 그는 또 술에 절은 채 냉동된 버스에 떨며 육십 리 밖 집으로 돌아갈 일이 아득하게 느껴졌다. 성난 바다는 잠자리에 들 때까지 줄곧 따라올 테고 불안한 잠 속에도 파도 소리는 멎지 않을 것이다.
"그렇게 쓰는 건 시인의 자유요 특권이지만, 그런 시를 좋은 시라는데 난 동의할 수 없어." 왜소한 광훈이 툭진 상구에게 열 올려 말했다.
"어느 시를 두고 또 입싸움질이냐. 수정 같은 감수성의 눈물을 읊은 병든 시인가, 아니면 노동자에게 쌀푸대 엥기겠다구 손가락 끝으로 유식 떤 민중시인가." 정호는 여자 종업원이 가져온 새 잔에 술을 따르며 토론에 끼어들었다.
"그저께 너하고두 얘기했잖나. '어떤 싸움의 기록' 말야." 광훈이 말했다.
"그 시가 어때서 그래?" 정호가 물었다.
"참신성 있고 현실 진단이 날카롭잖아. 고통을 미화하지 않고 진실을 그대로 뱉어내는 함축성도 좋구. 첫 시집에서 자기 목소리 들고 나온다는 게 어디 쉬워. 우리 체험론을 통해 보아도 말야." 상구 말에는 여유가 있었다.
"네가 해설을 쓰지 그래."
광훈이 봉투에서 시집 한 권을 꺼냈다. 화제가 되고 있는 젊은 시인의 시집이었다. 그는 시집 오십오 쪽을 펼치더니 문제의 시를 읽었다.

―그는 아버지의 다리를 잡고 개새끼 건방진 자식 하며 비틀거리더니 아버지의 셔츠를 찢어발기고 아버지는 주먹을 휘둘러 그의 얼굴을 내리쳤지만 나는 보고만 있었다. 그는 또 눈알을 부라리며 이 씨발놈아 비겁한 놈아 하며 아버지의 팔을 꺾었고, 아버지는 겨우 그의 모가지를 문밖으로 밀쳐냈다. 나는 보고만 있었다…….

"이래서야 시의 미래가 어떻게 되겠어. 설 자리가 없잖아. 비시어를 남발하면 장땡이냐. 그렇다구 내가 뭐 서정성이나 정통성만 따지자는 게 아냐. 시가 이쯤 되면 갈 데까지 가버린 게야." 광훈이 낭독을 멈추고 말했다.
"진보란 말을 예술에서두 사용할 수 있다면, 자유로운 상상력과 독자적인 개성에 있지 않겠어? 모든 시가 일정한 기본 틀에 매여야 한다면 그건 벌써 권위나 제도에 묶여 버리는 결과지. 모든 예술은 형식 파괴랄까, 형식의 독창적인 해석을 통해 창조의 힘을 불어넣는 거야. 그런 의미에서 너는 너대루, 나는 나대루, 한 사물을 보는 관점과 연상 작용이 다 다른 법이야. 내가 그 시를 옹호하지만, 그 시 자체가 한국시의 침체를 뚫는 맥으로 보진 않아. 다만 시인의 개성적인 목소리가 타인에게 공감을 줄 수 있을 땐 이미 보편성을 획득했다구 봐야지. 그런 뜻에서 시인은 시대와 자연과 모든 인위적인 관계를 냉철히 파악해야 하고, 그 만남과 상호연계에 행복을 저해하는 모든 적과 싸워야 한다고 봐. 그러기 위해선 우선 자신의 삶조차 부정할 수 있는 결단력이 있어야 해." 상구가 비평서 한 구절이라도 읽듯 주절거렸다. 그는 소주잔을 비우곤 식은 삼세기 매운탕 국물을 숟가락으로 떠먹었다.

"그 시에서 폭행을 가하는 '그'와, 가정을 지키려는 '아버지'와, 방관자인 '나'를 분석해 봐야겠지. 이유가 제시되지 않는 싸움의 진행을 통해 시인이 암시하려는 세계는, 정의와 도덕과 윤리가 매장된 현실을 카오스로 보구, 폭력의 공포를 통해······."

정호가 붙이는 주석을 광훈이 꺾었다.

"다 좋다, 이거야. 해석은 자유니깐. 정신병자의 횡설수설에두 해석을 붙이자면 얼마든지 현실의 불가사의한 여러 요소를 끄집어 낼 수 있으니깐. 내가 단언컨대 그는 앞으로 그런 시를 계속 쓸 수 없을 거야. 한계가 보여."

"행갈이가 없다 이거냐, 아니면 개새끼니 씨팔놈이란 말이 거슬리냐?"

정호가 물었다.

윤기는 동인의 토론을 들으며 묵묵히 술잔만 비워냈다. 속초가 아닌 또 다른 어느 지방 술집에서도 시인 지망생들은 해결점 없는 말의 성찬을 벌이고 있을 것이다. 시는 어떤 효용성 때문에 역사 이래로 존재해 왔는가. 인류에 회자되는 좋은 시는 어떤 시인의 정신에서 섬광 같은 영감을 얻게 하고, 좋은 시는 어떤 과정을 거쳐 탄생되는가. 윤기가 이런 부질없는 질문을 엮자, 오 선생 전화 받으세요 하고 주인아주머니가 말했다.

"올해도 국수 한 그릇 못 먹구 넘기는군요."하며, 주인아주머니가 송수화기를 건네주었다.

"저예요. 경찰서는 다녀오셨죠?"
문미였다. 원아들의 와자지껄한 소음 때문에 그 목소리가 더 멀게 들렸다.
"아직 유치원에 있군."
"별일은 없었구요?"
"그냥 신고만 했지."
"여기 일이 끝나려면 아직 두 시간은 더 걸리겠네요. 아무래도 못 나갈 것 같애요. 어머니가 상심해 계셔서 집으로 들어가 봐야겠고……."
"그럼 이브날 저녁에 나올게."
"그날은 안되는 줄 아시면서. 여기에 행사가 있다구 했잖아요."
"끝나구 만나지 뭘."
"약속에 신경 쓰다보면 여기 일두 잘 안돼요. 그날은 절 그냥 두세요."
"이십오 일에 나올까. 대지다방이 싫다면 명전사 옆에 이층 다방 있지? 거기서 열두 시에 만나."
"이십오 일은 주일이에요. 청호동 교회로 나오세요. 예배두 같이 보면 좋잖아요."
"교회는 싫어. 그럼 점심 먹고 두 시쯤 만나."
"알았어요. 너무 취하지 마시구 조심해서 돌아가세요."
윤기가 자리로 돌아오니 화제는 이제 동인지 봄호 발간 건으로 옮아가 있었다. 작품 제출 마감은 겨울방학이 끝나는 일 월 말로 대충 결정을 보았고, 일 월 삼 일 저녁 신년하례를 겸해서 동인 총회를 갖기로 합의를 보았다.
윤기와 정호가 합석하고 소주 두 병, 가자미회 한 접시, 감자부침 안주도 바닥이 났을 때는 모두 얼얼하게 취해 있었다. 그중 광훈이 더 취해서 했던 말을 되풀이하는데도 그 발음이 또록하지 못했다. "여기는 어차피 긋구 맥주 입가심은 내가 사지." 정호가 의자에서 일어나며 말했다.
바다식당에서 동인이 어울려 마시는 술은 대부분 외상 장부에 마신 사람 이름과 금액을 기입해 놓았고, 월말이면 주인아주머니가 각자 앞으로 공평하게 분배하여 수금을 했다.
윤기가 오줌을 누러 먼저 식당에서 나오니 겨울비가 강풍에 찢기며 흩

날리고 있었다. 추운 날씨에 비까지 뿌려 횟골목은 통행인 없이 썰렁했다. 그는 옆집과 공용으로 쓰는 변소를 사용하지 않고 처마 밑에 서서 제방둑에 대고 오줌을 누었다. 한길에서 고함소리가 들렸다.

"씨팔, 촌구석에 처박혀 시 나부랭일 쓰면 뭘 해. 도대체 누가 알아줘. 촌놈들 어수룩한 동인지를 중앙지 월평에 누가 언급해 주는 것 봤냐. 끼리끼리 해처먹는 거지. 매일 모여 술이나 퍼지르며 중앙 문단 새끼들 뭐 같은 시나 흠모하는 우리 꼬락서니두 웃겨. 아니 울고 싶어. 죽어라 써봐야 아는 몇 놈끼리 돌려 읽구, 휴지가 되어 코나 풀구." 혀 꼬부라진 광훈의 목소리였다.

"자학 마. 어디 우리가 누구보고 잘 봐달라고 시 쓰냐. 문자로 어느 구석에 남겨 놓으면 오십 년이나 백년 후쯤 알아주는 후배두 생길 테지. 멀리 봐야지. 요즘 같은 지구촌에서 지방 서울이 어딨냐. 지난번에 동인지 서울로 우송했더니 광훈이 너 시 좋다는 서울 모 시인의 엽서두 있었잖아. 그러니 그냥 쓰는 거야. 자기와 싸우며. 안 그래 훈아?" 정호였다.

"윤기새끼, 어딨니?" 상구가 외쳤다.

"씨팔놈아, 실컷 갈겨. 뺄 것 못 빼면 오줌이라두 빼야지." 광훈이 변소 쪽을 향해 악을 썼다.

윤기는 어덜어덜 떨며 도무지 거리를 가늠할 수 없는 깜깜한 바다에 눈을 주었다. 아무리 깜깜하다지만 시야가 막막하게 트였다는 느낌은 늘 눈에 익은 타성일 뿐, 막막한 공간에는 파도 소리와 바람 소리만 차 있었다. 윤기는 찬비를 맞으며 성난 바다를 보고 있었다. 취기 탓인지 분명 빗물은 아닌데, 눈이 물기로 어렸다. 아버지와 누이, 문미와 병섭 형, 친구들, 그 얼굴들이 파도에 휩쓸려 부서졌다. 들끓는 이 바다의 어둠을 보고 있을 시간에 이백 킬로 북쪽 박씨도 병상에서 몸을 뒤척이며 이 동해 바다 파도 소리를 듣고 있을까. 아니, 그는 비망록에서만 살아 있지 이미 한 줌 재가 되어 바다에 뿌려졌을 것이다. 그 대신 저 남쪽 바닷가 영덕 땅에서 그의 가족 중 누군가 이 파도 소리에 잠 못 이뤄하며 서른한 해 전에 월북해 버린 한 얼굴을 생각하고 있을는지 몰랐다. 윤기가 날리는 머리칼을 쓸어 붙이자, 결코 잊을 수 없는 옛 기억 한 가닥이 불현듯 뇌리에 스쳤다.

윤기가 초등학교 사 학년 적 늦여름이었다. 아버지가 일 톤 급 자신의 조각배를 마련하기가 육 년 전이니, 그때만도 아버지는 남의 배를 탔다. 삼십 톤 급 오징어배를 타고 울릉도 쪽으로 출어하면 이틀이나 사흘 만에 귀향하곤 했다. 해안 경비대에 출어 신고를 마치고 세 척 오징어배가 떠났던 아침까지는 화창하던 날씨가 정오부터 구름이 모이더니 저녁에 이르자 강풍을 동반한 해일이 크게 일었다. 급작스런 기상의 변화에 태풍 경보가 내려지고 모든 배는 발이 묶였다. 출어한 배들도 무전 연락을 통해 급거 귀향명령이 떨어졌다. 세 척 오징어 배에 탑승한 어부는 오 영감을 포함해서 모두 스물한 명이었다. 라디오에 귀 기울이던 탑승원 가족이 저녁 무렵부터 하나둘 어판장 앞 선착장으로 모여들어 출항한 배가 돌아오기를 초조하게 기다렸다. 저녁 때부터 빗발이 듣기 시작하더니 소나기가 퍼부어 내렸다. 오 미터 넘는 파도가 방파제를 치며 허옇게 물보라를 일으켜 세웠다. 수십 명 가족이 선착장에 모여 눈에 잡히지도 않는 저 먼 난바다를 바라보며 발을 굴렸지만 떠난 배는 눈에 띄지 않았다. 윤기도 어머니와 함께 우산을 받쳐 쓰고 선착장에 쪼그리고 앉아 있었다. 저녁도 굶은 채였고 온 몸이 비에 젖어 살갗이 닭살이 되었다. 날이 어두워져 천지가 깜깜한 가운데 파도 소리만 드높았으나 가족은 선착장을 떠나지 않고 어둠 저쪽 불빛이 나타나기만 기다렸다. 조난당했음이 틀림없다고 한 아낙네가 말하자 그 말은 빠른 전파력으로 전염되어 가족 중에 훌쩍거리는 소리가 들렸다. 그때까지 아무 말 없이 칠흑의 바다만 뚫어지게 바라보던 윤기 어머니가 윤기에게 말했다. "배가 뒤집혔다면 네 아버지는 죽었을 거구, 용케 풍랑을 피했다면 울릉도쯤 갔겠지. 그도 저도 아니라면 파도에 쓸려 이북으로 넘어갔을지두 몰라."

"이북으로 가다니요?" 윤기가 놀라 물었다. "작년에도 이북에 끌려갔던 영광호 선원들이 석 달 반 만에 돌아오지 않았냐. 열하나 중 둘은 끝내 못 돌아오구 아홉만 말이다." "만약 아버지 탄 배가 그렇게 됐다면 아버지는 어떻게 되나요?" "글쎄, 내가 그걸 생각중이다. 만약 네 아버지 배가 이북으로 갔다면 아마 틀림없이……." 윤기 어머니가 말을 끊었다. "어머니, 왜 그러세요?" 갑자기 숨길이 거칠어지는 어머니에게 윤기가 물었다. "네 아버지는 절대 여기로 돌아오지 않을 거야." "돌아오지 않다니요. 우리 식구가 있는데두요?" "아니다. 그쪽에두 가족이 있기에 눌러 앉아 버리고 말 거야. 네 아버진 우리 가족보다 그쪽 가족이 더 소중할 테니깐." "설마 그럴 리야 있을라구요." "아니다. 내 말이 맞아. 작년에 영광호가 풍랑에 떠돌다 이북 경비정에 납치당했을 때 네 아버지 보구 내가 은근히 물어봤지. 당신이 만약 영광호를 탔다면 어쨌겠냐구, 하구 말이다. 그랬더니 처음엔 아무 말두 안 하더라. 똑떨어지게 대답을 해보라고 내가 다그치니깐, 그때서야 면회라두 시켜준다면 가족 형제들 얼굴 한 번 상면해 보구 돌아왔으면 좋겠구먼 하더구나. 처자식은 안 보구 싶구요, 하구 내가 또 물었지. 그러니깐 아무 말도 않구 그만 벽 쪽으로 슬그머니 돌아앉고 말더구먼." 윤기 어머니는 코를 훌쩍거리며 손으로 얼굴을 훔쳤다. 어머니가 떨고 있음을 그는 닿은 한 겹 옷을 통해 느낄 수 있었다. "내가 아무래두 네 아버지와는 명대로 살 팔자가 아니었나부다." 기어코 윤기 어머니는 속울음을 지웠다. 울릉도에서 조난을 피한 배 세 척은 나흘 뒤 오징어 조업까지 끝내고 잔잔한 수면을 가르며 무사히 귀향했다. 윤기 어머니의 기우는 기우로 끝난 셈이었다. 그 뒤로도 윤기 어머니는 남편에 대한 그런 기우를 씻지 못했다. 윤기 어머니는 남북통일이 될까봐 불안해했고, 남편이 배를 탈 때 그 배가 북한 경비정에 납치나 당하지 않을까 걱정했다. 어쩌면 윤기 어머니의 병도 그런 심적인 불안이 암이 되어 밑거름 구실을 했을는지도 몰랐다.

　사실 아버지 탄 배가 풍랑에 제 길을 잃고 이북 땅으로 흘러들어간다면, 어머니가 죽고 없는 이 마당에 아버지가 이남으로 돌아올는지 어떨지에 대해서 윤기로서도 딱 부러진 결론을 내릴 수 없었다. 아버지가 "나는 이북 공산당 치하에서느 절대 모살메. 꼭 내레올 테니까 쓸데 없느 걱정일랑 말아"하고 장담한다 하더라도, 막상 그런 상황에 처해보면 심경에 어떤 변화를 일으킬는지 알 수 없었다. 그만큼 아버지는 함남 홍원에 두고 온 가족 안부를 늘 궁금해했다. 그런 아버지만큼이나 박씨 역시 경북 영덕 거무역동에 살고 있다는 처자식이 못내 그리워 죽음을 앞두고 비망록을 쓰게 되었을 것이다. 또한, 홍원에 사는 아버지 가족이 이남에 있는 아버지를 애타게 그리는 만큼 거무역동 가족도 박씨 그분 소식에 애간장을 태우리란

데 생각이 미치자, 윤기는 바로 자신이 거무역동 박씨 가족에게 그 소식을 전해 주어야 하지 않을까 싶었다. 그 생각이 책임감으로 그의 마음을 무겁게 눌렀다. 물론 속초 경찰서에서 그곳 경찰서로 비망록 요지를 이첩하여 그쪽 가족에게 소식을 전해줄는지 어떨는지 모르나, 그런 사무적 처리를 관에서 할 일이라면, 자연인 입장에서 박씨가 비망록을 남긴 만큼 자기 또한 자연인 입장에서 그 가족의 응어리진 한에 결론을 내려 주어야 함을 한 시인의 자각으로 깨달았다. 만약 신이 존재한다면 그 일을 시키기 위하여 시인 아버지를 통해 그 비망록을 바다에서 건지게 하지 않았을까, 그래서 그 비망록이 자기 손에까지 넘어오는 결과를 빚지 않았을까 하고 추리하자, 윤기는 그 어떤 사명감에 한 차례 몸을 떨었다.

4

 겨울방학이 시작되자, 윤기는 자질구레한 학교 일의 잔무를 끝내면 연말을 기해 박씨 고향 거무역동을 다녀오기로 마음먹었다. 그래서 이십오 일 문미를 만난 날, 이십구 일 목요일에 영덕으로 연말 여행 삼아 함께 가자고 말했다. 유치원도 방학이 시작되어 원아들은 등교하지 않지만 교직원은 연말까지 출근해야 된다고 문미가 말했다. 문미와 헤어져 박씨 비망록 사본을 인계받을 겸 정호를 만나 윤기가 그 말을 꺼내자, 그는 기다렸다는 듯 선뜻 자기가 동행을 하겠다고 나섰다.
 "그런데 날짜를 좀 연기하는 게 어때? 나두 연말까진 밤샘도 불사해야 될 처지거든. 은행이란 데가 죽어날 때가 연말 아니니. 정초 연휴가 좋겠어. 새해 맞아 동해안을 따라 여행한다는 게 얼마나 신나냐. 한 해 설계두 세울 겸해서 말이다. 미스 정이 동행한다면 나두 집식구를 데리고 나서지." 정호 목소리가 쾌활했다.
 "주객이 전도됐잖아. 우리가 어디 온천장 놀러라두 가는 길인가."
 "온천장 소리 한 번 잘했다. 영덕이라면 유명한 백암온천이 부근에 있어. 유황질 온천으로는 전국에서 최고라잖아."

"정말 팔자 좋은 유람을 떠나겠다는 작태로군."

"새해 물맞이로는 거기가 왔다야. 나야 이미 씨를 받아 뒀지만 너두 거기서 씨받이나 하지 그래. 타이밍이야 너희들 사정이겠지만."

"넌 무슨 육담이 그렇게 드세냐."

"육담이라니, 내가 어디 틀린 말 하냐. 이것저것 현실적으루 계산하여 때를 맞추려면 흰 머리칼나구도 어디 장가가겠어? 만약 미스 정 배가 다달이 불러 온다구 쳐봐. 애 떼지 않는 다음에야 어쩔 수 없잖아. 냄비 하나 살 처지밖에 안되더라두 식부터 올리고 봐야지. 그러니 점잔 차릴 필요 없이 사건은 일단 저질러 놓고 봐야 해. 물론 예행연습이야 충분히 해뒀겠지만 말야. 속초까지 장거리 버스비 써가며 나와서 길거리서 만나구 헤어진 데두 그게 어디 공짠가. 판공비두 없는 선생 박봉에 그런 데 쓸 돈 있으면 길바닥에 뿌리지 말구 상호부금이나 한 구좌 들어 둬. 나두 데이튼가 뭔가 그것 안 하니 호주머니에 술값깨나 재이더구나. 마누라 집에 앉혀두니 누가 채갈까 다칠까 염려할 필요도 없구."

"말 같잖은 소리 주절대지 마. 어쨌든 난 그런 여행길은 찬성을 못해. 어차피 영덕까지 내려갈 바에야 한 가지 목적에만 집중해야지. 그러니 너와 길동무는 틀렸다. 목요일에 혼자 다녀오는 수밖에." 정호와 함께 가기로 마음 결정을 했으나 윤기가 퉁겼다.

윤기 말에 정호가 언뜻 짚이는 게 있었던지 꽤나 설득력 있는 이유를 제시하며 정초 방문을 고집했다.

"정초에 내려가는 게 타당해. 고집만 부릴 게 아니라 너두 돌대가리가 아닌 다음에야 생각 좀 해봐. 박씨가 오십일 년에 월북한 뒤 그 집안은 보나마나 풍비박산 되었을 텐데 가족이 아직까지 거무역동에 눌러 살고 있을 거란 보장은 없잖아. 오십 년 농지개혁으로 남한 지주층 대부분이 몰락의 길을 걸은 마당에 지금두 박씨 부인이 박씨 집안 종부로 농토를 건사하며 집안 두량하기는 절대 불가능해. 부인 역시 칠순이 내일 모레라 이미 타계했을지두 모르구. 육칠십 연대에 버스표나 기차표 끊을 줄 아는 촌사람은 너나없이 도회지루 몰려나오구 지금은 땅 파먹는 재주밖에 없는 순박한 농투성이나 시골을 지키는데, 그래도 있던 집안의 박씨 자식들이 농사 짓구 살 거란 보장은 없어. 농사두 짓던 사람이나 짓는 게야. 그러니 좌익 집안이라 냉대당하기 싫어 일찍 타지로 떴을 가능성이 많아. 그런데 정초라면 문벌 찾는 집안은 꼭 제사를 모시고 선영을 찾잖니. 그러니 어떻게 선영이나 다녀올까 하구 고향을 찾아 모여들 수 있잖아. 자식들 중 어느 하나라도……."

그렇게 돼서 윤기는 일 월 이 일 아침 일찍 정호와 함께 경북 영덕군 병곡면 거무역동으로 출발하기로 합의를 보았다.

어업에 종사하는 집은 대체로 물때를 음력에 맞추었으므로 차례 또한 음력설을 쇠기가 보통이었다. 윤기 집도 그러했기에 새해 첫날을 그는 자기 골방에 틀어박혀 쓰던 시를 손대어 보거나 독서로 보냈다. 서너 차례나 읽은 박씨 비망록도 다시 펼쳐 뒤적여 내용을 대체로 기억하다시피 되었다.

"내일 강릉에 볼 일이 있어요. 하룻밤 묵구 들어오게 될는지 모르니 기다리지 마세요." 초하룻날 저녁, 세 식구가 밥상에 앉았을 때 윤기가 아버지께 말했다.

"설마 박씨 공책 때문이 아니겠짔비?" 오 영감이 수저를 들며 물었다.

구랍 이십 일 속초 경찰서로 출두하여 두 시간을 넘게 진땀을 빼고 돌아왔으므로 오 영감은 아무 잘못도 없으면서 아직 박중렬 씨의 망령에 사로잡힌 꼴로 있었다. 윤화가 정 선생과 동행하냐고 윤기에게 꼬투리를 잡았다.

"넌 왜 그렇게 그런 쪽에만 신경을 쓰니. 문미는 안 가지만 동행이야 있지. 정호하고 같이 간다 왜. 너두 따라 나설래?"

"그저 농담으로 해본 소린데 오빤 괜히 화를 내."

"윤기야 어젯밤에 아바이가 용꿈으 꿨어. 니가 돼지르 타는 꿈으 안 꾸었나." 오 영감이 말했다. "꿈 자랑 안 할라 캤는데 그만 입싸게 해버렸구마."

"오빠 올해 결혼할 꿈인가 봐요."

"그래. 올해는 무슨 일이 있어두 놓치지르 말아야제."

"내일 아침밥 늦게 하지 마, 평소 출근대로 맞춰 줘." 윤기가 윤화에게 말했다.

이튿날, 아침부터 구름 한 점 없이 날씨가 화창했고 겨울답잖게 포근했다. 윤기는 박씨 비망록 사본과 칫솔을 반코트 주머니에 꽂고 집을 나섰다. 거리에는 가게 문을 닫은 집이 많았고 설빔으로 치레한 어른, 아이들도 더러 보였다.

윤기가 시외버스를 타고 속초로 나가 정호와 약속한 다방에 도착하니, 아홉 시경이었다. 이른 시간이라 손님이 없는 썰렁한 다방 의자에 엉덩이를 붙이기가 무엇하여 난로 옆에 서 있자, 정호가 점퍼 차림으로 문을 밀고 들어왔다. 둘은 커피를 마시곤 다방을 나왔다.

"비망록을 보면 거무역동이 백 호 정도 되는 마을인데 아무래두 완행을 타야 할걸." 시외버스 정류장으로 걸으며 윤기가 말했다.

"여기서 영덕까지라면 서울 가기보다 먼 거린데 완행을 타다니. 그냥 직행을 타고봐. 거무역 다 되어 갈 때 차장에게 껌이라두 건네며 슬쩍 세워 달라면 돼."

"안 세워 주면 어떠하구?"

"안 세워 주는 것 좋아하네. 내가 이태 전만 하더라도 담보 물건 확인차 주문진부터 동해시 사이에 널린 면소재지로 사흘돌이 출장을 다니잖았겠냐. 그런데 직행 타서 한 번도 내 내릴 곳에 버스를 못 세워 본 적 없었어."

"미남이라 차장이 봐줬나?"

"아무데서나 손 들고 버스 세우긴 힘들어두 내리긴 쉬운 게 직행이야."

둘이 시외버스 정류장에 도착하여 버스를 기다릴 동안, 그들 또래 젊은이가 선물용 양주 박스를 들고 가는 걸 정호가 눈여겨보았다. 그는 정초부터 빈손으로 남의 집을 찾아갈 수 있냐며 사과 상자를 길바닥까지 늘어놓은 연쇄점으로 들어갔다. 정호 말이 옳은데다 시골에는 반반한 가게가 있을 것 같지 않아 윤기도 따라 들어갔다. 둘은 정종 한 병과 귤 박스를 샀다.

속초에서 포항까지 이백오십 킬로 넘게 뛰는 장거리 직행버스는 유동인구가 많은 연말 대목을 넘긴데다 신정 연휴의 어중간한 아침이라, 좌석 삼할도 못 채우고 출발했다. 버스 안은 스팀이 들어와 있었다. 둘은 운전수 뒷자석에 나란히 앉았다. 윤기가 창가 쪽, 정호가 통로 쪽이었다.

한적한 국도를 버스는 거침없이 내달았다. 동해안을 남북으로 관통하는 7번 국도는 휴전선 아래에서 출발하여 속초·강릉·울진·영덕·포항·

경주 · 울산을 거쳐 남쪽 바다 부산에 이어지는 간선국도였다. 거진에서 포항까지는 동해 바다를 낀 해안도로가 대부분이어서 바깥 경관이 좋았다. 칠십 년대 후반에 포장을 마쳐 고속화도로가 됨으로써 여름 한철 동해안 곳곳에 널린 해수욕장에는 피서객으로 장사진을 쳤다.

　수면 잔잔한 바다는 옥색 비단을 펼쳐 놓은 듯했다. 허리 휜 해송 사이로 내려다보이는 바다는 한 폭 풍경화였다. 윤기는 드넓은 수평선을 보며, 태어난 나라의 아름다움과 자란 고향에 대한 사랑이 마음에서 살아남을 느꼈다. 국토 사랑이란 국토에 뿌리박고 사는 기층민들의 생활을 통해 느낄 수 있지만, 있는 그대로 자연 경관만으로도 충분히 마음에 닿았다. 자연이란 있는 그대로 모습이지만 인적미답의 자연이 아닌 다음에야 삶의 희로애락이 자연과 함께 숨 쉬게 마련이었다. 그는 바다에 검은 점으로 눈에 띄는 갯배들을 보며 잠시 아버지 삶을 떠올렸다. 어제는 하루를 쉬셨지만 지금쯤 아버지도 바다에 배를 띄워 명태잡이를 하고 있을 터였다. 함경도 지방 민요 '애원성'을 흥얼거리며 노를 젓고 있을 아버지 모습이 눈에 어렸다.

　낙산 해수욕장, 하조대 해수욕장 옆으로 버스가 거쳐 가자, 흰 물결이 밀려오는 백사장에는 의외로 산책 나온 사람이 많았다. 연곡 해수욕장 모래펄에는 초등학생들의 축구하는 모습도 눈에 띄었다. 주문진을 넘어서자 버스 안도 차츰 승객이 늘어 자리를 거의 메웠다. 윤기나 정호처럼 장거리 여행객은 별로 없었고, 한두 정류장 나들이꾼들이 대부분이었다.

　버스가 군청 소재지에 정차할 때마다 우르르 몰려 탔다간 몇 정류장 못 가 몰려 내렸다.

　한 시간을 넘게 버스가 달릴 동안 윤기는 바다만 내다보고 있었고, 정호는 입이 심심했던지 여차장과 잡담을 나누었다. 정호는 평해까지 소요 시간을 알아냈고, 출발 전 지도를 통해 대충 파악한 대로 거무역동 위치가 평해를 지나 대진 해수욕장이 있는 대진동 부근임도 확인했다.

　"물론 거기에 버스가 안 서겠지만 우릴 좀 내려 줘요. 정초부터 중요한 일로 출장가는 길이니깐요."

　정호 말에 여차장이 쉽게 승낙했지만 여운을 달았다.

　"거무역동 위치는 잘 모르겠어요. 그런 마을이 국도변에 있는 것 같진 않으니깐요. 병곡면이라면 일단 병곡동에 하차를 해서 택시 편으로 들어가시는 게 좋을 거예요."

"당일치기로 속초는 못 올라올 테구 아무래두 어디서 하룻밤 자야 할 텐데, 그런데 여관이 있겠어요?"

"해수욕장으로 나가 보시죠. 겨울이긴 하지만 여름 피서객을 받던 여인숙이나 민박은 가능할걸요."

버스가 동해시에 도착하자, 이미 낮 한 시가 가까웠다. 버스가 오 분간 정차한다기에 둘은 하차하여 식품 가게로 들어갔다. 김밥 장사들이 버스 창변에 매달려 자기 김밥을 사달라고 외쳐댔다.

"정초부터 김밥 씹긴 그렇구 빵이나 먹자."

정호 말에 둘은 빵과 우유로 점심을 때웠다. 버스 안에서 먹을 간식거리도 이것저것 샀다. 소주와 오징어, 삶은 달걀도 끼웠다. 출발 클랙슨이 울려 둘이 버스에 오르려 했을 때, 정류장 뒤쪽 시장으로 군고구마를 먹으며 후줄근히 걷는 한 사내 옆모습이 정호 눈에 띄었다.

"윤기야, 저 사람이 병섭 씨 아냐?" 정호가 버스 안으로 들어서는 윤기에게 말했다.

"뭐라고, 병섭 형?"

잠시 사이 염색한 낡은 군용 외투를 걸친 사내 뒷모습이 시장 골목 안으로 사라졌다. 여차장이 빨리 타라고 채근을 놓았다.

"조금만 기다려요." 윤기가 간식용 비닐봉지를 정호에게 넘기곤 버스에서 내려섰다. 그는 정류장 공터를 가로질러 시장통으로 뛰어갔다. "병섭 형!"

사내가 멈칫거리며 돌아보았다. 행색이 거지처럼 초라했지만 틀림없는 병섭 형이었다. 검댕 묻은 얼굴로 그는 윤기를 보더니 한쪽 입꼬리가 말려 올라가는 묘한 미소를 지었다.

"병섭 형, 나 좀 봐요!"

윤기가 그에게 뛰어가자, 병섭 형이 놀라하며 먹던 군고구마를 주머니에 넣고 시장 안으로 달아나기 시작했다. 윤기가 얼마를 따라갔지만 끝내 그를 놓치고 말았다. 정류장으로 돌아오며 윤기는, 병섭 형이 미쳐 버렸는지 모른다고 생각했다. 운전기사와 여차장에게 잔소리를 들으며 윤기가 버스에 오르자, 시동을 걸고 있던 차가 곧 출발했다. 정호는 버스를 지연시켜 미안했던지 우유통과 과자봉지를 운전기사와 여차장에게 주었다.

"병섭 씨가 또 가출했군."

정호가 사들고 온 봉투에서 오징어포와 소주병을 꺼냈다.

"병섭 형 거동이 아무래도 이상해."

"병섭 씨야 평소에도 정상적은 아니었잖아."

"그런데 잠시 봤지만 분명 실성기가 있어."

윤기는 구랍 속초로 나오는 버스에서 만난 휴가병 이야기가 떠올랐다.

"자, 술이나 한잔 하자구. 아직 두 시간 반 넘게 차에서 배겨내야 할 테니깐."

정호가 종이컵에 소주를 따랐다. 둘이 오징어포를 안주로 소주 한 병을 비웠다. 얼얼한 취기와 병섭 형과의 돌연한 해후에 기분이 우울해진 윤기는 잠시 눈을 붙였다.

"이제부터 경상북도야." 정호가 말했다.

윤기는 덜 깬 잠을 털며 좌우 차창을 둘러보았다. 서쪽은 산세가 험해 숲이 짙었고 동쪽은 벼랑 아래 짙푸른 바다였다.

"교통 사정이 나빴던 예전엔 여긴 오지 중에 오지였겠군." 태백산맥 줄기가 하늘을 찌를 듯 솟은 서쪽 첩첩준령을 보며 윤기가 말했다.

"산쪽 사람은 숯 굽구 화전 일구구, 동쪽 갯가 사람은 고기 잡았겠지. 아마 십수 년 전만 하더라두 기차 구경 못 하구 죽은 사람들이 태반일걸."

서쪽 차창으로 소나무숲이 스쳐갔다. 영하의 기온과 찬바람을 아랑곳 않는 저 늘푸른나무는 겨울에 더욱 청정했다. 윤기는 박씨 비망록 언술이 생각났다.

—나는 저 울울한 전나무숲을 보며 자유의 개념을 생각해 본다. 먼저 시간적으로 볼 때 저 나무는 인간보다 오래 산다. 그러므로 풍수해나 인간이 베어내지 않는다면 긴 생명의 자유를 누리는 셈이다. 들풀은 따뜻한 한철을 살다 죽기도 한다. 겨울 철새나 곤충, 동물의 자연수명은 어떠런가. 하

루살이 같은 곤충이 있는가 하면 거북같이 몇 백 년을 사는 동물도 있다. 그러나 모든 생명체는 언젠가 죽게 마련이다. 시간적 자유란 나무나 새나 물고기나 짐승이나, 거기에 인간까지 포함하여 일정한 한계를 지니고 있음이다. 우주론적 시간으로 볼 때 살아 있는 모든 생명은 아침 안개처럼 짧은 한순간을 살다 이 땅을 떠나 비존재가 되기는 마찬가지이다. 모든 것이 유한한 존재이며 그 시간성에 지배를 받기는 생명을 가진 모든 것에 해당된다. 공간적으로 볼 때, 저 전나무가 자라 줄기와 가지를 뻗어 차지할 수 있는 공간을 자유의 향유 면적이라고 한다면 그 면적은 적다. 만약 한 포기 해당화에 비유한다면 그 공간적 면적은 더욱 좁아진다. 한 마리 철새를 생각해본다. 새들이란 무한대의 공간을 비상함으로써 공간적 확보 면적은 식물과 개념이 다르다. 그러나 철새가 무한대의 공간을 건너 장소를 옮긴다 해서 공간적 자유를 무한대로 확보했다거나, 한 그루 나무가 태어난 자리에서 죽는다 해서 자유스럽지 못한 구속 상태라 말하지는 않는다.

    자유란 개념 자체가 물리적인 공간과 시간적 공간만으로 해석할 수 없기 때문이다. 인간만이 의식의 공간을 따로 창조함으로써 자유나 평등, 나아가 류물론 사관이나 자본주의 경제학 등 모든 정신적 사고에 그 독특한 의미를 부여한다. 그러므로 자유의 개념 또한 객관적 론증에 의거하기보다 그 해석의 자유로움에 비중을 둠이 마땅하다 하겠다. 인간은 젊어 죽어도 영원한 시간 속에 살아 있을 수 있고, 평생을 갇혀 있어도 이 지구를 몇 바퀴 돌아다닌 사람보다 더 자유롭게 살았다고 말해질 수 있다. 나아가 확대 해석을 하자면, 생리적 측면에서 평생을 호의호식했던 인간과 가난으로 주리고 헐벗으며 산 인간을 대비할 때, 의식주를 통해 누린 자유는 물론 앞 례가 만족하다는 동의를 얻어낼 수 있다. 그러나 금욕적인, 또는 종교적 입장에서 해석할 때는 그 답이 풍요와 가난으로써만 결정지어질 수 없을 것이다. 여러 직업을 자유스럽게 선택해서 살며 쉬고 싶을 때 몇 해를 여행으로 소일하는 사람과, 한 직업에서 적은 대가에 매여 하루 열 시간 로동으로 평생을 보낸 사람과의 대비력시 앞 례와 상응하다 하겠다. 이렇게 모든 현상은 생각하는 의식 공간에서 다른 답을 얻어낼 수 있기에 력사 이래 불평등은 집단의 삶에서 늘 존재해 왔지만 그것이 오늘날까지 해소되지 않고 있음이다.
 내가 이런 생각을 갖게 된 것도 두 번째 숙청 이후이다…….

 패자의 변명으로 합당한 자유에 대한 그의 해석은 유물론적 논리에 동의와 비판 사이를 오락가락하는 애매성을 내포하고 있었지만, 윤기는 박씨가 그런 해석에 동의함으로써 그의 오십 대 이후 조락한 인생에 그런대로 이론적 근거를 마련했다고 여겨졌다. 그의 논조에 따르면 인간마다 의식 속에 각자 다른 시간적 공간적 해석권을 갖고 있음으로써, 자기 생각 역시 정당화될 수 있다는 투였다.
 윤기가 산을 보며 박씨의 이력을 더듬고 있을 때, 정호는 바다를 보며 어부의 삶을 엮고 있었다. 그가 채집한 삼척 지방 '어부요'에는 이런 내용이 있었다.

 배 띄우자, 죽어서 아니 와도, 배 띄우자 배 띄워. 우리 부모 수장한 바다에, 배 띄우자 배 띄워. 울어도 소용없어 어허라 한평생, 한 번 죽어 한평생, 배 띄우자 배 띄워. 구름은 오락가락 바람은 건들건들, 날씨 한번 험하구나, 배 띄우자 배 띄워…….

 정호가 이 '어부요'의 비장미랄까, 절망을 통한 일어섬, 어민의 숙명을 되새기고 있었다.
 "고속화도로가 닦여지기 전까지 여긴 유배지와 진배없었겠어." 윤기가 말했다.
 "저 위쪽 삼척이나 아래쪽 영일은 그래두 낫지. 원덕·울진·영덕이야말로 소외 지역이야. 내륙지방 사람은 갯가 쌍놈들이라 상대를 안 해 줬구 그저 죽으나 사나 바다에 명줄을 달다보니 조선시대 이후 큰 인물이 없었어."
 "그런 점이야 서남 해안 도서 지방도 마찬가지잖아."
 "그쪽은 그래두 수난이나 덜 당했지. 육이오 전 좌익이 한창 극성을 부릴 때, 지리산 지구에나 빨치산이 남아 있었을까, 해안지방은 괜찮았지.

그러나 여긴 북쪽 무장 유격대 남파 루트였으니깐 전쟁이 시작될 때까지 계속 유격전이 그치지 않았지. 이곳 사람은 낮에는 태극기 흔들고 밤에는 인공기 흔들어야 목숨 부지했으니깐. 더러 마을 전체가 철저히 작살나기두 했구."

"비망록에두 있잖아. 빨치산 유격대가 병곡 지서를 불지르자 우익 청년단은 그 보복으로 박중렬 씨 본채를 불지르구……."

"동족 살육전에 대해 박중렬 씨 견해는 설득력이 있더군. 우선 이데올로기의 선택이요, 통일은 그 이데올로기에 무력으로 꽂는 깃발이란 그런 사상을 가진 자에 의해 조국은 분단될 숙명을 내포했다는 대목 말야."

"그 시절에야 시야 넓게 올바른 판단력을 가진 자가 몇이나 되었어. 광풍 노도 시대란 표현이 적당하지"하다, 윤기는 첩첩한 태백산맥 준령을 보며 중얼거렸다. "저 산을 평지 다니듯 누비구 다녔다니 사상이 뭔지……."

"산세가 험하니 당시 빈약한 장비로선 토벌도 힘들 수밖에. 비망록에서두 언급했지만 사십삼 년 여름, 제주도 폭동 주모자로 월북했던 김달삼이 영양 일출산에 출몰한 것두 다 태백산 줄기를 타구 남하한 것 아닌가. 소규모 각개전투를 벌이던 지방 남로당 입산자를 재규합하여 동해군단이라 칭하며 대대적인 유격전을 벌였으니 경북 동북부 산악 지방은 당시 쑥대밭이 됐을 거야. 이듬해 해동 되고두 국지전 활동을 했으니 이 지방이야 전쟁 전 이미 전시 상태였겠지."

"박씨두 그때 상황을 악전고투의 연속이라 썼잖아. 동족의 피를 부르는 그 유격전에 희생되기는 오지 부락 백성밖에 더 있었겠어."

"박씨가 어디라고 썼지? 맞아, 장륙사 아래 있는 마라보기란 마을의 우익 초등학교 교사를 처형할 때 느낀 인간적 갈등은 대충 짐작할 만해. 그 교사가 한 마디라두 공산주의를 인정했더라면 살아날 수 있었는데, 끝까지 굴복할 수 없다 해서 처형했다잖아. 동족을 죽이구 동족 마을을 불 질러 가며 누구를 위해 남조선 해방전선에 투쟁했는지 지금으로선 가슴 아프다고 술회한 점은 솔직한 자기 고백이야. 죽을 임시까지 계급 평등 사회 실현에 신념을 포기 않은 점은 자존심의 마지막 보루였다구나 할까."

"육십팔 년 십일 월, 삼척·울진 지구에 백이십 명 무장공비를 남파시킨 것도 다 이쪽 산악지방 지형을 이용하자는 속셈이었지."
 박씨는 전쟁 전 빨치산 생활을 회고하는 데만 두 쪽에 걸쳐 꼼꼼하게 기록했는데, 그 서두는 이랬다.

 ─48년 2월, 유엔 조선위원단의 남조선 입국을 반대하여 '2·7구국투쟁'을 전개할 때 나는 남조선 로동당 경북지구당 지도부 지시에 따라 동조자를 이끌고 칠보산으로 립산했다. 집안 농지를 부쳐먹던 소작농 청년들이 포섭되었고 집안 머슴들도 나를 따라, 내 협력자만도 스물한 명이어서 우리는 영덕지방 게릴라 부대의 한 소대로 편입되었다. 그로부터 50년 3월, 동해군단이 섬멸 위기에 놓이자 우리를 지원하려 태백산맥을 타고 북조선에서 남파된 김상호 부대가 도착할 때까지, 아니 그 부대 역시 패퇴를 거듭한 끝에 잔여 인원이 월북길을 도모할 때까지, 나는 이 년여에 걸쳐 풍찬노숙하는 유격대 생활을 겪었다. 그 동안 야음을 틈타 하산하여 가족을 만나기도 서너 차례였다. 한번은 하산했을 때 내 체포에 실패한 남조선 경찰에 의해 피투성이가 된 장자 종우의 잠자는 모습을 보고 오기도 했다. 그들은 나를 잡으려 어린 자식을 고문했던 것이다. 50년 4월, 월북에 성공했을 때 스물한 명 동지 중 남은 동무는 그 동안 내 한 팔이 되었던 김칠득과 나뿐이었다. 절반은 전투에서 죽고 생사의 고비를 넘기는 산악생활에 견디다 못해 나머지는 전향하여 하산해 버렸기 때문이다……

 윤기는 심란한 마음을 담배 연기로 삭였다. 그러며, 그 동안 꺼림칙했던 문제를 지금 정호한테 털어놔야겠다고 마음먹었다.
 "막상 거무역에 도착한 뒷일을 생각해보니 걱정거리가 적잖아." 윤기가 목소리를 낮추었다. "박씨 본채가 불타 없어진 마당에 그 가족을 찾겠다고 이 집 저 집 수소문할 동안 우리를 마을 사람들이 어떻게 볼 거냐, 이거야. 예비군이니 민방위가 조직돼 있구, 설령 지서야 없더라두 전화 연락망은 있을 텐데, 수상한 자 출현이라 지서나 군부대에 신고부터 한다 해봐. 결국 우린 연행당하구, 결과 박씨 얘기가 나오게 마련이구, 비망록 사본도 내놔야 하잖아. 그렇게 되면 문제가 꽤나 시끄러울걸."

"설마 그럴 리야 있을라구. 그러나 만약 그 지경이 됐다면 숨길 게 뭐 있냐. 이실직고하는 거지."

"한편 박씨 직계 가족이나 고향에 사는 친척을 만났다 치자. 그들에게 박씨 비망록 얘기를 꺼내면 믿어줄까 하는 문제야. 그렇다구 비망록 사본을 덜렁 제시할 수두 없구."

"북에서 내려온 자로 오해받을까 봐?"

"너 은행원 신분증 가져왔지? 나두 교사 신분증은 있지만, 어쩐지 떨떠름하군. 또한 우리가 떠난 뒤 그 말이 한두 사람 입을 통해 퍼지면 관할 지서에두 알려질 게 아닌가?"

"결국 우리 신상에두 불이익이 온다, 이 말이지?"

"물론." 윤기는 잠시 생각에 잠겼다 말을 이었다. "남북이 총칼로 맞서구 있는 분단 현실을 무시하고 우리가 지나치게 감상적 인정론이랄까, 인도주의에 들떠 있는 게 아닐까?"

"생각에 따라선 그렇게 해석할 수두 있겠지. 그러나 우리가 박씨 가족에게 전달할 내용은, 그 자신이 남한으로 내려올 거라 거나, 아닌 말로 누구와 접선하라는 따위는 아니잖아. 박씨가 암으로 죽기 직전 마지막으로, 가족을 저버린 용서를 빌며 이 세상을 하직한다는 사망 소식 아니냐 말야. 가족에겐 달가운 소식이 아닐지 모르지만, 묵은 상처를 치료해준다는 뜻에서 우리가 이 먼 길을 나선 게 아니겠어. 여러분이 그토록 소식에 애태우던 한 인간이 저 세상으로 떠났으니 이제 그에 얽힌 모든 원망과 회한을 풀구 날 잡아 제사를 모셔 주라. 이게 뭐가 어떻다는 거냐?"

"그런 건 적십자사가 할 일이지."

"국민이 스스로 출장비 써가며 적십자 요원 노릇해 주면 안 되나? 그런 마음가짐이라면 통일도 쉬울 거야. 중공·소련 교포와 편지두 교환하는 마당에."

"하여간 돌다리도 두드리며 건넌다구. 우선 거무역동 이장부터 만나 사전에 상의해보는 게 좋겠어. 그 사람이 영해 박씨 문중이라면 더할 나위 없겠구."

"어쨌든 현지에 도착해서 형편따라 대처하도록 하지. 정 곤란하면 예비군 중대장을 직접 찾아가 자초지종 털어놓구 협조를 구하든지."

버스가 울진을 거쳐 평해를 넘어서자, 정호가 평해에서 탄 승객에게 거무역동 위치를 물었다.

"거무역요? 병곡 지나 원황리 앞에 내리모 길 건너지 말구 저만치 보이는 마실이 거무역 아니껴." 두루마기에 중절모 쓴 중늙은이가 일러 주었다.

면청이 있는 병곡동에서 내리막 굽은 길을 돌자, 대진 해수욕장 관문인 널찍한 휴게소가 나섰다. 포장된 넓은 주차장과 단층 매점은 휴게실을 갖추고 있었다. 겨울이라 휴게소는 비어 있었다. 오른쪽으로 활형의 해수욕장을 끼고 버스가 내리막길을 내려가자, 동해안에서는 드물게 널짱한 들판이 나섰다. 버스가 들녘 가운데로 일 킬로쯤 질러갔다. 여차장이 멈춤벨을 눌렀다.

"어서 내리세요. 여기가 원환동 앞이에요." 여차장이 정호에게 말했다.

"고마워요. 내일 속초 가는 버스에서두 운 좋게 아가씨를 만났으면 좋겠어요."

어디가 원항동인지, 들판 가운데다 윤기와 정호를 내려놓은 버스는 곧장 뚫린 국도를 질러 휑하니 내달았다. 윤기는 시계를 보았다. 오후 세 시 사십 분이었다. 해는 서산 쪽으로 기울고 있었다.

"이상한 인연으로 멀리두 왔군."

정호가 바람에 날리는 머리칼을 쓸어 넘겼다. 들판을 가로지른 도로 동쪽으로 일 킬로 남짓 무논이 질펀히 널렸고, 멀리 바람막이 해송이 푸른 머리를 맞대고 늘어서 있었다. 그 뒤로 갈매기 몇 마리가 한가히 나르는 청빛 바닷가 비낀 햇살 아래 번득였다. 동북쪽으로 돌출한 언덕 아래는 그들이 거쳐 온 해수욕장이었고, 해송이 긴 띠를 이루다 그친 동남쪽은 삼각형 산이 외따로 솟았다. 그 앞으로 울긋불긋한 집들이 대촌을 이루어 도로변까지 뻗어 있었다. 원항동이었다. 해가 설핏 기운 서쪽은 멀리로 태백산맥의 회청색 능선이 행용行龍을 이루며 굽이쳤다. 장년산지가 거미발로 하강하다 평지를 이룬 앞쪽으로 남을 향해 엇비슴히 돌아앉은 백여 호 마을이 보였다. 마을은 얕은 산줄기를 등에 지고 있었다.

"저기 샛길이 난 데 구멍가게가 있군. 거기서 물어보도록 하지." 정호가 말했다.

"묻긴 뭘 물어. 저 마을이 거무역이 틀림없어."

윤기가 산 아래 마을을 손가락질했다. 윤기 말대로 가게에 묻기 전, 새마을사업으로 반듯하게 뚫린 농로 입구 돌팻말에 '거무역'이란 마을 이름이 새겨져 있었다. 도로에서 마을까지는 무논을 질러 육백 미터 남짓한 거리였다. 농로는 실개천을 끼고 있었다. 개울은 물이 말라 자갈밭이 드러났지만 여름에는 송사리떼도 놀음직했다.

"저기가 거무역이라……." 윤기가 아버지 고향 함남 홍원군 중호리에라도 도착한 듯 의미심장하게 읊었다.

"육십 년대 새마을사업으로 뜯어고친 농촌 가옥은 아무리 잘 봐줄래도 실패야. 서양식 별장같이 외양은 번드르하지만 어디 저게 우리 농촌이야? 개조해도 전통성을 살려야지. 이건 시멘트로 회칠을 한 꼴이니." 농로를 들어서며 정호가 말했다.

"거무역은 무식한 내 눈에두 일찍 풍수설에 의거하여 마을터를 잘 잡은 거 같애. 배산임수背山臨水하니 지세지상地勢地相이 터를 갖추어."

"풍수지리설로 따지면 거무역이 앞으로 궁기를 못 면하겠군. 마을 앞 넓은 들을 고속화도로가 동강을 내놨으니."

"풍수지리설이 아니더라도 해변에서 너무 들어앉았다 보니 여름 피서객 주머니완 상관이 없잖아. 아무래두 해수욕장 쪽이 경제 수준도 나을 테지."

정초에 선물을 한 가지씩 사들고 텅 빈 농로로 걸어 들어가는 둘의 모습이 마치 오래 떠나 있던 고향을 방문하는 행색이었다.

박씨 비망록 중간쯤을 보면 며칠 날짜엔가, 그가 자란 고향 거무역의 내력과 선조 이야기가 소상하게 나오는 부분이 있었다. 북한에는 계급 평등 사회의 구현이란 목적 아래 문벌 족벌을 없애려 일찍 호적을 폐기하고 공민증 하나로 신분을 증명하는 사회이고 보면, 박중렬 씨가 고향 거무역의 내력과 선조 이야기를 자세하게 피력한 연유가 따로 있었을 터이다. 그가 북한 사회의 가정제도를 언급한 대목은 없었으나, 나이 들어 노경에 이르자 우리 고유의 전통적인 가족 제도에 향수를 느낄 만했다. 아니면 그가 시조 박제상朴堤上과 그의 아들 박문량朴文良을 흠모한 나머지 그 기록이 장황해졌는지 몰랐다. 어쨌든 북한 생활에 젖었던 자로서 문벌을 기록한 점은 이례적이었다.

─거무역을 한자로 '居無役'이라 쓰는데, 부역 없이 사는 곳이란 뜻이다. 이곳은 고려 명문 세족이었던 영해 박씨가 살던 마을로 삼 대에 걸쳐 조선조 정승에 해당되는 시중時中을 낳았기 때문에 고려조 고종 이후 부역을 면제받는 특혜를 입었다. 마을 이름으로서는 자랑거리가 못 되니, 이 점은 공평해야 할 인민의 의무조차 계급의 상하를 구분지어 파악하던 옛 봉건 시절의 일이다.

내가 어린 시절만 하더라도 거무역 앞 넓은 들 절반이 집안 땅으로, 곡간 세 개에는 사철 나락가마가 가득했고 집안에는 어른아이 합쳐 십수 명의 행랑식구를 두고 있었다. 나는 어릴 적부터 조부와 가친, 특별히 모셔 온 훈장 선생에게 문벌 높은 집안의 종손으로서 지켜야 할 체통과 법도를 익혔다. 또는 조상의 언행과 그 학문을 귀에 못이 박히도록 들었다. 여름 한철 들에 나가 허리 한 번 굽힌 적 없고 평생 손에 흙 묻히지 않는 집안어른들의 허장성세와, 말문을 열었다 하면 실천이 따르지 못하는 유교적 격식만 따지는 데 나는 반발을 느끼며 자랐다. 훗날 내가 철이 들고부터 가렴주구에 시달리며 마소처럼 일하는 소작인과, 노예와 다를 바 없는 집안 가노들 편에 서서 그들에게 인간으로서의 평등 개념을 심어 주려 동분서주하게 된 것도 다 우연이 아니라 하겠다.

그러나 어린 시절을 회고할 때 특히 잊지 못할 추억은 조부로부터 들은 영해 박씨 시조되는 박제상과 그의 아드님 박문량에 대한 일화이다선조의 존함을 함부로 칭하는 결례를 용서하기 바란다. 조부께서는 한가할 적이면 나를 사랑으로 불러 앉히고 신라 충신으로 그 충절이 역사에 기록된 시조 박제상의 언행을 가훈으로 삼아 훈계했는데, 수십 번을 들어서인지 그 전설 같은 내용은 지금도 귀에 쟁쟁하다.

시조인 박제상은 신라 첫 임금 박혁거세 9세손으로 내물왕 칠 년에, 지금 양산군 북상면에 해당되는 삽양주 수두리에서 태어났다. 그분이 사십

세 때 내물왕이 죽자, 왕의 사촌인 실성왕이 즉위했다. 그분은 이 점이 옳지 않은 왕위 계승임을 주장하고 십 년간 투쟁을 벌여 내물왕 장자 눌지왕이 즉위토록 했다. 눌지왕은 즉위하자 당시 고구려와 일본에 인질로 잡혀가 있던 형제 복호와 미사흔을 구출코자 했다. 왕의 소원을 풀어 주려 그분은 고구려로 들어가 복호를 데려오고 귀국 즉시 집에 들르지 않고 일본으로 건너가 미사흔을 무사히 귀국케 했으나, 자신은 미사흔을 탈출시킨 죄로 그곳에서 순절했다. 부인 김씨는 일본에 건너간 남편이 돌아오지 않자 울산땅 치술령에 올라가 동해를 바라보며 단식하던 끝에 두 딸과 함께 죽었다. 부인은 죽어 돌이 되었으니 이를 후대 사람들은 '망부석望夫石'이라 불렀다.

이 내용 중 조부께서는 박제상 할아버지가 일본 왕 앞에서 "나는 신라로 돌아가 벌을 받을 망정 일본의 벼슬은 받지 않겠다"는 대목에 이르면, 그 목소리에 기개가 섰고 두 눈이 형형하게 빛났다. 이 이야기는 시조 할아버지의 우국충절과 망부석의 슬픈 전설과 함께 어린 내게 감동적이었다. 나도 이 다음 어른이 되면 박제상 할아버지처럼 나라를 위해 싸우다 의롭게 죽겠다는 결심을 했음이 지금도 기억에 남는다.

시조 박제상에게는 오십 대에 낳은 아들이 있었으니, 그분이 백결百結 선생으로 알려진 박문량이다. 그분 나이 불과 다섯 살 때에 어머니가 두 누님과 함께 치술령에서 죽자, 둘째누님 아영에 의해 키워졌다. 아영이 일본서 돌아온 왕의 아우 미사흔과 혼인을 하게 되자, 그분은 궁중에서 자랐다. 성장해서는 자신이 태어난 삼양주로 돌아가 평생을 청백하게 살았다. 명절날 이웃에서 떡방아 찧는 소리를 들은 부인이 집에 양식이 없어 방아를 못 찧음을 한탄하자 거문고로 방아 찧는 곡을 켜 부인을 위로했다 한다. 그분은 옷을 수없이 기워 입어 백결 선생으로 불렸지만 가난함을 부끄러워하지 않고 욕심 없이 평생을 살았다.

이 일화는 그분의 무능을 탓하기 전 인간 생활의 절제와 지조를 깨우쳐 주는 교훈이 담겨 있어, 나 역시 언제였던가 장녀 종희에게 할아버지에게 들었던 이야기를 되풀이 들려준 기억이 난다. 왕족이면서도 옷을 백 군데나 기워 입고 거문고를 벗 삼아 사신 먼 조상의 생활관을 통해, 나도 어른이 되면 재산과 부귀를 탐하지 않고 청백하게 살리라 막연하게 생각하기도 했다. 팔일오 해방 후 북조선에 토지개혁이 실시되고 남조선에도 토지개혁이 실시될 거라는 소문이 파다했을 때, 아버지 반대를 무릅쓰고 내가 가노들과 소작인들에게 집안 땅을 무상으로 분배해준 것도 내가 신봉한 사상의 실천에 근거하기도 하지만, 어린 시절 먼 조상의 이야기에 감복당한 바 적지 않았기 때문이다.

어쨌든, 두 선조의 일생은 내가 청년으로 성장해갈 때 정신의 한 중심으로 지배했으니, 어떠한 고난에 처하더라도 문득 떠오르는 것이 그분들 삶이었고, 그 피가 내 혈관에도 흐른다는 데 자부심을 가졌다. 왕족이든 상민이든 당시 신분보다 그분들 주체적인 생사관을 지금도 내가 흠모함에는 변함이 없다.

나의 선조가 본관을 영해로 쓰기 시작하기는 시조 이십육 대 손인 박명천朴命天이 예원군에 봉해진 이후이다. 들은 바로 그분은 왕족이 아닌 자로, 최고 영예인 삼중대 광벽 상공신三重大匡壁上功臣에 올라 자금어紫金魚를 나라로부터 하사받고, 거무역에 처음 터를 잡아 입향시조가 되셨다. 시조 박제상과 부인, 그리고 아들 박문량의 충·효·열忠孝烈, 세 가지 의로움을 가훈으로 삼아 후손에게 전수한 분이기도 하다.

거무역의 원래 이름은 소사리였는데 거무역으로 된 것은 고려 고종 때였다. 여러 관직을 거쳐 조선조 영의정격인 문하시중에까지 오른 시조 삼십사 대 세손 박세통朴世通의 위업을 기려, 나라에서 그분의 향리에 사는 후손과 주민에게 부역과 병역을 면제해 주면서부터이다. 그 후 박세통 아들 손자가 다 시중 자리에 올라 삼대 시중을 낳았다. 그러나 고려조가 망하고 조선조가 들어서자 사로에 오른 자가 없었다. 고려조에 충절을 지키려 후손들에게 벼슬길에 나서지 말고 산림에 은거하기를 유서했기 때문이다. 그러므로 영해 박씨 후손도 안동·봉화, 강원도 금화의 은둔지로 그 자손이 흩어지게 되었다. 그러나 조선조 오백년 동안 초야에 은사로 묻혀 학문 탐구에만 전념하여 인근의 후진을 강학한 유현은 많았다.

내가 내 출생을 회고하던 글에 이렇게 적고 보니 마치 선대의 관작과 영화를 자랑하기 위함인 듯하나 마음은 전혀 그런 뜻이 없다. 피는 속일 수 없으므로 들은 대로 가계를 적었고, 다시 갈 수 없는 저 남쪽 바다 고향땅 어귀를 서성이는 마음의 간절함만이 불귀객의 눈시울을 적실 뿐이다.

둘은 농로로 걸으며, 일단 마을 행정 책임자 이장집부터 찾아, 거무역을 방문하게 된 자초지종을 털어놓고 협조를 얻기로 합의했다. 아무나 잡고 삼십여 년 전 본체가 불타 버린 박중렬 씨 집 위치를 묻는다는 쑥스러움도 그렇지만, 여기에 사는지 살지 않는지 모르는 그의 부인이나 자식들 이름을 들먹여 말꼬리 늘일 필요가 없었던 것이다.

마을 어귀로 들어서자 '三代侍中公神道碑삼대시중공신도비'란 예서체 비문이 새겨진 신도비가 버티고 서 있었다. 검은 비신이 여섯 척은 될듯했다. 비석 아래 농대에는 태극기를 새겨넣은 품이 비를 세운 지 오래되지 않았음을 알 수 있었다. 윤기가 비를 세운 연도를 보니 불과 다섯 해 전이었다.

"영해 박씨가 고려조에 삼대 정승을 배출했다는 그 신도비로군." 정호가 비 앞에 섰다.

"그렇다면 거무역에 아직 영해 박씨가 많이 산다는 뜻 아냐?"

"신도비란 문중에서 세우는 거니깐 반드시 그렇지도 않아. 이 정도 비를 채우려면 그래도 천만 원 대는 넘게 들 텐데, 시골 기부금만으로는 어림없지."

윤기가 머리를 주억거리며 신도비 건립 실기實記에 눈을 주었다.

— 東海동해에 떠오르는 아침 햇살은 所土里소사리에 그 빛을 멈추고 해변에 울창한 솔밭 사이로 부는 산들바람은 어진 이의 가슴을 시원스럽게 그 옷깃을 스쳐 지나가니 어찌 이곳에 名賢達士명현달사가 나지 않으리오. 北북에서 힘차게 東南동남으로 뻗친 寶門山보문산. 七寶山꼬리는 龍尾용미처럼 東海동해에 넘실거리니 그 위용에 억눌린 海王해왕 고래는 멀리 南남으로 피해서 鯨山경산으로 化화하고 烽火山봉화산 불꽃은 이 聖地성지를 지켜 주는 守門將수문장이리! 이 名地명지에 연유한 지 백 년 전 私部사부의 重臣중신으로 東海동해 최대의 法村법촌인 禮州예주. 寧海에 자리잡은 禮原部예원부……

"그만 가지. 이렇게 꾸물거리다 거무역에서 밤중에 탈출하겠다. 밤바람이 살을 찰 텐데, 정초에 해변가에서 얼어 죽는 꼴 나겠어."

정호가 찬바람에 어깨를 떨었다.

신도비를 지나자 간이식당과 연탄가게와 생필품을 파는 잡화점이 나섰다. 잡화점은 담배포를 겸해, 정호가 담배를 사러 잡화점 안으로 들어갔다. 윤기는 이장집 위치를 잡화점에서 묻기로 했다. 사내아이 둘이 플라스틱 이티 장난감을 들고 주인 여자로 보임직한 중년 아낙에게 값을 묻고 있었다. 누가 세뱃돈이라도 준 모양이었다.

"담배라두 전할 사람이 생길는지 모르니 서너 갑 사두지." 윤기가 말했다.

"아주머니, 이장댁이 어딥니까?" 담배 네 갑을 건네주는 중년 아낙에게 정호가 물었다.

"먼 데서 온 손이니껴?"

"예, 세배 드리구 갈까 해서요."

아낙은 밖까지 나와 골목 안쪽 푸른 기와집을 가리켰다.

"내 말대로 정초에 내려오길 잘했어. 우리가 세배꾼으로 보이잖아." 정호가 골목길을 걸어가며 말했다.

지나가던 마을 남자 둘이 길을 비켜 주며, 누구 자식일까 하듯 낯선 둘을 바라보았다.

"여기만 해두 신정 쇠는 것 같지가 않군. 정초 기분이 안 나잖아."

"비망록에 나오는 칠득이란 사람 말야. 그 사람을 한번 만났으면 싶군. 박중렬 씨 가족이야 여기 살는지 어떨지 장담 못하겠지만, 칠득이란 그 사람이야말로 여기를 떠나 살 수 없을 거야."

"직계 가족이 아니면 공연히 만나 의심 살 이유가 있을까."

"만약 우리가 취재기자라면 초점이 될 만한 인물은 역시 김칠득 그 사람이지. 그는 박씨와 달리 전형적인 프롤레타리아 출신이었으니깐."

박씨 비망록에 나오는 김칠득 씨는 박씨보다 서너 살 수하로, 예전에 박씨 집안 머슴이었다. 비망록에 의하면, 그는 48년 박씨 입산 공비생활 때부터 그를 따라 행동을 같이 하여 월북도 함께했던 인물이었다. 그런데 박씨가 소속했던 제2 태백정치학원에서 육 개월간 밀봉 교육을 받고, 66년

간첩으로 남파되었다. 박씨는 비망록에서, "김 동무가 남조선 수사기관에 투항했다는 소식이 여기 정보망에 탐지됨으로써 내 신상에도 결정적 령향을 미쳤다. 나는 열흘간 특수 보안대에 감금당해 자아비판을 받았고, 이듬해 숙청당할 때 내 죄목 중 하나인, 부르주아적 사상에 동조한 반동분자란 락인도 김 동무 배반에 따른 책임에서 비롯된 것이다"라 적고 있었다.

이장집은 안이 들여다보이는 낮은 블록 담장에 마당 넓은 기역자 기와집이었다. 대문에는 문패가 없어 이장 성씨를 알 수 없었다. 둘은 사람이 얼씬 않는 빈 마당으로 들어섰다.

헛간 앞에는 경운기와 자전거가 세워져 있었다. 한눈에 보아도 착실한 중농 가세였다. 윤기는 지금부터 시작이란 느낌으로 가슴이 울렁거렸다.

"이장 어르신 계십니까?" 정호가 마당 가운데서 사람을 찾았다.

안방 문이 열리고 처녀가 얼굴을 내밀었다.

"누구시니껴?"

스웨터에 스커트 차림의 처녀가 마루로 나섰다.

"이장 어르신 뵈올까 하고요." 정호가 말했다.

"어무이 아부지 다 마실 갔니더."

"멀리 가셨나요?"

"아니예. 요 앞 작은삼춘네 집에요."

"그럼 아버님만 좀 찾아 주시겠어요."

"니가 쎄기 갔다 오래이." 처녀가 열어놓은 방 안을 돌아보며 말했다. 방에서 나온 남자 중학생이 아버지를 데리러 나갔다.

"올라오셔서 기다리시지예."

처녀는 윤기와 정호를 건넌방으로 안내했다. 둘이 마루로 올라서니 안방과 건넌방 사이 벽에는 어느 시골집에서나 쉽게 볼 수 있는 가족 사진 유리액자가 걸려 있었고, 시속의 변화를 보여 주는 크고 작은 사진들이 촘촘히 들어앉아 있었다. 액자 옆에는 66년도 엄민영 내무부장관으로부터 받은 표창장이 걸려 있었다. 윤기가 표창장에 눈을 주었다. 수상자 이름은 김한동이었다. 이장 이름이리라 짐작이 갔다. 수상 내용은, 지역 사회개발에 앞장선 모범 지도자로서 특히 반공정신이 투철하여 표창한다고 적혀 있었다. 반공정신이 투철하다는 표현이 섬뜩하여 윤기는 각별히 말조심해야 겠다고 느꼈다.

건넌방은 중학생 공부방인 듯 책상과 의자가 있었고, 한 켠에 쌓아놓은 쌀푸대에는 메주를 띄우는지 쿰쿰한 냄새가 났다. 아랫목에 이불이 깔려 있었으나 둘은 찬 김을 면한 윗목에 앉았다. 북창으로는 벌써 해가 기우는 지 반쯤 그늘이 졌고 뒤란 대숲이 바람에 서걱이는 소리가 들렸다.

"아무래도 귤 박스는 이장댁에 놓구 가야 되겠어. 박씨 가족 이외 비망록 사실을 털어놓을 자리는 여기밖에 없을 테니깐." 윤기가 말했다.

"그러지 뭘. 그런데 이장한테 비망록 사본까지 보일 필요는 없을 것 같애."

"물론. 우리 말을 믿어준다면 가족에게두 보일 필요가 없겠지."

"이장한테는, 마침 부산에 친구를 만나러 가는 길에 박씨 가족에게 소식이나 전해주는 게 도리일 것 같아 잠시 들렀다구 둘러대자."

둘이 무료히 앉아 한참을 기다리자 바깥에서 기침 소리가 나더니, 타지에서 온 사람이라모 누군가 하는 말이 들렸다. 정호가 방문을 열고, 둘은 엉거주춤 마루로 나섰다. 허리 굽은 늙은이일 거라는 둘의 통념을 깰 만큼, 이장은 중년 나이였다. 훤칠한 키에 사십 대 중반으로 보이는 그가 마당을 질러오며 마루에 선 둘을 쳐다보았다.

"뉘씨드라?"

댓돌에 서며 이장이 머리를 갸우뚱했다.

"말씀드려도 잘 모르실 겝니다. 차차 얘기 올리지요." 정호가 말했다.

전형적인 농사꾼 티가 나는 이장이, 추븐데 어서 들어가십시더 하며 둘을 몰아 건넌방으로 들어왔다. 이장은 아랫목 이불을 걷고 손에게 자리를 권했다. 둘이 사양했으나 이장의 말에 못 이겨 아랫목으로 옮겨 앉았다. 시골이라 방석도 없어 체면이 아니더, 하며 이장은 문께에 앉았다. 반공정신이 투철하다는 데 긴장해 있던 윤기는 이장을 만나자 생각 밖으로 친절하고 순박하다는 인상을 받았다. 둘은 절부터 받으시라며, 세배를 했다. 나이도 얼마 안 되었는데 세배는 무슨 세배냐며, 셋은 나란히 맞절을 했다. 초대면이라 둘은 이름을 밝히자, 이장은 예상대로 표창장을 수상한 장본인이었다.

"우리는 속초에서 왔습니다." 윤기가 서두를 꺼냈다. "사실은 이장님께 볼 일이 있어 찾아뵈온 게 아니구, 아무래두 마을을 대표하는 분이라 뭘 좀 여쭙자고 들렀습니다." 한 뒤, 윤기는 자신은 중학교 선생이고, 같이 온 친구는 은행원이라고 소개부터 했다.

"이장님은 이 마을에 사신 지 오래 됐습니까?" 정호가 물었다.

"저야말로 여게가 배태고향 아니껴. 전쟁 통에 영천까지 두어 달 피란을 내리갔던 거 빼모 거무역을 떠나본 적이 없으니까예. 그런데 무슨 일로 이 먼길을 왔니껴?"

이장이 눈을 껌벅이며 둘을 번갈아보았다. 그는 낯선 두 젊은이 방문이 무슨 목적 때문인지 감을 잡을 수 없다는 표정이었다.

"거무역이 예전에는 영해 박씨네 마을로 알구 있는데, 아직 영해 박씨가 더 삽니까?" 정호가 물었다.

"영해 박씨예? 예전도 집안이사 넓지 않지만, 해방 때만도 근동을 울리던 문벌 아니껴. 그러나 이제사 씨가 마른 형편이 됐니더. 여게가 일백여 호 되는 대촌이지만 이제사 타성바치 마실이 되고 말았니더."

"우리가 찾아온 목적은 다름이 아니라 육이오 때 월북한 박중렬이란 사람 때문입니다." 이장의 궁금질만 부채질한다 싶어 윤기가 본론을 꺼냈다.

이장은 박중렬이란 이름에 긴장해 하며 허리를 곧추세웠다. 윤기는, 어부인 아버지가 바다에서 박씨 공책을 건진 데서부터 그 공책을 속초 경찰서에 신고했다는 이야기를 대충 들려 주었다.

"역시 박중렬 그 사람은 여직까지 살아 있었구먼. 원래 명줄이 질긴 사람이었으니깐……." 이장이 머리를 주억거렸다. 그는 잠시 방바닥을 내려다보다 얼굴을 들고 다급화게 물었다. "그런데 그 공책에 뭐라고 썼디껴?"

"무슨 기밀 같은 건 밝히지 않았구, 다만 자기가 암으로 죽게 되었다며, 죽는 마당에 이르구 보니 남한 가족이 그리워 몇 자 적는다는 내용이었어요."

"음. 이제사 그 사람도 죽긴 죽는구먼. 사람은 다 한 번은 죽게 마련이니깐. 보자, 그 사람 나이가 올해 육십하고도 칠팔 세는 되었을걸." 뻣뻣하게 굳었던 이장의 안면 근육이 그제야 풀어졌다. 그는 다시 숙부드러운 표정으로 돌아가 허탈하게 웃었다. "허허, 이거 증말로 오래 살지도 않은 나인데 희얀한 소문 다 듣니더."

이장은 실감이 나지 않는 듯 연방 헛기침만 했다.

"그 소식을 빨리 전해 주구 싶다는 마음에서…… 물론 반가운 소식은 아니겠지요. 그러나 그 사람 소식에 여태껏 애태웠을 가족 입장에서 볼 때, 아무래도 모른 체하구 있기가 뭣해서 정초 연휴를 기해 찾아뵙게 된 거지요." 윤기가 말했다.

"증말 그게 사실이니껴? 그 사람 이바구라모 도무지 믿어지지 않아서 그러니더. 그래, 그 사람이 이북에서 이제사 죽었다는 게 맞는 말이요?"

김 이장이 여태껏 다른 데 정신이 흘려 있었던지 같은 말을 되풀이 물었다.

"거짓말이 아닙니다. 공책에 그렇게 쓰여 있는 걸 저나 친구 눈으로 직접 확인했으니깐 우리두 사실로 믿을 수밖에 없잖습니까."

겁먹은 이장 얼굴이 학교 변소 옆으로 자기를 데리고 갔을 때 아버지 표정과 흡사하다고 윤기는 생각했다. 그 점이 육이오를 체험한 세대와 자기 세대와의 차이일까 싶었으나, 이장 경우는 좀 심함 편이란 느낌이었다.

"이장님도 박중렬 씨와는 잘 아시는 사이였겠군요. 물론 나이 차야 있겠지만, 한 마을에 사셨으니깐 말입니다." 정호가 물었다.

"물론이지예. 마실 어느 누구보담 가깝게 지냈니더. 중렬이 그분이 왜정 말기에 대구 감옥소에 있을 때 사식 차입하러 그집 어르신을 따라 두 번인가 다녀왔니더."

이장이 무심결에 박씨를 두고 그분이란 존칭을 썼다.

"육이오 때 이장님 연세가 어땠습니까?" 정호가 물었다.

"올해 내가 마흔여덟이니 내 나이 열다섯이었나, 열여섯이었나, 그쯤 돼서 휴전 앞두고 징집에 뽑힐라카다 용케 면했니더."

"박중렬 씨가 왜정 말기에 옥살이를 했다니요. 그건 처음 듣는 말인데요?" 윤기가 물었다.

"마실서 적색 농민운동인가 먼가, 그걸 하다 사상범으로 몰리서 삼 년간 옥살이했니더. 해방 덕에 나왔지예."

이장님이 보시기에 박중렬 씨가 어떤 사람이었습니까. 육이오 전에 말입니다." 정호가 물었다.

"일본까지 가서 대학 댕겼으니 학식은 풍부했고……. 머랄까. 한마디로 대단한 사람이었지예. 영해 바닥서는 알아주던 좌익 고수였응께예. 못 사는 사람 편익 너무 들다 눈 밖에 났지만, 지금도 늙은이들이 더러 그 사람 이바구를 쑥덕거리지예. 너무 똑똑하다 보니 지 손가락으로 지 눈 찔렀다고 말임더. 아매 전쟁 전이지예. 한 분은 마실 사람이 무슨 급한 볼 일로 저 아래 신기리를 갔다 밤길에 돌아오다 공비를 만낸 기 아니겠니껴. 산으로 끌려가 꼽다시 죽을 목숨이 됐지예. 그래서 얼른 지피는 대로 거무역 박중렬 그분 집안이라 거짓말을 하이까 그냥 고히 돌려 보내줬다는 얘기도 있니더" 하더니, 이장은 무슨 실언이라도 했다는 듯 둘의 눈치를 보곤 황급히 말문을 닫았다. 불안한 눈동자와 안절부절못해 하는 자세로 보아 방안에 들어왔을 때의 의젓한 태도가 차츰 허물어지고 있었다. 그는 머리를 갸우뚱하더니 혼잣말로 중얼거렸다. "그 이상하구먼. 지난 그믐날 지서 순경이 내리와서 작은삼촌 신상을 두루 파악해갔는데, 그기 다 곡절이 있었구먼."

"작은삼촌이시라면 그분 성함이 김칠득 씨 아닙니까?" 정호가 금세 연상 작용을 발동하여 마치 유도 심문하 듯 이장 혼잣말을 다잡았다. "박중렬 씨와 함께 육이오 때 월북했다 간첩으로 내려와 자수한 분, 맞죠?"

"허허, 이거 증말로 내가 도깨비한테 홀린 기분이 드네예. 중렬이 그분 공책에 작은삼촌 이름자도 등재돼 있었니껴?"

"그렇습니다." 윤기가 대답했다. 아마도 속초 경찰서에서 이곳 지서에 김칠득의 근황을 조회해 달라는 협조 요청이 있은 모양이라고 그는 추측했다.

"이거 난리가 났구먼. 성치 몬한 몸에 또 무신 날벼락을 맞지나 않을란지." 무릎에 놓인 이장 손이 경기 들린 듯 떨리더니, 기어코 그는 장탄식을 늘어놓기 시작했다. "박중렬 그 사람이 자기 집안을 망치묵더니 이제 혼백만 남았어도 가만있질 몬하구먼. 작은삼촌을 공비로 맹글고 또 그만큼 이용했으모 됐지 무신 철천지 대원수였다고 또 그 이름을 들먹거려 쌓는지……." 이장이 물코를 들이켜곤 젖은 눈으로 윤기를 보았다. 그 눈이 불

환멸(幻滅)을 찾아서 | 335

안에 떨고 있었다. "또 다른 사람은 언급 없었니껴?"

"가족 얘기 말곤 칠득 씨 그분 이름만 유일하게 거론되었습니다." 이장이 지나치게 흥분을 하고 있어 오히려 윤기가 머쓱하다. "난 또 육이오 때 그 케케묵은 이바구를 몽땅 다 털어놨나 하고……."

이장 얼굴이 펴져 조금 안심이 된다는 눈치였다. 윤기는 이장의 과민 반응에서 과거 박씨와 당사자 간에 어떤 관계가 있은 듯한 느낌을 받았다. 칠득 씨가 예전 박씨 집안 머슴이었다면, 이장 역시 그 집안 머슴 정도였거나 박씨 문중 작인 아들쯤이었음을 그의 말투로 짐작할 수 있었다.

"칠득 씨 그분 요즘 생활은 어떻습니까?"

"그저 농사나 짓고 묻혀 사니더. 그런데 갑재기 지서 순경이 찾아와 이것저것 묻고 가자, 억시기 놀랬던지 몸살로 몸저 누웠길래 내가 쪼매 전에 잠시 문안 다녀오는 길이니더."

"그분, 정착금은 꽤나 받았을 텐데요?" 정호가 물었다.

"그랬겠지예. 저 마실 뒷산에 숨어 이틀 밤낮 고향 마실을 내려다보며 궁리하다가, 한밤중 마실로 살쩨기 내려왔는 기라예. 그래서 우리집부텀 들렀습디더. 십수 년만에 삼춘을 보는 순간, 나는 대분에 북에서 내리온 줄 짐작했지예. 시흘을 광에 숨가놓고 내가 자수하라고 설득을 안 했니껴. 죽지 않고 절대로 여게서 팬케 사는 질이 있다고 말임더. 그런데 그 말을 어데 믿어 주니껴. 가족을 몰살하겠다느니 극약을 묵고 죽겠다느니……. 거게다 어처구니읎게 나를 꼬아 지하망을 구축하겠다고 나서이 내가 어데 저놈들 하는 짓을 모르니껴. 다 사탕바린 소리지예." 하더니, 이장이 긴 숨을 내쉬었다. "이바구하자모 깁니더. 어쨌든 내가 지서에 있는 집안 종제한테 대강 귀띔해놓고 자수를 시킬라고 갖은 소리를 다 한 끝에 일주일 만엔가 내캉 지서로 나가 자수했니더. 두 달쯤 뒤지예. 자유 몸이 돼서 고향에 돌아왔는데, 보복이 두렵다미 한사코 여게서는 안 살겠다고 타지로 나갔니더. 서너 해 소식이 읎더마는 숙모를 얻어 애꺼정 데불고 고향으로 왔지예. 그 동안 대구서 가게를 차려 살았는데, 여게저게 돈을 띠이자 집칸 정리해서 환고향한 셈인 기라예. 저 앞들 논을 열 마지기쯤 사서 그저 그냥 십몇 년 벨탈 없이 묻혀 살잖니껴." 엇길로 번진 긴 이야기를 마치자,

이장이 의혹 서린 눈길로 윤기를 보았다. 그는 갑자기 얼굴을 붉히며 더듬는 목소리로 물었다. "실례지만 혹시 어데 속초 거게, 이거 머 의심이 나서 하는 말이 아이라, 수사기관 같은 데서 나온 기 아이껴?"

"아닙니다. 그건 오햅니다. 아까 말씀드린 대로 우린 그저 박중렬 씨 공책 소식이나 전해 주려 왔을 따름입니다. 이장님이나 마을 어느 누구에게 아무런 누를 끼치지 않을 테니 안심하십시오."

"박중렬 씨 직계가족으로 거무역에는 지금 누가 살고 있습니까? 이남일녀를 뒀다고 썼던데요?" 말이 변죽만 돌아 정호가 방문 목적 중심으로 화제를 다잡았다.

"박씨 그분 안사람하고 큰아들네가 여게 사니더. 신정이라고 작은아들 식구도 그저께 내리오고예."

정호와 윤기 눈길이 약속이나 한 듯 마주쳤다. 둘의 얼굴이 상기되었다.

"그 가족이 육이오 후 계속 여기에 살았단 말입니까?" 정호가 물었다.

"휴전되고 집안이 폭삭 망하자 남은 가족이 여게서 고생께나 했니더. 그라다가 중렬이 그 사람 딸이 서울로 시집가서 자리를 잡자, 죄 솔가했지예. 그 때가 아매 십구 년 전인가, 이십 년 전인가, 박정희 씨가 대통령에 처음 당선됐을 때니더. 그러더니 이태 전에 큰아들이 부인과 함께 내려와 가꼬 퇴락한 사랑채를 대충 개수해서 살고 있니더. 몸에 병을 얻어 뱀이나 잡아 묵으며 일 년쭘 휴양하겠다고 내려오더니, 그냥 당분간 눌러앉은 눈친기라예."

"종우 씨라구, 나이 마흔두 살인가, 그럴 텐데요?"

이제야 윤기가 박씨 가족을 찾았다는 안도의 숨을 쉬었다. 마치 이북 홍원에 살고 있을 이복형제라도 만난 듯한 기쁨이었다. 그는 빨리 박씨 가족을 만나 그들에게 부친 소식을 전할 때의 반응이 보고 싶었다.

"종우 맞니더. 방학 때라 서울서 공부하는 자식들도 내려와 있니더. 서울서 잘 사는 성제 간들이 돈을 부쳐 주니까 여게 사는 기사 마실서 제일 낫지예. 그런데 중렬 씨 그분 안부인께서 성치 못한 몸으로 올 여름에 내리오더니 같이 살고 있니더."

"이장님, 죄송합니다만 우리를 그 집으로 안내 좀 해주십시오."

정호는 더 자리에 앉아 있을 수 없다는 듯 일어섰다. 안내만은 별 달가운 청이 아니라는 듯 이장이 정호를 보더니 주머니에서 담배를 꺼냈다. 윤기가 라이터로 이장이 든 담배에 불을 당겨 주었다.

"우리가 그 집으로 직접 가 뵐 수 있습니다만 아무래도 이장님이 동행해 주셨으면 합니다. 증인이라기엔 뭣하지만, 이장님이 그 자리에 계시는 게 좋겠군요."

윤기도 자리에서 일어섰다. 이장이 자기들에게 품는 의혹을 더는 기회가 될 뿐더러, 현장에 있다면 자기들이 이곳을 방문한 목적의 순수성도 알게 될 터였다. 그래야만 이곳을 떠난 뒤 혹시 모를 구구한 추측을 입막음할 수 있다고 여겨졌다.

"작은아들이 와 있으니 어떨는지 모르지만 종우 그 사람 성질내미가 워낙 괴팍해 놔서……."

이장이 마지못해 일어섰다.

"괴팍하다니요?" 정호가 물었다.

"그 사람 술만 묵으모 자기 부친 욕을 얼마나 해대는지. 그런 마당에 죽었다 카는 청천벽력 같은 소식을 전하모 모친이며, 종우 그 사람이 그 충격을 우예 감당할란지 모르겠니더."

"그렇기두 하겠군요. 그러나 어쨌든 한 번은 알게 될 일이 아닙니까." 윤기는 귤 상자를 이장 앞으로 밀어 놓았다. "빈 손으로 들르기 뭣해서 그저 싼 걸로 준비했습니다."

"허허, 뭘 이런 것까지. 이거 귀한 손인데 음력 제사를 모시다 보이까 정초라도 무신 대접할 것도 읎고……. 가게에 사이다라도 두어 병 사로 보내겠니더." 이장이 겸양조로 말했다.

"괜찮습니다. 곧 저녁 때가 될 텐데, 우리도 갈 길이 바쁘니깐요." 정호가 말했다.

윤기와 정호가 마루로 나서자, 이장도 마지못한 동작으로 뒤따라 나섰다. 정종병은 윤기가 들었다. 마당에는 벌써 그늘이 내리고 멀리 바다 쪽만 햇살이 부챗살로 퍼지고 있었다. 윤기와 정호가 거무역 농로로 걸어들어 올 때보다 바람이 한결 드세었다. 바람은 소백산맥 줄기가 층을 이루며 올라간 북쪽 칠보산 쪽에서 내리불었다.

집을 벗어나 널짱한 고샅길로 나서자 이장이 앞장을 섰다. 그는 뒷짐을 지고 마을 뒤 야산 쪽으로 휘청휘청 걸었다. 윤기가 앞쪽을 살폈으나 한시절 대갓집이 터를 잡을 만한 번듯한 자리가 보이지 않았다. 마을 뒤 산자락은 대밭이 병풍을 치고 있었다. 대숲에서 이는 바람소리가 파도소리 같았다. 윤기는 성미가 괴팍하다는 이장 말을 떠올리며 왠지 종우 씨를 만난다는 게 찜찜하게 여겨졌다. 마치 저주가 붙은 탕자 유골을 안고 유골 본가로 찾아가는 기분이었다.

"종우 그 사람 모친 있잖니껴." 이장이 걸음을 늦추며 말을 꺼냈다.

"예전엔 종택 새댁이라 불렀죠." 정호가 아는 체 말했다.

"예, 맞니더. 그런데 그 모친은 증말 대단한 분이니더."

"대단하다니요?" 윤기가 물었다.

"서울 작은아들네 집에 쭉 살다 이젠 죽을 터 찾아간다고 울 여름에 아주 내리오신 모양인데, 오래 살지 못할 것 같니더."

"무슨 병인데요?"

"고혈압으로 반신불수니더. 말도 제대로 몬하지예. 서너 해 전만 해도 그 모친이 한식과 추석이모 누구든 데리고 서울서 여게까지 꼭 내리와 저 담운산 골짜기 영해 박씨 유적인 추원제 아래 있는 시댁 선산에 성묘하고 갔니더. 영해 박씨 거무역 집안 종부로 참말 일편단심 시댁을 섬기는 정성이 대단하지예. 그래서 모두 신라 시절 박제상 부인을 그대로 빼다박았다고 말 안 하니껴. 바로 살아 있는 망부석이니더."

"그럼 아직두 부군이 살아 돌아오기를 기다린단 말입니까?"

정호가 이장 말에 감복을 당한 듯 두어 발 바삐 걸어 그와 어깨를 나란히 했다.

"내 작은삼촌한테 중렬 씨 그분이 북에 살아 있다는 소식 듣고는 더욱 철저하게 믿고 있니더. 그래서 내가 명색이 이장이라고, 큰아들이 여게 내려오기 전까진 서울 사실 때는 해마다 두어 번씩 한지에 붓글씨 곱게 편지를 써 보냈지예. 거무역 안부를 두루 묻고 서울 주소를 또박또박 적어, 만약 종우 아버지가 고향에 들리모 여게로 연락하라고 말임더."

"칠득 씨 편에 남편 소식을 들었다면 박중렬 씨가 거기서 결혼하여 처자식 두고 있다는 사실두 아실 텐데요?" 윤기가 물었다.

"다 알지예. 그러나 그 일편단심은 변함이 읎니더. 그러니 망부석이라 부르지예. 근래에 자식들은 이제 아버님이 별세했을 끼라며 집 마지막 떠난 날 잡아 제사 지내자지만, 자기 눈 감기 전에는 어림읎다 안카니껴. 작년 한식 때는 반신불수 몸으로 작은아들 등에 업히서 선산에 성묘를 갔니더."

"그럼 여기엔 종우 씨와 모친 외 친척은 아무도 살지 않습니까?" 정호가 물었다.

"아무도 읎니더. 전쟁통에 중렬이 그분 큰제씨는 피란길에 폭격으로 죽고, 작은제씨는 장교로 군에 나가 죽고……."

"부모님은요?"

"두 분이 다 화병으로 휴전 전후에 돌아가셨니더. 중렬 씨 그분이 좌익질로 나서고부터 한 마디로 액운이 집안을 망친기라예. 그걸 다 종우 모친이 장부 못지않게 감당해냈으니, 휴전 후로는 일꾼 하나둘 형편도 몬 됐지마는 손수 들에 나가 농사를 지어 자식들 공부를 다 새켰니더."

어느새 셋은 야산 자락 개울 앞에 당도했다. 이장 이야기를 듣는 동안 마을을 빠져나와 야산 배향이 둔덕을 이룬 지점까지 와 있었던 것이다. 개울 옆 빈 터에는 검은 자가용 한 대가 주차해 있었다. 서울 번호판이 달려 있었다. 이장이, 중렬 씨 작은아들이 종근이가 직접 몰고 내려온 차라고 말했다.

"서울 무슨 종합병원에 의사라니더. 종우 그 사람만 술로 폐인이 됐을까, 딸네는 서울 큰 건설회사 전무부인이 됐고 둘째는 의학박사가 됐으니 중렬 씨 그분이 저쪽 땅에서 죽었어도 원은 읎을 끼니더. 인물은 역시 당대에 안 난다 카더니, 좋은 집안이라 자식들은 잘 됐니더."

골이 깊게 파인 개울둑 고샅길로 잠시 내려가자 개울을 가로질러 돌다리가 걸려 있었다. 장방형 화강암을 간 돌다리는 난간까지 세워 격식을 갖췄는데 아래에는 선단석을 둥글게 붙여 고풍한 운치를 내고 있었다. 장중한 돌다리만 보아도 한 시절 영해 박씨의 영화를 알 만했다. 다리를 건너

예닐곱 개 돌계단 위에는 골기와에 푸른 이끼가 낀 낡은 솟을대문이 한쪽으로 조금 기운 채 의연하게 서 있었다. 솟을대문의 묵은 문짝만 하더라도 서울로 옮겨 광을 낸다면 회고 취향을 좋아하는 호화 주택 정원의 야외 식탁감은 되었다. 대문 양쪽 행랑채는 사람이 기거치 않는지 창문이 모두 떨어져나가 컴컴했고, 기와 얹은 토담도 여기저기 허물어진데다 개구멍까지 나 있었다.

"몰락한 종갓집이 한눈에 완연하군." 정호가 윤기에게 귀엣말을 했다.

윤기는 이장을 뒤따라 솟을대문 안으로 들어서며, 이 집안사람들에게 박씨 비망록을 입수하게 된 경위를 다시 설명할 일에 난감함을 느꼈다.

"큰아들보다 우선 작은아들을 만나 대충 귀띔이라도 해두고 다른 식구를 뵈오는 게 좋을 것 같니더." 이장이 윤기에게 말했다. 그는 처마귀가 내려앉아 통발이로 괴어 놓은 행랑채 앞으로 걸어 들어가며, 계시니껴? 하고 사람을 찾았다.

"이장님이시군예."

행랑채 부엌에서 머릿수건 쓴 아낙네가 나오며 이장을 맞았다. 뒤따라 아낙네보다 나이 젊은 여인이 얼굴을 내밀었다. 수건 쓴 아낙네는 수수한 옷매무시에서 시골티가 났으나, 젊은 여인은 허리띠 맨 고운 한복으로 치레했고 얼굴이 깨끗했다. 박씨 두 아들 처로 동서끼리 저녁밥을 준비하던 참이었다.

"손님이 찾아와서 제가 안내를 나섰니더."하며 이장이 뒤에 섰는 둘을 둘러보곤, "보자, 이거 박 박사님이라 불러야 되나 어째야 되나, 종근이 있지예?"했다.

"사랑에 계시니더." 수건 쓴 아낙네가 말하곤, 뒤에 선 손아래 동서에게, 동서, 들어가 보게 했다.

젊은 여인이 물 묻은 손을 털며 부엌에서 나와 사랑채 쪽으로 돌아갔다. 셋은 젊은 여인을 따라 시든 잡초가 어수선하게 쓰러진 앞마당으로 접어들었다. 넓은 마당 저쪽에 고등학생임직한 남학생이 유치원 또래 두 사내아이와 공차기를 가르치고 있었다.

정호는 유서 깊은 고찰을 둘러보듯 피폐한 넓은 집안을 살펴보았다. 사람이 다니는 발줌한 외길을 빼곤 넓은 마당이 시든 풀더미로 덮였다. 사랑채는 연못 옆에 있었는데, 흙더미에 묻힌 두 벌 지대 위에는 주춧돌이 널려 불에 탄 본채 흔적을 남기고 있었다. 토담 옆으로 향나무·은행나무·감나무·목련·진백을 심고, 바위를 붙여 연못을 만들고, 그 주위로 회양목이며 주목·철쭉을 심어 한 시절은 정원의 운치를 살렸겠으나, 이제 제대로 가꾸지 않아 썩은 풀더미와 더불어 사대부집 흔적만 보여 주고 있었다. 사랑채는 앞뒤가 트여 통풍 잘된 마루를 가운데 두고 양쪽으로 방이 있었다. 마루난간은 퇴락하여 간살이 떨어져 나간 곳이 많았다.

젊은 여인이 사랑채 마루로 올라가 안방 문을 열고 서방에게 손님이 찾아왔다고 알리자, 한복에 조끼를 걸친 서른 중반의 남자가 마당으로 내려섰다. 박씨 작은아들 종근이로 투실한 체격이 호인다운 인상이었다.

"이장님이시군요. 방으로 들어가십시다."

"자네, 내 좀 보세." 이장이 종근이를 연못 쪽으로 이끌었다. 그가 낮은 목소리로 말을 꺼냈다. "이거 자네가 증말 믿을란지 모르고 사실 나도 안죽 긴가민가하네만, 사실 같기도 하고⋯⋯. 그래도 자네가 덜 놀랠 것 같아 먼첨 불러냈네."

"저 젊은이들은 누굽니까?" 종근이 윤기와 정호 쪽을 보았다.

"글쎄, 저 청년들이 자네 춘부장 소식을 가주고 왔다네."

"뭐라고요?" 종근이 질겁하며 안경 콧등을 눌렀다.

"수사기관 사람은 아니라 하지만 그것도 알 수 없고, 하여간 이북에 있는 자네 춘부장 소식을 가주 내리왔능기라, 내가 이장이라고 내부텀 찾아왔더만."

"그래서요?"

"자네 춘부장이 이북서 별세했다더구먼."

"도대체 이장님이 지금 무슨 말씀을 하고 계십니까?"

"허허, 이 사람 보게. 내 말을 증 못 믿겠거던 직접 물어보게. 내 어제 마님께 정초 문안 왔을 때 말 안 하던가. 작은삼춘 집에 순경이 다녀갔다고, 그기 다 자네 춘부장과 연관이 있었던 것 같애." 종근이 윤기와 정호 쪽으로 걷자, 이장이 그의 팔을 낚아챘다. "집안 시끄럽구로 떠벌릴 기 아이라

저 청년들 이바구부터 차근차근 들어보게."
 이장이 저만큼 서 있는 윤기와 정호 쪽을 보고 손짓을 했다.
 "속초 청년들, 이리로 좀 와 보이소."
 "드디어 일이 터질 순간이로군. 너나 가봐. 난 소변 볼 겸 집 구경이나 할 테니깐. 한 곳에 서 있었더니 발이 시리군." 정호가 윤기에게 말했다.
 윤기가 정종병을 들고 연못 쪽으로 걸어갔다.
 "아버님 소식을 형씨가 어떻게 알게 됐나요? 정말 아버님이 별세를 하신 게 사실인가요? 아니, 형씬 무얼하는 사람이오?" 종근이 윤기에게 흥분된 목소리로 물었다.
 "오윤깁니다."
 윤기가 종근에게 인사를 했다.
 "저는 박종근이라 합니다."
 "제 부친은 강원도 북단에서 어업에 종사하지요. 작년 연말, 고기잡이 나갔다 연안 바다에서 이상한 공책 한 권을 건졌어요……."
 윤기는 여러 사람에게 같은 말을 되풀이했기에 막힘없이 박씨 비망록 입수 경위, 경찰서에 신고 과정, 비망록 내용을 간추려 설명했다. 종근은 윤기 말을 들으며 한동안은 어깨숨을 내쉬었다.
 "이럴 게 아니라 방으로 들어가십시다. 방에서 자세한 얘기를 들도록 합시다." 종근이 윤기 허리를 밀며 사랑채로 걷다 안방 댓돌 앞에 영문 모른 채 우두망찰 서 있는 아내에게 말했다. "여보, 얼른 술상 봐내오시오." 하곤, 주위를 둘러보았다. "손님 한 분이 더 계셨는데 어디 갔어요?"
 "정호야." 윤기가 정호를 찾았다.
 대숲 쪽 채전을 어슬렁거리던 정호가 이쪽으로 걸어왔다.
 "이장님도 들어가십시다. 형님을 건넌방으로 부를 게요. 어머님은 혈압 때문에 천천히 알리도록 해야겠어요." 종근이 들뜬 목소리로 말했다.
 윤기는, 변변치 못한 선물이라며 술병을 박씨 둘째아들에게 넘겼다. 종근은 정종병도 눈에 들어오지 않는지 고맙다는 빈말조차 없이 장조카를 불러 건네주었다. 정호까지 건넌방으로 들어가자, 종근이 안방문을 열었다.
 박중열 씨 부인은 이불을 덮고 아랫목에 누워 있었다. 백발에 입술이 한

쪽으로 돌아간 그네는 얕은 잠에 든 듯 눈을 감고 있었다. 그네 큰아들 종우는 발치 요 아래 발을 넣고 비스듬히 누워 텔레비전을 보고 있었다.
텔레비전 화면에는 색동옷 입은 연예인들의 장기 자랑이 한창이었다.
"형님, 건넌방으로 좀 건너오세요." 어머니가 깰 세라 종근이 조용히 말했다.
"누가 왔어?"
큰아들 종우가 몸을 일으켰다. 그 역시 신정이라 한복을 입고 있었다. 마른 얼굴에 검누른 안색이 병기가 있어 보였다.
"하여간 빨리 건너오세요. 중요한 손님이 찾아왔으니깐요."
"누구냐니깐? 한 서방 말이 들리더니, 또 누가 왔어?"
고의춤을 추스르며 종우가 자리에서 일어섰다. 아우와 달리 마른 체격이었다. 종근은 마루를 거쳐 건넌방으로 들어와 형광등을 켰다. 뒤따라 건너온 종우가 이장을 보자 눈살을 찌푸렸다.
"자넨 날마다 뭣 하러 찾아와?"
시비조였다. 나이 네댓 연장인데 그는 이장에게 낮춤말을 썼다.
"이 사람아, 내가 어데 몬 올 데 왔는가. 섯지 말고 앉기나 하게." 이장이 멋쩍게 웃었다.
"안면이 없는데?" 종우가 낯선 객을 보고 앉으며 아우에게 물었다.
"형님, 이분들은 속초에 사는데 아버님 소식을 알아왔어요. 원산 부근 요양소에서 작년 말에 돌아가셨다는……." 말을 맺지 못하고 종근이 안경을 벗어 눈꼬리를 훔쳤다.
"뭐라구, 영감 소식을?" 종우 목소리가 쇳소리로 튀었다.
"정말입니다. 아버님이 손수 쓰신 비망록을 직접 봤으니깐요." 윤기가 말했다.
"아니, 보자 하니 새파란 젊은이들인데, 당신네들이 어떻게 그런 걸 알고 있소?"
종우는 부친 별세 소식은 믿지 않겠다는 듯 윤기와 정호를 쏘아보았다. 그는 방문객을 심문이라도 할 태도였다.
"어디 허튼 소식 전하겠다구 우리가 여기까지 찾아왔겠어요?" 종우 태도에 기분이 상한 정호가 볼멘소리로 말했다.
"오형, 오형이 직접 자세한 얘기를 들려주세요." 종근이 윤기를 보았다.
윤기는 자기네 신분을 밝히고, 둘째아들에게 들려준 말을 다시 되풀이 했다. 큰아들 성격이 괴팍함은 몇 마디 말로 알아 버린 만큼 윤기는 그의 오해를 사지 않으려 성실하게 부친 비망록 내용을 설명했다. 윤기가 설명할 동안 종우는 굳은 표정을 풀지 않았고 동요하는 내색을 보이지 않았다. 그의 검누른 얼굴은 돌덩이같이 굳어 있었다.
"……사망 일자는 알 수 없지요. 돌아가시기 전에 쓴 비망록이니깐요. 내용은 조금 전에두 말했듯 참회록에 가까울 정도로 이북에서 겪은 어려움을 적었구 스스로를 반성하는 내용이었습니다."
"영감이 죽었다는 게 영 믿기지 않아. 아무리 긴 사설을 달아도 당신 말부터 믿을 수가 없소." 종우가 허탈하게 중얼거렸다. 맥 풀린 멍한 눈길이던 그는 윤기를 다시 쏘아보았다. "지금 세상이 어떤 세상인데, 정초부터 도깨비한테 홀린 말을 듣는지 알 수 없소. 휴전선이 철판으로 막힌 판국에……. 도대체 어디까지가 참말이오?"
"선생님 뵈오니 우리가 공연히 헛걸음한 생각이 들군요. 여러 가지 내키지 않는 점두 있었지만 좋은 일한다구 찾아왔는데……." 정호가 반문했다.
"사실은 사실인 것 같애. 거무역에 첫 걸음하는 분들이 집안 내력을 어떻게 그토록 소상하게 알 수 있겠는가. 점쟁이라케도 그렇제, 우예 그래 잘 알겠노 말이다." 말없이 앉았던 이장이 참견했다.
"허허, 이거 정말 미치고 팔짝 뛰겠구먼." 종우가 갑자기 자기 가슴을 쳤다. "그 비망록인가 나발인가를 경찰서에 넘겨 줘버렸다니 더 따질 말도 없지만, 도무지 말 같잖은 소리라서……. 내가 지금 내 정신이 아니네."
종우가 몸을 조금 틀어 앉았다. 그의 눈은 다락문짝에 벽지로 붙인 색바랜 사군자 묵화를 바라보며 무슨 생각인가 골똘히 간추리는 듯했다.
"술상 준비해 왔어요."
밖에서 종근 아내 목소리가 들렸다. 문께에 앉았던 종근이 방문을 열고 통영반을 받았다. 차례를 지내 먹거리가 푸짐했다. 갈비찜도 올라 있었다. 종근이 통영반을 방 가운데 놓고 종짓잔마다 술을 따랐다. 따끈한 정종이었다.

"한 잔씩 드십시다. 한겨울에 여기까지 오시느라 수고 많았겠습니다. 이장님도 가까이 오세요." 종근이 말했다.

종우를 제외하고 모두 엉덩이를 당겨 상 앞에 앉았다.

"증말이니더. 그 소식을 전하겠다고 천릿길을 이래 찾아 주이 아매도 일편단심 바깥어른 소식 기다린 마님 영험이 하늘에 닿은 모양이니더."

이장이 너스레를 떨었다. 그는 술잔을 들며 윤기와 정호가 잔 들기를 재촉했다. "두 분은 언 속이나 녹이시구려."

종우가 잔을 들더니 술잔을 단숨에 비웠다. 기분을 잡쳐 시무룩해져 있던 정호도 술잔을 비웠다. 윤기가 술잔을 들자, 종우는 자기 잔에 두 번째 술을 치고 있었다. 그는 안주에 젓가락을 대지 않았다.

"속초 경찰서 정보과에 그 비망록이 있겠군요. 그걸 무슨 수를 써서라도 입수해야겠어요." 종근이 잔을 비우며 말했다. 그는 형과는 달리 두 번째 부친 소식을 새겨들은 참이라 사뭇 들뜬 표정이었다.

"그걸 입수하자면 경찰서에서 우리 얘길 해야 할 텐데 우리가 여기까지 찾아왔다면 구설수에 안 오를는지 모르겠습니다. 비망록에 별다른 정보거리는 없었지만, 그런 저런 이유로 말입니다." 윤기가 둘째 아들에게 말했다.

"제가 궁리해보죠. 형씨들 누 안 끼치고도 무슨 수가 있겠지요. 서울엔 그 계통에 제가 알 만한 사람도 있으니 털어놓고 상의해본다면······."

종근은 부친 별세 소식을 기정사실로 받아들이고 있었다. 아버지의 생사 여부보다 그 소식을 들었다는 사실만도 꿈만 같은지 만면이 홍조를 띠고 있었다. "그건 그런데, 이 소식을 어머님께 어떻게 전해야 할는지, 새 걱정거리가 생겼구만요. 아무래도 누님을 불러야겠어."

"나는 안죽 이분들 말이 진짜 안 들려."

이장은 갈비찜을 열심히 뜯었다.

"비망록을 입수만 한다면 우리 집안 가보가 되겠습니다." 종근이 윤기에게 말했다.

"가보? 흥, 가보 좋아하네. 그 영감 때문에 우리 집안이 어떻게 됐어? 내가 이 꼴이 된 게 다 누구 때문이야? 미친놈의 영감탱이, 살아 내려온다면 멱살 쥐고 경찰서로 끌고 가려 했는데!" 몇 잔째 자작으로 부지런히 술잔을 비우던 종우가 내뱉었다. 그는 매운 눈길로 아우를 보았다. "철없을 때 당한 네가 뭘 안다고 지껄여. 그 영감 얼굴도 기억 못하며 말야. 난 내 눈으로 집안 망해가는 꼴을 똑똑히 봤고, 철저히 당하며 살아 왔어. 그 방면만은 이 세상이 얼마나 냉혹한지 넌 아직 몰라!"

"형님, 그건 지난 시절 얘기 아닙니까. 지금 와서 새삼 곱씹어야 뭘 어쩌겠다는 겁니까. 어차피 이젠 별세하셨는데, 형님이 아버님을 그렇게 매도한다고 우리 집안에 이로울 게 뭐 있나요? 시절을 잘못 만나 엇길로 가신 분을 언제까지 그렇게 욕질만 하실 겁니까? 어머님 보세요. 형님 그 주정으로 관격에 걸리셨고 그 길로 저렇게 되시지 않았습니까." 종근이 제 형에게 목소리를 높였다.

"영감 친필을 봤다니 말이지만, 자기가 개자식이란 말은 안 썼소? 인간 구실 못하고 살다 죽는다고." 종우가 아우 말을 무시하고 윤기에게 말했다.

"형님, 왜 이러셔요? 이분들이 뭘 어쨌다고 자꾸 시비좁니까."

"그런 말은 없었습니다. 가족에게 두루 면목 없다는 말씀은 있었어도."

윤기가 대답했다.

윤기는 큰아들 얼굴에 타오르는 그 어떤 적의敵意를 보며, 구랍 바다 식당에서 친구들 토론에 붙여졌던 시 '어떤 싸움의 기록'을 연상했다. 분명 이 분위기 속에도 가해자와 피해자의 싸움과, 그 싸움에 아무 역할도 하지 못하는 방관자가 있으리라 여겨졌다. 아니면 가해자는 이데올로기란 거대한 환영이고, 시에 나타난 '아버지'가 박씨 두 자식이라면 '나'가 방관자로 묘사된 자신일지 몰랐다.

"나 이거, 당신네들 불러다 점을 치는지 뭘 하는지 알 수 없군."

종우가 공허한 웃음을 웃어젖혔다. 그의 검누른 얼굴이 술기로 붉어졌다.

"선생은 아직도 우릴 못 믿으시는군요?" 묵묵히 술만 마시던 정호가 큰아들에게 대들 듯 말했다.

"못 믿을 수밖에. 통일됐으면 모를까. 지금 어느 세월인데 당신네들 그 말이 귀에 바로 박히겠소."

"그럼 제가 증거를 보일까요?"

갑자기 방 안에 긴장기가 서렸다. 윤기는 이 친구가 무슨 꿍꿍이속으로 이러나 싶었다. 정호와 동행하고부터 마음 한구석이 찜찜했는데, 그 느낌이 섬뜩하게 가슴을 쳤다. 다혈질 친구가 드디어 일을 낸다 싶었다.

"제가 그럼 증거를 보이리다. 박중렬 씨가 남긴 비망록 중 딱 한 쪽을 복사해 왔으니깐요." 정호가 점퍼 지퍼를 열더니 안주머니에서 지갑을 꺼냈다. 그는 지갑에서 꼬깃꼬깃 접은 종이를 빼냈다. 박씨 가족사진 복사지였다. 그는 그 사진을 큰아들 얼굴 앞에 들이밀었다. "자, 이래도 못 믿겠어요?"

그 복사 사진을 빼앗듯 낚아채어 들여다보던 종우 얼굴이 일그러졌다. 손이 풍기를 맞자 복사기까지 떨렸다. 종근과 이장이 목을 빼고 복사 사진을 들여다보았다.

"아니, 이게 어머님이 그렇게 아쉬워하던 바로 그 사진 아닙니까." 종근의 목소리가 떨렸다.

"증말일세. 바로 박중렬, 그분 얼굴 맞구먼." 이장이 탄복했다. 그는 사진 속 박씨 처를 가리켰다. "마님이 안고 있는 이 아이가 바로 자네 아닌가베."

"전쟁통에 사진첩이 몽땅 불타 버려, 제 백일 때 찍은 사진만이라도 한 장 남았으면 하고 어머님이 늘 애타했지요."

종우는 사진만 뚫어지게 바라볼 뿐 말이 없었다. 정호와 윤기는 둘째아들이나 이장보다 복사 사진을 노려보는 일그러진 얼굴의 큰아들을 지켜보고 있었다. 한참 뒤, 종우는 복사지를 힘없이 떨어뜨렸다.

"맞소. 이제 당신네 말을 믿을 수밖에, 영감 죽음까지도……." 종우 목소리가 허탈했다. 그는 탈진한 사람같이 술상에서 물러앉더니 벽에 등을 기대었다. 그의 얼굴이 핼쑥해졌고 온몸을 떨어댔다. 그가 헛소리처럼 중얼거렸다. "죽었어, 그래 맞아. 이제야 철저하게 영감 시대가 막을 내렸어……."

"형님, 진정제나 청심환 가져올까요?"

"관둬. 그저 마음이 후련해서 그렇다."

종우가 벌떡 일어섰다. 그는 방문을 열어젖히고 마루로 나섰다. 방 안의 심상찮은 대화를 축담에서 귀 기울이던 두 동서가 갑자기 열린 방문에 화들짝 놀라, 종우에게 길을 내주었다. 그는 땅거미 내리는 마당을 비틀걸음으로 질러가며, "죽었어! 정말 영감이 이제야 죽었다는구나"하고 미친 사람처럼 외쳤다.

"형님, 어디 가십니까?"

복사 사진을 주머니에 넣은 종근이 마루로 나섰다. 종우는 돌아보지 않고 행랑채 모퉁이를 돌아 사라졌다.

"형수님, 따라가 보세요." 충격으로 형이 무슨 일인가 저지를 듯 싶어 종근이 말했다.

"진짓상 올릴까요?" 종근의 처가 남편에게 물었다.

"그러지. 손님 먼 길에 시장하실 거야."

"괜찮습니다. 벌써 어두워졌군요. 우린 그만 떠나겠습니다." 정호가 말했다.

"나서다니요. 날씨가 아주 추워집니다 그려."

"갈 길이 멀어 우선 거무역을 벗어나야겠습니다." 윤기가 말했다.

뒤란 대숲에서 이는 바람 소리가 세찼다. 그는 하룻밤 쉴 잠자리 찾을 일이 아득했으나 이제 임무를 끝냈으니 박씨댁을 떠나야 할 것 같았다. '영동행각嶺東行脚'의 시에는 이런 구절이 있었다.

명절날 같은 밤에는 집집마다의 젯상에 모여/조상들조차 함께 웃고 떠들거나 낯선 사람같이/키 낮은 처마 밑을 기웃거리는데/아주 잊혀진 이름은 하나도 아니면서/좀처럼 말꼬리에 얹혀지지 않는 사람들…….

그러나 오늘 오후, 좀처럼 말꼬리에 얹혀지기에는 차마 두려워하던 사람의 이야기를 이만큼 언급했다면 더 들려줄 말이 없다고 윤기는 생각했다.

"그 무슨 섭섭한 말씀을 하세요. 아무리 가세가 기운 집이기로서니, 손을 이렇게 대접하는 법이 우리 집안에서는 없었다고 들었습니다. 형님 때문에 기분이 상했더라도 진지 드시고 잠자리가 불편하더라도 주무시고 아침에 떠나십시요."

환멸(幻滅)을 찾아서 | 349

종근이 황급히 윤기 팔을 잡았다.
"그러니더. 오늘은 여게서 주무셔야 하니더, 귀한 손인데 선걸음에 나서서야 어데 되겠니껴." 이장도 말렸다.
"성의는 고맙습니다만 우릴 그냥 놔두십시오. 또 기회가 있으면 뵙게 되겠지요." 윤기가 정색하여 말했다.
"여기 제 명함 있습니다. 설악산도 들를 겸 속초로 오시는 걸음 있으면 한번 들러 주십시오." 정호가 종근에게 자기 명함을 건넸다.
"갑자기 왜들 이러십니까. 우린 아버지와 형님 세대와 다르잖아요. 육이오전쟁을 모르는 세대 아닙니까. 술이나 들며 얘기나 나누십시다." 정호 명함을 받은 종근이 말했다.
"폐를 끼치고 싶지 않아 그러니깐 달리 생각 마십시오. 버스 타고 우선 울진까지라도 올라가야겠습니다. 거기에 만날 친구가 있어요." 윤기가 거짓말로 발뺌을 했다.
그 동안 준비해둔 듯 종근이 처와 고등학생이 교자상을 맞잡아 들고 마당을 질러왔다. 윤기와 정호는 어쩔 수 없이 다시 자리에 주저앉고 말았다. 넷이 식사를 마칠 동안도 종우와 그의 처는 돌아오지 않았다.
"정 저의 집에 주무시기 불편하시다면 제 차로 백암온천까지 모셔 드리겠습니다. 거기 호텔에서 하루 쉬시다 가시지요." 숭늉으로 입을 헹군 종근이 말했다.
"자꾸 권하시니 뭣합니다만, 그러시다면 우리를 울진까지만 태워주십시오. 아마 한 시간쯤 걸리겠죠." 정호가 말했다.
"울진이 아니라 속초까지라도 밤 새워 모셔다 드리겠습니다. 그런 걱정 마십시오." 종근이 하는 수 없다는 듯 양보하고 말았다.
식사를 마치자 윤기와 정호는 방을 나섰다. 마루로 나오니 바깥이 어둑신했고, 멀리 바다 쪽 하늘에만 비늘구름에 스러지는 노을이 실려 있었다. 윤기는 박씨 부인 모습이라도 보고 떠났으면 싶었으나 차마 그 말이 입 밖에 떨어지지 않았다. 반신불수라니 앉을 수도 없으리란 생각이 들었다. 종근이 안방으로 건너가더니 두루마기에 목도리를 두르고 나왔다.
일행은 종근이 처와 집안 아이들 배웅을 받으며 솟을대문을 나섰다. 밤

바람이 차가웠다.

정호와 이장이 앞서 걸으며 칠득 씨에 대한 이야기를 나누고 있었다. 한 번 뵙고 갔으면 좋겠다는 정호 말에, 공연히 생사람 심사를 발칵 뒤집어 놓을 그 말을 왜 또 꺼내려 하냐며 이장이 말렸다.

"종우 그 사람 봤지예. 똑똑하던 사람이 와 저래 삐뚤게 됐는지 말이니더. 지 삼춘도 마찬가지니더. 신문에서 간첩 잽혔다카는 기사만 봐도 그날은 밥도 제대로 몬 묵어예. 들일도 안 나가니더. 나도 육이오 전후로 하도 빨갱이한테 들뽁혀서 그 이바구라 카모 다리 뻗고 잠도 제대로 몬 자지예. 그기 다 머겠니껴. 자라 보고 놀란 가슴 솥뚜껑 보고 놀란다고, 얼매나 언슨시럽게 당해놨으니 우리 같은 촌사람이 아직도 떨고 살겠니껴."

"앞으로는 그런 세월이 또 와서야 되겠습니까."

정호는 박씨 비망록 끝부분에 있는 한 구절을 떠올렸다.

내가 대남사업에 종사하며 남조선에서 발행되는 신문을 보았을 때, 남과 북의 현실이 정치·경제는 물론 사회 형태와 가정 생활, 심지어 사용하는 언어까지도 엄청나게 달라지고 있음을 알았다. 우리 민족이 48년까지만 해도 한솥밥 먹으며 한 핏줄이었다는 동질감이 이십 년 사이 그렇게 변해 버릴 줄 상상도 못할 일이었다. 그로부터 또 흘러온 십 년, 앞으로의 분단이 장기화될 때 나는 그 훗날을 상상할 수 없다. 강대국을 등에 업고 그들 정치적 경제적 속국이 되어 총칼과 증오로 인민의 적개심을 충동질하는 자가 그 누구냐. 그렇게 인민을 속이며 총칼로 방패막을 세워 생활과 풍습의 변화를 그대로 방치해둔다면 겨레의 만남은 그만큼 더 이질감과 거리를 두게 될 것이다. 우리가 지금이라도 찾아야 할 길은 73년 남북 조선 공동 성명이 리념이나 정권 차원에서 리용되지 않는, 민족 순수의 만남을 통해 공동 체험 자리를 넓히는 길일 텐데, 이 굳어진 벽을 지금 누가 어떻게 허물겠느뇨. 우리 세대가 남의 장단에 춤을 춘 어릿광대로서 총칼로 피를 불렀다면, 이제 내 자식과 손자 세대에서는, 그 일이 백두산을 허물어 평지를 만드는 로력만큼 어려운 일일지라도 한핏줄로써 사랑을 회복해야 함이리라……

종근이 자가용 서치라이트를 켜고 시동을 걸었다.
"이장님, 공연히 폐만 끼치고 갑니다. 사실 우리가 여기 와서 실수했거나 잘못한 점 없었지요?"
윤기가 손을 내밀어 이장에게 악수를 청했다.
"잘못되다니예. 먼지 모르지만 한 가지 일이 이제사 겨우 끝난 것 같니더. 종우 그 사람 말맨쿠로 후련하게 말이니더."
"이쪽으로 지나치는 걸음이 있으면 또 한 번 들르겠습니다." 정호가 말하곤, 사양하는 이장에게 사온 담배가 남았다며 담배 두 갑을 건네주었다.
윤기와 정호가 차 뒷좌석에 올랐다. 종근이 히터를 넣었다. 이장이 떠나는 차를 보고 손을 흔들었다. 차는 천천히 골목길을 빠져나갔다. 멀어지는 차 꽁무니를 따라 이장이 느린 걸음을 옮겼다. 그는 그제야 편안한 숨을 내쉬었다. 박중렬 그 사람이 드디어 사망했다는 소식은 묵은 체증이 내려가듯 그의 마음을 후련하게 했다. 그가 박씨 댁 머슴 살던 시절이었던 전쟁 터진 이듬해, 박씨가 마지막으로 집에 들렀던 그날 밤, 그는 십리 밖 영해지서로 달려가 자기 신분을 숨기고 입산 공비 고수 박중렬의 출현을 밀고했던 것이다. 그는 거무역에서 아무도 모르는 그 비밀을 여태껏 마음 한 귀퉁이에 간직한 채 살아왔다. 미성년자라고 자기에게만은 한 마지기 농토도 떼어 주지 않던 앙갚음으로 주인을 밀고한 걸 지나온 세월 동안 그는 두고두고 후회했다. 박씨가 간첩으로 내려와 반드시 복수할 것이란 불안으로 다리 뻗고 잠자지 못하는 세월을 살아왔다. 그 기억이 터지지 않은 지뢰로 가슴에 묻혀 있었는데, 박씨가 이제야 유명을 달리했다는 소식을 접했던 것이다.
차가 마을 입구로 빠져나가자, 창 밖을 보던 윤기 눈에 간이식당 안 풍경이 들어왔다. 환한 유리창을 통해 박씨 큰아들과 그의 처가 술상을 마주하여 앉아 있었다. 박씨 큰아들은 소리를 지르며 주먹으로 술상을 내리쳤고, 그의 처가 달래는 참이었다. 운전을 하던 종근도 힐끗 식당을 보았다.
"저는 저런 형님을 이해합니다. 클 땐 명민한 분이셨는데 한창 감수성이 예민하던 열서너 살 전후 경찰서로 끌려다니며 너무 가혹한 시련을 겪었지요. 그 결과 정신이상 징후를 보이시더니 성인이 된 후 알코올중독자가 되고 말았지요. 족보가 밥 먹여 주는 세상이 아닌데도 형님은 이 거무역에서 어느 누구한테도 존댓말을 안 씁니다. 예전에는 이 마을 사람 대부분이 우리 집안 논을 붙여먹었거나 등 기대고 살았으니깐요. 이젠 다 옛 얘기지요."

차가 널찍한 농로로 나서자 속력을 내기 시작했다. 윤기는 속주머니에 넣고 온 박씨 비망록 사본을 그의 둘째아들에게 넘기고 떠날까 어쩔까 망설였다.

"사실 이번 하향길에 어머님 모시고 올라가려 했더랬습니다. 입원 치료를 지켜보려고요. 두 분을 만나뵈니 이번은 그냥 올라가야겠군요. 누님과 상의해서 함께 내려와야겠습니다. 누님도 아버지 얘기만 꺼내면 얼굴이 하얘져 쉬쉬하는 분이지요. 상경길에 누님과 함께 속초에 들러 인사를 차리도록 하겠습니다."

윤기는 종근의 말에, 당분간 비망록은 보관해 두어도 되리라 생각했다. 충격이란 시간을 두고 조금씩 나누어 받는 편이 부담을 줄일 터였다. 그는 어둠 속에 겨울바람이 매서운 저문 들녘에 눈을 주었다. 바다 쪽 하늘에는 노을빛도 스러져 붉은 여운이 긴 띠를 이루고 있었다. 밤바람을 타고 동해바다는 이제 물결을 더 일으켜 세우리라. '영동행각'이란 제목으로 일곱 편의 시를 썼던 울진 출신의 젊은 시인은 전쟁을 기억하지 못하는 세대였으나, 시대의 앞뒤를 두루 살펴 그 불가해한 상처의 뿌리를 노래했다. 그는 '다시 영동에서'란 시의 마지막 연을 이렇게 썼다.

한 생애가 눈물 가득 찬 물결로도 출렁이고
서러울수록 그 위에 엎어져 함께 흐느껴 가면
어둠 속 더욱 넓어지는 소리의 한없는 두런거림
여기서 자라 이 물결에 마음붙인
사람들의 오랜 고향을 나는 안다.

어두운 기억의 저편

1984년 이상문학상

이균영(李均永)

1951년 전남 광양에서 태어나 한양대 사학과를 졸업했다. 1977년 『동아일보』 신춘문예에 소설 「바람과 도시」가 당선되어 문단에 등단했다. 소설집으로는 『바람과 도시』 『멀리 있는 빛』 등과 동화집 『무서운 춤』을 남기고 1996년 요절했다.

어두운 기억의 저편

1

 눈을 뜨자 그는 벌떡 자리에서 일어났다. 아무것도 보이지 않았다. 그는 벽을 더듬거려 겨우 문 옆에 붙은 스위치를 찾아냈다.
 희미한 백열등이 켜졌다. 그곳은 장식이 없는 작고 낯선 방이었다.
 지독한 두통과 함께 응급환자와 같은 목마름이 그를 덮쳤다. 잠자리의 머리맡엔 주전자가 있었다. 컵이 있었으나 그는 허겁지겁 꼭지에다 입을 붙이고 두통과 목마름을 다스렸다. 머리는 여전히 지끈거렸다. 여느 때와는 모든 것이 달랐다.
 대개 그는 잠자리에서 깨어나면 눈을 감은 채 그대로 있었다. 오래 길들여진 그의 버릇 중의 하나였다. 그는 지난 잠자리에서 하던 생각의 끝을 이어내거나 어렴풋이 남아 있는 꿈을 되새기며 정해진 일조시간日照時間을 아끼는 꽃처럼 눈뜨기를 망설였었다.
 그는 될 수 있는 한 오늘은 무엇을 해야 할 것인가, 누구를 만나고 누구에게 잊지 말고 전화를 해야 할 것인가 하는 따위의 일상을 생각하지 않았고 그저 될 수 있는 대로 아무런 생각도 없이 누워 있곤 했었다. 깨어서 아무런 생각 없이 눈을 감고 있는 동안의 어둠이란 완전히 평화라고 그는 생각하기로 했었다.

그래서 그는 아침 일이 바쁜 시각에도 깬 정신으로 눈을 감고 어김없이 이 어둠을 즐기는 것이었고, 그 때문에 가끔 출근시간을 맞추지 못하기도 하고 약속을 어기게 되는 경우가 있었지만 이 버릇을 고쳐야겠다고 다짐을 둔 적이 없었다. 이 어둠의 평화가 권태롭게 느껴지기 시작하고 혹시 오늘은 늦잠을 잔 것이 아니까 하는 불안감이 그 평화를 침범할 때쯤 그는 기지개를 켜듯이 위로 손을 뻗어 라디오를 틀고 드디어 몸을 일으켰던 것이다. 그리고 이 버릇이란 그의 단조로운 생활 때문에 근래 몇 달 동안 거의 변함이 없었던 일이었다.

그러나 여느 때와는 모든 것이 달랐다.

당장은 아무런 기억도 해낼 수가 없었다. 심한 두통이 정신을 사납게 했고 속은 쓰리고 메스꺼웠다.

멍하게 천장을 쳐다보며 서 있던 그는 해야 할 일을 갑자기 생각해낸 사람처럼 허둥지둥 벽으로 다가서서 벽에 걸린 양복의 호주머니를 뒤졌다. 지갑을 꺼내고 그 안을 들여다보았다.

5만 원권 자기앞수표가 여섯 장, 만 원권 지폐가 네 장, 5천 원권 지폐가 한 장, 한 달치 봉급은 고스란히 있었다. 돈 외엔 예닐곱 장의 명함, 진찰권, 병역수첩, 주민등록증.

지갑은 그대로였다. 적조했던 옛 친구를 만난 것처럼 그는 주민등록증에 붙은 그의 사진을 오랫동안 들여다보았다.

바짓가랑이에는 흙이 진창이 되어 있었고 엉덩이와 저고리 깃에는 토한 흔적이 남아 있었다. 그제야 그는 바지저고리가 옷걸이에 단정하게 꿰어져 벽에 걸려 있다는 사실을 이상하게 느끼기 시작했다. 그는 무엇인가 기억해내려고 애를 썼다. 그러나 아무런 기억도 만날 수 없었다. 머리맡엔 시계가 벗겨져 있는데 들여다보니 죽지 않고 돌아가고 있었다.

5시 35분.

더 자세히 살피니 베개가 두 개였다. 두 개의 베개를 내려다보며 그는 다시 무엇인가 기억해내려고 애를 썼다. 두통은 계속되었다.
"아, 아."
그는 갑자기 메마른 입술 사이로 탄성과도 같은 신음소리를 터뜨렸다.
그는 천장을 올려다보았으나 초점이 흐려진 그의 시선이란 천장을 붙들지 못했다. 그것은 기억의 실마리를 붙들어내려는 시선이라고 하는 편이 옳았다.
시선을 거두고 방 안을 두리번거리다 그는 자고 나온 이불을 들췄다. 볕이 닿지 않은 곳에서 생기는 퀴퀴한 곰팡이 냄새가 코를 찔렀다. 이불 속에는 아무것도 없었다. 곰팡이 냄새에 얼굴을 찌푸리며 그는 처음으로 이곳이 어디일까 하는 생각을 했다. 무섬증이 돋았다. 어쩌면 자신이 갇혀 있는 것인지도 모른다는 의구심 때문이었다.
방에는 창이 없었다. 음모처럼 어두운 지하실과 같았다. 깔고 누웠던 요까지 들춰보았다.
없다!
가방을 잃어버렸구나!
생각이 거기에 미치자 그는 이제야 완전한 현실 세계로 돌아오는 것 같은 느낌이 들었다.
그는 서둘러 옷을 입었다. 가방 때문에 더럽혀진 옷에도 신경이 쓰이지 않았다.
문을 열고 밖으로 나오니 길고 어두운 복도였다. 복도 가운데 형광등이 하나 켜져 있었다. 희미한 불빛에도 불구하고 그것은 그가 조금 전에 느꼈던 어둠과 단절에 대한 두려움을 해소시켜 주었다.
걷기 시작하자 발 밑에서 삐거덕거리는 소리가 났다. 방문마다 녹색 플라스틱 번호판이 붙어 있었다.
복도가 끝나는 곳에서 그는 여닫이식의 유리문을 만났는데 그것을 밀치니 마당이 나왔고 밝아오는 새벽공기가 느껴졌다. 하늘은 흐려 있었다. 잠시 하늘을 올려다보고 섰다가 '내실'이라는 푯말이 붙은 방으로 다가가서 잔기침을 세 번 하고 목소리를 낮추었다.
"여보세요."

처음엔 기척이 없더니 두 번을 더 불러서야 문이 열렸다.

"왜 그러세유."

웬 여자가 눈을 부비며 목을 빼는데 그녀의 푸석푸석한 얼굴과 헝클어진 머리 때문에 그녀의 나이는 40대와 50대 사이를 오락가락하게 했다. 하품을 하고 머리를 뒤로 쓸어 모으면서 방문을 나서더니,

"벌써 날이 샜네."

그제야 그를 똑바로 쳐다보았다.

"아, 나는 누구시라고."

그녀는 그를 보고 단번에 아는 시늉을 했는데 이제 40대 중반으로 확실하게 짐작이 가는 그 여자는 오래 알아왔던 사람들에게처럼 말을 거는 것이었다.

"아유, 선상님도 술을 그렇게 드시면 어뜨캐요."

여자는 유연한 중부지방 사투리를 썼고 그 때문에 그녀는 장사하는 여자로서는 드물게 순진하다는 생각이 들게 했다.

"그란디 왜유?"

그는 침을 삼켰다.

"제 가방을 맡아 두지 않았나 해서요."

그는 다시 마른침을 삼키며, 여자의 두툼한 입술을 주시했다.

"아니오, 들어오실 때부텀 빈손인 것 같았지유 아마. 그 가방을 잃어버렸나유?"

"예."

"돈이에요?"

긴장으로 잊고 있었던 두통과 갈증이 다시 시작되었다. 그는 마당가의 펌프로 다가가서 갈색 고무통에 남아 있는 물을 부어넣고 펌프질을 했다. 맑은 물이 쏟아졌다.

이른 아침, 맑은 물이 통 속으로 쏟아져 나오며 내는 명랑한 소리가 그의 기분을 한결 밝게 만들었다. 그는 고무통이 넘치도록 펌프질을 해댔다.

물은 따스했다. 마신 후 얼굴을 적셨다. 주인 여자는 화장실에서 나와 마당을 가로질렀다.

"그런데 아주머니 여기가 어디쯤 됩니까?"

그는 물었다. 묻는다기보다 그것은 자신의 위치를 확인하는 일이었다.

"이문동이에유."

그는 이문동에 있었다. 아니, 이문동이라고? 그는 놀랐다. 그의 표정을 눈치챈 듯,

"왜 취중에 엉뚱한 곳으로 오셨남 보네유."

정말로 엉뚱했다. 어떻게 해서 여기로 오게 된 것일까.

어제 저녁.

헝겊에 물을 묻혀 옷을 닦아내며 그는 생각했다.

어제, 그가 퇴근 시간을 맞은 곳은 은행이었다. 빌어먹을, 젠장, X 할…….

퇴근 시간을 생각하면 잡스런 욕설이 입 안에 가득히 쌓였다. 퇴근 시간이라고는 하지만 그는 제 시간에 퇴근을 해본 적이 없었다. 회사보다 은행에 있는 시간이 많았으니까. 시간에 맞추어 퇴근을 한다기보다 그날그날에 배당된 업무를 마쳐야만 퇴근이 가능하도록 되어 있는데 은행의 일이라는 게 그랬다.

중소 무역회사의 수입부 말단 사원에게 은행일이라는 게 으레 그랬다.

어제는 내고 서류 때문이었다. 결재된 서류가 그의 손에 넘어온 것은 일곱 시가 넘은 시각이었다.

"전생에 나에게 무슨 원수가 졌기로 이자디 못 살게 구는 거요."

서류를 넘겨주며 담당 은행 대리 신경식申慶植이 말했다. 신 대리의 지친 표정을 보며,

"갑시다. 오늘은 내가 한잔 사겠소."

그가 말했었다.

주머니는 두둑했다. 월급봉투가 그대로였다. 술집을 찾아 걷는 동안 그와 신 대리는 피로를 풀려면 독한 소주가 좋다는 데 합의를 보았고, 그래서 처음 간 곳은 다동 뒷골목의 간판도 기억할 수 없는 술집이었다. 소금구이를 안주로 소주를 마시면서 그들은 저녁 대용으로 공기밥 한 그릇씩을 해치웠다.

소주 두 병을 마셨을 때에도 그들은 취기를 느끼지 않았으나 '소주 한 병씩'이라는 처음의 약속대로 그와 신 대리는 그 술집을 나왔다. 그때 그는 확실히 가방을 들고 있었다. 그것은 확실하다. 신 대리가 그를 보고 옆구리에 가방을 끼고 다니는 사람은 꼭 세무공무원 같은 기분이 들어요, 하는 농담을 했고 그는 그 말을 받아 아니 대학교 교수는 어때요, 했으니까.

그런데 2차, 3차라는 모든 술자리가 그렇게 시작되듯 그가 먼저 소주 마신 후의 입가심으로 맥주를 한 잔씩 하자고 신 대리를 이끌었던 것이다.

다동 소줏집에서 종로를 향해 걷다 우연히 들른 맥줏집이었다.

입가심이라는 조건은 쉽게 무너졌다. 그뿐 아니다. 그들은 빈병의 수도 헤아리지 않고 마셨다. 그 맥줏집을 나왔을 때의 정확한 시간은 알 수 없으나 열 시에서 열 시 삼십 분 사이로 짐작이 갔다.

그는 신 대리가 약간 비틀거리는 것을 보았었다. 아, 그리고 그는 신 대리를 이끌고 제과점으로 갔다. 그는 케이크 한 상자를 사서 신 대리에게 주었다. 확실한 이유는 알 수 없는데 신 대리가 당신은 홀몸이어서 좋겠다. 나는 일찍 장가들어 일찍 고생길로 들어섰다. 애들이 셋이다. 오늘 저녁도 기다리다 아마 지금은 잠이 들었을 것이다. 들어가면 세 놈이 한 다리씩 잡고, 그는 웃었다. 신 대리는 웃지 않았었다. 한 다리씩 잡고 매달리는데 그때마다 나는 아, 이것이 그래도 사람 사는 재미인 모양이다 하고 느껴져서 서글프다. 마누라는 하루도 빠짐없이 바가지를 긁는다. 아, 그것은 강물이 흐르듯이 멈추지 않는다. 그런 신파조의 넋두리를 늘어놓았으므로 그는 불현듯 신 대리를 위로해 주고 싶은 마음이 발동했음이 틀림없다.

제과점을 나와서도 정류장을 찾아 걸은 것은 아니었다. 그들은 취기가 모는 대로 걸었다. 신 대리가 삼차를 고집한 것은 그때였다.

나는 공짜를 좋아하는 놈이 아니다. 오늘은 내내 당신만 돈을 쓰는데 나라고 은행에 코 내밀고 돈 냄새 맡은 지 십 년인데 술 한잔 못 사겠는가.

신 대리의 그러한 고집으로 세 번째로 들어간 술집에서 그들은 위스키 종류의 술 몇 잔씩을 더 섞었다.

그 술집을 나올 때에 잠깐 그를 부축했던 종업원의 나비넥타이, 신 대리가 지나가는 여자에게 느닷없이 팔을 벌렸으므로 일어났던 여자의 짧은 비명, 돌아서 달아나던 여자의 연두색 바바리코트, 한기를 느끼며 그가 오줌을 내질렀던 골목과 그곳을 희미하게 비추던 방범등, 그가 상체를 구부린 시멘트 벽 위에 붙어 있던 영화 포스터, 그 속의 여자 나체, 신 대리가 달리는 택시를 막아서자 갑자기 브레이크를 걸며 뛰어내리던 운전사, 고함, 호루라기 소리…….

그것들은 머릿속에서 어지러운 무늬로 피었다가 지고, 그런가 하면 다시 피어났다.

그 후 그는 이 여관을 찾았다.

신 대리의 집이 이문동일까. 주인 여자는 이미 보이지 않는다. 내실의 뒤편에서 그릇 부딪치는 소리가 들렸다. 여자는 부엌에 있었다.

"물으실 말씀이 남았나유?"

"어제 저녁 내가 몇 시쯤에 이곳에 들어왔지요?"

"통금시간이 가까워서였지요. 한데 어제 저녁 다친 데는 괜찮아요?"

다친 데라니?

"내가 어딜 다쳤습니까?"

"차암, 그것도 모르시니…… 피를 흘리셨지유, 그 택시 운전사와 다투다가 코를 다쳤나 봐요."

택시 운전사? 그는 점점 당황했다.

"제가 택시를 타고 이곳까지 왔군요."

"그랬지유."

주인 여자는 술 취한 사내의 낭패를 고소하다는 듯한 표정으로 말했다.

"왜 싸웠을까요?"

"몰라요, 그건."

"싸우는 걸 보셨나요?"

그는 물으며 백치처럼 웃었다. 스스로 생각해도 우스운 일이었다.

"밖이 떠들썩해서 나가 보았지요. 어떻게 해서 다투게 되었는지는 잘 몰라도 손님이 한사코 택시 안에서 내리지 않으려고 억지를 부렸어유. 운전사는 통금시간이 바쁘니 손님을 내리게 하려고 했구요. 정말 그렇게 생각이 나지 않으세요?"

그는 캄캄한 밖으로부터 새벽의 첫 빛줄기와 같은 실마리를 택시 운전사의 영상에다 걸었다. 그러나 어떠한 사람의 윤곽도 잡히지 않았다. 그는 고개를 끄덕일 수밖에 없었다.

"그래 내가 정말 운전사와 싸웠단 말이오?"

"그럴 처지가 못 되었어요. 취해서 걷지도 못하고 혀가 꼬부라져서 말소리를 알아들을 수 없는 지경이었으니까. 술집 많은 동네에선 흔히 있는 일이라 방범대원이 오자, 나는 안으로 들어와 버렸는데 조금 있으니 바로 우리 집으로 들어오셨더군요."

"방범대원이라구요?"

"네, 방범대원."

"그 방범대원이 내 가방을 맡아가지고 있는지도 모르겠군요."

"글쎄, 그랬으면 오죽 다행이겠어유."

정말이지 방범대원이 가방을 보관하고 있다면 얼마나 다행한 일인가. 그는 여관을 나서려다 그를 앞서 문을 총총히 나서는 젊은 남녀 한 쌍을 보았다. 이른 아침에 여관을 나가 이제부터 그들은 무엇을 할까 하는 한가로운 생각이 들었다. 남자는 몰라도 여자는 이른 아침부터 집에 들어갈 수가 없을 것이다. 그들은 식당에 가서 아침을 먹을 것이고 남자는 곧 직장으로 가야 할 것이다.

그러나 참, 오늘은 일요일이다.

아아, 일요일.

그는 갑자기 발걸음을 늦추었다. 일요일이라면 남자는 직장엘 가지 않아도 된다. 그들은 아침을 먹고 시장이나 백화점이나 연쇄상가 같은 곳을 돌아다닐 수 있을 것이다. 그들은 영화구경도 할 수 있고 교외선을 타고 한껏 기분을 낼 수도 있다. 그렇지 않으면 그들은…… 그는 피식 웃음이 나왔다.

일요일이 주는 한가롭고 여유 있는 기분 때문에 꼭 가방을 찾을 수 있을 것이라는 생각이 들었다. 가방을 찾게 된다면 아무것도 달라질 게 없었다. 가방을 찾게 된다면 오늘은 전과 꼭 같은 일요일이며 내일은 전과 꼭 같은 월요일이 될 것이다.

여관집 아주머니가 가르쳐준 대로 길을 따라가니 파출소가 있었다. 파출소의 의자에 앉아 그는 기다렸다. 방범대원이 둘 들어와서 업무일지를 적었다. 그를 힐끗 쳐다보았으나 아는 체를 하지 않았으므로 그는 더 기다렸다. 또 다른 두 명의 방범대원이 들어왔다.

"아, 당신."

그 중의 한 명이 단번에 아는 체를 했다. 그는 괜스레 어깨를 움츠렸다.

"어디서 술을 먹는데 그 모양이오, 조심하셔야지."

방범대원은 밤을 새워 일한 사람답지 않게 의기양양했고 나이가 그보다 어려보이는데도 공손한 언사가 아니었다. 그러나 지금 그런 걸 따질 기분이 아니었다.

"그런데 어떻게 오셨어요?"

그 물음을 받자 그는 속으로 아, 틀렸구나 하고 생각했다. 방범대원이 가방을 보관하고 있다면 아, 가방 때문이오? 하고 물었을 것이기 때문이었다. 그러나 가지고 있지는 않더라도 혹시 그 소재를 알고 있을 수는 있다. 사정 얘기를 해볼 수밖에 없었다.

"이거 미안하게 됐습니다. 어제 저녁 가방을 잃어버렸는데 택시 운전사와 실랑이를 벌일 때 아저씨가 혹시 그 가방을 보지 못했을까 해서요."

"돈이오?"

방범대원은 여관집 여자와 꼭 같은 물음을 던져왔다. 그는 고개를 저었다. 방범대원도 고개를 저었다.

"당신은 아무것도 가지고 있지 않았습니다. 혹시 택시 안에다 두었다면 모르지만…… 이유야 어떻든 간에 당신이 코피를 흘렸기 때문에 내가 그 택시번호를 적어 두었어요. 필요하오?"

"예."

그는 수첩을 꺼내 방범대원이 불러준 대로 '서울 아 4513, 노란색 코로나'라고 적어 넣었다.

"마흔 살 가까이 되어 보이는 운전산데 키가 작고 몸집이 좋은 데다 별나게 턱수염이 많았소."

그는 또 수첩에다 '40세가량, 작은 키에 뚱뚱한 몸집, 턱수염이 많음.'이라고 적어 넣었다. 파출소를 나오니 술집이 줄을 잇대어 서 있었다. 문을 연 술집보다 아직 손님을 보지 않는 술집이 더 많았다.

이른 시각이었다. 신 대리에게 전화를 하기에도, 운전사를 찾기에도.

그는 문이 열린 한 해장국집으로 들어갔다. 해장국이란 시래기 국물에다 소 피를 넣고 밥을 말아놓은 것인데 훌훌 국물을 마시니 속이 시원했다. 까끌까끌하던 입 안이 매끄러워졌다.

해장국 한 그릇을 해치우고 나서 그는 담배를 피우며 계산대 위에 있는 날짜 지난 신문을 집어다 읽었다. 속이 풀어지며 온몸이 나른해졌다. 아직도 이른 시간이긴 했지만 그는 신 대리에게 전화를 해보기로 했다. 먼저 은행에 전화를 한 다음 은행에서 일러준 대로 번호를 돌렸다.

전화를 받은 것은 계집아이였다.

"응, 우리 아빠요?"

목소리가 깜찍했다.

"누구야, 응?"

끼어드는 사내아이 목소리, 전화기를 놓는 소리, 함부로 문을 여닫는 소리, '아빠'하고 부르며 서로 얽히는 두 아이의 목소리.

그는 신 대리가 나타나기를 기다리며 목소리로 아이들의 성격과 얼굴을 생각했다. 지금쯤 하얀 앞치마를 두르고 아침을 준비할 아이들의 어머니, 화단에 물을 주는 아빠…… 그러나 가방 생각이 그의 여유 있는 상상을 빼앗아갔다. 그는 초조하게 기다렸다.

"여보세요."

잠기운이 붙어 있는 목소리가 그를 불렀다. 그는 침을 삼키며 되도록 급한 마음을 숨기려고 애썼다.

"접니다."

"아, 나는 누구시라고. 그래 엊저녁엔 어떻게 된 거요? 집에는 잘 들어갔어요?"

이제 신 대리와 함께 이문동으로 온 게 아니라는 사실은 분명해졌다.

"아니, 여관 신셀 졌어요."

"그럴 줄 알았어요. 나도 어떻게 집엘 들어왔는지 도무지 생각이 나질 않아요."

그토록 정신을 차릴 수 없었다면 그의 가방까지 챙겨줄 여유란 도저히 없었을 것이다. 이제 이야기는 끝난 것이다. 그래도 혹시 하였다.

"혹시 내 가방 신 대리님에게 있는 거 아니오?"

"아니. 허 그래도 당신이 사준 케이크 상자는 어김없이 가지고 왔드만."

농담 삼아 그렇게 받더니 신 대리는 말을 뚝 끊고,

"가방이라니, 거기에 어제 넘겨준 서류가 들어 있는 게 아니오?"

높고 빠른 어조로 물었다.

"그래요."

"아이쿠."

신 대리는 비명을 질렀다. 하지만 신 대리에게 직접 관계가 되는 일은 아니다. 일요일 아침에 남의 기분을 우울하게 만들 필요가 어디 있는가.

"찾아보면 나오겠죠 뭐, 찾으면 알려드리지요…… 아침부터 죄송했습니다."

그가 전화기를 놓으려고 하자, 신 대리가 다급하게 붙들었다.

"왜요?"

"나와 헤어질 때까지는 가방을 들고 있었던 것 같아요."

"그래요? 고맙습니다."

이제부터 어떻게 하여야 하는가, 어디에서 가방을 찾을까, 잊고 있었던 두통이 그를 때렸다.

혼자서 책임을 지면 그만인 일이 아니었다. 처음부터 서류를 다시 만들려면 두 달은 걸릴 것이다. 내일이면 대출을 받을 수 있는 수천만 원의 돈이 두 달 후로 미루어지는 것이다. 회사는 타격을 받을 것이다.

어디에서 가방을 찾을 것인가. 그는 외로움을 느꼈다. 신 대리와 헤어질 때까지 가방을 들고 있었다면 택시 안에 두고 내린 것이 분명해진다. 우선 택시를 찾아야 한다. 길을 따라 걸으며 그는 수첩을 꺼내 택시번호를 확인했다.

'서울 아 4513, 노란색 코로나.'

'40세가량, 작은 키에 뚱뚱한 몸집, 턱수염이 많음.'

운전사를 만나야 한다. 그토록 형편없이 취했었다면 요금도 내지 못했을 것이다. 홧김에 담보로 잡아 두자는 생각에서 그의 가방을 가져간 것일 수도 있다. 그건 그렇고 왜 운전사는 하필 이문동에다 그를 데려다 놓았을까. 통금시간이 가까운데 자신은 왜 차에서 내리지 않겠다고 억지를 부렸을까. 운전사가 나를 때린 동기는 무엇이었을까…… 의문은 줄줄이 떠오르는데 하나도 해답을 줄 수가 없었다.

2

 시청의 안내원은 친절하였다. 차량사무소는 시청에서 별도로 분리되어 나간 지 오래였다. 일요일임에도 불구하고 귀찮은 기색 없이 안내원은 '차량사업등록소'의 위치며 전화번호, 그곳을 가는데 필요한 버스 노선을 일일이 가르쳐 주는 것이었다. 그는 시청을 나왔다. 시청 앞 광장에는 비둘기 떼들이 놀고 있었다. 평화는 무관심이다. 그는 택시를 탔다.
 "그건 어렵죠. 새벽에 나오면 밤 열두 시가 돼야 들어가는 운전사를 어디서 대낮에 만난단 말입니까."
 운전사는 백미러로 그를 들여다보았다.
 "그렇겠군요."
 대답이야 그렇게 했지만 그렇다고 앉아 있을 수만도 없는 노릇이었다.
 "그런데 왜 그러세요?"
 가재는 게 편이라고 무심결에 자세히 일러준 운전사는 은근히 후회가 되는 모양이었다.
 "찾는 사람이 사고라도 저지르고 도망을 친 모양이죠?"
 그렇다면 경찰에 신고를 하면 될 게 아닌가.
 "어제 저녁 가방을 그 차에 두고 내린 것 같아 그러는 겁니다."
 "아, 그래요."
 일단 마음을 놓는 듯하더니,
 "돈이 들었나요?"

여관집 아주머니와 방범대원이 했던 똑같은 물음을 던져왔다.
"내게는 귀중하지만 딴 사람에겐 아무 쓸모없는 것이에요. 서류 가방이니까요."
"그럼 돌려줄 거예요. 엊저녁 일이라면 아침에 방송국 분실물 센터 같은 곳에다 연락을 해보지 그랬어요."
"벌써 다 해봤지요."
길에서 먼지가 일었다. 도로 포장공사를 하고 있었다. 강남의 전경은 낯설었다.
"저기 소방서 옆의 건물입니다."
간판이 걸려 있었다. 건물 안은 한적했다. 창가에 우연히 앉아 있는 사내에게 다가가 용건을 설명하자 사내는 귀찮은 표정으로 피우던 담배를 끄며 캐비닛의 문을 열고 서류철 하나를 꺼내 그에게 내밀었다. 서류는 차량이 번호 순서대로 철해져 있었으므로 4513번은 쉽게 찾을 수 있었다. 운전사의 성명은 오영재吳榮載. 그러나 명함판 사진으로는 뚱뚱한 것도 키가 작은 것도 알 수 없었다. 또한 사진 속의 얼굴에는 수염이 없었다. 어쨌거나 오영재란 사람은 그에게 생소한 얼굴이었다. 그는 수첩에 차량등록표를 옮겨 적은 후 사내에게 양해를 얻고 전화를 빌었다.
"네, 남광운숩니다."
상냥한 여자 목소리였다. 쇠붙이 부딪치는 소리가 섞여 들렸다. 무엇을 어떻게 물을 것인가, 망설이며 그는 그대로 서 있었다.
"여보세요."
여자의 목소리가 그를 재촉했다.
"물어볼 게 있습니다만……."
"네, 좋습니다."
"4513 코로나 택시가 그 회사 소속이죠?"
"그렇습니다만."
"그 기사분을 만났으면 해서요."
"무슨 일이신데요?"
경계하는 눈치였다. 그는 또 그대로 서 있었다.

"여보세요……."

도리가 없었다. 솔직하게 말하는 것이다.

"아가씨!"

그는 그렇게 불러놓고 실수를 한 것만 같았다. 아가씨인지 어떤지는 알 수 없는 노릇이었다.

"사실은 말입니다. 어젯밤 내가 회사의 서류 가방을 잃어버렸거든요. 혹시 그 택시 안에 두고 내린 게 아닌가 해서 그럽니다만……."

"그런데 차번호를 어떻게 외고 계셨지요?"

여자는 경계를 풀지 않았다.

"사정 이야길 하려면 아주 길어집니다. 다른 사람에게는 필요 없는 서류 가방이니까 그 기사양반을 만나 보관하고 계신지 어쩐지만 확인하면 됩니다."

그 말만으로는 미흡한 것 같았기 때문에 그는 덧붙였다.

"보관하고 계시다면 성의껏 사례를 하겠습니다. 어떻게 만날 수 없을까요?"

"밤 열두 시가 되면 이곳으로 들어오지요. 차고가 여기니까요."

"거기가 어디죠?"

"이문동이에요."

그는 여자로부터 약도를 익혔다. 전화벨 소리가 울리자 여자는 점점 빠르게 말하더니,

"됐지요?"

하고는 이쪽의 대답을 기다리지도 않고 전화를 끊었다. 세상에 이렇게 만나기 어려운 사람이 있담. 그는 '자동차 사업등록소'를 나왔다.

바람이 불었다. 들판 곳곳에 건물이 들어서고 있었다. 가을이 지나면 저 들판은 모두 시멘트로 묻힐 것이다. 그는 서둘러 차를 탔다. 밤 12시까지, 운전사를 만나기까지 어젯밤에 간 술집들을 돌아볼 심산이었다. 신 대리와 헤어질 때까지 분명히 가지고 있었다면 그것은 헛일이 될 것이지만 신 대리의 정신상태는 신용할 만한 것이 못 되었다. 또한 헛일이 된다고 하더라도 이 순례(?)가 어떤 해결의 실마리를 붙들게 해줄지도 모른다.

해가 기울고 있었다. 일요일이 끝나가고 있는 것이다. 월요일은 틀림없이 다가온다. 그 전에 가방을 찾아야 한다. 그는 종로에서 차를 내렸다. 그는 어제 저녁의 그를 만나러 갔다. 술값 한번 되게 치르는군. 그는 혼자 중얼거리며 그를 조소했다.

그들이 두 번째로 들렀던 맥줏집은 찾기 쉬웠다. 그때까진 맑은 정신이었으니까. 손님은 몇 되지 않았다. 낮이라서 그런지 술 대신 대부분 커피나 음료수를 마시고 있었다. 그는 어제 저녁 신 대리와 그가 앉았던 자리를 찾아갔다.

분명히 여기였지, 그는 마음속으로 확인했다. 스피커에선 노래가 나왔다.

"뭘 드시겠어요?"

앳된 처녀가 물었다. 하루 종일 해장국 한 그릇이었다. 아침에 일어나서 느꼈던 지독한 두통을 자연스럽게 잊어버렸듯이 아침과 점심을 먹지 않고도 배고픔은 없었다. 가방 생각만 있었다.

"밥이 있소?"

그는 오므라이스 한 접시를 비웠다. 지나다니는 종업원들의 얼굴을 유심히 살폈으나 알아볼 수가 없었다. 그는 신 대리가 앉아 있던 자리에다 신 대리를 앉히고 신 대리가 하던 이야기와 그가 취하던 자세를 기억하려고 했다. 그때 가방은 어디에다 놓았던가? 그는 지나가는 여급을 불렀다.

"이 자리를 담당하는 아가씨를 만날 수 있겠소?"

"바로 전데요."

"지금이 아니라 어제 저녁에 말이오."

"저녁도 마찬가지예요."

"그럼 혹시 나를 기억하겠어요?"

여자는 고개를 비껴 그를 보았다.

"누구신데요?"

"어젯밤에 친구 한 명과 이 자리에서 맥주를 마셨어요."

"글쎄요."

그가 어제 저녁 술시중을 들어준 이 여자를 기억하지 못하듯이 그 여자도 그를 기억하지 못했다. 여긴 아닐 것이다. 아직 완전히 취한 것은 아니었다. 그러나 혹시나 했다.

"혹시 어젯밤 이 자리에서 손님이 놓고 간 가방 하나 보관하고 있지 않아요?"

"아니요."

여자는 지나쳤다. 그는 그곳을 나왔다. 어둠이 내리는 일요일 밤의 거리는 한산했다. 그는 약 십 분 동안 걸었다. 서너 집을 기웃거린 후 그는 '메시지'라는 간판이 걸린 곳으로 들어섰다. 열다섯 개의 붉은 카펫이 깔린 계단을 그는 천천히 걸어 내려갔다. 그러면서 그는 어제 저녁도 지금과 꼭같이 이 계단을 걸어 내려갔을 자신을 발견해 보려고 했다.

계단은 어두운 시간의 늪이었다. 그가 문을 밀치려고 했을 때 그것이 저절로 열렸기 때문에 하마터면 그는 넘어질 뻔하였다. 몸을 일으키며 그는 맨 먼저 침침한 불빛 속에서 흰꽃 위에 얹힌 듯한 까만 나비넥타이를 보았다. 음침한 벽 구석구석에서 까만 나비들이 나래를 치는 것만 같았다.

젊은 쌍들이 네댓, 구석을 점령하고 있었다. 그는 불빛이 밝은 곳으로 가 앉았다.

대바구니의 갓을 쓴 전등이 붉은 벽돌 칸막이 위에 붙은, 두 손바닥을 겹쳐놓은 것 만한 크기의 판화를 비췄다. 판화 속엔 옷을 벗은 겨울나무 네 그루, 새 두 마리. 그는 뜨거운 커피를 마셨다.

"괜찮으세요?"

그는 갑자기 숨을 쉴 수가 없었으므로 조금 여유를 두었다. 고개를 돌렸다. 그 소리는 등 뒤에서 넘어왔던 것이다. 나비넥타이가 다가와 있었다. 사내답지 않게 목이 길고 얼굴이 갸름했기 때문에 나비넥타이는 나비리본으로 고쳐 부르는 편이 나을 성싶었다.

"나 말이오?"

"네."

"나를 알아보겠소?"

"네, 어젯밤……."

나비리본은 웃었다. 가뭄 끝에 묻어오는 첫 빗줄기를 맞은 풀잎처럼 그는 생기를 회복했다. 오랜 가뭄과 같았던 하루 동안의 갈증과 두통에서 깨어나려는 듯 그는 목소리를 높였다.
"이리 좀 앉을까?"
앞자리에 앉히고 담배를 권했다.
"아직 못합니다."
나비리본은 수줍은 듯 사양했다. 그는 확증을 잡은 수사관처럼 당당하게, "어젯밤 내가 여기 가방을 두고 갔는데."
물었다.
"아니요."
대답은 간단했다.
"가방을 잃어버리셨나 보지요?"
표정을 바꾸지 않은 얼굴로 되물었다. 대답할 기운마저 없었으므로 그는 고개를 끄덕였다.
"너무 취하셨었어요. 돈이 들었나요?"
그는 고개를 저었다.
"자세히 얘기를 해보겠어? 어젯밤 말이야."
들어오실 때부터 두 분은 취해 있었어요. 자리에 앉아서는 의외로 조용했지요. 그래 주문하시는 대로 다 드렸지요. 위스키를 마셨어요."
"내가 나간 게 몇 시쯤 되었을까?"
"열한 시가 막 넘는 때였죠. 제가 입구까지 부축해 드렸어요."
"참 고맙군. 그러면 그때 내가 가방을 들고 있었는지 어땠는지 기억할 수 있겠군."
나비리본은 생각을 굴려 보는 듯했다. 그는 그 짧은 시간을 오래오래 기다렸다. 산다는 건 어차피 기다리는 것이니까. 그는 엽차로 입술을 축였다.
"옆구리에 끼는 손가방이죠?"
"맞아요, 까만색."
"들고 계셨어요."
그는 '메시지'를 나왔다. 이제 당장은 아무것도 할 일이 없었다. 밤 열두 시가 될 때까지. 4513번, 턱수염 많은 코로나 택시 운전사를 만날 때까지. 기다리는 것이다. 사는 건 어차피 기다리는 것이니까. 미래에 만날 행운과 눈물과 갈등, 사랑과 죽음. '메시지'를 나올 때까지 들고 있었다면 희망을 걸 수 있는 것은 택시뿐이었다.

택시 안이 틀림없다! 그는 그를 위로했다. 그러나 지금 당장 무엇을 하며 시간을 보내야 할까. 그는 지난 일요일 저녁과 그 전 일요일 저녁을 그가 무엇을 하고 지냈던가 하는 의문을 떠올렸다. 알 수가 없었다. 방에 앉아 텔레비전을 보았을까, 사람을 만나고 있었을까, 책을 읽고 있었을까…….

그는 되는 대로 길을 따라 걸었다. 극장 앞을 지나는데 표를 끊으려는 사람들의 행렬이 뱀처럼 길었다. 간판을 올려다보았다. 포옹하고 있는 두 남녀의 옆얼굴, 그 뒤에서 격투를 벌이고 이는 두 사내, 수평선 너머로 아스라이 사라지는 배, 부두에 선 여자. 그는 다시 걸었다. 양복점과 서점, 시계점, 빵집, 중국집, 다방, 가구점, 병원을 지나쳤다.

남광운수회사의 사무실은 차고의 한편에 슬레이트로 엮어 놓은 가건물이었다. 의자가 여섯, 철제 책상 두 개, 규모에 어울리지 않게 전화기는 두 대였다. 낮에 전화를 받던 젊은 목소리의 여자 주인공은 보이지 않았다. 그는 무료하게 앉아 담배를 피웠다.

"어쩌시다 우리하고 같은 배를 탔습니다."

의자에 둘러앉아 화투짝을 돌리던 사내 중의 하나가 그에게 말을 붙였다. 차가 들어온 후 정비를 하기 위해 기다리는 정비공과 비번인 운전사들인 듯했다.

"심심파적 시간 기다리는 거예요. 끼어 보시겠어요?"

또 한 사내가 말했다. 그는 사양했다. 무료하긴 했지만 내키지는 않았다.

"씨팔 끝발 안 서네."

누군가 패를 던졌다. 심심파적이라더니 판이 큰 눈치였다. 열두 시가 되려면 아직 멀었다. 오늘도 여관 신세를 지는 수밖에 없었다. 가방만 찾을 수 있다면 그런 것쯤은 문제될 것이 없었다. 정비공들은 말없이 열중해 있었다. 화투짝을 때리는 소리와 차량들의 굉음소리를 제외하면 사방은 꽃처럼 고요했다. 그는 완전한 무관심 속에 있었다. 석유난로가 실내공기를 포근하게 했다. 그는 졸았다.

키 작은 꽃들이 만발한 뜰에서 사내아이와 계집아이가 꽃을 누비며 기어다녔다. 하얀 몸뚱아리를 드러내고 엉금엉금 기는 게 새끼 짐승들 같았다. 정말 짐승처럼 아이들은 서로의 몸을 혀로 핥았다. 향내를 빠는 듯 그들은 꽃무더기에 코를 박았다. 벌들은 아이들을 피하지 않았다. 아이들은 웃었다. 그들의 하얀 젖니에서 햇빛이 부서졌다. 사내아이가 부드러운 풀 위에다 몸을 굴렸다. 뜰의 경사진 아래쪽으로 굴러내리던 사내아이가 찢어질 듯한 비명소리를 냈다. 계집아이가 따라 울었다. "엄마" "엄마" 아이들이 어머니를 부르는 소리가 메아리를 일구었다. 날카로운 가시나무에 사내아이의 팔이 감겨 있었다. "애야, 애들아." 멀리서 여자의 목소리가 들려왔다. "어디 있니 애들아." 멀리서 여자의 목소리가 들려왔다. 아아, 가시에 감긴 사내아이의 팔에서 피가 솟아오르더니 곧 몸뚱아리로 번져나갔다. 피, 피다! 활짝 웃고 있던 꽃들이 일제히 일어서며 함성을 질렀다. 함성은 하늘을 떠멜 듯했다. 잠자리 같은 비행기가 떴다. "애들아" "애들아" 여자의 목소리가 한껏 절박하게 울렸다. 함성을 지르던 꽃들이 일제히 엎드렸다. 그 순간 꽝 하는 폭음이 여자의 목소리를 끊어 놓았다.

애들아 서로 손을 잡아라, 손을 놓아서는 안 된다.

여자의 목소리는 마지막으로 외치고 있었다.

손을 잡자, 엄마가 그랬다. 저 폭음의 뒤에서, 손을 잡으라고.

사내아이가 계집아이의 손을 잡았다. 귀청이 아릴 듯한 총소리가 계속되었다. 계집아이가 손을 놓았다. 그들의 몸이 떨어진 사이로 수많은 피난민들이 지나갔다.

손을 잡아, 손을.

그러나 그럴수록 그들의 몸은 멀어지고 있었다. 폭음과 총소리가 울리자 수없는 사람들이 쓰러졌다. 짧고 절망적인 신음소리가 땅을 덮었다.

"왜 그러시오."

그는 눈을 떴다.

"헛소리를 질렀어요."

"꿈을 꿨나 봅니다."

꿈속에서 보았던 선명한 장면들이 다시 보였다.

"전화 받으시오."

가시나무, 피, 피난민, 털 안 난 짐승새끼 같던 계집아이와 사내아이.

"전화 받으라니까요."

그는 얼떨결에 넘겨주는 전화기를 받아들었다.

"여보세요."

그를 부르고 있었으나 그는 상대가 누구인지 알 수 없었다.

"당신이 기다리던 사람이요. 씨팔."

전화기를 넘겨 준 사내가 꽥 소리를 질렀는데 마지막 말은 화투판을 향해서 던지는 것인 듯했다.

"그 친구, 사고를 저질러 회사에 신고를 한 것이니까 꼬치꼬치 캐물어 성질 돋구지 마시오."

정비공들의 어투로 보아 심심파적으로 한다던 화투판은 긴장되어 있음이 분명했다. 그건 그렇다 치고 그는 행운아였다. 열두 시까지 기다리려면 한 시간 반이 남아 있었다.

"4513 기사분이십니까?"

"예."

엄청난 사고를 저질러 놓고 처분을 기다리는 사람처럼 목소리는 겁에 질려 있었다.

"여쭤 볼 게 있어 여기서 들어오실 때까지 기다리던 사람입니다."

"무슨 일이신데요?"

잘못된 추측이었다. 거리낄 것 없는 부드러운 목소리였다.

"어젯밤 통금이 가까와서 이문동까지 태워다 준 사람을 기억하시겠어요?"

대답이 없다. 차량의 소음이 들려왔다. 타이어가 터진 가벼운 사고 때문에 길가에 차를 세워두고 약방에라도 들어가서 전화를 하는 것만 같았다.

"그래 취한 양반을 모셔 내려드리려다 실수한 걸 가지고 문제 삼을 게 있어요?"

코피를 흘리게 했다더니 그 일이 맘에 켕기는 모양이었다. 수염이 많고 키 작은 뚱뚱한 사람이라면 선량한 성격이라고 그는 생각했다.

"그게 아닙니다. 실은 그 차 안에다 회사 서류 가방을 두고 내렸거든요. 옆구리에 끼는 검은색 손가방……."

"잘못 아셨겠죠. 손님을 어제 마지막 모셨는데 가방은 없었어요."

없었어요. 사내의 마지막 목소리가 그의 머리를 흔들었다. 돈도 아닌데 주워 놓고 주지 않을 리는 없다.

"그래요?"

체념 섞인 말투로 그래놓고 수화기를 놓으려다가

"그런데……."

더 말할 게 있다는 뜻을 전했다. 저쪽도 끊으려고 했던 듯 당황한 기색으로 받았다.

"왜요?"

"왜 이문동으로 데려갔지요?"

"네?"

"왜 엉뚱한 이문동으로 갔느냐구요?"

"데려가다니, 어허 정말 이분이, 이문동으로 가자고 하니까 이문동으로 간 게 아니오."

"나는 전혀 그렇게 말하지 않았어요. 그렇게 말할 리가 없거든요. 나는 이문동과 전혀 관계가 없어요. 지금의 집도 그곳과는 엉뚱하게 떨어진 곳이고요."

"시간이 없으니 끊겠어요. 그렇게 취해 무슨 말을 했는지 어떻게 아시겠어요. 정 궁금하면 그 여자에게 물으면 될 것 아니에요."

"뭐라구요, 여자?"

"그래요, 여자."

"무슨 말씀을 하시는 거예요?"

"무슨 말이라니, 엊저녁 손님과 함께 내 차를 탔던 여자 말입니다. 그분은 취하지 않았으니까 다 알 것 아니겠어요?"

"내가 여자와 동행이었나요?"

"농담은 그만하세요, 시간이 없으니까."

운전기사는 그의 귀에다 대고 코웃음을 쳤다. 이제 확실해진 것은 4513

기사는 지금 사용하고 있는 것이 공중전화가 아니라는 것과, 그가 절대로 가방을 가지고 있지 않다는 것, 또한 운전기사는 엄청난 사고를 저지르지 않았으며 혹 그런 사고를 냈다고 하더라도 본래의 성품이 퍽 낙천적인 사람이라는 점이었다.

"아저씨, 실례가 많습니다만 자세히 이야기를 좀 해주시겠어요? 그 가방을 못 찾으면 회사 하나가 거덜이 난단 말입니다."

그는 과장해서 말했다.

"빈차로 차고가 있는 이문동으로 향하다 종로 2가와 3가 사이 어디쯤에서 손님을 태웠어요. 아마 통금 15분이나 20분 전쯤 된 시각이었을 거예요."

"그 때 내가 가방을 든 걸 보셨던가요?"

"눈여겨보지 않았어요."

"여자는 아마 합승손님이었겠지요."

"아니요, 손님은 그 여자 가슴에 기대어 자고 있었어요. 이문동이 가까와 어디다 세워 드릴까요 하니까 여자분이 손님을 깨웠어요. 손님이 정신을 돌리는 듯하더니 택시에서 내리지 않으려고 발버둥을 쳤어요. 뭐라고 중얼거리면서 내리지 않으려고 했는데 그때는 이미 혀가 꼬부라져 알아들을 수가 없었죠. 생각해 보세요. 통금시간은 다 됐는데 취한 사람이 무조건 차에서 내리지 않겠다고 하니, 억지로 끌어내릴 수밖에요. 그러다 다친 거예요. 고의는 아니었습니다만 미안합니다."

그는 대답하지 않고 전화기를 놓았다. 문을 나서는데 아무도 그를 주의하지 않았다.

바람이 찼다. 그는 바바리코트의 깃을 세웠다. 오늘 가방을 찾을 수 없다는 것은 거의 확실해졌다. 빌어먹을, 책임을 지자. 실수를 한 것뿐이다. 어떠한 책임이라도 불평하지 않겠다. 실수에 산목숨을 설마 어떻게 할 것인가, 죄스러운 일이긴 하나 두려워할 필요는 없다. 근성을 살려내자, 이미 사라져 버린 내 독한 근성, 근성.

그는 속으로 그렇게 외치며 그를 선동했다. 어깨를 흔들고 고개를 아래 위로 번갈아 꺾으며 길을 걸었다. 그러나 이럴 수가 있단 말인가. 무슨 여자였을까? 어느 틈에 만난 여자일까.

신 대리와 '메시지'를 나온 것은 열한 시가 막 지난 시각이라고 했다. 4513 운전기사는 통금 십오 분 전쯤 그를 태웠다고 말했다. 사십여 분의 시간이 공백을 만들었다. 그 시간 동안에 여자를 만났다.

웬 여자였을까. 그 여자가 가방을 갖고 있는지 모른다. 그는 갑자기 달리기 시작했다. 숨이 찼으나 쉬지 않았다. 그가 이제 막 나온 차고에서 어제 저녁 잠을 잔 여관은 같은 이문동이 아닌가. 멀지 않았다. 그는 여관으로 들어섰다. 주인 여자가 놀란 눈을 했다.

"웬일로 오늘 밤에도 오셨어유?"

한가로운 기분이 아니었으므로 그는 고개를 끄덕여 인사를 치른 다음 곧장 물었다.

"어젯밤에 내가 이곳엘 누구와 함께 왔었나요?"

여자는 웃기부터 했다. 짐작했던 대로였다.

"못 본 사람이면 깜박 속겠네요. 세상 사람들은 하나같이 다……."

"그럼 아침엔 왜 제게 그런 말을 하지 않았어요?"

"쑥스럽게 그걸 왜 묻겠어요. 그걸 모를 사람이 있다고 생각이나 했어야죠. 숙박비도 여자분이 내던 걸유."

그제야 그는 그의 잠자리 옆에 놓여 있던 베개와 옷걸이에 단정하게 꿰어져 있었던 바지저고리, 단정하게 벗겨져 있던 머리맡의 시계를 생각했다.

"그 여자가 새벽에 나가는 걸 아주머니가 보셨나요?"

"웬걸유."

"어떻게 생겼던가요, 기억나는 게 없으세요?"

"똑똑히 보았어야죠. 으레 그런 여자려니 했지요. 그런데 아저씨가 잃어버렸다는 가방을 그 여자가 가지고 갔나요?"

"아니에요."

고개를 젓고 나서,

"숙박비를 그 여자가 냈다면 숙박계도 그녀가 썼지요?"

"아마 그랬을 거예요."

여자가 숙박계를 가져와 어젯밤 숙박자 명단이 적힌 곳을 펴주었다.

"그란디 누가 누군지 모르실 거예유."

그녀의 말대로였다. 숙박계에는 투숙한 호실별로 적게 되어 있지 않았다. 들어온 순서대로였다.

"내가 마지막 손님이 아니었나요?"

"이 앞에 술집들이 많아서 열두 시가 넘어서도 손님들이 많답니다."

그는 여관을 나왔다. 온몸의 기운이 말끔히 가신 듯했다. 무슨 여자였을까? 일단은 술집여자라고 생각되었다. 혹은 길거리에서 만난 여자일 수도 있었다. 그러나 그런 여자라면 무엇 때문에 돈 한 푼 받지 않고 그에게 그토록 친절할 수 있을 것인가. 귀찮은 술 취한 사내의 투정은 고사하고라도 택시비와 숙박계를 내고 자신의 선행을 숨기듯 사라져 버린 술집 여자란 있을 것 같지 않았다. 우연히 그의 젊은 육체를 산 여자일 수도 있었다. 그러나 그의 상대가 이미 온전한 사내구실을 할 수 없다는 것은 누구나 알 수 있었을 것이 아닌가. 그렇다면 그녀는 누구일까. 그와의 동행을 계획하고 그를 미행하다 가방을 빼돌린 여자가 아닐까. 그러나 그녀는 무엇 때문에 가방의 서류가 필요했을까. 그때 그는 말로만 들었던 미인계란 말을 생각하게 되었다. 그것은 충분히 가능한 일이었다. 이번의 수출계약만 하더라도 그의 회사를 포함해서 세 회사에서 경쟁이 붙었던 일이었다. A · B의 두 회사는 그의 회사와 수출 취급품목이 거의 동일했기 때문에 늘 경쟁하는 입장에 있었고 번번이 그의 회사에 참패를 당하곤 했었다. 앙심을 품은 그 회사에서 수출계약을 담보로 한 은행대출에 방해를 놓을 계획으로 그에게 여자를 붙여놓는 일은 충분히 있을 수 있는 일이었다. 그러나 그의 회사에서 이 대출을 받지 못한다고 해서 이미 성립시켜 놓은 수출계획을 포기하지는 않을 것임은 누구나 알 수 있는 일이었다. 결국 이 일은 말단 사원인 자신에게만 피해가 돌아오는 일이었다. 생각이 여기에 미치자 그는 그런 허술하고 무용한 미인계란 있을 수 없다는 결론에 이르게 되었다.

이제 그는 그 여자를 일단 술집 여자로 생각하기로 하였다. 열한 시에 '메시지'를 나와 택시를 타기까지의 비어 있는 시간에 그들은 기억할 수 없는 또 한 술집을 순례한 것에 틀림없었다.

그렇다. 그는 공중전화박스로 뛰듯이 걸어갔다. 초가을의 저녁 날씨는 그의 기분에 따라 한기를 거두었다. 그는 다이얼을 돌렸다.

"아, 어떻게 됐어요?"

신 대리는 걱정하고 있었던 듯했다.

"틀렸어요. 하루 종일 헤맸는데······."

"······."

"남은 한 군데가 있긴 해요."

"벌써 열한 시가 가까운데······?"

"어젯밤 열한 시경 우리는 메시지라는 술집을 나왔어요. 세 번째 들른 술집인데 그곳에서 위스키를 했어요. 기억하시겠습니까?"

"메시지라는 이름은 몰라요. 분명히 거기서 독한 술 한두 병쯤은 더 비웠을 거예요."

"그 다음 우리는 어떻게 했습니까?"

"······."

"신형은 바로 차를 탔었나요?"

"아닙니다. 우리는 한참 걸었던 듯해요. 담 곁에 오줌을 싸고 길 가는 여자들을 희롱하고······."

신 대리의 부인은 자고 있는 것일까, 곁에 없을까.

"그리고요?"

"글쎄 잘 모르겠어요. 하여튼 택시로 집 앞에 닿은 게 열두 시가 다 된 시각이었다니까 종로 근방에서 차를 탄 것은 열한 시 사십 분쯤이 됩니다. 종로에서 집까지는 야간엔 이십 분이 걸리니까. 그런데 그게 가방을 찾는데 무슨 도움이 됩니까?"

"네, 기억해 보세요, 메시지를 나와 우리가 또 들른 곳을."

"메시지에서 나와······ 글쎄······ 아, 참 당신 어젯밤 그 여자 어떻게 했어요?"

"여자요?"

그는 바짝 긴장하였다.

"그래요."

"무슨 여자였죠?"

"글쎄, 아 그러고 보니 우린 분명 술집 한 군데를 더 들렀군요. 아마 거기서 그 여잘 만났을 거예요."

"그 술집, 그 술집만 기억해 보세요, 그러면 됩니다. 어디였죠?"

삼 분이 지났습니다. 통화는 간단히 하세요. 밤도 깊었습니다. 그는 다시 동전을 넣고 다이얼을 돌렸다.

"메시지에서 극장 쪽으로 빠지는 골목 어딘가가 분명해요. 확실치는 않은데 상당히 고급 술집이었어. 가수들이 노래를 부르고 여급들이 곁에 앉아 시중을 들었고 그리고 우린 또 맥주를 마셨던 것 같아요. 탁자 위에서 병이 아래로 구르며 깨지는 소리가 났는데 기억에 남아 있군요. 그것밖에 생각나는 게 없어요."

그것만으로 하고많은 술집에서 하나를 찾아내기란 거의 불가능하다.

"좀 더 생각해 보세요. 아무거나 좋습니다."

"으음…… 계단을 내려가는데 그 양편에 화분이 놓여 있었던 것 같아요. 내가 코를 박고 향내를 맡은 것 같고…… 마누라 있는 사람이 꽃은 왜…… 뭐 그런 식으로 당신이 내게 농담을 했던 것 같아요."

"고맙습니다. 밤도 늦었는데."

그가 전화기를 내려놓으려고 하자,

"늦은 것 생각 말고 이후에도 필요하면 전화 주세요. 다른 걸 더 기억해 낼지 모르니까. 너무 걱정은 마세요. 서류 뭉치뿐이니까 어쩜 내일쯤 회사나 은행으로 돌아올 거예요."

신 대리는 그를 위로했다.

열 시 오십 분. 어제 저녁 '메시지'를 나온 시각과 거의 같다. 그는 택시를 잡기 위하여 허둥댔다. 마침 빈차가 멎었다. 방향을 알리고 등받이에 몸을 뉘었다. 타임머신. 그것은 어젯밤을 향하여 달렸다. 그는 어젯밤의 그를 만나러 갔다.

그는 자신이 알지 못했던 여러 개의 자신의 존재를 느낄 수 있었다. 하나의 존재도 하나의 명제도, 하나의 결론도 존재하지 않는다. 이제 그는 겨우 가방 때문에 많은 그의 존재 중 하나를 만나고 있는지 알 수 없었다.

택시를 내리자 기다리고 있던 손님들이 우우 몰려들며 행선지를 외쳐댔다. 그는 우선 '메시지'가 있는 골목으로 갔다. 가는 도중 그는 술이 엉망으로 취한 사내를 하나 만났다. 그는 일부러 발걸음을 늦추고 사내를 살폈다. 어젯밤의 그의 모습을 보았다. 취객은 전신주에 머리를 기대고 쉴 새 없이 중얼거렸다. 귀를 기울이니 지독한 욕설이었다. 누구를 향하여 욕설을 퍼붓는 것인가. 어젯밤 그는 무슨 말을 지껄였을까.

메시지에서 극장 쪽을 향한 골목이라고 했다. 골목은 넓지 않았다. 그는 천천히 길 양편에 늘어선 술집들을 살펴나가기 시작했다. 입구가 계단으로 된 곳은 쉽게 눈에 띄지 않았다. 한 집이 계단이었으나 다만 화분이 놓여 있지 않았다. 화분이야 치울 수도 있다. 혹시나 하고 기웃거리는데 등 뒤로부터 살며시 그의 옷소매를 끄는 손이 있었다. 그는 돌아섰다. 푸른 촛불처럼 짙은 화장의 눈초리가 타고 있었다. 그는 어리석은 줄 알면서도 물었다.

"나를 아는 거요?"

여자가 대답 대신 웃었다.

"놀다 가세요. 술도 있고 여자도 있어요. 춤추고 마시고 놀아요. 우리."

여자는 취해 있었다. 그는 촛불을 불어 껐다. 그는 일곱 번째의 술집을 기웃거렸다. 안에서 시끄러운 음악이 들려나왔다. 웃음소리, 박수소리, 휘파람소리.

여덟 번째 술집도 허사였다. 화분이 놓인 내림길 계단의 술집을 발견한다 하더라도 그 술집이 가방을 찾을 수 있는 확실한 기억이나 증거가 될 수는 없었다. 그 술집을 찾아간다 하여도 그 여자가 먼저 알아보기 전에는 도리가 없었다. 그러나 일단은 찾아볼 수밖에 없다. 사실 지금 그를 이끌어 주고 있는 것은 여자였다. 여자, 어떠한 여자일까. 이상한 여자였다. 무슨 까닭이 있는 것일까.

열세 번째의 술집을 기웃거리다 그는 짧은 비명을 터뜨렸다. 내림식 계단과 Z자식으로 그 계단에 놓여 있는 화분—그것은 신 대리의 희미한 기억이 밝혀 주었던 어젯밤의 술집이 틀림없었다. 그는 행여나 하고 간판을 올려다보았는데 '밀밭'이라는 간판이 붙어 있었으나 기억에 없었다.

화분의 꽃은 국화였다. 꽃은 싱싱했고 향기도 진했다. 신 대리는 어디쯤에서 허리를 굽혀 향내를 받았을까. 그때 그의 등 뒤에서 농담을 했다는 자신은 어디쯤에 서 있었을까. 온전한 몸으로 서 있을 수 없었다면 한 손으로 벽을 짚고 있었을 것이다. 벽을 짚지 않은 다른 손, 그 손에는 가방이 쥐어져 있었을까.

안은 한산했다. 의외로 넓었다. 고급스런 술집이었다. 이미 의자를 탁자 위에 거꾸로 올려놓고 청소를 하는 술집이 있었는데 이곳에는 아직도 손님들이 있었다. 그는 출입구 쪽의 빈 의자를 골라 앉았다. 혼자 앉아 있는 사람은 없었다.

"형사예요?"

가슴이 깊게 패인 검은색 옷의 여자가 그의 옆에 앉았다.

"왜요?"

"취하지도 않고 늦은 시각에 혼자 나타나셨으니 말이에요, 무얼 알아보려고 오셨죠?"

"……"

"기분 나쁜 일이 있나요?"

"술이나 가져와요."

"어머 무뚝뚝하시긴."

여급이 술자리 시중을 드는 술집. 내리막식 계단, 계단가의 화분……틀림없었다. 그러나 어떻게 그 여자를 찾는담.

"그러지 말고 우리 인사나 해요. 저는 미스 조라고 해요."

한구석에서 교성인지 비명인지 모를 날카로운 목소리가 울렸으나 아무도 거기에 주의하지 않았다. 갑자기 피아노 소리가 뚝 그쳤다. 그러자 그는 피아노 소리를 의식하였다. 홀은 원형으로 되어 있고 그 가운데 하얀색의 커다란 피아노가 놓여 있었다. 그는 피아노의 뚜껑을 닫고 있는 여자의 등을 바라다보았다. 머리가 목덜미를 덮고 있었다. 여자는 악보첩을 옆구리에 끼고 피아노에서 돌아섰다. 그녀는 절름발이였다. 그는 꽉 잠기는 가슴 때문에 단숨에 컵을 비웠다.

시간이 가기를 기다렸다. 손님들이 하나둘 사라졌다. 열한 시 이십 분. 어젯밤이라면 그가 이 술집을 나갈 시각이었다.

"미안하지만 말이요."

그는 옆의 여자에게 말했다.

"어머 천사 같은 남자네, 그런 말 들어본 지가 너무 오랜만이어서 감격했어요. 왜요?"

"어젯밤 이곳에서 정신을 못 차릴 정도로 취했어요. 친구와 둘이서."

"그래서요?"

"날 도와준 여자가 있대요. 날 좀 도와주시오, 감사하다는 뜻을 전하고 싶어서 그러니까."

"탈 쓴 천사인 줄 알았는데 정말 천사같이 고운 분이셔. 허지만 말이에요, 포기하세요."

"왜?"

"우리는 보답 같은 거 바라지 않아요. 누군지 모르지만 그러고 싶으니까 그랬을 뿐이었을 거예요."

"아무렇게나 생각해도 좋아요, 만나게만 해주시오."

"좋아요."

도움을 받는다는 건 별것이 아니었다. 여급들도 옷을 갈아입고 하나둘 사라지고 있었다. 미스 조라는 여자는 고참이었다. 나가는 여자마다,

"언니, 나가요."

"지금껏 앉아 있으니 좋은 수 있나 보네 언니."

"내일 봐요, 언니."

모두 언니라고 불렀다. 무심코 인사말을 던지고 나가려고 하면 미스 조는 불러 세우고 잠깐 이야기를 걸었다. 잠깐 그를 살펴보게 하는 기회를 만드는 것이다. 그렇지 않으면 대뜸,

"이분 몰라?"

했다.

"누구신데?"

"우리 애인."

"열다섯 번째야."

여자들은 웃으며 사라졌다. 그는 초조하게 기다렸다. 많은 여자가 나갔

으나 그를 알아보는 여자는 없었다. 이 근방에서 이와 비슷한 술집이 많을지도 모른다. 또한 신 대리의 희미한 기억을 얼마나 신용할 수 있을 것인가. 시간마저 절박했다. 통금시간이 문제가 아니었다. 삼십여 분이 지나면 일요일이 끝난다. 엄청난 사실이 현실로 다가설 월요일. 그는 자주 잔을 비웠다. 조금도 술기가 느껴지지 않았다.

"왜, 아는 분이야?"

그가 내려놓는 잔이 탁자와 부딪치며 끊어지듯 명쾌한 소리를 냈다.

"응."

그는 미스 조의 시선을 쫓아 등 뒤로 시선을 돌렸는데 웬 여자가 웃음 띤 얼굴로 그를 내려다보며 서 있었다.

"앉아라, 얘!"

미스 조가 의자를 권하고 난 다음,

"이 애예요? 미스 민인데."

그에게 물었다. 그는 백지처럼 웃기만 했다.

"몰라요. 난 아무것도."

"어제 저녁 이 분을 도와 드렸니, 네가?"

미스 민이란 여자가 의자에 앉았다.

"응, 맞아."

"어떻게 무얼 도와 드렸는데 그래?"

"혹시 불능을 회생시킨 것 아냐?"

미스 조가 낄낄거리며 웃었다. 아무래도 좋았다. 그는 가슴이 울렁거렸다.

"그럼 저는 이만 사라지겠어요."

미스 조는 안쪽으로 갔다. 그는 여자와 단둘이 남았다. 그는 여자의 얼굴을 조심스럽게 건너다보았다. 이 여자란 말인가. 어젯밤 그와 나란히 잠잔 여자가. 그의 술시중을 들었고, 택시비와 숙박비를 대신 물었고, 걸레처럼 구겨진 그를 곱게 잠재운 여자가. 그리고 그녀는 한 푼의 대가도 바라지 않고 가버렸다. 미인계도 뭣도 아니었다.

"감사합니다. 아가씨."

그는 그녀를 향해 고개를 숙였다. 그녀의 맑음에, 산기슭의 긴 풀섶을 헤치면 나타나는 도랑물처럼 숨어서 맑은 여자에.
"기억하시겠어요. 저를?"
그는 고개를 저었다.
"너무 취하셨던데요. 어젠."
취하지 않았다면 서류 가방을 잃어버렸을 리도 없었을 것이다. 가방 생각이 다시금 그를 긴장시켰다. 그는 여자의 기분이 어떻게 되든지 가방을 물어보아야 한다고 생각했다.
"……저…… 가방 말입니다."
"가방이요?"
눈을 크게 뜨며 여자가 피식 웃었다. 어떤 의미의 웃음일까. 그는 더욱 긴장했다.
"엉뚱하시군요, 무슨 가방인데요?"
긴장하여 한줄기로 모아져 있던 신경이 두 갈래로, 열두 갈래로 말馬꼬리 수보다 많게 갈라지며 마침내 아늑한 안식이 그를 찾아들었다.
이제 분명해졌다. 가방은 찾을 수 없다. 이제 어떠한 책임이라도 지겠다는 오기밖에 기댈 게 없었다.
"옆구리에 끼는 검은색 가방인데 미스 민이 나를 만났을 때 내가 가지고 있는 걸 보았는지요?"
그녀는 대수롭지 않다는 얼굴로 고개를 저었다.
"이제 가봐도 되겠어요?"
여자가 선뜻 자리에서 일어섰다. 그녀는 그에게 가방을 물어보러 왔다는 사실에 적지 않게 기분이 상한 것처럼 보였다. 가방에 대한 것은 끝이 났다. 그러나 물어야 할 일들은 남아 있었다. 어디서부터 어떻게 물어야 할지 알 수 없었으므로 그는 당황하여 따라 일어섰다. 그때였다.
"야!"
거친 사내의 목소리가 들려왔다. 건장한 체구의, 40 가까이 보이는 사내가 그녀를 노려보고 있었다.
"싫으면 싫단 말을 해야지. 밖에서 사람을 기다리게 해놓고 그 사이 다른 놈과 붙었어? 이게 형편없이 구는군, 갈 거야 안 갈 거야."

"네, 지금 나가는 길이에요."

그녀는 사내를 따라갔다. 그도 엉거주춤 그녀를 따라 걸었다. 물어야 할 것이 있었다.

"왜 물을 것이 남았어요?"

택시를 잡으려고 이리저리 뛰는 사내의 뒤에 서 있던 여자가 의외라는 듯이 그를 보았다.

"네."

"그럼 빨리 말하세요. 저 자식 성질이 좋지 않나 봐요."

"……."

"어서요."

그녀는 짜증 섞인 목소리를 냈다. 망설일 수가 없었다.

"어제 저녁 우리가 어떻게 이문동으로 갔지요?"

"택시로요."

"아가씨가 이문동으로 가자고 했나 어쨌나 그걸 묻는 건데요."

"그건 아저씨가 말했죠. 이문동으로 가자고 한 것은 아저씨였어요."

택시 운전사의 말은 거짓이 아니었다.

"그럼 왜 내가 이문동에서 내리지 않으려고 했는지 그 까닭은 알고 계세요?"

"어디론가 다른 데로 데려다 달라고 했던 것 같아요. 혀가 꼬부라져 잘 알아들을 수는 없었지만 말이에요."

"어디로? 어디로 말이에요?"

"……."

"전혀 알아들을 수가 없었나요?"

"글쎄요."

"기억해 보세요. 그걸 알아야 해요."

"야아! 뭘 해."

다시 사내가 소리를 질렀다. 택시를 잡아두고 그녀를 찾던 중이었다. 그러나 그녀는 선뜻 사내에게로 가지 않았다. 자식, 개자식, 여자는 중얼거리듯 욕을 했다.

"얼핏 듣기에 '박쥐'라고 하는 것도 같았고 '망치', '방갈로', '치과'…… 뭐 그 비슷한 소리를 중얼거렸던 것 같아요. 뭐라고 하는지 알아보려고 나나 운전사 아저씨가 귀를 모두었으니까요."

거센 힘이 그의 어깨를 낚아챘다.

"야 이 자식아, 너 죽고 싶니?"

40대 사내가 그를 향해 부르쥔 주먹을 쳐들어 보이고 있었다.

"아니에요, 오해 마세요."

그녀는 사내에게 끌려 구겨지듯 택시 안으로 던져졌다. 그는 갑자기 그녀를 보호해야 한다고 생각하게 되었다. 그러나 그는 그 자리에 가만히 서 있었다.

"……더 알아볼 게 있으면 언제나 저기로 오시면 돼요."

차가 그의 옆으로 지날 때 여자가 창밖으로 재빠르게 말했다. 그리곤 그녀는 사내의 품에 쓰러지듯 안겼다. 보호해야 한다는 생각은 오산이었다. 차는 가버렸다. 그는 그제야 자신이 그녀는 언제든지 만날 수 있다는 생각을 문득 잊고 있었던 사실을 알았다. 그는 서둘러 택시를 잡기 시작했다.

3

따뜻한 물로 샤워를 하고 나서 판을 골라 전축을 틀었다. 유행성 악성 인플루엔자와 같은 기세로 배고픔이 찾아들었다. 냉장고에는 먹을 것이 가득했다. 그는 사과와 토마토를 닥치는 대로 먹었다. 과일은 배부르지 않았다. 우유와 빵을 먹었다. 먹는다기보다 빈 속에다 그것들을 채워 넣는다고 하는 편이 옳았다.

소파에 앉아 그는 노래를 들었다. 오래 전의 노래였다. 흘러간 노래는 과거를 담고 있다. 그는 수첩을 꺼내 거기에 적힌 주소를 살펴보았다. 주소는 흔하지 않았고 전화번호가 대부분이었다. 누가 이문동에 살고 있을까, 왜 이문동으로 가자고 했을까. 수첩에 적힌 전화번호만으로는 아무런 단서가 잡히지 않았다.

안종현安種鉉.

고등학교 2학년 때, 짝이었다. 같은 독서회의 회원이기도 했다. 집이 이문동이었다.

시험 때면 안종현의 집에 가서 함께 밤을 새며 공부를 한 일이 서너 번 있었다. 생일날 초대받아 간 적도 있었다. 외국어대학의 정문에서 길을 건너 흔히 학생들을 상대로 술과 라면을 팔던 술집과 식당을 겸한 집들이 어깨를 부비듯 서 있는 골목을 지나면 강원도 춘천으로도 가고 충청도를 거쳐 부산으로도 가던 복선의 철로가 나타났고 철길을 막 건너는 곳에 약국 하나가 있었다.초대받아 간 친구 중의 하나가 갑자기 복통을 일으켰기 때문에 그가 달려가 그 약방에서 한 번 약을 산 일이 있다. 그 친구의 이름은 이윤식(李允植)이었다. 약국으로부터 복개공사가 되지 않은 개천을 따라 내려가다 왼쪽 골목으로 꺾어지는 곳에 안종현의 집이 있었다.

안종현은 그림을 잘 그렸지. 안종현의 얼굴이 다정하게 되살아났다. 미술대학을 가고 싶어했는데 부모들의 바람에 따라 공대로 갔다. 건축을 하는데 아직 창창한 나이에 사무실을 내고, 하여튼 아는 사람은 알아주는 친구가 되었다. 대학에서 서로 갈라져서 동창회 모임 같은 곳에서나 얼굴을 대할 뿐 따로 만나 술 한잔을 함께 마신 적이 없었다. 원주민이 없는 도시이고ー원주민이라고 하니까 좀 우스운 생각이 들고 낭만적인 기분이 들기도 하지만ー거기에다 극히 싫증을 잘 내는 게 요사이 사람들의 속성같이 느껴지는 그에게 안종현의 집이 지금도 그곳에 있다고 생각되진 않았다. 지금도 찾아갈 수는 있을 것 같지만 어제 저녁 취중에 그가 모르는 또 다른 그가 찾아가려고 했던 이문동은 안종현의 집과는 연관이 있다고 생각되지 않았다.

이문동에 있는 외국어대학.

고등학교의 동창생들을 만나러 자주 갔었다. 그 학교에 친한 친구들로는 김용진·박성재·임희수·조신묵…… 등이 있었다. 그러나 그 친구들은 아무도 이문동에 살고 있지 않았으며 도무지 사람관계란 게 따지고 보면 다 그렇고 그렇듯이 그도 그 친구들과 별다른 친분이라도 있었던 건 아니었다. 그저 시간이 나고 심심할 때면 그 학교가 아닌 다른 학교에 다니는 친구들을 찾아가는 것과 마찬가지로 그들을 찾아갔던 것이다. 그들과 어울려 학교 앞의 술집에 갔고 다방과 당구장에도 갔다. 그러나 그것뿐이었다.

군대시절, 그가 소속된 중대의 내무반장도 생각났다. 최영택崔榮澤 병장이 그였다. 그가 첫 휴가를 받고 부대를 나오던 날 그는 최 병장의 부름을 받았다. 최 병장은 그에게 주소를 적은 종이쪽지 한 장을 내밀었다. 고참병들의 흔한 심부름이었다.

"내 애인이다. 찾아가 봐라."

그 말뿐이었다. 고참병들은 입이 무거웠다. 그 대신 한번 입을 열면 졸병들은 벌벌 떨어야 했다. 다만 찾아가서 어떻게 해야 하는가를 알 수 없었으므로 그는 망설였다.

"무슨 말이 있을 거야, 듣고 와서 내게 전해 주면 돼."

서울에 닿자 그는 이문동으로 여자를 찾아갔다. 통과 반이 적혀 있지 않은 주소였으므로 찾기가 쉽지 않았다. 거의 한나절이 걸려 찾은 집의 철제 녹색 대문에서 최 병장의 애인이 나왔다. 키가 작고 나이든 처녀 같지 않게 머리를 두 갈래로 땋고 있었다.

"미안하지만 들어오시게 할 방이 없어요."

여자는 친구 하나와 자취를 하고 있었다. 집에서 입는 옷 그대로 그녀는 슬리퍼를 끌고 앞장서 다방으로 그를 데리고 갔다. 여자의 이야기는 길지 않았다.

"결혼하게 되었다고 그렇게 전해 주세요."

담담한 그 말과 함께 조금 서글프고 허망한 기분을 내비치던 그녀의 표정이 아직도 그의 기억 속에 머물러 있었다. 그는 그렇게 전하겠다고 말하고 다른 말은 없느냐고 물었다. 고개를 끄덕였다. 다방을 나오려고 했을 때, 그녀는 서둘러 마땅히 그래야 할 것처럼 차 값을 계산하였다.

버스를 타고 맨 뒷자리에 앉게 되어 문득 뒤를 돌아다보았는데 그녀는 박힌 듯이 한자리에 서서 버스를 쳐다보고 있었다. 그녀는 버스를 쳐다보고 있었지만 사실은 그녀가 떠나보낸 그녀의 말을 쳐다보고 있는 것이었고 그때서야 그는 그녀의 짧은 말 속에는 여러 의미들이 숨어 있을 것이라는 추측을 할 수가 있었다. 그가 귀대하고 며칠이 되지 않아 최 병장은 탈영했다. 제대 삼 개월을 남겨 두고 탈영이라니 모두들 미친놈이라고 했지만 그는 최 병장을 이해할 수 있을 것 같은 기분을 느꼈었다.

그 외에 그저 인사나 나누고 지내는 회사의 동료 중에 집이 이문동인 사람이 있긴 하나 되새겨 볼 만한 사람은 아니었다.

전축의 음반이 소리 없이 돌아가고 있었다. 그는 판을 갈아 끼우고 나서 수첩을 덮었다. 더 이상 기억나는 게 없었다. 그는 소파에 파묻혀 담배를 피우며 노래를 들었다. 오래 전의 노래였다. 흘러간 노래는 과거를 담고 있다. 기억나는 게 없지만 그의 과거는 이문동을 담고 있다.

미스 민이라는 여자의 마지막 말이 생각났다. '박쥐', '방갈로', '망치', '치과'…… 그는 생각했다. 이문동과 박쥐. 전혀 어울리지 않았다.

고아원의 뒷산을 넘으면 폐광廢鑛이 있었다. 문둥이들이 아이들을 잡아가면 폐광 속에서 간을 꺼내고 진달래꽃 잎사귀 아래에다 피를 감춘다고 했다. 아무도 가까이 가려는 아이들이 없었다. 박쥐 때문에 그와 용기 있는 몇몇 아이들은 자주 폐광을 찾아갔다. 문둥이에 관한 말은 소문뿐이었다. 굴속을 향하여 소리를 지르면 굴에선 바람소리가 새어나왔다. 그것은 굴의 천장이나 벽에 매달려 있던 박쥐들이 일제히 날아오르며 내는 소리였다. 그는 앞장서서 굴로 진격하였다. 용기 있는 아이들은 그를 따랐다. 막대기를 마구 휘두르며 굴 가운데서 불을 피웠다. 혹시 몸에 날아와 엉기는 박쥐가 있기도 하였지만 겁낼 필요가 없었다. 그들은 막대기에 맞아 떨어진 박쥐를 주워서 돌아왔다. 한약방에 가면 그것은 돈이 되었다. 그 때문에 그는 자주 폐광을 찾아갔다. 그는 그만큼 굴속의 여러 갈래 길이나 박쥐의 생리를 잘 아는 사람은 없다고 생각하였다. 박쥐가 사는 폐광은 그에게 정다운 곳, 그의 용기를 팔 수 있는 곳이었다.

이문동과 방갈로.

상상력이 필요한 문제였다. 그는 신중히 생각하였지만 이 두 말은 끝까지 아무런 관련도 맺을 수가 없었다.

이문동과 망치. 그것도 마찬가지였다.

이문동과 치과. 이문동에 있는 치과.

그는 자리에서 벌떡 일어났다. 아랫배 깊숙이에서 뻗어 오르는 차가운 긴장이 그를 묶었다. 그는 잠시 후 경직된 몸을 풀기 위하여 가만가만 걸었다. 사방은 너무나 조용하였다. 이십팔점박이무당벌레처럼 걸어가 그는 냉장고에서 술병을, 선반에서 유리잔을 꺼내 들었다. 그는 이제 성큼성큼 걸어 소파로 돌아왔다. 잠시 동안 그를 극도로 긴장시켰던 것이 무엇인지 그는 정확하게 알 수가 없었다. 그는 다만 이문동과 치과를 이문동에 있는 치과로 바꾸어 보았고 그러자 알 수 없는 날카로운 예감과도 같은 것이 수십 년 그의 기억 속의 시간을 꿰뚫으며 그에게 날아와 박혔던 것이다. 그것은 또렷이 무엇이라고 말할 수는 없는 것이었지만 무의식적으로 그를 소파에서 일으켰던 것이며 진한 술을 마셔야 터질 것처럼 모든 신체의 공기空氣를 압박했던 것이다.

확실히 그의 과거는 이문동을 담고 있다. 너무나 오래 전에 잊어버렸던 일이었기 때문에 미처 생각하지 못했던 것뿐이었다.

'박쥐' '방갈로' '망치' '치과'라는 말 중에서 가장 첫 음절이 'ㅂ'과 'ㅁ'이라는 데 생각이 미쳤다. 그렇다면 'ㅂ'과 'ㅁ' 중에서는 'ㅂ'을 취해야 마땅하였다. 취한 사람은 흔히 'ㅂ'을 'ㅁ'으로 발음하지만, 'ㅁ'을 'ㅂ'으로 발음하지는 않기 때문이다. 일단 'ㅂ'을 택하고 나면 'ㅏ'가 남으니 'ㅂ+ㅏ'='바'가 된다. 그 다음 '박쥐'에서 'ㄱ'을 빌어오면 '박'이 된다. '치과'는 앞머리를 삼켜 버리고 그냥 발음한 가장 정확한 소리였다. 그러니 그가 어젯밤 찾고 있었던 곳은 '박 치과'였다.

이문동의 '박 치과', 그곳에는 혜수가 있다. 그렇다! 그는 어젯밤 박 치과로 혜수를 찾아간 것이다. 그는 이제 그 사실을 확신하였다.

이십 수년이 넘은 그가 까마득하게 잊어버렸던 일을 어젯밤 그는 잊지 않고 있었다. 그는 이미 기억하기도 어려운 일을 찾아 나섰던 것이다. 생채기엔 새살이 돋고 이제 흉터도 남지 않았던 평온한 외모와 단조로운 일상의 내부가, 술기운에 곪은 균들을 노출하고 말았다. 그는 자신이 알지 못하였던 여러 개의 자신의 존재를 느낄 수 있었다. 하나의 존재도, 하나의 결론도 존재하지 않는다. 이제 그는 겨우 가방 때문에 많은 그의 존재 중 하나를 만나고 있는 것이었다.

그는 유리잔에서 위스키를 진하게 섞어 마셨다. 세 잔을 거푸 마셨다. 사위가 고요한 밤에 혼자 마시는 독한 술. 그것은 복받치는 설움을 혹은 끓어오르는 분노를, 욕망을, 사랑을 잔잔하게 만나게 해줄 수 있다고 그는 생각하였던 것이다.

그 고아원에서 혜수와 함께 지낸 것은 어림잡아 2년 정도의 기간이었다. 혜수는 그의 여동생이었다. 혜수는 그의 누나였는지도 그렇지 않으면 쌍둥이일 수도 있었다. 얼굴은 기억되지 않지만 이름은 혜수였다.
 박혜수라는 이름이 원래 혜수가 가지고 있던 이름인지 고아원의 누군가가 붙여준 이름인지 아무도 알 수가 없다. 그때가 몇 살이었을까. 그것도 역시 알 수 없는 일이다. 그가 그의 나이를 정확하게 알지 못하는 것과 꼭 같은 이유로 혜수도 그때 몇 살이었는지 알 수 없다. 다만 혜수와 그가 고아원에 맡겨진 것은 세 살이나 네 살 때로 생각되었다. 많은 아이들을 취급하는 고아원 사람들의 눈을 믿을 수밖에 없었다. 6·25의 소용돌이 속에서 정확한 것은 아무것도 없었다.
 낡은 필름에서 끊겨져 나온 듯한 희미한 기억 몇 편이 그가 겪은 전쟁의 전부였다. 엄마는 ─ 실상 그는 그녀가 누구인지 알지 못한다. 얼굴도 모습도 모른다. 이름도 어디에 사는지도 알지 못한다. 그녀는 7백만 피난민 중의 한 여자였다.─ 그의 손을 잡고 한 계집아이를 들쳐업고 걸었다. 그를 업고 계집아이를 걸리기도 했다.
 사람들의 행렬과 아우성, 잠자리 같은 비행기, 연기와 불길, 총소리, 추위, 아이들의 울음소리, 배고픔…… 이런 것이 기억의 전부였다. 그 기억은 그가 겪은 기억인지 혹은 책이나 영화로 본 십만이나 되는 전쟁고아들의 실상이 그의 것으로 변한 기억인지는 그 스스로도 정확하게 알 수 없었다.
 엄마는 죽었다고 그는 단정했다. 손을 잡고 가던 엄마가 사람들 사이에서 편하게 누워 버려 젖가슴을 찾던 그의 손에 묻어나던 선명한 피. 무엇인가 애타게 부르짖던 엄마의 마지막 목소리.
 엄마가 마지막으로 하려고 했던 말은 손을 놓지 말라는 소리였다고 그는 믿었다. 그 계집아이, 그의 여동생인지 누나인지, 쌍둥이인지 알지 못하는 그 계집아이가 혜수였다. 엄마는 혜수와 그가 손을 잡고 있어야 한다고 말했던 것이다. 그는 믿었다.

 이 넓은 세상에 혼자 남으면 외로워서 못 산다. 손을 잡아라, 죽어도 헤어져서는 안 된다. 둘이서 손을 잡고 살아라.

 어머니를 생각할 때마다 그는 어머니의 마지막 말을 생각하였다. 어머니가 그렇게 말하지 않은 것인지도 모르며 어머니는 처음부터 그의 기억에 없는 존재인지도 모르지만 어머니의 마지막 말은 그에게 지울 수 없는 것이 되었다. 커서는 자기암시(?)라는 말을 생각하기도 하였다. 모든 걸 따져 생각한다면 혜수가 그와 형제라는 사실조차 우스운 것이었다. 처음 고아원의 생활에 대해서 그가 기억하는 것은 피난길의 기억과 같은 것이었다. 다만 혜수에 대한 기억은 언제나 밝고 정확했다. 혜수는 그를 오빠라고 불렀다. 그리고 고아원 안에서는 혜수와 그가 형제라는 것을 의심하는 사람은 없었다. 그는 늘 배가 고픈 철부지였을 때에도 그의 몫을 혼자 먹지 못했다. 혜수는 예뻤다. 고아원의 아이들이 모두 혜수는 예쁘다고 했다. 우리 동생이니까 하고 그는 뽐냈다. 혜수가 예쁘기 때문에 그가 겪어야 했던 고통은 컸다.

 아이들이 뜰에서 공기놀이를 하고 있었다. 고무줄도 하고 술래잡기도 했다. 먼지를 뽀얗게 일으키며 지프차 한 대가 고아원의 문을 들어섰다. 흔히 있는 일이다. 그는 눈여겨보지 않았다. 아이들이 지프차를 둘러쌌다. 키가 큰 군인들이 내렸다. 코가 높고 눈이 파랬다. 원장 아버지와 악수를 하고 웃고 떠들며 원장실로 들어갔다. 미국 군인만 오면 아이들은 행복했다. 그들이 오면 새 옷을 배급받기도 했고 비스킷, 껌, 초콜릿, 드롭스…… 따위를 맛보곤 하였다. 그런데 그날따라 원장 아버지는 아이들을 모두 뜰에 모이게 했다. 그런 후 남자 아이들과 여자 아이들을 양편으로 갈라서게 했다.

 미군 한 사람이 여자 아이들을 하나하나 가려내어 웃으며 무슨 말인가 나누었다. 아이들을 안아 보기도 하고 볼에 입을 맞추기도 하였다. 아이들은 미군을 따라가는 걸 바라고 있었다. 따라가기만 하면 레이션 박스에 든 초콜릿쯤은 문제가 아니라고 믿었다. 좋은 옷과 좋은 집도 생기고 지프차만 타고 다닌다고 했다. 희한한 장난감도 생긴다고 했다. 이미 따라간 아이들이 많았다. 그런데 그 미군이 혜수를 안아 보더니 뭐라고 지껄였다. 옆의 사람들이 모두 웃었다. 원장 아버지가 고개를 끄덕였다. 미군은 혜수의 얼굴에 입을 맞추더니 그녀를 안고 뚜벅뚜벅 지프차 쪽으로 걸어갔다.

차가 움직이려고 했을 때 갑작스런 비명소리가 울렸다. 한 아이가 지프차 바퀴에 몸을 깔고 있었다. 미군들은 놀라 지프차에서 내려왔다. 한 아이가 바퀴 속에서 기어 나왔다. 바로 그였다.

"왜? 왜?"

서투른 말로 미군은 눈을 둥그렇게 떴다. 그는 울었다.

"내 동생이야. 데려가지 마. 내 동생이야."

지프차에서 혜수가 뛰어내렸다. 그리고 그를 부둥켜안았다. 다섯 살 때쯤이 아니었을까? 미군들은 빈 차로 돌아갔다.

그런데도 혜수는 결국 가버리고 말았다. 그가 말릴 틈도 없었다. 한 아이라도 짐을 더는 것이 고아원으로서는 좋았다. 지나가던 사람이 한 아이를 원했다고 하면 아무 절차 없이 그는 아이를 데리고 갈 수 있었다.

"어디로 갔어요. 내 동생."

혜수가 없어진 후 며칠 동안 그는 처음으로 배고픔을 느끼지 않았다.

"나는 모른다."

"가르쳐 줘."

"이놈의 자식이 버릇없이. 나가 놀아……."

원장 아버지는 화를 잘 냈다.

"우리 혜수 어디다 줘버렸어요. 네?"

어른이 된 지금도 어려운 일에 부딪히면 발휘할 수 있다고 그가 믿고 있는 고아의 근성. 때리고 밥을 굶겨도 그는 끈질기게 달라붙었다.

"우리 동생 내놔!"

그는 징징거렸다. 날마다 쉬지 않고 원장 아버지는 달래는 수밖에 없다고 체념한 듯했다.

"걔가 왜 네 동생이니."

"우리 동생이니까 우리 동생이지."

원장 아버진 어이가 없는 듯이 웃었다.
"그건 네가 잘 모르고 있는 거야. 걔는 너와 아무 상관도 없는 애야."
"거짓말 마라, 엄마가 죽으면서 손을 놓지 말라고 했어. 손을 꼭 잡으라고 했어요. 우리는 손을 꼭 잡고 여기로 왔대요."
"그때가 언제인지 너는 아니? 네가 겨우 젖이 떨어져 걸음마를 할 때란 말이야. 네가 어떻게 네 엄마 말을 기억하고 있단 말이냐. 네가 혜수와 손을 잡고 있었다고 해도 아이들이란 아무와도 손을 잘 잡는다."
"거짓말이야."
원장 아버지와 이야기를 하는 것은 쓸데없는 짓이었다. 그는 차차 알았다. 어쩜 원장 아버지도 혜수가 어디로 갔는지 모를 것이라는 것과 혹시 알더라도 그에게 가르쳐 주지 않을 것이라는 것을. 그는 열 살이 넘어서자 할머니를 졸랐다. 할머니는 고아원의 살림살이를 도맡아 하는 참 좋은 분이었다. 모두에게 친할머니와 같았다. 고아원이 생길 때부터 일하셨다고 했다. 할머니는 특히 그를 귀여워하셨다.
"나는 군인들의 막사에 모여 있는 아이들 중에서 열 명을 배당받았지. 닥치는 대로 여덟 아이를 골랐지. 남은 아이들은 또 다른 곳으로 가게 마련이니까 말이다. 나머지 두 명을 고르려고 잠깐 고개를 드는데 문득 한 구석에서 눈을 말똥거리며 나를 쳐다보는 귀여운 아이가 있었다. 그게 너였지. 그래서 나는 많은 아이들 중에서도 너를 늘 눈여겨보고 있단다. 그런데 말이다. 네가 일어서서 나에게로 올 때 너는 웬 여자 아이의 손을 꼭 붙들고 있는 게 아니겠니. 그래서 나는 붙든 네 손을 떼어놓으려고 했다. 여자 아이들은 사내아이들보다 귀찮으니까. 그런데 그때 네가 한사코 손을 놓지 않았다. 그래서 나는 혜수도 데려오게 되었단다."
혜수는 그의 여동생인 것이 틀림없었다. 엄마가 죽은 후 어떻게 군인들의 보호를 받게 되었는지 알 수 없지만 그때부터 그와 혜수는 손을 놓지 않았던 것이다. 그는 그렇게 믿었다.
"엄마가 죽으면서 손을 놓지 말라고 했거든요."
"그렇지만 너희들이 형제지간이면 참 이상한 일이구나."
"뭐가요?"

"누가 먼저 태어났나 구별이 서지 않거든."

"제가 오빠예요. 혜수도 그렇게 부르지 않아요."

"아니다, 아이들을 많이 다루다 보면 알게 되는데 그런 것 같지가 않았어."

"그럼 혜수가 내 누나란 말인가요. 할머니."

"그것도 이상하단다."

"그럼 우린 쌍둥인가 보지요 뭐."

"아니 너희들은 그저 남남일 수도 있다."

"아니에요."

그는 단호하게 말했다. 그것만은 용납할 수 없었다.

"제가 혜수를 찾으려는 게 걱정돼서 그러시지요?"

"아니다, 너도 생각해 보아라. 그 많은 애들이 우글거리는데 그 사이에서 손을 잡고 있었다고 누가 형제지간이라 말할 수 있겠니?"

"거짓말 마세요."

"아니다, 내가 이 늙은 나이로 어린 네게 거짓말은 안 한다. 아무리 어려도 형제라는 건 어디가 닮아도 닮은 법인데 너희들은 그렇지가 않았다."

"매일 전쟁 통에 정신이 없었다고 하시면서 언제 그렇게 자세히 보셨어요?"

"그래도 어른들은 다 볼 수가 있단다."

"누가 뭐래도 혜수는 내 동생이에요. 아니라고 하는 놈이 있으면 죽여 버리겠어요. 할머니 마음은 제가 다 알아요. 그러나 할머니, 저는 커서 어른이 되고 돈도 많이 벌면 혜수를 찾을 거예요. 그래서 같이 살래요. 혜수는 제 동생이니까요."

"괜히 그래 가지고 커서까지 사서 고생한다. 하기야 이 넓은 세상에 형제같이 좋은 게 또 있겠니만 어떻게 찾는단 말이냐?"

"할머니."

"왜?"

"혜수가 간 곳을 할머닌 정말 몰라요?"

"그래 난 모른단다."

"원장 아버지께 물어보세요."

"원장님도 나와 꼭 같을 거다. 수백 명의 아이들이 들어왔다 나갔다."

"그래도 물어보세요. 제가 동생을 돌려 달라고 오랫동안 원장 아버질 괴롭혔으니 기억하고 계실 거예요."

"그래, 원장님이 알고 계시면 내가 일러 주마."

그와 할머니 사이에 그런 말이 오고간 며칠 후 할머니는 그 약속을 지켰다.

"역시 원장님도 잘 모르신다만 그저 그 당시에 서울 이문동에서 박 치과라는 병원을 하는 사람이 예쁜 여자 아이를 하나 데려갔다고 하시더구나. 그러나 믿진 말아라."

"서울 이문동 박 치과."

그는 마음속으로 되뇌었다.

"전쟁이 끝나고 얼마 되지 않은 때였으니까 지금도 그곳에 그대로 있을 리가 없다. 믿진 말아라, 원장님도 이제 나이가 많으셔. 나이가 들면 어제 일도 쉬 잊는 법이란다."

"고마워요. 할머니, 전 꼭 찾을 거예요."

"그래라. 그랬으면 오죽 좋겠니."

그는 여덟 살 때도 열 살, 열두 살 때도 그 다짐에 변함이 없었다. 이문동의 박 치과. 행여 잊을까봐 꿈속에서도 되새겼다. 그가 작은 가슴에 새긴 이문동의 박 치과는 그의 표적이었다. 삶의 표적. 눈물과 굶주림의 표적. 사랑의 표적.

국민학교 4학년에 다니던 열두 살 때의 사실 열두 살이라는 나이는 고아원에서 임의로 붙인 것이지만 겨울 어느 날 그는 선택되었다. 원장 아버지의 방으로 들어서자 낯선 여자가 그를 찬찬히 뜯어보았다. 그는 단번에 모든 것을 알아차렸다.

새엄마는 지극하였다. 엄마라고 하기에는 너무 나이가 많았다. 할머니라고 부르는 것이 맞을 것 같았다. 그와 함께 살기 시작한 때에 쉰다섯이었는데 예순아홉이 되던 해에 죽었다.

그는 모든 면에서 그녀가 바라는 대로였다. 공부를 썩 잘한 것은 아니었지만 흔히 어정쩡하게 말하듯이 남의 축에 빠지지는 않았다. 그녀는 그가 바라는 것이면 무엇이라도 들어 줄 준비가 되어 있었다. 어머니는 그와 둘이 사는 데는 충분한 재산을 가지고 있었다.

편안한 생활과 어머니의 따뜻한 보살핌 속에서 그는 모든 것을 잊어갔다. 다른 아이들과 달리 그 혼자만이 가져야 하는 삶의 표적, 눈물과 굶주림의 표적, 사랑의 표적은 이미 존재하지 않았고 필요하지도 않았다. 잊어버려야 한다고 마음을 다진 것은 결코 아니면서도 혜수는 이미 전과 다른 혜수였으며 아스라한 기억, 버리고 싶은 꿈속에서나 만날 수 있는 혜수였다. 얼굴을 기억할 수 없었고 또 어린아이의 얼굴은 변하는 것이었다. 혜수를 데려간 사람들은 그녀의 성씨와 이름까지 바꿔 버렸을 것임에 틀림없었다. 무슨 방법으로 혜수를 만날 수 있을 것이며 혹시 만난다고 하더라도 무슨 방법으로 그녀가 혜수임을 확인할 수 있을 것인가. 또 혜수의 입으로 고아원의 일을 기억해내고 그를 알아본다고 하더라도 그들이 형제라는 사실은 어떻게 증명할 수 있을 것인가. 혹시 의학적인 조사대상이 되면 밝혀질 수 있겠지만 그러한 일은 결코 없을 것이다.

"잊어버려라, 이제 이 엄마가 있지 않냐. 네가 하고 싶은 일은 무엇이나 하게 해주마. 모두 잊어버리고 엄마와 살자."

문득 혜수 이야기를 꺼냈을 때 어머니가 말했었다. 잊어버리려 힘쓰지도 않고 그는 잊어버렸다. 그러나 정작 비극을 잊어버려야 할 사람은 어머니였다.

어머니는 몽유병 환자였다. 과거 속에서 살았다. 그녀에게 유일한 현실은 그였다. 그녀가 고아원에서 그를 데려온 것은 과거의 환각에 현실을 가져온 것과 다름이 없었다. 어머니를 따라 국립묘지에 가보았다. 어머니는 거기에만 가면 하루를 그곳에서 보냈다. 하루 종일 묘비를 어루만졌다. 그는 혼자서 이곳저곳 구경을 다녔다. 그는 다음과 같은 묘비명을 보았다.

'보고 싶은 내 아들 불러도 대답이 없구나 비오는 날이나 바람 부는 밤이면 갈 곳 없어 이리저리 헤매지나 않느냐 죽어도 에미 가슴엔 살아 있구나'

그는 또 이런 묘비명도 보았다.

'사람이 한 번 죽는데 너는 큰 죽음을 하였다 우리는 널따라 떳떳하게 살다 만나리―아버지 어머니 형들과 누나―'

그는 다시 이런 묘비명을 보았다.

'아빠 안녕 안녕'

그는 묘비명 앞에서 우는 사람들을 보았다. 무엇인가 묘비를 향해 말하는 사람들을 보았다. 꽃을 꽂는 사람들을 보았다. 술을 붓는 사람들을 보았다. 어머니는 울지도 말하지도 않았다. 그녀의 슬픔은 그녀의 육비肉碑에 새겨진 것이었다.

그는 그 모든 것을 감동 없는 무성영화를 보듯 보았다. 다만 하루 종일 앉아 있던 어머니가 일어서는 해질 무렵, 그곳을 나오며 돌아보는 묘지의 정확한 질서가 그를 슬프게 하였다. 어머니가 세 아들이 있던 전쟁 전의 과거 속에서 살고 있는 것은 당연한 일이었지만 그에게는 그러한 과거는 없었다.

어머니가 죽기까지 그들은 참 사이 좋은 모자였다. 그가 어머니를 반대한 것은 단 한 번뿐이었다. 그가 대학생이었을 때 어머니는 그녀가 항상 꺼내 보는 사진첩을 그의 앞에 펼쳐보였다. 그가 이미 알고 있는 사진들이었다. 그녀는 사진첩 속의 한 장을 가리켰다. 큰형죽은 세 사람을 그는 형이라고 하였다의 사진이었다. 무슨 모임에서 찍은 것인 듯 여러 명의 남녀가 계단에 모여 서 있었다. 이 여자 말이다, 하고 어머니는 큰형의 앞에 선 여자를 가리켰다. 누렇게 변한 사진 속의 여자는 동그란 점의 무늬 있는 저고리에 까만 치마, 단발이었다. 네 큰형이 좋아했었다. 처음 듣는 이야기였다. 어머니는 말했다. 지금은 일찍 남편을 사별하고 아이들을 데리고 사는데 고생이지, 게다 근래에는 병까지 겹쳤다. 문 밖 출입을 자주 하지 않는 어머니가 언제 누구를 통해서 그런 연락을 받았는지 놀라웠다. 그래 내가 도와주고 싶다. 그는 어머니에게 찬성했다. 형이 살아 있었다면 그 여자와 결혼했나요? 어머니는 고개를 끄덕였다. 둘이 좋아했다. 어머니는 아마도 그녀의 병 치료를 도맡아 주는 것 같았다. 그 이상을 그는 알지 못했다. 그럴 필요도 느끼지 않았다. 그런데 그런 일이 있고 얼마 후 어머니가, 몸이 나았으니 그 여자가 애들 데리고 먹고 살게 해주고 싶구나 했다. 어떻게요 어머니? 자그만 집을 한 칸 사서 구멍가게를 볼 수 있게 해주었으면 한다. 그는 잠시 생각하고 난 후 어머니에게 반대하였다. 어머니 그러실 필요가 없어요, 그건 옛날 일이에요. 그 여자는 다 잊어버린 일일지도 몰라요. 세월이 흘렀어요. 어머니……. 그러나 어머니는 그렇지 않았다. 내가 그러고 싶다. 네가 허락해 주었으면 좋겠다. 그때서야 그는 어머니 뜻에 따라 해도 좋다고 말했는데 그때 어머니는 매우 기뻐하였다.

어머니가 죽자 어머니의 먼 친척들이 유산문제를 넘보았다. 법대로라면 모든 것은 그의 것이라는 걸 그는 알고 있었다. 그러나 그는 마음을 쓰지 않았다. 아파트 한 채를 살 수 있는 돈이면 그만이었다. 어머니와 함께 쓰던 가구들만은 그대로 가져왔으며 사진첩을 비롯한 유품들도 모셔왔다. 그는 대학을 졸업하자 곧 취직을 하였으므로 풍족하였다. 그러나 풍족한 것만으로 누릴 수 있는 삶이란 거기서 끝나 버렸다.

그는 두 번째로 고아가 되었다.

어머니의 임종을 하는 자리에서 어머니는 그에게 가늘게 웃어보였다. 그것은 그가 전에 보지 못하였던 만족한 웃음이었다. 그 웃음은 말하고 있었다. 나는 네 형들 곁으로 간다. 나는 오늘을 기다렸다. 어머니는 그의 손을 찾아 잡고는 마지막 힘으로 그의 손을 쥐었다. 그 손은 말하고 있었다. 너를 혼자 두고 가서 미안하구나. 어머니가 죽기 전에 바쁘지 않은 그의 결혼을 급하게 서두른 것은 어머니의 예감이었을 것이다. 맞선을 보고 그가 여자를 거절하자 어머니는 적이 실망하는 눈치였다. 어머니의 마지막 손은 말하고 있다.

애야, 손을 잡아라, 손을 잡아라.

혼자는 안 된다. 손을 잡아라, 내 손은 이것이 마지막이다. 애야!

두 번째로 버려진 그를 구원한 것은 회사원의 규칙성, 일과가 끝난 후에 마시는 소주 서너 잔, 돌아서면 피부에 찰과상도 내지 못하는 여자들…… 그 따위뿐이었다. 그때 그는 당연히 혜수를 생각해야 했다. 지독한 외로움을 잊기 위하여 그는 취하여 밤 열두 시에 들어오곤 하였다. 아파트는 그가 얼굴을 대할 수 없는 파출부 아줌마에 의해 항상 잘 치워져 있었다. 그러나 혜수는 이미 그의 어디에도 남아 있지 않았다. 완전한 망각이었다.

그가 결혼문제에 부딪혀 다시 한 번 이 세상에 혼자라는 것을 절감하였을 때에도 그는 혜수를 생각하지 않았다. 어머니가 죽고 나서 그에게 다가온 가장 큰 문제는 결혼이었다. 지금에야 혼자의 생활에 완전히 익숙하였지만 서른이 갓 넘었을 때에 그도 남들처럼 결혼을 서둘렀다. 여기저기에서 중매가 많았다. 그는 따뜻한 가정을 원하였다. 귀여운 아이들을 욕심껏 갖고 싶었다. 가족계획의 정부시책이란 그에게만은 예외가 되어야 한다고 그는 생각했다. 그런데 직장 동료의 소개를 받고 그가 마음을 기울이기 시작하여 어느 정도 확신을 갖게 되었던 여자가 그가 부모형제가 없다는 사실을 꺼려했다. 그는 여자에게 그의 과거를 솔직하게 털어보였던 것이다. 형제가 많고 부모를 모시게 된다고 해서 꺼린다는데 그에게는 정반대였다.

두 번째 여자에겐 만나자마자 먼저 그의 과거를 이야기하였다. 후에 일이 잘못되면 마음을 다치지 않기 위해서였다. 또는 그의 결벽증이기도 했다. 두 번째 여자는 그 사실을 퍽 의의하게 생각하고 그런 환경 때문에 편견이 많은 사람인 것 같다고 말하였다고 한다. 소개한 친구로부터 전해 들은 말이었다. 공교롭게도 두 여자가 그렇게 나오자 그는 지독한 오기에 사로잡혔다.

좋다, 결혼, 하지 않아도 좋다.

그는 근성을 살려냈다.

전축의 판이 또 헛돌고 있다. 그는 일어서서 전축을 껐다. 어머니가 옛 노래를 듣던 전축이었다. 텔레비전을 틀었으나 끝난 지 오래였다. 그는 실내등의 모든 스위치를 올렸다. 그런 다음 소파에 몸을 묻고 또 술을 마셨다. 정신이 얼얼했다. 실내등을 다 켜놓으니 기분도 따라 밝아지는 듯했다.

혜수야!

그는 나지막한 소리로 불렀다. 아무런 마음의 동요도 일어나지 않았다. 지극히 담담했다. 그는 혜수의 옛 모습을 기억해 보려고 했다. 헛된 일이었다.

4

그가 깨어난 곳은 어제 저녁의 소파였다. 실내등은 모두 켜진 그대로였으나 창으로 스며든 햇빛으로 제 구실을 잃고 있었다. 그는 무거운 눈꺼풀을 부볐다.

　탁자 위엔 비어 버린 술병, 유리잔이 탁자 아래에서 깨어져 있었다. 분명히 끈 것으로 기억되는 전축판이 헛돌고 있었다. 적어도 네댓 시간은 공전한 셈이다. 실내등의 스위치를 내리고 전축을 끄고 창의 커튼을 젖히자 찬란한 빛이 쏟아졌다.

　월요일의 아침이었다.

　그는 창가에서 멍한 기분으로 밖을 바라보았다. 어저께처럼 걱정이 되지 않는다. 그것은 전장의 군인들이 운명론자가 되는 것과 같은 이치였다. 서둘러야 할 시간이었으나 그는 서두르지 않았다. 그런 일은 지금껏 별로 없었다. 특별히 진급을 빨리 하고 싶다든지 백 퍼센트 수당을 받고 싶다든지 하는 욕심은 아예 없었다. 그것은 직장 생활이 시작된 이래 현실의 생활에 그 자신의 모든 것을 저당 잡히고 싶어하는 어쩜 그것은 외로운 싸움과도 같은 것이었다.

　그는 서서히 옷을 갈아입고 출근 준비를 했다. 회사에 자초지종을 알리는 것은 그의 의무라고 생각되었다. 회사에선 따로 조치를 취할 것이다. 광고를 낸다든지 방송국의 분실물 센터 같은 곳에 연락을 하고 큰 보상금을 내세울지 모른다. 만약 못 찾게 된다면 어떻게 할까 하는 것은 생각지 않기로 하였다. 근심과 고통, 고독 따위는 나누어 가진다고 해서 가벼워지지 않는다. 그에게 닥치는 일은 완전히 그 자신만의 몫이었다.

　그는 아파트를 나와서 회사로 향했다. 그는 아무런 고통도 느끼지 않았으며 한산한 버스에 타자, 오히려 기분이 느긋해지는 것이었다. 버스를 내려 회사의 정문을 향하여 그는 걸어갔다. 맑은 가을 날씨였다. 바람이 넥타이를 흔들었다. 그는 수위와 인사를 나누었다.

　"오늘은 웬일로 늦으셨습니다. 참 아까 손님이 찾아오신 것 같았습니다."

　그는 갑자기 이상한 예감이 찾아들었기 때문에 마침 담배를 꺼내어 늘 친절한 수위에게 권하고 그도 피우려던 생각을 포기하고 활기 있게 안으로 걸어 들어갔다. 그는 사무실의 문을 열기 전에 화장실로 들어갔다. 용무를 위해서가 아니라 사무실의 문을 대하자 서류를 분실한 사실이 엄청난 사건이라는 생각이 다시 일어났으므로 마음을 진정시키기 위해서였다. 그는 화장실의 거울 속에 비친 그를 위로했다.

괜찮다. 어쩔 수 없다. 주사위는 던져졌다. 엎질러진 물이다.

그는 거울 속의 그를 향하여 웃어보였다. 그러나 거울 속의 그는 웃는 대신 얼굴을 찌푸렸다. 그때 또 다른 얼굴이 그의 얼굴에 겹쳐왔다.

"나예요."

그의 어깨를 치며 그 얼굴은 웃었다.

신 대리였다.

"웬일이에요?"

그가 홱 돌아서자 신 대리는 등 뒤로 돌리고 있던 손을 그의 앞으로 내밀었다.

"아아."

그것은 잃어버렸던 서류 가방이었다. 가방을 확인하자 그는 숨조차 제대로 쉴 수가 없었으므로 아무 말도 못하고 가방을 내려다보며 그대로 서 있었다.

"틀림없어요. 서류는 다 확인해 봤으니까. 다 그대로 있어요."

회사 건물 안의 휴게실에 앉아서야 그는 잠긴 목이 터지는 듯했다.

"어떻게 된 겁니까?"

"어제 오후 어떤 사람이 은행으로 가져왔더래요. 주웠다고. 연락처가 있으니까 나중에 적당히 보답하면 될 거예요. 건 그렇고 어때요? 이제야 말로 우리가 술을 한판 마셔야 하지 않겠소?"

"그래요, 내가 근사하게 한잔 사겠어요."

신 대리를 따라 웃는데 이유를 알 수 없게 눈물이 솟았다. 어떻게 생각했던지 신 대리가,

"감격할 만도 해요."

농담을 걸었다.

사무실로 돌아와 그는 과장에게 늦어서 미안하다고 사과를 했다.

"사람이 가끔 늦어야 기계가 아니지, 괜찮아요. 서류 관계로 걱정을 했을 뿐이지."

오히려 그를 안심시킨 후
"그것이오?"
들고 있는 가방을 가리켰다.
"예."
토요일 날 늦게 끝났을 텐데 수고했어요."
이제 사연도 많은 이 서류는 담당계원에게 넘기면 그만이다. 그는 책상 위에다 서류를 꺼내놓고 그것을 물끄러미 들여다보며 담배를 피웠다.
이 서류 따위가 도대체 나에게 무엇이란 말인가? 나에게 어떠한 의미가 있는 것인가?
그는 이제야 조금 화가 치밀었으므로 마음속으로 그를 향해 그러한 질문들을 던졌다. 그것은 사실 그와는 별 상관이 없는 것이었다. 상관이 없다는 건 이상하지만 근본적인 그와 그의 문제와는 아무런 상관이 없는 것이 분명했다. 그런데도 서류 가방은 그의 모든 것을 구속했던 것이다.

가방을 찾았으면 모든 것이 전과 다름없이 돌아와야 하는데 그렇지가 않았다. 하루 종일 그는 일이 손에 잡히지 않았다. 문득 떠올린 하나의 의문이 집요하게 그를 붙들었기 때문이었다. 하루 종일 그는 일을 손에 잡지 못했다. 퇴근시간이 멀었는데도 그는 몸이 불편하다는 핑계를 대었다. 과장은 쉽게 허락하여 주었다.
사무실을 나오자 그는 자신이 무엇을 위하여 일찍 사무실을 나왔는지 알 수 없었다. 무엇인가 할 일이 있었는데 그것이 무엇인가. 그는 망설였다. 목적 없이 걷다 그는 그가 자란 고아원을 가볼까 하는 생각을 하였다. 지금까지는 해본 일이 없었던 생각이었으므로 그런 생각을 해냈다는 사실이 이상했다.
천안에서 차를 내려 물으면 지금도 찾을 수 있을 것 같았다. 그러나 고아원은 변했을 것이며, 지금은 없어져 버렸는지도 모른다. 원장 아버지의 얼굴이 떠올랐다. 할머니의 얼굴, 그가 친하게 지냈던 아이들의 얼굴이 희미하게 떠올랐다. 이름은 모두 잊었다. 그가 3년 동안 다닌 국민학교도 생각났다. 2학년 때 담임이었던 여선생의 얼굴이 떠올랐다. 희미한 모습이었으며 역시 이름은 잊었다. 한 가지 확실한 것은 지극히 담담하게 그것들을 생각하는 자신의 마음이었다. 고아원을 중심으로 한 모든 정경과 인물들이 무성영화의 필름을 보듯 하였다. 그는 그 고아원을 찾아가려는 생각을 단념하였다. 빈 택시가 마치 그를 기다리듯 서 있었으므로 그는 아무 생각 없이 택시를 탔다.

"어디로 모실까요?"

운전사가 물었다. 집으로 가기에는 너무나 이른 시각이었다. 찾아볼 친구들도 있었지만 모두 직장일에 열중해 있을 때였다.

"이문동으로 갑시다."

그는 어젯밤 정신없이 취하여 그가 말했던 말을 되풀이하였다.

"여기에서 가기에는 곤란한데요. 한참 돌아서 가야 합니다."

그는 아무래도 상관없다고 대답했다. 이문동이 가까워졌을 때 운전사가 어디서 내릴 것인가를 물었다. 그는 적당한 곳이 생각나지 않았으므로 아무 곳에나 내려 달라고 말했다. 그는 어디로 가볼까 망설였다. 그는 물어서 동사무소를 찾아갔다. 그는 한 직원을 붙들고,

"1955년경에 이문동에 있었던 치과인데 지금도 그대로 남아 있는지 확인할 수 없을까요?"

하고 물었다. 그의 물음은 직원들 사이에서 호기심을 일으켰다.

"그땐 이곳이 모두 산이었을 텐데 치과가 있었을까요?"

"있을 법도 하지. 그때에도 대학이 있었을 테니까."

"그대로 있더라도 주인은 바뀌었겠지요. 병원 이름이 바뀌었든지."

그들이 바쁜 중에서도 이문동에 있는 모든 치과의 명부를 열람해 본 것은 호기심 때문이었다. 그런 치과는 없었다. 그는 그들에게 감사했다. 아직도 해가 기울려면 시간이 있었다. 그는 아무렇게나 발걸음을 내맡겼다. 복덕방이 있었다. 그곳에 있던 칠십 가까이 보이는 노인이 그때 자신은 서울에 살지도 않았노라고 말했다. 그는 다른 복덕방에도 가보았다. 한 노인이 서울은 하루가 달라지지 않느냐고, 자기는 서울에서 낳아 평생을 서울에서 살았지만 지금의 서울은 알 수 없다고 말했다. 그는 한 치과에 들어갔다. 의사는 젊었다. 젊은 의사의 얼굴을 대하자 그는 묻지도 않고 그곳

을 나왔다. 그가 확인한 것은 흘러간 시간과 엄청난 변화, 그리고 망각이었다.

가을이 깊어가면 밤이 빨리 찾아든다.

어둠이 깃든 초가을 저녁, 술집에서 풍겨 나오는 고기 굽는 냄새가 골목을 메우고 있었다. 취한 목소리는 아직 들리지 않는다. 술좌석은 이 시각쯤 자리가 잡히기 시작하는 것이리라. 그는 기분이 아늑했다. 그는 계속해서 걸었다. 미스 민이라고 했던가? 그는 어젯밤의 술집 '밀밭'이 가까워오자 그녀를 생각했다. 그는 걸으며 이틀 동안에 일어났던 일을 돌이켜보았다. 어둡고 긴 터널을 지나온 것 같았다. 미스 민이라는 여자를 생각했을 때는 먼저 고마운 생각이 들었고, 가방을 찾는 것과 함께 그녀에 대한 모든 것도 해결된 것으로 생각되었다. 그러나 그것은 착각이었다. 그녀가 그에게 보여 주었던 행동은 알 수 없었다.

왜 그녀는 30분가량 술시중을 들어준 형편없이 취한 손님인 자기와 동행하고 동침할 마음을 갖게 되었을까, 의문이 풀리지 않았던 것이다. 팁을 주지도 않았고그는 팁에 대한 의문이 일어났을 때 신 대리에게 전화를 해보았는데 신 대리도 가졌던 돈을 계산해보니 팁을 주지 않았든지 혹시 주었다 해도 택시값 정도였을 것이라고 대답했다 또한 몸도 제대로 가누지 못한 이편에서 그녀에게 동행을 요구했을 리도 없었다. 평범한 경우라면 그가 요구하였다 하더라도 그녀가 들어 주지 않았을 것이다. 더욱이 그녀는 그의 술주정을 다정한 아내나 누이처럼 보살펴 주었고, 그가 가진 것에 아무 욕심도 부리지 않았으며, 자기의 선행(?)을 알리지도 않고 정숙한 여자가 잠깐 바람을 피우듯 그렇게 날이 밝기도 전에 사라져 버린 것이다. 각박한 세상을 몸뚱이 하나로 살아가는 여자라며 그럴 수 없었다. 그가 한 번 겪은 일이 아니었다.

어제 저녁 그가 찾아갔을 때 직업적으로 대하던 태도는 무얼 말하는 것일까? 그것은 그에게 정이나 미련이 남아 있지 않다는 표시이기도 했다. 만약 술자리에서 단번에 그가 좋아졌기 때문에-그럴 수가 없다고 생각하지만-동행하였고, 그의 취기 때문에 정분을 나누어 보려던 그녀의 소망이 무참히 되었다면 그녀는 분명히 아직도 그에게 미련을 가지고 있었을 것이며, 어제 저녁 그가 찾아간 것은 좋은 기회였을 것이다. 그러나 그녀는 그 어느 것도 아니었다. 이것이 하루 종일 그를 붙든 의문이었고 그는 그 의문의 실마리를 찾아가고 있는 것이다. 일부러 걷는 것은 아직 이른 시간을 메우기 위한 것이었는데 걷다 보니 의외로 기분이 좋았다.

'밀밭' 가까이 갔을 때도 술집이 흥청대기에는 이른 시각이었으므로 그는 가까운 음식점에 들어가 저녁을 먹기로 하였다. 파출부 아주버니가 바뀔 때마다 그는 그녀들에게 그의 식성과 남다른 버릇을 주의시키곤 하였다. 짠 음식과 매운 음식…… 뭐 그러한 것들을 싸잡아 식성이라고 했지만 그가 원하는 음식이란 정성이 담긴 것을 의미했다. 그는 정성이 담긴 따뜻하고 기름기 흐르듯 깨끗한 식사를 하고 싶었다.

아침은 빵과 우유로 때우고 점심은 직장에서 먹었으므로 기껏 파출부 아주머니가 담당하는 것은 저녁뿐인데 그녀는 해만 지면 돌아갔으므로 저녁은 언제나 식어빠져 맛이 없었다. 그것도 일주일에 세 번만 왔으므로 저녁도 밖에서 먹는 경우가 많았다.

별로 내키지는 않았으나 내온 밥 한 그릇을 다 먹었다. 음식점을 나와 다방엘 들렀다. 커피를 마시고 나서 담배를 피우며 그는 벽에 걸린 텔레비전을 보았다. 연속극인 듯했다. 그는 평소 스포츠 중계와 명화극장을 제외하면 보는 것이 없었다. 짐작컨대 결혼한 아들 삼형제의 부인들이 시부모와 시누이들까지 많은 집에서 함께 시집살이를 하며 벌이는 사건들이 그 내용인 듯했다. 한 여자가 불평하였다.

"형제들끼리 한집에서 오손도손 모여 사는 게 얼마나 좋은 일이냐고 말하는 거 그저 입술에 발린 소리야. 나는 시집오고 3년을 참아왔어. 그렇다고 뭐 아버님 어머님 삼촌 고모들이 특별히 나에게 섭섭하게 해서 하는 소리는 아니야. 그렇지만 이제 더 참을 수가 없어. 나가 살지 않으면 나는 갈라설 각오까지 되어 있다고 엊저녁 아빠에게 협박을 했어."

다른 여자.

"저는 외동딸로 자라서인지 처음엔 모여 살면 참 재미있겠다. 그저 생각이 거기에밖엔 미치지 못했어요. 하루 이틀 지나 보니 형님 말씀도 이해가 가네요."

멀고 아득한 이야기. 그는 다방을 나왔다. '밀밭'은 손님들이 가득했다.

어둑한 실내의 사이사이로 수족관의 열대어처럼 여자들이 흘러다녔다. 일부러 엊저녁의 자리를 찾아 앉았다.
"또 오셨군요?"
미스 조라고 했던가? 여자가 다가와 옆자리에 앉았다.
"날 보러 오셨어요?"
"아니."
"그럼 혼자 술 마시러?"
"그래요."
"어머 능청스럽긴. 이런 집에 혼자 오는 손님은 뻔할 뻔자예요. 다 알아본다고요."
"어떤데?"
"나 보러 오셨다고 말씀해 줘요."
"아니."
"미스 민?"
"그래."
"반한 거예요?"
"그래."
"내가 질투하면 어쩌려고?"
"둘 다 사랑하지."
"욕심도…… 어제 저녁 같이 나간 것 같더니 사건은 만들었어요?"
"아니."
"그래 안달이 나서 찾아오셨구먼, 내가 미스 민과 자리 바꿔 드릴게요."
"고맙소."
밴드가 나와 연주를 했다. 그는 시끄러운 음악 속에 앉아 미스 민을 기다렸다. 술이 왔고 그가 첫잔을 비울 무렵 그녀가 왔다. 그녀는 처음 약간 웃어보였을 뿐 아무 말도 하지 않았다. 별다른 표정도 느껴지지 않았다. 그는 무심히 앉아 술을 마셨고 그녀는 어포를 찢어 놓기도 하고 술이 비면 더 가져오게 하면서 담배를 피우며 그가 두세 잔을 마실 때 한 잔쯤으로 상대를 하며 앉아 있었다. 그러나 그녀는 무료함을 벗어나기 위한 것인 듯 말을 꺼냈다.
"그날 밤 말이에요."
음악은 시끄러웠고 비례해서 손님들의 지껄이는 소리도 높아갔다. 그는 그녀의 옆얼굴을 보았다.
"……?"
이야기가 끊길까 조바심하며 그는 기다렸다.
"꼭 고집센 아이 같았어요."
"주정을 부렸어요, 내가?"
"그래요, 저녁 내내 내 품에서. 그런데 운전사와 다투다 코피를 흘린 건 기억해요?"
이미 들은 이야기이므로 그는 고개를 끄덕였다.
"그땐 내가 울었어요."
"왜?"
그녀가 짐짓 다정스럽게 느껴졌으므로 그는 일부러 경어를 쓰지 않았다.
"피를 흘리며 내 무릎에 엎드려 있는 게 가여웠어요."
그는 웃었다. 억센 사내들 사이에서 사는 여자가 그만한 일에 울었다면 우스운 일이거나 까닭이 있을 것이었다.
"어제 저녁엔 무슨 가방 이야길 하셨는데……."
"그날 밤 잃어버렸는데 오늘 찾았어요."
"다행이에요. 유심히 본 것은 아니지만 저하고 같이 택시를 탔을 때는 가지고 계시지 않았어요."
뜯어보니 여자는 나이져 보였다. 목엔 주름살이 졌고 웃을 때도 눈가에 주름살이 많았다. 서른 살 가까이 되었을까. 눈이 깊고 콧날과 입 모양새도 오밀조밀 규모가 있었다. 키는 크지 않으나 결코 작은 키는 아니었으며 어깨에서 팔로 흐른 선이 유연했다. 목덜미에 살짝 얹힌 짧은 머리가 나이 든 얼굴을 가려 주는 구실을 하였다. 원래는 곱게 생긴 여자라고 생각되었다. 다만 그녀는 사내들의 시달림을 받고 있어 얼마 가지 않으면 남아 있는 모습을 잃어버릴 것 같았다. 어젯밤에 그녀를 데리고 가던 건장하고 거친 사내가 떠올랐다.

"무얼 그렇게 보세요?"

여자는 몸을 사리며 말했다. 그는 계속해서 마시며 막연히 취기를 기다렸다.

"그런데 말이오. 미스 민."

그는 일부러 몸을 기우뚱거리며 말했다. 취기는 아직 멀었다.

"미스 민이 뭐예요."

"그럼 뭐랄까."

"그냥…… 음 참 올해 몇이세요?"

그는 당황했다. 누구나 그에게 나이를 물어보면 기분이 상했다. 언짢은 기분으로 훌쩍 잔을 비웠다.

그때 그녀가 갑자기 입을 딱 벌리더니 손을 들어 그녀의 벌어진 입을 감추었다. 무엇인가 그녀를 크게 놀라게 했음이 분명했다. 그는 못 본 체 술을 마시며 그녀가 회복되기를 기다렸다. 그녀가 숙이고 있던 고개를 들었다.

"미안해요."

그녀는 느닷없이 그렇게 말했으므로 그는 당황했다.

"무얼?"

"그날 저녁과 꼭 같은 실수를 했어요…… 사실 꼭 나이를 알고 싶다기보다 그건 그저 우리 같은 여자들에겐 버릇이에요."

말을 마치고 그녀는 아랫입술을 잘근잘근 씹었다. 그제 저녁의 일이라면 기억할 수 없었다. 그 기억을 되찾기 위해서 이곳에 온 것이 아닌가.

"괜찮아요. 나는 기억하지도 못하는 일이니까. 그제 저녁에도 똑같은 말을 물었다구요?"

"네."

"그게 어때서 그렇게 놀라는 거예요?"

"제가 그때 나이를 묻자 아저씨는……."

"아저씨가 뭐요 젊은 청년에게."

"그럼 뭐라고 해야 맞겠어요?"

"그냥 아무렇게나…… 음 미스 민은 올해 몇이에요?"

그녀는 갑자기 낄낄거리고 웃기 시작했다.

"왜?"
"그제 저녁 일을 그대로 되풀이하고 있는 것 같아요."
"그때도 내가 그런 말을 물었소?"
"그래요."
"……."
"내가 나이를 묻자 아저씨는 갑자기 입을 다물고 말이 없었어요. 그 전까지는 굉장했어요. 소리를 지르고 노래를 부르고."
"……."
"처음엔 우리들은 그 영문을 몰랐어요. 한동안 입을 다물고 있던 아저씨가 병째로 술을 마시기 시작했죠. 내가 말렸어요. 친구분은 버려두라고 웃기만 했는데 그분도 그때는 제정신이 아니었어요."
"……."
맥주 두 병을 병째로 비우더니 갑자기 탁자에 엎드려 울기 시작했어요."
 그는 어렴풋이 그가 취한 행동의 까닭을 알 수 있었다. 그러나 그런 일로 눈물까지 흘렸다니 이상했다. 남의 일처럼 무감각하게 들리지 않았던가. 그는 담배를 피웠다. 밴드에 맞춰 여자 가수가 노래를 불렀다. 요즘 히트하고 있는 노래였다. 노래보다 흔들어대는 몸의 율동이 선정적이었다. 노래가 끝나자 칸막이 테이블의 이곳저곳에서 박수가 터져나왔다.
 "처음엔 왜 그러느냐고 달래기도 했는데 나중엔 버려두었죠. 오래 울었어요. 한참 만에 울음을 그치고 허리를 펴며 소리를 질렀어요. 뭐라 한 줄 아세요?"
"……."
"나는 내 나이를 몰라! 이것이 아저씨가 외친 소리였어요. 어찌나 큰 소리를 내었던지 옆자리의 사람들이 고개를 빼고 넘겨다볼 지경이었죠."
 그녀는 담배에 불을 붙이고 첫 모금을 진하게 빨았다.
 "이제 취기가 막바지까지 온 것이라고 생각했죠. 그런데 아저씨가 이야기를 시작했어요. 횡설수설, 무슨 얘긴지 잘 알아들을 수 없었죠. 두 분은 너무나 취해 있었어요. 나와 같이 앉아 있던 아이는 자리를 떴어요. 있으나마나 알아볼 수도 없는 상태였으니까요. 그러나 나는 끝까지 아저씨의 이야길 들었어요. 끝까지 들었다기보다 나는 도저히 자리를 뜰 수 없었던 거예요. 왠지 아세요?"

그녀는 거칠게 담배를 부벼 끄며 장난기 섞인 웃음을 지었다.

"글쎄."

"나도 내 나이를 모르거든요."

"??……?"

"나도 고아거든요."

그녀는 웃고 있었으나 그는 웃지 않았다.

"아저씨는 횡설수설이었지만 나만은 다 알아들을 수가 있었어요. 누구더라? 여동생 이야길 하셨는데, 아 박혜수."

그는 놀랐다. 혜수는 가방을 잊어버린 후 정신을 차리고 나서야 비로소 생각해내지 않았던가. 20년이 넘는 동안 한 번도 생각해 본 일이 없던 혜수를 내가 이야기했단 말인가. 그는 어지럼증이 났다.

"고아원 생활도 얘기하셨지요. 우유가루로 찐 빵, 강냉이가루. 레이션 박스의 드롭스와 초콜릿, 비스킷, 흰 테가 있는 검정고무신, 헐렁거리던 군인 작업복, 소금물에 적셔서 먹던 주먹밥, 혹한, 버들개지와 칡뿌리를 씹던 허기…… 난 다 안다구요."

그는 그녀의 손을 잡았다.

"전쟁이?"

"피난길에 버려졌어요. 몇 살 때인지 알 수 없지만 아우성소리와 앞뒤에서 사람들이 죽어가는 것을 보았어요, 지금도 보여요."

"전쟁이 우릴 망쳤어."

"망쳐진 건 나 같은 년이지요. 고아원을 뛰쳐나온 뒤 20년이 가까워, 이 짓을 한 지가."

"아이는 있소?"

그녀는 고개를 저었다. 열일곱 살 때 아이를 지우러 산부인과에 갔었다. 아이를 낳고 싶었다. 낳아서 기르고 싶었다. 피를 나누고 싶었다. 사생아라도 좋았다. 그러나 그녀는 아이를 지웠다.

"그제 밤에는 내가 당신 아이가 됐군요."

"아마 집에는 못 들어갈 것 같고 벌써 밤이면 추운데 길가에라도 쓰러져 자면 어쩌나 걱정이 됐어요. 내가 놀랐지요. 아직 내게 이런 순정이 있나 하고…… 그저께의 밤은 참 좋았어요. 아저씨가 방구석에 쓰러져 버리자 나는 이불을 깔아 잠자리를 하고 당신의 옷을 벗겼어요. 처음엔 양말을, 양복저고리와 바지를, 넥타이를 풀어내고 와이셔츠를 벗기고 얇은 면 내의까지. 그런 다음 대야에 물을 받아와 수건으로 당신의 얼굴과 몸을 닦아 드렸어요. 얼굴엔 피가 엉겨 있었어요. 손도 흙투성이었어요. 나는 물을 갈아내며 당신 몸 구석구석을 닦아냈어요. 꼭 개구쟁이 큰 아이를 다루는 것 같았어요."

그는 그녀의 손을 꼭 쥐었다. 그녀의 손은 뜨거웠으나 이미 여자의 손으로 느껴지지 않았다. 그녀는 그의 가슴에 어깨를 기댔다. 그는 가슴 밑바닥에서 눈물과도 같이 짜고 따뜻한 물기가 서서히 차오르는 듯한 느낌이 들었다. 그는 어깨로 팔을 둘러 그녀의 몸을 끌어당겼다. 두 손을 그의 가슴에 대고 그녀는 얼굴을 그의 품에 묻었다. 그는 알 수 없게 가슴이 뛰었다. 그녀는 손바닥으로 그의 가슴을 쓸며 오래오래 그러고 있었다.

1981~1984
그때 그 소설

중편소설의 시대

해설 | 전영태 (중앙대 교수, 문학평론가)

중편소설의 시대

1. 중편소설 형식의 융성기

중편소설은 80년대에 들어서서 주목받는 소설의 형식으로 대두되기 시작했다. 80년대 이전에도 중편소설이 발표되지 않은 것은 아니고 발표되는 중편에 대해 주목하지 않은 것도 아니지만, 이전 시대보다 80년대에 들어서서 중편소설의 양적인 증가가 두드러지기 시작했다. 그렇게 양이 많다 보니까 질적으로 우수한 작품이 다수 출현해서 이 시대의 문학적 총아로서 중편소설이라는 형식이 대두되었던 것이다. 80년대 초기의 문학상을 휩쓴 작품들은 오정희의 「동경銅鏡」과 서영은의 「먼 그대」를 제외하고는 한결같이 중편의 형식을 취하고 있다.

이렇게 중편소설이 80년대 소설의 기린아적 형식으로 대두된 것에는 몇 가지 이유가 있다. 우선 발표 지면의 확장을 들 수 있는데, 80년대 들어서서 문예지의 수적 증가와 더불어 소설 발표 지면이 넓어지자, 중편소설을 발표할 공간이 확보되었고, 이에 따라 중편소설의 수요가 증가되었다. 또 '이상 문학상'의 경우와 같이 수상 작품의 작품명을 책명으로 내세워 베스

트셀러로 만드는 풍조가 다른 문학상에 영향을 미쳐 중편소설의 수요를 더 늘게 하였다. 단편소설을 수상작으로 삼는 경우 같은 작가의 두세 편의 단편을 더 수록하는 것보다 길이가 긴 중편소설을 한 편 싣는 것이 책의 체재를 갖추는 데 유용하다는 것도 중편소설 선호의 한 이유가 된다. 최인호의 「깊고 푸른 밤」과 서영은의 「먼 그대」를 책명으로 삼은 이상 문학상 소설집이 이 시기의 베스트셀러 1, 2위를 다투었다는 사실을 기억할 필요가 있다. 수상작을 내세워 상업적 성공을 거둔 것이다.

중편소설을 선호하게 된 다른 하나의 이유로 한국 작가의 의식이 단편소설로 담아낼 수 없는 스케일의 의식으로 확장되었다는 점을 지적할 수 있다. 80년대에 들어서서 본격적인 후기 산업사회의 양상을 펼치기 시작한 한국 사회의 심층을 담아내기에 단편소설이라는 짧은 용량의 형식으로는 감당하기 어려워 중편소설 내지 장편소설로 작가들의 의식이 경도되었던 것이다. 긴 형식의 소설을 씀으로 인해서 절제나 축약의 정신과 기법이 사라져 소설이 질질 늘어지는 폐단도 있지만, 사실의 디테일을 자세하게 묘사하고 사건의 전모를 소상하게 밝히는 작가적 기량을 연마하여 전 시대를 뛰어넘는 역작들을 산출할 수 있었다. 이 점은 소설사적 맥락에서 발전적 현상으로 기억해야 할 것이다.

80년대 초반은 전두환 군사 독재정권의 치하에서 정치적인 상상력은 철저하게 통제당하는 부자유의 시대였지만, 경제적인 면에서는 80년대 후반 박정희 정권의 개발 독점 자본주의의 호황이 지속되던 시기로, 이런 현상에 연유한 경제적 안정감은 소설 독자들의 의식을 확장시켜서 과거의 단편 위주의 독서 양상에서 보다 호흡이 긴 중편소설과 장편소설을 독서 대상으로 선호하는 경향을 보이기 시작했다.

그렇다면 오정희의 「동경」, 서영은의 「먼 그대」는 이러한 시대의 문학적 조류에서 벗어난 작품인가? 이들 작가 역시 80년대를 전후해서 주목받는 중편소설을 다수 발표했는데 그 작품들이 수상작의 반열에 오르지 않았던 것뿐이다. 중편소설은 엄격하게 분류하면 단편소설인데, 한국소설처럼 단편도 장편 쓰는 식으로 방대한 가계의 역사와 수많은 등장인물의 출연이라는 측면에서는 장편소설인, 매우 모호한 성격의 소설 형식이다.

2. 분단 시대의 소설

조정래와 김원일은 유년 시절에 전쟁의 참혹함을 목격하고 자란 작가들이다. 그들이 어렸을 때 보았던 전쟁의 참상은 일종의 원체험으로 의식 속에 자리 잡아 성장한 이후의 의식에 계속적인 영향을 미쳐 수많은 단편·중편과 장편소설의 주제로 분단 사회의 문제를 지속적으로 떠오르게 하였다. 그리하여 조정래는 『태백산맥』, 김원일은 『불의 제전』이라는 대하 장편소설을 완성시키게 된 것이다. 조정래의 「유형流刑의 땅」과 김원일의 「환멸幻滅을 찾아서」는 『태백산맥』과 『불의 제전』의 전사적前史的 성격의 작품들이다. 이들 작가가 나중에 완성시킬 대작의 스케치를 중편소설로 그 윤곽을 잡은 것이다.

조정래의 「유형의 땅」은 장편소설 「불놀이」로 확대되었다가 다시 「태백산맥」으로 전면 개편된 조정래 분단소설의 원형 같은 작품이다. 기차화통을 삶아먹은 듯한 불같이 급한 성격에 강철같이 단련된 육체, 여자 때문에 피해를 당하는 운명의 천만석이라는 이 작품의 주인공은 「불놀이」, 「태백산맥」의 주요 인물을 연상하게 한다.

가난한 소작인의 아들로 태어나 최씨 문중이라는 토착 지주 계급의 지배 아래 억울한 고초를 당해야 했던 만석은 전쟁의 와중에서 인민위원회 부위원장이라는 감투를 쓰고 최씨 문중의 사람들을 무자비하게 처형하는 데 앞장서며 그 능력을 인정받는다. 어린 시절 최씨 문중의 형제들을 때려서 4년 동안이나 소작하던 땅을 떼인 채 고생스러운 삶을 살아야 했던 만석으로서는 가진 자가 죄인이 되었던 전쟁 상황의 인민위원회 활동이 해원解冤을 위한 물실호기의 기회였던 것이다. 이 땅의 하층계급의 구성원인 소작 농민이 공산주의자로 급격하게 변신하고 가장 극렬한 활동을 벌이게 되는 원인과 그 과정을 천만석이라는 전형적 인물을 통해 작가는 여실하게 그리고 있다. 만석은 자신과 그의 가족, 그리고 그와 같은 계급의 사람들을 지배했던 최씨 문중의 사람들을 처형하면서 그들이 별 대단한 인간이 아니라는 사실을 확인하고 자신이 정당한 행위를 하고 있다고 자위한다.

인절미 두 개를 얻어먹기 위해 아픈 것을 참고 자지를 까보였다. 감 한 개를 얻어먹으려고 말타기놀이의 말노릇을 한나절 했다. 끝없는 배고픔 속에서 배를 채울 수 있다면 무슨 일이든 하려 들었다. 그러나 그것도 열서너 살까지였다. 열다섯이 넘으면서부터는 이뿌리가 아플 지경으로 이빨을 앙다물기 시작한 것이다.

만석의 가진 자에 대한 증오는 생존을 위한 본능에서 싹트기 시작해서 자라나는 과정에서 자연스럽게 얻어진 자연생장적 체득이다. 그러한 증오는 평생을 지배하는 주도 감정으로 자리 잡는다. 그런데 그 증오의 대상인 가진 자들의 목숨을 구걸하는 태도는 비굴하지 짝이 없다.

누군가는 입술을 푸들푸들 떨며 더는 말을 못했다.
누군가는 생똥을 쌌고, 누군가는 질퍽하게 오줌을 쌌고, 누군가는 팔다리가 떨리다 못해 뻣뻣이 굳어져 버렸다.
그 누구 하나 며칠 전까지 가졌던 그 당당함, 그 거만함, 그 거드름, 그 위세를 그대로 지니고 있는 사람이 없었다. "요 개만도 못헌 쌍놈아, 니놈이 감히 누구헌테 요런 못된 짓을 혀." 이렇게 호령을 하는 사람이 하나라도 있었더라면, 그 사람은 차라리 살려 줬을지도 모른다.

죽음을 앞두고 당당하게 행동할 수 있는 사람은 그렇게 많지 않다. 그들이 그런 비루한 행동을 보이는 것은 당연한 일인데, 반석은 그들이 위험에 처하기 이전의 당당함과 거만함과 거드름 때문에 그들을 더 경멸하는 것이다. 그래서 자신이 그들을 처형하는 것에 정당성을 부여한다.
그러나 이렇게 맹활약을 벌이던 만석은 자신의 아내가 자신의 직속상관인 분주소장과 간통을 벌이는 현장을 목도하고 그들을 죽여버리는 사건을 저지른 뒤, 어제의 동지였던 인민군의 총뿌리를 피해 고향을 탈출하는 것으로 자신의 일생에서 가장 정점에 올랐던 시간을 마무리하고 만다. 그 이후의 시간은 만석에게는 유형 생활이나 다름없다. 고향 땅을 밟고 싶어 조바심을 치면서도 고향에 갈 수 없는 그는 공사장 인부가 되어 낯선 땅을 떠돌다 순임이라는 국밥집 여인과 결혼해서 아들까지 낳게 되지만, 젊은 놈과 눈이 맞아 아내 순임이 도망치자, 아들을 데리고 유랑 생활을 하다가 아들을 고아원에 맡기고, 죽기 전에 고향 땅을 마지막으로 찾아가 자신을 이해하고 도와준 황 서방을 만나려 하다가 고향어구의 강변 다리에서 최후를 마친다.

작가는 고향에서 객사하는 처참하고 불행한 죽음을 맞는 만석의 경우를 통해서 전쟁으로 피해를 입었거나 피해를 준 우리 모두가 유형의 땅에 살고 있다는 사실을 선연하게 제시한다. 실제로 이 작품의 만석처럼 고향을 떠나 뿌리 뽑힌 인간으로 살아가는 사람이 이 땅에는 얼마나 많이 있는가.

「유형의 땅」은 전쟁 이후 반세기가 경과한 오늘에도 이 땅이 유형지처럼 황폐한 분단 상황에 놓여 있다는 것을 한 인물의 비참한 생애를 통해 웅변적으로 토로한 작품이다. 그 웅변의 기조가 조정래의 야심작이자 출세작인 『태백산맥』에 이어지는 것은 두말 할 나위가 없다.

김원일의 「환멸을 찾아서」는 소설 속에 북한으로 넘어 올라간 남한 출신 공산주의자의 회고록과 유서의 성격을 공유한 서간문을 담고 있다는 점에서 이채로운 작품이다. 반공 논리가 작가의 상상력을 제압하고 있던 시절에 이러한 발상을 구상한다는 것 자체가 작가의 용기라고 판단되는 시점에서 작가는 과감하게 자신의 구도를 펼쳐 보인다.

북한의 잠수함이 강릉 근처 정동진 앞바다에 출현해서 온 나라가 무장공비 소탕의 열풍에 휘말리고, 속초 앞바다에 어선이 쳐놓은 유자망에 잠수정이 걸려서 법석을 떨던 시점에서, 이 작품의 주인공 오윤기의 아버지가 고기잡이 조업 중에 이북에서 흘러온 박중렬의 회고담이 담긴 공책을 발견했다는 사실은 별로 대수롭지 않은 일로 간주될 수 있다. 그러나 이북으로 넘어가 그곳에서 상당한 활동을 하다가 늙고 병든 시점을 전후해서 숙청당한 박중렬이라는 공산주의자의 서간은 그쪽에서 살아온 박중렬의 삶의 생생한 모습을 담고 있을 뿐만 아니라, 그의 삶을 통해서 과거에 박중렬의 활동 무대였던 경북 영해의 박씨 문중과 동네 주민의 생활 모습을 통시적으로 투시할 수 있다는 점에서, 이 작품은 당시 북한 잠수함의 출현

만큼 큰 충격을 준다.

이북에서 피난 내려와 4년 후에 결혼한 오 영감을 아버지로 두고 있는 피난민 2세대인 오윤기 역시 강렬한 충격을 느끼고 그 비망록의 무대인 박중렬의 고향을 조심스럽게 찾는 것은 소설적인 구도에 의한 것이라기보다 작중인물의 심리적 필연성이라는 측면에서 자연스러운 진행과정이다. 비망록의 발견 때문에 경찰서에 들락거려야 하고 복사물의 보관 때문에 신경을 써야 하는 등 번거로움에 시달리면서도, 오윤기는 그의 지인과 함께 박중렬의 고향을 찾아가는 것이다. 그런 귀찮음 없이 통일의 욕망을 품는다는 것은 입으로만 통일을 외치는 것이라는 점을 시인인 오윤기는 깨닫고 있기 때문이다.

박중렬의 고향에서 박중렬의 비망록의 사실을 전해주자 동네 사람들과 가족과 친척의 반응은 갖가지로 나타난다. 박중렬이라는 사람의 존재를 아예 없었던 사람으로 치부하려는 거부의 몸짓을 보이는 후손이 있는가 하면, 아직도 그를 대단한 사람으로 존경하고 있는 인물도 존재하고, 그 동네의 이장처럼 박중렬을 배신했던 인간은 그가 죽었다는 소식에 안도감을 느끼기도 한다. 박중렬을 둘러싼 사람들의 다양한 반응은 전쟁 당시의 상황에 대한, 그리고 분단 상황에 대한 사람들의 인식을 반영한다. 그러나 그 어떤 인물도 박중렬이 그의 비망록에서 밝히고 있는 통일의 열망을 넘어서는 열망을 품고 있지 않다.

강대국을 등에 업고 그들 정치적 경제적 속국이 되어 총칼과 증오로 인민의 적개심을 충동질하는 자가 그 누구냐. 그렇게 인민을 속이며 총칼로 방패막을 세워 생활과 풍습의 변화를 그대로 방치해 둔다면 겨레의 만남은 그만큼 더 이질감과 거리를 두게 될 것이다. 우리가 지금이라도 찾아야 할 길은 73년 남북조선 공동성명이 리념이나 정권 차원에서 리용되지 않는, 민족 순수의 만남을 통해 공동체험 자리를 넓히는 길일 텐데, 이 굳어진 벽을 지금 누가 어떻게 허물겠느뇨. 우리 세대가 남의 장단에 춤을 춘 어릿광대로서 총칼로 피를 불렀다면, 이제 내 자식과 손자 세대에서는, 그 일이 백두

산을 허물어 평지를 만드는 로력만큼 어려운 일일지라도 한핏줄로써 사랑을 회복해야 함이리라……,

이념주의자인 박중렬이 북한의 정치 대열에서 탈락하고 늙고 병들었다고 하여도 이런 말을 하는 것은 상상을 초월하는 사건이다. 작가는 이 사건을 정당화하기 위해서 그의 비망록 속에 여러 장치를 설정해 놓았다. 반공 논리에 저촉되지 않기 위해서 보안 장치를 소설에 설치해 놓은 것도 눈에 뜨인다. 하지만 통일의 열망이 지극하다 보면 박중렬의 정서주의적 이론에 수긍하지 않을 수 없다. 얼마나 뼈에 사무쳤으면 이념주의자의 머리에서 이런 말이 나올 수 있겠는가.

김원일의 「환멸을 찾아서」는 분단 주제의 소설에서 북한으로 넘어간 이념주의자가 남한의 가족에게 유서 겸용의 비망록을 전하려 한다는 특별한 구성을 취하여 남북한 분단 현실을 하나의 장에 집약시킨 작품이다.

박완서의 「엄마의 말뚝」에는 그의 소설에 지속적으로 등장하는 오빠의 죽음 이야기가 출현한다. 작가는 그의 소설에서 또는 자서전에서 전쟁 당시 비참하게 죽은 자신의 오빠 이야기를 디테일을 조금씩 달리하여 서술하고 있다. 엄마가 오빠의 죽음에 매달려 그것을 기억의 말뚝으로 고정시키고 있는 것 못지않게 작가도 그 기억에 매달리고 있다는 것을 알 수 있다.

이 작품의 '엄마'나 작가 자신에게 오빠의 죽음에 대한 기억은 분단 현실이 지속되는 한 더욱더 뚜렷한 정신의 상흔을 남길 것이다. 오빠는 분단 현실 그 자체이고, 오빠의 죽음을 잊지 않고 되짚는 기억은 분단 현실을 거역하기 위한 최대의 저항이다.

오빠의 시신을 화장해서 개풍군의 땅이 보이는 강화도의 바닷가에서 뼛가루를 날리는 엄마의 모습은 '방금 출전하려는 용사처럼 씩씩하고 도전적이었다.' 개풍군에 있는 선영에 못 묻히는 한을 그런 방법으로 풀고 있다고는 생각되지 않는 행동이다. 이러한 엄마의 행동에 대해서 작가는 다음과 같은 해설을 덧붙인다.

어머니는 한줌의 먼지와 바람으로써 너무도 엄청난 것과의 싸움을 시도하고 있었다. 어머니에게 그 한줌의 먼지와 바람은 결코 미약한 게 아니었다. 그거야말로 어머니를 짓밟고 모든 것을 빼앗아 간 어머니가 도저히 이해할 수 없는 분단分斷이란 괴물을 홀로 거역할 수 있는 유일한 수단이었다.

죽으면 자신의 아들인 오빠처럼 화장을 해달라고 부탁하는 어머니가 분단을 거역하는 유일한 수단이 죽음 앞에 당당한 태도를 보이는 것이라는 작가의 말에 뭉클한 감동을 느낀다. 이런 감동이 있기에 박완서 특유의 수필적 요설이 제공하는 잔잔한 읽기의 재미마저 감동의 전주곡으로 들리는 것이다. 엄마의 가슴속에 박힌 마음의 말뚝은 분단으로 인해 민족의 정신 속에 박힌 말뚝의 다른 이름이다. 개인의 말뚝이 민족의 말뚝이라고 확신하는 작가의 생각은 그의 능란한 문장력과 자신감 넘치는 설득력에 의해서 독자를 그 생각에 여지없이 동의하게 만든다.

3. 개인의식의 심화와 확장

현대 도시문명의 물질적 풍요 속에서 정신적으로는 오히려 사위어 가고 문명의 폐해에 매몰되는 인간의 운명적인 모습을 뛰어난 현장감으로 제시하고 있는 작품이 최인호의 「깊고 푸른 밤」이다. 이 작품은 나중에 영화화가 되었는데 작가는 이 소설을 쓸 때부터 영화화를 상정하고 써내려간 듯하다. 그만큼 영화의 냄새가 물씬 풍기는데, 「바보들의 행진」, 「별들의 고향」 등 작가의 주요 작품들이 대부분 영화화되었고, 그 자신이 직접 시나리오 작업에 참여한 영화적 경험이 이 작품에 투영되어 있다.

최인호의 소름끼칠 정도의 무서운 감수성은 그의 출세작 「별들의 고향」 이래 그가 발표하는 모든 작품에 번득이며 재현되었지만, 그렇게 많이 펼쳐진 감수성의 지도는 끝간 데 모르게 이어지고, 그럼에도 불구하고 작가는 물론 독자들도 그 감수성의 연장에 전혀 질력을 느끼지 않는다는 것,

이것이 그의 문학이 지니는 불가사의한 광채 같은 것이다. 그리고 그 정점에 서 있는 작품이 「깊고 푸른 밤」이다. 그의 신문연재소설과 구분되는 본격적인 중편소설 「깊고 푸른 밤」은 그의 작가적 기량이 얼마나 탁월한가를 여지없이 과시하는 작품이다.

이 작품의 무대는 미국의 서부지역 로스앤젤레스와 샌프란시스코, 산호세 일대이다. 70년대 중반부터 일기 시작한 미국 이민의 열풍은 80년대로 이어져 이 작품이 발표된 1982년의 시점에서 미국은 우리에게 결코 낯선 땅이 아니었다. 그렇다고 친숙한 땅이라고 할 수 없는 미국 서부의 공간에서 한국 사회에서 병균처럼 번지고 있는 개인적 소외감, 문명에 대한 거부감, 마약 복용으로 얻는 자기도취 내지 현실도피, 자기몰락에 대한 예감에서 오는 허무감 등의 모티프를 확인하고 있는 것이 이 작품의 중심 생각이다. 한국 사회에서는 아직 초기적 증상에 불과한 그러한 현상을 그 본원지인 미국에서 재확인함으로써 현상의 원천을 탐방한다는 의미를 획득하는 동시에 한국 사회에서 그런 현상이 어떤 식으로 심화되어 갈 것인가를 예시하는 이중적 의미를 이 작품은 제시한다.

도덕적인 관점에서 작품을 읽는 독자는 이 작품의 주인공 준호가 대마초 가수로 낙인 찍혀 가수로서의 재능을 매몰당하고, 낯선 이국땅에서 뿌리 뽑힌 채 유랑하는 떠돌이 삶을 살고 있는 것에 별 동정감을 느끼지 못할 것이다. 그런 짓을 했으니까 그렇게 전락한 삶을 사는 것을 당연한 것으로 인정하고, 뚜렷한 철학도 없고 정치의식도 애매모호하고 그 수준을 의심받을 형편없는 인간에게 어울리는 삶을 준호는 살아가고 있다고 단정할 수도 있다.

사실 이 작품의 최대 약점이 여기에 있다. 괜히 우울해 하고 허무감을 느끼고 느닷없이 굳세게 살겠다고 외치고 그럼에도 불구하고 전망은 보이지 않는 답답한 구도가 준호와 그의 삶의 태도에 궁극적으로 동조하는 화자의 흐리멍덩한 의식에서 비롯된다. 가수 이장희를 연상케하는 준호가 그런 식으로 삶을 아무렇게나 굴리고 있다는 사실에 대해 동정감을 느끼는 것은 퇴폐의식에 동조하는 일이다. 그런데 작가는 이 작품을 통해 준호의 삶에 동조함으로써 퇴폐의식의 정당성을 입증하고 있다. 작품에 대한 고식적인 도덕의식에서 벗어나도록 작품의 어조를 조율하는 작가적 역량이 작품에 대한 고리타분한 해석에서 벗어나게 만든 것이다.

준호가 대마초를 피우게 된 동기는 물론 처음에는 호기심 때문이었을 터이다. 그러나 대마초를 피움으로써 가수 생활의 긴장감에서 탈피하는 돌파구를 찾았다고 착각하기 시작하고, 한국의 법에 저촉되는 범법행위에서 오는 야릇한 성취감을 느끼고, 대중예술가로서 자기통제를 실험하는 수단이 대마초 흡연이라는 생각을 굳혀 나갔다. 그 결과는 미국의 불법체류자로 전락한 망명의 명분도 밝힐 수 없는 초라한 이방인 신세였다. 이러한 좌절은 70년대에서 그 현상을 타나내기 시작한 대중화 현상과 대중화 현상이 초래한 좌절에 대해서 작가가 깊은 동정의식을 가지고 있다는 점을 우리에게 알려준다. 최인호는 그 자신이 인기소설 작가로서 누린 세속적 명성이 어느 순간 물거품처럼 사라지는 인기의 좌초에 대해서 누구보다 잘 알고 있을 것이다. 이러한 앎이 준호의 이지러진 삶에 대한 동정으로 이어지고 그 동정의식이 작품 속에 감상주의의 형태로 출현한다.

> 태양은 이글이글 불타고 있었으며 바다의 수평선은 좀 더 하늘로 밀착되려는 욕망으로 팽팽히 긴장되고 있었다. 벼랑 아래는 분노에 뒤틀린 바윗덩어리들과 붉은 황토가 입을 벌리고 아우성치고 있었고 거센 파도가 산기슭을 질타하고 있었다.
>
> 우와와―우와와―거센 바닷바람이 열린 차창 틈으로 쏟아져 들어오고 있었으며 하늘로는 바람에 쓸려가는 갈매기들이 목쉰 소리로 울며 날고 있었다. 그들이 가야 할 도로는 바다로 흘러내린 벼랑과 깎아지른 듯 붉은 단애斷崖의 산기슭 사이로 도망치고 있었다. 바닷가로 흘러내린 도랑에는 쓸모없는 풀더미들이 웅크리고 웃자라고 있었다.
> 준호는 바다가 잘 보이는 지점에 차를 세웠다. 그는 차의 캐비닛을 열어 파이프와 마리화나를 꺼내었다. 그는 부스러기 하나도 흘리지 않으려고 주의하며 마리화나를 손끝으로 딱딱하게 짓이겨서 파이프

속에 집어넣었다. 파이프 속엔 얇은 섬유망이 그물처럼 떠받치고 있었다.
그는 준호의 버릇을 잘 알고 있었다. 무엇이건, 아름다운 풍경을 보면 준호는 버릇처럼 파이프를 꺼내들곤 했었다.

최인호 특유의 속도감 넘치는 이 문장들을 분석해 보면 작가의 감정이 풍경에 이입된 전형적 감정이입의 수사가 동원된 것을 쉽게 알 수 있다.
태양은 못 다 채운 욕망을 태우듯 '이글이글 불타고', 준호의 내면을 알아차림 바윗덩어리는 '분노에' 뒤틀려 있고, 갈매기들은 노래를 못하는 준호를 대신해서 '목쉰 소리로 울며 날고 있었다.' 그런 장면을 보기 위해 차를 세운 준호는 마리화나를 파이프에 조심스럽게 담아 피워문다. 그 흡연 장면 역시 미화되어 있다. '얇은 섬유망이 그물처럼 떠받치고 있는' 아름다운 파이프를 준호는 물고 있다.
이 지나친 감상주의가 대중예술, 준호의 경우 대중가요의 지배 정서라는 것을 작가는 잘 알고 있음에도 불구하고 작가는 그것에 대해 조그마한 저항감도 표시하지 않는다. 인기 작가로서 인기를 유지하는 비결이 이러한 센티멘털리즘의 적극적 수용에 있다는 것을 작가는 너무나 잘 알고 있기 때문이다. 준호가 아름다운 풍경을 보면 마리화나를 피우는 것에 대해서 이 작품의 '그'는 아름다움의 광채를 더 빛나게 하기 위해서, 대자연의 경관에서 오는 고독감과 절망감을 달래기 위해라고 설명하고 있다. 그러나 준호가 마리화나를 피우는 것은 그것에 중독되었기 때문이라는 것을 '그'와 작가는 의도적으로 간과하고 있다. 준호는 마리화나를 피우면서 아무 생각도 하지 않으면서 텅 빈 머리를 더 비우고 있었을 것이다. 마리화나 흡연을 멋진 행동으로 둔갑시키는 이런 문장력은 놀랍지만 그 정신은 재검의 여지가 있는 문제를 안고 있다. 그런 것을 면밀하게 검토하는 일을 의식적으로 생략한 채 더 멋진 장면을 연출하려는 의도들이 오늘의 대중예술의 총아인 영화에서는 너무 쉽게 노출된다. 최인호는 대중예술의 문법을 속속들이 알고 있는 뛰어난 재능의 소유자이다. 그 재능을 돈이 되지 않는 답답한 소설 쓰기에 투여하지 않는 아쉬움은 남지만.

서영은의「먼 그대」의 선정 이유와 작품평에 대해서 이상문학상 심사 위원인 최정희는 다음과 같이 밝히고 있다.

여자는 사랑을 위해 살고 남자는 일을 위해 산다는 말을 들어왔지만, 서영은의「먼 그대」야말로 그것을 분명히 해주는 소설이다. 그러기에 사랑보다 일을 위해 살아가는 남자분들 심사위원까지「먼 그대」에 군말씀 한마디 없이 찬표를 던졌다.
서영은은「먼 그대」에서 실로 여자가 아니면 못할 사랑을 아프게, 새롭게, 호되게 그리고 경건하게 그렸다. 신神의 오른쪽 팔 밑가지 닿도록 아주 높게 끌어올렸다.

사랑, 그것도 불륜의 사랑을 이렇게 높이 끌어올려 그렸다는 것은 서구 소설에는 흔히 있는 일이다. 정상적인 혼인 관계의 사랑보다 오히려 불륜 관계의 사랑이 더 미화되는 것이 서구 소설의 통례이다. 그래서 서구 소설의 역사는 불륜 미화의 역사라고 정의할 수도 있다. 최정희는 이런 점을 감안하지 않고 사랑을 잘 그렸다는 점에서 이 작품을 높이 평가한 것인데, 흥분이 지나치다 보니 난데없는 신神까지 동원해서 그의 '오른쪽 팔 밑까지' 끌어올렸다고 과장한다. 불륜의 신이 아니라면 그런 사랑을 팔 밑까지 끌어올리는 손길을 신은 냉혹하게 뿌리쳤을 터이다.
이 작품에서 주목할 것은 서구 소설의 본질에 가깝게, 사랑을 불륜 여부에 관계없이 그 속성을 남김없이 밝히고 있다는 점이다. 사랑의 추한 점, 사랑 때문에 겪는 어리석은 행동, 사랑이라는 이름의 이기주의, 이 모든 것을 솔직 담백하게 그렸다는 점과 그것을 작품화한 작가의 용기에 대해서 주의를 집중해야 한다.
이 작품 선정의 다른 심사위원인 김동리는 최정희와는 달리 담담한 어조로 이 작품의 가치를 간접적으로 시인하고 있다.

「먼 그대」는 어딘지 좀 과장적인 것이 느껴진다. 그러나 '나름대로의' 자기 인생이 그려져 있다는 인상은 부인할 수 없다. 소설에서 나름대로의 인생이 그려졌다면 그것은 어느 경우에나 존중되지 않을 수 없다.

신까지 동원한 여성 심사위원과 달리 여자의 삶에 사랑이 그렇게 큰 비중을 차지한다면, 그리고 그것을 '나름대로' 잘 그렸다면 그런대로 존중할 수도 있다는 남성 심사위원의 성차가 여기서 드러난다. 남성적 시각에서 보면 「먼 그대」에 그려진 여자의 운명적 사랑조차도 그저 그러려니 하고 범상하게 받아들일 수 있다. 작가는 이 작품을 통해 그런 시각을 완강하게 거부하고 있다.

이균영은 「어두운 기억의 저편」이라는 작품에서 어둡고 침울한 배경을 설정하고 있다. 길지 않은 생애를 돌발적인 사고사로 마무리한 이 작가의 생애와 연관 짓는다면, 그가 너무 어둡고 침침한 것에 몰두하지 않았나 하는 안타까움이 남는다. 분단 문제니 이산가족이니 하는 거창한 주제를 들먹거리지 않고 개인의 내면에 침잠해 기억의 저편을 하나씩 아프게 끄집어내는 작가의 노력을 더 이상 목격할 수 없다는 것에 아쉬움을 느낀다. 훌륭한 한 작가의 요절은 문학사적 기억의 표적을 잃는 것 같은 상실감에 젖게 한다.

오정희의 「동경銅鏡」은 이 작가의 작품으로는 드물게 노인이 주인공인 작품이다. 인생의 황혼기에 서서 자신의 삶의 모습을 흐릿하게 비춰지는 낡은 동경을 통해서 확인하는 노인의 고독감을 고적한 분위기를 빚어내는 문체로 침착하게 서술한 작품이다. 개인의식의 심화를 이 작품에서 읽어낼 수 있다면 그런 개인의식이 노인들에게까지 확장된 상황 또한 간파할 수 있을 것이다.

노인의 내면을 입체적으로 조명하기 위한 아이들의 행동과의 대비도 이 작품의 미학을 빛나게 하는 중요한 요소이다. 죽은 아들을 그리워하면서 살아가는 노부부는 자신의 지나간 삶을 반추하면서 의식의 지평을 확인한다.

"참 이상하죠. 난 요즘 자주 죽은 사람들 생각을 한다우. 꼭 아직도 살아있는 것처럼 그 사람들 생전의 일이 환히 떠오르는 거예요. 그러면서 정작 우리가 살아온 세월은 기억이 나지 않아요. 아무리 애를 써도 기억나지 않는 희미한 꿈 같아요……."

이 작품의 이러한 아내의 말에서 노인의 의식의 깊이를 확인할 수 있다. 살아온 기억을 넘어서는 죽은 사람들의 생전의 일에 대한 기억, 이것이 노인의 삶을 지탱해 주는 지주이다. 이문열의 소설이 지니고 있는 매력은 무엇일까. 무엇보다도 먼저 지적하고 싶은 매력 포인트는 작가의 박학다식함이다. 광범위한 독서체험과 방랑생활과 기자생활을 통한 생의 체험, 작가로서 풍부한 상상력, 이런 것들에 어우러진 그의 박학다식함은 무식한 독자에게는 존경과 지적 굴복감을, 유식한 독자에게는 자기 확인의 계제와 더 많은 것을 알아야겠다는 지식에 대한 갈구를 초래해서 소설 나부랭이를 읽었다는 생각에서 벗어나 굉장한 공부를 했다는 지적 포만감을 야기시킨다.

「금시조金翅鳥」는 이 계열의 작품이다. 예술가 소설의 계열인 이 작품의 독서는 서예의 예술적 깊이에 대해서, 예술이 지향해야 할 궁극적 경지에 대해서, 예술가의 삶의 험난함에 대해서 수많은 정보를 제공한다. 밥 먹고 사랑하고 잠자는 일상의 행동에 대해서 지나치게 자세하게 묘사하는 소설에 질린 독자들은 이 작품이 도달하고 있는 심원한 예술과 지식의 경지를 목도하고, 소설에 대해서 느꼈던 일반적인 불만을 보상하는 만족감을 느낄 수 있을 것이다. 소설에 소설 이상의 가치를 추가 부여하는 일에 이문열처럼 능숙한 작가는 달리 꼽기 힘들다. 그가 작품에서 거리낌 없이 펼쳐 보이는 경상북도 산촌 양반의식에 거부감을 느끼는 사람도 그가 추가 가치 부여의 일인자라는 사실은 부정하기 어렵다. 사실 반촌의식은 경상북도에서나 통용되는 지역문화의식인데, 이문열은 그것을 전국적인 의식으로 확산시키는 전도사 역할까지 맡고 있다.

이문열 소설의 매력 유발의 다른 하나의 포인트는 그가 소설의 본질인 서사성을 철저하게 존중한다는 사실이다. 「금시조」에는 서사성 존중의 작가정신이 철저하게 구현되어 있다. 「익명의 섬」같이 실험성이 엿보이는 작품에서도 서사성의 기본 정신은 훼손되지 않았다. 「삼국지」의 현대판 해석 번역가로서 현대 한국소설도 「삼국지」의 맥락에서 벗어나 있지 않다는 작가의 생각은, 외국에서 가장 개성 있는 작가로 그를 꼽게 하는 중요요인으로 작용한다. 한국적 소설의 전형적 형식을 전통적인 서술 방법으로 고수함으로써 특유의 형식으로 완성시킨 작가가 이문열이다.

그를 둘러싼 찬반양론의 논쟁에도 그는 아무런 영향을 받지 않는다. 그에게는 수호해야 할 문화가치가 너무 많이 존재하기 때문이다. 「금시조」는 그 수많은 문화가치 중에서 서도書道의 현대적 가치를 캐묻고 있는 작품이다.

4. 시대의 지표를 제공하는 소설

80년대 초반은 정치적으로는 암울한 상황에 있었고, 광주 사태의 아픔이 생생하게 이어지는 슬픔의 시대였지만 상황이 그러하기에 사람들이 소설에 거는 기대는 별다른 데가 있었고, 그런 과정에서 수준 높은 작품들이 대거 산출된 한국문학의 부흥기였다고 평가할 수 있다. 소설이라는 거대 은유체계로 정치적 현실에 대한 불만을 간접적인 암시의 방법으로 조금씩 분출하는 과정에서 80년대의 문학인들은 커다란 위안을 얻었다.

그 위안이 존재 근거나 사회적 정의감의 차원에서 본원적인 것이 아니었기에 자위로 그칠 위험이 존재함에도 불구하고, 자위마저 없는 문화적 상실감에 빠지기 싫은 사람들에게 이 시기의 소설은 하나의 지표를 설정하였다. 그 지표의 내용은 어두운 시대를 꿋꿋이 살아가는 인고의 정신으로 가득 차 있다.

분단 현실에 대한 시각을 달리하는 다양한 고찰, 개인을 압도하는 문명의 집단의식에 대항하는 개인의식의 고양, 이 시기의 작가들은 이런 주제에 몰입하여 정신의 지표를 제시하였다.